外教社新编外国文学史丛书

刘海平 王守仁 主编

# 新编美国文学史 第四卷

# Literary History of the United States *Volume 4*

（1945——2000）

◎王守仁 主撰

上海外语教育出版社
外教社 SHANGHAI FOREIGN LANGUAGE EDUCATION PRESS

**图书在版编目（CIP）数据**

新编美国文学史. 第四卷/ 王守仁主撰.
—上海：上海外语教育出版社，2018（2022重印）
（外教社新编外国文学史丛书）
ISBN 978-7-5446-5187-5

Ⅰ. ①新… Ⅱ. ①王… Ⅲ. ①文学史—美国
Ⅳ. ①I712.09

中国版本图书馆CIP数据核字（2018）第037435号

出版发行：上海外语教育出版社
（上海外国语大学内） 邮编：200083
电 话：021-65425300（总机）
电子邮箱：bookinfo@sflep.com.cn
网 址：http://www.sflep.com
责任编辑：梁晓莉

印 刷：苏州市古得堡数码印刷有限公司
开 本：710×1000 1/16 印张 34.75 字数 639千字
版 次：2019年3月第1版 2022年3月第2次印刷

书 号：ISBN 978-7-5446-5187-5 / I
定 价：98.00 元

马丁·路德·金在林肯纪念堂前发表著名演说《我有一个梦》。

“垮掉派”诗人艾伦·金斯堡

诗人艾德莉安娜·里奇

阿瑟·密勒的戏剧《推销员之死》舞台背景

小说家索尔·贝娄

小说家约翰·厄普代克

小说家弗兰纳里·奥康纳

小说家菲利普·罗思

小说家艾丽斯·沃克

小说家托妮·莫里森

1967年10月，全国动员同盟委员会组织了声势浩大的向五角大楼进军的反战示威游行。

小说家乔伊斯·卡洛尔·欧茨

剧作家阿瑟·密勒

小说家伯纳德·马拉默德

黑人女剧作家洛兰·汉丝贝丽

小说家约瑟夫·海勒

“垮掉派”作家杰克·凯鲁亚克

小说家库尔特·冯尼格特

华裔美国作家汤亭亭

黑人小说家拉尔夫·艾里森

剧作家爱德华·阿尔比

剧作家戴维·马梅特

“自白派”诗人罗伯特·洛厄尔

剧作家萨姆·谢泼德

爱德华·阿尔比的戏剧《谁害怕弗吉尼亚·沃尔夫？》剧照

女诗人西尔维亚·普拉斯

# 总 序

《新编美国文学史》是国家社会科学基金资助的"九五"规划重点项目，1996 年立项。根据项目设计，我们对美国文学从早期到 20 世纪末的历史进行了一次新的全面审视，于 2000 年至 2002 年间先后完成全书四卷的编写，并由上海外语教育出版社正式出版发行。现在，上海外语教育出版社计划将此书改版重排，并列入该社新的更大出版项目"外教社新编外国文学史丛书"。这也正好给了我们编者一个机会，对出版近 20 年的《新编美国文学史》做些少量但是必要的补充、[①]修改和格式上的统一。

## 一

文学史是关于文学发生、发展和嬗变的历史叙事，它以文学创作实践为基础。但一个国家的文学史不只是单纯的文学叙事，还是一种国家叙事：一方面勾勒这个国家文学发展和演变的轨迹，总结其文学成就与经验，另一方面也描绘这个国家的整体文学形象。

美国独立战争后不久，著名辞典编纂家、爱国者韦伯斯特(Noah Webster)提出美国在文学上也应寻求独立。[②] 1829 年奈普(Samuel L. Knapp)发表了第一部美国文学史《美国文学讲稿集》，在书中他批评美国学者重复外国人关于根本不存在美国文学的说法，提出美国应该编写自己的文学史。[③] 但事实上，当时绝大多数文人对自己国家的文学创作信心不足。人们普遍认为，美国花了七年才取得政治自主，要在文学上赢得相应地位，至少得有几百年时间的积累。尽管 1888 年至 1890 年间出版了十一卷大型丛书《美国文库》[④]，但它仍然反映了这种自信不足的心理。文库中收集的作品似乎印证了美国文学只是"英国文学的一个分支"的说法，因为入选的几乎全是那些深受英国文学传统

---

① 例如一些作家、作品、流派或理论有了新的评价和解读等。

② 韦伯斯特称："美国必须像在政治上获得独立一样，在文学上也要谋求自主，它的艺术必须像它的武器一样，也要闻名于世。"转引自 Richard Ruland and Malcolm Bradbury, *From Puritanism to Postmodernism: A History of American Literature* (London & New York: Routledge, 1991), p. 3.

③ William Trent, et al., eds., Preface, *The Cambridge History of American Literature* (New York: Cambridge University Press, 1917), p. iii.

④ E. C. Stedman and E. M. Hutchinson, eds., *Library of American Literature* (New York: C. L. Webster, 1888—1890).

影响的新英格兰地区的作家，如欧文、库柏、朗费罗、洛厄尔等，而其他那些带有强烈本土风格的作家，不是被拒之门外，便是给予极少篇幅，轻描淡写，略带而过。

由特伦特(William Trent)等四人主编、1917 年出版的《剑桥美国文学史》(共四卷，1921 年出齐)是历史上第一部由多人合作编写的美国文学史。它篇幅之大足见美国文学已经达到相当规模与水平。尽管书中收入了更多的作家，但该书的序言却仍把要求美国文学独立的主张称之为“国民骄傲的诱惑”。它强调英美两地的文学虽远隔大洋，却“同出一源”，“使用同样的语言，信奉同样的宗教”，都是在“斯宾塞、莎士比亚、弥尔顿”等文学大师熏陶下创作出来的作品。[①]

然而，与此同时，美国文学自主意识得到进一步增强。批评家布鲁克斯(Van Wyck Brooks)[②]在 1918 年严肃指出，美国文学的历史在一般人们头脑中只是“没有生命、缺乏价值的过去”。他呼吁人们去“发现”，甚至“创造”一个“有意义的美国文学传统”。[③] 在之后整个 20 世纪二三十年代，不少美国批评家和文学史家沿着这个思路，自觉地重新研究、评价自己的文学历史。从 1920 年开始，美国和加拿大语言和文学界最高学术团体“现代语言协会”才承认“确有美国文学这回事”。[④] 1928 年又出版了福斯特(Norman Foerster)主编的具有重要意义的论文集《重新解释美国文学》，书中提出滋生早期美国文学的文化既不源起于殖民地本土，也不属于欧洲，而是一个相当发达的文化经“移植”到北美新土壤后产生的一个新的文化。该书还强调西部拓疆运动在美国文学发展中的重要作用。这些论述都在理论上为创建独立的美国文学史铺平了道路。[⑤]

在这被重新构建的美国文学传统中，原先的一流作家大多被降为二三流作家，原来因为“美国味”太重而未被足够重视的作家如麦尔维尔、爱默生、惠特曼、坡、霍桑、梭罗等则被升格成了挑梁大家。第二次世界大战结束后由斯皮勒(Robert E. Spiller)主编出版的二卷本《美利坚合众国文学史》(1948)，不

---

① Trent, et al., eds., Preface, *The Cambridge History of American Literature*, p. vii. 柏科维奇(Sacvan Bercovitch) 在 1994 年新编的 *The Cambridge History of American Literature* 中称这部老文学史“向人们介绍了英国文学的一个新的分支”。(“Introduction”)

② 早在 1915 年布鲁克斯在 *America's Coming of Age* 一书中已经批评了美国文学创作中的“绅士派传统”，并呼吁寻找一个可为新文学提供“可以使用的传统”。见 Robert Spiller, *Milestones in American Literary History* (Westport: Greenwood Press, 1977), p. 42。

③ Van Wyck Brooks, *Letters and Leadership* (New York: B. W. Hucbsch, 1918), p. 64.

④ Spiller, ed. *Milestones in American Literary History*, p. 15.

⑤ Norman Foerster, ed. *The Reinterpretation of American Literature: Some Contributions Toward the Understanding of Its Historical Development* (New York: Harcourt. 1928). 转引自 Milestones in American Literary History, pp. 15 - 16。

但"权威性地"叙述了美国文学的发展脉络，确定了经典作家的名单和书目，而且真正把美国文学"建成了一门新的学术研究领域"[①]。

此后曾有多种美国文学史问世，其中包括埃利奥特（Emory Elliott）主编的《哥伦比亚美国文学史》（1988，中文版 1994）[②]，彼得·康（Peter Conn）的《插图版美国文学史》（1989）[③]等等。当然，迄今为止美国文学修史工程规模最大的当推哈佛大学柏柯维奇（Sacvan Bercovitch）教授主持编写的新版《剑桥美国文学史》，皇皇巨著，共八卷，于 20 世纪末出齐。[④] 20 世纪美国文学史的多产反映了美国文学创作的繁荣，也是美国作为一个独立、成熟的国家文化心态的自我表现。

## 二

20 世纪随着美国文学史编写的兴盛，有关文学史理论的研究也不断深入。涉足文学史论的既有文学史家，也有文学批评家。斯皮勒曾经指出："每一代人至少应当编写一部美国文学史，因为，每一代人都理应用自己的观点去阐释过去。"[⑤]这是因为任何一部文学史，都必然体现一种文学史观。

文学史，顾名思义，是要在文学与历史这两个相当不同的领域中周旋。文学中的大部分作品依靠文字虚构生活，开展想象，较少受时间和空间的制约；历史则需凭据史料，在具体的时间和空间范围内或间歇中穿针引线。写文学史应该在文学与历史之间更强调哪一方，对此一向都有争议。这也正是美国文学史论发展演变的一个焦点问题。

1917 年的第一部《剑桥美国文学史》强调文学作品对生活的写照，"序言"称这部文学史"与其说完全是一部纯文学的历史，还不如说是对文学作品所反映的美国人民生活的一种概述"。[⑥] 四五十年代美国"新批评"鼎盛时期，韦勒克（René Wellek）和沃伦（Austin Warren）曾在他们合著的《文学原理》（1949）一书中辟专章论述文学史理论与方法。他们从形式主义批评立场出

① Sacvan Bercovitch, ed. Introduction, *Cambridge History of American Literature*, Vol. 1 (New York: Cambridge University Press, 1994), p. 1.

② Emory Elliott, ed. *Columbia Literary History of the United States* (New York: Columbia University Press, 1988)；《哥伦比亚美国文学史》朱通伯等译，四川辞书出版社，1994 年。

③ Peter Conn, *Literature in America: An Illustrated History* (New York: Cambridge University Press, 1989).

④ 这部八卷本新版《剑桥美国文学史》已在 2005—2010 年间全部译成中文，由中央编译出版社出版发行。

⑤ Robert Spiller, Preface, *Literary History of the United States* (New York: Macmillan, 1948), p. 7.

⑥ Trent, Preface, *The Cambridge History of American Literature*, p. iii.

发,突出文学史与历史的本质区别,认为文学是一种艺术,文学史必须是关于这种艺术的历史,并把"强调文学作为艺术的历史"①视为医治过分扩大文学史内涵的一帖"必要的解药"。② 1952 年,韦勒克又在现代语言协会发表《现代语言与文学研究的目的、方法与材料》的报告中指出,"对于文学史我们只能两者取一:要么把它看作是历史的一个分支,尤其看作是文化历史,把文学作品当作是历史文献和历史见证;要么把文学史看作是艺术史,把文学作品当作艺术丰碑来开展研究。"但他同时认为这两者并不一定互相排斥,一个好的文学史家必定是一个好的文学评论家。③

《美利坚合众国文学史》主编斯皮勒在 1963 年发表的现代语言协会新的《现代语言与文学的研究目的和方法》报告则反对这种折中立场。④ 他认为,文学史是个独立的学术领域,文学史必须明显具有文学性,"文学史研究的是文学,因此它只能用文学的而不是其他的语言来写作"。⑤

然而,从 20 世纪 60 年代中后期起,欧美文学批评理论发生了深刻而又激烈的变化。结构主义、读者反应批评、新精神分析、解构主义、女性主义、新历史主义、后殖民主义、文化批评等理论从不同的新视角审视文学,在文学批评的观念和方法上引起一场革命,也给文学史论的发展带来理论上的不断突破,使人们对文学史实的客观性、典律的权威性、文学传统的构建、弱势文学的地位、跨学科研究等问题不断有新的认识。后现代主义和文化批评理论的发展对文学史的编写和研究影响不小。

原先认为文学史应该是文学与历史的有机结合,既有对文学作品艺术性的赏析,又有对作品之外种种关系剖析的文学史观在美国似乎已经过时,在文学与历史之间,文学史的编写越来越偏向历史,美国的文学史家们大多已不愿在作品的文学艺术性上多花费时间,而是把研究重心转向了文化历史的研究。现代语言协会 1981 年发表的权威性的《现代语言与文学研究入门》报告中,更把"文学史"这个传统提法改成了"历史研究"(Historical Scholarship)。该报告认为改动学名是为了表明当代史学家们从事的领域要比斯皮勒为"文学史"所标明的领域宽广得多,与其他历史研究对象的界限应该加以模糊。⑥ 在这里,文学显然被挤到了后座。但 1992 年发表经过大大扩充了的《现代语言与

---

① René Wellek and Austin Warren, *Literary Theory* (New York: Penguine, 1949), p. 268.

② 同上,p. 269。

③ René Wellek, *Literary History*. 见 *PMLA* 67, October, 1952, p. 20。

④ Lawrence Lipking, "A Trout in the Milk," *The Uses of Literary History*, ed. Marshall Brown (Durham: Duke University Press, 1995), p. 23.

⑤ Spiller, "Literary History," *The Aims and Methods of Scholarship in Modern Languages and Literatures*, ed. James Thorpe (New York: MLA, 1963), p. 45.

⑥ Barbara Kiefer Lewalski, "Historical Scholarship," *Introduction to Scholarship in Modern Languages and Literatures*, ed. Joseph Gibaldi (New York: MLA, 1981), p. 53.

文学研究入门》报告[1],还认为1981年的报告只是改了文学史的名称,实际上仍然过于突出文学,而新的历史研究应该把以往被贬为背景材料的社会与文化资料都作为自己的直接研究对象,因为在福柯之后,"一切都是文本,都是平等的"。[2] 文学史显然已被重新定义。现在"文学史"的含义似乎只指由在语言文学系工作的学者所写的历史。人们更为关心的是文化而不是"艺术",对于许多美国文学史家来说,"文学艺术"只有作为文化的例证存在才有意义。

在后现代主义理论的影响下,多人合作的文学史中原先强调观点一致、线性发展的传统文学史写作模式受到了严重的挑战。针对以斯皮勒主编的《美利坚合众国文学史》为代表的传统编写原则,埃利奥特在《哥伦比亚美国文学史》"前言"中写道:"历史学家不是真理的昭示者,而是故事的讲述者。"[3]这部文学史揭示"美国的文学历史不是一个故事,而是很多个不同的故事"。[4] 他又说:"在两次世界大战结束之际,许多学者对美国的民族属性有着统一的看法,而这种统一性在今天已不复存在。由于这个缘故,我们尽可能地把那些使当今学术界变得生机勃勃的各种各样的观点都呈献在读者面前。"[5]

柏克维奇等在新版《剑桥美国文学史》中,对包括《哥伦比亚美国文学史》在内的以往所有美国文学史的编写模式提出了挑战。该书扩大或重新界定了文学史的疆域。该书"序言"认为它的"权威"并不来自统一而在于区别,它存在于"各个不同但却相关的知识群体的作用之中",在于这部书集结了各个研究领域的专家权威在不同但又相关的问题上发表各自的看法。因此,这部历史"不是一部美国文学的历史而是多部美国文学历史的组合"。它的明显特点"既是各种相对观点的共存,更是各种文本和超文本用互相修正但并不对抗的方式发生关联"。[6] "序言"还认为美国文学的多样性、复杂性要求采用一种"多重声音描述的策略","角度的多样性与所利用的文学和历史材料的巨大丰富性相对应"。[7] 该文学史第二卷的一位撰稿人埃拉克(Jonathan Arac)完稿后发表了题为《什么是文学史》的论文。他认为《哥伦比亚美国文学史》尽管说是"后现代",但它仍然采用了跟第一部《剑桥美国文学史》和《美利坚合众国文学史》一样的传统写作模式:每章20页,每个章节都以某个题材或作家名作为标

---

① Annabel Patterson, "Historical Scholarship," *Introduction to Scholarship in Modern Langauges and Literatures*, ed. Joseph Gibaldi, 2nd edition (New York: MLA, 1992), p. 183, 186.

② Marshall Brown, ed. *The Uses of Literary History* (Durham: Duke University Press, 1995), p. 3.

③ Elliott, ed. General Introduction, *Columbia Literary History of the United States*, p. 17.

④ 同上,p. 21。

⑤ 同上,pp. 11 - 12。

⑥ Bercovitch, ed. Introduction, *The Cambridge History of American Literature* Vol. 1, p. 23.

⑦ 同上,p. 5。

题。新版《剑桥美国文学史》则有意打破这种模式。埃拉克撰写的那个章节长达 172 页,并用“叙事形式”一词作为他这一章的标题。[①]

## 三

参加编写我们这部《新编美国文学史》的同仁们自然十分关注美国学者的这场论争。但我们感到,无法也没有必要去完全遵循美国文学史界这些新理论来展开我们对美国文学历史的叙述。我们用中文编写《新编美国文学史》,有着我们自己不同的读者对象,有着我们自己的国情和自己的文学史论背景。另外,我们在申请项目时就明确了自己的编写宗旨和目的:《新编美国文学史》力求“完整表现美国文学的历史全貌,深入研究不同时期主要的流派、作家与作品,总结美国文学走向世界,成为一种独立的、具有强大生命力的民族文学的成功经验”。[②] 鉴于我国一般读者对美国文学阅读不多,《新编美国文学史》需要对重要文学作品作一定的介绍。《新编美国文学史》坚持史论结合的原则,强调在深入研究的基础上,对文学现象进行实事求是的评析,提出自己的观点和看法。

与此同时,我们也十分重视吸收美国同行在长期论争中所取得的并适合我们需要的认识和做法,例如对撰写文学史是构建文学传统,经典作家的名单和书目常随时代而变化,妇女文学、少数族裔文学等弱势文学的地位,文学理论的变化发展带来的变化,一部由多人合作编写的多卷本文学史,很难也无须用一种理论或观点统一全书,应允许不同编者在一定程度上保持不同观点等等,以丰富我们自己编写的美国文学史。

## 四

在世界主要国家的文学中,美国文学无疑最年轻。在 19 世纪 20 年代前,大多数欧洲文人,也包括一些美国的文史学者,都认为“根本没有‘美国文学’这回事”。美国文学迟至 20 世纪 20 年代才在美国本土被当作一门独立学科,大学才开始招收该方向的研究生,组建专业学会并筹办专业刊物,也才有了被较广泛认可的作家和称得上经典的作品,研究成果数量逐步上升。

有趣的是,如此年轻的美国文学,却在 20 世纪 30 年代和 70 年代,多次引起有着数千年文学和文化传统的中国文学、文化与教育界人士的高度关注。其原因一定不少,但有一点也许尤为突出,即美国文学的“现代性”品质。哈佛大学伯克维奇教授在 2005 年为他主编的《剑桥美国文学史》的中文译本,专门

① Jonathan Arac, "What Is the History of Literature," *The Uses of Literary History*, ed. Marshall Brown (Durham: Duke University Press, 1995), p. 26.

② 引自国家社科“九五”规划重点项目“新编美国文学史”项目申请书。

写了致中国读者的序。在序言中，他对美国文学的属性和内涵做了相当明确和重要的界定。他说“美国文学也许是世界上最年轻的文学传统”，但美国文学是“现代世界所诞生的第一个国家”的文学。“尽管早在欧洲人来此定居数千年前，美洲印第安人或称美洲本土居民就生活于此，但他们只有口头而无书面的文学。”“我们现在理解的美国文学传统，是指用英文写成的作品。这个文学传统开始于16世纪末17世纪初，那些给美洲带来原始资本主义生活方式的英国殖民者所写的叙事文、布道文、日记和诗歌。[①] 它繁荣于19世纪环大西洋工业资本主义取得胜利的时期，并且继续以一个企业自由、市场开放的西方强国的文学存在于我们的时代。”他还说，“就它表述现代性的种种状态而言，美国文学是世界上历史最悠久、内容最复杂的现代民族文学。”美国文学“是关于个人主义与事业进取心、扩张与探索的文学，是关于种族冲突与帝国征服、大规模移民与种族关系紧张的文学，是关于资产阶级家庭生活和个人自由与社会限制不断斗争的文学，是从探求自然和‘自然人’的关系转向探讨异化、歧视、城市化、地区冲突及种族暴力等问题的文学。它们受到民主美学理想的鼓舞，是跟欧洲旧世界所谓‘精英主义’相对的‘普通人’和‘普通事’的美学。”[②]

“现代性”，有时也称作“现代化”，是人类社会近代史上的一件大事。所有国家或民族都或早或迟，或多或少，主动或被动进入人类社会的现代化进程。我国清朝政府在两次鸦片战争中失败，被迫在19世纪60年代起推行“中学为体，西学为用”、“师夷之长技以制夷”的洋务运动。结果被实施“明治维新”、建立新政治体制、推行工业化和全民教育的邻国日本，以甲午战争和《马关条约》抢走了我国领土并拿走巨额赔款，终结了我国第一次现代化进程。

1927年至1937年间，民国政府大规模推动经济、文化和教育的现代化。知识界和民众对国家和民族的现代化抱有强烈愿望。上海出现了不少名称带有“现代”字样的刊物。1932年5月，上海现代书局创刊发行了《现代》文学月刊。1934年10月第五卷第六期《现代》杂志，隆重推出了有数百页之厚的“现代美国文学专号”，作为系统介绍西方国家现代文学系列中的第一期[③]。此专号集合了我国翻译、文学研究界20余位专家名人，相当全面地翻译、评介了美国现代小说、戏剧、诗歌、文艺理论与文学思潮。专号编者在《导言》中目光敏锐地指出，“现在的美国是在供给着到20世纪还可能发展出一个独立的民族

---

① 印第安口头文学是否美国文学源起，学界看法不一，本书也不强求观点一致。

② 《剑桥美国文学史》中文版第七卷《序》。中央编译出版社2005.1。本序中此出处中文引文译自英文原稿。

③ 书局计划在美国专号之后出版法国、苏联、英国的文学专号，后因倒闭没能出版其他国家的文学专号。

文学来的例子”,正在“独立创造中的中国新文学”不但能从中获得“新鼓励”,而且应该学习美国现代文学的“创造”和“自由”的精神。[①] 据统计,20 世纪 30 年代中国翻译介绍的美国文学作品每年有二三十部,40 年代的中后期每年达四五十部之多。[②]

1949 年 10 月 1 日,中华人民共和国正式成立。新中国在经历了一些探索中的失误后,进入了具有划时代意义的新时期。1978 年 3 月 18 日,来自全国各地 6000 名代表出席在北京人民大会堂举行的史无前例的全国科学大会,邓小平在大会上作报告,阐明了党和国家倡导科学、尊重人才、发展教育的国策。1978 年 12 月中共中央召开了具有重大历史意义的十一届三中全会,决定实行对内改革、对外开放,工作重心从阶级斗争转向经济建设。国家正式步入了社会主义现代化建设的新时期。这些新政策大大调动了我国广大知识分子的积极性,文化、教育、出版等各界人士欢欣鼓舞。

1978 年底,中国社会科学院在广州召开外国文学规划会议。山东大学校长吴富恒教授在美国文学小组讨论会上提出成立全国美国文学研究会的动议,立即得到南京大学陈嘉、北京大学杨周翰、复旦大学杨岂深、中山大学戴镏龄、社科院外文所董衡巽和袁可嘉等著名教授学者的积极响应。经充分酝酿、积极筹备,全国美国文学研究会于 1979 年 8 月 22 日至 9 月 2 日在山东烟台举行成立大会暨学术研讨会。全国美国文学研究会(简称“美文会”),英文名称“China Association for the Study of American Literature”,首字母缩略 CASAL,是我国第一个正式成立的外国文学研究会,属国家一级学会。[③] 研究会当时决定建设两个美国文学研究资料中心,分别设在山东大学“现代美国文学研究室”和南京大学“欧美文化研究室”内。山大研究室还出版会刊《美国文学研究》,由北大、南大、复旦、山大轮流组稿编辑,由山东文艺出版社以“丛刊”形式公开发行。这是当时全国唯一反映美国文学研究及动态的刊物,内容新、信息量大,很受欢迎。

随着国家改革开放和现代化建设国策的深入发展,刊登美国文学艺术翻译作品与研究文章的刊物相继问世。1978 年《外国文艺》创刊,1979 年《译林》杂志面世,1980 年《当代外国文学》和《外国文学》创刊,1981 年《国外文学》面世,《外国文学评论》也在 1987 年创办。这些外国文学作品与评论以及理论研究的期刊在短短数年间同时涌现,美国文学是它们刊登的主要内容。大学开始重视学术研究,纷纷恢复或创办大学学报,不少还成立了大学出版社。所有

---

① 《导言》,《现代》第五卷第六期 1934 年 10 月。

② 王建开,《五四以来我国英美文学作品译介史》,上海外语教育出版社,2003 年。

③ 我国有两个研究外国文学的一级学会,另一是驻会中国社科院外文所的“中国外国文学学会”,下属有除美国文学外的其他国别文学学会。

这些都大大拓展了我国美国文学研究者的成果发表和出版的途径，有力促进了美国文学研究在中国的发展。

全国美国文学研究会的专业职责是“团结并组织美国文学工作者，开展美国文学作品、理论以及历史的研究工作和翻译工作”(章程第一章)。在推动我国的美国文学与文化研究中，美文会做出了不懈努力，并取得了一定成绩。1995年时任美文会常务副会长刘海平、秘书长王守仁代表拟定的课题组其他成员一起申报了国家社科基金“九五”规划重点项目“新编美国文学史”，于1996年获批准立项。课题组其他成员包括张子清，张冲，朱刚，杨金才，赵文书，何宁等。因此《新编美国文学史》是美文会驻所单位的一个集体成果。

## 四

《新编美国文学史》全书四卷，在时间上分别涵盖美国文学发展的四个阶段，即起始至1860年，1860年至1914年，1914年至1945年，1945年至20世纪末。这样分期，是基于两方面的考虑。一是参照具有划时代意义的美国和世界重大历史事件如南北战争、第一次世界大战、第二次世界大战，将其作为确定分界线的重要依据；二是美国文学自身大体也相应地经历了四个发展阶段，每个阶段具有鲜明特征：美国文学的起始与形成；美国现实主义与自然主义文学的繁荣；美国现代文学的诞生与发展；美国文学的多元格局。当然，我们这样分期主要为了便于编写，并不意味着对美国文学进行泾渭分明的历史分割。事实上，文学创作大多并不与重大历史事件直接有关或以此为界，作家的创作生涯常常是跨越时期的，多数文学流派在新的历史阶段也会继续绵延。

自改革开放以来，我国在美国文学史的编写和研究方面成绩斐然，取得不少具体成果。由中国社会科学院外国文学研究所董衡巽等五位专家合著的《美国文学简史》(1978，1986，2003)是填补空白之作。该书汇聚了我国前辈学者数十年积累的认识和学术成果，代表了一个时期我国对美国文学研究的水平。与此同时，《美国现代小说家论》(董衡巽等，1987)、《美国当代小说家论》(钱满素等，1987)、《美国小说史纲》(毛信德，1988)等专著的出版体现出我国学者对美国文学史研究的广泛兴趣。

进入90年代后，我国学者继续关注美国文学史，新作迭出，如《现代美国小说史》(王长荣，1992)、《当代美国戏剧》(汪义群，1992)、《美国戏剧史》(郭继德，1993)、《20世纪美国诗歌史》(张子清，1995)、《美国文学史》(上册)(常耀信，1998)、《20世纪美国文学史》(杨仁敬，1999)等。这些学者在美国文学史领域进行的重要探索为我们写好《新编美国文学史》提供了宝贵经验。

《新编美国文学史》一个重要特征无疑是一个"新"字,这首先体现在材料新。随着改革开放的深入和对外交流的扩大,我们对美国文学资料掌握情况有了显著改善。生活在网络世界,获取信息之方便迅捷,是过去任何时代无可比拟的。为高质量完成本课题,南京大学外语学院为四位分卷主编提供机会去美国访学一年或更长时间,收集第一手资料,与美国文学史家与学者开展面对面交流。① 因此《新编美国文学史》相当一大部分的编写是在美国完成的,使过去撰写美国文学史使用资料不足而产生的问题得到较好的解决。从第一卷的印第安传统文学到第四卷的 20 世纪 90 年代文学,各章节采用的材料力求丰富、新颖。

"新"还体现在编写的视角新。作为由中国学者撰写的新编美国文学史,我们力求从中国人视角对美国文学做出较为深刻的评述。因此,中美两国文学的互动、交流与影响是本书的一个重要关注。美国学者撰写的文学史很少会描述美国文学在中国的接受过程,对于中国哲学及文化思想对美国作家的影响有时也会语焉不详。《新编美国文学史》对此给予足够的重视。爱默生与儒家学说的关系,惠特曼对中国文学的影响,庞德对中国古典诗词的模仿和翻译,艾略特诗歌在中国的传播和对中国诗人的影响,道家思想在奥尼尔戏剧创作中的反映以及他的戏剧对中国话剧的影响,诺贝尔文学奖得主赛珍珠与中国文化的关系和对重塑中国人在西方的形象的贡献等等,在我们这部文学史中都有较为详细的记载和论述。中美文化的撞击和融会构成华裔文学的重要主题,对华裔文学诞生、发展、演变的历史过程进行专门研究也是本书的一个特色。

美国历来重视文学批评,又是"新批评"等一大批现当代批评理论的故乡。早在 19 世纪三四十年代,坡、库柏与爱默生就开始了文学批评实践,他们的诗歌小说理论奠定了美国文学批评的基础。20 世纪被称为批评的世纪,特别是进入 60 年代以来,文学批评理论高度繁荣。文学批评现已作为一门新的学科领域被学术界普遍接受,并成为一种独立自觉的文学体裁,进入大学文学课程。展现美国文学批评发展史,对主要批评流派作较为系统的介绍与评析,是《新编美国文学史》的又一项重要内容。

国家社会科学基金于 1996 年 5 月正式批准《新编美国文学史》立项。董衡巽先生自始至终关心和支持该课题研究,并就如何完成项目提出了宝贵的指导性意见。《新编美国文学史》同时还得到了美国柏克维奇教授和埃利奥特教授的指导。本书顾问、剑桥大学出版社《插图版美国文学史》的作者宾夕法

① 项目组成员或是哈佛燕京学者、富布莱特学者,或在美短期任教开展研究和学术交流。

尼亚大学彼得·康教授为本书提供了许多珍贵的照片和插图，我们谨在此一并表示衷心的谢意。

《新编美国文学史》的局限和不足之处在所难免，敬请读者批评指正。

刘海平　王守仁
2018年3月12日修订

# 目 录

# Table of Contents

# 概　论

## 战后美国文学(1945—2000)

战后美国文学经过半个多世纪的发展演变，已成为真正意义上独立的、具有强大生命力的民族文学。福克纳、海明威、斯坦贝克、贝娄、辛格、莫里森等作家先后荣获诺贝尔文学奖，这既是对美国文学成就的一种国际承认，也从一个侧面反映出美国文学所具有的世界影响力。

美国文学在当今世界文坛占有举足轻重的地位，显然与美国是经济、政治、军事上的超级大国和西方资本主义世界的盟主分不开的。美国国力强盛，有效地提携、促进了美国文学在国外的接受。但是，美国文学得以大踏步走向世界，最根本的原因还在于美国文学本身的质量和实力。战后美国作家创作了大量思想内容深刻、艺术手法新颖的优秀作品，从而赢得世界各国读者的青睐。

战后美国文学经历了一个复杂多变的发展过程。在这个过程中，文学本体以外的各种现实的、历史的、政治的、文化的力量对文学发生着影响，文学内部遵循自身规律，历经 50 年代的新旧交替、60 年代的实验主义精神浸润、70 年代至世纪末的多元化发展等阶段，形成了不同于以往历史时期的鲜明特色和特征。

1945 年第二次世界大战结束，人类历史掀去重要的一页，在 20 世纪美国文学发展史上同时也标志着一个时代的终结。战后初年，二三十年代一度驰骋文坛的现代主义作家大都已过了创作高峰期，不少人相继去世，美国文学出现了断层。但是，一批年轻有为、创作力旺盛的新人不久就脱颖而出，开创美国文学的新局面，他们当中包括小说家贝娄、艾里森、塞林格、凯鲁亚克，剧作家威廉斯、密勒、英奇，诗人金斯堡等。这些文坛新秀日后都成为美国文学的重量级人物，他们创作了许多 20 世纪美国文学的经典之作。在新一代作家的努力下，50 年代美国的小说、诗歌、戏剧很快都出现了繁荣景象。

1963 年 11 月 22 日，肯尼迪总统在达拉斯遇刺，美国从此告别了长达十多年相对平静的发展时期。约翰逊总统执政期间，国内矛盾激化，要求消除种族歧视、争取黑人民权的呼声日益高涨，抗议美国直接卷入越南战争的反战示威此起彼伏，整个社会处于动荡不安之中。海勒、冯尼格特、品钦等人创作的黑色幽默小说揭露世界的荒诞，对现存制度、生存状况进行深刻反思。黑色幽默受到存在主义哲学思想的影响，其社会批判精神与 60 年代社会上的政治、文化反叛运动存在某种呼应关系。这一时期，实验主义盛行文坛。巴思、巴塞尔姆等人在文学内部反叛传统,对小说形式和技巧进行革新实验。盖尔伯、科皮特、理查森等剧作家创作了许多标新立异的前卫作品,外外百老汇实验戏剧声势浩大。实验主义文学运动的本质是反传统,契合当时以反叛为特征的时代精神。

巴思、巴塞尔姆、品钦的实验性小说经常被冠之以"后现代主义小说"的称号。巴思对此认同,视自己为后现代主义作家,并就后现代主义小说写过文章。不过他心目中"理想的后现代主义小说"乃是19世纪传统现实主义与20世纪上半叶现代主义的一种"综合体"(synthesis)。[①] 在《富足的文学》(The Literature of Replenishment, 1980)一文中,巴思提及自己五六十年代写的小说曾先后被贴上存在主义、黑色幽默的标签。巴思作品被评论家套上各种"帽子"的经历说明:作为观念的文学与作为作品事实的文学并非一回事,宜加区别。"特定的作品应该始终居于各种情景与范畴之前。"[②]

70年代以来,西方思想界出现了一股后现代主义文化思潮。德里达的解构主义消解中心、消解意义、揭示意义始终处于持续不断的"延异"过程当中。解构主义影响深远,成为女性主义批评、后殖民主义批评、少数裔话语等新兴理论的哲学基础。利奥塔关于"宏伟叙事"消逝的观点深刻揭示了后工业化社会的状况。布拉德伯里在《美国现代小说》一书中提到60年代现实主义被人忽视是因为文学批评理论"采用了后现代主义阐释的观点视角"[③]去观察这一特定时期的文学创作。麦克黑尔在《后现代主义小说》中指出:后现代主义小说并不作为一个物体存在,它是"文学—历史的虚构物",是批评家、文史学家"建构"出来的"推论式人造品"。[④] 麦克黑尔在通过考察现代主义与后现代主义之间的差异后建构他的后现代主义小说论。他认为:现代主义小说是由"认识论主导"[⑤],关注的问题是"我怎样来认识、阐释我所生活的这个世界?";后现代主义小说则是由"本体论主导"[⑥],关注的问题是"这是哪个世界?"、"世界是什么?它是怎样构成的?"本体论主导的观点可以比较顺当地解释后现代主义小说张扬的小说世界的虚构性、非涉指性和建构过程等特点。

实验性小说构建的是独立于客观真实的"语言现实",戏仿成为其"互文性"文本的一大特征。在符号的能指与所指之间恒定的依存关系消失之后,实

---

① John Barth, *The Friday Book: Essays and Other Nonfiction* (Baltimore: The Johns Hopkins University Press, 1984), p. 204.

② Barth, *The Friday Book: Essays and Other Nonfiction*, p. 200.

③ Malcolm Bradbury, *The Modern American Novel* (Oxford: Oxford University Press, 1992), p. 265.

④ Brian McHale, *Postmodernist Fiction* (London: Routledge, 1999), p. 4.

⑤ McHale, *Postmodernist Fiction*, p. 9.

⑥ 同上, p. 10.

验性小说并不要求读者去破译文本的代码，而是参与语言游戏。小说文本不再有涉指物，呈现一种平面无深度状态。实验性小说文本意义的不确定性、戏仿、互文性等特征与后现代主义精神相吻合。在巴思的《迷失在开心馆》(1968)、巴塞尔姆的《白雪公主》(1967)等小说里，形式大于内容，形式本身成为内容。考虑到这些作品产生的特定时代背景以及批评家的有关论述，将其称之为后现代语境下的实验性小说似较为妥当。

实验性小说红过一阵后，因本身内在的局限性，很快失去了活力，暴露出“苍白、软弱”的真相。从70年代中期开始，美国文坛风向发生了变化，实验主义撤退，现实主义再度受到人们重视。现实主义的一个基本特征是关注生活现实，而不是热衷于语言游戏和形式。现实主义在表现生活时有两种倾向：或者美化、肯定现实，或者揭露、批判社会的阴暗面。越南战争的错误和灾难，尼克松在“水门事件”中的操纵和欺骗，向世人展露了美国社会政治生活不光彩的一面。70年代美国两度受到能源危机冲击，引起通货膨胀，经济不景气，失业率提高。作家感受到要把生活真相告诉读者的迫切性，把焦点投向普通老百姓关注的题材，创作出表现现实生活的作品。人们注意到文学史上一个有趣的现象：前卫作品往往是说的人多，读的人少；传统作品则是说的人少，读的人多。战后美国文坛出现形形色色的流派，令人眼花缭乱，目不暇接。但是，现实主义文学一直存在，发展势头强劲，拥有大量读者。贝娄、厄普代克、罗斯、威廉斯、密勒是现实主义文学的杰出代表，战后美国文学最优秀的作品出自他们之手。当代美国文坛现实主义成为主潮，一个重要标志是新现实主义作家群体的崛起。斯通、多克特罗、库弗、德里罗等人的作品以社会生活和历史事件作为表现对象，题材广泛，涉及美国政治、历史、文化、60年代的校园反叛、民权运动、侵越战争、美国对中美洲国家的干涉、冷战等。新现实主义小说家对传统真实观和叙述模式进行革新，在新的历史条件下丰富和发展了现实主义。

在战后美国的政治和社会发展史上，60年代爆发的以黑人为主体的民权运动是具有深远影响的重大事件。1964年美国国会通过公民权利法第七款，禁止种族歧视；1965年8月通过的选举法取消了选民必须通过文化测验的规定，撤销其他一些对选民的选举资格的审查规定。民权运动的直接结果是黑人的政治、经济和社会地位得到显著改善。民权运动同时也使其他少数裔获得平等权利和公平机会，从而为少数裔文学的发展和繁荣做好准备、奠定基础。70年代以来，一批少数裔作家登上文坛，施展才华。少数裔作家通常拥有白人主流作家缺少的族裔文化背景和文学传统，他们在创作过程中采用西方文学形式的手法，同时加进神话、传说成分，变革叙述模式，形成鲜明的特色。作为一种集体的文学想象活动，少数裔作家的创作取得了辉煌的成果。黑人文学、华裔文学、本土文学等少数裔文学异军突起,为美国文学创作开辟新的视野,改变了以往白人主流作家占据文坛主导地位的状况,促使当代美国文学多元化发展格局的形成。

在少数裔作家群体中,妇女作家表现突出,格外令人瞩目。黑人女作家沃克、莫里森,华裔女作家汤亭亭、谭恩美,本土女作家厄德里奇等人在文学创作中取得骄人的成绩,牢固地确立了她们在当代美国文学史上重要作家的地位。在 20 世纪最后的 30 年里,妇女作家实际上支撑着文学创作的"半边天"。活跃在当今美国文坛的还有欧茨、奥齐克、卢里、贝蒂、梅森、狄第恩等一批优秀妇女作家。众多的妇女走上文坛,得益于女权运动的发展和妇女政治、经济、社会地位的改善。大多数妇女作家都受过良好的高等教育,如梅森获博士学位,属知识女性。身为女儿、妻子、母亲,许多妇女作家十分自然地关注婚姻爱情、家庭生活、情感危机、母女关系,在作品中以细腻的笔触描绘女性独特的体验和丰富的内心世界。但是,妇女作家的文学创作题材并非仅局限于风花雪月、卿卿我我。欧茨的心理现实主义小说展现了美国社会生活的广阔图景,奥齐克的"大屠杀"题材作品具有重大的社会与现实意义。妇女作家以其故事精彩、手法细腻、风格各异的作品在美国文坛构筑起一道亮丽的风景线。

莫尔斯沃思在《哥伦比亚美国文学史》中考察战后美国文学的社会和政治背景时注意到两个"具有头等重要意义"的变化:"一个是美国在西方国家中的全球战略、经济发展等领域内的国际领导地位,另一个是后工业化社会的渐进然而似乎不可避免的发育成长。"[①]其中第一个变化决定了美国的政治形态,而第二个则决定了它的社会结构。根据丹尼尔·贝尔的理论,美国在 60 年代开始步入后工业化社会,80 年代的计算机革命改变了人们的生产和生活方式,促使整个社会转型。在美国这个当今世界最发达的国家里,中产阶级成为后工业化社会的主要群体。中产阶级制造并发展了自己的文化,即通俗文化,包括电视、电影、流行音乐、通俗小说等。作为通俗文化的一个重要组成部分,通俗文学满足了中产阶级文化消费的需要。当代美国通俗文学呈兴旺之势,科幻小说、西部小说、犯罪小说、言情小说、恐怖小说、社会暴露小说的销售量持续增长,并出现了甜蜜野蛮小说和高科技惊险小说等新的种类。通俗文学的一个特征是浅显易懂,适合一般读者的水平,人们常常为了消遣、休闲的目的去阅读通俗小说,在令人眩目、五光十色的想象世界里寻找刺激和宣泄。但是,通俗文学的功能不仅仅是提供娱乐。通俗文学传达的中产阶级的价值观念肯定现存的生活方式和现实关系,这亦是不容置疑的事实。

---

① Emory Elliott, ed. *Columbia Literary History of the United States* (New York: Columbia University Press, 1988), p. 1123.

第二次世界大战结束时,“新批评”风头正劲,处于上升阶段。“新批评”在40年代末、50年代初一度在学术界一统天下,但很快就失势,从极盛转向衰退。战后美国文学批评理论沿一条从“内在的研究”到“外在的研究”的轨迹发展。60年代起,欧洲大陆兴起的结构主义、后结构主义开始传入美国。1975年,德里达应邀到原本是“新批评”大本营的耶鲁大学担任教职。在他的解构主义思想的影响下,美国文学批评和文化形态发生了深刻的变化,这场理论变革可与60年代民权运动引发的社会变革相媲美。马克思主义批评、读者反应批评、女性主义批评、新历史主义批评、后殖民主义批评使传统文学批评脱胎换骨,重新获得生机,为文学研究开辟出新的天地,提供新的视角和方法,对当代文学的创作和走向也产生积极影响。当代文学理论革新了文学观念,从根本上改变了人们对文学传统、典律构建、文学与文化、文学与社会关系的认识。正是由于70年代以来文学与文化批评理论的高度繁荣,才使20世纪真正成为“批评的世纪”。

# 第一章

# 第二次世界大战结束至 50 年代末的美国文学

1941年12月7日日本偷袭珍珠港，第二天美国国会通过决议对日宣战，正式参加第二次世界大战，美国军队奔赴世界各战场。战争期间，美国凭借其强大的工农业优势，向反法西斯国家源源不断地提供生活物品和军火。第二次世界大战使苏联、英、法、德、意、日等参战国损失惨重，元气大伤，相比之下，美国在欧洲和太平洋战场上的损失不大，而战时总动员刺激了美国经济，使它一扫30年代的萧条景象。战争结束时，美国的实力急剧增强，它拥有资本主义世界工业总产值的60%，黄金储备是世界各国黄金总储备量的75%。美国一跃成为世界头号强国。50年代，美国在艾森豪威尔总统领导的共和党政府长达8年的执政期间，国民经济有了进一步稳定发展，国民生产总值从1950年的3 181亿美元上升到1960年的4 392亿美元，同时人民生活水平也有了较大提高。著名经济学家加尔布雷思声称美国已成为一个"丰裕的社会"。

第二次世界大战的结束标志着冷战的开始。随着美苏国际利益和意识形态冲突的加剧，在战争中形成的美苏同盟很快破裂，苏联从昔日的盟友变为敌人。为了阻止以苏联为首的社会主义阵营进一步扩大，1947年美国提出复兴欧洲经济的马歇尔计划。1949年，北大西洋公约组织成立，美国与西欧国家结成集体防御体系，与苏联在欧洲的军事力量相抗衡。1950年，美国卷入朝鲜战争。1955年，华沙条约组织正式成立，此后在欧洲出现了北约和华约两大军事集团对抗的局面。1959年9月，苏联赫鲁晓夫访美，和艾森豪威尔举行戴维营会谈，美苏关系开始缓和。

在美国国内，政治空气受到冷战的毒化。1947年，遭受"恐共症"的美国政府正式下令对所有公职人员进行"忠诚"审查，约有1 350余万人接受了调查。1950年2月，参议员麦卡锡突然在一次讲演中断言国务院里到处潜伏着威胁美国安全的共产党人，引发了一场政治大迫害，许多进步人士被列入黑名单。在美国政治急剧向右转的年代，30年代那种对社会作激进的批评销声匿迹，整个美国的社会空气一度显得沉闷，通行的处世态度是谨小慎微，追求舒适而富裕的生活。

物质生活的富足，反共迫害，对核武器的恐惧，以及对于大萧条的回忆，促使50年代美国青年成为"沉默的一代"(the Silent Generation)。当然，这并不意味着人人都沉默。有一小批青年知识分子站了出来，挑战美国正统文化。他们自称为"垮掉派"，公开蔑视美国现存的价值观念，故意嘲弄和破坏传统的道德规范。到了50年代末，终于掀起一场文化反叛运动。美国从安静平和的

50年代跨进动荡不安的60年代。

从文学发展史看，这一时期美国文学处于一个新旧交替的过渡阶段。30年代左派文学不再流行，现代主义高潮已经成为历史，人们有一种明显的断层意识。在欧洲，叶芝和弗洛伊德早在1939年就已谢世；两年后，乔伊斯和伍尔夫离开了人间。在美国，菲茨杰拉德、安德森与斯泰因分别于1940年、1941年和1946年去世。福克纳的主要作品是在20年代末、30年代初完成的，他的创作高峰期已经过去。斯坦贝克的重要小说，包括《愤怒的葡萄》，大都发表在30年代。海明威发表了《老人与海》(*The Old Man and the Sea*, 1952)，并获诺贝尔文学奖，但他一直为写不出优秀作品而苦恼，于1961年自杀。在"老人"们相继离退之际，一批新人脱颖而出，登上美国文坛。

在小说领域，新一代作家崛起，成绩令人瞩目。犹太小说取得突破性进展。贝娄四五十年代的小说创作从一个侧面反映了犹太小说的发展进程，他的《奥吉·玛琪历险记》承继《哈克贝里·费恩历险记》的传统，是一部典型的美国小说。该书的发表，标志着贝娄本人以及犹太文学进入了美国主流文学。来自美国南方的一批作家出色地描写南方农村和城市的生活，其中几位女性作家的作品风格独特，具有浓郁地方色彩。艾里森等黑人作家受到赖特"抗议小说"的影响，但不为这种影响所束缚，在小说的主题和形式方面进行新的探索。"垮掉派"小说有力地冲击中产阶级的生活方式和理念，给文坛带来了生气和活力。这一时期涌现出来的贝娄、马拉默德、辛格、奥康纳、斯泰伦、艾里森、鲍德温、塞林格、凯鲁亚克等作家在美国文学史上占据重要地位，他们的小说已成为经典。

美国戏剧因为受战争影响，一度陷于低谷。1946年，奥尼尔在沉默了12年之后带着他的《送冰的人来了》(*The Iceman Cometh*)重返纽约剧坛。奥尼尔的创作生涯的后期依然显示出才气和力度，但真正改变美国戏剧不景气状况的是威廉斯与密勒。威廉斯的剧作大都以南方生活为题材，将人物置于南方传统衰落的大背景下，以细腻的手法揭示了他们的内心世界。密勒是一位有着高度社会责任感的作家，成功地表现了现代的悲剧。"威廉斯与密勒一样，深深扎根于现实主义，但又以表现主义技巧将其改造，融合一体，自成风格。"[①]不久英奇在威廉斯的提携下也很快成长起来。在威廉斯、密勒和英奇三人的努力之下，美国戏剧出现了复兴和繁荣。

20世纪上半叶，以艾略特为代表的现代派诗歌占据主流地位。从50年代中期开始，美国诗风开始发生变化，也经历了新旧交替的过程。T. S. 艾略特、

① Boris Ford, ed. *The New Pelican Guide to English Literature: American Literature* (London: Penguin Books, 1991), pp. 338-339.

W. C. 威廉斯已近晚年，史蒂文斯于1955年长逝，而庞德从1945年至1958年一直被关在圣伊丽莎白精神病院。与此同时，一批中青年诗人努力摆脱前辈诗人的影响，另辟蹊径，"垮掉派"、黑山派、自白派应运而生。现代派诗歌强调"非个人化"，主张通过"客观对应物"，即相关的外部事物的描写来间接表现情感。新一代诗人则直抒其怀，诗人的自我和内心体验成为诗歌创作的题材。早期诗歌中客观、中性的"他"或"她"被具有强烈主观色彩的"我"所替代。这种"个人化"[①]倾向成为当代诗歌的一个重要特征。

30年代崛起的"新批评"在40年代末、50年代初进入全盛期。维姆萨特、布鲁克斯、韦勒克等人对"新批评"的基本原则和方法作进一步完善，确立其在学界的正统地位。芝加哥学派针对"新批评"实践批评的不足，试图构建一种亚里士多德式文学理论的诗学体系。"纽约知识分子"批评家视文学为文化的一个部分，倡导社会文化批评。神话原型批评也为文学研究提供了新的视角和方法。文学批评作为一门独立的学科开始受到人们的重视。

## 第一节 新一代小说家的崛起

随着第二次世界大战的结束，美国现代主义小说鼎盛期已过，也渐入尾声。福克纳获1949年度诺贝尔文学奖后，笔耕不辍，1955年，他的《寓言》(*A Fable*)获普利策小说奖。随后，他完成了斯诺普斯家族三部曲的后两部《小镇》(1957)和《大宅》(1959)。海明威宝刀不老，于1952年发表《老人与海》。不过，战前文坛元老虽然仍有作品问世，其水准都不如以前，影响力亦越来越小。与此同时，一批出身背景、创作风格大不相同的新人崭露头角，给美国文坛带来了生机和活力。战争小说、犹太小说、南方小说、"垮掉派"小说构成了这一时期美国小说的主要内容。新一代小说家表现出发展潜力，他们开创了美国小说的新局面，其中不少人成为20世纪下半叶美国文学的主将。

### 战争小说

第二次世界大战作为20世纪重大历史事件，受到当时作家的关注。战争

① A. Poulin, Jr., *Contemporary American Poetry* (Boston: Houghton Mifflin Company, 1985), p. 687.

一结束,便有一批以二战为题材的作品问世。这些战争小说的许多作者是从太平洋战场和满目疮痍的欧洲归来的军人或记者,他们根据亲身经历和所见所闻为创作蓝本,讲述军旅生活,勾勒历史事件,阐述各自的体验和感受。有相当多的战争小说对第二次世界大战持肯定态度,颂扬反法西斯的正义之战,但也有部分作品不问战争的是非曲直,也不划分敌我界限,一味渲染战争的残酷、军队的腐败、牺牲的无谓。就创作手法而言,作家们大多继承现实主义的传统,力求真实客观地再现二战这一特定的历史时期。反战和写实成为此类作品的一个特点。

以新闻报道的风格来再现历史事件的代表作家是约翰·赫塞(John Hersey, 1914—1993)。他出生于中国天津,1924 年随父母回到美国。二战期间他曾在欧洲和远东担任战地记者,1946 年他去日本广岛,采访原子弹爆炸的幸存者。《广岛》(*Hiroshima*, 1946)以 1945 年 8 月 6 日早上 8 点 15 分原子弹在广岛上空爆炸时五个日本人和一个德国牧师的日常生活为开头,无数日本人丧生,但他们幸免于难。赫塞通过幸存者的活动如实地记录原子弹对城市毁灭的情景、日本人逃避灾难的经历以及遭受疾病折磨的境况。他对事件不作评论,没有观点也不带情感,但惨绝人寰的事实本身在读者心中产生了强烈的感情。赫塞的小说《墙》(*The Wall*, 1950)再现了德国纳粹分子对华沙犹太人的血腥镇压。赫塞虽然没有机会去波兰作实地调查,但这部历史小说是以真实的史料和逃到美国来的波兰裔犹太移民的口述为基础,记载了华沙犹太人起义过程中的重大事件。赫塞从受害者角度出发,报道他们对亲身经历的历史所获得的独特认识。小说的标题既指纳粹分子为了把犹太人与华沙其他居民隔离开来而修建的墙,也指犹太人心理上防御敌人的一堵城墙。在种族生死存亡的关口,犹太人为了一个"集体目的"团结起来,同法西斯展开英勇斗争。《墙》描述了"使个人得以超越异化的集体经验"。①

詹姆斯·古尔德·科曾斯(James Gould Cozzens, 1903—1978)从 1942 年至 1945 年曾在美国空军服役,他的《荣誉卫队》(*Guard of Honor*, 1948)讲述发生在 1943 年 9 月间美国本土佛罗里达州一个空军训练基地的事件。小说长达 600 多页,但时间跨度只有三天。星期四晚上,伊拉·比尔少将驾驶的飞机降落时差一点与黑人少尉斯坦利·威利驾驶的 S-26 轰炸机相碰撞。与比尔同机的本尼·卡里克中尉一下飞机就打了斯坦利一个耳光。专程从华盛顿来调查种族关系的詹姆斯先生刚好于第二天抵达,受到冷遇,怀疑基地搞种族歧视;心怀不满的埃泽尔中尉打电报叫斯坦利的父亲威利先生赶到

---

① Jeffrey Walsh, *American War Literature: 1914 to Vietnam* (London: Macmillan, 1982), p. 137.

基地，想把事情闹大。斯坦利因为避免了一场飞行事故，立功获得嘉奖，威利先生应邀参加了儿子的领奖仪式。星期六下午进行防御德国空降兵袭击基地的军事演习，由于机械故障，有七个伞兵落入湖中淹死。基地军官因没有在湖上准备救生船只而主动承担责任。《荣誉卫队》的中心人物是罗斯上校。作为军官阶层的代表，罗斯上校对比尔少将无比忠诚，竭力维持部队稳定。《荣誉卫队》中没有战争场面，而是从军官的角度写军营生活，展示军队内部指挥系统的运作。小说涉及美国军队中复杂的种族关系问题，但科曾斯在书中对遭到种族歧视的黑人士兵似乎并未给予多少同情。《荣誉卫队》因对美军空军基地生活的出色描写而荣获1949年普利策小说奖。

欧文·肖（Irwin Shaw，1913—1984）的《幼狮》（*The Young Lions*，1948）和科曾斯的《荣誉卫队》是同年问世。肖二战期间在军队服役时，足迹遍及北非、中东和欧洲。《幼狮》以两个美国士兵（诺亚·艾克曼和迈克尔·惠特柯）和一个奥籍德军士兵（克里斯蒂安·蒂斯特尔）的遭际为主要线索，从1937年除夕写到1945年法西斯德国覆亡的前夜。小说开始时，克里斯蒂安在奥地利山区当滑雪教练；迈克尔是剧作家，在纽约庆祝新年；诺亚是个犹太人，在美国西部滨海城市圣莫尼卡为父亲送终。战争爆发后，三人都穿上军装，上了前线。作者交替使用这三个不同人物的视角，把纽约、巴黎、柏林、非洲战场、伦敦、诺曼底等各个场景串联起来。小说揭露了美国军队中令人发指的仇犹排犹的现象。诺亚参军后遭到所在连队军官和士兵的恣意凌辱，他忍无可忍，与十个士兵逐个决斗，被打断肋骨也不屈服，终于在最后第十轮将对手打败。《幼狮》的一个特点是作者不吝笔墨描写了德军中士克里斯蒂安的心理活动和战场表现。诺亚是一个值得同情的人物。他随美军攻占德国，解放了一座战俘集中营后，被躲藏在树丛里的克里斯蒂安冷枪打死，迈克尔最后将克里斯蒂安击毙。肖在小说中强调了战争盲目的毁灭。“幼狮”一语取自《旧约·那鸿书》中耶和华为惩罚尼尼微，将其狮群也“灭绝净尽”的典故。肖以此为篇题，其寓意在于把德军和美军士兵一律视为炮灰。《幼狮》出版后，受到批评家和读者的广泛注意，成为当时最畅销的战争小说之一。

詹姆斯·琼斯（James Jones，1921—1977）战争期间也曾在军队服役，他的成名作《从这里到永恒》（*From Here to Eternity*，1951），从士兵角度写军营生活。书名取自吉卜林的诗句“万古沉沦，从这里到永恒”。故事发生在1941年，主人公普鲁伊特是军队里的拳击运动员，他出拳速度快，当过冠军。在一次比赛时他把一个好朋友的眼睛打瞎后，决定放弃拳击。由于这个缘故，他被调离原来的部队，来到夏威夷美军的步兵团。他与其他士兵发生矛盾，遭到诬陷，被判监禁30天，罚做体力劳动。负责监工的贾德森中士百般虐待士兵，将人活活打死。普鲁伊特义愤填膺，寻找机会杀了贾德森中士，自己也受了伤,未能及时归队。日本人偷袭珍珠港后,他返回连队,途中因没有通行证件被自己的巡逻部队打死。琼斯在描述士兵与军官的冲突过程中揭露了军队里专制野蛮、暴力盛行等阴暗面。普鲁伊特渴望成为一位好军人,但却被军队这架机器所毁灭。和海明威笔下的军人不同,普鲁伊特并不是以反战形象出现,他不畏强暴,富有正义感。普鲁伊特已成为美国文学史上一个感人的士兵人物典型。

赫尔曼·沃克(Herman Wouk,1915— )根据自己在美国海军服役的亲身经历和观察,创作了《该隐号兵变》(*The Caine Mutiny*, 1951)。主人公威利·基思于 1942 年 12 月来到该隐号扫雷舰服役。新舰长菲力普·奎格登上舰后,由于他极度的野心、残酷的命令以及对日常琐事的过分计较,很快招致下属的敌意。小说家汤姆·基弗竭力说服副舰长史蒂夫·马利克,使他相信奎格是个妄想狂患者,不能胜任舰长。在一次台风中,他协助马利克夺取了指挥权。兵变以后,马利克被送上军事法庭,但最终被宣告无罪。基弗随后成为该隐号舰长,威利当了副舰长。不久该隐号遭到日本"神风"飞机袭击起火,基弗惊慌失措,像康拉德《吉姆老爷》里的主人公一样,弃船逃命,威利在关键时刻挽救了舰艇。事后,基弗被撤职,威利当上舰长。战争一结束,他回到纽约,与女友梅见面,发现她已有了男朋友,但威利决心娶她为妻。《该隐号兵变》颂扬了以威利为代表的军官阶层指挥部队的能力。小说出版后,受到好评,后来成功地被改编成剧本和电影。沃克在 70 年代又相继发表了两部以二战为题材的长篇巨著:《战争风云》(*Winds of War*, 1971)和《战争与回忆》(*War and Remembrance*, 1979)。他在小说中通过主人公美国海军高级军官帕格·亨利一家的遭遇,从政治、军事、外交、社会、家庭等各个方面,比较全面地描写了从 1939 年纳粹德国入侵波兰起到二战结束这一段历史。

在战争小说中,诺曼·梅勒(Norman Mailer, 1923—2007)的《裸者与死者》(*The Naked and the Dead*, 1948)写得最具思想深度和前瞻性。梅勒出生于新泽西州,1939 年进哈佛大学学习,专业是航空工程。1943 年毕业,第二年入伍,分到太平洋战区,曾在菲律宾的莱特岛和吕宋岛服役。《裸者与死者》的故事发生在虚构的南太平洋一个名叫安诺波佩的小岛,美军正组织进攻,要消灭盘踞在岛上的日军。作者通过两条平行的线索来叙述。一条是侦察排里的士兵。排里的"当家"上士克洛夫特颇有作战经验,但权欲和私心特别重,心狠手辣,凶横跋扈,是压在其他士兵头上的一霸。另一条线索是指挥部里的军官。美军师长卡明斯少将表面上才华出众,和蔼可亲,但"堂皇的外皮"里面是"兽身"。他实际上极端专横,是一个带有法西斯色彩的军人,声称法西斯的那一套想法"是立足于人的天性,并不脱离现实,根基比较深固"。他鼓吹权力至上,认为将来的世界必定是一个极权世界。将这两条线索连接起来的是罗伯特·侯恩少尉。他出身于上流社会，家庭是中西部的豪门富第。侯恩一调到师里，就被卡明斯少将破格录用为贴身副官，但两人在思想深处格格不入。侯恩很快就对卡明斯少将专横跋扈、刚愎自用的作风不满，感到他是个“妖魔”，而自己“不过是主子的玩物，是一条狗”，“成了虐待狂的主子一意揉搓的对象”。一次，侯恩故意在将军的帐篷里乱丢烟蒂和火柴梗。素有洁癖的卡明斯少将意识到这是一个公开向他表示对抗的信号，气急败坏。为了惩罚侯恩，卡明斯少将决定把侯恩打发走，让这个从未带兵打过仗的副官去担任侦察排长，并立即执行一项成功希望渺茫的任务：绕到后岛去把丛林里的路径侦察清楚，然后再循原路退回海边，乘登陆艇回来。将军自己觉得这个计划风险太大，但他出于报复心理，视士兵生命如草芥。“十几个人嘛，就是遭遇不测，也算不了什么损失。”克洛夫特将侯恩视为眼中钉，必欲拔之而后快，不惜谎称岛上穴洞山山口日军已撤防，结果让侯恩中弹阵亡。卡明斯少将得到侯恩的死讯，并不觉得意外，并且还“感到微若游丝的那么一丁点快意”。小说结尾时，美军对日军发起进攻，发现日军早在一个星期前就因补给线被切断而弹尽粮绝，不战自溃。卡明斯少将盘算着如何捞取战功，战争结束后“到国务院去干一下”，以“接近权力中心”。

《裸者与死者》的冲突主要表现在以卡明斯少将和克洛夫特为代表的一方和以侯恩为代表的另一方。卡明斯少将是“岛上主宰一切的人物”，他信奉唯权力论，认为“过去百年的历史进程，总起来不外乎一条，就是权力越来越集中”。在军队里应当等级制度森严，“像梯子那样一级畏惧一级”。他对侯恩说：“要底下的人老老实实，做到毕恭毕敬、有令必从，你唯一的办法就是把手里的权力极而用之，不怕用到滥用的地步。”在他看来，军队的现在就是世界的将来，那时就是“实行组织化、总体化，……就是实行法西斯”。克洛夫特也是不择手段地追求权力，从他身上可以看到将军的影子。作为他们对立面的侯恩少尉代表的是自由主义。他有知识、有思想，但没有权力，十分软弱。由卡明斯少将和克洛夫特控制的军队是一台“碾压机”，个人只是里面的“一些小部件”。侯恩少尉对于军队缺乏一种集体归属感。他与普通士兵之间不存在密切关系，处于一种孤立无援的境地。在同权力机器的较量中，侯恩很快就败下阵来，被碾得粉碎，他的这一结局似乎暗示，自由主义无法有效抵抗极权。梅勒在后来的创作中从宣扬自由主义思想转移到更多地关注暴力和权力结构。

作为一部战争小说，《裸者与死者》客观地展现了战争的残酷场面，对侦察兵艰苦的长途跋涉写得真实，小岛的壮丽景色也给读者留下了深刻的印象。在叙述方式上，梅勒没有平铺直叙，而是在推进主要情节的同时，剪贴上“大家的话”和“飞回到过去”的片断，前者展现军官和侦察兵日常生活的图景，后者以蒙太奇手法倒叙每个人物参军前的生活。叙述像是电影镜头一样，从一个场面切换到另一个场面,把远在南太平洋的荒僻小岛与美国连接起来。"飞回到过去"就是飞回到美国社会。作者给我们提供了一幅幅特写:得克萨斯州草原上的猎人、蒙大拿州的流浪汉、哈佛大学的大学生、南方的贫苦白人、布鲁克林的犹太人。当然,梅勒的重点不在个别人物形象塑造,而是刻画整体的美国人。《裸者与死者》不只是再现了安诺波佩岛上美国军队内部官与兵、人与人之间的关系;小岛是美国社会的延伸,是美国社会的缩影。

《裸者与死者》表现了权力与人性的冲突。Naked 这个词有"赤裸的"意思,也可作"无保护的、无防备的、赤手空拳"解。权力之所以能对人性实行摧残,置人于死地,是因为赤裸的人性处于毫无保障、任人摆布的状态。在权力与人性的冲突中,人性遭到权力机器的无情碾压。但是,这并不意味着梅勒对世界持悲观态度。他在 1948 年接受《纽约客》杂志的采访谈及《裸者与死者》时说:

> 其实这部小说是很想说明前途大有希望的。我的本意是想用这个故事来比喻人的历史发展进程。我想探索一下在一个病态的社会里,原因与结果、付出与回报之间令人震惊的比例关系。书中固然写出人的堕落、糊涂简直到了令人绝望的地步,但是也写到了无法驱使人去逾越的极限,并且发现即使在人的堕落和病态中也仍然存在着对一个更好世界的向往。①

梅勒的意图是要人们警惕法西斯极权对人类生存构成的威胁,寻找解决问题的办法。《裸者与死者》以寓意的手法预示社会发展的可能趋向。小说问世后深受读者欢迎,为年仅 25 岁的年轻作家赢得了声誉。

第二次世界大战结束后,战争小说一度占领美国文坛。评论家指出:如果将两场世界大战之后出现的战争小说作比较,不难发现"第二次世界大战之后的作品画面更为宽广,且时而在战争题材之中掺入了种族冲突或其他社会问题,从而使战争成为人类文明各种冲突和危机的一个微观标本"。② 在小说表现手段上,这些作家没有多少革新。马尔科姆·考利在 1954 年抱怨说,一战产生了伟大的实验小说,二战以后看到的只是传统的写实主义作品。③ 从前线归来的作家未能像人们所期望的那样很快再创辉煌。对战争进行反思、思想内涵深刻的小说要到 60 年代才开始出现,如海勒的《第二十二条军规》、冯

---

① Michael Lennon, ed. *Conversations with Norman Mailer* (Jackson: University Press of Mississippi, 1988), p. 14.

② 陆谷孙:《〈幼狮〉译后记》,上海:上海译文出版社,1987 年,第 924 页。

③ Malcolm Bradbury, *The Modern American Novel* (Oxford: Oxford University Press, 1992), p. 161.

尼格特的《第五号屠宰场》、品钦的《万有引力之虹》等。这些渗透着实验精神的作品将在后面章节讨论。

**犹太小说**

第二次世界大战结束后，贝娄、马拉默德等一批犹太作家相继走上美国文坛。他们属于第二代美国犹太移民，生在美国，或在美国长大，并且有机会接受高等教育。年轻一代的犹太人受到本民族文化传统的熏陶和影响，但他们同时面临来自美国现代文明的压力和挑战，必须接受美国同化。同化过程导致旧的思想观念、生活方式的改变乃至整个传统的解体。20世纪40年代末50年代初的犹太文学大体上是关于同化进程以及作为结果而发生的个性危机。文学史家认为，对于犹太作家来说，传统的解体提供了小说创作的"发展条件"，使他们能"以超然的态度观照自己的生活，以新的方式把握自己的生活"。[①] 犹太作家受当时社会思潮影响，对自我的界定并非纯粹是从宗教、政治或种族的角度出发，而是具有存在主义色彩。在他们笔下，个人成为社会力量的牺牲品、受害者。50年代以来，不少犹太作家注意淡化犹太特征，强调作品描写的虽是犹太人，反映的却是整个美国社会中普通人的处境。犹太作家成功地用英语写作，使犹太小说取得突破性进展，从边缘进入美国主流文学。

战后最杰出的美国犹太作家是索尔·贝娄(Saul Bellow，1915—2005)。他出生于加拿大魁北克一个俄国犹太移民家庭，九岁随父母迁居美国芝加哥，先后就读于芝加哥大学和西北大学，获社会学和人类学学士学位。贝娄的第一部小说《荡来荡去的人》(*Dangling Man*，1944)虽然属于战争小说，但故事发生地点不是在战场，而是在芝加哥。主人公约瑟夫是一位犹太青年，辞去了在一家旅行社的工作，等待应征入伍。由于他是加拿大人，又已结婚成家，等了七个月后仍未接到兵役站的通知。这部小说采用日记体形式，客观地记录了从1942年12月15日至1943年4月9日这一段时间里约瑟夫在家闲荡，与家人和朋友无缘无故的争吵，以及他内心进行的一场深刻自我分析。约瑟夫希望认识自我："认识我们是谁，我们是为什么活着，认识我们的目的，寻找福佑。"他把自己关在家里，冥思苦想，但毫无结果。《荡来荡去的人》表现出对30年代的一种反拨：约瑟夫曾经是社会主义思想的追随者，参加过左派组织，但这时他已放弃了信仰。约瑟夫发现世界没有意义，自己的生活没有目的。冬天里，他经历了一场心理危机，在春天到来之时，他跑到兵役站，主动要求尽早入伍。在《荡来荡去的人》中，约瑟夫未能从逃避现实的内省中找到出路。最后，他忍受不住内心的苦闷，提前入伍，奔向战争和死亡。小说在"军营生活

① Ford, p. 618.

万岁!”的口号声中结束。这一结局流露出明显的存在主义影响。按照存在主义的哲学观,人在一个没有上帝的世界里是完全孤独的,选择自己本质的责任落在他自己肩上。选择和行动非常重要,因为它们赋予生存意义。约瑟夫采取行动提早入伍,结束自己空洞的自由。他相信强制性的军营生活会赋予他目标,他会有命令去服从。贝娄从而在存在主义的意义上来肯定战争,塑造了一个存在主义的“反英雄”人物形象。

贝娄战后发表的第一部小说《受害者》(*The Victim*, 1947)故事地点转到了纽约。主人公犹太人阿萨·利文萨尔是一家商业小杂志的编辑。柯比·奥尔比是个基督徒,曾在另一家周刊工作。他被老板炒了鱿鱼,成为一个酒鬼,妻子与他分居,后来死于车祸。奥尔比坚持认为是利文萨尔的捣乱使他丢了工作,毁了一生幸福,自己是利文萨尔的受害者。奥尔比来找利文萨尔算账,对他进行骚扰,最后还住进了他的家,弄得利文萨尔惶惶不可终日,生活在一种无名的恐惧之中。利文萨尔的侄子得了重病,孩子的母亲十分固执,不肯送他上医院,结果耽搁了治疗,使孩子最后夭折。小说通过描写利文萨尔面对“疾病、疯狂、死亡”而束手无策,揭示了生活的非理性和个人的无奈。

50年代,贝娄的小说创作进入一个新阶段。《奥吉·玛琪历险记》(*The Adventures of Augie March*, 1953)彻底改变了头两部小说中严肃有余、趣味不足的倾向。这部作品的书名使人想起马克·吐温的《哈克贝里·费恩历险记》,是贝娄的经典之作,曾获国家图书奖。《奥吉·玛琪历险记》采用第一人称叙述视角,由玛琪讲述自己的故事,作品内容围绕他的成长经历展开,可以被视为是一部“成长小说”,其情节安排继承了欧洲流浪汉小说传统。小说中两次引用古希腊哲学家希拉克利特斯的格言“性格即命运”,概括了主人公的特征。玛琪出生于芝加哥一个贫苦犹太家庭,父亲抛弃妻儿,离家出走,玛琪和他哥哥西蒙很小就开始在外面干活挣钱。西蒙为人非常精明,后来娶了富人家的千金,改变了自己的社会地位。玛琪不愿步他后尘,要走自己的路。他有不少冒险的记录:大萧条时期在书店偷书卖钱,与人合谋试图从加拿大偷渡移民;后来成为有钱妇人的情人,跟她跑到了墨西哥;战争期间服役在兵舰上当事务长;战后在意大利倒买倒卖剩余军用物资,赚了大钱。玛琪到处闯荡,对自我有相当清醒的认识:“我所要的只是我自己的东西。”贝娄在小说中将历史与虚构糅合在一起:玛琪在墨西哥期间,曾遇到托洛茨基。托洛茨基当时生活在暗杀威胁的阴影之中,他的保镖希望玛琪冒充托洛茨基的侄子,以保护这位流亡者。《奥吉·玛琪历险记》结构松散,文体活泼轻快,流浪汉小说这种形式使得作者很顺当地展示20年代至40年代美国社会各个侧面。贝娄曾表示,他是在发表《奥吉·玛琪历险记》之后才找到自己的创作道路的。

《抓住这一天》(*Seize the Day*, 1956)是一部中篇小说,讲述客居在纽约一家旅店的汤米·威廉一天的生活。汤米40出头,大学时辍学,跑到好莱坞去想当演员,后来在一家公司当销售代表,一生充满失败。他不再工作,没了经济来源。妻子带着两个孩子与他分居,但不肯跟他离婚,老是寄账单催他付钱。汤米去找富有的父亲求援,又遭到断然拒绝。在小说的这一天,汤米轻信骗子塔姆金,孤注一掷,把仅有的700美元交给他去做猪油期货,结果上当受骗。小说结尾时,汤米来到一个小教堂的葬礼,为一个素不相识的死者放声恸哭。这场痛哭是一次宣泄,同时也是一种"顿悟"[①],揭示了汤米与现代社会所有不幸的人之间的联系。

《雨王汉德森》(*Henderson the Rain King*, 1959)与《奥吉·玛琪历险记》有相似之处:采用第一人称叙述视角,讲述冒险故事。主人公汉德森55岁,是个富有的农场主,拥有百万家产,却感到生活在"压得透不过气来的世界"上,处于精神崩溃的边缘。他受内心"我要,我要,我要"无可名状欲望的驱使,到非洲原始部落中去寻找解脱。汉德森在非洲的经历充满奇幻色彩。他要为阿内维人驱除蛙害,结果把水塘的堤坝炸了,毁了土人的水源。在瓦利利,他因为举起门玛的神像,成为瓦利利部落众人崇拜的偶像——雨王圣戈。达孚国王在同狮子搏斗中丧身,临终嘱托圣戈当国王。汉德森最后在向导洛米拉尤的帮助下设法逃离瓦利利。非洲之行使汉德森重新对生活感到新鲜,满怀激情地拥抱生活。在回美国途中,飞机在纽芬兰停机加油,这一细节具有象征意味。汉德森走上"新发现的国土","那纯粹是幸福之感"。小说结尾时,他渴望亲情,想到妻子莉莉在机场等他,"更增加了我的幸福之感"。汉德森在非洲的遭遇看似滑稽而离奇,但小说探讨的是严肃的主题:物质生活富裕的社会中人的精神危机。汉德森在非洲反思:"我内心里曾有个声音喊道'我要!'我要吗?我?它应该告诉我是她要,他们要。"值得注意的是汉德森并不是犹太人,他是消费社会中现代人的代表,具有普遍意义。汉德森最终在非洲领悟出生活的美丽,得到了精神上的解脱和转化,这使得《雨王汉德森》成为贝娄作品中最积极向上的一部小说。

进入60年代以后,贝娄的写作风格发生了变化。《赫索格》(*Herzog*, 1964)是他这一时期的代表作品,题材是犹太知识分子的婚姻纠葛。主人公赫索格曾是历史学副教授,《浪漫主义与基督教》一书的作者。他爱他的妻子马德琳,但她却同他的好朋友格斯巴赫勾搭成奸,竟把他扫地出门。这已是他的第二次离婚,给他打击很大,使他精神濒于崩溃。赫索格离群索居,躲到乡间自己的旧屋,行为也变得古怪起来,整天紧张地思考,不停地写信。他给朋友、

---

① James Vinson, ed. *Novelists and Prose Writers* (London: The Macmillan Press Ltd., 1979), p. 106.

同事、情人、医生、总统、活着的和死去的，甚至给上帝和自己写信，但从未寄出一封。他难以容忍马德琳和格斯巴赫的背叛，一时冲动，回到芝加哥，拿了手枪要去杀那两个人。当他在马德琳住处看到独腿格斯巴赫正费力地在给自己女儿洗澡，又打消了念头。第二天，他被卷入一起交通事故，警察发现他携带未注册登记的手枪而将他拘捕，马德琳试图投井下石。小说结束时赫索格接受了情人拉莫娜真诚的爱，但他明白不会再把自己交到任何人手里。他从感情绝望中解脱出来。心灵变得安宁，不再给别人写信。《赫索格》1965 年获全国图书奖。

《塞勒姆先生的行星》(*Mr. Sammler's Planet*, 1970)的主人公塞勒姆先生是波兰犹太人，二战期间曾参加抵抗运动，险遭波兰反犹分子暗害。战争结束前他逃到英国，在那里结识著名科幻作家威尔斯。60 年代他担任记者，孤身一人去中东，报道中东战争。故事开始时，塞勒姆先生已经到了古稀之年，移居美国纽约，撰写威尔斯的传记。在贝娄笔下，人类已经登上月球，萨尔博士的讲演《月球的未来》阐述了在月球建立理想社会的计划，但是塞勒姆先生居住的行星，即地球，充满了“死亡、腐败、破坏、肮脏、绝望、罪孽”。《塞勒姆先生的行星》观察细致，以写实的手法着力表现了现代社会的病态和“灵魂的贫困”。《洪堡的礼物》(*Humboldt's Gift*, 1975)以两位美国名作家为主线，探讨了美国文化中知识分子的地位和作用问题。主人公洪堡的歌谣集在 30 年代问世，曾经轰动一时，博得艾略特的赞赏。他的声望持续了十年之久，到 40 年代末，开始衰落。洪堡后来生计窘迫，到处碰壁，病死在一家寒伧的客栈里。与此相对照，他的学生、作家西特林靠写百老汇剧本、传记从 50 年代起开始走红，他一鸣惊人，左右逢源，名利双收。小说开始时，西特林已年过 50，他妻子打官司闹离婚，索取了一大笔赡养费，弄得他几乎破产。洪堡的去世，引起西特林许多回忆和思考。洪堡执意要成为一个美国诗人，去“揭示人生的意义，表达自己对时代的感受”，他的文字充满“对美的召唤”。作者指出：在古代社会，诗人是有力量的，但在金钱、法律、理性、技术垄断的现代社会，洪堡“处于软弱的境地，成了一个低贱的角色”。他不得志，“只有怨恨、愤怒，以至癫狂”。洪堡在遗嘱里给西特林留下一些东西，其中包括他们两人合作的电影剧本的副本。洪堡生前穷困潦倒，死后根据该剧本拍摄的影片大获成功，西特林也意外地得到一笔收入。但是洪堡作为“诗的境界的创造者”，给西特林最珍贵的礼物是一份精神遗产：让他明白生活的真谛和信仰的重要性。小说结尾时，西特林说：“现在我们必须从上帝那里谛听真理的声音。”《洪堡的礼物》风格独特，语言生动，富有哲理和现代生活气息，受到评论界好评，获 1975 年度普利策小说奖。

80 年代以来，贝娄笔耕不辍，1982 年发表《院长的十二月》(*Dean's*

*December*)。五年后,《更多的人死于心碎》(*More Die of Heartbreak*,1987)问世。小说采用第一人称叙述,主人公依然是陷于婚姻羁绊的犹太知识分子。叙述者肯尼思的舅舅贝恩是一位著名植物学家,在学术上很有建树。他向往一种纯洁浪漫的爱情,娶了年轻漂亮、富有的玛蒂尔达做妻子。玛蒂尔达和她的父亲拉亚蒙医生看中这个书生气十足的穷科学家,却是另有打算。贝恩舅舅曾经拥有价值数百万的地产,在一场官司中因法官营私舞弊被维里茨占有。老谋深算的拉亚蒙医生计划向法院重新提出申诉,为贝恩舅舅收回几百万美元,用来装修自家的邸宅。拉亚蒙医生办公室里有一盆假的杜鹃花,而作为植物学家的贝恩舅舅以前一直没有看出来。玛蒂尔达对他的爱完全是虚情假意,目的是要他的钱。贝恩舅舅原想根据自己的理想设计生活,结果却是被人所设计,这使他十分伤心。贝娄在这部小说中揭露了美国社会司法的黑暗,人心的险恶,他借贝恩舅舅之口说:"我认为更多的人死于心碎,而不是死于核辐射。"90年代贝娄又有新作发表,如中篇小说《真情》(*The Actual*, 1997)等。

贝娄的文学创作生涯跨度长达半个多世纪,其作品表现出人道主义的关怀和喜剧的风格。1976年贝娄由于"他的作品中融合了对人性的理解和对当代文化细致的分析"而荣获诺贝尔文学奖,他无疑占据着美国当代小说的中心地位。

战后另一位重要的美国犹太小说家是伯纳德·马拉默德(Bernard Malamud, 1914—1986)。他出生于美国纽约布鲁克林区一个俄国犹太移民家庭,1936年在纽约城市学院本科毕业后,打零工,教夜校,继续深造,1942年获哥伦比亚大学硕士学位。马拉默德长期在大学任教,业余时间坚持写作。他的处女作《天生的运动员》(*The Natural*, 1952)以最具美国特色的垒球运动作为背景,讲述击球员罗伊·霍布斯的运动员生涯。50年代马拉默德创作的重要小说是《店员》(*The Assistant*, 1957)。故事发生在30年代的纽约市。意大利裔青年弗兰克曾参与抢劫了犹太人莫里斯的穷杂货店,并将他打伤。事后,他良心受责备,主动到店里去干活,不要工资。弗兰克被莫里斯的诚实、正直和善良品质所感动,对他女儿海伦产生了爱慕之情。不久,他因偷钱被发现而被赶出店门。绝望之余,他在公园里对海伦施暴,造成两人感情破裂。后来,莫里斯得了肺炎去世,弗兰克又回到小店,帮助莫里斯的遗孀维持生计。他勤奋工作,想帮海伦上大学,从克制中得到净化,终于感动了海伦。小说结尾时,弗兰克施行割礼,皈依犹太教。《店员》是一部犹太特征十分明显的小说,犹太教的道德观成为小说人物行为的标准。对马拉默德来说,犹太人是在生活中受苦并能在受苦中找到生命价值和生活意义的人。在小说中,犹太人莫里斯是个受苦一生的"圣者",弗兰克通过受苦磨难,在道德上获得新生。弗兰克最后皈依犹太教,说明了马拉默德关于"人人都是犹太人"的思想。马拉默德把他的宗教道德观根植于普通人的命运之中,使他笔下的人物具有了广泛的意义。《店员》于 1958 年获美国文学艺术院颁发的罗森萨尔奖。

马拉默德的第三部长篇小说《新生活》(*A New Life*, 1961)是根据他在俄勒冈州立大学 12 年的生活经验而写成。《基辅怨》(*The Fixer*, 1966)的主题又回到犹太人的苦难,描写沙俄时代一个穷苦的犹太青年雅柯夫被诬告杀害一个俄罗斯儿童而遭到残酷迫害的大冤案。雅柯夫想学习,了解新世界,独自远离家乡到基辅去。他隐瞒自己的犹太人身份,在一家砖厂做工,任劳任怨,与世无争,但逃脱不了排犹主义的魔爪。他被投入监狱后,受尽严刑折磨,过着非人的生活。在苦难中,雅柯夫坚持忠于自己的良心,拒绝向暴政屈服,表现出人的尊严和凛然正气,而他的犹太意识和人道主义意识也更加强烈。小说穿插了雅柯夫在梦幻中与沙皇尼古拉二世展开面对面说理的斗争,现实与虚构巧妙结合,情节安排显得十分自然。《基辅怨》是揭露和抗议 20 世纪初沙皇俄国对犹太人的迫害的力作,马拉默德将犹太人的苦难置于特定的政治背景之下,赋予小说现实意义。1967 年《基辅怨》荣获普利策小说奖。

60 年代美国掀起一场声势浩大的民权运动,种族关系成为热门话题。马拉默德觉得有必要对此"说点看法",[①]因此写了小说《房客》(*The Tenants*, 1971)。小说中的犹太人哈利正在写他的第三部长篇小说,黑人威利也在写关于黑人生活的小说,他们都是纽约市里一公寓的房客。哈利和威利相互存在着种族偏见,缺乏理解和同情。小说的开放性结局表达了作者对白人与黑人、生活与艺术、现实与想象之间关系的思考。

1979 年,65 岁的马拉默德发表《杜宾的生活》(*Dubin's Lives*, 1979)。主人公杜宾已经 56 岁,是一个功成名就的传记作家。经过 20 多年平淡的婚姻生活后,他想在感情世界冒点险,这时,年仅 24 岁、充满青春活力的范妮闯进了他的家庭,促使他抓住享受性爱的最后机会。小说以杜宾与范妮的关系为主线,描写了杜宾的婚姻危机和感情生活。杜宾虽然是犹太人,但他的犹太性并不重要,小说着重讨论的是当代美国社会的家庭、婚姻、爱情。马拉默德的最后一部小说《上帝的福佑》(*God's Grace*, 1982)是寓言式作品,糅合了幻想主义。主人公科恩是在核战争以后上帝制造的第二次大洪水的唯一幸存者,他试图在一群猩猩中重新建立一个新的社会。马拉默德运用魔幻现实主义的创作方法,把政治和社会的现实变成一种悲观的现代神话。

除长篇小说以外,马拉默德还写了许多脍炙人口的短篇小说,收在短篇故事集《魔桶》(*The Magic Barrel*, 1958)、《白痴优先》(*Idiots First*, 1963)、《伦

---

① Daniel Stern, "The Art of Fiction: Bernard Malamud," *Paris Review* 16 (Spring, 1975), p. 61.

勃朗的帽子》(*Rembrandt's Hat*，1973)中。《魔桶》获1959年国家图书奖，作为集子名称的这一短篇被公认为美国短篇小说的珍品，讲述即将毕业当拉比的青年利奥·芬克尔找对象的故事，探讨爱的意义，作品语言生动，细节刻画细腻，幽默风趣。

马拉默德不愿意人们称他为美国犹太作家，不过他笔下的主人公多为犹太人，受难是他们生活的组成部分，也是获得再生的途径。作为一名道德小说家，马拉默德用充满人道主义意味的眼光观照世界，力图证明小说人物的坎坷命运是现代人所共同具有的。他的小说深深扎根于现实，对现代生活作了最真实、最细腻的描写。

在当代美国犹太作家之中，艾萨克·巴什维斯·辛格(Issac Bashevis Singer，1904—1991)是一个独特的人物。他早期用意绪第语进行创作，大多数读者是通过阅读其小说的英文译本了解他的。辛格出生于波兰，他父亲一心想把儿子培养成拉比，但他从小喜爱文学，立志要当作家。1934年，他的意绪第语小说《撒旦在戈雷》(*Satan in Goray*)以连载形式发表，该书英译本于1955年出版。1935年辛格移居美国，已经31岁。到纽约后，他有七年时间停止了意绪第语小说创作。1945年，他开始写《莫斯卡特一家》(*The Family Moskat*)，在意绪第语《前进日报》连载三年，1950年该书英文版出版。《莫斯卡特一家》反映了华沙一个犹太家族从1910年到1930年的兴衰史，规模大，时间跨度长。1953年，贝娄将辛格的短篇小说《傻瓜吉姆佩尔》(Gimpel the Fool)译成英文，在《党派评论》杂志上发表，使英语读者得以了解辛格。1957年，短篇故事集《傻瓜吉姆佩尔》出版，收有英译短篇故事12篇。1959年，《卢布林的魔术师》(*The Magician of Lublin*)在《前进日报》上连载发表，第二年该书英文版出版。辛格的意绪第语作品是由他的亲戚、朋友以及他自己翻译成英语，后来，他也直接用英语创作。60年代是他的高产期，出版的小说有《市场街的斯宾诺莎》(*The Spinnoza of Market Street*，1961)、《奴隶》(*The Slave*，1962)、《庄园》(*The Manor*，1967)、《地产》(*The Estate*，1969)等。

辛格是讲故事的能手，短篇小说写得极为成功。他出版了好几部短篇故事集，其中有的描写了波兰犹太社会，有的叙述了生活在美国大城市里的犹太移民。《傻瓜吉姆佩尔》是他最著名的短篇故事。吉姆佩尔的傻表现在他的“容易受骗”：别人说什么，他都能相信。村里人告诉他，救世主弥赛亚降临，他便信以为真。故事的中心事件是他被妻子艾尔卡欺骗了20年：艾尔卡是个放荡的女人，生了六个孩子，没有一个是他的。吉姆佩尔相信艾尔达，相信上帝，在受到愚弄后，他并不愤怒，而是逆来顺受。辛格经历了两次世界大战，对犹太民族的苦难历史和现状有着深刻的切身体验，亲眼目睹了犹太人遭受到的歧视和迫害。犹太人对纳粹的迫害没有反抗,拒绝面对或者没有能力面对现实。辛格通过《傻瓜吉姆佩尔》对犹太民族的命运进行思考,这一富有哲理的故事给人的启迪是:信仰上帝没有过错,在上帝那里,“即使是吉姆佩尔,也不会受骗”,而造成犹太人悲剧的一个原因是他们过于轻信人类:“是‘人类’和‘世界’背叛了他们。”①

《卢布林的魔术师》是辛格的代表作。主人公雅夏是一个以变魔术为职业的犹太人。他从小刻苦学艺,多年在江湖漂泊,终于成为远近闻名的魔术师。雅夏有一个贤惠的妻子,但他与别的女人明来暗往。他离开家乡卢布林,来到华沙,与教授的寡妻埃米莉亚幽会。埃米莉亚要他离婚,皈依基督教,想办法搞钱,带她到意大利。黑夜里他闯进别人家去撬保险箱,逃跑时摔坏了一条腿。小说结尾时,他返回卢布林,把自己砌进了一间黑暗的小屋,以图通过祷告和忏悔使自己脱胎换骨,获得新生。在辛格笔下,家乡卢布林清静安宁,卢布林以外的世界充满动乱和诱惑。雅夏不像个犹太人,“不留胡子,只有在犹太历新年和赎罪节才去会堂”,别人守安息日,他“却和音乐师混在一起,聊天抽烟”,遇到别人规劝他遵守教规,他总是回答:“你什么时候去过天堂?上帝是什么模样?”他去撬保险箱未成,逃避追捕时躲进犹太会堂,发现自己那双玩魔术的手竟然不会披祈祷巾,成了“笨手笨脚的窝囊废”。他突然获得一种感悟:“有一个上帝,他看,听,怜悯人。”他记起了父亲临终时要他始终做一个犹太人的请求,他对自己说“我一定要做一个犹太人!”作为一个艺人,雅夏受情欲驱使,过着不道德的生活。为了做一个规矩的犹太人,他从一个极端走向另一个极端,成了一个禁欲主义者。在艺人和犹太人之间,似乎没有中间道路可走。雅夏解决问题的途径并不令人满意:即使砌在小屋里,情欲仍然时时刻刻在折磨他。小说这一结尾似乎暗示读者:雅夏所面临的是现代人的困境,世界上并不存在一种简便容易的救赎办法。

辛格的儿童故事也写得相当出色,曾获得全国图书奖。1978 年辛格获诺贝尔文学奖,获奖评语指出:“他那洋溢着激情的叙事艺术,不仅是从波兰犹太人的文化传统中汲取了滋养,而且将人类的普遍处境逼真地反映出来。”辛格书中所写的时代已经过去,所写的社会也不再存在,但是他的小说仍然吸引着读者,因为它们包含着作者对犹太人和整个人类的命运与生存状况的人道主义关注和深刻理解。

**南方小说**

福克纳的小说都是以美国南方为背景,他为三四十年代南方小说的兴起

---

① Edward Alexander, *Isaac Bashevis Singer* (Boston: Twayne Publishers, 1980), p. 146.

和繁荣做出了巨大贡献。1950年，福克纳前往瑞典，领取1949年度诺贝尔文学奖，南方小说进一步引起读者重视。战后有一批来自南方的小说家活跃在美国文坛，他们富有特色的作品构成这一时期美国文学的重要组成部分。

罗伯特·佩恩·沃伦(Robert Penn Warren, 1905—1989)与布鲁克斯等人共同创办了著名的《南方评论》，合编了《理解诗歌》，使他成为"新批评"的主要人物。他出生于肯塔基州，年轻时就开始诗歌创作，是"逃逸派"成员。在二次大战后约10年内，沃伦转向小说创作，发表了《国王的全班人马》(*All the King's Men*, 1946)、《如此人生》(*World Enough and Time*, 1950)、《天使们》(*Band of Angels*, 1955)、《荒漠》(*Wilderness*, 1961)等小说。《国王的全班人马》是描写南方政治的小说，以主人公威利·斯达克的政治活动为线索，描绘了美国政界的腐败和黑暗。威利本来是个纯朴正直的律师，后来当上州长，慢慢变坏。他玩弄政治，飞扬跋扈，到处拈花惹草。故事的叙述者是威利"人马"中的一员杰克·布登。威利在参议员人选问题上与老法官欧文发生矛盾，杰克奉"老板"旨意调查欧文的黑材料，发现道貌岸然的法官曾接受过大笔的贿赂，间接地致人死命，而且自己还是他的私生子。威利计划在本州建造一个以他名字命名的医院，在由谁来承包建筑这项600万美元工程的问题上，他手下人为争夺这块肥肉，挑拨离间，使威利死于非命。威利临终前对自己的政治生涯有所悔悟，对杰克说："原本可以完全不是这样的。"威利是一个"了不起的人"，本质上并不坏，但是他受到权力的腐蚀，结果走到了反面。杰克作为威利生平事迹的旁观者，他的观察、思考和活动构成小说重要的内容。实际上，《国王的全班人马》讲述的是威利的故事，也是杰克的故事，杰克经历了一个从理想主义到实用主义，最后获得道德上的再生的过程。沃伦在人物塑造方面表现出驾驭语言的能力，特别是威利的讲话具有粗野、率直的特征，语气骄横霸道，极富个性。《国王的全班人马》的题材涉及美国文学中较少见的政界社会，出版后受到好评，曾获普利策小说奖，并被改编成电影。

杜鲁门·卡波特(Truman Capote, 1924—1984)出生于新奥尔良，40年代末成为一名职业作家。《其他的声音，其他的房间》(*Other Voices, Other Rooms*, 1948)是他的第一部长篇小说，主人公乔·诺克斯住在新奥尔良，父亲在他年幼时就离家出走。母亲去世后，乔寄养在亲戚家。在他13岁生日那天，久无音讯的父亲突然来信，要儿子到他在"午城"郊外的住处兰丁团聚。乔独自一人到了兰丁，却见不到父亲的面，继母艾米和黑人女仆对他的询问都闪烁其词。乔后来了解到艾米的表哥，画家兰道夫从西班牙带回来一个女人，跟墨西哥的一个拳击运动员跑了，兰道夫在暴怒中将乔的父亲误伤致残。在昏迷状态中，乔的父亲呼唤着自己儿子的名字。好心的艾米嫁给了乔的父亲，以便终身陪伴他。在卡波特笔下，兰丁是一个与世隔绝的地方，远离现代文明，人们生活在孤独之中。小说情节扑朔迷离，人物行为神秘古怪，气氛阴郁紧张，着重展示了乔探索成人世界的心理成长过程。《草竖琴》(*The Grass Harp*, 1951)采用回忆的方式讲述一个颇具喜剧色彩的故事。多莉和维妮娜姐妹俩是一对老处女，叙述者柯林是个孤儿，住在她们家。多莉和她的黑人(她自称是印第安人)女佣凯瑟琳熬出一种药，很有成效，许多人写信来买。掌管经济的维妮娜要多莉把配方告诉她，以便开办一家药厂。多莉为了保持自己的独立，和凯瑟琳、柯林三人搬出家，住到了森林间的树上去。维妮娜最后因为忍受不了孤独，把多莉请回家去。小说对南方农村景色写得真挚感人，秋风掠过山野，草叶像竖琴一样歌唱，抒发出浓浓的怀旧情绪。卡波特后来写作兴趣转移，不再局限于南方的小镇或农村，创作了许多优秀的短篇小说，如《米里亚姆》表现了现代都市人生活的孤独状态。女主人公米勒太太丈夫去世后，过着一种按部就班的生活，小女孩米里亚姆的出现使她惊恐地发现自己的生活虽生犹死。故事中现实与梦幻不分，米里亚姆到底是真人还是幻觉的产物，作者没有明确交代。故事情节从现实主义一步步走向超现实主义，变得越来越怪诞。1959 年，卡波特从《纽约时报》上看到堪萨斯州一户农家被两个歹徒谋杀的简短报道，立即萌生以此写一本书的强烈愿望。经过六年之久的努力，他写成了《残杀》(*In Cold Blood*, 1966)这本非虚构小说，将谋杀案的来龙去脉及法庭的审讯准确地展现在读者面前，其小说形式与梅勒和沃尔夫倡导的"新新闻体"有相似之处。

威廉·斯泰伦(William Styron, 1925—2006)出生于弗吉尼亚州，他的第一部小说《躺在黑暗中》(*Lie Down in Darkness*, 1951)讲述一个城市中产阶级家庭悲剧故事，无论主题还是形式都深受福克纳的影响。小说从米尔顿·洛夫蒂斯在情人多丽的陪伴下随灵车去火车站接他女儿蓓登的遗体开始，在时间上向后推进，往事在回闪、回忆和意识流中慢慢凸显。洛夫蒂斯酗酒成性，引起妻子海伦的不满，夫妻关系冷淡。蓓登是小说中的焦点人物，她聪明漂亮，从小受到父亲的宠爱。洛夫蒂斯对女儿的感情超出一般的父爱，具有弗洛伊德所谓"恋父情结"的特征，小说的书名点明了故事的"黑暗想象"。① 正是这种令人窒息的父爱，对蓓登的心理产生了毁灭性的影响，使她无法面对现实，最后导致跳楼自杀。评论家认为：小说人物都封闭在意识的"茧子"内，找不到解决的办法或出路。② 蓓登从高楼跳下，是想要像鸟一样飞离现实："虽然我躺在黑暗中，下一次或许我将站立起来。"斯泰伦是在听到家乡"一个漂亮姑娘的自杀"的消息后萌发创作念头的，他借鉴现代主义作家创作手法，深入探

---

① Samuel Coale, *William Styron Revisited* (Boston: Twayne Publishers, 1991), p. 40.
② Coale, p. 43.

讨产生悲剧的心理和家庭原因，尤其是小说结尾部分蓓登临死前的意识流描写，长达50页，与《尤利西斯》的最后一章有相似之处。斯泰伦与其他南方作家一样，后来创作题材进一步扩大。在民权运动高涨的60年代，他发表以19世纪初美国黑奴领袖奈特·特纳为原型的小说《奈特·特纳的自白》(*The Confessions of Nat Turner*, 1967)，荣获普利策奖。《苏菲的选择》(*Sophie's Choice*, 1979)使斯泰伦再次名声大振。叙述者是来自弗吉尼亚的青年斯廷戈，1947年他被一家出版社解雇后，在纽约格林尼治村的斗室里写小说，认识了楼上的房客苏菲和纳珊。他逐步了解到苏菲的身世，她来自波兰，是纳粹奥斯维辛集中营的幸存者。她和两个孩子同时被捕押送到集中营，纳粹医生告诉她，她只能保留一个孩子，由她做出选择，她被迫放弃女儿，让儿子留下来。为了孩子，她不惜牺牲自己的肉体，给德国人做翻译和打字员，但是儿子最后也未能幸免于难，苏菲后来来到美国，得到犹太人纳珊的帮助，与他同居。纳珊是一个精神分裂症患者，还染上吸毒的恶习，喜怒无常，经常对她施以暴力。斯廷戈对苏菲从同情发展到爱情，苏菲在两个男人之间做出选择，最后她选择回到精神失常的纳珊身边，走向悲剧的结局。《苏菲的选择》是一部震撼人心的作品，小说揭露了纳粹令人发指的罪行，使读者不得不对人类历史、宗教信仰、善与恶等问题进行沉重反思。这部以"大屠杀"为题材的优秀作品牢固地确定了斯泰伦战后美国重要作家的地位。

南方作家中有几位突出的女性，她们个人经历不同，写作风格各异，分别以自己独特的方式描写美国南方社会。她们是韦尔蒂、麦卡勒斯和奥康纳。尤多拉·韦尔蒂(Eudora Welty, 1909—2001)出生于密西西比州，大学毕业后曾从事广告工作，广泛接触社会，足迹遍及密西西比州。在她的作品中，人物、故事、风土人情以至方言、俚语，无不带有浓郁的南方气息。《三角洲的婚礼》(*Delta Wedding*, 1946)是韦尔蒂认为自己写得最好的一部小说。故事发生在1923年9月，劳拉是一个九岁的姑娘，母亲刚去世不久，她独自乘坐火车到母亲的家乡三角洲参加表姐黛布妮的婚礼。黛布妮是南方一个名叫"谢尔芒"种植园的名门闺秀，她的家族人丁兴旺。韦尔蒂以劳拉的眼光观察美国南方，细腻地描写农村的景色、人们的日常生活以及人们准备婚礼的风俗习惯。小说结束时，劳拉留在了谢尔芒。韦尔蒂最有名的作品是《乐观者的女儿》(*The Optimist's Daughter*, 1972)，获1973年普利策小说奖。71岁的退休法官麦凯尔瓦因视网膜脱落到新奥尔良医院做手术，女儿劳雷尔从芝加哥专程来看护父亲。他的第一个妻子蓓基曾患眼疾，双目失明，导致精神失常去世。法官以"乐观者"心态接受现实，一年半前与比他年轻近30岁的法伊结婚。在看护过程中，劳雷尔看不惯粗俗的继母法伊，两人发生龃龉。法官后来死在了医院，遗体运回密西西比州芒特萨卢斯安葬。劳雷尔的丈夫在二战中参加海军阵亡,世上已没有亲人。她回到度过童年的老家,屋子里各种器物以至环境布置,引起她对往事的许多回忆。劳雷尔清理父母的遗物,审视他们以及自己的婚姻爱情,看清了生活的真相。《乐观者的女儿》描写了南方的过去,但并不是一部怀旧的作品。劳雷尔最后意识到:往事如同她躺在棺材里的父亲,“永远也不会醒过来”,只有记忆会像梦游者一般回来,但是记忆是“生活在可以倒空再装载的心里”。小说以劳雷尔离开芒特萨卢斯前往机场途中结尾。她把丈夫生前亲自做来送给母亲的一块和面板找了出来,睹物思情,但最后没有带回芝加哥,这表明她决定撇下过去,摆脱怀旧。《乐观者的女儿》通过描写一个南方家庭的风波,探讨了过去与现在以及未来的关系。作者以其敏锐确切的观察力和细腻委婉的笔法将人物内心感情深处的细微变化展现出来,许多细节具有象征意义。韦尔蒂的其他长篇小说有《强盗新郎》(*The Robber Bridegroom*, 1942)、《庞德的心》(*The Ponder Heart*, 1954)、《输掉战斗》(*Losing Battles*, 1970)。她的短篇小说也非常出色,收在《金苹果》(*The Golden Apples*, 1949)等集子里。韦尔蒂的小说人物对话语言生动,心理描写细腻,使读者闻其声可以想见其人。

卡森·麦卡勒斯(Carson McCullers, 1917—1967)出生在佐治亚州,早年中风,造成偏瘫,失去行动自由,靠轮椅生活了20多年。她塑造的人物往往孤独、抑郁、失意。她因在23岁时发表《心是一个孤独的猎人》(*The Heart Is a Lonely Hunter*, 1940)而一举成名。《金眼睛里的映像》(*Reflections in a Golden Eye*, 1941)描写南方小镇一个军营里一对夫妇的变态心理。《婚礼的成员》(*The Member of the Wedding*, 1946)以抒情的笔调描写一个青春期少女在成长过程中经历的痛苦和孤独。《伤心咖啡馆之歌》(*The Ballad of the Sad Cafe*, 1951)的故事发生在南方一个偏僻的小镇,咖啡馆的老板娘是爱米丽亚小姐,她个头很高,十分有钱,一心做生意。六年前她结过婚,但她不让新郎马西碰她,婚姻生活只延续了十天,是她把丈夫马西踢出了家门。马西不久就因为抢劫杀人,被判监禁。四月的一个夜晚,一个自称是爱米丽亚的表哥的驼子李蒙来投宿,爱米丽亚收留了他,后来还爱上了这个侏儒。六年以后,马西保释回到镇上。李蒙顿时被他的相貌堂堂的仪表所吸引,成天与他厮混在一起。爱米丽亚与马西终于爆发一场恶战,大打出手。就在爱米丽亚要取胜时,李蒙却跳上来,帮助马西打败爱米丽亚,并把咖啡馆砸烂,两人消失不见。爱米丽亚生活的希望破灭,完全变了一个人。整整三年,每天晚上,她坐在台阶上等待李蒙的出现,“我要把他的心肺掏出来喂猫!”小说展现的是三颗扭曲的心灵,他们生活在孤独之中。麦卡勒斯着意刻画有缺陷的畸形人,以此反映现代人心理的病态。

弗兰纳里·奥康纳(Flannery O'Cannor, 1925—1964)是一位英年早逝的

作家,她刚发表作品不久就得了不治之症红斑狼疮,对她身体和心灵造成了巨大的痛苦,死亡的阴影一直笼罩着她。奥康纳是一个虔诚的天主教徒,她对上帝、福佑、再生的认识和思考构成其作品的重要思想内容。奥康纳采用现实主义手法,描写具体生动,但是故事情节往往不可思议,人物奇特古怪,死亡、暴力、罪孽是她小说的一个特征。《慧血》(*Wise Blood*, 1952)是一部表明作者宗教观念的小说。主人公海尔士·莫兹从军队退役后,来到一个城市,买了一辆旧汽车,每天晚上在街头进行传教布道,宣扬基督并不存在的思想,鼓动人们参加他的"没有基督的教会"。他的说教没有什么人相信,唯一的追随者是18岁的青年伊诺克,他凭"慧血",即直觉感到他与海尔士有着神秘的联系。伊诺克从博物馆偷出一个干瘪的侏儒人体标本,将其视为"新基督"送给海尔士。还有一个人对他的新宗教感兴趣,觉得有利可图,模仿他以"没有基督的神圣教会"名义上街传教骗钱。海尔士执着地追求真理,与一个充满虚伪和造假的世界形成鲜明对照。他用石灰把自己眼睛弄瞎,用自残的方式进行赎罪。他意识到:"我不是一个干净的人。"在一个风雨交加的冬夜离开照顾他的房东太太。两天后警察发现他躺在阴沟里,奄奄一息。最后,他死在警车上。奥康纳在《慧血》第二版(1962年)"作者的话"中指出:"《慧血》是一部喜剧作品",但涉及"生与死"的严肃问题。小说实际上写了海尔士执着地未能证明基督的不存在。奥康纳的第二部长篇小说《强暴夺走了它》(*The Violent Bear It Away*, 1960)也是一个关于宗教题材的故事。评论家认为,奥康纳的短篇小说要比长篇小说写得好。她的故事收在《好人难找》(*A Good Man Is Hard to Find*, 1955)和《上升的一切必然汇合》(*Everything That Rises Must Converge*, 1955)两个集子里。作为集子书名的《好人难找》最为有名。贝利带着一家五口驾车从亚特兰大出发去旅行,得知杀人凶犯"不合时宜的人"越狱逃跑的新闻,奶奶提出不要去佛罗里达,她还在篮子里藏了一只猫。途中她要改走小道带孩子们去看种植园,猫从篮子里突然跳到贝利身上,使他失手翻车,恰恰碰上"不合时宜的人"及其同伙,他们残忍地把全家老小都杀了。《好人难找》探讨了天主教中的福佑问题。奥康纳说:"奶奶认出'不合时宜的人'是她的一个孩子,伸出手去碰他。不管怎样,这对于她——一个愚蠢的老太太——是福佑时刻,但这导致'不合时宜的人'开枪。这一福佑时刻激起魔鬼的疯狂。"[①]《好人难找》的笔调轻松,具有喜剧色彩,但是骇人听闻的凶杀事件不能不引起读者心灵上的震撼和对现实的思考。

---

① Flannery O'Connor, *The Habit of Being* (New York: Farra, Straus and Ciroux, 1979), p. 373.

**黑人小说**

40年代赖特的《土生子》愤怒声讨了种族歧视现象和种族隔离政策，发出了遭受歧视和压迫的黑人对美国整个社会的抗议之声。《土生子》使赖特饮誉文坛，他的小说很快就成了黑人文学的坐标，其他黑人作家或因缺少他那种政治责任心而遭抨击，或因超越了他的局限而受褒扬。

赖特在《土生子》中把比格写得有血有肉。相比之下，他对黑人女性人物形象的塑造则显得单薄。比格的母亲和他的女友贝茜着墨不多，只是作为陪衬在小说里出现。安·佩特里(Ann Petry, 1908—1997)的小说《街》(*The Street*, 1946)则选取一位黑人女性作为中心人物，讲述她与贫穷、剥削、种族歧视和性别歧视抗争的故事。佩特里出生于康涅狄格州的旧塞布鲁克，父亲开办一所药房。她家是白人占主体的小镇上仅有的两个黑人家庭之一。佩特里在高中和大学念书时，一直是班上唯一的黑人学生。1931年她从康涅狄格药学院毕业，回到旧塞布鲁克自家的药房当药剂师。1938年，佩特里结婚，与丈夫一起前往纽约市。她在哈莱姆了解到美国黑人生活的情况，为她创作《街》提供了素材。小说女主人公卢蒂·约翰逊原来在康涅狄格州一个富有的白人家庭做女佣，深受白人中产阶级价值观念的影响。她加班加点工作，以为勤劳可以致富，不料她那失业的丈夫不满于她整天不在家，与别的女人发生了关系。卢蒂被迫带着儿子离家出走。小说从她搬进哈莱姆的寓所开始，展现她在北方城市里为生存进行的挣扎。卢蒂成为三个男性压迫的对象：管房人琼斯、乐队领班布茨和卡西诺赌场白人老板容图。琼斯试图对她施暴未能得逞，便诱使她儿子偷信犯罪。为支付律师手续费，她去向布茨借钱。布茨建议她去向容图卖身，以便拿到拖欠的工资，并且还要先和她上床。卢蒂出于自卫，杀死布茨。小说结束时她逃离现场，登上去芝加哥的火车。《街》写的是卢蒂对生活既定目标的追求，而不是她对自我的寻求。卢蒂是40年代成千上万个生活在哈莱姆的黑人妇女中的一员。对于她来说，忙碌下去的唯一支柱是对更好生活的企盼，但是，种族和性别的双重压迫使她陷入困境。佩特里继承赖特的"城市现实主义"的传统，《街》与《土生子》的共同之处在于它们都揭示了社会与个人犯罪之间的因果关系。《街》是围绕着环境展开的。卢蒂认为：她所居住的街区是北方的"暴徒"。她迫于无奈，忍无可忍，才走上杀人的道路。佩特里和赖特一样，在小说里强调了环境对黑人生活的决定性作用，引发读者对黑人犯罪的原因进行深思。实际上，卢蒂的困境是全书的主要角色。这困境足以引向犯罪、推向悲剧。

《街》描写一位年轻貌美的黑人女性因性别和种族的原因未能实现"美国梦"，该书销售量超过100万册。继《街》之后，佩特里又写了小说《农村地方》(*Country Place*, 1947)，讲述康涅狄格州乡村小镇的故事，该书许多细节均来自她自己的生活。1948 年,佩特里随丈夫回到旧塞布鲁克,继续从事文学创作。佩特里是描写黑人母亲在北方城市生存体验的第一位黑人女作家,她因首次成功塑造了城市黑人妇女形象而与马歇尔、沃克、莫里森等当代黑人女性作家建立起联系。

赖特的"抗议小说"带有一种强烈的使命感:作家通过如实反映社会现状和黑人生活来提高黑人的觉悟,震撼白人的灵魂,促使美国社会发生变革。拉尔夫·艾里森(Ralph Ellison, 1914—1994)的出发点有所不同,他立志要创作出一部美国文学的经典之作才写了《看不见的人》(*Invisible Man*,1952),这部小说使人想起马克·吐温的《哈克贝里·费恩历险记》。艾里森自小喜爱音乐,家乡俄克拉荷马城是美国西南部爵士乐的中心,他伴随着音乐长大。艾里森在学校接受正规的古典音乐教育,在高中读了四年和声学,1933 年进入塔斯克斯基学院,专门学习作曲。大学二年级时,他读了艾略特的《荒原》,触动很大。三年级时他因为没能拿到奖学金,离校前往纽约哈莱姆,在那里结识了赖特。艾里森在赖特的鼓励和提携下从事文学创作,但他走的是一条与赖特不同的道路。二战期间,他在一艘给欧洲美军运送给养的商船上当厨师。1945 年夏天,他病休住在朋友的农舍,写下了"我是一个看不见的人"的句子。经过七年努力,终于写成了《看不见的人》。

《看不见的人》不乏对种族歧视的揭露和抗议,然而它不属于赖特式"抗议小说",着重探讨的是"寻找自我"这样一个具有普遍意义的命题。艾里森想要读者去"认同超越了阶级、种族、财富、正式教育等差别的人类最基本的东西"。[①] 就类型来说,《看不见的人》可归属于教育小说或成长小说,其内容是展示主人公认识社会、认识自我的成长经历。与这一认识社会的过程相适应,《看不见的人》采用了流浪汉小说模式:全书是由一系列地点不同的片断串联起来。叙述者生于美国南方的乡下,靠自己的努力获取奖学金,得以进入黑人大学读书,但因为得罪了校长布莱索,被开除学籍,只得北上纽约市谋生,先在一家油漆厂做工,后去黑人聚居区哈莱姆从事政治活动。小说里事件的发生地点转换频繁:主人公从偏僻的乡间到高等学府,从盛行种族歧视的南方到经济发达的北方,从工厂到医院,从客栈到社区,行踪漂泊不定。读者通过他的眼睛,结识各色人群,观察社会的方方面面。

《看不见的人》以寻找自我为主题。艾里森说:"寻找自我是美国的母题。"[②]小说开门见山,就把"一生一直在寻找某样东西"这一思想点明:

---

① Ralph Ellison, *Going to the Territory* (New York: Vintage Books, 1995), p. 273.
② Ralph Ellison, *Shadow and Act* (New York: Random House, 1964), p. 177.

> 我一直在寻找自我,曾有过许多只有我自己才能够回答的问题。我不问自己,却老是去问别人。只是在经过漫长的时间,体验过种种期望遭到毁灭的痛苦以后,我才获得别人与生俱有的认识:我就是我自己。

小说的主人公曾是南方的一个好孩子,从懂事起就一直努力按照学校教育所灌输的一整套价值观念塑造自己。他一次次扮演社会赋予的角色,特别是在为兄弟会工作之后,"逐渐意识到两个自我并存":一个是"作为一系列角色的自我",一个是"作为本质的自我"。主人公所寻找的是本质意义上的自我,但社会只承认他的表面角色,并不接受他的"内核"自我。主人公成为兄弟会的一个工具,起过作用后,兄弟会就不再需要他。在暴乱之夜,杰克兄弟指使人打电话把他叫到闹事地点,企图借他人之手"处理"他。在受到黑人极端民族主义分子煽动的一般群众眼里,他是"白人"兄弟会出钱雇用的帮凶,是出卖黑人利益的叛徒。主人公受到社会放逐,无路可走,只能遁入地下,与社会断绝交往,"生活在无边无际的孤独之中"。《看不见的人》讲述的是一个黑人在白人社会里寻找自我的故事。叙述者始终没有透露他到底叫什么名字。他拥有的是社会强加给他的姓名。他最后在地道里点燃写有他在兄弟会里的化名的纸片来照路这一细节,象征着他把这些外在的姓名全部摒弃。叙述者在小说的"引言"里说过:"我是看不见的人。我并不是埃德加·爱伦·坡笔下的幽灵,也不是好莱坞影片中虚无缥缈的幻影。我是一个实实在在的人,一个有血有肉的人——甚至可以说我还有心灵。要知道,人们看不见我,那只是因为他们拒绝看见我。"所谓"看不见的人"乃是指黑人叙述者看不见的真实自我。在白人社会里,黑白反差显而易见。人们因其"内在眼睛"的独特构造,主要是对黑色皮肤下面活生生、有个性的本质自我视而不见。《看不见的人》描写了这种高度的可见性与难以置信的不可见性之间的矛盾现象,从而揭示出种族歧视是黑人实现自我的根本障碍。

《看不见的人》里主人公的成长过程可以说是幻想的破灭过程。小说具有一个"幻灭—爆炸"的重复结构。上半部主要写了做上等黑人的幻想,主人公做工的油漆厂爆炸象征着这一幻想的破灭。下半部重复了这个"幻灭—爆炸"的结构,集中写他对兄弟会的幻想。杰克兄弟在黑人中间有目的、有预谋地挑拨离间,策划流血冲突。在哈莱姆暴乱之夜,人们在房子里浇上汽油,然后纵火焚烧。主人公对兄弟会的美丽幻想都随着熊熊大火一烧而尽。赖特在创作《土生子》时采用的是自然主义表现手法,艾里森在讨论《看不见的人》的创作时说:他写这部小说是"卸下狭窄的自然主义重负"去表现美国生活"丰富的多样性"。[①] 小说

① Ellison, *Shadow and Act*, pp. 104 - 105.

中许多细节具有象征意义，比如油漆厂生产纯白涂料的关键是在白漆里加入10滴黑色液体，即是说占美国人口少数的黑人是造成美国大多数白人“纯白”的不可或缺的因素。正是由于黑人的存在，才使美国社会变得更白。杰克兄弟的假眼睛表明兄弟会无视主人公作为个人的存在，无视黑人社区的存在。主人公栖居在地下室，处于一种在积蓄力量的“冬眠”状态。他的“地洞”里点了1379盏电灯，其能源是由社会提供。艾里森用象征主义手法向读者预示：美国社会种族关系日趋紧张，矛盾逐渐激化，冲突不可避免地会像火山一样爆发。到了60年代，美国民权运动风起云涌，印证了《看不见的人》的预言。艾里森的小说以社会现实为基础，捕捉到了真实，因而强劲有力。

《看不见的人》的叙述者进入地底下后，成为一个“没有形体的声音”，这是因为社会看不到真实自我，叙述者只能通过声音让社会来感觉其存在。艾里森在揭示“看不见”这一现象的同时，刻意渲染听得见的效果：他采用一种“讲演体”叙述方式。小说里几乎每一重要的篇章都有演说、布道、吟唱或独白，而小说中的诸多声音之交流不是双向的，而是单向的。比如，第一章的中心事件是主人公在白人的聚会上背诵毕业致辞。第五章里来自芝加哥的巴比牧师以表演的方式追述黑人大学创始人的生平，长达15页之多。主人公自称是天生的“演说家”，他在哈莱姆街头即兴演讲，受到杰克兄弟的赞赏，便雇用他担任哈莱姆区委的发言人。在每一个演讲场合，总有一个主要的声音占据明显的主导地位。《看不见的人》的“讲演体”在一定程度上与阿姆斯特朗的爵士乐独奏风格相似。小说中除主人公以外，主要人物只“讲演”一次，然后就如同音乐家演奏完毕后走下舞台，不再出场。《看不见的人》的内容和结构都受到爵士乐的影响。艾里森受过严格的音乐训练，将音乐的技法糅进小说创作。

《看不见的人》1952年问世后即获得广泛好评，翌年获全国图书奖。贝娄称赞它是一部“顶尖级作品”。《图书周刊》1965年邀请200名著名评论家、作家和编辑参加一项问卷调查，《看不见的人》被推选为1945年以来美国“最出色的一部作品”。当然，也有人对艾里森没有把《看不见的人》写成“抗议小说”进行责难。对此，艾里森说：“我要求把我的小说作为艺术来评价；如果失败，那是美学上的失败，而不是因为我是否进行过意识形态的斗争。”[①]

1955年艾里森开始写他的第二部小说，但直到1994年4月他因患癌症去世，读者未能见到该书。据艾里森介绍，这部小说主要探讨“在美国做一个黑人的意义以及整体上我们的民主信仰问题”，[②]有九个章节曾以短篇故事的形式发表，但书稿的很大一部分在1967年一场火中被烧掉。《影子与行为》

---

① Ellison, *Shadow and Act*, pp. 136 - 137.

② John F. Collahan, ed. *The Collected Essays of Ralph Ellison* (New York: the Modern Library, 1995), p. 791.

(*Shadow and Act*, 1966)、《到准州去》(*Going to the Territory*, 1995)是艾里森的重要文集,收有他的评论文章和访谈录。艾里森对 20 世纪美国黑人文学第二次高潮的兴起做出了巨大贡献。

五六十年代美国黑人文学的另一个主要声音来自小说家和散文作家詹姆斯·鲍德温(James Baldwin, 1924—1987)。鲍德温 1924 年出生于纽约哈莱姆,母亲 20 岁时未婚生下了他,三年后,嫁给一个比她年长许多岁的浸礼会牧师。鲍德温的继父脾气粗暴,经常对家人施以拳脚。鲍德温的处女作《向苍天呼吁》(*Go Tell It on the Mountain*, 1953)取材于作者少年时的经历,中心事件是主人公约翰·格兰姆斯决定继承父业,从事神职工作。小说上篇讲述约翰 14 岁生日那天发生在哈莱姆家里的事。约翰自幼生活在贫困的黑人区环境中,厌恶父辈的生活,对未来充满憧憬。中篇题为"圣者的祈祷",通过倒叙,展示从 1875 年到 1900 年这一段时间约翰的姑母弗洛伦斯、继父加布里埃尔和母亲伊丽莎白的生活经历。他们本来都生活在美国南方,后来怀着过一种更美好生活的梦想来到纽约,但依然遭受种族歧视和压迫。下篇又回到哈莱姆,约翰在他生日之夜完成了宗教信仰转变。《向苍天呼吁》的情节具有象征意义。约翰是伊丽莎白与她情人理查德的私生子。理查德在纽约因被诬告抢劫遭警察逮捕毒打,出狱后精神崩溃自杀。加布里埃尔在南方曾与一个女佣生有一个儿子叫罗亚尔。罗亚尔后来在芝加哥赌钱时被人杀死。继承加布里埃尔事业的不是他的亲生儿子,而是私生子,这使他充满怨恨。在鲍德温看来,美国黑人是美国文明的"私生子",其本质是遗弃和受辱。受辱的标志是与生俱来的黑皮肤,它使黑人感到耻辱、绝望、内疚、恐惧。但是上帝并没有彻底遗弃黑人,上帝叫黑人受苦受辱,只是为了让他能够站立起来。在约翰的绝望之中,来自黑暗的悲音抚慰着他"流血破碎的心"。"约翰顺着那黑色人群的队伍放眼望去,只见一群簇拥着一群,他的灵魂悄声问道:这些人是谁?"约翰的灵魂经过激烈的震荡以后,能够认同"黑色人群",与他们分担苦痛。他最后接受了黑人自我,肯定了黑人自我。《向苍天呼吁》是鲍德温最优秀的小说,其诗一样抒情的语言对莫里森产生过影响。这部小说与赖特的《土生子》和艾里森的《看不见的人》并列为四五十年代美国黑人文学的经典作品。

鲍德温的第二部小说《乔瓦尼的房间》(*Giovanni's Room*, 1956)涉及同性恋题材,这在当时需要很大的勇气。故事发生在法国巴黎,美国青年戴维在女友赫拉去西班牙期间,认识了一个酒吧的侍者意大利人乔瓦尼,在他的房间里与他发生了同性恋关系。乔瓦尼不久被酒吧老板辞退。赫拉从西班牙回来,戴维决定与乔瓦尼断绝关系。在绝望之中,乔瓦尼回到酒吧杀死老板,最后被警察抓获判处死刑。戴维感到是自己把乔瓦尼逼上绝路,赫拉后来发现戴维是个同性恋者就离开了他。小说采用第一人称叙述,细腻地描写了同性恋者戴维的心理感受和乔瓦尼的空虚心灵。戴维对乔瓦尼持既排斥又被他吸引的矛盾心态。一方面，他要满足社会文化的期望，另一方面，他又受到生理上自然倾向的压力，两者之间的冲突构成小说的内容。鲍德温还创作了《另一个国家》(*Another Country*，1962)、《告诉我火车开了多久》(*Tell Me How Long the Train's Been Gone*，1968)、《假如比尔街能够说话》(*If Beale Street Could Talk*，1974)、《就在我头顶上》(*Just Above My Head*，1979)等小说，但都未能超越《向苍天呼吁》。鲍德温始终认为任何社会改革必须伴随有一种个人自我身份和自我价值的意识。他在50年代就对"抗议小说"提出尖锐批评，认为赖特把比格塑造成黑人暴力的化身，剥夺了黑人的人性，实际上是默认了种族主义者所声称的黑人的"堕落"。因此，"抗议小说"客观上是在强化压迫的机制。60年代美国争取种族平等的民权运动高涨。鲍德温积极投身于这场轰轰烈烈的政治运动，撰写了许多评论文章，收在《无人知道我的姓名》(*Nobody Knows My Name*，1961)、《下一次是烈火》(*The Fire Next Time*，1963)等文集中。鲍德温在讨论美国社会的种族问题时主张走妥协、宽恕、关爱之路，提倡白人与黑人合作，化恨为爱，以缓解紧张的种族关系，受到许多人的欢迎。鲍德温的散文洋溢着火一样的激情，文笔遒劲，句子结构复杂缜密，富有乐感和节奏。鲍德温被认为是他那个时代最优秀的散文家，其散文成就超过了小说创作的成就。

赖特、艾里森、鲍德温的崛起，标志着继哈莱姆文艺复兴运动之后20世纪黑人文学的第二次高潮。他们的作品现已成为经典之作，对美国黑人文学的发展做出了不朽贡献。值得注意的是20世纪中叶黑人文学的主将都是男性。赖特、艾里森、鲍德温所关注的是充满男性意识的种族冲突，作品中主要人物是在种族歧视和经济压迫下的黑人男性。对于他们来说，种族问题似乎概括了黑人民族的全部生活。不久，这种"重男轻女"现象开始发生变化。从60年代开始，文学的接力棒传到了黑人女性作家手中。波勒·马歇尔(Paule Marshal，1929— )是最早接过接力棒的黑人女性作家。她出生于纽约的斯泰弗森特海茨，父母是巴巴多斯的移民，马歇尔与美国文化及西印度文化的关系在她小说中得以充分表现。1953年从布鲁克林学院毕业后，她在纽约公共图书馆当图书管理员。1955年至1956年，她为一家美国黑人杂志《我们的世界》工作，负责时装和食品栏目。《褐肤色姑娘，褐砂石楼房》(*Brown Girl, Brownstones*，1959)是她的第一部小说，该书与艾里森的《看不见的人》同属成长小说，但主人公是一位黑人女性。马歇尔在书中以自己的生活经历为基础，展现了黑人姑娘塞利娜从童年(十岁)到成人的心路历程。塞利娜与她父母的关系是小说的中心和关键。父亲戴顿·博伊斯憧憬回到西印度群岛当农民，过一种浪漫自在的生活。母亲西拉则受白人中产阶级价值观念影响，希望能通过勤奋工作，攒够了钱，使自己成为拥有纽约城里褐砂石楼房的主人。塞利娜在感情上更亲近父亲，但最后意识到，她更是西拉的女儿。马歇尔以黑人与白人两种文化的冲突为背景，讲述塞利娜的成长故事。《褐肤色姑娘，褐砂石楼房》写出了塞利娜与她母亲爱恨交织的复杂关系，而母女关系到了70年代才成为黑人文学的热门话题。1983年，马歇尔发表《寡妇赞歌》(*Praisesong for the Widow*)，讲述一位富裕的中产阶级黑人寡妇埃维·约翰逊寻找精神家园的故事。埃维是实现了所谓"美国梦"的西拉，她意识到她与已故丈夫以牺牲黑人文化为代价，追求金钱和成功，结果导致内心空虚。马歇尔为埃维谱写"赞歌"，因为她通过恢复与自己祖先文化的联系，获得了新生。《女儿》(*Daughters*, 1991)的故事情节沿女儿厄莎的个人生活与她父亲的政治生涯两条线索展开，继续探讨自我身份、祖先文化、物质主义等主题。马歇尔领先于她同时代的许多作家，展现了黑人女性丰富复杂的内心生活。

**反正统小说**

20世纪50年代美国经济稳步发展，高速公路四通八达，电视、汽车日益普及，生活水准提高，年人均消费从战后初期的1 350美元上升至1960年的1 824美元，中产阶级成为社会的主体。由于冷战的不断升级，国内政治空气右倾保守，美国人谈"共"色变，噤若寒蝉。在这"富裕加顺从"的社会，弥漫着一种压抑个性的气氛。人们循规蹈矩，不敢有任何"越轨"表现，讲究消费和物质享受成为时尚。生活上的实惠原则和文化上的贵族新倾向使青年一代处于沉默和麻木不仁的状态。但是，这种沉寂并没有能维持很久。率先打破坚冰的是塞林格，被称为"垮掉派"的一批青年作家追求个性自由，在其小说和诗歌中表达了对现状不满和反叛的心声，终于掀起一场反正统文化运动。

最先描写中产阶级子弟苦闷彷徨的是杰洛姆·大卫·塞林格(Jerome David Salinger, 1919—2010)。他出生于纽约，父亲是犹太人，经营火腿进口生意，母亲是爱尔兰后裔。塞林格15岁进一所军校住读，1936年毕业。后来，他上过几个学院，但都没有读完。1939年他参加了由《故事》杂志主编惠特·伯内特在哥伦比亚大学主持的短篇故事写作班，1940年《故事》刊登了他的处女作《一群青年》(The Young Folks)。1942年塞林格参军，在军队情报部门一直工作到二战结束。战争没有影响他的写作生涯，他继续发表短篇小说。1946年他从欧洲回国，专事写作。《麦田里的守望者》(*The Catcher in the Rye*, 1951)是他的成名作，讲述一个少年圣诞节期间在纽约市游荡的故事。作为20世纪流浪汉小说，《麦田里的守望者》给人一种动态的感觉：全书由一系列地点不同的片段串联而成。小说开始时，主人公霍尔顿·考尔菲德因考试不及格被学校除名，半夜里乘车离开潘西中学。到达纽约市后，他没有回家，而是栖身于一家旅店。霍尔顿四处游逛，逛夜总会、与女友萨莉上百老汇看戏、溜冰。塞林格在创作《麦田里的守望者》时，显然受到马克·吐温小说《哈克贝里·费恩历险记》的影响。这不仅表现在语言风格上，也反映在人物塑造上。两部小说的主人公都是流浪少年，都抗拒现代文明，与社会格格不入。霍尔顿目睹成人世界的庸俗与虚伪，感到厌恶，便生出逃离社会的念头。他见到萨莉，提议借一辆汽车，自己开到新英格兰的麻省和佛蒙特州，找一个安静去处住下，远离尘嚣，过隐居生活。萨莉没有接受这一想法，结果两人闹翻了。后来，霍尔顿在纽约沿第五大道漫步到60街，在长凳上坐了整整一个小时，决定要去西部。"我把钱还给妹妹菲比后，马上就搭便车到西部去。""一路一路地搭车。几天以后，我就可以到西部，西部很美，阳光灿烂，没人认识我，我会找个工作。"西部对他来说是一个朦胧的幻想。但是，霍尔顿发现"前方已没有领土"，而内心存在疯狂。他西部没去成，最后是被送入精神病医院。小说的标题受到自苏格兰农民诗人彭斯的歌谣《如果有人把麦田里走过来的人抓住》(If a body catch a body coming through the rye)启发，具有象征意义：孩子们在麦田里飞奔追逐，尽情嬉闹，霍尔顿要守卫在麦田边的悬崖上，以防他们坠落下去。《麦田里的守望者》"满足了反对文化上精神庸俗化的青年一代的需要"，[①]因此在青年学生中十分流行。

塞林格的其他主要作品有短篇故事集《九个故事》(*Nine Stories*, 1953)、《弗兰妮与卓埃》(*Franny and Zooey*, 1961)、《木匠们，把屋梁升高；西摩：一段介绍》(*Raise High the Roof Beam, Carpenters and Seymour: An Introduction*, 1963)。《弗兰妮》、《木匠们，把屋梁升高》、《卓埃》与《西摩：一段介绍》早先分别作为中短篇故事于1955年、1957年和1959年刊登在《纽约客》上，讲述格拉斯家兄弟姐妹七人的故事，主题是中产阶级子弟的精神危机以及他们寻求摆脱困境的方式。格拉斯一家与塞林格的家庭有相似之处，父亲是犹太人，母亲是爱尔兰人。七个孩子十分聪明，他们从1927年至1943年做"神童"广播节目，很有名气。《木匠们，把屋梁升高》故事发生在1942年，叙述者巴迪·格拉斯参加哥哥西摩的婚礼。"木匠们，把屋梁升高"是大姐波波引自萨福的诗行，祝愿西摩把新房造大，婚姻幸福。但是，西摩竟然没有在婚礼上露面。《西摩：一段介绍》对西摩作了介绍，他当过教师，后来参军，是个诗人，他的诗歌深受中国古典诗歌和日本俳句的影响。西摩性格孤僻，难以与别人沟通。1948年，他在佛罗里达州度假时自杀。弗兰妮厌恶人人都以自我为中心的世界，她经历了一场精神崩溃，不得不求助于宗教。卓埃是格拉斯家

---

① Ihab Hassan, *Contemporary American Literature: 1945—1972* (New York: Frederick Ungar Publishing Co., 1976), pp. 42-43.

里最小也是最聪明的孩子,他试图帮助弗兰妮,分析产生精神危机的原因。听了他的开导,弗兰妮最后得以安然入睡。塞林格的四个中短篇突破了传统小说程式,情节松散,具有实验色彩。

塞林格对印度教有浓厚兴趣,自《麦田里的守望者》发表后,他深居简出,长期过着几乎与世隔绝的生活。但是,"许多人继续关心塞林格及其作品,因为塞林格是个罕见的人物,他能够通过想象的力量触及别人的生活。"①

威廉·巴勒斯(William Burroughs, 1914—1997)生于圣路易斯城,1936年毕业于哈佛大学。在芝加哥、纽约做零工。1944年,他吸毒成瘾,同年,与金斯堡结识。这是影响他创作生涯的两个重要事件。在金斯堡的鼓励下,巴勒斯创作了《吸毒者》(*Junky*, 1953)。该小说以威廉·李的笔名发表,以第一人称叙述主人公吸毒、贩毒、戒毒的经历。巴勒斯以惊人的坦率将自己作为一个吸毒者的体验写入他的作品:吸食毒品的感受、毒品作用下产生的幻觉世界、毒瘾发作后的痛苦。小说缺少紧凑的故事情节,而是沿主人公的足迹,从他的家乡美国中西部到纽约、新奥尔良、墨西哥城,由一系列片段串联而成。巴勒斯熟悉吸毒者的行话,人物对话写得生动,并以写实的手法勾勒一幅幅毒品顾客的素描。作者在"序"中声称:"吸毒不像酒精或大麻那样是增加生活快乐的手段。吸毒不是寻求刺激。吸毒是一种生活方式。"《裸体午餐》(*Naked Lunch*, 1959)按照作者的说法,是在吸毒后产生的"病态和妄想之详细记录"基础上写成的。巴勒斯采用了"拼贴画"手法,将一系列荒唐怪诞的幻景编织在一起,以科幻小说的形式描绘未来社会人类受到政治、思想、性控制的恐怖场面。小说最先在法国出版,1962年该书在美国出版后,因有伤风化而被查禁。1966年7月麻省最高法庭在波士顿开庭审理,梅勒、金斯堡等出庭作证,法官最后裁决罪名不能成立。巴勒斯后来的创作有向科幻小说发展的趋向,主要作品有《软机器》(*The Soft Machine*, 1961)、《爆炸的车票》(*The Ticket that Exploded*, 1962)、《新星快车》(*Nova Express*, 1964)、《野孩子》(*The Wild Boys*, 1971)、《灭虫工!》(*Exterminator!* 1973)、《红光之夜的城市》(*Cities of the Red Night*, 1981)、《死路之地》(*The Place of Dead Roads*, 1983)等。巴勒斯惊世骇俗的生活方式和作品表达了他对50年代美国政治迫害和文化压抑的不满,他与金斯堡、凯鲁亚克一起被认为是"垮掉派"代表作家。

"垮掉的一代"(the Beat Generation)一词是杰克·凯鲁亚克(Jack Kerouac, 1922—1969)于1948年提出来的。他出生于马萨诸塞州洛威尔市,

---

① Joseph Wenke, "Biographical Reflections on J. D. Salinger", *J. D. Salinger —A Study of the Short Fiction* (Boston: G. K. Hall & Co., 1991), p. 130.

上中学时是一位运动员，靠足球奖学金进入哥伦比亚学院学习，但没有念完。二战期间曾参加海军，但很快就因其“麻木的性格”而退伍，在全国各地游荡，做过水手、行李搬运工、森林防火员、建筑工人。1944年他在纽约结识了金斯堡、巴勒斯等人。《小镇和城市》(*The Town and the City*，1950)是他的第一部小说。1951年10月凯鲁亚克找到一种“自然散文”(spontaneous prose)的写作方法，他放弃对语言的有意识的驾驭，让心声不受任何传统观念的束缚，无拘无束地自然流露。《在路上》(*On the Road*，1957)在三个星期内匆匆写成，写作过程类似于爵士乐的即兴演奏，想到哪就写到哪，没有统一的结构和情节，因而长时间无法出版。后来在马尔科姆·考利的推荐下，经过重大修改，于六年之后出版，使作者一举成名。全书共分五个部分，采用第一人称视角，叙述主人公萨尔·帕拉代斯和他的朋友迪安数次去西部的经过。在第一部分，萨尔身背帆布包，口袋里只带了50美元，从纽约出发，坐长途汽车到了芝加哥，然后就搭便车跨过密西西比河，一路经过艾奥瓦州的达文波特、内不拉斯加州的大草原、科罗拉多州的丹佛、犹他州的盐湖城、内华达州、加利福尼亚州的萨克拉门托，最后到达旧金山。第二部分写萨尔和迪安驾驶一辆哈得孙牌旧车，再次去加州。第三部分写来年春天，萨尔先去了中部城市丹佛，想在那儿落户，但耐不住孤独，便搭旅行社便车，前往旧金山。在第四部分，萨尔乘长途汽车又去丹佛。迪安开了他的破车随后赶到，两人一起驾车南下，进入墨西哥，直奔首都墨西哥城。在结尾部分，萨尔从墨西哥城返回美国，在纽约定居下来。每当太阳落山之际，他坐在河边，仰望天空，想象向西部海岸延伸的广袤土地和西行道路。

《在路上》以最为明显的方式表现了美国文学中“出走”的母题。作为一个“逃跑者”，萨尔是成年的费恩或霍尔顿。这部小说主要写他在路上的感受。实际目的地并不真正重要。最吸引人的是出走，从一个地方转向另一个地方。萨尔几次出走都是到西部去。美国文学中反复出现逃跑者人物形象有其深刻的社会历史原因。美国建国初期，疆土逐渐向西扩展。到了19世纪上半叶，这一进程基本趋于停止。尽管开拓新疆界的客观条件已经发生了变化，这一梦想却并未随之消失，而是沉淀在美国人深层心理结构之中，形成“西部情结”。人们对现实不满，本能的反应是一走了之，去寻找新的机会和自由。“出走”因此成为美国文学中一个母题。萨尔受“西部情结”影响，本能地三番五次往外跑。汽车越过科罗拉多州和犹他州的州界，萨尔在大荒漠上空金色云彩里看到了上帝。上帝似乎在向他召唤：“一直往前走，这是通向天堂之路。”他们高呼“道路便是生活！”《在路上》以写实的手法记述了“垮掉派”放荡不羁的生活方式：他们吸毒、酗酒、纵欲、听爵士乐。萨尔和迪安是“西部世界的破落英雄”，他们俩不刮胡子，光着身子，高速度开车，走很远的路，寻求一种“解放和陶醉”。[①]

凯鲁亚克1962年在回顾自己的小说创作时说:“我的作品和普鲁斯特的一样,构成一部巨著,与他不同的地方在于我的追忆不是在病床上而是在路上写的。”[②]凯鲁亚克将自己行踪不定的流浪生活写进小说,使之成为自传式作品,具有两个基本特征:一是流浪汉小说的形式;二是“自白”的风格。《达摩流浪汉》(*The Dharma Bums*, 1958)体现了这些特征,塑造了凯鲁亚克和诗人斯奈德两个“垮掉派”代表人物。小说依然以作者浪迹天涯的旅程为主线,但与《在路上》有所不同:凯鲁亚克的流浪有明确的目的:追求禅宗的空境。凯鲁亚克在扉页上把《达摩流浪汉》献给中国的僧人寒山,他把寒山当作榜样,自背行囊,在野地露宿,树下打坐。《达摩流浪汉》有许多对“垮掉派”作家的珍贵历史记录。如在那一场令人难忘的旧金山诗歌朗诵会上,金斯堡朗诵自已的《嚎叫》。半夜里大家一起去中国餐馆就餐,学着用筷子吃饭。斯奈德在伯克利郊外的小屋里翻译中国诗人寒山的诗,凯鲁亚克与他一起讨论翻译,向他学习禅宗思想。1956年5月斯奈德离开旧金山前往日本,举行了欢送聚会。随后,凯鲁亚克到西北部的华盛顿州荒凉山上去当森林防火员。他在深山老林孤独一人,参悟佛理。《达摩流浪汉》反映了中国和日本的禅宗代表的东方哲学思想对“垮掉派”的影响,被认为是凯鲁亚克的“最佳作品”。[③]《荒凉山天使》(*Desolation Angels*, 1965)从时间上紧接着《达摩流浪汉》,记载凯鲁亚克在荒凉山上两个月森林防火员生活的感受,以及他与母亲从佛罗里达州前往西部加利福尼亚州的沿途见闻。《地下人》(*The Subterraneans*, 1958)讲述作者与一位黑人姑娘恋情的故事。《萨克斯医生》(*Doctor Sax*, 1959)、《玛奇·卡西迪》(*Maggie Cassidy*, 1959)、《杰勒德的幻景》(*Visions of Gerard*, 1963)、《迪吕厄兹的虚荣》(*Vanity of Duluoz*, 1968)等作品取材于凯鲁亚克在洛威尔市的青少年生活。凯鲁亚克除小说创作外,还进行诗歌创作,发表了诗歌集《墨西哥城布鲁斯》(*Mexico City Blues*, 1959)。1969年,凯鲁亚克因酗酒在佛罗里达州去世,年仅47岁。凯鲁亚克的作品藐视正统价值标准,他对传统生活方式和道德观念的反叛行为在战后年轻一代中产生了共鸣。

---

① 马库斯·坎利夫:《美国的文学》(下卷),美国大使馆文化处,1983年,第334页。
② Ann Charters, ed. *The Portable Jack Kerouac* (New York: Viking, 1995), p. 5.
③ Hassan, p. 78.

## 第二节
## 戏剧的全面繁荣

美国戏剧经历了 30 年代的蓬勃发展之后，逐渐衰退下来。到第二次世界大战结束时，这种江河日下之势仍未改变。从 1945 年起，美国剧坛开始有了起色。战后的美国戏剧，掀开了新的一页。然而变化有着一个孕育的过程，并不是突然降临的。

在大战刚刚胜利的那些日子里，反映战争的戏剧受到观众的普遍欢迎。人们走进剧院，仿佛回到刚刚结束的那场战争的硝烟之中，重温自己或亲人们在战争中的经历与遭遇，共同庆贺反法西斯的伟大胜利。同时，他们在剧院里也更深刻地感受到战争结束后美国人民所面临的新的矛盾和问题。在这些反映战争的作品中，阿尔诺·德尤索(Arnaud d' Usseau)与詹姆斯·高(James Gow)合写的《深深的根》(*Deep Are the Roots*, 1945)是一出企图以战争为背景来表现种族问题和战争心理的戏。剧本主人公是一位南方白人姑娘，她爱上了一位黑人青年，并为他在战场上奋勇杀敌的事迹所感动。当他从战场上凯旋后，她毅然地嫁给了他。该剧虽然没有摆脱英雄与美人的俗套，但它通过不同种族青年的恋爱，在一定程度上反映了种族歧视问题在人们心灵上所形成的创伤。哈利·布朗(Harry Brown)的《围猎之声》(*A Sound of Hunting*, 1945)也是战争题材中写得比较成功的作品。它叙述一个排如何设法营救一位陷于困境的战士的故事。该剧写得扣人心弦而又妙趣横生，在当时颇受欢迎。威廉·威斯特·海恩斯(William Wister Haines)的《指挥部的决定》(*Command Decision*, 1947)具备了一出成功的战争情节剧所必须具备的一切——悬念、冲突、冒险事件，既有情感的渲染，又不乏爱国主义的激情和英雄主义的赞歌。剧中惊险场景纷呈，无怪有人把它称作“一出直截了当的惊险剧”。①

在第二次世界大战刚结束的这段时间里，美国剧坛上出现了一个重要事件，那就是奥尼尔的复出。1946 年 10 月 9 日，在沉默了 12 年之后，奥尼尔带着那部深沉而凝重的现代悲剧《送冰的人来了》(*The Iceman Cometh*,

---

① Ethan Mordden, *The American Theater* (New York: Oxford University Press, 1981), p. 209.

1939)回到纽约剧坛。虽然该剧的首演并未达到预期的效果,但它向那些认为奥尼尔已经江郎才尽的人们证明了奥尼尔的伟大的存在。又过了10年,即1956年10月,《送冰的人来了》终于在著名导演裘西·昆泰罗的手中获得了空前的成功。同年,他的又一部杰作《进入黑夜的漫长旅程》(*Long Day's Journey into Night*, 1941)先在瑞典斯德哥尔摩皇家剧院首演成功,接着在纽约百老汇引起轰动。第二年,那出曾在40年代遭到禁演的《月照不幸人》(*A Moon for the Misbegotten*, 1943)也在纽约东山再起。紧接着,他的《诗人的气质》(*A Touch of the Poet*, 1942)和《休伊》(*Hughie*, 1941)在1958年、1959年相继首演。美国戏剧评论家伯林认为:"《送冰的人来了》和《进入黑夜的漫长旅程》一样,同属杰作之列。它使奥尼尔的名字与易卜生、斯特林堡、契诃夫、萧伯纳等人相提并论,堪称现代剧坛的巨擘。"[①]经过各种风格和流派的实践,奥尼尔的后期剧作又回到了写实主义。不过,此时的写实主义并不是早期风格的简单重复,而是在传统现实主义基础上,吸取了现代主义的某些成果,在更高阶段上的一种综合。有的评论家把他这一时期的新风格称为"富有表现力的"现实主义[②]。奥尼尔对戏剧艺术不断实验与创新,使他最终达到了完满的境界。

在奥尼尔的最后两部悲剧成功上演之前,威廉斯与密勒走进了悲剧天地。这两位剧作家风格迥异,但都创作了美国现代戏剧的经典之作。文学史家认为:"威廉斯一般说来表现的是被颓废的南方文化强化的心理病态,而密勒关注的则是决定个人痛苦的那些更为广阔的社会与经济问题。"[③]威廉斯和密勒像两颗灿烂的星辰,交相辉映。不久,英奇又崭露头角。50年代美国剧坛基本上由密勒、威廉斯和英奇三人引领风骚。相比之下,其他一些剧作家的成就稍显逊色,其中比较突出的只有罗伯特·安德森(Robert Anderson, 1917—2009)。他可以说是靠一出戏《茶点与同情》(*Tea and Sympathy*, 1953)而成名的作家。该剧的故事发生在新英格兰的一所男生学校的宿舍楼里,主人公是位孤独而敏感的男孩,因被控有同性恋行为而更加郁郁寡欢,最后酿成悲剧。《茶点与同情》是一部感伤主义戏剧,上演后受到人们的普遍欢迎。

四五十年代,随着演出费用的逐渐增加,百老汇的商业性倾向日渐明显。严肃的戏剧,或者在艺术上实验性强的戏剧很难在百老汇获得上演的机会,于是,一些不能跻身百老汇剧院的无名作家与小剧团,为了突破百老汇对戏剧演出的垄断,开始在纽约格林尼治村等房租低廉的地区,上演为百老汇所不屑一

① Norman Birlin, *Eugene O'Neill* (London: Macmillan Press, 1982), p. 130.

② Jean Chotia, *Forging a Language: A Study of the Plays of Eugene O'Neill* (Cambridge: Cambridge University Press, 1979), pp. 185 - 191.

③ Ford, p. 338.

顾的新剧目，这样便形成了被称作“外百老汇”的戏剧活动。外百老汇戏剧在某种程度上是本世纪初小剧场运动的继续，外百老汇的“外”字，实际上含有走出百老汇或在百老汇之外争取自身发展的意思。与百老汇相比，外百老汇的风格比较自由，想象力也比较丰富，具有很强的实验性和探索性。外百老汇的剧作家勇于创新，富有进取精神。战后外百老汇的第一次演出是1947年由新舞台剧团(New Stages)上演的《午夜之灯》(*Lamp at Midnight*)。剧团成员在格林尼治村的布里克尔街上找到一家电影院，便将它改建成一个小型剧院。新舞台剧院是由一些在艺术上志同道合的戏剧工作者组成。他们挑选剧目的原则是：“剧坛新手的作品、很少上演的经典作品、第一次在美国上演的外国剧作，以及成名作家的新作或从未上演过的作品。”①尽管新舞台剧团存在的时间不长，但它的这一做法受到别人的效法。50年代比较著名的外百老汇剧团有生活剧团(Living Theater, 1951)、广场圆形剧团(Circle in the Square, 1951)、凤凰剧团(Phoenix Theater, 1953)、纽约莎士比亚戏剧节剧团(New York Shakespeare Festival, 1954)等。广场圆形剧团的前身是一个40年代末由演员组成的团体。1951年，导演昆泰罗和该团体的财务经管人西奥多·曼在格林尼治村的谢立丹广场租赁了一个夜总会俱乐部，将俱乐部的圆形舞厅改造成为一个舞台设在观众席中央的小剧场。剧团演员对戏剧艺术充满巨大的热情和献身精神，昆泰罗又是一位极有天赋的艺术家。1952年，他们上演了威廉斯的《夏天和烟》，获得很大成功，使剧团声誉鹊起。1956年，卡洛塔·奥尼尔将她已故丈夫的杰作《送冰的人来了》交给昆泰罗和他的广场圆形剧团上演。这次演出，使《送冰的人来了》这出十年前在百老汇上演时没有获得应有成功的作品，得到了重新的评价，同时也使奥尼尔这位正在受到人们冷落的已故作家东山再起，重新引起人们的重视。外百老汇设立了自己的戏剧奖——奥比奖(Obie Awards)。外百老汇对于推动美国的戏剧发展，起了积极的作用。

这一时期美国的音乐剧逐渐成熟起来。音乐剧发轫于19世纪，是一种介乎歌剧和歌舞杂耍之间的舞台艺术形式，它从一开始就设法将音乐、舞蹈、戏剧动作和戏剧对白熔于一炉。19世纪后期的音乐剧，主要依赖于令人眼花缭乱的舞台场面和壮观的布景、服装。经过二三十年的探索，音乐剧基本定型。它往往具备以下几个因素：轻松活泼的音乐、幽默俏皮的歌词、节奏欢快的舞蹈、夸张的动作、美丽的演员、漂亮的服装和华丽的布景。然而，直到30年代末期，音乐剧的结构仍然比较松散，尤其不重视剧本的创作。进入40年代后，这种状况有了改观，音乐剧逐渐成熟起来，不再是唱唱跳跳的杂耍性娱乐节

---

① Stuart Little, *Off-Broadway: The Prophetic Theatre* (New York, 1972), p. 38.

目,戏剧内容有了比较复杂的情节,人物也具有了更多心理上的真实性。50 年代音乐剧舞台上的新现象是出现了许多根据名著改编的音乐戏剧,如根据莎士比亚《驯悍记》改编的《吻我吧,凯特》(*Kiss Me, Kate*, 1950)、根据萧伯纳《卖花女》改编的《窈窕淑女》(*My Fair Lady*, 1956)、根据奥尼尔《安娜·克里斯蒂》改编的《刚来城里的姑娘》(*New Girl in Town*, 1957)等。1958 年,百老汇舞台上又上演了一出大胆的音乐剧《西区故事》(*West Side Story*)。这是第一部没有喜剧结尾的严肃音乐剧,它表明音乐剧不仅具有单纯的娱乐功能,能表现幽默、欢快和热烈的主题,而且可以表现更有深度的主题,甚至可以反映社会的悲剧。

**威廉斯及其戏剧创作**

田纳西·威廉斯(Tennessee Williams, 1911—1983) 称得上是第二次世界大战结束时期所出现的最杰出的美国剧作家。他的戏剧创作生涯长达 40 多年,不但创作优秀的剧本,而且极其多产。1945 年,《玻璃动物园》在纽约上演,获得意外成功。此后他总共写了约 35 部戏。从威廉斯四次获纽约剧评奖和两次获普利策奖中可以看出,他的艺术成就已获得广泛承认和至高的荣誉。

威廉斯的原名是托马斯·拉尼尔·威廉斯,出生于密西西比州的哥伦布市,八岁时随父母迁往工业城市圣路易斯。1929 年,威廉斯进入密苏里大学,主修新闻学,由于他的南方口音,同学们用"田纳西"州名作他的绰号,威廉斯欣然接受,并用作自己的固定笔名。他后来转到华盛顿大学和衣阿华大学。读书期间,他就开始戏剧创作。大学毕业后,他写了一组取名为《美国布鲁斯》(*American Blues*,1939)的短剧,曾获团体剧院举办的戏剧比赛特别奖。在这之后,威廉斯创作了《天使之战》(*Battle of Angels*, 1940)、《长久的告别》(*The Long Goodbye*, 1940)、《凤凰说,我从火焰中升起》(*I Rise in Flame, Cried Phoenix*, 1941)、《你碰了我》(*You Touched Me*, 1943)等。这段时期是威廉斯的酝酿和积累时期,他生活经历的不断充实、人生感受的不断积累、思想的不断深化以及技巧的不断成熟,促成了《玻璃动物园》的一鸣惊人。

《玻璃动物园》(*The Glass Menagerie*)于 1944 年 12 月 6 日在芝加哥首演时,评论界给予了较高的评价,但观众很少。第二年 3 月,该剧打入纽约百老汇,连演 561 场,盛况空前。《玻璃动物园》是一出与战争无关、充满诗意、略带几分伤感的"回忆剧",讲述发生在 30 年代圣路易斯市小巷里一个家庭的故事。幕启时,由剧中人汤姆回忆往事。他在一家鞋厂仓库里干活,对自己的工作不满,觉得像是生活在"棺材"里。汤姆喜欢写诗,梦想当个海员,经常躲在电影院里看电影,彻夜不归。他的姐姐劳拉是一个腼腆内向的姑娘,由于跛足而十分敏感自卑，甚至中途辍学，不与外人接触，"完全生活在自己的世界里"。母亲阿曼达曾经是南方的名门闺秀，而今家境没落，丈夫也离家出走。阿曼达担心女儿的前途，于是说服汤姆在同事中给她物色一位人品好的可靠青年，以便她能早日完婚，将来生活有个依靠。当汤姆把杰姆带回家吃晚饭时，劳拉惊喜地发现他就是自己曾经暗暗喜欢过的高中同学，紧张得竟不能一起同桌吃饭。饭后母亲让女儿和杰姆留下单独交谈，他们对中学生活的回忆为劳拉关闭的心扉投入一丝阳光，给了她很大安慰。为了树立劳拉的生活信心，杰姆还邀请她跳舞。跳完华尔兹舞之后，杰姆吻了劳拉，但又急忙道歉，因为他已和别人订了婚，没有权利吻她。这样，劳拉好不容易建立起来的自信顷刻瓦解。阿曼达责怪儿子不应把一个已经订婚的青年带回家来。剧本结尾时，汤姆告诉观众他不久就步父亲的后尘，离家而去，浪迹天涯，但他始终牵挂着姐姐劳拉。

《玻璃动物园》的故事背景是没落的美国南方。阿曼达年轻时是许多南方种植场主儿子追求的对象，但她的女儿却是个嫁不出去的大龄姑娘。威廉斯采用象征主义手法，将外部世界的可怕与劳拉内心世界的脆弱进行对比观照。劳拉极度害怕与陌生人交往，整天和她收藏的那套心爱的玻璃动物为伴。这些玻璃制品透明晶莹，小巧玲珑，但容易破碎。《玻璃动物园》最后以劳拉吹灭烛火结束，这一细节表明她被杰姆燃起的一线理想的幻灭，她将生活在"永恒黑暗"之中。《玻璃动物园》上演时，战争还没有结束。然而，正是这部在当时似乎不合时宜的作品，预示着美国戏剧无论在题材还是在风格上更加丰富、更加多元化的一个时代的来临。正如丹尼尔・霍夫曼所说：《玻璃动物园》"是一个开端——也许可以说是战后美国戏剧的开端"。[①]

《玻璃动物园》问世后不久，威廉斯创作了《欲望号街车》（*A Streetcar Named Desire*，1947），再次获得成功，拿到了纽约剧评界奖、普利策奖和道诺森奖。一个剧本同时获得这三个奖，在美国历史上还是第一次。文学史家发现：《欲望号街车》里性、美国南方和暴力三者的结合成为威廉斯的一个标记。[②] 该剧开始时，女主人公布兰琪抵达新奥尔良，投奔她的妹妹斯蒂拉。她自命清高，鄙视妹夫斯坦利，认为他的行为举止粗俗，像是动物，引起他的反感。布兰琪结识了斯坦利的工友米奇，两人彼此倾慕。斯坦利经过调查，了解到布兰琪在家乡劳罗尔声名狼藉，是个"破鞋"，实际上是被市长驱逐出来的。他把布兰琪不光彩的过去告诉米奇，结果她与米奇的恋爱关系告吹。在妹妹进产院的晚上，布兰琪遭到斯坦利的强奸，使她的精神彻底崩溃，幻想完全破

① 丹尼尔・霍夫曼：《美国当代文学》（下），中国文艺联合出版公司，1984年，第566页。
② Elliott, *Columbia Literary History of the United States*, p. 1104.

灭。她最后无处可去，被送进了疯人院。在剧中，布兰琪多次洗澡，声称要让神经放松，这一细节象征她想清洗自己道德上的污垢。她内心的自恃高贵和现实中的日趋堕落，表面上一派旧式姑娘的言谈举止和实际上的贪酒纵欲形成了既矛盾又统一的复杂性格。斯坦利粗野、放肆、追求肉欲和物质主义，这些方面固然使布兰琪感到厌恶，但也未尝没有吸引她之处。她故意打扮得花枝招展，在潜意识中很难说没有挑逗斯坦利的动机。布兰琪早年生活的那个庄园(Belle Reve，意即“美丽的梦”)的失去，意味着她所依恋的一个世界的神话永远消失了。威廉斯在布兰琪上场亮相时形容她像只“飞蛾”，她被美丽“谎言”的亮光所吸引，不由自主地奔向毁灭。现代人乘坐的是在狭窄街道上行驶的“欲望号街车”，他们在欲望的驱使下行动。布兰琪的失败，可以看成是整个守旧、没落的南方的失败。威廉斯曾经说过：《欲望号街车》的意义是“现代社会里各种野蛮残忍的势力强奸了那些温柔、敏感而优雅的人”。剧中的布兰琪就是这样一位女性。她是威廉斯笔下众多的受伤者、逃避者、残缺者、孤独者、与环境格格不入者和寂寞者中的一个。

有的评论家认为：《欲望号街车》结尾时布兰琪的精神错乱使得本该继续发展的“灵与肉”的斗争不得不匆匆收场。这一说法其实和作者本人的想法是不谋而合的。因为在下一部作品《夏天和烟》(*Summer and Smoke*, 1948)里，我们看到这一斗争在另一位妇女——阿尔玛的身上继续了下去。阿尔玛在西班牙语中是“灵魂”的意思，她是一个供奉教堂的虔诚贞女，但爱上了追求感官享乐的医科大学毕业生约翰。威廉斯用细腻的笔法描绘了精神与肉体的冲突，以及不可避免的悲剧。

《玻璃动物园》和《欲望号街车》奠定了威廉斯在美国剧坛的地位，已成为美国现代戏剧的经典之作，他后来写的戏都未能超过这两部早期作品的水平。威廉斯 50 年代的主要剧作有《玫瑰黥纹》(*The Rose Tattoo*, 1951)、《皇家大道》(*Camino Real*, 1953)、《热铁皮屋顶上的猫》(*Cat on a Hot Tin Roof*, 1955)、《琴仙下凡》(*Orpheus Descending*, 1956)、《可爱的青春鸟》(*Sweet Bird of Youth*, 1959)等，其中《热铁皮屋顶上的猫》是戏剧性最强的作品之一。该剧以美国南方的一个家庭为背景，刻画了面对一大笔遗产，人们的各种不同的心态和表现。密西西比河三角洲最富有的棉花种植园主波利特大爹生病住院，在他 65 岁生日这天要回家。家庭所有成员，除了小儿子布里克以外，都像一群躁动不安、闻到腥味的猫，急切地想继承“尼罗山谷那边的 28 000 英亩好地”。布里克在好友斯基普死后一蹶不振，沦为不可救药的酒徒，与妻子麦琪的婚姻也名存实亡。麦琪是一个泼辣而富有心机的女人，她不惜采取一切手段，与兄嫂争夺遗产。大爹质问布里克为何酗酒，布里克说，人生充满谎言，他喝酒是为了逃避现实，并说对继承财产无兴趣。大爹大为恼怒，盘问他与斯基普的秽事，撕裂了儿子心灵的伤口。布里克作为反击，告诉大爹他身患癌症，使他心中残存的康复希望彻底破灭。大爹踉跄向户外走去，不知去向。大儿子科柏迫不及待地提出应由他继承财产。麦琪当机立断，谎称自己已怀孕。当天，她把酒全部藏起来，并要布里克答应，只有把他们的谎话变为事实，即麦琪怀孕变为现实，她才把酒还给他。威廉斯怀着对南方文明堕落无限惆怅的情绪，塑造了布里克这个情感压抑的新生代形象。他缺乏父辈的创业精神，面对现实，采取逃避的态度。和布里克相比，麦琪表现出狡黠和当机立断的性格，是威廉斯笔下很少出现的进攻型女性。1965 年，该剧搬上银幕时，影星伊丽莎白·泰勒成功地扮演了麦琪。

60 年代，威廉斯受着疾病的折磨，但他仍坚持写作，创作了《鬣蜥之夜》(*The Night of the Iguana*, 1961)、《牛奶车不再在此停留》(*The Milk Train Doesn't Stop Here Anymore*, 1963)、《默特尔的七个子裔》(*The Seven Descents of Myrtle*, 1968)、《东京旅馆酒吧间》(*In the Bar of a Tokyo Hotel*, 1969)等作品。《鬣蜥之夜》于 1961 年获纽约剧评界奖，这是威廉斯最后一出获奖的作品，该剧在百老汇连续演出了 316 场，也是威廉斯最后一部获得商业成功的戏剧。剧情主要围绕谢农、玛克辛和汉娜三个性格各异的人物展开。谢农是一位被基督教圣公会免去圣职的牧师，原因是他到处拈花惹草。他落魄到在旅游机构当导游，已是穷途末路，接近生活的终点。他把旅游团带到一家旅店，老板娘玛克辛是个精力充沛的风骚女人，她竭力挽留谢农留在旅馆。汉娜年届中年，一直陪伴她 97 岁的祖父农诺各处漫游。农诺是位诗人，他们一贫如洗，全靠汉娜给游客速描肖像以及农诺给人朗诵诗为生。剧中的鬣蜥含有明显的象征意义，它是旅店仆人捕获后准备养肥了吃的。谢农对汉娜说：这鬣蜥"竭力想挣脱那要命的绳子，像你，像我，像正在创作他最后一首诗的祖父"！汉娜一定要把这小生物放了，谢农遵命剪断了绳子。这时，农诺激动万分地宣布，他的最后一首诗，经过 20 年的构思终于完成了。他一边朗诵，汉娜一边流着泪替他做记录。她知道老祖父之所以能活下来，就是因为对于这一创作灵感的期待。农诺完成这首诗后就与世长辞。谢农答应留下来和玛克辛过活，虽然他不会"快乐"。当大幕降下时，只剩下孤苦伶仃的汉娜伏在死去的祖父肩上啜泣。威廉斯在谈到剧本创作时曾经说过："《鬣蜥之夜》的主题，用我尽可能精确的说法，是如何在绝望之后生活下去。"[①]这里所说的"在绝望之后生活下去"的办法，指的是走出自己"与世隔绝的斗室"，和他人保持接触与沟通，对他们表示同情与关切。该剧写得细腻而充满诗意，是作者后期创

① Albert J. Devlin, ed. *Conversations with Tennessee Williams* (Jackson: University Press of Mississippi, 1986), p. 104.

作不可多得的佳作。

《牛奶车不再在此停留》通过一个垂死的老妇对待死亡的种种态度，表现了人在无法回避的死亡面前的恐惧、逃避、沮丧，以及坦然接受等复杂心情。70年代至80年代初，摆脱了药物和酒精依赖的威廉斯创作了一批新剧，但这些作品失去了原先那种吸引观众的魅力，批评家们看到的往往是他早年剧作的微弱回声和某种重复。如《老广场》(*Vieux Carré*, 1977)使人想到威廉斯早期的剧作。故事发生在30年代末新奥尔良法语区一所廉价的公寓里，如同《玻璃动物园》一样，此剧具有自传色彩，剧中的叙事者既是剧情的一部分，又在剧情之外。《喊叫》(*Out Cry*)一剧也令人想起《玻璃动物园》，这部威廉斯晚期作品历经多年修改，将南方、性、暴力和艺术包容在一个官员两兄妹乱伦和疯狂的故事里，威廉斯认为此举对他来说最具个人意义因而也是他最重要的作品，但多次演出观众和剧评界均反应平淡。1980年创作的《夏日旅店的衣服》(*Clothes for a Summer Hotel*)以美国小说家菲茨杰拉德夫妇为故事主角，是威廉斯生前最后一部在百老汇首演的剧作。《有点雾，有点清》(*Something Cloudy, Something Clear*, 1981)回忆了剧作家年轻时的第一次同性恋情。威廉斯最后的剧作是以死亡为主题的《以骇人而严峻的假面》(*In Masks Outrageous and Austere*, 1982)。1983年剧作家在纽约的一家旅馆去世。

由于威廉斯本人的南方背景，他的作品在题材上与同时代其他剧作家很不相同，更接近于20世纪美国南方小说家。他所关注的是"在一个没有传统、没有价值的社会中处于孤寂状态的个人"，[①]剧情大多发生在外部世界与内部现实的中间地带。威廉斯感兴趣的是作为个体的人，而不是具有整体意义的社会，这一倾向，再加上他那抒情色彩的语言，使他的作品和他同时代另一位著名剧作家密勒的作品形成了鲜明的对比。

### 密勒及其现代悲剧

阿瑟·密勒(Arthur Miller, 1915—2005)这一名字常常与威廉斯连在一起，这两位剧作家是40年代后期以来美国戏剧的主要代表人物。相比之下，密勒更倾向于直面现在，反映人们所关注的社会问题。

密勒出生于纽约一个犹太裔的中产阶级家庭，父亲是成衣商，母亲原先是个教师，后来将自己全部的时间用来照料三个孩子。高中毕业后，密勒干过各种工作：电台歌手、卡车司机、汽车零件货栈职员。当时正值资本主义社会经济大萧条，他的工作使他有机会接触各式各样的人，使他对社会上的贫富悬殊以及劳苦大众的日益贫穷化有切身的体会。1934年，密勒进入密执安大学新

---

① Ford, p. 339.

闻系读书，这期间他开始试笔写戏，创作了《黎明的荣誉》(*Honors at Dawn*, 1935)，获得霍普伍德奖金。密勒的下一个剧本《没有恶棍》(*No Villain*)也写于1935年，也获得了霍普伍德奖金。后来他又对剧本作了修改，并改名为《他们也起来了》(*They Too Arise*, 1936)。这些剧作都是30年代流行的所谓社会抗议剧。1938年，密勒从密执安大学毕业，同年秋天在纽约市加入联邦戏剧创作计划。1944年，《福星高照的人》(*The Man Who Had All the Luck*)在百老汇上演。该剧虽然比前几个剧本成熟，但毕竟只是密勒初期的作品，带有不少习作的特点。作者较多地从概念出发，企图通过故事来图解某种思想，对人物性格的刻画也嫌单薄。

1947年，密勒创作了获奖作品《全是我的儿子》(*All My Sons*)。这部戏被人们称为"易卜生"式戏剧。剧中的凯勒是一位年近60的商人，他事业发达、家庭和睦，私生活上无懈可击，俨然是一位好丈夫和好父亲的化身。然而事实并非如此：第二次世界大战期间，他怕生意受到影响，曾下令把有裂缝的汽缸盖卖给空军，致使21架飞机坠毁。事发后，他卑鄙地把罪责推卸给自己的合伙人，并使后者坐了牢。最后真相大白，凯勒只好用自杀来逃避良心和亲人的谴责。《全是我的儿子》虽然以第二次世界大战为背景，但严格说来，并不是一出战争剧。该剧更多的是从道德的层面进行剖析，谴责了凯勒利欲熏心、自私卑鄙的行为，表现了两种价值观念的冲突。

密勒还有几部剧作也都是围绕父子关系展开的，《推销员之死》(*Death of a Salesman*, 1949)便是其中之一。该剧只有两幕和一个尾声"安魂曲"，密勒通过灯光对舞台进行分隔，将过去与现在、回忆与现实糅合在一起。第一幕开始时，主人公威利提着两只大箱子精疲力竭地慢慢走进家门。他当了36年旅行推销员，到头来基本工资都没有，只拿回扣。他一心指望两个儿子毕夫和哈比有出息，但他们都不成器，大儿子毕夫高中数学不及格，没能上大学，曾因偷窃坐牢，34岁仍然单身一人，没有固定工作，小儿子哈比也是一事无成。威利一直生活在自己编织的梦幻之中。为了迎合他望子成龙的心情，毕夫和哈比计划找人贷款开一家运动器材商店。第二幕里，威利到公司去，要求不再到外面跑推销。年轻的经理责怪他推销无方，影响公司形象，竟把他解雇了。毕夫找人贷款也碰了一鼻子灰。父子原本到一家餐馆要庆祝一番，结果大失所望。63岁的威利遭到一系列打击后，精神恍惚。密勒在剧中巧妙地让幻觉穿插于现实，使剧情在过去与现在之间来回跳跃。威利在餐馆里询问毕夫贷款情况时，出现了当年他在波士顿一家饭店同一个女人寻欢作乐时被儿子发现的情景。毕夫焦急万分地来找他，是因为他数学考试不及格，毕不了业，要威利到学校去说情。毕夫心目中父亲完美的形象破灭后，放弃了数学补考，从此自暴自弃。威利内心深处始终摆脱不了一种内疚感，觉得自己对于毕夫的失败有着不可推诿的责任。威利的妻子琳达是一位贤妻良母,她对丈夫的忠诚、理解与同情,更加剧了威利的失败感。当晚,威利开车出去,只听轰的一声,他故意撞车身亡,这样,毕夫便可以继承他那笔人寿保险金去经商。

《推销员之死》展现的是一个只认可"成功"的社会,而它的主人公恰恰是一个渴望成功却又屡遭挫败的可怜虫。这个小人物的梦想的破灭导致了他精神的崩溃。威利作为一个推销员出现在剧中,具有特殊的意义。推销员的工作是通过花言巧语说服顾客购买自己的产品。威利有一种职业习惯,与人交谈时只顾自己说话,滔滔不绝,容不得别人插话。他给自己编造虚幻的谎言,并且对此信以为真。当现实将谎言击碎后,他便失去了生活的依托和信心。有的评论家认为《推销员之死》揭露了标榜美国社会对每个人都提供无限发展可能性、使人人有成功机会的"美国梦"的破产。其实,剧中不乏通过努力工作实现了美国梦的人物,如威利的邻居查利和他的儿子。毕夫和哈比没能成功,是因为他们缺乏诚实和埋头苦干的品质,而这与威利从小就在孩子头脑里灌输不切实际的幻想、不教他们踏踏实实做人有关。密勒通过威利一家的悲剧批评了以推销术为代表的商业文化对普通民众价值观的负面影响及误导。《推销员之死》在艺术上也取得极高的成就。两幕故事虽然发生在一天两晚之间,观众却看到威利的一生和毕夫兄弟的成长史,看到三四十年代美国都市民众的普通生活的画面,这主要得益于作者对舞台区域的灵活分隔和回闪手法的运用。《推销员之死》上演后,好评如潮,获得纽约剧评界奖和普利策奖,成为密勒的主要代表作,并且为他赢得了国际声誉。1983 年,我国北京人民艺术剧院排演该戏,由英若诚先生扮演威利,密勒曾亲自来华进行指导。

50 年代初,美国麦卡锡主义盛行。密勒创作了历史剧《萨勒姆的女巫》(*Crucible*, 1953),以影射当时对社会进步人士和共产党人的迫害。该剧取材于 1692 年发生在美国马萨诸塞州萨勒姆镇的冤案。17 岁的漂亮姑娘艾比盖尔在农民约翰家帮佣,迷恋上了主人,要和他发生肉体关系。约翰的妻子伊丽莎白发觉后就将她辞退。为此,艾比盖尔怀恨在心,在一个夜晚领着一群女孩在林中裸身跳舞,诅咒伊丽莎白早日归天。牧师女儿贝蒂因受惊生病,镇上传出谣言,贝蒂的病是魔鬼作祟造成的。艾比盖尔欺骗、撒谎,胁迫参加过违禁跳舞的几个女孩子玩弄巫术,随意指认别人和魔鬼在一起。波士顿的法官前来审理女巫案,一些心术不正的人抓住机会,纷纷诬陷自己怀恨的邻居是女巫。法官轻信谎言,独断专行,乱审乱判,一时间恐怖笼罩全镇。艾比盖尔出于报复心理,趁机陷害伊丽莎白。为了拯救妻子,约翰在法庭上说出事实真相,承认自己和艾比盖尔的暧昧关系。但艾比盖尔矢口否认,还装神弄鬼,使约翰的女佣翻供,诬陷他是"魔鬼的人"。于是,约翰被判绞刑。临刑之前,他只要签了悔过书,就可保住性命,但他把悔过书撕得粉碎。他宁可走上绞架,也不愿“向狗仔撒谎”，承认自己和魔鬼有什么关系，表现出为正义和真理视死如归的浩然正气。密勒在当时白色恐怖时期能写出并上演《萨勒姆的女巫》，这本身体现出一种难能可贵的勇气和正义感。作者将萨勒姆冤案与麦卡锡主义的恐怖统治联系起来，使作品带有政治剧的色彩。正如休斯所说：“就某种意义上来说，《萨勒姆的女巫》是密勒最有‘倾向’性的剧本。它的瑕疵主要也出于这个‘倾向’性。”[①]随着时间的推移，这种倾向性逐渐淡薄，而剧本的深层力量却日益显现。跳出对一时一事的针砭，可以看出该剧更普遍的意义。《萨勒姆的女巫》通过大难临头时人的种种表现——软弱、自私、叛卖、告密、见风使舵、逃避责任以及坚定、忠诚、无畏等，向人的良知发出呼吁：人应该对自己的行为负责，一个人既不能逃避责任，也不能否认其后果。

密勒的《桥头眺望》(*A View from the Bridge*，1955)再次涉及背叛与告密。故事发生在纽约布鲁克林的一座公寓房间里，房间的主人是个码头工人，名叫爱迪·卡朋。爱迪跟妻子比阿里克斯抚养他们的外甥女凯瑟琳已有多年。爱迪对凯瑟琳的那种关心和保护，实际上出自一种他自己也不肯承认的暧昧心理。随着他们的两个亲戚马可和鲁道夫从意大利非法移民来到美国并寄居他们家中，情况变得复杂化了。当鲁道夫和凯瑟琳相爱时，爱迪想方设法破坏他们的爱情。他后来打电话给移民局，告发了马可和鲁道夫。当马可知道爱迪告的密，他公开指责爱迪，并把爱迪在邻里中孤立起来。最后，爱迪在与马可的搏斗中死于刀下。在剧中，爱迪并不清楚自己的行为动机。他一直对自己说他的所作所为全是为了凯瑟琳的利益，而不是出于对她的欲望。但实际上，这种潜意识的乱伦欲望支配着他的行为。《桥头眺望》描述的这种潜意识中的乱伦、背叛，背叛后所引起的内疚以及最后主人公的死亡，带有一种类似希腊风格的古老而悠远的悲剧色彩。

1956年，密勒与著名影星玛丽莲·梦露结婚。婚姻最初十分成功，梦露对自己那位才华横溢的丈夫钦佩之至，夫妇俩简直是形影不离，但后来他们的婚姻却以失败告终。由于家庭问题的纠缠，密勒在《桥头眺望》之后，有九年的时间在剧坛上销声匿迹。直到1964年，才带着《堕落之后》(*After the Fall*)和《维希事件》(*Incident at Vichy*)两剧回到剧坛。《堕落之后》显然带有自传色彩。主人公昆廷是一位事业有成的律师，但他在个人生活中绝不是一位成功者。在剧中，他向一位想象中的“听者”诉说自己两次失败的婚姻。该剧的中心是昆廷和他的第二位妻子麦琪之间的关系。麦琪是个漂亮的流行歌星，头脑简单，不受所谓道德或思想准则的约束。她单纯、无私并且爱着昆廷，甚至

---

① Catharine Hughes, *American Playwrights: 1945—1975* (London: Pitman Publishing, 1976), p. 37.

把他当作自己崇拜的偶像。然而好景不长,婚礼尚未结束,麦琪已提出一种昆廷所不能接受的要求——要求他毫无保留地奉献,而这正是昆廷无法给予的。不久,她那种"羞怯的崇拜"一变而为愤怒。她嗜酒成癖,有几次还过量地服用安眠药,这就使昆廷不得不时时戒备以防她自杀,否则,自己无异成了杀害她的凶手。最后,昆廷忍受不住这种彼此折磨的生活而离开了她,致使她自杀身亡。《堕落之后》上演后,人们自然而然地将剧中发生的一切和密勒本人联系起来。剧作家和昆廷有相似的地方:他们都娶了一位美貌而神经质的妻子,却让她怀恨自尽了。因此,《堕落之后》带有密勒自我谴责的成分。该戏在技巧上的成功在于作者巧妙地运用简易而灵活的场景,并以不受时间与空间限制的内心独白将主人公昆廷的现在和过去的生活随时呈现出来。这一技巧和《推销员之死》有相同之处。正如威尔斯所指出的那样,《推销员之死》原来的剧名《他头脑里的活动》(*The Inside of His Head*)如果用于《堕落之后》也是十分贴切的。

在《维希事件》中,密勒表现了人的道德危机。他通过纳粹追捕犹太人以及关在囚室里的人们对这一事件的不同态度,揭示了人性的软弱和可悲。故事发生在 1942 年的法国维希城。剧中七个人物被怀疑为犹太人而遭监禁。他们在囚室里等候审讯时,开展了一场关于人生意义和人的自我保存本能的讨论。死亡的威胁使每个人都产生了精神上的危机。剧中人不同的观点,集中表现在一位奥地利贵族冯·伯格和一位犹太精神病医生勒杜克的冲突上。冯·伯格尽力维持自己那种超然的态度,但勒杜克却雄辩地企图使他承认,随着局势的日益严峻与恶化,人人都会变得自危起来,谁都希望自己免遭危险而让纳粹去逮捕他人。他直截了当地说:"每个人都有他心目中的犹太人,那就是别人。"这番话打动了冯·伯格,他毅然将自己的通行许可证硬塞给勒杜克,让他逃走,而自己则坦然地等待死亡。然而,正是他的牺牲,成为一个沉重的负担,压在那位精神病医生身上。

从 60 年代中期至 2005 年去世,密勒笔耕不辍。主要作品有《代价》(*The Price*, 1968)、《创世纪及其他》(*The Creation of the World and Other Business*, 1972)、《大主教的天花板》(*The Archbishop's Ceiling*, 1977)、《美国时钟》(*American Clock*, 1980)、《跃马飞下摩根峰》(*The Ride down Mount Morgan*, 1991)、《双向镜》(*Two-Way Mirror*, 1982)、《最后的北方佬》(*The Last Yankee*, 1993)、《碎玻璃》(*Broken Glass*, 1994)、《彼得斯先生的关系》(*Mr Peters' Connections*, 1998)、《复活布鲁斯》(*Resurrection Blues*, 2002)、《杀青》(*Finishing the Picture*, 2004)等。这些剧作延续了密勒对个人道德和社会责任的深切关注,但和他之前的悲剧创作相比,有着更多的幽默感和喜剧色彩。这些作品在美国本土并未引起轰动,在英国演出时却颇受欢迎,其中以

1938年德国纳粹反犹行动为背景的《碎玻璃》一剧摘得英国劳伦斯·奥利弗奖年度最佳戏剧桂冠。英国学者比格斯毕是密勒指定的传记作者，他指出美国评论界通常认为密勒是属于四五十年代的剧作家，而英国评论界倾向于把密勒视为20世纪末的重要剧作家之一。比格斯毕认为，密勒在英美两国的声誉之所以存在这种差异，原因之一是美国戏剧主流在60年代激进文化退潮后转而关注个人主题，对密勒致力探讨的社会问题失去了兴趣。[①]

密勒作为一位严肃的剧作家，确实特别关注戏剧作品的社会功能与道德教谕作用。他说过："不仅现代戏剧，整个文学都有一个道德观的问题：是与非、好与坏、高与低。不是简单地提出这些道德观念，而是通过表明所谓罪恶的程度来反映。"[②]密勒十分推崇易卜生，甚至动手改编了易卜生的现实主义戏剧《人民公敌》。1951年，他在为改编本撰写的前言中指出："必须再次让公众明白，舞台正是进行思想探讨、哲学探讨和最热烈地讨论人类命运的场所。亨里克·易卜生就是进行这种探讨的大师之一，而我不揣冒昧，要再次指出这一点。"[③]从密勒创作的《推销员之死》等一系列剧本中可以看出，作者继承了易卜生的社会剧传统。

密勒对美国现代戏剧的贡献表现在他写出了普通人的悲剧。早在1949年2月，即《推销员之死》首演的同一个月，他在《纽约时报》上发表了一篇题为《悲剧与普通人》的文章，明确指出："我相信，在悲剧的最高意义上，普通人跟国王一样，都是适于作为悲剧描写的对象的。"他认为，那种坚持悲剧人物非有社会地位不可，或必须出身名门的看法，只能说是抓住了悲剧的表象。随着时代的发展，人们所关心的已经不是那些王公贵族的生活了。"可以肯定地说，一个国王从另一个国王手中攫取领土的行为再也不能激起我们的热情了；我们对正义的概念跟伊丽莎白时代国王的看法也是大相径庭的。"[④]密勒从普通人身上看到了悲剧因素，强调普通人生活中同样有着悲壮的一面，有着可歌可泣的一面。密勒塑造了推销员、农民、警察、码头工人等一批中下层人民的悲剧形象。他努力在自己创作的现代悲剧中探索这些普通人的心灵，表现他们丰富的精神世界。

**英奇及其戏剧创作**

继威廉斯和密勒之后，50年代的美国剧坛崛起了另一位新人——威廉·

---

① C. W. E. Bigsby, *Modern American Drama, 1945—2000* (Cambridge: Cambridge UP, 2004), p. 115, p. 120.

② Robert A. Martin and Steven R. Centola, eds., *The Theater Essays of Arthur Miller* (New York: Da Capo Press, 1996), p. 9.

③ Martin and Centola, p. 17.

④ 同上, pp. 3–5.

英奇(William Inge, 1913—1973)。他和前两位作家是同时代人,只是开始创作的时间稍晚而已。他生于堪萨斯州的英迪番斯顿,1930年进入堪萨斯大学。英奇在学生时代有一个愿望,希望毕业后能去纽约百老汇当演员。然而,当他1935年大学毕业时,他发现自己一无经济来源,二无寻找工作的门路,不可能去纽约实现自己的梦想。作为权宜之计,他不得不靠奖学金在一所师范大学读研究生。1938年他获得硕士学位后先后在密苏里州哥伦比亚的斯蒂芬斯学院和圣路易斯的华盛顿大学任教。1945年1月,威廉斯在芝加哥上演《玻璃动物园》后,回到圣路易斯老家度假。英奇拜访了这位在当时还是名不见经传、不久却将声誉鹊起的剧作家,准备为他写一篇专访。两人倾心交谈,不久就成为密友,而且彼此之间的友谊一直保持到晚年。对于英奇来说,这次见面无疑是他一生的转折点。威廉斯随后邀请英奇前往芝加哥观看《玻璃动物园》的演出,感伤的剧情和浓郁的剧场气氛深深打动了英奇,觉得自己从来没有在剧院见过这么美妙的艺术。他向威廉斯透露了自己的心愿,想成为一名剧作家。英奇在返回圣路易斯三个月后,便完成了自己第一个剧本《远离天堂》(*Farther off from Heaven*),并把它寄给威廉斯。在威廉斯的帮助下,该戏于1947年上演。英奇的成名作《归来吧,小希巴》也是经威廉斯的推荐得以上演的。该剧1949年先在康涅狄格州的韦斯波特由戏剧公会上演,第二年进入百老汇,连演190场,获得空前成功。此后,英奇以几乎每两年写一个剧本的速度打入百老汇,先后创作了《野餐》、《公共汽车站》、《楼梯顶端的黑暗》、《失去的玫瑰》(*A Loss of Roses*, 1959)、《辉煌的草地》(*Splendor in the Grass*)、《天然的爱》(*Natural Affection*, 1963)等作品。到了60年代中期,英奇的创作出现了难以为继的危机。作为一个同性恋者,他得不到那个时代社会舆论和家庭其他成员的理解与原谅。沉重的精神压力导致英奇郁闷、孤独和最后的精神崩溃。1973年他在纽约自杀身亡。

一般认为,《归来吧,小希巴》(*Come Back, Little Sheba*)是英奇剧作中最好的一出。该剧描述的是关于频受挫折和失败之苦的人生的故事。剧名中的"希巴"是一只可爱的小狗,它的走失,象征着剧中主人公青春和理想的消失以及随之而来的孤独和寂寞。劳拉是个爱唠叨的女人,老是喋喋不休地回忆自己和道克的过去。在结婚前,她曾是中学活泼美丽的校花,但严厉的父亲不许她与男生交往,只有已是医学院的学生的道克准予造访。道克为人腼腆,追了劳拉一年还不敢吻她。可是当他最后终于大胆吻她时,却一发不可止,竟和她发生了关系,结果使劳拉怀了孕。两人草草结婚,又急急忙忙堕胎,致使劳拉得了不育症。道克中止了学业,成为一名碌碌无为的按摩师,劳拉从一个骄傲、浪漫、爱幻想的少女一夜间变成了家庭主妇。她父亲因她未婚先孕而暴跳如雷,甚至和他们断绝来往。道克染上嗜酒的恶习,每晚必醉,劳拉则放弃了工作在家无所事事。由于收入下降，他们把一间房子分租出去，房客玛莉是一位年轻、漂亮、学艺术的学生，思想开放，追求享受，没有什么道德观念的束缚。她一面打算和商人布鲁斯结婚，一面和标枪运动员特克厮混。劳拉尽量给他俩的偷情提供便利，让他们使用卧室，为他们准备食物，然后躲在一旁偷窥，以此满足自己的变态性欲。道克把自己事业上的失败与生活中的不如意，统统归咎于当年被迫娶了未婚先孕的劳拉。然而教养与个性又使他把这一切不满隐瞒心底，只好借酒浇愁。劳拉的偷窥癖，她对玛莉的未婚夫即将来访的欣喜若狂，深深刺痛了道克。在他的想象中，玛莉就是他自己纯洁过去的化身。当他发现玛莉与特克鬼混一夜之后，当晚又毫不害羞地盼望与布鲁斯相聚时，难以抑制悲凉情绪，揣起威士忌离家而去。第二天凌晨，他步态踉跄回到家中，把心中积怨一股脑儿吐出，甚至拿起厨用短斧要砍杀劳拉，最后被扭送医院。而神采飞扬的玛莉收拾行李，向劳拉宣布她要结婚了。一周后，道克从医院回来，劳拉也在这场震惊中平静下来。他们只有冷静地面对现实，继续这平淡无味的生活。《归来吧，小希巴》通过道克夫妇的遭遇，深刻揭示了当代美国人中一部分失意者的处境和对待人生的态度。作品带有浓厚的苍凉与伤感的色彩，因而很能顺应战后美国观众的心理和审美情趣。

《野餐》(*Picnic*, 1953)是英奇继《归来吧，小希巴》以后的又一部力作。该剧于1953年连获普利策奖和戏剧界奖，为作者又一次赢得全国性声誉。《野餐》表现的是堪萨斯州一个小镇上五个女子单调而枯燥的生活。这五个女子是：弗罗·奥文斯太太，她的两个女儿梅琪和米莉，一位借住她家的中学教师罗斯玛丽，以及她们的邻居海伦。作者在这个女人国里引进了哈尔这个人物，并描写了他的出现在她们中间产生的影响。哈尔是一个极富男子气的人。他和艾伦是同学，来到镇上是希望弄到一份差事。当他刚到镇上时，靠给海伦做一点杂活来换一口饭吃。他喜欢光着膀子干活，他那健美的体魄很快吸引了所有女人的注意。由于梅琪已有了男朋友艾伦，所以大家都以为哈尔会追求米莉。其实，哈尔和梅琪第一次见面时就彼此倾心了。哈尔有着不幸的身世，尽管他表面上看来喜欢自我吹嘘，但内心里却因为在社会上受到挫折太多而缺乏自信。梅琪虽然长得漂亮，但和富家子艾伦在一起始终感到不自在。由于哈尔和梅琪都是不被社会所容的人，所以他们同病相怜，关系越来越密切。作者用充满情趣的笔调写了他们两人的爱情，同时也写了其余几位女子由于这位“女人国”闯入者哈尔的出现而发生的种种变化。例如，弗罗对哈尔抱有敌意，因为她在哈尔身上看到一种男子的、带有野性的吸引力，而这使她联想到自己那位将她抛弃的丈夫。正是这种吸引力，过去曾毁了她一生。所以她坚持要女儿梅琪在家境优裕的艾伦身上多下工夫。《野餐》的结局充满浪漫情调：艾伦断绝了与梅琪的关系，以盗车罪把哈尔投入监狱。哈尔越狱而逃，为的是向梅琪说声再见。梅琪觉得自己深爱着哈尔，不顾母亲反对，决心追随哈尔浪迹天涯。罗斯玛丽终于搬出了寄居小屋，嫁给了镇上小店老板霍华德；米莉也成熟起来，准备远行求学。她宣告终有一日，她会成为著名的小说家，让所有人感到骄傲。《野餐》着重表现了人们不满足于自己孤独狭隘的天地，力图将自己屡遭挫折与失败的过去抛在脑后，去追求那不易获得却令人无限向往的幸福生活。

《公共汽车站》(*Bus Stop*, 1955)是以作者早年创作的独幕剧《风中的人们》(*People in the Wind*, 1953)为基础扩展重写的。《风中的人们》刻画了几个性格各异的人物以及旅客们被暴风雪困在公共汽车站的情景。在重写后的剧本中，作者将其中的戴·博克和查莉两个角色作为中心人物加以重点刻画。戴·博克是从蒙大拿州来的一位天真而有点鲁莽、喜欢自夸的牛仔，他在一家夜总会里遇到歌女查莉，对她的演出大为倾倒，连哄带诱地劝她跟他一起去蒙大拿牧场。到了公共汽车站后，查莉称她是受了戴·博克的诱拐，不肯再跟他继续往下走了。剧情的主线围绕戴·博克和查莉的关系发展。最后查莉认识到他的诚意和善良，便和他一起上车向蒙大拿牧场出发了。剧中一些次要人物作为戏剧主要冲突的背景来表现，又从不同的侧面体现了美国中西部人的精神面貌。弗吉尔是个重义气、为人厚道、可以心甘情愿地为朋友牺牲自己一切的青年；莱曼博士是个好酗酒的前大学教授，他考虑问题处处以自我为中心，他清楚地意识到这一点，却又改不掉也不想改。格蕾丝是个热情而好心的饭店女主人，她在这个前不着村后不着店的车站过着孤独而冷清的生活，但她不愿找个丈夫。她和公共汽车司机卡尔发生关系，但她认为这是逢场作戏，她不愿嫁给他，宁肯过着自己早已习惯的生活。尽管人们的性格、经历和对生活的理解各不相同，但是通过公共汽车站五小时相逢，每个人都不同程度地有所改变。格蕾丝终于放弃了对待婚姻冷漠和逢场作戏的态度，表示等下次卡尔再开公共汽车来时就和他一起生活。戴·博克和查莉也取得了谅解。甚至那位以自我为中心的莱曼博士也从这小小的车站邂逅中获得启示而变得比较通情达理了。在英奇的作品中，只有《公共汽车站》是一出可以被称为浪漫喜剧的作品，也是一出不是直接表现家庭关系的剧本。但在这个剧本里还是包含着与其他剧本共通的东西，那就是表现出人们对幸福的理解和追求，而这幸福又是和爱情、婚姻与家庭联系在一起的，这就是为什么剧中人物都渴望有一个温馨的家庭，都竭力避免和摆脱孤独和被冷落的处境的原因。

《楼梯顶端的黑暗》(*The Dark at the Top of the Stairs*, 1957)是英奇最后一部在百老汇获得成功的作品。故事发生在20年代俄克拉荷马城附近的一个小镇上。弗勒德家的起居室有一段楼梯通向二楼，楼梯的顶端是一段黑暗的走廊，这出戏因此而取名《楼梯顶端的黑暗》。剧中的父亲鲁宾是个经常在外四处奔走的推销员，妻子考拉和他结婚已有17年。考拉希望他能在镇上找一个固定的工作。他们的16岁的女儿莉妮是个腼腆害羞的姑娘。10岁的儿子桑尼告诉母亲为什么害怕楼梯顶端的黑暗："因为你看不见前面是什么东西，而且可能是很可怕的东西。"这种恐惧心理不仅他有，弗勒德一家都有。他们似乎都在担心着什么。戏剧的中心事件是莉妮参加的同学生日舞会。考拉认为这是克服女儿幽闭症的好机会，特地替她买了条漂亮昂贵的裙子，没料到引起鲁宾的震怒。一是因为鲁宾经济窘迫，面临失业威胁；二是鲁宾瞧不起莉妮同学的父亲，一位靠欺骗发迹的石油商。两人在冲突中鲁宾失手打了考拉一掌，被考拉赶出家门。在舞会上，人们担心莉妮受到冷落，替她约好了一位舞伴萨米。他是个聪敏诚恳的青年，不但待人接物彬彬有礼，而且善于体贴人。不过，由于他是犹太人，非常敏感。莉妮尽管心里喜欢萨米，自尊心却很强。舞会上她借故躲进盥洗间，萨米以为她有意遗弃自己。这时粗俗的女主人又叫他离开，因为舞会不是为犹太鬼举行的。萨米在羞辱和悲愤之下竟自杀了。萨米死后，考拉对莉妮说，如果她当时克服害羞的心理，只要和萨米说上一两句话，就可能挽救他，避免这一悲剧。莉妮开始认识到母亲的这番话是对的。作者在剧本中强调了人与人之间的交流和沟通。那种把自己紧紧包裹起来不愿和别人沟通的人，貌似自尊，实为自私。剧本的结尾是大团圆式的，出走的丈夫归来，以前喜欢和姐姐争吵的桑尼变得懂事起来，为了替姐姐解忧，主动买了电影票和她一起看电影。考拉走上楼梯去找鲁宾，他怀着无限温情等着妻子。除了萨米以外，显然人人都将美满地生活下去。

剧中腼腆内向的莉妮显然受到威廉斯《玻璃动物园》里劳拉的启示。劳拉是由于生理上的残缺而产生自卑情结，在《楼梯顶端的黑暗》这个剧本的最早版本中，莉妮也是由于自己身上的一个小小的缺陷——缺了一颗门牙而非常敏感。劳拉将她那套玻璃动物作为逃避现实的出路，而莉妮则靠沉浸在音乐里忘掉现实。英奇受威廉斯诸如此类影响，在他的许多作品中都有所反映。

在英奇的作品中，他最善于表达，而且也是最充分表达的主题是孤独、人与人的隔绝。这些是许多现代戏剧所共同感兴趣的主题。但是，对这一主题如此深入、如此不懈地探索的作品，却是不多的。从孤独和隔绝这一主题发展出来的，便是如果要使生活变得更好，或更有希望，人们就必须互相谅解、让步、沟通、理解这一主题。这种沟通和理解是建立在诚实袒露自己的基础上的，只有沟通和理解才能产生爱，而爱是通向幸福彼岸的桥梁。当然，人与人的沟通和理解，只是作者的一种愿望而已，它实现的可能却是令人怀疑的。有时，作者似乎提供了一个乐观的结局，但这种所谓的乐观也并不是充满光明的。英奇在其剧作中呈现一种理想生活的模式，又指出这种模式的不可靠与不确定性，这是他的现实主义。

英奇的作品，尤其是他 50 年代的作品，有着某种贯穿始终的主题。但这并不是说作者的创作意图就是向观众传递某种思想。英奇自己曾经谈到过这个问题。他说："我从来没有写过一出预先确定主题或者企图提出某种思想的剧本。我只是希望自己的剧作为观众提供一种他们所喜爱的生活经验。"[①]也就是说，他总是首先从人物着手，或者从某种生活经验着手，而不是从主题着手进行剧本创作。正如批评家舒曼所说："他刻画了人物，将人物融入了情景，于是主题便自然而然地从人物和情景中冒了出来。"[②]

休斯认为英奇是"小有才气"，他的第一部作品经威廉斯推荐后立即获得上演的机会，很快走上了成功的道路。然而，过早成名也给英奇带来无形的压力。他时时感到自己的成功是不牢靠的，担心早晚会从云端里跌落下来。他于 1973 年自杀的主要原因在于"盛名之下其实难副"的精神压力。[③] 英奇的死是悲剧性的，但是他毕竟留下了一份珍贵的遗产，他的作品为 50 年代美国剧坛平添了一份光彩。

## 第三节 流派纷呈的诗歌

在美国现代主义诗歌运动中，产生了 T. S. 艾略特、W. C. 威廉斯、庞德、弗罗斯特、史蒂文斯这样的巨人，他们光芒四射，照亮了美国诗歌的天空，但同时又以自己巨大的身影，遮盖了比他们年轻的诗人的光泽。第二次世界大战结束之初，一批承前启后的诗人尽了最大的努力，也没能从这些巨大身影的笼罩中突围而出。西奥多·罗什克(Theodore Roethke, 1908—1963)在他的《失落之子及其他》(*The Lost Son and Other Poems*, 1948)及《觉醒：1933—1953 诗选》(*The Waking: Poems 1933—1953*, 1953)中试图在保持现代主义诗歌美学原则的同时兼收并蓄浪漫主义的情感，尽管他做得非常成功，却并未造成很大的影响。罗伯特·佩恩·沃伦在《与恶龙攀亲》(Brother to Dragons, 1953)及《承诺：1954—1956 诗选》(*Promises: 1954—1956*, 1957)中部分放弃了艾略特——"新批评"派的"非个人化"原则，在人物心理描写和情感表现上有所创新。他于 1986 年荣获"桂冠诗人"称号，但总的来说，沃伦未能全面突

① R. Baird Shuman, *William Inge* (New York: Twayne, 1965), p. 31.
② Shuman, p. 31.
③ Hughes, p. 44.

破现代主义诗歌传统。理查德·埃伯哈特(Richard Eberhart，1904—2005)、斯坦利·库涅茨(Stanley Kunitz，1905—2006)、卡尔·夏皮罗(Karl Shapiro，1913—2000)、兰德尔·贾雷尔(Randall Jarrell，1914—1965)、德尔默·施瓦茨(Delmore Schwartz，1913—1966)等人各有自己的风格特点，但他们的诗歌成就算不上一流。50年代中后期，另一批以更年轻的诗人为主的缪斯的追寻者开始积极探索新的艺术形式，以表现新时代的社会经验和个人经验，只有他们才对现代主义诗歌构成了真正的挑战。一时之间，美国诗坛发生了巨大的分化和改组，出现了垮掉派、黑山派、自白派等主要诗歌流派。他们一反艾略特"非个人化"和"人格面具"的观点，在诗中毫无保留地揭示内心世界，在对当代社会持怀疑态度的同时关注生活现实，各自建立了自己的风格。

**垮掉派**

40年代末、50年代初，在美国西海岸城市旧金山，聚集着一群诗人、作家。他们对艾略特——"新批评"派诗风非常反感，讨厌那种智性过多而感性不足的诗歌，通过一些小杂志和油印的小册子，他们发表了许多"不合时宜"的作品，阐发了自己的艺术观，另外，这些作家、诗人们还经常聚集在一起，举行诗歌朗诵和讨论会。不过，在"新批评"派的影响仍然非常强大的美国诗坛，这批作家、诗人的活动最初还处于准地下状态，并未对美国诗坛形成强烈的冲击波。但是，随着费林盖蒂1951年接管"城市之光书店"并开办"城市之光出版社"，这些作家、诗人们找到了自己演出的舞台。50年代中期，金斯堡、凯鲁亚克、科尔索等人相继来到旧金山，他们和原在当地的雷克斯罗思、邓肯等人一起，共同催生了"旧金山文艺复兴"运动。在这场运动的磅礴发展中，金斯堡、凯鲁亚克等人又打出"垮掉派"的旗号，成为整个"旧金山文艺复兴"运动中的最强音。

肯尼思·雷克斯罗思(Kenneth Rexroth，1905—1982)在"旧金山文艺复兴"运动和垮掉派的形成过程中起到了重要的作用。他生于印第安纳州，幼时父母双亡，未受过正统的高等教育，做过画家、农场工人、工厂小工、精神病人护理员、杂志记者。1927年，雷克斯罗思来到旧金山，甫一踏上这块土地，他就发现非常喜欢这里，因为相对于美国的其他地方，这里政治气氛宽松，自由主义盛行。在其后的几十年间，雷克斯罗思扎根旧金山，在文坛上掀起了种种波澜。雷克斯罗思对垮掉派的影响主要表现在三个方面。首先，他自己的作品和翻译的外国诗从风格上影响了垮掉派。雷克斯罗思本人的诗歌清新、简朴，融入了个人的生命体验，多以大自然与现实社会为题材，表达的是真情实感，与"新批评"派诗人的风格迥然相异。在《昔日的坏时光》(The Bad Old Days)中，他讲述了自己少年时代亲眼目睹穷人生活的经历：

一个冬日的下午,
石子满路,臭气熏天,
我踏着肮脏的积雪,
穿过布满污秽的街道,
偷看那些白天
待在家里的人的脸。
消瘦、憔悴的脸,在
饥饿、被掠光的脑袋上,
像慈善医院
老年精神病房里的
脸……

雷克斯罗思翻译了许多来自日本、中国、法国、西班牙、希腊的诗,这些诗多姿多彩,其中不乏名家名作,比如中国唐代诗人杜甫的诗,它们和雷克斯罗思本人的作品一起,给后起的垮掉派诗人提供了技巧上的参照,也在一定程度上给他们指明了远离"新批评"的诗歌发展之路。其次,雷克斯罗思从思想上影响了垮掉派诗人。他从青年时代起就是一个无政府主义者,漠视权威,关心现实,同情下层人民的不幸,富有反抗精神,同时在生活中放荡不羁,是典型的波希米亚分子,他的这些特点几乎成了垮掉派诗人的共同特点。再次,雷克斯罗思发挥了他在旧金山的影响,经常在家中和其他场合组织诗歌朗诵和研讨会,极力推举垮掉派诗人,这给垮掉派诗人的崛起提供了机会。尽管以上方面说明雷克斯罗思与垮掉派之间有着密切的关系,但他本人并非纯粹的垮掉派,与垮掉派的"狭路相逢"只是他生命与艺术探索中的一部分,特立独行的性格使他常常脱离于流派之外。然而,雷克斯罗思在垮掉派形成和发展中的作用确非他人所能及。

另一个在垮掉派形成和发展中起到重要作用的诗人是劳伦斯·费林盖蒂(Lawrence Ferlinghetti,1919— )。他生于纽约,父亲早亡,母亲精神失常被送进医院,年幼的费林盖蒂在一位亲戚的收养下长大。二战期间从军,战后相继在哥伦比亚大学和巴黎大学获得硕士及博士学位。1951年,他来到旧金山,开办了"城市之光书店"及"城市之光出版社"。作为见识卓越的出版人和眼光独到的编辑,他组织出版、发行了包括《嚎叫》在内的许多垮掉派诗人作品。一时之间,他的出版社成了艺术家、作家集聚之地。从某种程度上说,没有他的出版社鼎力相助,很难说会有垮掉派那样的强劲发展势头。他本人也是一位出色的诗人,发表过《逝去世界的图景》(*Pictures of the Gone World*, 1995)、《心灵的柯尼岛》(*A Coney Island of the Mind*, 1958)及《从旧金山启程》

(*Starting from San Francisco*, 1961)等诗集。他的诗以城市生活、政治问题、诗歌创作本身等为题材,一般采用阶梯式排列诗行,诗风明朗清晰,适于朗诵。《永远冒着荒诞之险》(Constantly Risking Absurdity)将诗人比做走钢丝的杂技演员,下面是观众,而在那高处,是诗歌之美:

美,庄严地站着,等候着
　　　　　　开始她那
　　　　　　反抗死亡的一跳
而他
　　一个小个头的查理·卓别林式的人
　　　　　　可能抓住也可能抓不住
　　　美在生存的虚空中
　　　　　　那雄鹰般展翅飞翔的
　　　　精巧而永恒的形式

这样的诗在批评家看来,已经脱离了艾略特影响下的文学潮流,而且"在抒情之际,显示了对智性化诗歌教条的嗤之以鼻"。①

垮掉派中真正的大诗人是艾伦·金斯堡(Allen Ginsburg, 1926—1997)。他生于新泽西州纽瓦克,父亲是中学英文教师,同时是一位名气不大的诗人,母亲是来自俄国的犹太移民,思想激进,加入过左翼组织,患有精神妄想症,经常幻想自己遭受美国政府和丈夫的迫害,虽经长期治疗,还是不治而亡。金斯堡17岁时进了哥伦比亚大学,起初是一个规规矩矩的好学生,但在结识了凯鲁亚克等人以后,生活方式上开始向他们靠拢,二年级时因行为不端被校方开除。停学期间,金斯堡与巴勒斯等人鬼混在一起,开始酗酒、吸毒、纵欲,过上了放荡不羁的生活。后来经校方同意,金斯堡得以回哥伦比亚大学继续他的学业并于1948年毕业。

金斯堡的文学生涯起源于1948年的一个夏日。那天他正躺在床上翻看威廉·布莱克的诗集《经验之歌》,忽然在幻觉中听见布莱克朗诵起他的《啊,向日葵!》,然后又听见他接着朗诵《病玫瑰》。事后,金斯堡深受启发,他不仅感觉更深地理解了布莱克的诗歌,而且决心要找到自己的诗歌之路。不久,金斯堡因为一次偶然的机会,认识了W. C. 威廉斯,威廉斯鼓励他写诗,并且将自己写诗的心得体会传授给他。金斯堡此后开始写作一些威廉斯式的简短小

① George McMichael, ed. *Anthology of American Literature*, vol. 2, part 2 (New York: Macmillan Publishing Company, 1985), p. 1678.

诗,这些小诗收在多年之后出版的《愤怒之门》(*The Gates of Wrath*, 1972)及《空镜》(*Empty Mirror: Early Poems*, 1961)里。

金斯堡大学毕业后在东部的生活一点也不顺畅,他不喜欢自己的工作,写的诗很少能发表,朋友们都离他远去,母亲又久病不愈。1954 年,他来到西部的旧金山,靠着威廉斯写给雷克斯罗思的介绍信,他结识了雷克斯罗思并进而结识了旧金山文艺复兴运动中的其他人。旧金山的自由空气和活跃的文艺运动让金斯堡久久压抑的激情得到了彻底的喷发,他以排山倒海的力量写出了野性十足的《嚎叫》。1955 年 10 月的一个晚上,雷克斯罗思等人在旧金山的一个叫六画廊的艺术家协会举行了诗歌朗诵会,金斯堡当众朗诵了他的《嚎叫》,取得了意想不到的巨大成功,以至于该晚后来被批评家称为"垮掉的一代'诞生之夜'"。费林盖蒂的城市之光出版社不久出版了《嚎叫》,但被指控为传播淫秽作品,经法庭辩论,法官裁定指控不确,从此《嚎叫》传播更广,以至名扬天下。

《嚎叫》(Howl)是金斯堡本人和整个垮掉派文学的代表作,也是"美国文学中少有的几部作品中的一部,它超越了文学艺术领域,影响了美国的社会历史进程"。[①]《嚎叫》分为三个部分。第一部分用狂热的长诗行描述了"垮掉的一代"在战后现代城市里的生活,他们试图用激进的生活方式和狂放的思想意识来冲击物质主义笼罩的现代社会、砸碎现代社会强加于他们的精神桎梏,但历经现实的地狱又让他们堕落、颓废、绝望、痛苦:

> 我看见这一代最杰出的头脑为疯狂所毁,饥肠辘辘歇斯底里赤身裸体,
> 拂晓时拖着脚步穿过黑人街区寻找狠命的一针毒品,
> 长着天使般头脑的嬉皮士渴求与这夜的机械里星亮的发电机发生古老的天堂式关系,
> 他们身陷贫穷衣衫褴褛眼神空洞高坐在只有冷水的公寓那超自然的黑暗中吸毒飘飘然越过城市上空冥思着爵士乐……

第二部分描写了战后一代人痛苦的根源。金斯堡使用了"莫洛克神"这一意象。它是古代腓尼基人信奉的神,专吃作为祭品的儿童。在《嚎叫》中,它代表了美国社会中一切罪恶势力:

> 莫洛克这不可理喻的监狱!莫洛克这大腿骨交叉无灵魂的牢房和不幸的

① Roger Matuz, ed. *CLC* (*Contemporary Literary Criticism*) 69 (Detroit: G. R. C. Book Tower, 1992), p. 210.

国会！莫洛克的高楼是审判庭！莫洛克是战争的巨石！莫洛克是因震惊而发愣的政府结构！

莫洛克的思维是纯粹的机械！莫洛克的血液是流淌的金钱！莫洛克的手指是十支军队！莫洛克的胸膛是吃人的发电机！莫洛克的耳朵是冒烟的坟墓！

莫洛克的眼睛是一千扇堵死的窗户！莫洛克的摩天大厦沿街耸立像数不清的耶和华！莫洛克的工厂在大雾中做梦和呼叫！莫洛克的烟囱和天线布满城市上空……

这些罪恶势力不仅控制了人们的肉体，也控制了人们的灵魂，“垮掉的一代”对之充满仇恨，但又无能为力，只能发出歇斯底里的绝望之声。诗歌的第三部分中，金斯堡正隐约与当年同他一起待在精神病院的朋友卡尔·所罗门促膝谈心，一方面通过描写自己与所罗门的病态来揭示美国的病态，另一方面又暗藏着一种将自己、所罗门以及其他美国人从莫洛克神的统治下拯救出来的希望。

诚如理查德·埃伯哈特所说：“20年左右是文学上的一代，金斯堡的《嚎叫》宣告了新一代的来临。”①这首诗无论在其描写的内容还是在其展示的美学风格上，都是打破常规、惊世骇俗的。在内容上，它描写了“垮掉的一代”酗酒、吸烟、纵欲、放浪形骸的生活，呈现了他们内心里的恐惧、疯狂、震惊、愤怒、痛苦、绝望、毁灭欲等种种情绪，揭示了美国社会的罪恶及其在一代年轻人身上造成的深刻影响。同时，它以莫洛克神为喻，鞭挞了美国社会中那无孔不入的、渗透一切的、操纵着所有人命运的凶邪势力。金斯堡在美国文学史上第一次以诗的方式展现了“垮掉的一代”的整体形象、他们内心里长久压抑的情感、他们以毒攻毒式的生活方式以及他们命中注定要面临的彻底绝望。在美学风格上，金斯堡一反“新批评”派的“非个性化”理论，以极度张扬的方式抒写自我，使用了赤裸、粗暴、狂野、激烈的语言，密集、繁复、重叠、混杂的联想与意象，建立在呼吸频率基础之上的行吟诗或朗诵诗节奏以及裹杂着各种情绪的肆无忌惮的长诗行。《嚎叫》带来的是一场真正的革命，它宣告了“新批评”派一统美国诗坛局面的彻底结束。

在他以后的生命历程中，金斯堡以两种方式闻名于美国社会。一方面，他发表了很多新的诗作，这些诗作收在《卡迪西及其他诗篇》(*Kaddish and Other Poems*，1960)、《现实的三明治》(*Reality Sandwiches*，1963)、《美国的衰亡》(*The Fall of America*，1972)、《精神呼吸》(*Mind Breathes*，1977)、《白

① Jame E. B. Breslin, “Allen Ginsberg's ‘Howl’: A Reading,” *The Daybreak Boys: Essays on the Literature of the Beat Generation* (Southern Illinois University Press, 1990), p. 58.

色的尸衣》(*White Shroud*，1985)等集子里，这些作品进一步巩固了他的诗歌艺术成就。在这些诗作中，长诗《卡迪西》(Kaddish)被杰弗里·哈特评为“美国文学最优秀的作品之一”。① 金斯堡在这首诗里通过描写他患精神病的母亲，充分展示了在美国社会现实下不可避免的个人悲剧，并由此成功地描绘了美国历史的一段进程。金斯堡还在后期诗作中融进了犹太神秘主义、佛教以及禅宗的一些思想，使这些诗作呈现出与其早期诗作不完全相同的风格特点。另一方面，金斯堡积极参加各种社会运动，包括民权运动、同性恋解放运动、反越战运动以及环保运动等，在这些运动中猛烈抨击美国社会中的种种丑恶现象，坚决与美国现存体制做斗争，成为反主流文化潮流中的重要声音和反叛青年的“精神宗师”。他周游全美及其他国家，朗诵他的诗歌，宣扬他的思想，以一个社会活动家的姿态活跃于社会生活舞台。

金斯堡熟悉中国文化，读过中国的佛教经典和孔子、老子、庄子、孟子等人的著作，不仅了解李白、杜甫、苏东坡、王维、白居易等中国古代诗人的作品，也了解中国现当代诗人郭沫若、艾青、舒婷、北岛等人的作品。1984 年，金斯堡随一个美国作家代表团访华，同一些中国作家和学者进行了交流。美国作家代表团回国后，他又单独留下来进一步考察中国文化和风土人情。在中国期间，他写了很多诗，其中一首长诗《读白居易》(Reading Bai Juyi)中这样谈及他在上海的一家宾馆里读白居易时的情形和感受：

头疼，躺下，倚着枕头
仍然在读有关唐代古道的诗篇
白居易讲述的这些事使我用手指
捂住双眼哭泣——也许这是因为
他对一个诗人老朋友的情意，而我
脸颊和秃顶上的毛发也已花白……

金斯堡从中国文化里吸收了一些养分，既有宗教、哲学思想上的，也有诗歌技巧上的，他已将它们融会在自己的诗作之中。

加里·斯奈德(Gary Snyder，1930— )自己不承认属于垮掉派，但因为他早年写过与金斯堡的风格相近的诗，有过放荡不羁、玩世不恭的生活经历，还曾因此成为凯鲁亚克小说《达摩流浪汉》的主人公之一，很多人将他看作垮掉派的一员。斯奈德的主要诗作与垮掉派的其他作家的作品风格不一，他既接受了美国传统文学大师的影响，又接受了东方哲学、宗教思想的熏陶。他的

① Jeffrey Hart, “Allen Ginsberg, Poet,” *National Review*, May 17 (1985), p. 47.

诗往往表现的是人与自然的关系，而非个人和社会的关系。他喜欢一些中国古代诗人的作品，并翻译过中国唐朝诗人寒山的诗，由此他本人的诗歌也经常创造出一种幽远、平静、令人沉思的东方式意境。在《皮由特涧》(Piute Creek)中，他这样写道：

一个明净而凝思的心灵
不怀深意，但它所见
即是真的所见。
没人爱石头，我们却来这里。
夜笼微寒。月光里
一点轻轻的响声
滑进了杜松树的阴影……

斯奈德在六七十年代大声疾呼推进环保运动，作为一个热爱自然、不遗余力地号召西方人保持人与自然之间的和谐关系的社会活动家，斯奈德以他切实履行社会责任的实际行动在当代赢得了比其他垮掉派诗人更长久的声名。

格雷戈里·科尔索(Gregory Corso，1930—2001)是在金斯堡的引导下走上诗歌创作之路的。他出生后被父母遗弃，儿童和少年时代在纽约以坑蒙拐骗为生，并曾因此坐牢三年。出狱后他遇到金斯堡，在后者的鼓励下开始写作诗歌。后来，他也来到旧金山，参加了垮掉派诗人的许多活动。在垮掉派诗人中，科尔索具有鲜明的个性。他的早期诗作粗野、狂放，带着点天真和无畏，与他少年时代的经历或许不无关系。成名后的科尔索在大学里找到了教职，也由此在一定程度上改变了诗风，更加讲求技巧的娴熟和语言的老练，少了点当年的肆无忌惮、多了点他猛烈攻击过的学院派特征。

**黑山派**

50年代初，当垮掉派诗人们以奇特的生活方式和离经叛道的诗歌美学崛起于旧金山之时，在北卡罗来纳州的黑山学院，另一场艺术和诗歌革命也正悄然兴起。作为黑山学院的院长，奥尔森在任职期间(1951—1956)招揽了不同领域的很多艺术家，其中有画家、音乐家、建筑学家、舞蹈学家以及诗人，他们绝大多数是先锋派人士，经常在黑山学院的两份杂志《黑山评论》和《起源》上发表艺术评论，阐述相近或倾向大体一致的艺术观点。批评家们习惯上将这一批与黑山学院有关系的艺术家统称为黑山派，而在文学史上，黑山派主要是指上述各类艺术家中的诗人。

毫无疑问，查尔斯·奥尔森(Charles Olson，1910—1970)是这群诗人的领袖,他不仅是这派诗人活动的组织者,也以独特的诗歌理论与实际的诗歌创作成为大家尊崇的对象。奥尔森生于马萨诸塞州伍斯特市,父亲是瑞典移民,母亲是爱尔兰裔美国人。他在韦斯利扬大学、耶鲁大学和哈佛大学接受高等教育,毕业后短期从政。40年代末,他来到黑山学院,不久即以他为中心形成了黑山派。1956年,黑山学院因资金短缺等原因停办,奥尔森辗转于各大学继续从教,并一如既往地从事他的学术研究和诗歌探索直到去世。

奥尔森的诗歌理论主要表达在他的论文《投射诗》里,这是一篇"在重要性上可与庞德的早期诗论《回顾》及艾略特的《传统与个人天才》相比"①的论文。在该文里,奥尔森提出,三四十年代在艾略特和"新批评"传统控制下的美国诗歌,使用传统的韵律节奏和形式安排,过于书卷气,也过于理性,是一种封闭诗,而真正的好诗应该是开放诗。这种诗应摒弃"新批评"派智性诗的美学原则,以自然呼吸和思想的节奏为基础构建诗行,将诗人从外物中获得的"能"(energy)投射给读者;这种诗具有即兴性,是诗人真实记录自己片刻感受的成果。奥尔森最终的结论是:真正的诗是一种有机体,是"能量的结构,能量的投射"。

奥尔森将他的诗歌理论运用在诗歌实践之中,他早期的名作《翠鸟》(The Kingfishers)就具有投射诗的显著特点。该诗有一个大主题,即文化的兴衰、变化,同时有三个小主题,体现在三种不同的东西上——一个古老的象征符号"E"、一只翠鸟、一句毛泽东语录(曙光就在前头,我们应当努力!),它们交叉出现:

我想起了石头上的E字,和毛的讲话
曙光
　　但是翠鸟
就在
　　但是翠鸟西飞
前头!
　　他胸脯上的色彩
　　来自暖热的夕阳!

诗中的句子忽长忽短,句法、标点符号和诗节都变化多端。从整体上看,该诗确实打破了传统诗歌的美学规范,作者的思想和意识随意流动于诗行之间,诗

① Sherman Paul, *Olson's Push* (Baton Rouge and London: Louisiana State University Press, 1978), p. xv.

歌的构造确实如奥尔森所说，做到了“牢牢地把握某些呼吸的规则和可能性”，而非囿于传统的诗歌形式，具有自由、开放和即兴的特点。

奥尔森的代表作是《马克西姆斯诗抄》（*The Maximus Poems*，1953—1975），这是一部奥尔森苦心经营近30年的哲理史诗。奥尔森在1953年时出版了其中的1—10章，以后又陆续出版了其他章节，最后的合集是在奥尔森去世五年后由他人编辑出版的。奥尔森很早的时候就有一个想法，要写一部堪与庞德的《诗章》和威廉斯的《帕特森》相媲美的长诗，《马克西姆斯诗抄》实现了他这一愿望。诗中第一人称的主人公马克西姆斯是古代西方一位哲人，奥尔森借他之名在诗中对历史时空进行了深入的探讨。该诗模仿《帕特森》，以奥尔森度过童年时代的马萨诸塞州海边小城格洛斯特作为诗人自由想象的落脚点。诗歌第一部分中马克西姆斯考察了格洛斯特的现状，他发现这里的居民杂乱，文化风情粗俗落后，不由追怀往昔。第二部分中马克西姆斯探讨了一些神话传说，展示了古代人类历史的种种演化过程，也描述了格洛斯特过去的风貌。第三部分中马克西姆斯重新审视了格洛斯特，在前两部分描写的基础上进一步比较了格洛斯特的过去和现状，产生了一种重建格洛斯特、恢复格洛斯特原有文化精神的愿望，但现实的工商业社会必然阻碍这种愿望的实现，马克西姆斯变得阴郁而无奈。在全诗对格洛斯特的观察和探索中，马克西姆斯也对自我进行了观察和探索，由此他想恢复和重建的，也就不止于格洛斯特，还包含着各种生命形式以及自我。

奥尔森在《马克西姆斯诗抄》中将投射诗的技巧发挥得淋漓尽致。全诗除了第一人称的叙述者和主要的叙述对象格洛斯特之外，其余的人物、事件并没有按一定的逻辑顺序组织在一起。相反，奥尔森以他兴致所至，任意将之编排起来，诗中事物之间的联结纵横交错，有时令人难以捉摸。诗句构成有长有短，诗行排列也不合常规，标点符号、字母大小写和其他一些传统印刷形式或遭到摒弃，或得到革新，整首诗显示出极其复杂的形态。然而，如果将一些片断单独拿出来看，奥尔森想要表达的意思相对来说还比较清楚。在这部长诗的一部分《我，格洛斯特的马克西姆斯，对你说》（I, Maximus of Gloucester, to You）中，奥尔森这样写道：

有人只爱形式，
形式进入存在
只是在
事物产生之时

　　　　而事物来自你自己

来自干草和棉秸秆,
来自街头废物、码头、野草
你将它们带来,我的伙计

来自一根鱼骨
来自稻草,或愿望
来自颜色,时钟
来自你撕碎的自我

全诗这样的片断很多,展示了诗人广阔的想象、包罗万象的思想、对文化、历史、神话、自我等的多维探索,它们正是奥尔森从自然和社会中吸取而来、又通过诗句传达给读者的无穷无尽的“能”。

奥尔森在美国诗歌史上是以革新者的面目出现的,但他事实上也受到了其他作家的影响,庞德、威廉斯、朱可夫斯基以及19世纪一些作家都给他提供了精神食粮。他本人强烈反对艾略特—“新批评”派的智性化诗风,但作为一个学者型诗人,他的诗歌中也不乏学院派诗歌的一些常见特征。他一生中花了很多时间研究古代玛雅文化、苏美尔人文化以及其他非西方的人类文明,并在自己的诗歌中进行了深入探讨,其根本目的是为现代西方社会寻找真正的自我、寻找混乱世界的重生之路,在这一点上,奥尔森无疑具有他不同凡响的深刻性。

罗伯特·邓肯(Robert Duncan,1919—1988)生于加州奥克兰,曾在加州大学伯克利分校读书,二战中参过军,但不久便退伍。在战后美国诗歌史上,他是著名的人物。40年代中后期,他便和雷克斯罗思等人一起,推动了旧金山文艺复兴运动,并成为这场运动的中心人物之一。在遇到奥尔森之时,相近的文学观念和美学思想使两人相见恨晚,不久邓肯即应奥尔森之邀到黑山学院任教,成为黑山派的主力干将。与奥尔森相似,邓肯认为诗歌的形式决定于其内容的发展,因为在人的感知中现实世界的变化是难以预测、前后不一、偶然无序的,诗歌的形式也就必然是自由的、开放的。在具体实践中,邓肯经常随意写下即兴而作的诗歌而不加修改,其诗行排列、断句等常常不合常规,正体现了投射诗的特点。邓肯一生中发表了30本左右的诗集,其中最为重要的是《田野的开掘》(*The Opening of the Field*, 1960)以及《弯弓》(*Bending the Bow*,1968)。在这两本诗集中,分别有一组系列诗,一是《韵之结构》(The Structure of Rhyme)(这组系列诗还有些部分出现在其他诗集里),另一是《过道》(Passages),这两组诗是邓肯的代表作。《韵之结构》是一组不押韵的叙事诗,描写了一个诗人的成长过程,探索了诗人、诗歌构造以及现实之间的复杂关系。《过道》如邓肯所说，意在“探索在自然界里诗创造的神秘精神”。它的第18首、题名为《人体躯干雕像》(The Torso)的诗这样写道：

最美丽！开红花的桉树，
　　野草莓，紫杉树

是他……

因而你将微笑，把我抱进臂弯
伦敦的景象对我流亡的眼睛来说
如同极乐世界面对新来的灵魂

如果他是真理
　　　　我愿住在他的幻象里

可以看出来，这样的诗无论在形式上还是在思想意识的表达上，都具有典型的投射诗特征，都符合投射诗的诗美学。凯尔南曾就《韵之结构》和《过道》评论说：“它们企图成为真正结尾开放的系列诗，没有尾声，没有结论，甚至没有印刷上的连续性。”[①]邓肯一生中深受其他美国诗人的影响，他们中有威廉斯、庞德、朱可夫斯基、斯泰因以及奥尔森等，但他同时建立了自己独特的风格。美中不足的是，由于过分强调诗歌的自然生成以及诗歌的即兴性，邓肯的诗歌时常显得晦涩难解。

罗伯特·克里利(Robert Creeley, 1926—2005)是黑山派的另一位重要诗人。他生于马萨诸塞州阿灵顿，自小丧父，曾在哈佛大学学习，但未毕业即离开，1954年应奥尔森之邀赴黑山学院任教，并同时担任《黑山评论》的主编。在黑山派诗人中，克里利是最年轻的一位，但他的成就与奥尔森、邓肯不相上下。克里利有一条美学原则，“形式仅是内容的扩张”。这一点得到奥尔森的赏识，他在《投射诗》一文中也表达了类似的观点。克里利的诗歌内容范围极其狭小，不像奥尔森、邓肯那样关注历史、政治、神话、文化这样的事物，笔下通常只述及个人生活、家庭、爱情、友谊、死亡、日常琐事。服从于这样的内容，奥尔森采用了一种简明、精练、不带修饰成分的狭长条形诗歌形式。他的诗很少抒情，很少对事物进行刻意描写，一般只就某一具体事物做一简单陈述，记下些

① Robert F. Kiernan, *American Writing Since 1945: A Critical Survey* (New York: Frederick Ungar Publishing Co., 1983), p. 127.

片刻的感受。这样的诗也许气魄不大、气势不够，但总体上看却显得精巧而蕴藉。他的《节奏》(The Rhythm)就具有这样的特点：

一切都是节奏，
从门的
关闭，到窗的
开启。

从季节，太阳的
光，月亮，
海洋，万物的
生长
到每个人的
心灵，都在
重现，
想到结束
并非就是结束，时间
总会重来，
即使它们死了，
另外的东西也会来。

克里利还主张恢复语言的本来面目，开发语言本身的潜力，在他看来，当代表征危机的原因之一是人们过于将语言工具化了，而没有让语言本身充分地表意。作为黑山派中最年轻的诗人，克里利在传播黑山派的主张、维护黑山派的影响方面起到了重要作用，这一点在奥尔森1975年去世后更加明显。克里利在八九十年代还陆续推出了多部诗集，继续活跃在美国诗坛。

丹尼丝·莱维托夫(Denise Levertov, 1923—1997)不愿意承认是黑山派的一员，但她50年代与奥尔森、克里利、邓肯接触频繁，并经常在《黑山评论》及《起源》上发表作品，尽管事实上她后期已经超越了黑山派的影响，但批评家们一般还是将她归于该派。莱维托夫的父亲是俄国犹太人，母亲是威尔士人，她本人出生在英国。二战期间，莱维托夫在军队医院里当过护士。1947年，她同美国小说家米切尔·古德曼结婚，后迁居美国并加入美国籍。她在英国时发表了一本诗集《双重意象》(*The Double Image*, 1946)，但影响甚微。移民美国后，因丈夫的关系她结识了黑山派的诗人们，并由此对投射诗和影响黑山派诗人的威廉斯及庞德产生了强烈的兴趣。在对这些诗人的作品进行了深入钻研之后，她发表了第二本诗集《此时此地》(*Here and Now*，1957)。这本诗集中的作品摆脱了她第一本诗集中的传统浪漫主义倾向，带上了威廉斯和黑山派投射诗的色彩。在其后发表的《由大陆到海岛》(*Overland to the Islands*，1958)及《头背后的眼睛》(*With Eyes at the Back of Our Heads*，1959)中，莱维托夫继续保持了类似黑山派诗歌的自由开放的形式。作为女性诗人，莱维托夫更关心日常生活中的点点滴滴，她善于描写平凡的事物、展示事物的细节、表达朴素的感情，诗风细腻、清新，容易为人们所理解。她的《令人愉快的东西》(Pleasures)这样写道：

我喜欢寻找
无法立即找到的
东西，它们

躺在另一种质地的东西里，
安静又很清晰
……

我喜欢饱含乳汁的草茎
裹着粗糙的叶子，
我也喜欢细长的笛子上
嫩黄的闪光，在酷热的早晨
牵牛花从那里开放出幽蓝和凉爽

60年代期间，莱维托夫与丈夫一起参加了反越战运动，并写出了很多反战诗篇。七八十年代，莱维托夫又回归了早年的主题。一般说来，批评家们认为，无论是将莱维托夫作为黑山派诗人还是非黑山派诗人，她都有资格在战后美国诗坛占据一席之地。

**自白派**

除了垮掉派和黑山派，50年代美国还出现了另一个诗派——一个不打旗号、不发宣言、没有组织却包含了一批重量级诗人、写出了一批优秀作品的诗派，这就是美国批评家M. L. 罗森塔尔首先为之命名的自白派。[①] 严格地说，

---

① M. L. Rosenthal, *The New Poets: American and British Poetry Since World War II* (New York: Oxford University Press, 1967), p. 25.

写“自白诗”的诗人早就有之,比如40年代就写了很多自白色彩浓厚的诗歌的西奥多·罗什克,但是,自白派真正成为一个流派却是50年代中期之后的事情,特别是在W. D. 斯诺德格拉斯的《心针》及洛厄尔的《人生研究》发表之后,后者更是被看作自白派形成的标志及自白派的扛鼎之作。自白派诗歌具有极其鲜明的特色:首先,使用第一人称进行叙事、抒情;其次,诗歌的题材往往是诗人个人的经历;再次,诗风亲切、自然,有如日常谈话,不拘泥于诗歌格律,形式自由而开放。因为自白派诗人常常以自己的痛苦作为诗歌的内容,“自白派诗常常被理解为浪漫主义的另一个分支,然而,传统的浪漫主义诗人尊重个体生存价值和人类个性,自白派诗人却缺乏这样的自尊。”①自白派诗人常常毫无顾忌地揭示自己的隐私:性欲、家庭矛盾、心理失常、疾病、内心深处的绝望等。他们身上总带着精神崩溃的症状,却又苦于找不到根治之法,只能将之归罪于时代、社会、美国政府、战争以及其他。自白派的形成与弗洛伊德主义在美国的传播紧密相关,他们找到了诗歌这种发泄工具,但却没有找到自我拯救之路。

罗伯特·洛厄尔(Robert Lowell, 1917—1977)在哈桑眼里,是五六十年代美国唯一的“大诗人”。② 他是新英格兰名门之后,先辈中有19世纪著名诗人詹姆斯 · R. 洛厄尔,同辈中有意象派女诗人艾米·洛厄尔。洛厄尔早年在哈佛大学读书,不久因对“新批评”派的文学理论感兴趣而转学到肯庸学院,投身于J. C. 兰色姆及艾伦 · 退特门下。1940年,洛厄尔从肯庸学院毕业。同年,与小说家简·斯塔福德结婚,并开始信仰罗马天主教。二战期间,洛厄尔因反对美国政府的政策而拒服兵役,被判入狱半年有余。50年代末,洛厄尔身上发生了戏剧性转向,从“新批评”的信徒变成了“新批评”的叛逆,发表了《人生研究》。60年代的洛厄尔积极投身政治运动,是富有社会批判精神的自由主义无党派知识分子的典型代表。70年代,洛厄尔经常旅居国外,但仍然在美国文坛发挥着重要影响。

洛厄尔发表的第一部诗集是《不同的国度》(*Land of Unlikeness*, 1944)。这是一部由不成熟的诗歌构成的集子,但却在小范围里获得了好评。它反映了洛厄尔在宗教信仰上的转化,诗风上明显带有“新批评”的印迹。洛厄尔的第二部诗集《威利爵爷的城堡》(*Lord Weary's Castle*, 1946)给他带来了普利策奖和T. S. 艾略特、W. C. 威廉斯等文坛大家的赞誉,是他信奉“新批评”派诗美学时期的力作。这本诗集的题目来源于一个古代民谣,贵族威利请人盖城堡,盖完后却拒付工钱,愤怒的盖房人实施了残酷的报复。洛厄尔选择这样的

① Kiernan, p. 134.
② Hassan, p. 94.

题目自有他的深意：故事里悲剧的产生正对应着人类文明的崩溃，而生活在矛盾、冲突的世界上的人们已经忘记了上帝的存在。该诗集中的诗歌讲究格律、语言简练、广泛使用象征、内涵复杂，具有"新批评"派的"非个性化"特征。其中的名作有《南塔基特的贵格会教徒墓地》(The Quaker Graveyard in Nantucket)、《康科德》(Concord)等。

40年代末、50年代初的洛厄尔已成长为一个颇有名望的年轻诗人，但他在历经纷纭世事之后却对自己的宗教信仰、政治信仰和人生理想产生了怀疑，思想斗争激烈，甚至为之心理失常，住进精神病院。同时，他开始不满自己早年的诗作，认为那些诗过于封闭、隐晦、沉重、僵硬、做作、对传统音韵格律的依赖过深，他的诗歌探索之路面临着一个交叉道口。幸运的是，这时的美国诗坛正经历着一场深刻的变革，在艾略特—"新批评"路线与庞德—威廉斯路线的争夺中，后者开始摆脱前者的压制，并隐隐有占据上风的趋向，金斯堡、奥尔森等人也已开始了全新的诗歌创作。在这样的大背景下，洛厄尔通过向威廉斯学习、聆听垮掉派诗人的诗朗诵，逐渐意识到应该写一种开放、自由、直率、朴素的诗歌。W. D. 斯诺德格拉斯的《心针》给了洛厄尔直接的启示，也促使他加快了《人生研究》的写作。

《人生研究》(*Life Studies*, 1959)是一部里程碑式的诗集，它的发表使洛厄尔成了"战后美国诗歌中最强劲、最具原创力的声音"。[①] 全集分为四辑：第一辑提供了政治、经济、文化和社会背景；第二辑提供了作者的家庭背景，是作者对自己早年生活的回顾；第三辑写了四位作家，他们都影响了洛厄尔，这里实际上提供了作家的教育背景和艺术背景的一部分；第四辑的标题与全集同名，是诗集中最重要的部分，洛厄尔在此将自己的隐私暴露无遗，既描写了自己的婚姻、家庭状况，也记述了自己坐牢、精神失常、住院、酗酒的经历，还将许多人们惯常避讳的东西，比如性欲、性内疚等，写进了诗歌。诗集的前三辑实际上是一种铺垫，第四辑全面体现了洛厄尔诗歌美学的深刻变革。诗集中有很多名篇，描写了不同的内容。《在蔚蓝色中醒来》(Waking in the Blue)讲述了诗人在精神病院里的生活：

痛快地吃完新英格兰早餐后，
我称下来有两百磅
在今天早晨。志得意满，
我穿着法兰西船员的高领毛衣
在金属剃须镜前昂首阔步，

---

① Kiernan, p. 136.

从那些具有纯粹精神病症的
一张张消瘦的、土生土长的脸上
我看见摇摇欲坠的未来似曾相识,
他们的年龄大我一倍,体重少我一半。
我们都是老资格了,
每人手里握着一把上锁的剃刀。

《忆西街监狱和勒普克》(Memories of West Street and Lepke)记录了诗人在二战期间因拒服兵役而被投入监狱后的处境:

被判了一年,
我在西大街监狱的屋顶上徘徊,这是
像我中学时足球场那么大的放风场所,
每天穿过灰蒙蒙晾衣绳般的铁丝网
和漂白中的卡其布一样颜色的楼群,
我能看见一次哈得逊河。

第四辑、也是全集的最后一首诗《臭鼬出没的时候》(Skunk Hour)也是洛厄尔的名作,这首诗不仅描写了诗人自己头脑的不正常,还描写了当代社会中的异化现象及其对人的精神扭曲。从总体上看,洛厄尔在《人生研究》中"把个人的心理紊乱与文化的失调联系在一起,公开暴露了在充满敌意的世界里一个受苦受难的人的赤裸裸的心灵"。[①] 洛厄尔在这部诗集中几乎完全背离了艾略特—"新批评"派的"非个性化"原则,诗行排列、节奏构成、用韵都自由而散漫,具有即兴而随意的特点,不仅体现了诗人个人的风格变化,也是对"新批评"诗美学的全面反动。从某种意义上说,洛厄尔的《人生研究》的出现比金斯堡和奥尔森的诗歌变革更为重要,因为洛厄尔引爆了主流诗歌内部的一颗重磅炸弹,而金斯堡和奥尔森作为非主流诗人,只是尝试了从边缘向中心的一次突破。

继《人生研究》之后,洛厄尔又发表了多部诗集,其中有《献给联邦死难者》(*For the Union Dead*, 1964)、《临近大洋》(*Near the Ocean*, 1967)、《1967—1968年笔记》(*Notebook 1967—1968*, 1969)、《为莉齐和哈里特而作》(*For Lizzie and Harriet*, 1973)、《历史》(*History*, 1973)、《海豚》(*The Dolphin*, 1973)及《日复一日》(*Day by Day*, 1977)等,但所有这些诗集中除了《献给联邦死难者》外,都未能引起人们的极大关注。《献给联邦死难者》继续了《人生

① 张子清:《二十世纪美国诗歌史》,长春:吉林教育出版社,1995年,第628页。

研究》中对个人生活体验的描写，但也混合了历史的、政治的材料，语气较之《人生研究》变得平静而有节制，体现了洛厄尔的诗歌风格走向成熟。

洛厄尔的诗歌历程可能是研究20世纪中叶，甚至整个20世纪美国诗歌史的最好个案，他早年对"新批评"的追随和中年的戏剧性突变反映了20世纪美国诗歌发展的内在轨迹。

W. D. 斯诺德格拉斯（W. D. Snodgrass，1926—2009）生于宾夕法尼亚，毕业于爱荷华大学。他曾在罗伯特·洛厄尔指导下研究现代诗歌和探索诗歌创作之路，但他却比洛厄尔更早地写出了自白诗，这些诗被收进了《心针》（*Heart's Needle*，1959）。在这部诗集中，斯诺德格拉斯真实地记叙了自己因与妻子离婚而失去爱女的经历，感情真挚动人。标题诗是由10首诗组成的系列诗，其中第六首中斯诺德格拉斯这样回忆女儿在身边时的情形：

　　你使我
记起一个秋夜，我再一次
　　坐在你的床边；
汗珠从你的手臂和前额上
渗出，你呼吸中带着喘息，
像那求助的酣睡小孩
被缠在舒坦的毛毯之下。
你的肺噎住了，呼吸不畅。

诗里斯诺德格拉斯那么细心地观察着女儿的睡态，他对女儿的怜爱之心跃然纸上。《心针》在战后诗坛上有一定的影响，它的手稿在某种程度上启发了洛厄尔进行《人生研究》的创作。斯诺德格拉斯后来又发表了《经历之后：诗与翻译》（*After Experience: Poems and Translations*，1968）等诗集，但它们的水准再也没有超越《心针》。

约翰·贝里曼（John Berryman，1914—1972）是俄克拉荷马人，在英美两国接受高等教育，常年担任明尼苏达大学教授，学术研究上颇有成就，但主要以诗歌名闻于世。他早年发表过《向布雷兹特里特夫人致敬》（*Homage to Mistress Bradstreet*，1956）等诗集，获得很多赞誉。然而，他最成功的诗是《梦歌》（*The Dream Songs*，1969）等。这是由385首诗构成的组诗，每首三节，每节六行，描述了主人公亨利的生活和感受。令人不可置信地是，亨利的一切，包括他的痛苦、欢乐、挫折、神经质，甚而婚外恋、性欲，都在贝里曼的描写之中。实际上，亨利不过是贝里曼的一个面具，《梦歌》从根本上讲是贝里曼的自我揭示和袒露，与其他自白派诗人以第一人称叙述的诗歌有异曲同工之妙，其中第14首描写的亨利的精神状态也是作者自己的精神状态：

朋友，生活使人腻味。我不应这样说。
毕竟，天空在闪光，大海在热望，
我们自己也闪着光，充满热望。
另外，我小时候母亲告诉我
(说过多遍)“承认你感到厌倦
就意味着你缺乏

精神内涵”。我现在得出结论，我没有
精神内涵，因为我厌倦之极。

安妮·塞克斯顿(Anne Sexton, 1928—1974)即使在自白派诗人中间，也是最大胆狂放的一个。她生于马萨诸塞州，从小就有精神失常的问题，后来喜欢上诗，接受了洛厄尔和斯诺德格拉斯的影响。从第一部诗集《去精神病院，病情部分好转》(*To Bedlam and Part Way Back*, 1960)开始，她就在诗中赤裸裸地坦白自我。她描写对父母和心理医生的怨恨、不幸的婚姻、对自杀的向往、月经、堕胎、避孕、乱伦、通奸、吸毒等，诗中充满了绝望、痛苦的气息。根据一位美国评论家的说法，她全部的诗都由神经和心写成。在《瘾君子》(The Addict)中，她这样写道：

我服用
形形色色的药片
已经年复一年。
我喜欢它们甚于自己。
如此顽固，它们不肯罢休。
这是一种婚约，
也是一种战争
我在自己的体内
埋下了炸弹。

自白派中最富才情也最年轻的诗人是西尔维亚·普拉斯(Silvia Plath, 1932—1963)。她生于波士顿，父亲是来自波兰的移民，母亲来自奥地利。她从小天资聪明，19岁进入史密斯学院，1955年毕业。大学期间曾有自杀冲动，并到精神病院进行过短期治疗，这一切反映在她的小说《钟形罩》(*The Bell*

*Jar*，1961)里。大学毕业同年，普拉斯获得富布赖特奖学金到剑桥大学深造，次年结识英国著名诗人泰德·休斯并与之结婚。在剑桥获得硕士学位后，普拉斯回国执教两年，后又赴英国定居直到1963年自杀身亡。普拉斯的第一部诗集《巨像》(*The Colossus*，1960)发表后获得评论界好评，但她最著名的作品都在她死后结集出版，其中有《爱丽尔》(*Ariel*，1965)、《渡水》(*Crossing the Water*，1971)及《冬树》(*Winter Trees*，1972)等，这些死后出版的诗集在美国诗坛上形成了强烈的冲击波，成为自白派运动的又一高潮。

尽管普拉斯在她的诗中描写了精神失常、弑父情结、伤害、被伤害、战争、吃人、离异、乱伦、手淫、吸毒等内容，但她真正的主题只有两个：一个是对自我的展示和探索，另一个是自杀或死亡。早年丧父的痛苦、长期存在的心理混乱、与泰德·休斯不成功的婚姻、病痛的折磨、抚养孩子的责任，所有这一切像巨石一样压在普拉斯的神经之上，使她在迷失自我之余，时刻充满了发疯、宣泄和自杀的冲动，这样的内心世界暴露在她的诗歌之中。《拉撒路女士》(Lady Lazarus)描写的就是一个对自杀和死亡倍感痴迷者的自白，诗中主人公年届30，但已尝试过三次自杀，并想象了自己自杀后人们的反应。死亡对她来说一点也不可怕：

死亡
是一门艺术，像其他东西一样。
我最精于此道。

尝试它真是妙不可言。
尝试它，我发现它活灵活现。
我猜你会说我已得到神谕。

这首诗和其他关于自杀的诗一起，使评论家认定普拉斯的诗是人们“曾经写过的最长的自杀笔记”。[①]

普拉斯的诗具有鲜明的特点，语言简明流畅，语法规范，但诗中意象纷繁复杂、具有高度的象征性，联想丰富、充满跳跃性，幻象和真实的事物夹杂在一起，让读者分不清谁是谁非，带有梦魇的色彩。《渡水》的标题诗这样写道：

黑湖，黑船，两个黑纸剪出的人。
在此饮水的黑树要去哪里？

---

① McMichael, p. 1725.

它们的影子会覆盖到加拿大。

一点星光从水中的花丛里漏出。
叶子不愿我们太匆忙:
它们又圆又扁,充满阴暗的提示。

冰冷的世界纷纷从桨上坠落。
我们心怀黑色的精神,鱼儿也如此。
一个暗礁举起它苍白的告别之手。

星星们在睡莲之间开放。
面无表情的塞壬没使你失明?
这是被惊吓的灵魂特有的寂静。

普拉斯的诗中流露出很强的女性意识。《爸爸》(Daddy)将诗人的父亲写成虐待狂式的人物、残暴的纳粹分子,完全与事实不符,但丝毫没有影响它的巨大价值,诗人实际上表现的是对传统和男性统治的反抗和否定。她著名的养蜂诗,包括《养蜂人的女儿》(The Beekeeper's Daughter)、《蜂会》(The Bee Meeting)等,也表现出女性对自身解放的要求。

作为一个内心狂暴的诗人,普拉斯最终没有摆脱她的死亡想象,在1963年一个寒冷的冬日吸煤气自杀。她的死亡引发了多种议论,或许阿尔弗雷德·阿尔瓦雷斯的分析最有说服力:"对于艺术家来说,自然常常模仿艺术。或者重复一句套话,艺术家举起镜子映照自然时发现了自己是什么;但这种认识可能不可避免地改变他,使他变成那个镜中形象。"[1]普拉斯的自杀正是模仿了她的诗中人物拉撒路女士,给美国诗坛带来了永远的遗憾。

## 第四节
## 后期"新批评"与其他批评理论

"新批评"在三四十年代崛起,兰色姆、泰特、布鲁克斯、沃伦等人同传统的

① 杨自伍编:《英国散文名篇欣赏》,上海:上海外语教育出版社,1995年,第453页。

实证批评、道德批评和社会学批评展开论争，提出“本体论”、“张力”说、“反讽”论以及“细读”法，基本确立了“新批评”的批评思想和批评方法。第二次世界大战结束以后，“新批评”在学术界逐渐站稳脚跟，为越来越多的人接受。“新批评”的主将们陆续开进名牌大学，占领讲台。维姆萨特、韦勒克、布鲁克斯和沃伦均在耶鲁大学执教，使耶鲁成为“新批评”派的大本营。“新批评”成为正统，独领风骚。

这一时期对“新批评”理论定型做出重要贡献的是威廉·维姆萨特（William K. Wimsatt，1907—1975）。他从1939年起一直在耶鲁大学执教，是“新批评”的得力倡导者之一。维姆萨特与门罗·比厄兹利（Menroe C. Beardsley，1915—1985）合写的《意图谬误》（The Intentional Fallacy，1946）和《感受谬误》（The Affective Fallacy，1949）两篇论文旨在为“新批评”提供理论基础。传统文学批评，无论是古典主义的“模仿说”或是浪漫主义的“表现说”，把意图作为评价作品的标准。维姆萨特与比厄兹利认为：作家的真正“意图”是个不可靠概念，从作者心理起因中寻找批评标准的做法是一种“谬误”。“作者的构想或意图，作为评价一部文学作品成功与否的一项标准来说，是既不能获得，也没有必要去获得的。”文学作品一旦诞生，便与作家脱离关系，成为自足存在的独立体。“诗既不属于批评家所有，也不属于作者所有（诗自诞生之时起就游离于作者，超越了他的意图和控制，在世上游荡）。诗属于公众。”作者的“意图”不能决定作品意义。维姆萨特与比厄兹利努力将文学批评与“作者心理学”区别开来，强调确定文学作品的价值是公众的事，衡量作品的标准不在作者那里。他们写道：

> 评价一首诗如同评价一份布丁或是一台机器。我们需要它能起作用。只有当一件制品起作用时，我们才能推导出工匠的意图。“诗不应该表现，而应该存在。”诗唯有通过其自身的意思才得以存在——因为它的媒介是语言——但不管怎么说，它摆在那里，就这样摆在那里，也就是说我们没有理由探询哪部分出自意图或有意为之。诗是技巧的结晶，通过技巧，一个意义的复合体整体上同时受到驾驭。诗之所以能成功，在于它所表明或暗含的全部或大部分意思都是相关的；所有毫不相干的东西都被摒除在外，恰如布丁的硬块和机器的故障一般。在这一点上，诗歌有别于实用性文章。因为当我们，而且只有当我们正确地推导出实用性文章的意图时，它们才是成功的。[①]

这里，诗被比做布丁和机器，意味着将文学作品视为一个独立于它的创造者和

① David Lodge, ed. *20th Century Literary Criticism* (Longman, 1972), p. 335.

消费者的存在。作为空间上的"意义复合体",诗是一个整体,其所有组成要素密切相关,共同作用。批评家的任务是如同评价一个物体或机器一样评价诗,看其是否能工作,是否起作用。因此,文学批评的重点应落在作品本身,用细读的方法,通过研究构成文本的语言、意象、比喻、韵律、反讽等要素来理解作品,把握意义。

在《意图谬误》的姐妹篇《感受谬误》中,维姆萨特与比厄兹利探讨了文学作品里意义与感情的关系,阐述了诗的效应不能成为批评标准的思想。文章遵循"新批评"的"本体论",将诗本身与诗的效应区分开来,强调批评的焦点应该聚集在文学作品里的"客观对应物":

> 诗的特点是既写感情又写物,或是写物的感情特性。与诗中的物相对应的感情成为内容的一部分——它传达给读者的方式不像传染病或其他疾病,不像受伤于子弹或刀斧那样机械,不像使用毒药,也不是通过感叹语、怪相或节奏简单地抒发出来,而是寓情于物,被当作一种知识结构加以思考。[①]

维姆萨特与比厄兹利刻意追求一种"客观批评":他们坚持认为文学批评的出发点和归宿都应该是作品本身,而不是外在的作者"意图"或读者"感受"。"感受谬误"之所以是谬误,就因为它把诗本身与诗的效应相混淆,导致批评对象从文学自身规律转移到作品对读者的心理影响上,使文学批评丧失"客观性",变成主观印象主义。

维姆萨特与比厄兹利的两篇文章从理论上对"新批评"做了进一步的陈述和论证。"新批评"的另一位代表人物克林思·布鲁克斯(Cleanth Brooks, 1906—1994)擅长通过对具体诗歌的分析来阐释"新批评"批评原则,演示细读法操作过程。早在1938年布鲁克斯就与沃伦合作编注了影响很大的诗选《理解诗歌》,有力地促进了"新批评"运动的发展。他的文集《精制的瓮:诗结构研究》(*Well-Wrought Urn: Studies in the Structure of Poetry*, 1947)把"研究作品本身"的口号落到实处,在仔细研读十首诗歌的基础上,揭示诗的本质特性。布鲁克斯认为诗以一种特殊的方式表达意思,有关诗的意义的散文陈述不能替代诗本身:"能用散文说出来的意思"这类陈述"是我们为了某种需要而扔在建筑物周围的脚手架:我们千万不能把它们错当成建筑物本身的内在的基础结构。"[②]如果可以把诗的"本质的真正的意思核心"从诗中"抽象"出来作散文陈述,那就会把诗置于与科学、哲学的竞争之中。布鲁克斯将诗的散文

---

① Lodge, p. 356.
② Cleanth Brooks, *The Well Wrought Urn* (New York: Reynal & Hitchcock, 1947), p. 182.

陈述斥为“意释邪说”，指出：“永远不能用科学或哲学的尺子去衡量诗歌，因为这种尺子所能丈量的永远不会是‘诗的全部’，只能是诗的抽象概念。”[①]布鲁克斯试图发现一种“既能揭示出《奥赛德》也能揭示出《荒原》的基本结构”。[②] 他所说的结构不是像信封那样可以把“内容”装进去的那种“形式”。作为一个有机论者，布鲁克斯坚决反对形式与内容的二元分裂。他将诗结构定义为作品本身矛盾因素的和谐统一。《精制的瓮》评析邓恩、莎士比亚、赫利克、弥尔顿、蒲伯、格雷、华兹华斯、济慈、丁尼生、叶芝等十人的诗作，描绘出诗结构的“反讽”“多种态度的复合”“悖论”等特性：

> 丁尼生不可能满足于只是说在记忆中诗人似乎既是死了也是活着；他必须使诗中的虽死犹生戏剧化，而且他的戏剧化又必然带有反讽的震动和惊异。戏剧化要求把记忆的所有对立面都结合进一个统一体中，如果用陈述表达它的话就是一个悖论，是对对立因素的统一的坚持。济慈诗中的古瓮必须表现一种生命，它既高于真实的生命及其变迁，也表现证明它的生命其实根本就不是生命，而是一种死亡。换句话说，起着历史学家作用的古瓮必须申明传说比历史更真实。还有邓恩笔下的情人，他们必须抛弃世界才能拥有世界。[③]

对立因素的矛盾和冲突使作品产生“张力”，但以不破坏平衡和统一为前提。“诗的结论是用命题、隐喻和象征去解决各种张力之后获得的。”统一的实现“靠的是戏剧的而不是逻辑的过程；它代表各种力量之间的一种平衡而不是一个公式”。[④] 布鲁克斯力图证明科学或哲学的抽象语言无法表现诗的本质特性。他为文集题名《精制的瓮》，显然是受莎士比亚《凤凰与斑鸠》和济慈《希腊古瓮颂》两首诗中的瓮的启发。古瓮集真与美于一身，是诗的贴切比喻。莎士比亚笔下的古瓮装有凤凰的灰烬。传说中，凤凰会在灰烬中重生。布鲁克斯认为，如果我们用科学的方法对灰烬进行过滤测量，或是检测其化学成分，凤凰是不会飞起来的；只有通过“新批评”的方法，才能使文学这只凤凰再生。

严格地说，将“新批评”说成是一个批评流派并不妥当，因为通常被划入该流派的批评家几乎没有一个人承认是什么“新批评”派的成员。沃伦在80年代写道：“我并不认为‘新批评’是一个‘流派’。与其说它是一个‘流派’，不如说它是过去（或现在）的一种被加以概括了的倾向。”[⑤]雷奈·韦勒克（René

---

① Brooks, p. 185.
② 同上，p. 191.
③ 同上，p. 195.
④ 同上，p. 189.
⑤ 史亮编：《新批评》，成都：四川文艺出版社，1989年，第321页。

Wellek, 1903—1995)是一个具有这一倾向的批评家,但他与“新批评”其他人有许多不同之处。韦勒克出生于奥地利首都维也纳,在布拉格大学获博士学位,毕业后先后在英国、捷克、美国任教。1939年移居美国,1946年来到耶鲁大学,任斯拉夫语言和比较文学教授。韦勒克的学术渊源基本上是欧陆理论思辨型的,不属于英美经验主义和印象主义传统。韦勒克在“新批评”的鼎盛时期与奥斯丁·沃伦合作,出版了《文学原理》(*Theory of Literature*, 1949),促进了新批评的“制度化”。这部渗透了哲学和历史精神的理论著作考察了研究文学的各种不同的方法,把它们分为“外在的研究”和“内在的研究”两类。“外在的研究”范围包括文学与作家生平、心理、社会、思想和其他艺术之间的关系;“内在的研究”范围包括文学存在的模式、韵律、风格、意象、体裁、评价和文学史等。韦勒克与沃伦在讨论“外在的”方法各章多半指责这些“非文学”研究的局限性,他们强调“内在的”分析对文学批评有更加重要的意义:“研究文学自然而合情的出发点是对文学作品本身的阐释和分析。”[①]韦勒克与沃伦同样对“内容—形式”两分法感到不满,他们受俄国形式主义批评的启发,提出用“素材”和“结构”来替代“内容”与“形式”的传统概念。韦勒克的中欧文化背景使他有机会接触到欧洲结构主义批评。他与以罗曼·雅各布森为代表的“布拉格小组”的语言学派有过直接的交往。《文学原理》在“新批评”与欧陆的形式主义批评之间建立起联系。

1957年,布鲁克斯与维姆萨特合写的《文学批评简史》(*Literary Criticism: A Short History*)问世。同年,芝加哥大学的克兰教授(R. S. Crane, 1886—1967)发表他的《批评方法文集》(*Essays in Method*, 1957),该书是《古今批评家与批评》(*Critics and Criticism: Ancient and Modern*, 1952)的节选本,收集了克兰、麦基翁(Richard McKeon)、奥尔森(Elder Olson)等芝加哥学派代表人物的八篇文章。这些文章对占主导地位的“新批评”持异议,在分析“新批评”的局限性基础上提出自己的主张,因此,芝加哥学派被认为是“新批评”的反对者。

麦基翁指出:芝加哥批评学派“是在大学专业和文科学科划分发生变化这样的条件下应运而生、发展起来的”。[②] 芝加哥学派的产生在一定程度上是美国大学人文学科改革的产物。克兰从1935年至1947年任芝加哥大学英语系主任。为了应付来自理科和社会科学学科的挑战,芝加哥大学从30年代开始对文科课程设置进行改造,确定了四个跨学科专业:一、语言学;二、思想与方法分析;三、艺术与文学比较研究;四、文化史研究。“新批评”与芝加哥

① René Wellek and Austin Warren, *Theory of Literature* (Penguin Books, 1986), p. 139.

② Richard McKeon, "Criticism and the Liberal Arts: The Chicago School of Criticism," *Profession 82* (New York: Modern Language Association, 1982), p. 4.

学派在三四十年代都对英语系文学课讲授文学史的传统做法不满，主张加强文学批评。但是，在用什么取代“历史”的中心地位这一问题上，“新批评”拿出来的是文本阐释，而芝加哥学派则是文学理论。克兰主张学生要学习系统的文学理论，然后运用这些理论来分析具体作品。他与麦基翁多年合作讲授“批评史”课程，麦基翁参与了“思想与方法分析”以及“文化史研究”专业的建设工作。

芝加哥学派对文学理论十分偏爱，强调批评的哲学基础。在他们看来，“批评或文艺理论是哲学的一个部分。”[①]哲学的思想体系和逻辑分析使芝加哥学派得以从美学的高度去梳理批评。奥尔森指出：“当代理论家如果去考察我们已经拥有的批评基础，而不是不停地替批评寻找新的基础，工作会做得好得多。”[②]芝加哥学派批评思想的基础是亚里士多德的诗学理论。克兰在《批评方法文集》序中接受“新亚里士多德学派”的称号，认为芝加哥学派是在继续亚里士多德的工作，研究“现代文学的诗学”。

芝加哥学派将批评视为一种“探究模式”，其任务是要“展现构成文学以及文学研究基础的基本观念”。[③] 他们发现“新批评”有两个突出的毛病：一是没有理论基础，二是将批评局限在语言形式层面。克兰认为：“新批评”将批评活动变成一种狭隘的实践操作，似乎只能从“象征”、“反讽”等方面去分析文学作品。奥尔森指责燕卜逊只考虑词语，文学批评被简化为“歧义问题”的讨论，而置“诗歌本质”问题不顾。[④] 芝加哥学派针对“新批评”的薄弱环节，提倡一种全面的批评——情节、人物、思想、语言统一起来考虑。他们采用亚里士多德的观点和方法，探讨文学作品的模仿性、形式与内容的关系、“怜悯”与“恐惧”的情感作用等一般文学理论问题，批评的范畴不仅有诗歌，而且包括小说和戏剧等文学样式。

芝加哥学派对批评史表现出浓厚的兴趣。通过研究历史上出现的批评学派，分析其逻辑基础，他们得出结论：各种批评思想和方法都有优点和局限，可以相互补充，文学批评应该提倡“多元主义”(pluralism)。芝加哥学派基本采用了亚里士多德的批评方法，但他们并不排斥其他的方法，如语言学的、历史的或哲学的。“多元主义”是“芝加哥学派的哲学旗帜”。[⑤]

与“新批评”相比，芝加哥学派在学界的影响要小些，原因是多方面的，如

---

① R. S. Crane, ed. *Critics and Criticism: Essays in Method* (Chicago: the University of Chicago, 1957), p. 4.

② 同上，p. 9.

③ 同上，p. v.

④ 同上，p. 27，p. 35.

⑤ Vincent B. Leitch, *American Literary Criticism from the Thirties to the Eighties* (New York: Columbia University Press, 1988), p. 71.

他们侧重抽象的文学理论,具体作品分析成绩一般;他们没有编写出《理解诗歌》那样被广泛使用的教材或选集;他们的代表人物集中在一所大学,手中掌握的批评刊物有限。维姆萨特认为芝加哥学派在 50 年代初就已失去活力,不过,这一看法与事实不符。克兰的学生布思(Wayne C. Booth, 1921—2005)在 60 年代发表《小说修辞学》(*The Rhetoric of Fiction*, 1961),后来回母校任教,成为芝加哥学派的传人,他的《批评理解:多元主义的力量和局限》(*Critical Understanding: The Powers and Limits of Pluralism*, 1979)一书进一步发展和完善了芝加哥学派的批评思想和方法。芝加哥学派的第二代批评家 1974 年在芝加哥大学创办《批评探究》(*Critical Inquiry*),该刊物已成为当今美国最重要的文学批评理论刊物之一。

无论"新批评"还是芝加哥学派,他们都刻意避免公开涉及社会政治主题,而"纽约知识分子"(The New York Intellectuals)的批评家则将文学与文化紧密联系起来,努力将批评扩展到社会生活领域。"纽约知识分子"的主要人物包括理查德·蔡斯(Richard Chase, 1914—1963)、欧文·豪(Irving Howe, 1920—1993)、阿尔弗莱德·卡津(Alfred Kazin, 1915—1998)、菲利普·拉夫(Philip Rahv, 1908—1973)、莱昂内尔·特里林(Lionel Trilling, 1905—1975)等。他们早期多为报人兼评论家,30 年代末聚集在《党派评论》杂志周围,不少人后来到大学去当教授,仍然继续为《纽约书评》等杂志撰稿。他们不喜欢学院派,坚持评论、随笔的写作风格。

"纽约知识分子"是自由主义批评家,正如特里林 1965 年所说:"纽约知识分子"作为一个特殊的群体,积极发表"观点",表明"态度",他们对美国的新闻、电视有影响力,而戏剧与电影也要迎合他们的趣味。[①] "纽约知识分子"关注现实,强调批评的社会道德功能。蔡斯在《艺术、自然、政治》一文中描绘了他们的社会批评:"有许多其他方式的文学批评,但是我没听说有像我们那样的批评,坚持要求批评家完全进入想象的真正构造,同时完全进入人们实际生活的真正构造。"[②]"纽约知识分子"倡导的是一种社会文化批评,"文学想象"与"社会现实"相结合成为其批评实践的特征。他们在自己的批评中融进美学、社会学、精神分析、文体学、现象学观点,采取的形式多种多样,有文学样式研究、批评文集、思想史、书评、传记、回忆录等。

与"新批评"和芝加哥学派不同,大多数"纽约知识分子"批评家对精神分析理论十分重视,其中特里林对弗洛伊德的研究最为认真和深刻。他生前说过:"在我的批评论著中,马克思和弗洛伊德的理论体系曾对我总的思想生活

---

① Lionel Trilling, "Freud: Within and Beyond Culture," *Beyond Culture: Essays on Literature and Learning* (New York: Viking, 1968), p. 10.

② Richard Chase, "Art, Nature, Politics," *Kenyon Review* 12 (1950), p. 592.

起过决定性作用。”[1]如果说他对马克思主义的信仰是短暂的，他对弗洛伊德的精神分析却是自始至终没有放弃。早在40年代，他就先后著文《弗洛伊德与文学》和《艺术与神经机能症》，阐述他对精神分析与文学研究关系的观点。这两篇文章收在他的重要批评文集《自由想象》（*Liberal Imagination*, 1951）中。特里林清醒地看到弗洛伊德的局限性，指出他犯有“将艺术家视为通过‘替代满足’的方式来逃避现实的精神病患者的错误”。[2] 特里林对弗洛伊德关于具体文学作品的解读和结论也不赞同。在他看来，弗洛伊德的重要贡献在于“他对人类心灵本质的论述”。[3] 精神分析理论揭示了意识、无意识的心理机制，展示了人的内心世界的复杂性，有助于我们认识艺术家创作过程。特里林基本接受弗洛伊德关于心理构造的学说，但他一再强调“社会动机”和“意识的形式控制”在艺术创作过程的关键作用，[4]文学作品反映的是人的经验和社会现实。

特里林基于“批评可以采用任何工具来发现艺术作品意义”[5]的立场，自觉将精神分析纳入其社会文化批评。弗洛伊德把人看成是“文化与生物学难分难解的纠缠体”。[6] 在战后美国社会里，文化日益体制化，成为一种专制力量，对自我构成威胁。特里林认为：弗洛伊德所发现的人的“生物冲动、生物需要、生物原因”可以抵抗文化：“我们还拥有超越文化控制范围的人性残留物，这些人性残留物尽管很基本，但它能将文化自身置于批评之下，使其避免走向绝对。”[7]人的生物性成为保持自我的安身立命之本，特里林以此正面肯定了弗洛伊德，并通过他的精神分析理论来丰富自己的社会文化批评。

从40年代末起，约瑟夫·坎贝尔（Joseph Campbell, 1904—1987）、莱斯利·菲德勒（Leslie A. Fiedler, 1917—2003）、菲利普·惠尔赖特（Philip Wheelwright, 1901—1970）等美国批评家借鉴神话学、心理学、人类学、社会学的研究成果，将神话原型应用于对文学作品的分析、阐释和评价。与其他批评学派不同，从事神话原型批评的批评家没有自己的刊物，没有重要的大学作为基地，相互之间也缺乏紧密的联系。因此，从严格意义上说，神话原型批评称不上是一个学派。不过，神话原型批评为文学研究提供了一个新的视角，已成

---

① Trilling, “Freud: Within and Beyond Culture,” *Beyond Culture: Essays on Literature and Learning*, p. 108.

② Lionel Trilling, *Liberal Imagination* (New York: The Viking Press, 1951), p. 161.

③ Trilling, “Freud: Within and Beyond Culture,” *Beyond Culture: Essays on Literature and Learning*, p. 89.

④ Trilling, *Liberal Imagination*, p. 52.

⑤ 同上，p. 49.

⑥ 同上，p. 57.

⑦ Trilling, “Freud: Within and Beyond Culture,” *Beyond Culture: Essays on Literature and Learning*, p. 106.

为一种十分重要的批评理论,却是不争的事实。

美国神话原型批评理论的两个思想源头来自欧洲大陆,一是英国人类学家詹姆斯·弗雷泽(James Frazer, 1854—1941)的人类学,一是瑞士心理学家卡尔·荣格(Carl Jung, 1875—1961)的心理学。弗雷泽的12卷巨著《金枝》(*Golden Bough*, 1890)考察了原始祭祀仪式,发现在一些截然不同、完全分隔开的文化之中存在着相似的信仰和行为模式。弗雷泽引用大量例证来解释、说明为什么在不同文化背景中会存在相同的神话和仪式崇拜这一现象。荣格是弗洛伊德的学生,后来与弗洛伊德分道扬镳。荣格拓展了无意识概念,将它分为"个人无意识"和"集体无意识"。他认为:集体无意识是人类自原始社会以来的普遍性心理经验的长期积累,"它既不产生于个人的经验,也不是个人后天获得的,而是生来就有的。"[①]在荣格的理论中,集体无意识是通过分析反复出现的原始意象或原型及其赖以产生的心理背景推导出来的。荣格把原型视为心理反应的普遍先验形式:原型作为"早先存在的形式"通过遗传刻进了我们的精神构造中,仅仅代表某种类型的知觉和行动的可能性。当符合某种特定原型的情景出现时,那个原型就复活过来。"一旦原型的情景发生,我们会突然获得一种不寻常的轻松感,仿佛被一种强大力量运载或超度。在这一瞬间,我们不再是个人,而是整个族类,全人类的声音一齐在我们心中回响。"[②]在荣格看来,文学创作过程并不完全受作者个人意识的控制,而常常受到一种沉淀在作者无意识深处的集体心理经验的影响。文学作品正是由于表达了这种集体无意识,才具有震撼人心的巨大艺术感染力。弗雷泽的神话研究和荣格的集体无意识理论对神话原型批评的产生起了不可低估的作用。

坎贝尔的《千面英雄》(*The Hero with a Thousand Faces*, 1949)研究神话与文学中的原型,具有一定的代表性。他在全世界范围内寻找亘古永存的原型,强调"英雄"的普遍性:所有的英雄归结为一个英雄,所有的神话归结为一个神话。坎贝尔说:"性别、年龄、职业上的差别对于我们的人物来说不是本质的,仅仅是服饰而已……我们视自己为美国人,是20世纪的孩子,是西方人,是文明的基督徒。我们或是道德高尚,或是罪孽深重。但是,这些指称并不说明怎样才是人,它们只是表示出地理、出生日期、收入的偶然因素。"[③]时间、地点、宗教信仰、道德水准、经济状况等都是人类生活的非本质成分。非德勒对这种普遍性"英雄"理论进行了修正,他借助于荣格的集体无意识和原型的思想来构建自己的神话诗学,但引进了历史与社会的因素。在《原型与签

---

① Joseph Campbell, *The Portable Jung* (Penguin Books, 1976), pp. 59 - 60.

② 同上, p. 320.

③ Joseph Campbell, *The Hero with a Thousand Faces* (Princeton: Princeton University Press, 1949), p. 385.

名》(Archetype and Signature，1952)一文中，菲德勒使用“签名”这一概念来表示“艺术作品中个人因素的总和”，认为文学“产生于将签名签在原型的特定历史时刻”。① 作为集体无意识与个体经历的结合体，文学作品既包含仪式、传说、神话的成分，也有传记、历史和美学。菲德勒在《美国小说中的爱情与死亡》(*Love and Death in the American Novel*，1960)中根据弗洛伊德、荣格的理论，采用比较的方法，分析欧洲文学中的原型人物、情节、故事和美国经典小说中的原型意象，解释形成美国社会生活和文学艺术特点的原因。惠尔赖特是一位哲学家和语义学家，他在《燃烧的喷泉》(*Burning Fountain*，1954)一书中从语义的角度将“表达语言”(expressive language)与“速记语言”(steno-language)区别开来，前者属超逻辑话语，为神话、宗教、诗歌使用，后者属逻辑话语，为科学使用。惠尔赖特接受荣格关于原型独立于个人意识而存在的观点，但反对只是基于现代临床研究去评价原型，主张从文学、神话、宗教、艺术中收集原型的证据。② 他系统阐述了“表达语言”的涉指对象与手段内在一致、语境意义变化、多义符号、悖论等七个主要特征，认为诗性的话语才能表达“原型内容”。生活在一个崇尚科学、不相信神话的时代，惠尔赖特试图保持一种超验意识，让现代美学朝神秘主义发展。

对神话原型批评发展做出突出贡献的是诺思洛普·弗莱(Northrop Frye，1912—1991)，他的著作《批评的解剖》(*Anatomy of Criticism*，1957)已成为神话原型批评理论的经典。弗莱深入地研究西方文学史，在原型概念的基础上建立起具有逻辑和历史统一性的诗学体系，对作品中的原型结构、文学的传统、叙事模式和循环发展等问题进行了富有独创性的阐释。弗莱虽然是加拿大学者，但他在美国乃至整个世界的文学研究方面产生了广泛而深远的影响。

---

① Leslie A. Fiedler, *No! In Thunder: Essays on Myth and Literature* (New York: Stein and Day Publishers, 1972), p. 319.

② Philip Wheelwright, *The Burning Fountain: A Study in the Language of Symbolism* (Bloomington: Indiana University Press, 1954; revised edition, 1968), pp. 54 - 55.

# 第二章

## 60 年代的美国文学

当美国步入20世纪60年代时，全国上下平和宁静，充满了希望和企盼。民主党候选人肯尼迪赢得了1960年美国总统大选，于1961年初入主白宫，宣告保守的艾森豪威尔时代的结束和战后新一代的崛起。肯尼迪作为美国历史上最年轻的总统，以富有朝气和改革精神的形象出现在世人面前。他上台后，促成国会拨款四亿美元去帮助“贫困地区”，通过使2 400万人得以提高最低工资的法案，采取强硬手腕压住美国大公司的钢铁涨价。肯尼迪喜欢新思想，对艺术有浓厚兴趣，与文化界人士保持密切联系。在外交上，他成功地处理棘手的“柏林墙”事件和古巴导弹危机，开始直接介入越南战争，确保美国在与苏联的对抗中的优势地位。为了加速航天事业的发展，肯尼迪政府不惜巨资，实施“阿波罗登月计划”。1969年7月20日，两名美国宇航员踏上月球，标志着美国在外空间竞赛中取得重大胜利。正当肯尼迪春风得意，准备投入下届总统竞选时，却于1963年11月22日在达拉斯遇刺身亡。副总统约翰逊接任总统一职后，继续肯尼迪的政策，声称要“无条件地向美国的贫穷开战”，提出建设一个“以人人富足和自由为基础的伟大社会”的计划。由于种族歧视，这一计划并未能惠及广大黑人群众，他们的生活日趋贫困。在60年代，美国国内的种族矛盾激化。主张非暴力主义的黑人牧师马丁·路德·金(Martin Luther King, Jr., 1929—1968)领导南方黑人起来斗争，要求取消种族歧视和保护黑人的正当权利。1963年8月28日，25万美国黑人和白人在华盛顿举行游行静坐，马丁·路德·金在林肯纪念堂前发表了著名的演说《我有一个梦想》(I Have a Dream)，憧憬建立一个种族平等的社会。与此同时，马尔科姆·爱克斯(Malcolm X, 1925—1965)和“黑人穆斯林运动”认为白人和黑人融合根本不可能，主张面对白人的暴力时进行自卫。黑豹党等激进组织号召用武力的手段改变种族歧视制度，美国许多城市发生了大规模流血冲突。1968年4月23日，马丁·路德·金遭白人种族主义分子暗杀，随即在100多个城市中引发了声势浩大的抗议浪潮。约翰逊在推行“伟大社会”计划的同时，不断往越南派兵，使战争升级，激起人民的反对。大学生在校园罢课，各阶层人士纷纷走上街头游行示威。联邦政府一次又一次动用国民警卫队镇压示威群众。从60年代中期到70年代初，民权运动和反战运动一浪接一浪，美国社会处于持续的骚乱和动荡之中。

60年代对社会现实不满的人并非都走上了反抗的道路。不少青年人，甚至中年人以逃避的方式表示对社会的反叛。50 年代"垮掉的一代"演变成为"嬉皮士"(Hippies),他们留长发、吸毒、群居,传统的道德标准和价值取向以及行为准则等被掀翻、遭嘲弄。"嬉皮士"为了寻求刺激,在很大程度上依赖服用毒品,以打开"感觉之门"。肯·凯西(Ken Kesey, 1935—2001)在 60 年代不懈地探求新的生活经验,一度成为青年人崇拜的偶像。他从服用迷幻药物后产生的幻觉中获得灵感,创作了《飞越疯人院》(*One Flew over the Cuckoo's Nest*, 1963),展现桀骜不驯的主人公麦克默菲同集权与专制统治体系的化身"大护士"之间的冲突。故事虽然发生在精神病院,但讽喻整个美国社会的指向十分明确。自然、个体、情感与控制严密、高度机械化社会的对立和斗争构成该书的主题。青年人对传统的否定意识导致了反主流文化的兴起。这一时期女权运动取得进展,性观念更为开放,同性恋者走出密室,摇滚乐流行,美国整个社会文化在一代人的时间之内发生了重大变化。

风雷激荡的 60 年代直接或间接地影响了文学的发展,作家们不同程度地受到了这个时期的现实和各种思潮的感染或冲击。50 年代美国文学的一个特征是非政治化,文学作品一般与现实的政治保持相当的距离。但是,这种情况在 60 年代有所变化,作家们关注现实,并且投身政治活动。最突出的例子是被称为"文化变化风向标"[①]的梅勒,试图在政治权力与文化之间建立起联系。他的《总统文件》(*President Papers*, 1963)是"为总统而写",准备让肯尼迪总统或他的幕僚阅读,以便对政治产生影响。《夜幕下的大军》(*The Armies of the Darkness*, 1968)以当时的真实事件为题材。梅勒本人 1969 年曾竞选纽约市市长,想实现自己的政治抱负。鲍德温写了许多充满激情的政论文章,为争取黑人的平等权利大声呐喊。"新新闻"作家以小说的手法直接描写新闻事件,具有很强的现实感。

美国的现代主义小说在二三十年代达到高峰,随后出现了现实主义的回归,意识流、象征等现代主义手法被许多作家采用,使传统文学获得生机,有了新的发展。在 60 年代,人们开始关注小说的形式和语言。与当时社会上的政治、文化反叛运动相呼应,一些小说家在文学内部反叛传统,对小说形式和技巧进行革新实验。巴思 1967 年著文《枯竭的文学》(The Literature of Exhaustion),相信"艺术及其形式和技巧生活在历史当中,必定要发生变化",提出了技巧要与时代同步的观点。[②] 巴思、巴塞尔姆、加斯等人的实验性小说打破了相沿成习的小说结构模式,以全新的方式处理作者、作品与读者的关系。对于后现代实验主义作家来说,文学作品并不是反映生活的镜子或对生

---

① Bradbury, *The Modern American Novel*, p. 197.

② John Bath, "The Literature of Exhaustion," *The Novel Today*, ed. Malcolm Bradbury (Glasgow: Fontana /Collins, 1977), p. 72.

活的模仿,而是语言的建构体,其"语言现实"不能等同于生活。小说的本质是虚构,没有涉指,只是一种语言的游戏。

黑色幽默在60年代美国文坛曾走红一时。海勒、品钦、冯尼格特等人采用夸张、变形、讽刺的笔法,描绘出一个病态的怪诞世界,也使小说偏离现实主义传统。黑色幽默作家对现实极度不满,认为美国庞大的社会组织、军事机器、权力结构和科学技术扭曲人性,对个人生存构成威胁。他们的作品揭示了当代社会中荒诞、丑恶、残酷和非理性的一面,其独特之处在于通过喜剧的方式来表现现代人近乎绝望的精神状态。

战后至50年代末美国剧坛流行的是以现实主义为主体的创作方法,60年代初期,欧洲的荒诞派戏剧越过大西洋,对美国戏剧的发展产生了影响。阿尔比是美国荒诞派戏剧的杰出代表,他和盖尔伯、科比特、理查森等一代新人借鉴欧洲荒诞派戏剧形式,以一种前卫的姿态积极探索,给美国戏剧注入新的生机。由于外百老汇日趋商业化,出现了外外百老汇,这是一种更为无拘无束、更具实验色彩的戏剧。外外百老汇继承小剧场运动的传统,在咖啡馆、酒吧、教堂等场所演出。剧作家和演员打破传统戏剧范式,大胆革新,采用转换技巧,强调由声音和动作来创造意象和剧场性。从风格上讲,外外百老汇喜欢短小精悍的戏,演出道具简单,成本很低,一度十分繁荣。这一时期黑人戏剧在民权运动的推动下也得到了长足的发展。汉丝贝丽的《日光下的葡萄干》成功地登上百老汇商业舞台,其他黑人剧作家把舞台当作宣传、鼓励和抗议的重要场所,通过自己的作品伸张正义,反对种族压迫和种族歧视。

这一时期,美国诗坛50年代开始的动荡、分化和改组没有停息,又涌现出纽约派、新超现实主义诗歌和新形式主义诗歌等新的流派。诗歌的"个人化"倾向进一步得到加强,并向新的领域拓展。纽约派诗人是"最具自我意识"[①]的诗人,而新超现实主义诗人则致力于创作一种表现"在理性和意识层面之下诗人自我最深地带"[②]的现代诗。到60年代中期,自由体诗已成为占据主导地位的范式。金斯堡、洛厄尔、布莱等诗人积极参与当时的社会政治生活,他们直接、有力的自我表达迎合了时代的需要。

---

① Elliott, *Columbia Literary History of the United States*, p. 1097.
② Poulin, p. 687.

## 第一节
## 从写实到实验的小说

1961年,罗斯在《论写美国小说》(Writing American Fiction)一文中说:美国社会现实是如此复杂荒唐,已超出了小说家的想象。60年代美国文坛与现实的关系出现了两个极端。一方面,不少作家坚持以传统的现实主义手法来展现社会风貌,如契弗、厄普代克的小说细腻地描写了社会的变化与发展。现实主义小说因其贴近生活的题材,传统的叙述方式和平白易懂的语言风格,始终拥有数量庞大的读者。纪实性文学作品的繁荣是60年代以来美国文坛上一个令人注目的现象。卡波特的《残杀》(1966)、梅勒的《夜幕下的大军》(1968)和《刽子手之歌》(*The Executioner's Song*, 1979)、汤姆·沃尔夫(Tom Wolfe)的"新新闻"作品都是以事实为依据,以小说的笔法再现真人真事。作者不仅对事件进行记录式叙述,而且进行深度分析,解释事件背后个人以及社会的复杂原因,读者在这些"非虚构"作品中感受自己熟悉的生活和浓缩的历史。纷繁复杂的现实生活时时闯进文学作品,模糊了小说与历史的界限。实际上,就体裁而言,《夜幕下的大军》等作品与其说是小说,不如说是历史。这一时期美国小说另一方面的发展是充分地展露小说的虚构本质。巴思、巴塞尔姆等人对传统的真实观念进行质疑,进行各种叙述技巧的实验,凸显文本意义的不确定性。后现代实验主义作家远离现实生活,专注于小说形式的革新和语言游戏,编织出一个个光怪陆离、超现实的虚幻世界。60年代最具独创性的小说是由黑色幽默作家创作的。海勒的《第二十二条军规》、冯尼格特的《第五号屠宰场》中的故事发生在第二次世界大战期间,但作者的创作意图并不是要真实地再现战争的历史过程,而是通过这一特定的历史事件揭示世界的非理性和荒诞,表达对人类"共同命运"①的关注。黑色幽默作品突破传统的模式,情节荒唐离奇,悲剧与喜剧、现实与想象的成分交叉共存,糅合一体,既有思想深度,又有艺术创新。现实主义、后现代实验主义、黑色幽默构成了60年代美国文坛三足鼎立的局面。

---

① Alan R. Pratt, *Black Humor: Critical Essays* (New York: Garland Publishing, Inc., 1992), p. 144.

**现实主义小说**

60年代美国文坛出现了变革的风向，但许多作家依然对现实主义情有独钟。从风格上讲，50年代成名的贝娄、马拉默德、鲍德温、凯鲁亚克等人都属于现实主义作家，贝娄的《赫索格》、欧茨的《他们》等都是采用写实的手法写成。具有现实主义倾向的小说故事情节往往朴实无华，艺术手法平铺直叙。但是，小说家观察细致，描写生动，准确记录时代变化，并表现出对生活的洞见，因而受到广大读者的青睐。契弗、珀西、厄普代克是这一时期主要的现实主义小说家。

约翰·契弗(John Cheever，1912—1982)生于马萨诸塞州的昆西，从小就有讲故事的天赋。中学时曾因功课不好被学校开除，这一事件对他后来的文学创作有很大影响：他小说的一个重要主题是“从伊甸园的幸福、孩子般天真沉沦到成人知识的混乱与痛苦之中”。① 他的第一个短篇故事《退学》(Expelled，1930)发表于《新共和》(*New Republic*)杂志，便是根据自己的亲身经历写成。1934年，契弗移居纽约，以写作为生，经常在《纽约客》上发表作品。第二次世界大战打断了契弗的写作生涯，他服役四年(1941—1945)，但仍然出版了第一个短篇小说集《某些人生活的方式》(*The Way Some People Live*，1943)。10年后他的第二个短篇小说集《巨大的收音机及其他故事》(*The Enormous Radio and Other Stories*，1953)问世，为他赢得了声誉。作为书名的故事发表于1947年，主人公吉姆和艾琳夫妇住在纽约的一幢公寓楼里，过着自满自足的生活。家里的收音机坏了，吉姆花400美元买了一台古怪的收音机回家，其灵敏度之高，竟能收到楼上楼下左邻右舍在家里的谈话。艾琳通过偷听邻居的争吵，了解到斯文和微笑的背后是粗俗和不幸，人们生活在绝望之中。最后，她也清楚地认清了自己的真实处境。契弗短篇小说成绩卓著，被认为是战后最重要的短篇小说作家之一。1979年，他的《约翰·契弗短篇小说集》(*The Stories of John Cheever*，1978)获普利策小说奖。从50年代中期起，契弗涉足长篇小说创作，以现实主义手法描写纽约市郊中产阶级人物的生活以及他们的精神状态。他的第一部长篇小说《威普肖特编年史》(*The Wapshot Chronicle*，1957)实际上由相对独立的篇章组成，勾勒出威普肖特家一幅幅人物肖像。威普肖特的祖先1630年从英国移民到美国，在波士顿附近的圣博特托尔弗斯小镇落户。小说的主要人物利安德声称他的家族里出过“州议员、学者、船长、英雄、校长”，但到了他这一代，已经没有什么值得称道的了。他自己一事无成，一无所有，全部家产都属于他的表姐霍诺拉。她拥有一家信托公司，利安德的两个儿子摩西与科弗利是她财产继承人。当她发现摩

① Patrick Meanor, *John Cheever Revisited* (New York: Twayne Publishers, 1995), p. 5.

西与女孩子有不正当来往时,便命令他离开家乡自谋生计。小说情节随后沿两条线索展开,一条叙述摩西和科弗利兄弟俩一同离开圣博特托尔弗斯后分别在纽约和华盛顿找工作的遭遇以及他们的情感婚姻生活,另一条讲述他们的父亲利安德的不幸故事:他在家乡的生活、工作处处碰壁,得不到别人的尊重,最后他游向大海,结束了自己的生命。小说人物刻画十分生动,小镇看似平静的生活透着淡淡的悲伤。1958 年《威普肖特编年史》获全国图书奖。60 年代,契弗写了《威普肖特丑闻》(*The Wapshot Scandal*, 1964),继续讲述威普肖特家人的故事。霍诺拉非法逃税,以 70 岁高龄,潜逃到罗马,最后被带回美国,财产全部没收。摩西的妻子不堪生活寂寞,引诱送货青年爱弥尔。摩西知情后,精神崩溃,以酒浇愁,自暴自弃。科弗利转到一个名叫塔里弗的导弹基地工作,妻子对基地戒备森严、人际关系隔膜的生活十分不满。《威普肖特丑闻》虽然仍以圣博特托尔弗斯为主要背景,但是小说的世界要广阔得多。契弗以讽刺的手法展现了一个荒诞、疯狂的世界。塔里弗基地负责人卡梅伦博士相信核战争不可避免,在参院听证会上说:人类如果不能幸免于难,他就有权利摧毁地球。科弗利是书中富有人道主义同情心的正面人物,他爱好诗歌,让同事用计算机处理英国诗人济慈的诗歌,发现使用频率最高的单词为:沉默、悲伤、死亡、爱情、痛苦、伤痕、天国,这些单词点明了小说的主题。《布利特帕克》(*Bullet Park*, 1969)依然描写纽约郊外小镇生活。主人公奈尔斯对儿子托尼宠爱有加,但托尼偏偏不争气,学习成绩很差。他与《麦田里的守望者》中的霍尔顿有相似之处,不想读书,要去当小偷、酒鬼、警察、加油站工人。望子成龙的奈尔斯勃然大怒,用高尔夫球杆揍儿子,把托尼吓出病来,卧床不起,最后请牙买加人宗教教师用跟他诵读祈祷词的独特方法才让他精神振作起来,重回学校念书。小说另一主要人物哈默是个私生子,遭父母遗弃,从小得不到爱,心理变态,萌生出谋杀托尼的念头。他把托尼打伤,被送进疯人院。尽管小说结束时奈尔斯感到生活恢复正常,一切照旧,重复四遍"奇妙",但他这种感觉是在"毒品作用"下产生的。《布利特帕克》展现的是一个灰暗的世界,其特征是冷漠、孤独和绝望。契弗最成功的小说是《法康纳监狱》(*Falconer*, 1977)。70 年代初期,契弗去一所监狱当义务教员,与犯人结为朋友,他所了解到的监狱生活状况为小说创作提供了素材。主人公伊齐基尔·法勒格是大学英文教授,以谋杀兄弟的罪名被判刑坐牢。法勒格入狱前生活一团糟,他吸毒成瘾,夫妻之间已到了毫无感情的地步。在与他哥哥埃比恩的争吵中,他受不了喝醉酒的埃比恩的羞辱,操起壁炉中的铁钩朝他刺去。在监狱里,法勒格进行自省,认识到生命的珍贵,治愈了毒瘾,完成了精神和肉体上的更新。牢房里一个犯人死去,法勒格用"调包"法钻进尸袋,让人抬出监狱,得以逃跑。契弗本人从 60 年代起一直耽于杯中之物,酗酒如命,严重影响了身心健康，不得不去纽约一家戒酒康复中心治疗。1975 年 5 月他从康复中心出来，有一种从酒精的牢狱中放出来一样的感觉。他随后全力投入《法康纳监狱》的写作，把自己获得新生的感觉融入法勒格这个人物。小说结尾时，法勒格摆脱了沉沦的恐惧，昂首挺胸，欣喜地走向新生活。《法康纳监狱》虽然以监狱生活为题材，却是契弗作品中基调最为乐观的小说。

契弗的故事大都以新英格兰为背景，沃克·珀西（Walker Percy，1916—1990）则是一位南方作家，其作品带有明显的南方色彩。他生于亚拉巴马州伯明翰，本科就读于北卡罗来纳大学，1941 年获哥伦比亚大学医学博士。毕业后不久因染上肺结核病，他放弃从医，转而从事文学创作。从 1950 年起，他一直住在路易斯安那州。珀西是个天主教徒，他的文学创作受其宗教信仰的影响。他的第一部小说《看电影的人》（*The Moviegoer*，1961）故事发生在南方城市新奥尔良。主人公宾克斯是一位股票经纪人，刚到 30 岁，喜欢看电影。他不满足于生活的平庸，有一种朦胧的精神追求。同时，宾克斯又易于受生活的诱惑。他先后雇了三个年轻漂亮的女秘书，她们都成为他的情人。宾克斯从小是由思想正统的婶婶扶养成人。最后他出于一种道德责任感，娶了婶婶的养女凯特，可以照顾这位精神有病的"妹妹"。《废墟里的爱情》（*Love in the Ruins*，1971）是一部带有科幻色彩的作品，其副标题是"世界末日之际一个坏天主教徒的历险"。小说写了美国独立纪念日 7 月 4 日前后几天的事，美国是在"世界末日"之际迎来国庆，整个国家处于动荡之中。主人公汤姆·莫尔虽然是天主教徒，却好酒好色。他自己是精神病院的病人，同时又开私人诊所，给精神病患者治病。汤姆在一个偶然的机会观察到重钠放射会改变人的性格，使疯子变成正常人、精神病医生变成疯子，而有人正阴谋利用重钠释放的连锁反应造成灾难。他发明了一种类似于脑电图仪的仪器，可以确定头脑中决定一个人性格特征的位置，并进行调节。汤姆同时与三个年轻女子周旋，在小说的尾声，他选择与信教的埃伦结婚，体现出道德责任意识。《废墟里的爱情》于 70 年代初问世，书中有关美国自由派与保守派的意识形态争论、种族冲突、暴力事件的描写，使人很容易地联想起 60 年代的美国社会现实。这部哲理小说在病态的社会与个人性格的疾病之间建立起联系：有排犹主义思想的病人一想起犹太人就会头痛。重钠放射导致自我分裂，"天使"与"动物"分离，使人不成其为人。汤姆发明的仪器可以准确地测出读数，找出病因。他虽然未能拯救美国，但试图"解释人类的邪恶"。珀西的其他小说有《最后的绅士》（*The Last Gentleman*，1966）、《兰斯洛特》（*Lancelot*，1977）、《基督复临》（*Second Coming*，1980）等。在珀西的小说世界里，传统道德正在崩溃，人们行尸走肉，在精神上已经死亡。他的主人公往往意识到现代社会的问题，在精神上有所追求。珀西的故事发生在新奥尔良周围，南方气息浓郁。他对生活观察细致,人物形象刻画生动,场景描写具体逼真。评论家认为,珀西"是一位道德作家,最终来说,是一位宗教作家,同时也是一位风俗作家"。[①]

与契弗一样,约翰·厄普代克(John Updike, 1932—2009)以描写美国东部白人中产阶级生活见长,评论家称他为"社会历史变化的准确记录者"。[②] 厄普代克比契弗年轻20岁,生于宾夕法尼亚州的希灵顿,1954年毕业于哈佛大学,1955年至1957年在《纽约客》编辑部工作,他有许多作品发表在这份刊物上。50年代末,厄普代克离开纽约,搬到波士顿东北部的小镇伊普斯威奇居住,专门从事写作。1958年,他的第一部小说《贫民院义卖会》(*The Poorhouse Fair*)问世,讲述院内一天里发生的事件。年轻的院长康纳从理想主义出发,要让贫民院里的老人们过健康卫生的生活,但他为了保持清洁和秩序而采取的管理措施,却引起他们的憎恨。老人们处处和康纳作对,在星期三举行义卖会那天用石块砸他。小说的主人公是94岁的霍克,年轻时做过教师,生活阅历丰富。故事结束时,他沐浴着月光,琢磨给一心想办好事的康纳提供什么样的建议。《半人半马》(*The Centaur*, 1963)以希腊神话中半人半马神客戎因难以忍受伤痛要求宙斯赐死以结束他的痛苦为参照,讲述一位中学教师卡德韦尔身心交瘁、不堪重负的生存状况。小说交替使用第一人称和第三人称叙述,从儿子彼得充满同情和理解的眼光看父亲考德威尔所承受的巨大精神压力,对主人公内心的脆弱和忧虑写得真挚细腻。《夫妇们》(*Couples*, 1968)描写波士顿附近托尔博克斯小镇上几对夫妇的家庭、婚姻、情爱生活,主人公是些中产阶级的雅皮士,经济条件优越,但精神空虚,互相通奸,书中一些纵欲的情景写得太露。《嫁给我》(*Marry Me: A Romance*, 1976)讲述杰里和露丝、理查德和萨莉两对夫妇之间相互的情感纠葛和婚姻危机。类似题材的小说还有《伊斯特威克的女巫》(*The Witches of Eastwick*, 1984)、《罗杰的说法》(*Roger's Version*, 1986)等。

厄普代克的代表作品是"兔子"四部曲。1960年《兔子,跑吧》(*Rabbit, Run*)问世后,他每隔10年发表一部关于"兔子"哈里·安斯特罗姆生活的小说,通过哈里这个普普通通的美国人的生活变迁勾画出"战后美国社会道德史"。[③] 哈里中学时代曾是篮球明星,因为打球敏捷而有"兔子"的绰号。厄普代克在谈及哈里的性格特征时说过:他采取了"一种兔子的人生观,一种躲闪逃避的态度——按本能冲动自发行事,不假思索,担惊受怕,因此外号为兔子"。[④] 哈

① James Vinson, ed. *Contemporary Novelists* (New York: St. Martin's Press, 1982), p. 515.
② Bradbury, *The Modern American Novel*, p. 183.
③ 同上, p. 182.
④ John Updike, "Why Rabbit Had to Go," *New York Times Book Review* 5 (August, 1990), p. 25.

里在《兔子，跑吧》中是个26岁的青年人，他受雇于宾州小城布鲁尔一家商店，推销蔬果削刀，生活单调沉闷。下班途中，他打了一场篮球，重新抱起篮球使他回味旧时“真正一流”的感受。回到家里，迎接他的是乱七八糟、没人收拾的屋子和臃肿迟钝的妻子詹尼斯。詹尼斯怀上了他的第二个孩子，整天在家喝酒，看电视。在这种鲜明对照的刺激下，哈里觉得难以忍受下去，晚上开车去父母家接儿子途中走错了路，便径直往前驶去，突然决定出走佛罗里达州。车子开到西弗吉尼亚州，黑灯瞎火，迷了路，只得掉头。回到布鲁尔后，他没有回家，而是投进一个名叫露丝的女人的怀抱，与她同居。不久，詹尼斯生下女孩丽贝卡，迫使哈里回到家里，担负起做父亲的责任。但是詹尼斯依然如故，家庭生活又回到以前那种混乱状态，哈里再次出走。詹尼斯以酒浇愁，在给新生的女儿洗澡时失手让她淹死在浴缸里。哈里得知消息后又回来，在丽贝卡的葬礼上，他感到自己处于众目睽睽的道德审视中，突然离去。小说在哈里的奔跑中结束。

哈里从家里出走，主要原因是对平庸的家庭生活感到不满和窒息。哈里一直抱怨詹尼斯“反应迟钝”，因为她不能理解他，两人之间存在一堵墙，双方无法在思想感情上沟通。在丽贝卡葬礼上，哈里突然感受到一种顿悟：“他好像是一直在布满岩石的黑洞里爬行，现在终于到了尽头，见到一片亮光；他转过身，詹尼斯那张麻木迟钝的脸将亮光给遮挡住了。”哈里无法让妻子分享自己的梦想、追求和感受，他的内心世界是孤独的。

从哈里的逃跑中可以看到哈克贝里·费恩和霍尔德的影子，其逃跑行为可以看作是为了实现他的个人价值。但是，作为社会一分子，他同时还必须承担社会、家庭的责任。在《兔子，跑吧》中，哈里从詹尼斯身边三度跑开的时机都是不同寻常的。一次是在她怀孕在身，一次是她生了女儿刚从医院回家，第三次是在丽贝卡葬礼进行之中。从伦理角度来看，哈里的离家出走表现为一种自私和不负责任的行为。厄普代克在评论其作品的宗教道德倾向时曾经这样说道：

> 你可以为离开妻子这一行动辩护。50年代末，“垮掉派”鼓吹州际旅行是一种解除烦恼的方式。我所要写的是：“对的，确实如此，但是别人会因此受到伤害。”这一限定构成道德两难境地。①

在《兔子，跑吧》中，哈里离家出走，给詹尼斯带来痛苦，间接导致了淹死丽贝卡不幸事件的发生。哈里的逃跑，实际上并未能真正实现自己的价值，导致“社

---

① John Updike, *Picked-up Pieces* (New York: Alfred. A. Knopf, 1975), p. 502.

会结构灾难性地解体”。[①] 可见,厄普代克对哈里的行为是持一定保留态度的,他并非完全站在哈里一边。

《兔子回家》(*Rabbit Redeux*, 1971)是写10年后哈里的生活,他在一家小印刷厂当排字工。这次轮到詹尼斯离家出走,她有了外遇,跟斯普林格汽车行的推销员查理同居,丢下丈夫一人在家照顾儿子纳尔逊。哈里在酒吧认识了嬉皮士吉尔和黑人青年斯基特。吉尔的男友是个吸毒者,为了摆脱他的控制,她逃了出来。哈里把她带回家,后来斯基特也住到他家,他们一起学习,讨论奴隶制、种族关系、越南战争。周围白人邻居因不满哈里收留嬉皮士吉尔和黑人,纵火烧了他的房子,吉尔在大火中身亡。哈里后来因印刷厂精简而失业,不过詹尼斯最后心回意转,决定回到他的身边,小说以夫妻两人重归旧好结束。

《兔子富了》(*Rabbit Is Rich*, 1981)的故事时间是在1979年,当时美国因受石油危机影响,全国闹油荒。哈里经营他岳父的斯普林格汽车行,成为布鲁尔地区日本丰田汽车的代理。他已上升为中产阶级,收入颇丰,生活富足,身体开始发福。为了减肥,哈里想早上起来跑步,但一个星期都未能坚持下来。兔子已经跑不动了,只得改为吃完晚饭后散步。哈里参加了一个俱乐部,休闲时间打高尔夫球,迷恋上了俱乐部成员韦布的太太辛迪,见到她就想入非非。他和詹尼斯去加勒比海小岛度假时,和另一对夫妇玩起了换妻的游戏。《兔子富了》以70年代为时代背景,展现了哈里与詹尼斯的中产阶级夫妻生活,同时也写了他与23岁的大学生儿子纳尔逊的代沟问题。纳尔逊把他的女友梅拉尼带回家来住,后来和怀了孕的普鲁结婚。詹尼斯不顾哈里的反对,要安排儿子在汽车行干活。纳尔逊总感到与哈里有隔阂,父子之间摩擦不断。普鲁生小孩时,纳尔逊像当年哈里那样丢下妻子不管,又跑回学校去。小说结束时哈里和詹尼斯买了房子,搬进了新家。哈里虽然富了,但心情颇为忧郁。孙女来到人间时,他感到老之将至,死期不远:“他的孙女。他的又一颗棺材钉。他的。”

《兔子休息了》(*Rabbit at Rest*, 1990)是接着《兔子富了》的一缕悲哀写开来的。故事发生时间是1989年。小说共分为三章。第一章“佛罗里达州”开始时哈里的岳母已经去世,詹尼斯继承了斯普林格汽车行,她让纳尔逊主管业务,哈里退居二线,在佛罗里达州迪利昂市买了一套公寓,过着一种半隐居生活。因为不注意节食,哈里身体发胖,体重达230磅。他在与孙女朱迪乘帆船出海航行时,不慎翻船落水。哈里为救朱迪而心脏病突发,幸亏抢救及时,才得以脱险。第二章“宾夕法尼亚州”描写哈里出院后回到布鲁尔,旧地重游,引

① Updike, *Picked-up Pieces*, p. 503.

起对故人往事的许多回忆。纳尔逊因为吸毒，负债累累，在账目上做手脚，进行贪污。事发后，他被送进康复中心接受治疗，斯普林格汽车行改由哈里负责。詹尼斯上了短训班，学做房地产生意，逐渐成为事业型妇女。第三章“迈阿密州”中哈里重演 30 年前旧戏，再次离家出走，一人驾车跑回佛罗里达州迪利昂市。他在那儿不顾身体有病，毫无节制地进餐，又去打篮球，结果因心肌梗塞而猝死。

哈里当年首次驾车离家出走时曾打算去佛罗里达州，他梦想的一个具体表现是到南方去享受海滩和阳光。《兔子休息了》开始时，哈里在佛罗里达州居住已达五个年头。小说这样安排，似乎表明哈里年轻时的梦想已经实现，但实际情况是哈里的生活每况愈下。哈里作为销售总代理，在斯普林格汽车行干了十多年，可岳母在遗嘱中连他的名字都没提，汽车行全部财产由詹尼斯继承。纳尔逊经营销售后，把老子一脚踢开。哈里无事可干，成了半失业者，人生道路越走越窄。哈里住到佛罗里达州，与其说是象征着他梦想的实现，不如说是表明他梦想的破灭。佛罗里达州是许多美国人退休后安度晚年的地方。厄普代克选择佛罗里达州作为哈里逃跑的目的地，其用意不言而喻。哈里无法为自己设计、创造出一个将来，抵达目的地后“唯一的选择是死亡”：他在佛罗里达州的生活成为“一次漫长的自杀”。

在《兔子休息了》中，伴随哈里的依然是挥之不去的那一份孤独。小说开始时，哈里在机场上突然产生一种末日之感，但这种感觉只属于他自己。他与詹尼斯之间的那堵“墙”依然存在：

> 对突然涌上自己心头的冰凉及天上飞机的阴影之感受，哈里很想与她一起分享。但她有一层硬硬的外壳，将他推开。她腰围的衣裙很厚，潮潮的皮革，没有感觉反应。他独自一人回味着这不祥之感。

哈里住院时，病房里的护士安娜贝拉便是他与露丝生的女儿。尽管他充满爱心，却不敢相认，安娜贝拉不知道躺在病床上的是她自己的生身父亲。哈里生命的最后日子是独自一人在佛罗里达州空荡荡的公寓里度过的，他的家人，包括妻子、儿子、儿媳、孙子、孙女，都远在宾州。“在孤独中，他的心脏成为他的伴侣”。夜深人静，他所能听到的只是自己心脏的“砰砰”跳动声。在临终之际，哈里念念不忘的是安娜贝拉。他想对儿子说：“纳尔逊，你有一个妹妹。”但纳尔逊则误以为哈里指的是自己的姑妈敏姆。哈里至死一直生活在孤独之中而不被人理解，他在绝对孤寂状态中走完人生最后一步。

《兔子休息了》特别强调时间给世界带来的变化。当年一起在俱乐部打高尔夫球的伙伴早就分了手。一直钟情于哈里的塞尔玛患病去世了。哈里一度迷恋的辛迪与丈夫离婚后，变得肥胖丑陋，失去了当年的风韵。世界的一切都只是“存在一时的简陋的临时安排”，变化、死亡是永恒现象。他在停车场上停车时联想起个人在历史中的位置：“你在一个位置待了一段时间后就让出来，这是很得体的，把地方腾给别人。”个人不是世界的中心，而是历史长河中一滴水、一朵浪花，随时代潮流而动。哈里表现出一种历史意识，养成了读史的习惯，能坦然接受自己的命运。他死时才 56 岁，尽管早了些，但他争吵过、逃跑过、追求过，这就可以满足了。“兔子”四部曲洋洋数十万言，最后以“够了”两字收笔，其中包含着深沉的历史感。

厄普代克在《兔子休息了》中表明哈里之死具有一定的历史必然性。哈里预感到时代的变化，曾自己问自己：“假如冷战结束了，当个美国人还有何用?”随着时代的发展，哈里作为“特定历史时期的产物”，[1]已变得“没有用处”，失去了继续存在的理由。哈里是“死亡先生”，他的身心衰老，折射出 80 年代世界头号超级大国严重的社会问题：毒品泛滥、艾滋病肆虐、家庭解体、世风日下。“所有一切都在瓦解，飞机掉落，桥梁崩塌，没有人想到治理经济，大家只顾投机赚钱，债台高筑。”《兔子休息了》中对哈里衰老死亡过程的描写不失为一种“对美国社会的有力批评”。

厄普代克成功地塑造了哈里这一文学人物。为了满足读者的愿望，他于 2000 年又续写出了一部“兔子”小说的新作——中篇小说《记忆中的兔子》(*Rabbit Remembered*)。厄普代克在谈到自己创作这部新的“兔子”小说的原因时说：“当又一个十年中的第九年到来的时候，我发现我的思想又转向了兔子所认识和熟悉的那些人。”他感到“没有兔子在周围，故事总是缺少一些东西”。[2]

厄普代克是一位多产作家，他的作品涉足各种题材。《政变》(*The Coup*，1978)的故事发生在非洲一个名叫库什的虚构国家，叙述者埃勒罗上校曾集总统、国防部长、三军司令于一身，是一个独裁者。他交替使用第一和第三人称讲述他执政时的情形，把非洲大陆的暴政、腐败、干旱，以及苏联和美国的争夺展现在读者面前。《S.》(*S.*，1988)的主人公是 42 岁的萨拉·沃斯，她与丈夫查尔斯婚姻破裂后，抛弃家人独自前往亚利桑那州加入一个瑜伽宗教组织，去“寻求内心的安宁”。她在亚利桑那州给查尔斯、女儿、母亲、朋友、律师写信，全书由她的信和录音组成，S. 是她给丈夫写信时的缩略署名。萨拉逐渐发现那个瑜伽教派原来是个邪教组织，他们走私毒品、逃税、骗人钱财。她了解真相后，离开了那里。小说通过萨拉自白式的书信，展现了中年妇女困惑的精神

---

① Matthew Wilson, “The Rabbit Tetralogy: From Solitude to Society to Solitute Again,” *Modern Fiction Studies* 37. 1 (Spring, 1991), p. 23.

② 邹海仑：《厄普代克续写“兔子”系列小说》，《外国文学动态》，2000 年第 3 期，第 9 页。

状态。《福特执政时期记事》(*Memories of the Ford Administration*, 1992)中故事开始时尼克松宣布下台,由福特接替担任美国总统。主人公阿尔弗雷德是一位大学历史教授,正撰写美国第15届总统布坎南的传记。故事情节围绕历史人物布坎南与叙述者阿尔弗雷德的婚变两条线索展开。1996年,《圣洁百合》(*In the Beauty of the Lilies*)问世。《格特鲁德与克劳迪斯》(*Gertrude and Claudius*, 2000)取材于莎士比亚的著名悲剧《哈姆莱特》,但主要人物不是丹麦王子哈姆莱特,而是他的母亲格特鲁德和叔叔克劳迪斯。小说分为三个部分,第一部分开始时,格特鲁德是丹麦国王的独女,正值17岁的妙龄花季。她天生丽质,感情丰富,遵从父命,嫁给了日德兰半岛的总督霍文迪尔。霍文迪尔是一介武夫,视公主为他攫取的财产。新婚之夜,他竟因为醉酒睡着了。霍文迪尔不久继承了王位,平时忙于政务,夫妻之间缺乏情感交流。多年以后,霍文迪尔的弟弟冯从国外回来,顿时暗恋上了王后。第二部分的时间设定在多年之后,冯已经59岁,而格特鲁德47岁。他们两人偷情,被霍文迪尔发觉。在宫务大臣科拉姆比斯的帮助下,冯毒死了霍文迪尔。第三部分冯登基,册封自己为克劳迪斯王,大臣科拉姆比斯改名为波洛纽斯。为巩固其地位,克劳迪斯与格特鲁德结了婚,并将29岁的哈姆莱特从德国的维藤贝格大学召回丹麦,让他娶波洛纽斯的女儿奥菲利娅为妻。家事国事安排停当,克劳迪斯踌躇满志,"他得以逃脱。一切都会顺利"。《格特鲁德与克劳迪斯》虽然讲述的是发生在遥远年代的故事,但题材依然是厄普代克擅长表现的中年人的婚姻、爱情、通奸。在莎士比亚的剧中,格特鲁德与克劳迪斯是两个坏人,厄普代克的小说则把他们描绘成两个无法抗拒爱情力量而相恋的中年人,令现代读者同情他们。《格特鲁德与克劳迪斯》的语言古朴优雅,充分展示了作者驾驭英语的能力。进入21世纪,厄普代克笔耕不辍,出版的长篇小说有《村庄》(*Villages*, 2004)和《恐怖分子》(*Terrorist*, 2006)。他还创作了许多短篇故事和诗歌。厄普代克注重文字技巧,文体精巧,对事物现象观察细致,但有些作品的内容缺乏思想深度。

**后现代实验性小说**

现实主义作家关注小说与现实的关系,讲述生活中可能发生的故事。60年代,一批前卫作家力图突破传统小说的人物、情节、线性叙述的程式,对小说形式进行实验,创作了一批新颖独特的作品。巴思、加斯、巴塞尔姆等人摒弃现实主义的"真实"观念,刻意凸显作品的虚构性。他们自我反映式的"元小说"(metafiction)并不追求反映客观现实生活,而是讲述作品自身的故事。后现代实验性小说家执意与现实主义分道扬镳,有时过分陶醉于语言游戏之中,但是他们的革新促使当时文坛发生变化,对当代小说发展产生了深刻影响,却是不争的事实。60年代以来,不少作家摆脱了传统现实主义的束缚,以新的观念、新的手法写小说。黑色幽默作家如海勒、品钦、冯尼格特等在作品中将现实主义与实验主义相结合,深刻揭示了世界的荒诞真相。纳博科夫也创作了具有明显实验主义色彩的小说《微暗的火》。

约翰·霍克斯(John Hawkes, 1925—1998)是最早对小说形式进行有意识革新的小说家。他生于康涅狄格州的斯坦福,10岁时母亲带他到阿拉斯加与父亲团聚,1940年回到纽约。1943年他进哈佛大学念书,不久应征入伍,但因患有哮喘很快就离开军队。1944—1945年他作为志愿者曾在意大利和德国开救护车。战后霍克斯回到哈佛大学,毕业后在哈佛大学出版社工作六年,随后在哈佛教了三年英文后于1958年前往布朗大学,在那儿任教达30年,一直到1988年退休。40年代末,霍克斯发表了被评论家称为"超现实主义作品"的《食人者》(*The Cannibal*, 1949)。小说主要讲述1945年春天美军占领下德国一个小镇上的人物和事件,无论在题材还是叙述方法上都非常独特。叙述者齐岑道尔夫是个纳粹分子,他的幻想成为全书的中心。齐岑道尔夫是小镇报纸主编,不甘心德国的失败,与另外两个德国人谋害了美军在当地的督察,并在报上刊登文章,宣布德国在战争的废墟中重新站了起来。小说通过镇上客栈女房东斯特拉·斯诺夫人的个人和家庭生活,描绘1914年第一次世界大战爆发和1945年第二次世界大战两个基本点不同历史时期的德国。斯诺夫人生活的小镇遭受两次战争的破坏,死气沉沉,一片贫穷、肮脏、饥饿景象。霍克斯在一次采访中曾说:"我是基于情节、人物、场景和主题是小说真正的敌人这一认识开始小说创作的。"①《食人者》不同于一般的战争小说,叙述时间是跳跃的,空间是共时的,读者进入的是一个卡夫卡式的梦魇世界。《酸橙树枝》(*The Lime Twig*, 1961)进一步确定了霍克斯作为"孤独、怪癖、真正独特"②作家的地位。小说的背景放在英国的赛马场,开始是由威廉·亨彻第一人称叙述,他母亲在二战伦敦轰炸中丧生,出于对母亲的怀念,他又回到过去母子住过的房子居住。小说随后转为用第三人称叙述,讲述房东迈克尔·班克斯在亨彻的鼓动下偷别人的赛马,以圆自己拥有马的梦想。小说以主要人物丧命而告终:亨彻被马踢死,班克斯夫人被地下黑帮的人打死,而班克斯自己则跑到赛场上狂奔的赛马前面,在马蹄下自尽身亡。《酸橙树枝》每章以类似于赛马报道专栏为引子,故事叙述凌乱,缺乏连贯性。霍克斯在这部小说中着意渲染暴力和恐怖,而对班克斯夫人等死于非命的意义却不作探究。菲德勒指出:"霍克斯

① Stanley Trachtenberg, *Critical Essays on John Hawkes* (Boston: G. K. Hall & Co., 1991), pp. 65 - 66.

② Leslie A. Fiedler, "The Pleasures of John Hawkes," *The Lime Twig* (New York: New Directions Publishing Corporation, 1961), p. viii.

的人物不是从一个场景转到另一个场景,而是在聚焦点下进进出出;他们在空间中漂浮。”[①]《第二层皮》(*Second Skin*, 1964)中主人公斯基普在加勒比海一个虚构的小岛上等待他的黑人女友卡特丽娜·凯特的孩子降生,回忆自己为阻挡女儿卡桑德拉自杀所做的种种努力。卡桑德拉七年前在新英格兰近海一个小岛的灯塔上跳海自尽。斯基普采用第一人称叙述视角,以一种“蜂鸟的不规则飞行”路线讲述“自己赤裸裸的历史”,小说的情节松散,摒弃了时间顺序,地点在两个小岛之间频繁转换。70 年代霍克斯发表了他称之为“关于性、神话、想象与荒诞的三部曲”[②]:《血桔》(*The Blood Oranges*, 1971)、《死亡、睡眠和旅客》(*Death, Sleep and the Traveler*, 1974)、《漫画》(*Travesty*, 1976)。布拉德伯里指出:“霍克斯的小说试图打破在外部现实与内心意识之间假设存在着的清晰界线。”[③]霍克斯“自己认为是一个实验主义作家”,他说:“我想创造一个世界,而不是反映世界。”[④]在他笔下,小说人物的自我往往融化为外部背景,使他的故事带有扑朔迷离的超现实气氛。霍克斯的其他作品有《激情艺术家》(*The Passion Artist*, 1979)、《弗吉妮:她的两种生活》(*Virginie, Her Two Lives*, 1982)、《阿拉斯加皮货贸易历险记》(*Adventures in the Alaskan Skin Trade*, 1985)、《响外套》(*Whistlejacket*, 1988)、《可爱的威廉》(*Sweet William*, 1993)、《爱尔兰眼睛》(*AnIrish Eye*, 1997)等。

约翰·巴思(John Barth, 1930— )被认为是实验主义的代表人物。他出生于马里兰州的坎布里奇,上过纽约的音乐学校,曾获霍普金斯大学本科和硕士学位。1953 年起,他先后在宾夕法尼亚州立大学、纽约州立大学、波士顿大学、霍普金斯大学任教。50 年代巴思发表的两部小说《漂浮的歌剧》(*The Floating Opera*, 1956)和《大路尽头》(*The End of the Road*, 1958)均采用传统写实的手法,情节完整,叙述视角单一。巴思在为这两部小说的合订本所做的“前言”中说:《漂浮的歌剧》受 50 年代法国存在主义哲学思潮影响,是一部带有“虚无主义”色彩的作品。[⑤] 主人公托德·安德鲁是一位中年律师,小说主要内容是他对 1937 年 6 月 21 日一天里发生的事件的回忆。这一天对他不同寻常,因为托德清晨起床后打算当天结束自己的生命。他去一艘名叫“漂浮的歌剧”花船把乙炔阀门打开,想把看演出的人连同自己一起炸死,但是爆炸没有发生。经过反思,他得出“没有生存(或者自杀)的最终理由”这一结论,放弃了自杀的念头。小说的一个奇特情节是托德与他朋友哈里森·麦克斯的太太

---

① Fiedler, p. xiii.
② Bradbury, *The Modern American Novel*, p. 211.
③ 同上, p. 210.
④ Trachtenberg, p. 60, p. 70.
⑤ John Barth, *The Floating Opera and the End of the Road* (New York: Doubleday, 1956), p. vi.

简通奸,而哈里森对此一点也不在乎。夫妇俩经过理性的讨论,同意并支持托德与简定期上床。作为《漂浮的歌剧》姐妹篇的《大路尽头》有一个相对应的三角关系,但结局不同。雅各布·霍纳到一所学院应聘任教,与同事约瑟夫·摩根的太太伦妮通奸,伦妮最后去做流产手术时身亡。约瑟夫从纯理性理念出发对待夫妻关系,思想行为偏执,到了不通人情的地步。这两部小说描绘了"过于活跃的智性对情感的毁灭性影响"。60 年代巴思的小说风格开始发生变化。《烟草商》(*The Sot-Weed Factor*, 1960)的主人公艾本尼泽·库克在历史上确有其人,18 世纪初他从英国到马里兰去做烟草生意,创作了讽刺诗《烟草商》,拥有"马里兰桂冠诗人"称号。巴思的同名小说采用 18 世纪文体,讲述艾本尼泽奉父命从英国漂洋过海到美洲去收复他的庄园的故事。这部小说与笛福的《摩尔·弗兰德斯》和斯摩莱特的《蓝登传》有相似之处,情节发展迅速,跌宕起伏,是对 18 世纪流浪汉小说的模仿。《羊孩贾尔斯》(*Giles Goat-Boy*, 1966)糅神话、寓言与科幻成分于一体,是一部关于 20 世纪的"现代神话"。[1]《羊孩贾尔斯》与奥威尔的《动物农场》有异曲同工之妙,但讲述的不是猪,而是羊与人的故事。这部小说据说是由 WESCAC 计算机系统写的,因此,它是存放在盘上,共有六盘。主人公的父亲是 WESCAC 计算机系统,他小名叫乔治,也叫贾尔斯。Giles 是 Grand-tutorial Ideal, Laboratory Eugenical Specimen 的缩写,意为:"伟大导师理念,实验优生样本。"乔治出生后,被放到羊圈当作羊来饲养,因此被称为"羊孩"。故事发生在一所大学(世界),学生为羊群(人类),该大学分为两个校园:西校园(西方阵营)和东校园(东方阵营),学生已发生过两次骚乱(世界大战),现正处于一种"静骚乱"(冷战)状态,大学控制中心的 WESCAC 计算机系统按程序设计将自动生成第三次骚乱。乔治是"伟大导师"(救世主),他像一位中世纪骑士,肩负一项复杂使命,前往计算机中心去重新设置核心程序,以拯救世界。《羊孩贾尔斯》是"对过去文学的挖掘利用、戏仿、模拟、回响",[2]极具创意。巴思对语言表现出极大的热忱,对小说形式有浓厚的兴趣,并要求读者与他共享语言的愉悦。《迷失在开心馆》(*Lost in the Funhouse*, 1968)是一部属于"元小说"性质的作品,共有 14 个单元。巴思在"作者的话"中指出:该书不是短篇故事选集,14 件作品并不各自独立,而是构成一个系列整体。每一单元有特定的媒介:或文字印刷,或单声道录音,或立体声录音。这些单元包括传统现实主义的《安伯罗斯他的胎记》(Ambrose His Mark)、展示小说生成过程和自我意识明显的《标题》(Title)和《生活故事》(Life-Story)、新编古希腊神话的《厄科》(Echo)和《墨涅拉俄斯》

---

① Bradbury, *The Modern American Novel*, p. 228.

② Emory Elliott, *The Columbia History of the American Novel* (New York: Columbia University Press, 1991), p. 730.

(Menelaiad)。《迷失在开心馆》的一个明显特征是小说的自我反映：叙述者展示创作的过程，时时提醒读者注意作品的虚构性。在《自传》篇中，第一人称不是"我"，而是故事讲述自己的故事："瞧，我在写作。不，听，我只是说话。"篇名故事《迷失在开心馆》记录13岁的安伯罗斯随家人开车去海洋城市度假玩乐，细致入微地刻画了少年的敏感、困惑和幻想。叙述者在讲述故事的同时对故事本身进行分析。在进行人物描写之前，他告诉读者："生理特征和行为举止的描写是人物塑造的标准手法之一。"在讨论了传统小说的开头、冲突、高潮、结局的程式之后，叙述者发现，他的故事讲了好半天，"我们还没有到达海洋城市：我们将永远出不了开心馆"。小说是以安伯罗斯眼光去看世界的。叙述者问："一个13岁的孩子，能有这般复杂的观察，是否违背了真实的原则？"故事提及海洋城市为防备德国潜艇袭击，实行灯火管制，叙述者提问："战争与本故事有什么相干？"《迷失在开心馆》没有按线性情节谋篇布局，叙述经常发生偏离，读者跟随作者/叙述者/人物的想象在语言的迷宫中游玩，时时有迷失的焦虑。70年代以来，巴思继续活跃于美国文坛。《喀迈拉》(*Chimera*，1971)包括三个中篇，其素材取自《天方夜谭》和希腊神话。巴思在小说中改写神话和传说，即用现代的观念和文体对神话传说的材料和人物进行修改，讲故事和怎样讲故事是作品关注的中心问题。《某某水手的最后一次远航》(*The Last Voyage of Somebody the Sailor*，1991)也取材于《天方夜谭》。《书信》(*Letters*，1979)长达770多页，以LETTERS的七个字母分为七章，主要内容是阿默斯特夫人与作者等七个人物之间的通信。《休假》(*Sabbatical*，1982)和《曾经沧海》(*Once Upon a Time*，1994)以作者家乡马里兰州切萨皮克比奇湾为背景。《浪潮故事》(*The Tidewater Tales: A Novel*，1991)将当代的故事讲述者与文学史上塞万提斯、山鲁佐德等著名叙述者之间建立起联系。巴思十分关注文学批评理论的动态，自己也经常发表演讲、撰写评论，文章收在《星期五文集》中。进入21世纪，巴思出版了《一十零一夜》(*the Book of Ten and a Night: Eleven Stories*，2004)等短篇故事集，以及长篇小说《即将发行：一个故事》(*Coming Soon!!!: A Narrative*，2001)、《奇思妙想：五个季节构成的故事》(*Every Third Thought: A Novel in Five Seasons*，2011)。巴思是一位很有才华的作家，创作了后现代实验主义的经典之作，不少评论家将他称为"后现代主义小说家"。巴思对此认同，并就后现代主义小说写过文章。在他看来，重要的问题不是某一部作品是否属于现实主义、现代主义或后现代主义，而是"它是否写得棒？"①巴思的小说创作总体而言是很棒的。

---

① John Barth, *Further Fridays & Essays, Lectures, and Other Nonficiton: 1984—1994* (Boston: Little, Brown and Company, 1995), p. 125.

威廉·H.加斯(William H. Gass, 1924— )生于北达科他州,后入肯尼恩学院读书,1943—1946年在美国海军服役。退役后他回到肯尼恩学院完成学业,先后在珀杜大学、华盛顿大学讲授哲学和英语。1966年他发表《奥门塞特的运气》(*Omensetter's Luck*),引起批评界重视。故事发生在19世纪90年代俄亥俄州的吉利恩小镇上,主人公奥门塞特是个天真、快活的善良好人,他相信自己的运气,驾着马车,携妻带女,来到吉利恩镇落户,租了亨利·平伯的一间屋子居住。牧师杰思罗·弗伯因奥门塞特不去教堂做礼拜,对他产生嫉恨,编造谎言,在镇上居民心中播下猜疑、仇恨的种子。亨利生活失意,精神绝望,在树林中上吊自尽,奥门塞特招来谋杀的嫌疑。弗伯后来幡然悔悟,痛感自己缺乏爱,但是奥门塞特对生活的美好梦想破灭,带着失望的心情离开了这个"不诚实"的小镇。《奥门塞特的运气》的叙述视角不固定,因作者放弃使用引号,使得小说人物对话在多层面进行:人物与自己的自白式对话、人物与人物的生动交谈、人物与读者的交流。小说是各种声音的集合体,文体多变,充分展示了语言的魅力。加斯的其他作品有短篇小说集《在中部地区的深处》(*In the Heart of the Heart of the Country*, 1968)和批评论集《小说与生活的人物》(*Fiction and the Figures of Life*, 1970)、《文字中的世界》(*The World Within the Word*, 1978)、《文字的原住地》(*Habitations of the Word*, 1985)、《发现形式》(*Finding a Form*, 1996)等。1995年加斯的《隧道》(*The Tunnel*)问世,主人公是一位历史教授,刚完成一部研究纳粹德国的专著,本打算写一个序,但洋洋洒洒写了650多页的个人生活历史。小说缺乏连贯的情节,排版设计采用黑体、斜体等字体,还有彩色插图。《中央C》(*Middle C*)从1998年起开始创作,于2013年付梓出版。加斯对小说语言有浓厚的兴趣,追求语言产生的愉悦,状物摹人文字生动,细致准确,使他的实验性小说具有一定的可读性。评论家指出:"人们阅读加斯作品时,想到的是文字、句子、音乐,但同时也想到'生活'和'经验'。"①

唐纳德·巴塞尔姆(Donald Barthelme, 1931—1989)生于费城,在休斯敦郊外长大,并在休斯敦大学接受高等教育。他曾一度担任休斯敦当代艺术博物馆主任,介绍了许多前卫的艺术家及其作品。1962年他迁居纽约市,经常在《纽约客》发表作品。巴塞尔姆写了不少短篇故事,主要的短篇小说集有:《卡里加利博士,回来》(*Come Back, Dr. Caligari*, 1964)、《难以启齿的行为,不自然的行动》(*Unspeakable Practices, Unnatural Acts*, 1968)、《城市生活》(*City Life*, 1970)、《悲伤》(*Sadness*, 1972)、《业余爱好者》(*Amateurs*, 1976)、《重要日子》(*Great Days*, 1979)。短篇故事《在托尔斯泰博物馆》中俄

① Elliott, *The Columbia History of the American Novel*, p. 740.

国现实主义大师托尔斯泰的画像使参观者心情变得悲伤，不由得泪如泉涌，“纸轮船从眼睛里驶出来”。巴塞尔姆的作品则戏谑幽默，他善于模仿现代传媒，如广告、新闻、电影的语言，采用拼贴的手法，描绘现代都市生活的复杂和混乱。用加斯的话来说，巴塞尔姆“拥有从垃圾当中创造财富的艺术”。[①] 除短篇小说外，巴塞尔姆还创作了四部长篇小说。《白雪公主》(*Snow White*, 1967)是对传统童话故事《白雪公主》和《青蛙王子》的戏仿，小说开头就独出心裁、别具一格：

她是一个高挑的黑美人，有许多靓点：胸脯上一个，肚皮上一个，膝盖上一个，脚踝上一个，臀部上一个，颈背上一个。所有靓点都在左边，从上到下，差不多排成一列：

。
。
。
。
。
。

《白雪公主》共分三部分，情节荒诞离奇。现代白雪公主和七个青年住在一起，他们从事清洗大桶、打扫楼房的工作。她依然在等待王子，作者将她的生存状况描述为“不完整”，但是她觉得“期待王子到来，感觉很妙”。第一部分结束后，是一份有15个问题的问卷调查，问题包括：“你认为白雪公主和你记忆中的白雪公主是否相像？”“在战后发表的各种语言的小说中，你从1—10等级如何对本作品标级？（请打勾）”“在你看来，人是否应该有更多的肩膀？（ ）两副肩膀？（ ）三副肩膀？（ ）”白雪公主后来与王子保罗相遇，两人睡到一起，看着保罗赤裸的身体，觉得他“不过是又一个沾沾自喜的小资产阶级”。最后她认为保罗彻彻底底是一只青蛙：“他是一只纯粹的青蛙。因此，我很失望。”《白雪公主》类似于“大话西游”，时时透出机智和聪明。《死父亲》(*The Dead Father*, 1975)中的“父亲”是一个雕像，故事基本梗概是雕像被工人搬运出城，最后埋在一个坑里。死父亲在一定意义上并没有死，一路上与负责搬运工作的托马斯和他的女友朱莉交谈。这部实验性小说中还包含一本题为《儿子手册》的书，共有23节，配有小插画。巴塞尔姆的作品没有具体涉指，因此，父亲是一个能指。根据《儿子手册》，儿子的任务并不是杀死父亲，而是再生产

① Elliott, *The Columbia History of the American Novel*, p. 742.

父亲:"你必须成为你父亲,但是你比他苍白、软弱。"小说结束时,死父亲立下遗嘱,交付他所有的财产。在一定意义上,实验性小说继承了现实主义小说的全部遗产,发展成为一种新的文学样式。80年代,巴塞尔姆发表了长篇小说《天堂》(*Paradise*, 1986)。《国王》(*The King*, 1990)是对中世纪传奇《亚瑟王之死》的戏仿。布拉德伯里指出:"巴塞尔姆看到了戏仿和反讽是当代文学创作的两种必要形式",①"戏仿"和"反讽"也是巴塞尔姆自己小说创作的特点。

威廉·加迪斯(William Gaddis, 1922—1998)虽然没有在60年代发表作品,但他的全部创作实践却是体现了那个时代的实验精神。他出生于纽约市,1941年进入哈佛大学,四年级时他和一个酒友在坎布里奇与警察发生争执,被迫退学,没拿学位就离开了哈佛,前往纽约,曾为《纽约客》做过一年阅稿人。随后他到中美洲和欧洲旅游,西班牙、意大利、巴黎成为他的第一部小说《承认》(*The Recognitions*, 1955)的故事场景。早在50年代,加迪斯就对传统现实主义表示不满,认为现实生活并不像传统现实主义小说所描绘的那样有条不紊、泾渭分明,而是错综复杂,难以捉摸。他立志突破传统套式,率先对小说形式进行改革。《承认》是一部风格独特的作品,情节复杂,头绪纷繁,人物众多,扑朔迷离。加迪斯在为1993年企鹅书社版的"导言"中说:《承认》围绕的基本问题是:在一个满目赝品、造假盛行的世界里,什么是真实的?小说中不乏伪造者人物形象。故事一开始就讲述主人公怀亚特的母亲乘海船在前往西班牙途中阑尾炎发作,死在一个假医生手下。怀亚特是个画家,善于描摹佛兰芒特画派的油画,制作了许多赝品,几乎以假乱真。作家奥托专事剽窃他人作品。怀亚特意识到在线条、色彩的运用上可以达到完美,而真正的艺术家则有思想,有构思,但不一定完美。怀亚特去世之后,他的原创性作品得到了承认。加迪斯在创作《承认》时形成了自己的叙事模式,大量的小说人物对话成为他小说的一个特征。在描写对话时,他放弃使用双引号,使第一人称讲述与第三人称描述融合一体。《承认》广征博引,内容丰富,机智深刻,加迪斯声称该小说较之左拉和巴尔扎克的小说更为真实。由于叙述方式与众不同,篇幅冗长,《承认》出版后长期遭到冷遇,直到20年后他的第二部小说《JR》问世并获1976年普利策小说奖后,人们才认识到作品的内在价值和重要性,承认加迪斯远远走在同时代人前面。

《JR》(*JR*, 1975)的主人公JR是个11岁的六年级学生,JR表示小(Junior)的意思,也有人译为"小大亨",因为他在社会实践课老师带领下参观纽约股票交易所后,萌生了经商的念头,创建"JR家族公司",通过电话指挥运作,获得商业成功。他以大人口气与经纪人、律师、代理进行电话交谈,涉足金

---

① Bradbury, *The Modern American Novel*, p. 234.

融、投资、股票，还和军方做生意。JR 所在学校商业气息很浓，校长怀特贝克身兼一家银行行长，他的主要时间用于争取学校经费和处理银行贷款。评论家高度评价 JR 这一小说人物，认为他是“美国儿童原型”。[①] 作为战后美国的哈克贝里·费恩，JR 在商业世界闯荡，成为新一代精明商人的代表。小说另一个重要人物是 JR 的音乐老师、作曲家巴斯特，他因为缺乏一张出生证明，无法继承父亲的财产。加迪斯通过 JR 与巴斯特两人的故事，探讨了现代社会商业与艺术的关系。《JR》继承了《承认》的风格，长达 726 页，可以说全部是对话，几乎找不到第三人称客观描述，谈话地点转换也没有提示。小说以“你在听吗？嗨？你在听吗……？”收尾，揭示这是一部听的小说。读者必须从滔滔不绝的谈话声中侧面了解到发生的事件和活动。《JR》在形式上大胆创新，摆脱传统现实主义窠臼，使它与品钦早两年出版的《万有引力之虹》一起成为 70 年代实验主义代表作品。

《木匠的哥特式房子》(*Carpenter's Gothic*, 1985)也是通篇由人物对话组成，人们在被称为“木匠的哥特式”维多利亚风格的房子里说话，时时响起的电话铃声又将面对面的交谈转变成电话谈话。加迪斯在这部小说中一如既往不使用双引号，第一人称的讲话与第三人称的描述交叉融合在一起，错综复杂的故事情节从对话中一点点披露出来。女主人公丽兹的父亲是矿业大王，因非法商业活动败露而自杀。她丈夫保罗担任乌德牧师的媒体顾问，夫妻两人现在以他菲薄的收入维持生计。乌德牧师以南卡罗来纳州为基地，通过电视进行福音教派传教活动，势力发展迅速，成为参议员蒂克尔倚重的政治力量。小说开始时，丽兹和保罗从纽约市搬到郊外哈得孙河畔的“木匠的哥特式”居住，房东麦坎德利斯是一位地质学家和作家，当年因宣传进化论，与保守的乌德牧师打过官司，他恰巧又对丽兹父亲的公司在非洲的金矿做过测绘。乌德牧师为利益所驱，准备进军非洲，发动一场拯救灵魂的宗教运动。他通过保罗向参议员蒂克尔行贿，获得电视传教的许可证。小说结束时，中央情报局向麦坎德利斯买走了他所掌握的有关金矿的资料。丽兹的弟弟比利在前往非洲的途中因飞机被恐怖主义份子击落而丧生。丽兹因心脏病突发而死，报纸报道是被破门而入的小偷杀害。《木匠的哥特式房子》与品钦的《第 49 批的叫卖》有相似之处，是一部关于阴谋的小说，丽兹与奥迪帕一样，她对外部事件只是有一些片面、模糊、断裂的了解。但是加迪斯让读者一瞥“木匠的哥特式房子”外面美国黑暗的现状，看到当今世界的跨国公司、殖民剥削、宗教狂热、帝国主义扩张。

加迪斯 1994 年发表《诉讼游戏》(*A Frolic of His Own*)依然采用谈话形

---

① William Gaddis, *JR* (New York: Penguin Books, 1993), p. xi.

式,围绕剽窃、侵权的案件,探讨他一直关注的艺术原创性等问题。在加迪斯的小说中,传统的篇章结构已不复存在,取而代之的是谈话记录节选。

**黑色幽默小说**

1965 年美国作家霍弗里曼(Bruce Jay Friedman)编辑出版了收有海勒、品钦等 13 位小说家作品的题为《黑色幽默》(*Black Humor*)的小集子,用"黑色幽默"这一名称来概括一批作家的创作。黑色幽默的特点是作品以幽默、闹剧的方式表达第二次世界大战以来人们对充满黑暗丑恶和不公正社会的焦虑和绝望,是"带着笑声的哭泣"。[①] 黑色幽默无疑受到存在主义哲学思想的影响,但正如布鲁斯·贾诺夫指出:存在主义与黑色幽默两者之间有差别。[②] 萨特的基本命题是"存在先于本质"。加缪认为:"人类面对着非理性。他内心感到对幸福与理性的渴望。"萨特与加缪认为上帝并不存在,世界是无意义的,但他们并非是悲观主义者,而是主张以严肃的态度面对世界的荒诞,保持人的尊严。存在主义作家大都正襟危坐,缺少幽默感。而在黑色幽默作家眼里,世界是"荒唐的——是一个玩笑",[③]不可避免地要面对混乱和死亡。在人类与"荒唐"世界的关系上,个人处于被控制的境地,无能为力,无可奈何,有一种深深的绝望感。与存在主义不同,黑色幽默作家笔下的人物往往以荒诞不经、滑稽可笑的方式直面世界的非理性。黑色幽默作品对世界的非理性加以放大、扭曲、变形,并掺入喜剧的成分,使生存状况显得更加荒诞不经。

约瑟夫·海勒(Joseph Heller, 1923—1999)是黑色幽默的主要作家。他生于纽约布鲁克林的一个犹太移民家庭,1941 年毕业于林肯中学,第二年参加美国空军,当了一名轰炸手,1944—1945 年间他的部队驻扎在意大利的科西嘉,他曾执行 60 多次轰炸任务。在进行第 37 次飞行时,海勒的战友负了重伤,使他意识到自己的生命处于危险之中。海勒的军队生活为他日后的文学创作提供了素材。二战结束后他从部队退役,就读于加利福尼亚大学,次年转纽约大学,1948 年获哥伦比亚大学文学硕士。1950 年他前往宾夕法尼亚州立学院(现大学)任教,1952 年离开,接替他的是巴思。海勒不太喜欢学校里的教书生活,回到纽约后,担任《时代》《展望》等杂志广告作家。从 1961 年起,他成为职业作家。

海勒最著名的小说是《第二十二条军规》(*Catch*-22, 1961),被认为是"黑色幽默"的代表作。故事发生在二战结束前几个月地中海的皮埃诺萨岛上,主人公是驻守在岛上美国空军中队的轰炸手约塞连上尉。卡思卡特上校为了能

---

① Pratt, p. 249.
② 同上, p. 28.
③ Robert Scholes, *The Fabulators* (New York: Oxford University Press, 1967), p. 43.

当上将军，置飞行员生命于不顾，一次又一次地任意增加飞行次数，不让他们回国。约塞连为了保存自己的性命，想尽办法逃避作战飞行，包括装病躲进医院。但他所做的任何努力都无法摆脱卡思卡特的控制，原因是存在着第二十二条军规。关于第二十二条军规的实质，丹尼卡医生在同约塞连的一次谈话中说得很明白：如果飞行员是个疯子，丹尼卡医生就可以让他停飞，但是停飞的要求首先要由飞行员自己提出；而飞行员一旦自己提出这个要求，就证明他并不是疯子。海勒用 catch 这个词，表示"陷阱""圈套"的意思。不论飞行员是否提出停飞要求，他都跳不出这个怪圈，必须执行飞行任务。在第二十二条军规的背后，是以卡思卡特为代表的制度和社会对个人拥有的绝对控制。在海勒笔下，军队的高层没有人真正关心战争的胜负，而只是把反法西斯战场变成升官发财的交易场所：佩克姆将军和德里德尔将军勾心斗角，用尽心计要把对方取而代之，卡思卡特上校想当将军，科恩中校要当上校。他们利用手中的权力，让约塞连等处于底层的小人物用生命为他们铺垫晋升的台阶。卡思卡特上校对约塞连说："你要么为我们而战，要么对抗你的祖国，这两条路你只能选一条。"到小说末尾，飞行次数从原先的 50 次提高到了 80 次，约塞连的战友一个个相继阵亡。海勒以荒诞的手法展现了一个专制、贪婪、腐败的世界。食堂管理员米洛以改善伙食为名，成立 M&M 辛迪加联合体，动用军机，在世界各地飞来飞去，做投机生意，兼任巴勒莫等地的市长。他同美军签订合同，轰炸德军防守的大桥，又同德军签下合同，用高射炮来对付他自己策划的攻击，以此从双方领取酬金和奖金。沙伊斯科普夫少尉是个阅兵迷，夜以继日地研究如何把士兵训练成千篇一律的机器人，他因这种怪癖竟荣升将军。布莱克上尉为了整梅杰少校，发起一场效忠宣誓运动，每个人就座用餐前须向国旗宣誓效忠，要想享用盐、胡椒粉等调味品，须唱《星条旗》国歌。《第二十二条军规》没有完整的故事情节，而是分别叙述从将军到士兵各等人物或荒诞、或可笑、或可悲的遭遇，把一幅幅人物素描串联起来的是约塞连。他是对这个世界具有清醒意识的人，他说："当我抬起头来时，我看到人们全在设法赚钱。我看不见天堂，看不见圣人，也看不见天使。我只看见人们利用每一次正当的冲动和每一场人类的悲剧大把大把地捞钱。"约塞连明白：卡思卡特上校等人千方百计想杀死他。身处逆境，他以一种荒诞的方式来对抗世界的非理性。在执行飞行任务时，报务员兼炮手斯诺登受伤，鲜血溅到他身上。返航回来，他拒绝再穿制服，赤身裸体地坐在军人公墓后边一棵树上，一边观看斯诺登的葬礼，一边吃米洛的巧克力糖衣棉花，并出主意推销他买进的埃及棉花。约塞连后来赤条条地站在队列里让德里德尔将军给他授奖。约塞连的反抗举动中包含着怪诞、喜剧的因素，而这正是黑色幽默的特点。《第二十二条军规》以第二次世界大战为背景，但不同于一般的战争小说，作者表现的是美国社会"有组织的混乱”和“制度化的疯狂”。[①] 小说问世后,深受读者欢迎,发行量超过1000万册。

除《第二十二条军规》之外,海勒后来又发表了几部小说。《出了毛病》(*Something Happened*, 1974)的主人公斯洛克姆在一家公司销售部工作,小说开始时他觉得自己不知哪里出了毛病,对生活失去信心和勇气,害怕变化。他发现妻子“不开心”,女儿“不开心”,儿子“遇到了麻烦”。但是,斯洛克姆后来振作精神,使情况有了好转,得到晋升,把公司管理得井井有条。《像高尔德一样好》(*Good as Gold*, 1979)的主人公布鲁斯·高尔德是一位犹太作家,为撰写基辛格传记,他曾到白宫的一个委员会工作,但深感失望,后来拒绝总统邀请到政府任职。《上帝知道》(*God Knows*, 1984)以第一人称讲述古代以色列大卫王年迈时的故事。《这幅画》(*Picture This*, 1988)选择荷兰画家伦勃朗的油画《亚里士多德在荷马半身坐像前沉思》为切入点,以古希腊的雅典与17世纪荷兰的阿姆斯特丹为背景,讲述苏格拉底、柏拉图、亚里士多德、伦勃朗的故事。《终了时光》(*Closing Time*, 1994)是《第二十二条军规》的续篇,海勒把故事背景放到他所熟悉和喜欢的纽约市。约塞连当年回国前被晋升为少校,现在已是68岁的老人,担任米洛公司的顾问和代表,住在纽约的高层楼房里。米洛的生意越做越大,从事军工生产,发了大财,正在研制具有第二次核打击力量的轰炸机。小说部分情节荒诞不经,如塔普曼牧师的小便是制造核武器所需的重水;总统玩游戏机时按错了按钮,使美国所有洲际导弹发射出去,轰炸机全部出动,国家进入战争状态。不过,90年代黑色幽默的色彩不再那么黑暗,更多的是对当代社会机智诙谐的嘲讽。小说结束时约塞连的女友怀上了他的孩子,新生命代表了希望。约塞连相信他们能在新的战争中生存下来。1998年海勒的自传《此时彼时》(*Now and Then*)问世。海勒最后一部小说《一个老年艺术家的画像》(*Portrait of an Artist as an Old Man*, 2000)在他去世后第二年出版。

托马斯·品钦(Thomas Pynchon, 1937— )生于纽约,1953年进入康奈尔大学,最初学工程物理,二三年级时当了两年兵,在海军服役。1957年回校,主修英语专业。1959年大学毕业后曾在西雅图波音航空公司任职。1960年,他发表短篇小说《熵》(*Entropy*),故事发生在一幢楼房里,楼下米特鲍尔举行派对,人们听音乐,喝酒,吸大麻,打闹。与楼下的混乱形成鲜明反差,楼上卡利斯托建造了一个生态温室,把自己和女友奥巴德关在里边。在这个封闭系统里,一只小鸟在卡利斯托手中死去。最后,奥巴德用双手打破玻璃,使温室内外恢复平衡,他们两人的生命融入“黑暗的营养液和最终一切运动消失的状

---

① Hassan, p. 82.

态之中”。这部作品解释了熵的概念以及“热寂说”。热寂理论是指任何物质都会把能量消耗到其他物质上，直至损失殆尽，趋于死亡。品钦把热动力学理论运用到社会，展示了人的能量的转移。

1963年，品钦发表了他的第一部长篇小说《V》(*V*)，获得“威廉·福克纳奖”。《V》开始时间是1955年圣诞节，故事围绕两个人物线索展开，一个是本尼·普洛芬，他是凯鲁亚克笔下垮掉派式人物，到处游荡，没有固定工作。另外一个是赫伯特·斯坦索尔，他从当间谍的父亲的日记中了解到一个叫V的神秘女人，便执着地去寻找她。品钦使用跳跃的叙述手法，使时空不断转换。V是Victoria Wren、Vera Meroving、Veronica Manganese三个女性人物名字的首字母，似乎指同一个女人。她的出现与历史上发生革命或动乱事件的时机巧合：19世纪末的埃及、1899年的佛罗伦萨、1913年的巴黎、1922年的德属西南非洲、1944年的马耳他。评论家因此认为V有可能代表热寂理论中的能量。赫伯特相信世界上存在着一个阴谋集团，而V则卷入了一场“匿名阴谋”，但他到最后并未能证明这一点。其实，小说中V的意思并不确定，一种解释是空无(Void)。赫伯特关于阴谋的意念或许是捕风捉影，“他需要找到一种能解释当代现实的力量或阴谋，正是这一需要或许就制造出了那种力量或阴谋。”[①]赫伯特代表了探索历史、沉湎于历史的人，他的姓Stencil意为“模板印刷”，表明他不可能有新的发现。

品钦的第二部小说《第49批拍卖品的叫卖》(*The Crying of Lot 49*, 1966)依然与阴谋集团有关。故事开始时女主人公奥迪帕突然被指定为加州房地产巨头皮尔斯·英弗拉里蒂的遗嘱执行人。奥迪帕一度虽是皮尔斯的情人，但她“对法律、投资、房地产、死者本人都不了解”。她在西部洛杉矶地区清点登记皮尔斯的财产过程中，发现一个神秘的符号以及WASTE的字样。随着故事情节的展开，她意识到存在一个名叫特里斯泰罗(Tristero)的地下邮政系统，其历史可以追溯到16世纪的欧洲大陆。该组织采用暴力的形式破坏官方的邮政垄断，试图控制欧洲的通讯。1849—1850年间特里斯泰罗的主要成员逃离欧洲，到美国来发展势力，继续活动。WASTE是We Await Silent Tristero's Empire的缩写，表示“我们等待沉默的特里斯泰罗帝国”。皮尔斯收藏的邮票是证明特里斯泰罗秘密组织存在的证据，被标为“第49批拍卖品”进行公开拍卖。奥迪帕来到拍卖行，期待“49批拍卖品”的神秘买主出现。小说到此结束，特里斯泰罗的谜团并未揭开。《第49批拍卖品的叫卖》展现了一个扑朔迷离、诡谲神秘的现代美国，暗中潜伏的是凶杀、阴谋、荒诞、疯狂。在

---

① George Perkins, Barbara Perkins, and Philip Leininger, *Reader's Encyclopedia of American Literature* (New York: HarperCollins Publishers, 1991), p. 1081.

品钦笔下，历史与现实、幻觉与真实的界限模糊。奥迪帕患有恐慌症，隐隐感到地下组织的控制无所不在，一切似乎都是真的，但也有可能只是她意念的产物，而唯一能确定的是个人的孤立无援感。

《万有引力之虹》(*Gravity's Rainbow*, 1973)以1944年德军V-2火箭袭击伦敦时英美谍报机关企图搞到火箭秘密为背景，探讨控制与恐慌等主题。小说人物众多，达400多个。主要人物是美国负责心理战的情报官斯洛士罗普中尉，他在伦敦寻花问柳之处标上星号，恰好与火箭落下的地点相符。英美谍报机关对这一情况展开了调查。原来他在童年时代曾被人做过巴甫洛夫式条件反射实验，其性心理与火箭发射有一种神秘的感通。因为火箭发射后超音速运行，人在没听到声音之前就被炸死，这使斯洛士罗普中尉生活在恐慌之中。他后来前往欧洲大陆，收集火箭推动器核心部件的情报。小说内容丰富，涉及现代科学技术、国际政治、心理学，中心意象是火箭，它把人的性欲与科学技术联系在一起。所谓"万有引力之虹"是指火箭发射后形成的抛物线，作者同时也用它来象征西方文明不可避免走向毁灭的轨迹，表达了世界"热寂"的前景。《万有引力之虹》是一部巨著，长达760页，故事情节复杂，梦境一般的幻想中充满着扑朔迷离、错综复杂的交叉关系。评论家将它与《白鲸》和《尤利西斯》相媲美。1974年《万有引力之虹》获全国图书奖。

品钦90年代的作品《葡萄园》(*Vineland*, 1990)继续描写个人受到控制的威胁。1984年夏天，联邦检察官布洛克·冯德带领一支武装警察来到葡萄园，进行"反大麻运动"，抄了索伊德的家。索伊德一度是吸毒者，和14岁女儿普蕾丽相依为命。小说跟随普蕾丽寻找她母亲弗瑞尼茜的踪迹，把读者带回到动荡不安的60年代。原来弗瑞尼茜曾在一个激进的电影摄制团体24fps任摄影师，在工作中与布洛克发生了恋情。在冲浪学院学生成立"摇滚人民共和国"与政府进行对抗的运动中，她被布洛克利用，背叛革命，害死了学院革命分子韦德。以布洛克为代表的政府对学生进行镇压，弗瑞尼茜也一同被拘捕，关进了"政治改造计划"集中营。她的好友DL依靠忍术救出弗瑞尼茜。弗瑞尼茜后来遇上嬉皮士"科瓦斯"乐队键盘手索伊德，与他结婚，生下女儿普蕾丽。布洛克闻讯后，强迫夫妻分手。根据他的安排，索伊德带着普蕾丽远离弗瑞尼茜，每年扮演一次疯子(索伊德选择跳窗)，以此作为向布洛克报告行踪的方式，领取政府的"精神残疾"补贴支票，弗瑞尼茜则签约参加"证人保护项目"，成为告密者，为司法部政治情报处工作。《葡萄园》中布洛克是个"偏执狂、一个刽子手"，14年来，索伊德和弗瑞尼茜一直受他的摆布和控制。品钦将布洛克与联邦检察官、缉毒警察联系起来，以此揭示制度化的控制："人事变动了，当权者的名字不同了，但是镇压在继续，而且范围更广、程度更深、做得更隐蔽。"政府的密探无处不在，通过脂肪警、香水警、电视警、音乐警，不让自己的

“臣民”逃脱控制。《葡萄园》的故事完全是虚构的，情节不乏荒诞离奇，如在类死人村，死去的韦德向普蕾丽解释他死后的状况。小说结束时，布洛克的行动计划被里根总统取消，他自己也被类死人除掉。普蕾丽睡在葡萄园林间草地，黎明时醒来，以为自己回到了家里。这无疑是一个比较光明的结局，说明品钦的思想发生了变化。《葡萄园》的叙述在现在和过去之间来回跳跃，但作者试图改变以往晦涩费解的风格，使小说具有可读性。品钦的新作是《梅森和狄克逊》(*Mason and Dixon*, 1997)，讲述18世纪英国人梅森与狄克逊对宾夕法尼亚州和马里兰州进行土地测量，划定分界线的故事。著名的“梅森—狄克逊线”曾将美国分为蓄奴州和自由州。小说以新颖的笔法描绘了梅森与狄克逊当年的探险经历，真实与虚构并存，历史与当代对话。进入新世纪后，品钦笔耕不辍，《反抗时间》(*Against the Day*, 2006)厚达1200余页，其百科全书式的叙事跨越了数学、物理、化学等多个领域。三年后，《性本恶》(*Inherent Vice*, 2009)问世。《淌血地带》(*Bleeding Edge*, 2013)以互联网技术为校镜，折射出“9·11”前后美国的社会生态。品钦早期作品的风格为他赢得了“黑色幽默”作家的称谓，但总的说来，他的小说创作体现出后现代小说的特色。

库尔特·冯尼格特(Kurt Vonnegut, 1923—2007)出生于印第安纳州首府印第纳波利斯，1940年进入康奈尔大学，攻读生物化学，三年级时应征入伍，前往欧洲战场，作战时被德军俘虏。1945年2月13日盟军轰炸德累斯顿，13.5万人葬身火海。冯尼格特亲眼目睹了这一事件，对他后来的创作产生了重大影响。战后他入芝加哥大学人类学系学习。1947—1951年间冯尼格特在通用电气公司工作，后来离开公司，从事专业写作，并在衣阿华大学、哈佛大学、纽约市立大学等学校任教。

冯尼格特最初是以科幻作家身份步入文坛的，50年代他创作了科幻小说《自动钢琴》(*Player Piano*, 1953)和《泰坦的海妖》(*The Sirens of Titan*, 1959)。《夜母亲》(*Mother Night*, 1961)书名取自歌德的《浮士德》，副标题是“霍华德·W.坎普贝尔的自白”。坎普贝尔是美国剧作家，二次世界大战中住在德国，担任纳粹英语广播播音员。1938年他成为美国特工，通过播音传送情报。战后他隐姓埋名，蛰居纽约。他的邻居是苏联间谍，了解他身世后，阴谋将他绑架到苏联以进行反美宣传，幸被美国情报机关及时挫败。坎普贝尔因自己曾出色地为纳粹服务，决定作为战犯自愿到以色列接受审判。他拒绝美国情报机关的帮助，选择在监狱里上吊自杀，向“残酷的世界”告别。

《猫的摇篮》(*Cat's Cradle*, 1963)全书共有127个章节，第一章为“世界的末日”，点明了作品的主题。叙述者琼纳准备写一本书，记录1945年8月6日美国在日本广岛投下第一颗原子弹的那一天发生的事件。他去调查菲力斯·霍尼克博士，因为他是原子弹的发明者，人称“原子弹之父”。霍尼克博士是个不关心人类与人性的科学家,从不看书读报,没有正常的情感生活。原子弹第一次试爆成功时,一位年轻的科学家不无内疚地对他说:“科学现在知道罪孽了。”但霍尼克博士反问:“什么是罪孽的?”广岛原子弹爆炸那一天,霍尼克像小孩那样在家玩橡皮筋,把橡皮筋绷成“猫的摇篮”形状自娱。霍尼克博士临死前发明了一种溶点为华氏 114.4 度(摄氏 45.7 度)的“九号冰”,只要将这种冰放在普通水中,马上能把所有的水凝固成晶体,而且能引起连锁反应,把所有带有水分的物体都冻成冰。霍尼克博士的三个子女继承了“九号冰”,大儿子弗兰克以此在加勒比海的圣劳伦佐共和国买了“科技发展部长”的职位。琼纳随后来到圣劳伦佐共和国,该国总统蒙扎诺因患癌症而痛苦不堪,吞服“九号冰”结束了自己的生命。弗兰克和琼纳在处理他的冻尸时,遇到了飞机坠毁事件,不幸把总统的尸体弄进了大海,“九号冰”迅速扩散到地球每一个角落,造成世界末日的真正来临。圣劳伦佐共和国另一个重要人物是博可诺,他是个黑人,创造了一种新的宗教。在《博可诺之书》中,这位先知开宗明义宣称:“我在此告诉你所有真正的东西都是无耻的谎言。”琼纳后来转变成为博可诺主义者,认为“任何人不能理解宗教是建立在谎言之上这一点,就不可能理解这本书”。冯尼格特在《猫的摇篮》中揭示了现代人过分迷信科学技术的“愚蠢”,表达了他对人类社会前景深深的忧思,使这部作品成为荒诞世界的启示录。

《上帝保佑你,罗斯瓦特先生》(*God Bless You, Mr. Rosewater*, 1965)中罗斯瓦特基金会拥有 8700 万美元资产,继承人艾略特·罗斯瓦特想要行善,帮助社会的弱者,他的行动却让一个心术不正的年轻律师找到把柄,证明其“精神不正常”,要剥夺其继承权。小说结尾时,艾略特在精神病院宣布罗斯瓦特县所有的小孩都是他的孩子,姓“罗斯瓦特”,享有继承权,从而实现普济众生的目的。

冯尼格特的《第五号屠宰场》(*Slaughterhouse-Five*, 1969)具有明显的反战色彩。小说以回忆录方式开始,叙述者是二战老兵,曾被德军俘虏,关在德累斯顿,亲身经历了盟军的轰炸。但是,现实主义的第一人称叙述很快就被加入科幻小说的成分,讲述比利·皮尔格林的遭遇。比利是一个具有特异功能的人物:他能够不受阻拦地在空间和时间中来回旅行,过去、现在和未来对于他是同时存在。二战期间,比利参军入伍,开赴前线不久就沦为德军俘虏。在押送战犯的火车上,他到了 1967 年被外星人的飞碟劫持到特拉尔法马多星球的宇宙飞行路上。到达集中营后,德军看守命令全体战犯洗淋浴,他又回到儿童时期母亲给他洗澡的时候。战后比利回到家乡,成为验光师,娶了富家丑女,生活优裕。在庆祝他与妻子结婚 18 周年之际,他又回到了 1945 年。盟军轰炸把德累斯顿夷为平地,比利因躲在“第五号屠宰场”地下室里,幸免于难。

冯尼格特采用类似于斯威夫特的手法，抨击西方文明和现代社会的黑暗。他在特拉尔法马多被送到动物园展览，其他展品有代表西方文明的彩电、冰箱、洗碗机、杂志、立体声唱片等。经历过人类相互残杀战争场面的比利对特拉尔法马多人说："地球人一定是宇宙的恐怖！"他希望从外星人那儿带回维持和平、拯救人类的秘密，但是特拉尔法马多人告诉他地球的毁灭是不可逆转的：地球由特拉尔法马多人按动电钮炸毁，他们已经按下电钮。"这个时刻就是以这样的方式构建的。"1945年初，盟军轰炸德累斯顿造成的平民死伤人数超过广岛的原子弹受害者人数，而当时德国法西斯已近全面崩溃的边缘。冯尼格特在小说中对轰炸这一决定是否必要进行质疑，但在更深层次上他对人类本质进行探究。《第五号屠宰场》的副标题是"儿童的十字军东征"，暗含战争是未成年人的游戏之意。人类并没有成熟起来，历史又在重复：比利的儿子参加了越南战争，而小说问世的1969年美军对北越的空袭正在升级。作为一部反战作品，《第五号屠宰场》勾勒了人类生存的地球成为"屠宰场"的黑暗图景。

70年代以来，冯尼格特笔耕不辍，并在小说题材和创作方法上进行不断探索。《冠军的早餐》(*Breakfast of Champions*, 1973)是一部写法奇特的小说，书名取自一种麦片早餐的商标，由许多短小的片断组成，并配有不少画法粗糙滑稽的插图。小说的两个主要人物是汽车商人德韦恩·胡佛和科幻小说家基尔戈·特劳特，主要情节是特劳特经艾略特·罗斯瓦特推荐，作为特邀嘉宾前往米德兰城参加艺术节。特劳特在冯尼格特许多小说中出现，他的科幻小说有一个核心观点："地球上每一个人都是机器人，唯一的例外是胡佛。"但是，胡佛最后进了疯人院。《冠军的早餐》具备"元小说"成分：作者时时走进作品的虚构世界，演示如何操控情节，塑造人物。冯尼格特在"前言"中称该书是送给自己50岁生日的礼物，基调比较轻松，幽默风趣。相比之下，《囚鸟》(*Jailbird*, 1979)具有严肃的社会意义。主人公斯塔贝克在1970—1975年间担任尼克松政府的青年顾问，因卷入水门事件入狱。出狱后他遇到当年的情人、现已是RAMJAC大公司总裁的玛丽·凯思林。公司扩张过程中影响了不少人的生计，她的生命由此受到威胁，被迫装扮成流落街头的"购物袋妇人"，过着地下生活。斯塔贝克因藏匿玛丽的遗嘱最后又被捕入狱。《囚鸟》通过斯塔贝克的不寻常的身世，展现了20世纪美国的社会、政治和历史。斯塔贝克出狱后搭坐便车到亚特兰大，给他开车的黑人司机是朝鲜战争的老兵，被志愿军俘虏后受到善待，特别提及曾在哈佛念书的一位中国翻译，其描述以冀朝铸为原型。

80年代至90年代初，冯尼格特先后发表了《三眼木饼迪克》(*Deadeye Dick*, 1982)、《加拉帕戈斯群岛》(*Galapagos*, 1985)、《蓝胡子》(*Blue Beard*, 1987)和《花招》(*Hocus Pocus*, 1991)等小说。《花招》的故事开始时间虽然定

在未来的2001年,却是冯尼格特最具现实主义色彩的作品。主人公哈特克是出生于1940年的战后一代,毕业于美国西点军校,参加过越南战争。1975年美国撤出越南时,他担任美军中校,站在美国驻越使馆屋顶上驱赶那些想登上美国直升机的越南人。越战结束后他到塔金学院任教,1991年他因向学生散布美国在越南打了败仗的言论被校董事会辞退。哈特克随后受聘到邻近的监狱任教,该监狱后来发生暴动。在作者笔下,美国社会变得越来越糟:哈特克的妻子和岳母是疯子,经济濒临破产,日本商人大肆收购美国公司,他任教的监狱也由日本人管理,环境不断恶化,监狱人满为患。《花招》是冯尼格特对越南战争进行反思的直接产物,使作者深感不安的是人类不断相互残杀。书中特别提及南京大屠杀事件,管理监狱的日本人是广岛原子弹爆炸的幸存者,他看了日军在南京滥杀无辜、活埋中国平民的纪录片。在哈特克看来:"在广岛扔原子弹和南京大屠杀,都是不可饶恕的,都是典型的人类行径。"在南京大屠杀、盟军轰炸德累斯顿、广岛原子弹爆炸、美军对北越和柬埔寨狂轰滥炸等事件中,大批平民百姓丧生。冯尼格特有遭受自己军队轰炸的经历,对血肉横飞、陈尸遍野的场景感到震惊,由此对"理性""进步"的人类产生悲观和失望。他的小说以独特的方式把人的本质和世界真相昭示世人,读者可以从中获得启迪。《时震》(*Timequake*, 1997)写的是时间突然倒回到十年以前,每个人完全一样地重复以前所做的一切。作品叙述没有清晰、连贯的线条,用荒诞和夸张的手法表现世界的荒诞和无意义、混乱和无秩序。

理查德·布劳蒂根(Richard Brautigan, 1935—1984)生于华盛顿州塔科马,在旧金山生活多年,被认为是"垮掉派的最后一人"。他的早期小说在嬉皮士青年一代中相当流行,《美国钓鲑记》发行量达到200万册。但随着反文化运动的衰落,他的名声很快消退。他耽于杯中之物,49岁时绝望自杀。布劳蒂根的作品篇幅不长,结构松散,采用第一人称叙述,自传成分较多。《来自大瑟尔的南部邦联将军》(*A Confederate General from Big Sur*, 1965)是他发表的第一部小说。主人公李·梅隆与美国强大的军工企业斗争,成为嬉皮士时代的"将军"。《美国钓鲑记》(*Trout Fishing in America*, 1967)几乎无情节可言,第一人称叙述者"我"将47篇随笔式短文串联起来,描绘了叙述者"垮掉派"的生活方式,记述了他沿途见到的小溪、羊群、郊狼、米诺鱼等,以及他像瓦登湖畔的梭罗那样对自然景象的沉思。书中内容斑驳繁杂,有些细节荒诞离奇。《西瓜糖中》(*In Watermelon Sugar*,1968)是在1964年春夏之交创作的,形式依然采用短小的章节,第一人称叙述者无名无姓,一开始就说读者想怎么叫就怎么叫他。故事地点是在一个称之为"我死亡"(iDEATH)的地方,情节十分简单,叙述者移情于保利娜,使得爱他的玛格丽特痛不欲生,最后上吊自杀。作者在书中写道:"我们把西瓜汁熬干熬净,只剩下了糖,然后做成现在的样子：我们的生活。”因此，西瓜糖成为一个象征，是一种生活方式的浓缩。小说以冷峻的笔调描写暴力场面：英博伊他的同伙用刀将手指砍下来放在盘子里，然后又割鼻子，甚至割耳朵，最后流血不止而死，而保利娜目睹这一切，她所关心的只是血把地弄脏了。她无动于衷地挤拖把的血，铁桶里竟然挤了一桶血。叙述者九岁时，老虎把他父母给吃了，但不伤害小孩，还给他讲故事，教他做算术题。《风不会把它全部吹走》(*So the Wind Won't Blow It All Away*, 1979)讲述一个悲剧性事件：主人公12岁时到野外打鸟，无意中将他的朋友戴维开枪杀死。如同布劳蒂根其他小说，叙述者无名无姓。他生活在1979年，从第一人称的视角，追述1947年自己12岁时的童年经历。“风不会把它全部吹走”这句话在书中反复出现，此处的“它”指尘土，意为田园式的美国已变成了“美国尘土”，只留在人们记忆之中。作者认为电视的出现，窒息了人的想象力，把人关在家里，城市的囚禁替代了乡村的自由。但是抵御现代文明的方式是荒诞的：书中有一对夫妇每晚7点钟就把床榻、家具全部搬到水塘边草地，通宵垂钓。布劳蒂根的其他小说有《堕胎》(*The Abortion*, 1971)、《霍克莱恩怪物》(*The Hawkline Monster*, 1974)、《威拉德与他的保龄球奖杯》(*Willard and His Bowling Trophy*, 1975)、《东京—蒙大拿快车》(*The Tokyo-Montana Express*, 1980)等。另外，他还出版了九部诗集和一本短篇小说集。布劳蒂根的故事表面上显得天真、幽默，但在其背后是死亡、暴力和绝望。他对美国社会与文化的看法带有他所生活的时代的烙印。

**纳博科夫**

弗拉基米尔·纳博科夫(Vladimir Nabokov, 1899—1977)具有不同寻常的身世，他于1945年加入美国国籍，1960年后就离开美国，一直客居瑞士，直到在那里逝世。纳博科夫用俄语、法语和英语发表作品，确切地说，他是一位具有国际影响的欧洲作家。

纳博科夫出生于俄国圣彼得堡一个贵族官僚家庭，父亲是一位著名法官，1922年遭人暗杀。纳博科夫的童年是在彼得堡南部25英里以外他家的乡间庄园里度过的。十月革命胜利以后，他家流亡国外，在德国柏林定居。1919年纳博科夫进入英国剑桥大学，专修俄国文学和法国文学。1922年毕业后他回到德国，在柏林讲授英语和网球，为报刊撰写评论文章，并用俄语创作剧本、诗歌、短篇小说和长篇小说。1937年纳博科夫由柏林迁往巴黎，1940年移居美国，曾在康奈尔大学讲授俄罗斯文学、欧洲文学等课程。1941年纳博科夫第一部英文小说《塞巴斯蒂安骑士的真实生活》(*The Real Life of Sebastian Knight*)问世，但真正给作者带来声誉的是《洛丽塔》。该书曾遭到美国出版商的拒绝，1955年由巴黎的奥林匹亚出版社以带有绿面包封的色情小说丛书出版,英国著名小说家格雷厄姆·格林慧眼识才,给予高度评价。1958年《洛丽塔》在美国出版,翌年他辞去教职,不久前往瑞士,住在阿尔卑斯山附近的蒙特勒,专门从事文学创作。纳博科夫学识渊博,才华出众,集小说家、诗人、剧作家于一身,在俄语和英语文学方面均取得突出成就。纳博科夫的英语得益于在彼得堡的一个英国女家庭教师,尽管他声称自己不得不"采用二流的英语"进行创作,他的英语小说文采飞扬,风格细腻,具有诗情画意般的美。

纳博科夫的小说创作以语种为线,可分为前后两个时期。前期的俄语小说有:《玛丽》(*Mary*, 1926)、《国王、王后、坏蛋》(*King, Queen, Knave*, 1928)、《防御》(*The Defense*, 1930)、《光荣》(*Glory*, 1932)、《黑暗中的笑声》(*Laughter in the Dark*, 1932)、《绝望》(*Despair*, 1934)、《斩首的邀请》(*Invitation to a Beheading*, 1935)和《礼物》(*The Gift*, 1937—1938)等,这些作品后来都被译成英文。纳博科夫后期用英语创作的小说有:《洛丽塔》、《普宁》(*Pnin*, 1957)、《微暗的火》、《爱达》、《透明物》(*Transparent Things*, 1972)。

《洛丽塔》(*Lolita*)的故事情节围绕来自欧洲大陆的亨伯特对12岁女孩洛丽塔的迷恋展开。为了能接近洛丽塔,亨伯特与女孩的母亲结婚。母亲死后他开车带洛丽塔去美国各地旅行,并占有了她。洛丽塔后来趁生病住院之际跑了。两年后亨伯特找到她,把了解他与洛丽塔恋情的奎尔蒂开枪杀死,自己则锒铛入狱。《洛丽塔》曾因其性描写而受到非议。纳博科夫在评论自己的这部小说时指出:色情小说按照"性场景的升级和延续"的程式来谋篇布局,而《洛丽塔》中并无性爱场景"一种渐强趋势",主要写的是亨伯特受少女美丽意象的吸引,表现了审美与道德的张力。纳博科夫曾声称,他创作《洛丽塔》的一个任务是"虚构美国"。[①] 他从汽车这一最能代表美国生活方式的交通工具切入,去把握美国社会的特征。汽车在《洛丽塔》中占据了十分重要的地位。洛丽塔的母亲被汽车压死后,亨伯特随即"风驰电掣开车去Q营地"把洛丽塔接出来。小说叙述主线是亨伯特与洛丽塔"疯狂的"汽车旅行生活:

> 我们开始的路线是在新英格兰的一系列曲线和盘旋线上,然后蜿蜒向南,往上往下,往东往西。……两次穿过落基山,又漂泊在南方沙漠里过冬;抵达太平洋岸,转向北,穿过森林公路沿途的淡紫色丁香花丛;几乎到了加拿大边境;又朝东去,穿过片片沃土和荒地,回到广阔的农业区,……最后,又返回东部的山地,遁迹于比尔兹利大学城。

---

① Vladimir Nabokov, *Lolita* (New York: Berkley Pubishing Corporation, 1955), p. 283.

纳博科夫刻意描写旅行途中停靠的汽车旅店。作为一个俄裔作家，纳博科夫有意“选择美国汽车旅店”来营造美国“氛围”。他把亨伯特对洛丽塔的占有安排在一家名叫“着魔猎人”的汽车旅店。小说里没有最终的目的地，主人公漂泊不定，驾车四处周游，一路上对汽车旅店的选择替代了对最终目的地的追求，这是因为汽车旅店是“美国真实的生活点”。①

评论家注意到小说具有象征意义：亨伯特是“欧洲古老文化的体现者”，而洛丽塔“象征美国”。②洛丽塔虽然年幼，其实早已失去童贞。她明白亨伯特的欲念，用一种“不带感情的方式操纵着他”。亨伯特真正亲近洛丽塔，发现她是“天真幼稚和诡计多端、可爱和粗俗的结合体”，这正是美国的拟人化。亨伯特与洛丽塔的关系因此被赋予文化意义。

《微暗的火》(*Pale Fire*, 1962)是在瑞士创作的，故事发生地点有两个：一是美国的一所大学，一是虚构的岑布拉国。叙述者查尔斯·金博特曾是岑布拉国国王，在一场革命中被推翻，流亡到美国，隐姓埋名在大学里教书。岑布拉国政府后来派杀手到美国来行刺，错把查尔斯的同事兼邻居约翰·谢德杀死。《微暗的火》结构奇特，包括谢德生前创作的同名诗，查尔斯为该诗写了“前言”“评注”和“索引”。查尔斯对999行诗逐句进行解读阐释，试图论证该诗的主题是岑布拉国，涉指他自己登基、罢黜、逃亡的故事。谢德的诗作实际上从未明确提及岑布拉国，因此，查尔斯关于自己是逃亡国王的叙述完全有可能是他的幻想与虚构。纳博科夫借查尔斯之口说：“所谓‘现实’既非真正艺术的题材，也非其对象，真正艺术创造自己特定的现实。”《微暗的火》近乎文字游戏，充满了典故、双关语、多义词。文本构建的是一种语言现实，并没有具体涉指。Zembla与resembler谐音，是一个相似性国度，小说人物张开“语言之网去捕捉超验之蝶”。③

《爱达》(*Ada, or Ardor: A Family Chronicle*, 1969)一开头引用了俄国现实主义大师托尔斯泰小说《安娜·卡列尼娜》的第一句话：“幸福的家庭都是相似的；不幸的家庭各有各的不幸。”小说采用写实的手法，讲述了主人公伊凡·费恩与他表妹阿达·费恩漫长、曲折的爱情故事。14岁的伊凡到他叔叔在乡间的阿迪斯庄园度假时就与12岁的爱达两情相悦，发生了性关系，使他们终生难忘。《复活》中诱奸导致悲剧性结局，但是伊凡与爱达一直维持着藕断丝连的乱伦关系，并未产生不幸。埃达后来嫁了人，丈夫死后，有情人终成眷属。该书的奇特之处在于庄园位于与地球相对应的安第特拉星球(Antiterra)，意为“反地球”。这个所谓“真实世界”的时间与地球时间相差

① 洛黛：《象征：读〈洛丽塔〉》，《外国文学评论》，1988年第3期，第61页。
② 同上。
③ Bradbury, *The Modern American Novel*, p. 193.

50年,两个星球的地貌相似重叠,只是名称稍有不同。当地球人报告20世纪上半叶的世界大战、希特勒上台等历史事件时,安第特拉还处于19世纪90年代。纳博科夫将故事设定在一个既熟悉又陌生的时间和空间之中,凸显小说世界与客观世界的相似与差异,说明了小说是语言的虚构物,作家的任务并不是简单地反映和模仿现实,而是创造现实,揭示现实。

纳博科夫从小受到俄国文学传统的熏陶,从他的作品里可以找到果戈理的怪诞风格、普希金的丰富想象和俄国象征主义诗歌的成分。纳博科夫对小说语言及形式的革新恰好与60年代美国小说的实验精神相吻合,使他成为现代主义运动的欧洲早期阶段与美国后现代文学之间的"一个连接点"。[①]

## 第二节 阿尔比与60年代的美国剧坛

威廉斯、密勒和英奇的戏剧形成了50年代美国剧坛的主旋律,进入60年代以后,他们的作品明显减少,创作似乎出现了衰竭的迹象。与此同时,一批新人脱颖而出,他们的戏突破传统框框,大胆创新,给人耳目一新的感觉,为美国剧坛注入了新的活力。

阿尔比是60年代美国最重要的剧作家,他的作品受到尤涅斯库、贝克特等欧洲荒诞派剧作家的影响,带有荒诞色彩。阿尔比笔下的世界是一个破碎的世界,一个荒芜的、被毁坏的世界,他善于表现人与人之间的隔阂以及对家庭中的陈腐套语的讽刺性模仿,这一点和尤涅斯库十分相似。

盖尔伯、科皮特和理查森是新剧作家群的佼佼者。他们的题材风格各异,内容有的激进,有的对美国社会和美国文化进行温和的批评。一代新人的剧作使当时美国剧坛出现了第二次世界大战以来最生动、最富有创新精神的局面。

60年代中期,许多青年剧作家利用咖啡馆、阁楼、教堂等演出自己编的剧本,逐渐形成了声势浩大的外外百老汇运动。外外百老汇可以被视为对外百老汇的进一步偏离,这第二个"外"字实际上意味着进一步的"分庭抗礼"。外外百老汇表现出一种实验精神,开放剧院、机遇剧、谢克纳的表演剧团以各自的方式探索戏剧革新的可能性。

① Bradbury, *The Modern American Novel*, p. 194.

黑人戏剧随着 60 年代美国政治的大动荡和波澜壮阔的民权运动蓬勃地发展起来。黑人剧作家试图用喜剧艺术唤起广大黑人群众，他们摒弃白人的戏剧模式，倡导独立的、有战斗气息的戏剧。在这一时期涌现出来的黑人剧作家中，最有代表性的作家有汉丝贝丽、琼斯、布林斯、肯尼迪等人。无论从作品的思想深度还是作者的历史地位，汉丝贝丽都具有无可争议的重要性。

**阿尔比及其荒诞派戏剧**

爱德华·阿尔比(Edward Albee, 1928—2016)生于美国弗吉尼亚州的华盛顿市。出生后两星期，他的亲生父母就把他送给剧院大老板、百万富翁里德·阿尔比收为养子。里德和弗朗西丝这一对夫妇住在纽约市拉奇蒙特区的一座都铎式大庄园里。阿尔比在保姆、家庭教师、玩具、马匹、车夫和豪华轿车之中长大。和他们住在一起的还有科特外祖母，即弗朗西丝的母亲。科特外祖母对他的关怀和仁慈使他终生难忘。1960 年，也就是外祖母去世的第二年，他把自己创作的剧本《沙箱》献给了她。

阿尔比对于他的养父母似乎从来没有流露出什么怨言，但对抛弃他的亲生父母却总是耿耿于怀，"对他们有一种根深蒂固的怨恨"[1]。由于他的养父是个剧院老板，家中经常有戏剧界人士来往。虽然在阿尔比出生那年他的养父已经退休，但和戏剧界人士的这种联系仍保持不断。阿尔比才五岁时，就常常由家人带着去百老汇剧院看戏。所以他从小就受到戏剧艺术的熏陶。

1946 年，阿尔比进入康涅狄格州哈特福德的三一学院。他对学院设置的课程兴趣不大，读了一年半后即中途辍学。回家后，他在 WNYC 电台找到一份工作，写广播节目之间的说明词。1950 年，他离家来到奥尼尔及其戏剧同行们曾经聚集的格林尼治村。在 1950 年至 1960 年这一段时间里，阿尔比漂泊无定，从事过各种职业。他当过广告公司的勤杂员、唱片推销员、书籍推销员，还在西部工会当过三年送信人——"凡是没有前途的职业都干过"。显然，这一段生活的磨难对于这位从小养尊处优的年轻人是一种极其可贵的经历。尽管他岁月蹉跎，无所建树，甚至一度心灰意懒，悲观失望，转机却终于出现了。

阿尔比自己承认，1958 年他 30 岁的生日在他的一生中具有极其重要的意义。那一年他辞去了西部工会的工作，用了三个星期的时间写出了《动物园故事》一剧。他跑了纽约多家剧院，商洽演出事宜，但都未如愿。无可奈何，他只好托友人寄往意大利，其后几经辗转，最后于 1959 年 9 月 28 日在柏林的席勒戏剧工作室首演。四个月后，它在纽约格林尼治村的一家外百老汇剧院和贝

---

① *Concise Dictionary of American Literary Biography, The New Consciousness*: 1941—1968 (Detroit: Gale Research Group, 1987), p. 13.

克特的《克拉普的最后一盘录音带》(*Krapp's Last Tape*)同时上演,并于1960年获弗农·赖斯纪念奖(Vernon Rice Memorial Award)。接着,他又创作了《贝西·史密斯之死》、《沙箱》、《范姆和耶姆》(*Fam and Yam*, 1960)和《美国梦》等独幕剧,从而在美国戏剧界站稳了脚跟。1963年发表的多幕剧《谁害怕弗吉尼亚·沃尔夫?》是作者最著名的剧作之一,不但在百老汇剧院风靡一时,获得商业性的成功,而且赢得纽约剧评界奖。他于1966年发表的《微妙的平衡》还荣获了普利策戏剧奖。在这前后,他还发表了《伤心咖啡馆之歌》(*The Ballad of the Sad Cafée*, 1963)、《小艾丽丝》(*Tiny Alice*, 1964)、《马尔科姆》(*Malcolm*, 1966)、《花园里的一切》(*Everything in the Garden*, 1967)、《箱子和毛泽东主席语录》、《海景》(*Seascape*, 1975)等。这一系列剧作的相继发表和上演,使阿尔比不但成为60年代初期崛起的、颇有锋芒的青年剧作家,而且成为第二次大战后继威廉斯、密勒之后美国戏剧界最强有力、最有影响的剧作家之一。

《动物园故事》(*The Zoo Story*, 1958)是阿尔比的成名作,该剧从情节来看是十分单调枯燥的。故事发生在中央公园的一条普通的长凳上,那是一个星期天的下午,一个名叫彼得的人坐在长凳上悠闲自得地看书。这时来了一个流浪汉杰利。杰利主动上前攀谈,先是告诉他自己去过动物园了,后来又向他问路,接着劝他不要吸烟,因为吸烟有害身体,会导致癌症。接下来又盘问他有没有结婚,有几个孩子等等。总之,杰利千方百计要和彼得搭讪,而彼得却始终保持冷淡的沉默,不愿和他表示出丝毫的亲热。然而杰利却并不罢休,他不管彼得爱听不爱听,只顾滔滔不绝地向他叙说自己的生平和经历,甚至呵他的痒,让他不得不对自己做出反应。他还故意冲撞他,把他从长凳上挤走,并用脏话辱骂他,为的是要惹他发火,迫使他和自己"谈谈"。在一切都失败了以后,他拔出匕首和彼得决斗,结果却故意将匕首塞在彼得手中,自己扑上去自杀身亡。杰利倒在彼得的怀里,终于达到了和彼得"沟通"的目的。

《动物园故事》全剧只有两个人物,这两个人物组成了一个世界,一个空虚而绝望的世界。在这一点上,剧本很像贝克特的著名荒诞剧《等待戈多》。在人物对话中,某些地方也有点像《等待戈多》中狄狄与戈戈的对话。例如,杰利故意冲撞彼得,逼着他做出反应的那场戏:

杰利　(用力捶打彼得的胳膊)你坐过去!

彼得　(非常恼火)我没法挪了。别打我,你这是怎么了?

杰利　你想不想听故事?(又捶打彼得的胳膊)

彼得　(大吃一惊)我不一定那么想听,但我肯定不要人家捶打我的胳膊。

杰利　(又打)像这样打吗?

彼得　住手。你这是怎么回事?

杰利　我发疯了,你这狗杂种。

彼得　这可不是好玩的。

杰利　听我说,彼得。我要这条长凳。你去坐那边的凳子。如果你乖乖的,我就把故事讲完。

彼得　(心慌意乱地)但是……这究竟为的什么?你这是怎么了?再说我也不明白干吗我非得放弃这条长凳不可。天气好的时候,我几乎每个星期天下午都坐在这条长凳上,这儿僻静,从来没有人上这儿坐,所以就我一人占了。

杰利　(柔声细气)从长凳上滚开,彼得;我要它。

显然,彼得和杰利代表着两种不同类型的人。他们不论文化教养还是社会地位都不同。彼得是一家出版社的负责人,他收入稳定,已有家室,正志得意满地过着他那中产阶级的生活。每个星期天下午在公园的一条长凳上悠悠闲闲地消磨时光是他这种舒适安逸生活的象征。他不愿意从长凳上被挤下来,这意味着他不愿意放弃已经属于自己的东西。对于他来说,杰利是一个破坏他平静生活、对他构成威胁的外来者。杰利步步紧逼,非要和他攀谈不可,后来居然从他口中掏出了他竭力想隐瞒的私生活细节。

杰利向彼得叙述的故事,是一个彼得所不熟悉也不愿意了解的、生活于另一个世界里的人们的故事,是一个自暴自弃、一事无成、灰心丧气的人的故事。这故事本身就是对彼得所代表的那个社会的一种挑衅。杰利绘声绘色地向他描绘了他所寄居的那幢乌烟瘴气的下等公寓。剧中杰利的那两只永远空白的相框是一个象征,它象征着杰利的孤独和缺乏友情,因为他的生活中居然没有一个值得他纪念的人。他还讲了一个狗的故事:由于对人与人之间相互理解不再抱有幻想,他便把目标转向房东太太那条一直对他怀有敌意的狗,试着用各种手段,从喂牛肉饼直到下毒,想和它建立起某种联系,但仍然以失败而告终。杰利刺激彼得,让他为了保住自己长凳占有者的地位而跟他决斗。最后,他命令彼得捡起掉在地上的尖刀,用胸膛扑了上去。对生活早已感到厌倦与绝望的杰利,就这样用自己的生命作为代价,完成了与另一个人的"沟通"。同时,他也迫使这位一向循规蹈矩、从无越轨行为的彼得打破了自己原有的生活习惯,也让他认清了自己在生活中的真正地位。

《动物园故事》虽是阿尔比第一部剧作,但已充分体现了作者后来成为美国最重要剧作家的品质。

《沙箱》(*The Sandbox*, 1960)是阿尔比所有独幕剧中最短的一个,然而它含意隽永,技巧也十分新颖,深刻地揭示了现代美国家庭的悲剧。该剧讲述的是子女虐待老人的故事。故事可以分解成六个场面：第一个场面是父亲和母亲为祖母择地“送终”，命令乐师作好奏乐的准备。第二个场面是他们把祖母抬了进来，把她扔进了沙箱，于是两人便坐下“等待”。第三个场面：躺在沙箱里的祖母向站在一旁的一位年轻人诉说自己一生的苦衷：“打开窗子说亮话，这是对待一个老太太的法子吗？把她从家里拖出来……把她塞进车里……把她从城里弄到这个地方来……把她扔进沙箱里……”第四个场面：夜幕降临，天空变得一片漆黑。祖母死期已临，母亲装出悲痛欲绝的样子。第五个场面：黑夜转成白昼，祖母假装死去，父母亲完成了送终任务，如释重负地高兴离去。最后一个场面：祖母“死而复苏”，想挣扎起来却力不从心。这时站在一旁的那个代表死亡天使的年轻人彬彬有礼地把她接走了。

该剧刻意运用了许多抽象的手法，其目的是希望观众摆脱就事论事的欣赏习惯，对剧本作一些带有形而上的思索。例如，剧中的舞台道具十分简单，只有几把椅子，一个乐谱架和沙滩上的一个很大的儿童沙箱。背景是广袤的天空。这种从具体生活场景中抽象出来的舞台形象，旨在防止人们把眼光停留在个别具体的事物上，而使人们把这一广袤的世界看成是一幅最基本的宇宙画面。至于舞台上活动的人，则代表着整个人类。剧中人都没有名字，也就是说没有标明个性特征的标记，只是“年轻人”“父亲”“母亲”“祖母”“乐师”等代表身份或类别的称呼。

从剧本中不难看出，作者借用冷峻的讽刺笔调揭露了美国社会中人情冷漠、世态炎凉的现实，对老年人遭受的不公正待遇寄予深切的同情。阿尔比写《沙箱》这个剧本时，他心爱的外祖母刚刚去世，因而他在剧本上题词——为纪念我的外祖母而作，来寄托自己的哀思。剧中的外祖母是善良的化身，在她身上凝聚着勤劳、刻苦、隐忍等优良传统，剧中的母亲和父亲想及早埋掉外祖母，实际上就是要埋葬自己的过去，抛弃历史和传统。外祖母的死，象征着社会传统道德观念的消亡。

阿尔比对美国家庭生活中所表现出来的虚假的价值观念，在《美国梦》(*The American Dream*, 1961)中作了更加尖锐的抨击。该剧写于1959—1960年间，于1961年1月24日在纽约剧院首次上演。该剧被选为1960—1961年戏剧季最佳剧作，并获得1961年的洛拉·邓南遮奖。《美国梦》的背景是一个令人窒息的公寓，这公寓长年失修，已经颓败不堪，屋里几乎所有的东西都出了故障：冰箱坏了，门铃坏了，厕所的水箱也老是漏水。若不及时修理，这公寓便无法正常使用。显然，阿尔比企图通过这个千疮百孔、样样都出了毛病的公寓来隐喻美国社会。

和《沙箱》一样，作者用某种荒诞的形式来表现人的冷漠与自私。在这个家庭里，人与人的关系纯粹是一种商品关系。母亲完全是因为看中了父亲的财产才跟他结婚的；他们领养的孩子也是出钱买的，当他们日后发现这婴儿“不尽如人意”并将他折磨死了以后，居然吵着要索还原先那笔钱。剧中那位“年轻人”则是个标准的“美国式的美男子”，虽然外表长得英俊可爱，内心却被“掏空了”。他没有感情，也不懂得感情为何物。在寻找职业时，他毫无顾忌地说：“凡是有利可图的我都愿意干。”同时，剧中还反映了老年人无依无靠、遭人唾弃的悲惨命运。剧中的奶奶为女儿一家辛勤操劳了一辈子，到了年老体衰再也不能为他们出力时，便被当成“包袱”打发到养老院去了。

阿尔比通过对一个家庭的剖析，对所谓的乐观主义、社会进步、国家自豪等陈词滥调做出了毫不含糊的抨击。同时，他又无情地嘲讽了那种充满理想化的、表面上显得温情脉脉的家庭生活，那种用词委婉得体、彬彬有礼的社交礼节，那种不愿正视人类真实处境的自欺欺人的态度。关于这一点，阿尔比在为该剧写的前言中表白得十分清楚：“《美国梦》是我们时代的画像。”[①]

阿尔比的许多作品都是从社会现象出发的，正因为如此，一些批评家把阿尔比说成是“大声疾呼的剧作家”，一位“社会批评家”。[②] 但他喜欢超脱这种社会批评而表现一种人类的“共同的痛苦”。这种将具体的社会问题淹没在形而上的“生存痛苦”中的做法，和欧洲荒诞派剧作家贝克特、尤涅斯库等有许多相通之处。这一点在他的《贝西·史密斯之死》(*The Death of Bessie Smith*, 1960)一剧中表现得尤为突出。该剧是根据 30 年代发生在美国南部田纳西州的一件真人真事写成的。当时著名黑人女歌手贝西·史密斯遇到车祸被送往一家白人医院。但该医院因为她是黑人而拒绝收治，致使她于 1937 年 9 月 26 日在医院门外因流血过多而死亡。然而，阿尔比并没有把这个剧本写成一出社会剧或抗议剧。剧本中，受伤致死的黑人女歌星从未露面，剧情主要是围绕着一个性格执拗而有施虐狂倾向的护士展开的。这护士在个人生活中遇到许多使她痛苦和烦恼的事，她讨厌自己的父亲，和一个实习医生又过不去，而且老是怀着一种虐待狂心理挑剔一位黑人护理员，打击他的自尊心。当贝西·史密斯被送来医院时，这护士正和那位实习医生吵得不可开交。护士通过谩骂实习医生发出歇斯底里的叫嚣。实习医生则通过怒气冲冲的反击来宣泄自己内心郁积已久的失意。他们明知贝西·史密斯在到达医院以前就已去世，却不知如何是好，甚至不愿意采取一些象征性的救治措施，因而受到社会的谴责和舆论的压力。这种压力，对于他们来说，无非是在他们原有的痛苦上再加一层痛苦而已。对此，他们似乎已经木然了。

---

① Edward Albee, *The American Dream and The Zoo Story* (New York: Penguin Books USA Inc., 1991), p. 54.

② M. E. Rutenberg, *Edward Albee: Playwright in Protest* (New York: Avon Discuss Books, 1969), pp. 17 - 18.

阿尔比在《贝西·史密斯之死》一剧中，将应该受到谴责的种族歧视变成了某个护士由于长期内心压抑而造成心理变态而导致的事故，这应该说是一种失误。当然，作者从存在主义的角度出发，企图表现人生是一连串的失败、受挫、失意以及人与人之间的隔膜。这些人生的痛苦既带有与生俱来的性质，又是种种社会外界因素所造成的。作者似乎打算从总体上表现人的困惑。那位护士的执拗性格和虐待狂倾向的形成，是个人生活中一系列痛苦和烦恼的结果，是那个使她"腻透"了的"愚蠢的、布满苍蝇的世界"所造成的。那位实习医生的情况也相类似。因此，作品在避开批判具体社会现象的同时，对人类生存环境进行了宏观的反思，并在另一个层面上，即人类精神的层面上反映了他所生活的社会。

在阿尔比的所有作品中，《谁害怕弗吉尼亚·沃尔夫?》(*Who's Afraid of Virginia Woolf?*, 1963)标志着他的戏剧创作进入了顶峰。该剧在百老汇连演664场，被选为1962—1963年戏剧季的最佳剧作，并赢得了六个大奖。[1] 正如麦卡锡所说："《谁害怕弗吉尼亚·沃尔夫?》一夜间使阿尔比从一个外百老汇的实验戏剧剧作家变为一个美国经典作家。"[2]

《谁害怕弗吉尼亚·沃尔夫?》一剧发生在一个教授的一间普通的起居室里。剧中主人公乔治是位历史学教授。幕启时，已是凌晨两点，他和妻子玛莎参加了学校里的一个聚会后回家。后来又一起接待了两位比他们年轻的客人，尼克和赫妮。作者就在这样一个封闭狭小的范围里企图将他在许多独幕剧里所关心的问题集中表现出来：家庭的解体、婚姻的脆弱、文化的贫乏、人类生存的困境等。玛莎觉得乔治生性懒散，一事无成，为此心中老是怨恨不已。他们婚后无子，出于痛苦的寂寞心理，编造了一个纯属虚构的谎言：他们有一个21岁的读大学的儿子。这个谎话居然使他们枯燥乏味的生活增添了不少温暖与安慰。由于对乔治的失望，以及长期积累下来的怨恨，玛莎想方设法在客人面前羞辱乔治，出他的丑。对于她的挑衅，乔治的回答是："我得想出个新的法子来和你斗一斗。"他的"新法子"就是粉碎他们编织的谎言。乔治假装收到一封电报：他的儿子死了。而这个"法子"竟然使玛莎败下阵来。在这里，阿尔比一针见血地指出乔治和玛莎的生活是建立在自欺欺人的幻想上面的。他们那平庸无聊、毫无感情的生活，只是由于有了一个编造出来的儿子，才有了意义。他们彼此不能相爱，却可以将这爱转移给他们的"孩子"。有了这么个"孩子"，可以使他们回避现实，回避他们的失败，甚至用谈论孩子来代替夫妇间的心灵交流。

---

① 这六个大奖是纽约剧评界奖、外国出版协会奖、美国国家戏剧与学术奖、外围奖和两项托尼奖。

② Gerry McCarthy, *Edward Albee* (London: Macmillan Publishers Ltd., 1987), p. 59.

在尼克身上观众看到了《美国梦》中的那位年轻人的影子。他是一个讲究功利社会的产物。在他身上具备着一个成功的美国人所具备的种种条件：头脑灵活、英俊潇洒，有着运动员一样健全的体魄，有着巨大的热情和对未来的信心，还有一个漂漂亮亮的妻子。他在业务领域里可以说是一帆风顺，年纪轻轻，已是生物系的讲师，而且目标紧盯着更高一级台阶。为了讨好校长的女儿玛莎，他配合她一起奚落乔治。然而，尼克和赫妮的婚姻也不美满。他在跟乔治谈话时承认他们在婚姻上并不存在感情因素，"甚至在婚姻刚刚开始时"也是如此。他告诉乔治，他之所以和赫妮结婚是因为她大惊小怪地自以为已经怀孕了，于是只能顺水推舟。另一个原因是赫妮可以从她父亲那里继承很大一笔财产，这笔钱可以使他在事业上获得成功。他们的婚姻是建立在海市蜃楼之上，必然会以失败而告终。

《谁害怕弗吉尼亚·沃尔夫?》在揭示困扰着美国现代家庭的困境的同时，还表现了美国社会中两种文化的冲突。乔治感兴趣的是历史学，他相信人类历史上所发生的令人吃惊和困惑的变化是无法预言的。而尼克作为一个自然科学工作者，认为自己的责任在于避免任何意外事件，建立一个可以预言的秩序。因此，尼克和乔治代表着两个相互对立的文化——科学与人文。尼克对未来具有信心，他认为由于科学的发展，可以通过遗传因子的选择来制造新的人种。他崇尚功利，排斥感情。而乔治则沉溺于过去，沉溺于对历史事件的观察与思考，因此他无法接受尼克的乐观主义。

关于剧名，据作者称，"弗吉尼亚·沃尔夫"指的是大黑狼，也即赤裸裸的真实，没有丝毫幻想的、令人可怕的真实。因此，剧名的含义就是谁害怕没有幻想的真实。也有评论家指出，剧中的弗吉尼亚·沃尔夫很像美国著名卡通画家沃尔特·迪斯尼笔下那只贪婪、邪恶的大黑狼，它在剧中象征着潜伏在个人无意识中的神秘力量。全剧结束时，乔治夫妇依偎在一起，表示对弗吉尼亚·沃尔夫的恐惧，具有意味深长的含义。

《谁害怕弗吉尼亚·沃尔夫?》的成功，进一步巩固了阿尔比在美国戏剧史上的地位。1967年5月1日，阿尔比的新作《微妙的平衡》(*The Delicate Balance*, 1966)为他赢得了第一个普利策奖。对于这个剧本，批评界有不同的评价。有人认为它比《谁害怕弗吉尼亚·沃尔夫?》写得更加出色，也有人认为它不过是一幢"旧房子"，而且没有经过很好的装修。不过，从某种角度来看，《微妙的平衡》确实带有阿尔比以前作品的影子。该剧的情节发生在托比亚斯和阿格涅丝的家中，时间是周末的夜晚。这晚，他们31岁的女儿朱丽娅刚和自己的第四个丈夫决裂，回老家来住。就在这时，他们的多年老友哈利和艾德娜夫妇也不期而至。谈着谈着他们才清楚，哈利和艾德娜是由于某种不可名状的"恐惧"而离家出走的，他们打算在这"世上最好的朋友家"待上几天。这两位不速之客来得实在不是时候,使托比亚斯本来就已乱成一团的家更是乱上加乱。首先,刚回家的女儿朱丽娅不愿让出自己的"闺房"给第三者住。而托比亚斯和阿格涅丝又自有他们的难处：尽管他们夫妻生活在表面上保持着"微妙的平衡",实际上却并不和谐,已分居多年。哈利和艾德娜的到来,迫使他们不得不考虑重新同居一室的问题。这一系列典型的美国家庭问题都因此而暴露了出来。

《微妙的平衡》一剧有许多晦涩之处。例如,有的批评家就问过,阿尔比为什么在剧中不明确指出哈利和艾德娜离家出走的原因？他们那不可名状的"恐惧"到底是什么？他们最后又为什么突然离开了托比亚斯的家,就像他们当初不期而至那样？也有人认为哈利和艾德娜这两个人物写得十分呆板,只是为了让托比亚斯的生活面临危机而存在。事实上阿尔比是故意将焦点对准托比亚斯和阿格涅丝,以揭示他们面对外界入侵时所做的反应。因此,哈利和艾德娜的"恐惧"到底是什么并不重要。阿尔比所关心的是一对受到惊骇的夫妇来到朋友家寻求避风港时,他们的朋友会采取什么行动。而他所揭示的恰恰是这对朋友同样脆弱得不堪一击。

在《微妙的平衡》之后,阿尔比又写出了《箱子和毛泽东主席语录》(*Box and Quotations from Chairman Mao Tse-Tung*, 1968)。这个剧实际上是由《箱子》和《毛泽东主席语录》两个相互联系的剧本组成,两者前后穿插,形成一个整体。该剧在表现形式上作了许多新的探索,然而终因内容过于晦涩而使大多数观众望而生畏。70年代初至80年代末,阿尔比创作了《完结》(*All Over*, 1971)、《海景》(*Seascape*, 1975)、《倾听》(*Listening*, 1975)、《来自杜布奎的女士》(*The Lady from Dubuque*, 1980)、《三臂男人》(*The Man Who Had Three Arms*, 1983)、《寻日》(*Finding the Sun*, 1983)、《婚姻游戏》(*Marriage Play*, 1987)等剧作。其中的优秀之作是《海景》,这部构思奇特的戏剧发生在一片荒凉的海滩,幕启时一对退休的中年夫妇(南希和查理)在午餐后闲聊,他们谈论自己过去、现在的生活,对未来他们有不同的打算,南希渴望像海边游牧民那样过浪迹天涯的生活,而查理哪儿都不想去,只想无所事事地快乐度日。两人正争论时,一对说英语的蜥蜴伴侣(莱斯利和萨拉)出现了,他们还是第一次从海底来到陆地,对这个未知的世界充满了天真的好奇。在最初的惊恐过去之后,南希和查理开始与之交谈,向他们介绍人类如何生育、抚养后代,在他们头顶飞过的飞机是什么,科技有什么作用,什么是进化等等。莱斯利和萨拉之所以离开大海,是因为觉得自己不再属于海底世界,然而人类对死亡的痛苦认知和孤独体验令他们望而却步。他们想返回大海,但在南希的劝说下,最后还是决定留下,开始尝试进化之旅。《海景》为阿尔比赢得第二个普利策戏剧奖,1975年他亲自执导了此剧在百老汇的首演。

1991年《三位高个子女人》(*Three Tall Women*)问世,阿尔比借此强势回归美国主流剧坛。该剧获得普利策奖、纽约剧评界奖、外圈剧评人奖,1991年奥地利首演后,1994年在纽约外百老汇两家剧院先后演出629场。剧中女主角是A、B、C三位女性(分别92岁、52岁、26岁),其实是同一位女性即阿尔比养母的人生三阶段,剧作家本人也现身其中,作为剧中一个沉默的角色。阿尔比以此剧回顾了他和养母之间无休止的意志角力,他称此剧为自己的"驱魔"之作,[①]是他从一开始有了"对意识的自觉"就开始写作的作品。[②] 因此该剧对理解阿尔比剧中反复出现的一些自传性主题至关重要。阿尔比90年代的作品还有《洛尔卡剧》(*The Lorca Play*, 1992)、《碎片》(*Fragments*, 1993)、《关于婴儿的戏剧》(*The Play About the Baby*, 1996)等。

进入21世纪后,阿尔比的戏剧创作依然呈上升趋势,除了从《动物园故事》扩展为两幕剧的《在家在动物园》(*At Home At The Zoo*, 2009)和《我,我自己和我》(*Me Myself and I*, 2007)等作品,他于2002年完成并首演的《山羊,或谁是西尔维娅?》(*The Goat, or Who Is Sylvia?*)尤其好评如潮,获当年纽约戏剧委员会最佳新剧奖和托尼最佳戏剧奖。该剧选题大胆,讲述了事业成功的建筑师马丁和一只山羊之间惊世骇俗的爱情,恋情泄露后马丁原本融洽和睦的家庭面临瓦解,尽管马丁的同性恋儿子比利试图理解这一人兽畸恋,但马丁的妻子斯蒂娃在震怒中杀死了山羊,剧终前她拖着山羊西尔维娅的尸体回到家人面前,全剧在这血淋淋的舞台意象中落下帷幕。该剧貌似探讨人兽恋的伦理问题,但正如阿尔比所说,这部戏剧真正的主题是"关于爱,关于失落,关于我们的宽容的限度,以及我们究竟是谁的真相"。[③]《山羊,或谁是西尔维娅?》和阿尔比的所有剧作一样,致力于探讨人的存在和人与人之间的交流问题,剧情荒诞而语言不乏幽默,是一部具有古希腊戏剧韵味的黑色悲喜剧,可以列入阿尔比的经典。

**一代新人——盖尔伯、科皮特、理查森**

60年代美国剧坛出现一批思想活跃、风格多样的青年剧作家。他们当中虽然也不乏以传统的形式进行创作的作家,但更多的是带着60年代特有的离经叛道的精神,进行自己的实验,创出一片新的天地。

杰克·盖尔伯(Jack Gelber, 1932—2003)出生于芝加哥,1952年进入伊

---

① Mel Gussow, *Edward Albee: A Singular Journey: A Biography* (New York: Simon & Schuster, 1999), p. 357.

② Edward Albee, *Stretching My Mind: The Collected Essays 1960 to 2005* (New York: Carroll & Graf, 2005), p. 166.

③ Albee, *Stretching My Mind*, p. 262.

利诺斯大学攻读新闻学,毕业后从事戏剧创作与表演。盖尔伯的名声主要建立在其创作的《毒品贩子》(*Connection*, 1960)。当时他是个初出茅庐、穷困潦倒的小伙子,由于无钱邮寄,便亲自带着剧本手稿来到纽约市刚成立不久的生活剧院。这出形式标新立异、内容激进的作品很快就被接受,并成为拉开60年代戏剧序幕的嘹亮号角。生活剧院的创始人朱利安·贝克后来回忆道:"我像以往一样随意浏览了几段,然后把它送到朱迪思的房间,告诉她我们必须上演这出戏。这事很有趣,《毒品贩子》和《禁闭室》是两部激起涟漪的剧作,我们在收到它们的当天就决定把它们搬上舞台。"[①]

《毒品贩子》没有传统意义上的情节,观众看到的只是一屋子的吸毒者在那儿等着送毒品者的到来。他们靠听爵士乐、偶尔地互相交谈或者干脆坐着傻等来打发时间。作者要求演员避免一切"表演",完全像吸毒者那样去"生活"。而观众则似乎是一群"闯入者",无意中进入一个对他们来说是完全陌生的天地。为了使演出达到更加自然逼真的效果,该剧使用了很多即兴表演。生活剧院的演员皮埃尔·宾纳回忆道:"在幕间休息时,演员和观众混在一起,以典型的吸毒者上瘾时的语调和神态要求注射毒品。"[②]

《毒品贩子》的上演,在评论界中引起了很大的争议。一家日报大为恼火,刊登了一篇措辞激烈的评论,它说:"《毒品贩子》已被证明不过是一出乌七八糟的大杂烩,不入流的劣等哲学,空洞无物的废话,死气沉沉的音乐的拖长演奏,……它不是把这些邪恶活动(吸毒)的可悲和可怕状况告诉观众,而是玩弄一些不熟练的、明显的噱头,用它来一点一点地销蚀作品的主题。"[③]但也有对这出戏做出热情肯定和赞扬的。其中最引人注目的是著名批评家罗伯特·布鲁斯坦(Robert Brustein)、亨利·海威斯(Henry Hewes)和肯尼斯·泰南(Kenneth Tynan)的态度。泰南指出,《毒品贩子》一剧的主题使人联想到贝克特的著名荒诞派戏剧《等待戈多》(*Waiting for Godot*, 1953),它的中心情景是一群人等待着一个可以给他们带来希望、满足,使他们减轻某种痛苦的人,他们在等待过程中百无聊赖地度日,而剧中的毒品就像加缪所说的存在的困境,是一种人类枯燥乏味的日常生活的荒诞写照。[④] 正如剧中一位瘾君子说的:"我曾想过,那些走在街上的人,那些每天上班工作的人,那些为着多得一块美元、为买一件新衣服而操心的人,那些有叶绿素瘾、有阿司匹林瘾、有维生素瘾的人,他们比我瘾头更大呢!"也就是说,不但吸毒者无聊地在那儿等待毒品是

---

① Ruby Cohn, *New American Dramatists: 1960—1980* (London: The Macmillan Ltd., 1982), p. 48.

② Ruby Cohn, *New American Dramatists: 1960—1980*, p. 4.

③ Mordden, p. 256.

④ C. W. E. Bigsby, *A Critical Introduction to Twentieth-Century American Drama* (Vol. 3): *Beyond Broadway* (Cambridge: Cambridge University Press, 1990), p. 75.

荒诞的，那些日常生活中的人们，他们为了一美元，为了一件新衣服，为了连自己也不知是什么原因而每天上班工作，他们的生活也同样荒诞。因此，这个剧本不仅仅是一出反映社会吸毒现象的社会问题剧，不仅仅像有些批评家所说的具有社会批评的性质，而且也是一出带有哲理性的作品，它使我们看到人的欲望与满足之间的荒诞的鸿沟。

继《毒品贩子》之后，盖尔伯又创作了一部更加标新立异的作品《苹果》(*The Apple*，1961)。该剧几乎没有什么情节，剧中人物包括一个黑人、一个犹太人、一个同性恋者、一个妓女和一个患大脑性麻痹症的人。他们在一家饭店里作一场即兴演出，但演出不时受到一个酒鬼的骚扰。这个剧本在形式上显然受到意大利剧作家皮蓝得娄《六个剧中人寻找作者》一剧的影响，以戏中戏的形式来消除所谓的“舞台幻觉”。剧中一个演员说的一句话“无构思即伟大的构思”可说是道出了作者的创作意图。

在《苹果》以后，作者又写出了《直面而视》(*Square in the Eye*，1965)、《古巴事态》(*The Cuba Thing*，1968)、《睡眠》(*Sleep*，1972)、《排演》(*Rehearsal*，1976)、《大人物》(*Big Shot*，1988)、《魔谷》(*Magic Valley*，1990)、《房间》(*Chambers*，1998)、《迪伦的合词》等剧，但影响都不大，未能超越他作为60年代剧作家的历史定位。

和盖尔伯相比，阿瑟·科皮特(Arthur Kopit，1937—　)的创作开始得更早一些。他的第一部剧作《审问尼克》(*The Questioning of Nick*)上演于1957年，这是一部写得非常生动、由小见大的现实主义独幕剧，讲述一个高中篮球队员尼克受到警察的盘问，最后终于承认自己故意撞伤同队队员以及被人收买故意输球的故事。作者极其风趣地表现出尼克那种自以为是、不可一世的自我中心主义，而正是这种自我中心主义，使他在盘问中处处想表现自己，结果反而弄巧成拙，节节败退。这个剧本虽然只是科皮特初试锋芒之作，却已显示出他描摹人物、渲染环境和刻画心理的才华。

如果说《审问尼克》是科皮特的一部比较典型的现实主义剧作的话，那么他的《通过敞开的窗口向我歌唱》(*Sing to Me Through Open Windows*，1959)则是他作品中最具超现实主义色彩的剧本。整个剧本写的是一个少年的梦。安德鲁·林顿在梦中拜访了一位曾经名噪一时的魔术师奥托曼。此时，奥托曼已经上了年纪，艺术上也已功力衰退。但他不承认这一事实，仍是一厢情愿地期待着有朝一日重新焕发青春和技艺。对于魔术师来说，安德鲁是一个企图进入他封闭的天地的闯入者，一个他所失去了青春的拥有者。他每次从窗后留心观察这位来访者，却又装作对他不感兴趣。他终日沉浸在自己昔日的光荣里，念念不忘的是：“伟大的奥托曼是身怀一千种绝技的魔术大师。”但是他的那些绝技不知怎么失灵了，他不得不承认：“我不存在了。”由于整个剧是安德鲁的一个梦,因此,梦中的魔术师也可以被看作是安德鲁的潜意识,他的悔恨和恐惧心理的反映。他担心自己的失败,同时又想象着自己有多么伟大、多么了不起。科皮特在这个剧中非常巧妙地创造了一个梦中梦的结构,使人看了产生一种似真非真、扑朔迷离的感觉,这一特点,在他后来的《印第安人》和《翼》中有所发展。

一年以后,科皮特写出了第一部给他带来国际声誉的作品《啊,爸爸,可怜的爸爸,妈妈把你挂在壁橱里,我十分伤心》(*Oh Dad, Poor Dad, Mamma's Hung You in the Closet and I'm Feelin' So Sad*,1960)。该剧极受观众的欢迎,但最初却未引起评论界的重视。人们如果对它有什么好评的话,也只是赞扬它那层出不穷、令人捧腹的舞台效果。其实,透过表层的闹剧色彩,还是可以看到科皮特所热衷的深层严肃主题的。而且它也不是那么荒诞得无法理解,即使用传统的标准来检验,仍然可以做出客观的评论。剧本主人公罗丝派特尔是一个对生活完全失去希望的女人。她一生中从来没有享受过爱情,所结识的第一个男人就毁灭了她心中所有对于浪漫爱情的幻想,扼杀了那种"英俊王子和美貌少女"的美梦,那种对"充满爱情、欢乐、音乐、柔情与温馨"生活的追求。于是,她下定决心从这个被她称作贪婪而虚伪的世界中退出。她拒绝接受除了金钱以外的任何价值观念,并决心控制她周围的每一个人。罗丝派特尔的这种变态心理首先表现在对待那位发狂地爱上她的康莫道尔·罗萨博夫上面。她千方百计要让他唯命是从,甚至公开承认自己感兴趣的仅仅是钱。她对罗萨博夫的求爱嗤之以鼻,还说"感情是动物才有的",并告诉他自己把丈夫的尸体吊在壁橱里,终于把他吓跑了。罗萨博夫所追求的美梦此刻变成了避之不及的恶魔。剧本同时又写了罗丝派特尔夫人和自己儿子的关系。鉴于自己心灵遭受创伤,她竭力想保护自己的儿子,使他不受充满邪恶和敌意的外部世界的影响。在她这种所谓的关心下,她那 17 岁患有严重口吃症的儿子乔纳森成了一个完全依赖母亲、毫无男子气的人。这时,罗莉莎作为一个从外界社会进入罗丝派特尔那个死气沉沉封闭天地的闯入者,促使乔纳森对自己产生信心,鼓励他走出这个自己编织的囚笼。在剧中,乔纳森只要挣脱母亲的控制,他的结巴就大为减轻。最后他终于能向罗莎莉抱怨自己完全受人支配、毫无独立意志的状况。但是,乔纳森在和罗莎莉相爱中却渐渐意识到她同样企图主宰他、驾驭他。因此在剧本结束时,两个代表不同世界的女人为了争夺这个未成年孩子而展开斗争,两种对待生活的不同态度在他内心引起冲突。一方面是他母亲那种缺乏生气、与外界完全隔绝的封闭世界,一方面是罗莎莉充满激情的世界。最后,乔纳森为了抓住自己过去的一切,为了回到母亲一边而杀死了罗莎莉。

剧中许多细节具有象征意义。例如,罗丝派特尔夫人老是把自己丈夫的尸体随身带着，无论在哪家旅馆留宿，都把它吊在壁橱里。这尸体对于罗丝派特尔夫人来说，实际上就是她和那个可恶的外部世界斗争的战利品。她宁可关在自己的天地里，独自面对这战利品。另外，她当作宠物养着的两株食肉的捕蝇草和一条凶残贪吃的锯脂鲤，则象征着她执意要主宰周围一切并压迫和吞噬人的性格。所以当她儿子受到罗莎莉的影响企图摆脱母亲的控制时，便杀死了这两个象征着母亲对她压迫的生物。最后，当乔纳森为了回到旧日的天地而把罗莎莉杀死时，他用他收集的邮票、钱币和书籍把她埋在底下。这些东西象征着他沉湎于其中的与世隔绝的狭窄天地，而罗莎莉则象征着促使他和外界沟通、交流的力量。

《啊，爸爸》在许多方面都是一部妙趣横生的闹剧，例如死缠活攀的求婚，费尽心机到头来功亏一篑的引诱，以及尸体从壁橱里不小心掉出来等等。然而在这些夸张的、对于生活的滑稽模仿的背后，剧本还是揭示了现代生活中个性与社会难以协调的矛盾，以及人们面临与社会融为一体还是与社会彼此隔绝的深刻的内心矛盾。在这一点上，剧本是有一定的深度的。

在《啊，爸爸》一剧之后，科皮特又写出了《室内乐》(*Chamber Music*, 1962)、《妓女们外出打网球》(*The Day the Whores Came Out to Play Tennis*, 1964)等剧。前者以一个疯人院为背景，对整个社会和人类的处境作了隐喻；后者通过一个乡村俱乐部的网球场被一群妓女占领而出现的混乱场面，表现出社会秩序所遭到的挑战。这两个剧都保持了作者幽默风趣的风格，而且令人叫绝的生动场面层出不穷，但从总体上未能超出《啊，爸爸》的水准。

《印第安人》(*Indians*, 1968)是科皮特最具雄心，也是最成熟的一部作品。正如威尔斯所指出的那样，只有在这个剧本问世以后，科皮特才以其成就满足了人们对他的期望。[①] 有人甚至认为该剧是美国六七十年代当之无愧的最佳剧作之一。该剧实际上有两个故事结构：一方面是总统派来的调查组在印第安人居住地了解他们的苦情；另一方面是那位被称作"野牛比尔"的主人公的骑术表演。科皮特通过这出戏，把印第安人的光荣传统和白人的伪善加以对比，他一反通常那种认为牛仔必须是好人，而印第安人则一定是野蛮、嗜血的野人的看法，试图揭露白人统治者对印第安人的种族压迫和歧视。

剧中的比尔·科迪是一位赫赫有名的、带有英雄色彩的西部牛仔，当年为了解决西部铺铁路的工人的食物，他杀了 4 280 头野牛，被人尊称为"野牛比尔"。但他当时的英雄行为却给印第安人造成了饥馑与灾荒。在剧中，科迪一方面想劝说总统亲自和印第安人谈判，因为在他看来，"那些委员会是无能为

---

① Gerald Weales, "Drama," *Harvard Guide to Contemporary American Writing*, ed. Daniel Hoffman (Cambridge: Harvard University Press, 1979), p. 415.

力的”,另一方面却劝说印第安人相信跟参议员们谈与“和总统谈是一样的”。这场谈判注定要失败,这不仅仅是因为科迪这个人的个人谎言,而且还在于整个国家的集体不诚实。他们装出愿意帮助印第安人的样子,而实质上却希望印第安人按照白人的生活方式去生活,要他们放弃自己的文化和人格,割让自己的领土。剧中一位印第安人代表的话揭露了白人统治阶级对印第安人政策中自相矛盾之处:

我们有土地。你们看中了。你们就把它拿了去。这……我完全懂。但我不懂的是……为什么你们这么干的时候,……却又表明是出于爱心。

这是对“野牛比尔”的谴责,也是对整个国家的谴责。美国对印第安人的政策的前提就是认为他们太原始、太幼稚,无法管理自己,因此必须任人支配,必须向白人社会归顺。这种典型的白人种族优越感,在剧中的意见听取会上有着充分的表现。

虽然该剧以“印第安人”为剧名,但实际上主要表现的却不是印第安人,而是美国白人,尤其是美国社会中享有特权的白人。从比尔·科迪身上,可以看出他希望纠正加在印第安人身上的不公正待遇和无法控制的事态发展之间的矛盾,这种矛盾暴露了他作为中间人的虚伪。显然,在“野牛比尔”的身上,作者将某一个人的生活和整个国家的集体无意识联系了起来,他的人格分裂代表着整个民族的精神分裂,而他的梦想和梦魇,实际上也就是整个民族的梦想和梦魇。全剧最后一场表现了科迪最后一次,也是最不顾一切地企图结束人格分裂的梦魇,使自己获得人格的统一。原先的科迪,是印第安人的朋友,此刻却仅仅作为“野牛比尔”而存在。尽管为屠杀印第安人的野蛮行为辩护是站不住脚的,但却使他能完全站在集体的意志一边从而摆脱内心的矛盾与分裂。他在集体的虚伪中找到了避风港,并在梦中,在弥漫着全国的逃避主义风气中找到了为自己行为辩护的理由。他不再需要如第一场所做的那样为自己的行为辩解,他只需要躲在整体后面,为整体的利益辩解。这说明他已出卖了自己的良知。

在《印第安人》之后,科皮特又写了《富人的秘密》(*Secrets of the Rich*, 1976)、《翼》(*Wings*, 1978)、《好帮手难寻》(*Good Help Is Hard to Find*, 1982)、《研讨会前的世界末日》(*End of the World with Symposium to Follow*, 1984)、《涅槃之路》(*Road to Nirvana*, 1991)、《成功》(*Success*, 1991)、《因为他能》(*Because He Can*, 2000)等剧作为六七十年代十分活跃的一位美国剧作家,他的后期作品相对影响较小。

在60年代初期涌现的剧作家中,杰克·理查森(Jack Richardson, 1934—2012)是属于理智型的。他不是以情感打动人,而是善于启发观众的思考。他的许多作品，不论其背景、题材和风格有何不同，所表现的主题却是基本一致的，也就是说，不同的作品都是从某个单一的主题发展而来。理查森往往将生活表现为一场混乱，一场不断使人吃惊和诧异的变化，一个无法悟透的未知数。人们为了生活下去，不得不忍受它。从这一点来看，他对人类的前景怀有悲观的看法，这种看法具有存在主义的色彩。但是，在他的作品中不难看到，尽管生活中不可避免地会有挫折和失败，但也有机遇和侥幸，因而，他的作品的低沉的暗色中又不时会出现几个亮点。

杰克·理查森的主要作品有《浪子》(*The Prodigal*, 1960)、《大难临头时的幽默》(*Gallows Humor*, 1961)、《洛伦佐》(*Lorenzo*, 1963)、《拉斯维加斯的圣诞节》(*Xamas in Las Vegas*, 1965)、《快乐如国王》(*As Happy As Kings*, 1968)等。

《浪子》是理查森的第一部剧作，它借用了希腊神话中俄瑞斯忒斯为父报仇的故事。在原作中，俄瑞斯忒斯是希腊联军统帅阿伽门农的儿子。阿伽门农率领联军远征特洛亚，历时10年。在他远离家园期间，他的妻子克吕泰涅斯特拉和阿伽门农的堂弟埃癸斯托斯有了私情。阿伽门农凯旋后，他们唯恐奸情暴露，便一不做二不休地把他谋杀了。阿伽门农的儿子俄瑞斯忒斯闻讯逃离本国，在外流落多年后终于回国为父报了仇。在《浪子》一剧中，作者将主人公表现为一个愤世嫉俗的青年，他希望有自己独立的见解，不愿听凭社会习俗的摆布。他认识到权力必然会导致暴力，父亲的被害便是这种权力斗争的结果。如果他要从杀害父亲的凶手那里夺回本该属于他的权力，他就必然会卷入这场不义的斗争。即使他报了父仇，让杀父凶手偿了命，也无非是在已经发生的流血和暴力中加上新的流血和暴力而已，而这正是他所痛恨的。然而，尽管他有这种超越狭隘报仇观念的宽广胸怀，他却无法超越社会道德观念和习俗的羁绊。他最后还是不得不回到阿尔戈斯杀人报仇，因为这是他姐姐厄勒克特拉、他的祖国阿尔戈斯和观众们对英雄人物的要求。这位追求独立人格的青年，最终还是失去了自己的独立人格，不得不遵循社会准则行事。剧本正是在这一点上对希腊神话进行了变形塑造，从而表现出某种存在主义的哲理。全剧弥漫着一种人在社会中无可奈何的情绪。

理查森的另外几部作品也都是所谓的"思想剧"，但它们显然都没有能超出《浪子》的水平。无论《大难临头时的幽默》《洛伦佐》还是《拉斯维加斯的圣诞节》，都显得严肃有余而情趣不足。剧中常常使用不少隐喻，却因为缺乏有血有肉的人物而显得晦涩枯燥。

**外外百老汇的实验戏剧**

自50年代以来，尤其是著名导演昆泰罗的空前成功，使外百老汇戏剧的声誉日隆。到了60年代,当外百老汇戏剧界的一些作家获得声誉后,他们也开始转向商业性戏剧。外百老汇变得与百老汇没有什么两样了。于是,出现了一种更加大胆、更加无拘无束的实验戏剧。这种戏剧很快便获得了"外外百老汇戏剧"的名称。外外百老汇的开端,有人认为是以1960年在格林尼治村"三号镜头"咖啡馆上演的《尤布王》为标志。1966年至1967年间,外外百老汇戏剧达到高潮,仅此一个演出季内,就上演了36个无名剧作家的300出戏,比该演出季中百老汇与外百老汇演出剧目的总数还多出一倍。

外外百老汇以其节省开支著称,这与外百老汇有很大的不同。一出外百老汇的演出,首先必须付场地费,然后还得出钱雇灯光等方面的技师,支付广告费及演员的工资。结果,没有两万美元是很难上演一个剧本的。外外百老汇却不同。咖啡馆、教堂等为它提供场地和用电。参加演出的人纯粹出于对艺术的追求,没有人需要工资。演员、导演、技师和剧作家等,个个都是义务参加。因此,上演一出戏只需几十美元。

外外百老汇戏剧不是以迎合观众趣味为目的,不需要按照观众的趣味去选择剧目,一切都按照自己,即参与戏剧演出的人的爱好去做。它的主要观众是大学生、初露头角的作家和艺术家、嬉皮士以及住在市郊的居民。

在外外百老汇中,开放剧院起着十分重要的作用。这个剧院成立于1963年,它最初有17个演员和4个剧作家。许多演员曾经是著名表演教师诺拉·奇尔顿(Nola Chilton)的学生,其中影响最大的是约瑟夫·柴金(Joseph Chaikin, 1935—2003)。他自1959年以来一直是生活剧院的演员,曾演出过轰动一时的剧本《毒品贩子》。柴金早就想自己建立一个剧团,来试验一套新的演员训练和表演方法。他很快就成为开放剧院的中心人物。

开放剧院的成员由演员、舞蹈设计师、画家和剧作家等组成。他们从音乐、电影、雕塑等其他艺术中借用表现手法,并向文学提出挑战,强调将重点从戏剧文学转向舞台表演。传统的观点认为戏剧首先必须由剧作家用文字写出,其次才是由导演将它搬上舞台。但开放剧院却跳过了第一步,或者说把第一步与第二步合而为一,让导演与剧作家一起进行共同创造。对于开放剧院来说,一个剧本的"作者"一半是剧团,一半是写出本子的作家。作家在写本子时,常常留出许多即兴表演的余地,然后由剧团成员一起来"加工"完成。

开放剧院第一次公开演出是在1963年12月。他们租了谢立丹广场剧院来上演剧目。演出首先向观众表演一些发音和动作的示范练习,一些即兴的小品表演,然后演伊泰利和梅根·特里(Megan Terry)的两出短剧。

开放剧院强调声音和动作——最初是创造"纯粹"的动作和声音,然后在此基础上慢慢地成型,创造出有力的意象来。这并不是说他们完全不重视语言的作用,在他们看来,语言只能起到部分的交流作用,而绝不是万能的。戏剧不单要通过语言，而且更要通过人的形体动作和声音来表达思想，形象大于语言，剧场性大于文学性，这是他们所追求的目标。

让-克劳德·范·伊泰利（Jean-Claude van Itallie，1936—　）出生于比利时的布鲁塞尔，1940 年随父母移居美国。伊泰利 1958 年毕业于哈佛大学，又进入纽约大学研究戏剧。60 年代中期，他成为开放剧院的主要剧作家。《美国万岁》（*American Hurrah*，1966）是他的成名作。该剧是一出由《面试》（*Interview*）、《电视》（*TV*）和《汽车旅馆》（*Motel*）三部短剧组成的三部曲。虽然最初它们并不是作为三部曲来构思的，但由于这 3 部短剧有个共同点，就是把美国日常生活中最常见、最具有美国特征的东西搬上舞台，将这些显然是不值得人们为之欢呼的东西表现出来，并冠之以“美国万岁”的标题，其讽刺意味就再明显不过了。

《面试》表现的是美国生活中最常见的应试场面。人们从广告中获悉某公司招聘工作人员，于是纷纷赶至该公司进行面试。作品生动地显示，这类所谓的面试，实际上是把求职者降为一件没有任何个性的商品。在表现这一主题时，转换（transformation）技巧运用得十分圆熟。转换实际上是一种带有即兴表演特征的手法，每个演员瞬间之内就可以“转换”成一个新的角色类型，其间几乎不用过渡。作者在第一场中将求职人和招工者对立起来，紧接着每一场都出现一个独特的扮演类型化角色的演员，这些演员在各自的处境中迅速转换身份，从牧师转为忏悔者，从精神病医生转为病人，此外还有杂技对手的转换、地铁乘客的转换等等。最后，演员们排成一列，“恰似行进中的木偶”，一个紧跟着一个向“目标”走去。这些人只是对于自己所扮演的社会角色做出机械的反应，没有自己独特的感觉。因此，没有人能帮助他们，也没有人受到他们的帮助。剧本的主题便是：“你能帮助我吗？”“不。”

《电视》一剧的特点是将电视中所展示的生活与电视控制台里发生的事件同时展现在观众面前，这一技巧的处理起了极好的舞台效果。剧中的乔治、哈尔和苏仁是电视台的工作人员，他们在控制台里的生活本身，就组成了一种特殊的人际关系。作者认为观众的注意力应集中在电视中所展示的生活和在监控室里所进行的生活场景的关系上面。也就是说，他的意图是把观众的注意力引向相互作用的滑稽模仿上。这样，通过两个场景的平行展示或互相对照，作者把舞台的两部分对应起来。例如在监控室里苏仁谈起打算如何安排自己的公寓时，电视上一对夫妇正好就在欣赏他们的公寓。监控室里的乔治企图戒烟时，电视上便出现一个缺乏自我控制能力的人物。再如监控室里发生的三角性爱，恰与电视节目中的三角性爱同步，而且都导致了相似的暴力事件。剧终时，“真的”角色一字不改地重复着电视中角色的话。因而，在电视屏幕的内外，观众听到和看到的都是同样公式化、让人难以理解的世界。

在这三部曲中,《汽车旅馆》在表现形式的创新方面步子迈得更大。剧的背景设在一个"没有个性特征的现代化的"汽车旅馆和现代文明中,剧中人物都戴着娃娃面具,其脑袋相当于常人的三倍。戏开场时,一个男人娃娃和一个女人娃娃从强烈的顶光后出现,走进房间。女人娃娃脱去衣服往后台的浴室奔去,这时响起了画外音:"现代人喜欢现代化的地方",对顾客表示热情欢迎。这类连续不断的画外音和身穿灰色衣服的旅馆老板娃娃的出现同步。他戴着一副镜子做的大眼镜,观众可以从中看见自己的映像。于是,男人娃娃脱去衣服,检查并掀去了床上用品。盥洗室传来乱七八糟的声响,男娃娃开始拆毁房间内的设备。摇滚乐刺耳地发出吼叫,画外音读着一连串互不相干的物品单:"猫、猫爪、畸形的脚、霰弹、栏杆、圣经……"这时,那对男女娃娃便在墙上乱涂些淫秽的东西,然后他们扭作一团作私通状,接着便捣毁家具,最后甚至把老板娃娃的手臂也扭了下来。尖利的汽笛声和摇滚乐淹没了画外音。……总之,呈现在我们面前的是一幅疯狂的图画,对美国"现代化生活"的滑稽模仿。

对于《美国万岁》这个剧本的意义,伊桑·莫尔顿在《美国戏剧史》一书中作了十分中肯的评价:《美国万岁》"是对我们这个机器加宣传媒介的文化,或许还是对那躲藏在这文化背后的空虚而恐惧心灵的极好的、带有讽刺性的揭露。这些空虚而恐惧的心灵婉转而适度地抱怨这种文化,却又迫切地需要它,就像奥尼尔笔下的人物需要有一个梦一样"。[①] 这个三部曲实际上提供了"美国三景"(three views of the U. S. A.):第一景即所谓的"面试",从这种夸张而滑稽的模拟招工中可以看到,这类所谓的"面试"或会见,是如何把求职者降为没有自我、没有个性的荒诞的"群体"。第二景提供了典型的美国电视文化——杂耍表演、老掉牙的旧影片、电视系列笑剧、一堂电视西班牙语课、西部牛仔、商品广告、越战新闻、超级英雄等等。而第三景则让人们看到了麻醉品注射、摇摆舞、性解放、性暴力、破坏现有秩序等美国后工业社会的产物。

《美国万岁》十分及时地反映了60年代美国社会及美国文化的现状,又用夸张的手法对这一现状加以扭曲,使其荒诞化,从而达到某种温和的批评效果。这三出短剧的表现手法都有许多出新之处,无论《面试》中的人物转换技巧,《电视》中的皮兰德娄式技巧,以及《汽车旅馆》中的娃娃面具和画外音的运用,都给人耳目一新的感觉。伊泰利后来继续他的先锋戏剧实验。《蛇:一种仪式》(*Serpent: A Ceremony*, 1969)为开放剧院赢得世界性声誉。1972年,他创作了《美国之王》(*King of the U. S.*),不久推出了《神秘剧》(*Mystery Play*)。80年代以来,伊泰利继续为不同剧团创作新戏,包括《西藏死者之书》(*The Tibetan Book of the Dead*, 1983)、《旅行者》(*The Traveler*, 1987)、《目

---

① Mordden, pp. 261 - 262.

瞪口呆》(*Struck Dumb*，1988)、《古代男孩》(*Ancient Boys*，1991)、《战争、性和梦》(*War, Sex, and Dreams*，1999)、《光》(*Light*，2004)、《恐惧本身：白宫的秘密》(*Fear Itself: Secrets of the White House*，2005)等等。这些作品依然关注美国当代社会现实，如1991年的《古代男孩》以契诃夫式的细腻笔法真实再现艾滋病人的情感和生活，在拉妈妈咖啡馆上演。

60年代弗兰克·奥哈拉、兰福德·威尔逊、梅根·特里、萨姆·谢泼德等剧作家为外外百老汇剧院写戏，外外百老汇戏剧呈现多姿多彩的景象。画家、舞蹈演员、雕塑家、音乐家也参与戏剧实验，革新传统的戏剧概念，导致了机遇剧的出现。"机遇剧"(Happening)是美国戏剧家艾伦·卡普罗(Allan Kaprow，1927—2006)于1958年新造的概念，在题名为《杰克逊·波洛克的遗产》(The Legacy of Jackson Pollock)的一篇文章里，他以此描述一种源于绘画同时却把画家引向戏剧表演的创作方法。卡普罗1956年至1958年间曾师从先锋音乐家约翰·凯奇学习作曲，1959年创作了机遇剧《分成六部分的十八个偶然事件》(*18 Happenings in 6 Parts*)，意为一连串多种不同的事件。该剧于1959年10月4日在纽约的鲁本美术馆上演时，美术馆被塑料板隔成三个区域，"观众"被引到这些房间里，并被告知他们应该在什么时候干些什么事情。与此同时，从扩音器里传来电子音乐，在墙上可以看到投射的各种幻灯画面。卡普罗曾经解释说，他要制造一种气氛，人们在这里不是要表现什么，而是要产生一种即时的感受。

尽管机遇剧的几位倡导者对于这种形式的基本要素并没有统一的说法，有几个最初设置的前提却是一致的。那就是：一、对于剧作家来说，他的工作只是一种当场消耗的东西，而不是为了藏诸名山、传之后世的作品。二、所有在场的人都实际参与演出，因而消除了演员与观众之间的任何区别。三、由于参与的人数有限，机遇剧只能在少数人中间创作，而不能成为一种为广大群众同时欣赏的艺术。四、真正的机遇剧只能演出一次，因为其目的在于活动的过程，而非活动的结果。由此可见，机遇剧在本质上是一种非文学的艺术。演出之前演员不排练(虽然事先可能经过较长时间的酝酿或者有详细的行动计划)，没有职业性的演员，也没有通常意义上的观众席或舞台。因此，机遇剧基本上是要拆除艺术与生活之间的障碍。卡普罗曾撰文对机遇剧的意义做了进一步的阐述。他说：

> 简单说来，机遇剧是一连串发生的事件。虽然好的机遇剧具有明显的撞击力——也就是说，人们感觉得到"这儿将发生一些重要的事情"——但是它们并没有导向什么结果，也没有任何特别的文学上的意义。和以往的艺术不同的是，它们没有精心结构的首、中、尾。它们的结构是开放的，流动的，没有

最终的结局;没有明显的追求,因而除了发生了一系列事件外,也就没有什么实质性的收获。它们只演一场或几场就不再重演,由新的机遇剧取而代之。①

机遇剧的出现是和当时美国各类艺术内部出现的实验性倾向分不开的。就以绘画来说,当时有一种反对传统绘画的平面性的主张,企图打破绘画的框架。在戏剧方面也是如此。观众不再像走进美术画廊观看绘画作品那样,坐在观众席上观看舞台上的"画面"。显然,当他走进机遇剧的戏剧情景,他不可避免地使自己成为这一情景中的一员。他给这一情景增添了一些什么,他的一举一动又改变了一些什么,都能使整个画面发生变化。他既作为一个观众出现,又作为一个演员出现,同时,又似乎是日常生活中的某个人。

尽管对于机遇剧算不算是戏剧还有争论,它作为一种带有60年代特征的探索和实验,却有着不可忽视的意义。它提出了"表演的本质"问题,"表演者与观众的关系"问题,以及"艺术作品中将艺术与生活隔离的框架"问题。这些问题确实能引起人们的思考。所以,正如英国著名戏剧批评家比格斯毕所说:"如果机遇剧自身还不能成为许多人正在寻找的一种新的戏剧的话,那么它至少是日益成为50年代末60年代初戏剧特点的那种实验精神的进一步的证明。"②他还说过这样一段话:"绚丽的色彩,优雅的动作和飞升,动态的构图,活生生的东西迅速的交互作用,像是半空中云朵里忽隐忽现的闪电——这一切才是一出戏,纸上的空话怎能称为戏呢?"③如果说剧本在田纳西·威廉斯的眼中只是建筑师手中的一张蓝图的话,那么在机遇剧创作者的心目中,这张蓝图是多余的。他们强调的只是一种群体的交流和体验。

除此以外,60年代戏剧的实验性,在理查德·谢克纳(Richard Schechner, 1934— )所创导的"表演剧团"(the Performance Group)里也得到很大的体现。谢克纳曾经参加过波兰当代著名戏剧革新家格洛托夫斯基(Jerzy Grotowski)的戏剧工作室,并受到他所倡导的"贫困戏剧"(一译"质朴戏剧")的很大影响。1967年11月,他组织了表演剧团,把一些演员组织起来,每周三个晚上聚集在一起进行表演训练。跟柴金的开放剧院一样,这个剧团不是单纯为了演几个剧目而成立的,它的目的是探索戏剧革新的种种可能性。

谢克纳把他的实验称为"环境戏剧"。他提出了关于环境戏剧的六条原则:一、戏剧的定义不再是建立在传统的对生活和艺术的区分的基础上。二、

① Alvin B. Kernan, *The Modern American Theater* (Prentice-Hall Inc., 1974), pp. 122 - 123.

② Bigsby, *A Critical Introduction to Twentieth-Century American Drama* (*Vol*. 3): *Beyond Broadway*, p. 52.

③ 《外国现代剧作家论剧作》,北京:中国社会科学出版社,1982年,第300页。

所有的空间都必须为表演所用,同时也为观众所用。三、戏剧演出可以在一个经过彻底改造的空间里进行,也可以在一个现成的空间里进行。四、演出焦点可以是灵活多变的,这样,如果观众不移动自己的位置就不可能看到所有的表演,这就迫使观众去做出选择究竟看什么。五、一种演出元素并不从属于另一种演出元素,演员在剧中和其他的听觉和视觉的元素具有同等作用。六、剧本既不必作为演出的出发点,也不必作为演出的最终目的,也许根本就可以没有剧本。[①]

以上六条环境戏剧的基本原理,表明谢克纳十分强调观众的参与作用,尤其是第四条,强调观众在演出过程中自己去选择演出焦点,而不是像传统戏剧那样,由导演将一切呈现在观众的面前,而观众只是被动的“接受者”而已。谢克纳强调演员的素质训练,要求演员能随时改变自己的形体,处理成任何其他东西,而不仅仅作为角色的扮演者。而这六条中的最后一条,则再一次强调演出的重要性,将剧本降至可有可无的地位。这一点正与美国60年代的戏剧倾向相符。

谢克纳及其表演剧团的惊世骇俗之作《酒神在69年》(*Dionysus in 69*, 1968)就是这样产生的。该剧是对希腊悲剧诗人欧里庇得斯的《酒神的伴侣》一剧的改编。谢克纳先把原剧分给每位演员,让他们分头阅读,并嘱咐他们边看边用笔划去那些自己不喜欢或认为没有价值的诗行。在第二次会面时就让大家集体朗读剧本,各人只念自己认为有价值的、感兴趣的台词。在朗读中出现了有趣的现象:即全剧的有些段落似乎吸引着所有的人,有些段落只有少数几个人在念,还有的部分则是哑然一片,因为没有人对它感兴趣。他们认为没有人感兴趣的那部分,显然是古典作品中已经死去的部分,因此就毫不犹豫地将它们尽情删除,而留下那些至今仍有活力、仍能引起人们共鸣的部分作为构成演出脚本的基础。同时他们又采用了《安提戈涅》、《希波吕托斯》等其他希腊悲剧的一些片断,将它们糅合起来,创造出一出新戏。

在谢克纳看来,剧作家仅仅为他们提供一个剧本作为基础,在此基础上,导演和演员根据自己的观点进行大量的改编和增删,用来表现自己的思想。在《酒神在69年》中,酒神狄奥尼索斯和代表太阳精神的珀耳修斯的冲突,被表现为个人与法律、本我(Id)与自我(ego)、自由和权威的冲突。这样,他们就把欧里庇得斯的作品主题引向表现当代人类困境的层面,使它成为一部充满当代意识的先锋派作品。

表演剧团后来还上演了《麦克白》(*Macbeth*)、《公社》(*Commune*, 1970)和

---

① Theodore Shank, *American Alternative Theatre* (London: The Macmillan Ltd., 1982), p. 93.

《大胆妈妈》(*Mother Courage*)等剧,每次演出都有出人意料的设想。《麦克白》的演出将莎士比亚原著重新构建,用来表现美国社会中所存在的法西斯主义这一主题。

谢克纳的戏剧观带有鲜明的时代特征。如果把 20 世纪初作为美国现代戏剧的开端,其演出史可以大致分为三大类别,其中第一类基于以斯坦尼斯拉夫斯基为代表的现实主义表演理论,这类演出以文学为本,并着重于技法的钻研;第二类遵循布莱希特强调"间离效果"和教育功能的戏剧理论,演出已将重点从技法的钻研转移到思想或哲理的探讨,但此类演出的基础仍然是剧本文学。而谢克纳从属于第三类演剧理论,即以演出而非剧本为本,它的创始人是法国的阿尔托(Antonin Artaud)和波兰的格洛托夫斯基,前者的残酷戏剧和后者的质朴戏剧均注重表演者的身体表达,反对语言在戏剧中的霸权地位。谢克纳的实验戏剧为演剧中心论在美国的发展提供了大量的实践经验,60 年代成为美国戏剧从文本中心转向演出中心的分水岭。

**黑人戏剧**

60 年代随着美国政治的大动荡和波澜壮阔的民权运动,美国黑人戏剧也蓬勃发展起来。由于黑人群众不满情绪的高涨以及他们不断地抗议和示威,黑人的社会地位比以前有所改善。百老汇和其他地方剧院里黑人观众增加了,他们不必坐在边座上或特定的区域内,而可以随便购票入座。各大剧院的黑人剧目大为增加,黑人职业剧作家迅速增多,他们的作品反映了黑人的生活和斗争,在人物形象的塑造、语言的运用和戏剧结构的安排上都趋于成熟。黑人作家们联系实际,试图用戏剧艺术唤起广大黑人群众。这一时期涌现出来的黑人剧作家中,最有代表性的作家有奇尔德雷斯、汉丝贝丽、琼斯、布林斯、凯尼迪等人。其中琼斯为 60 年代美国最激进的黑人剧作家,布林斯是一位被称为"愤怒青年"的黑人作家。

艾丽斯·奇尔德雷斯(Alice Childress, 1916—1994)出生于南卡罗来纳州,在纽约哈莱姆区长大。早在 1940 年,她就成为"美国黑人剧院"的演员。1949 年该剧团上演她的第一部戏《佛罗伦丝》(*Florence*),剧中一位黑人妇女在美国南方一个火车站等火车,准备上纽约把在那里当演员的女儿带回家。但与一个白人妇女交谈之后,她改变了主意,决定鼓励女儿留在城里。《心中的不安》(*Trouble in Mind*, 1955)是奇尔德雷斯根据自己作为黑人女演员的生活经历创作的一部戏中戏。维拉塔是一位中年女演员,在白人导演曼内斯的指导下参与黑人剧组演一部关于南方白人对黑人施以私刑的戏。维拉塔在排戏过程中对剧情心中感到不安:乔布遭到白人种族分子的追捕,他母亲要无辜的儿子到白人法官那儿去自首。维拉塔扮演母亲,认为母亲不会那么糊涂,把自己的孩子交给白人,而应该是安排他逃跑,尽管他逃脱不了死的命运。曼内斯作风霸道,反复告诫维拉塔不要有自己的思想。两人发生冲突,曼内斯甩手而去,让剧组全体演员休息,明天再听他的电话。维拉塔知道自己不会接到电话,但是她还是要来。她料想曼内斯下一步的动作是解聘她,并对黑人演员进行分化瓦解。《心中的不安》涉及黑人演员以及黑人戏剧如何面对白人占绝大多数的观众而生存发展的问题,曾获外百老汇奥比奖。《结婚戒指》(*Wedding Band*, 1966)剧情发生在1918年南卡罗来纳州。赫尔曼是一位白人面包师,他与黑人女裁缝朱莉娅共同生活了10年。赫尔曼送给朱莉娅一枚结婚戒指,但根据南卡罗来纳州法律,他们不能正式结婚。他买了两张船票,准备带朱莉娅北上,但不幸身患重病。朱莉娅拒绝了他的母亲要让儿子回到北方家里死的要求,将结婚戒指和船票送给了邻居,赫尔曼临死之际以为他和朱莉娅正在北上的途中。《结婚戒指》通过讲述一段跨种族婚姻的动人故事,揭露了种族偏见。《荒野中的酒》(*Wine in the Wilderness*, 1969)以哈莱姆黑人骚乱为背景。画家比尔正在创作表现黑人妇女的三联组画,完成了三幅画中的两幅。黑人女工托米的房子在骚乱中被烧毁,她虽然没有受过教育,却是一位有主见的女性。托米给比尔的第三幅画当模特,帮助他认识生活。除戏剧以外,奇尔德雷斯还创作了小说《英雄只是三明治》(*A Hero Ain't Nothin but a Sandwich*, 1973)、《一小段步行》(*A Short Walk*, 1979)等。

在战后美国的黑人戏剧发展史上,洛兰·汉丝贝丽(Lorraine Hansberry, 1936—1965)占有突出地位。这位才活了34岁就被癌症夺去了年轻生命的黑人女作家,为美国黑人戏剧写下了辉煌的一页,她的第一部戏《日光下的葡萄干》至今仍是最著名的美国黑人剧作。通过这部作品,汉丝贝丽成为涉足百老汇的第一位黑人女作家,还成为荣获纽约剧评界最佳剧作奖的第一位黑人作家。她的成功极大地鼓舞了其他黑人剧作家,使他们的作品也受到了美国观众的重视,从这一点来说,她又是一位开路先锋。

《日光下的葡萄干》(*A Raisin in the Sun*, 1959)剧名取自黑人诗人兰斯顿·休斯的一行诗句:"它(指梦想——笔者按)会不会干瘪枯萎,像阳光下的一粒葡萄干?"该剧围绕着黑人沃特尔·杨格一家的生活和斗争展开情节。杨格一家怀着梦想来到芝加哥谋生,然而,他们的梦想在这座城市里化为泡影。父亲由于劳累过度而去世,死后留下一万美元的保险金。这笔钱使母亲燃起了新的希望——想用这笔钱买一幢房子。然而她的儿子沃特尔不同意这么做,他梦想用父亲留下的这笔钱投资做买卖,因为他相信黑人若想成功,就必须效法白人做生意赚钱。他妹妹本妮正在大学读书,尽管她知道昂贵的学费对他们这样的家庭来说是个多么沉重的负担,却不愿意放弃自己将来当医生的梦想。显然,作者通过母亲丽娜和儿子沃特尔这两个主要人物的矛盾,反映出两种完全不同的价值观。母亲代表着传统的人本主义的价值观,而沃特尔则是物质主义价值观在这个家庭里的体现。戏剧冲突的高潮发生在母亲用这笔保险金在白人聚居区买下一幢房子以后。邻近的白人听说一户黑人要搬进这幢房子顿时大为恐慌。他们设法用金钱去收买他们,要他们放弃这个住所。迷恋金钱的沃特尔主张接受这一条件,在他看来,只要能赚钱,没有什么条件是不能接受的。然而母亲却不为金钱所动,在她看来人的尊严要比金钱可贵。对于她来说,接受这个条件不啻是对她人格的一种侮辱。最后她终于说服了儿子,全家拒绝接受白人的收买,毅然搬进了新居。

《日光下的葡萄干》是根据汉丝贝丽的切身经历创作的。汉丝贝丽的父亲曾于 1938 年冒着坐牢的危险和芝加哥的住房种族隔离政策对着干,毅然把全家迁入白人区内住。一伙种族主义暴徒乘她父亲出庭之机,围在他们家门口,一面狂叫一面向他们扔砖头。当时年仅八岁的汉丝贝丽每天从学校来回时都要遭到白人的挑衅,但他们一家还是坚持了下来。她父亲在全国有色人种协进会的帮助下,一直上诉到美国最高法院,终于在 1940 年著名的"汉丝贝丽诉讼案决议"中推翻了带有限制性的房屋契约。然而不幸的是,尽管法律上对住房的种族隔离政策不予支持,但在实际生活中,带有限制性的房屋契约仍然继续着。正是有感于此,汉丝贝丽才写下了这部作品。

《日光下的葡萄干》于 1959 年 3 月 11 日在百老汇剧院上演时,获得 7 家最有影响的纽约报刊剧评家的好评,并连演 538 场。两个月后,该剧在纽约剧评界评奖时,居然压倒了赫赫有名的威廉斯的《可爱的青春小鸟》和奥尼尔的《诗人的气质》而荣获最佳剧作奖。然而,也有一些批评家对该剧到底算不算真正的黑人戏剧提出了异议。最有代表性的是纽约《星期六评论》的亨利·休斯。他认为,尽管剧中主要人物都是黑人,反映的也是特殊的种族问题。但是这些人所遇到的问题也是每一个美国公民都会遇到的问题。哈罗德·克罗斯甚至说这个剧本"具有那么鲜明的'美国特征',因此许多白人并不认为它是一出黑人戏剧"。[①] 与此相反,《美国戏剧中的黑人剧作家:1925—1959》一书的作者阿卜拉姆森则认为:"黑人团体对百老汇上演的这出黑人剧作的支持是他们对任何其他剧本的支持所没有过的。"他还指出:"这一出百老汇的戏,不是为通常的白人中产阶级观众上演的。"[②]黑人作家鲍德温则说,"我一生中从来没有看到过这么多黑人来到剧院",并认为它之所以如此吸引黑人观众是因为"在整个美国戏剧史上从来没有一部将黑人生活如此真实地表现在舞台上的作品"。[③] 而汉丝贝丽本人则更加明确地表示:"它不是其他什么作品,它首先

① *Concise Dictionary of American Literary Biography*, p. 249.
② 同上。
③ 同上。

是一部地道的黑人戏剧。”[③]半个世纪后，诺里斯(Bruce Norris)的《克莱伯恩公园》(*Clybowrbe Park*, 2010)讲述了《月光下的葡萄干》中的白人区 50 年后发生的变化，获普利策戏剧奖。

汉丝贝丽的第二部剧作《西德尼·布鲁斯坦窗口上的标记》(*The Sign in Sidney Brustein's Window*, 1964)将地点设在格林尼治村，描写一群生活在这一地区的人们，其中只有一个是黑人。剧本主人公是一位中产阶级的犹太人，作者深刻而细腻地揭示了他复杂的内心世界，展示了他为了达到自我保护的目的而对社会采取不介入的态度，以及由冷漠到敢于承担责任到失望的心路历程。最后，他尝试着重新回到社会中去。正如作者自己所说：“该剧企图表现西方知识分子在热情投入之前的犹豫。”[④]

使许多批评家吃惊的是，汉丝贝丽在她的第二个剧本中把注意力转向了住在格林尼治村的一批白人身上，而且表现的又是存在主义、抽象艺术、荒诞派戏剧、同性恋、女权主义、中产阶级价值观念等一系列在他们看来只与白人有关的主题。其实，汉丝贝丽在格林尼治村生活了 10 年，跟居住在那里的知识界人士、艺术家、演员以及她笔下表现的其他一些人物有过密切的接触。她着力去反映他们的生活，表现他们的追求和失意，这是并不奇怪的。汉丝贝丽不愿把自己的创造力局限在某一狭小的范围，而希望在一切社会领域里发表看法，表现出自己作为一位黑人的态度。这一点正说明黑人剧作家独立人格意识的觉醒。

《西德尼·布鲁斯坦窗口上的标记》上演后，评论界对它褒贬不一。然而，许多观众出于对作者本人以及作品的爱护，纷纷出钱募捐，使它居然能连演 101 场。一直坚持到 1965 年 1 月 12 日汉丝贝丽因病医治无效而逝世的那一天。这一事件本身就带有强烈的戏剧性，在美国剧坛留下了一段值得传颂的佳话。当时整个社会所表现出来的这种热情，当然和汉丝贝丽本人的魅力分不开的，但同时也是美国 60 年代社会上下支持黑人运动的热潮的一个标志。

在汉丝贝丽生命的最后一年多的时间里，尽管病魔缠身，她还是将主要精力花在《白种人》(*Les Blancs*)一剧的创作上。该剧的故事发生在非洲，主人公是白人记者查理·莫里斯和黑人知识分子蔡姆勃·麦托萨。剧情是由两个既各自独立又有着某种内在联系的故事组成的。剧情的一方面，白人记者查理·莫里斯来到某个神话般的典型的非洲国家，想见一见那位以善行而闻名的德高望重的传教士尼尔逊牧师。但是他看到的却是当地殖民政府对非洲土人的压迫和残暴统治。而且他发现尼尔逊牧师的仁慈，只是一个白人牧师对

---

③ *Concise Dictionary of American Literary Biography*, p. 256.

④ John Wakeman ed., *World Authors: 1950—1970* (New York: The H. W. Wilson Company, 1975), p. 615.

那些在他看来野蛮而无知的黑人的怜悯和仁慈。他所见到的一切促使他改变自己原来的看法,意识到只有掀起一场暴力革命才能拯救这个非洲民族,尽管暴力会给许多无辜的白人和黑人带来灾难。剧情的另一方面,以黑人知识分子蔡姆勃·麦托萨为主线。这个黑人不同于他的同胞,他生活在伦敦,娶了一个白人妻子,并有了一个美满的家庭。因此,他是一个受到白人文化熏陶的黑人。此刻,他从国外回来参加父亲的葬礼。他原打算在葬礼结束后就回伦敦,却因为受到黑人反殖民主义斗争的鼓舞而决定留下。剧本就是从两个不同种族、不同身份的人在非洲这块土地上的经历及其思想的转变,来表现作者对非洲民族解放斗争的歌颂与支持的。

《白种人》一剧于1970年11月15日在纽约首演,此时汉丝贝丽去世已有五年。演出受到非常激烈的争议,该剧演了47场便告结束。但许多评论家认为,这个剧本无论对于观众还是读者,仍是一出有着很强力度的作品。

汉丝贝丽的剧作总的说来是比较温和的,多以同情弱者、呼吁社会改良为主。黑人剧作家中和她站在另一个极端的是勒罗伊·琼斯(LeRoi Jones, 1934—2014),他明确地将戏剧作为政治斗争的武器,用来推动黑人运动。琼斯出生于新泽西州,在霍华德大学上学,他书没读完便去参加了美国空军。退役后,从事教书和写作。1964年,琼斯在哈莱姆黑人区组织了一个黑人艺术演出学校,后来他又在纽瓦克创建了一个"精神剧院"。琼斯是美国黑人运动中的一位十分活跃、富有战斗精神的领袖人物,曾担任过非洲人民代表大会国际合作委员会委员和美国黑人政治代表大会总书记。他的激进思想有时往往走向极端,例如他认为白人是黑人革命的敌人,甚至因而和自己的白人妻子离婚,并娶了一位黑人姑娘为妻。他后来皈依伊斯兰教,并鼓动人们改用阿拉伯语或斯瓦希利语的名字,他自己则改名为伊马姆·艾米里·巴拉卡(Imamu Amiri Baraka)。这三个字的意思分别为"精神领袖""王子"和"祝福"。到了70年代,他公开宣布信仰马列主义和毛泽东思想,并成为美国共产党组织的一个领导人。琼斯的文艺见解也十分激进。他的所谓"革命戏剧"常常直接表现对社会的反抗以及对种族歧视的仇恨,不能容忍戏剧中的任何含蓄。他说:"我们的戏剧要表现牺牲者,使观众能更好地理解自己就是这些牺牲者的兄弟。……我们要呐喊,要哭泣,要杀人,要痛苦地在街上奔走,只要它能感动一些人,能感动他们,使他们真正了解这个世界是个什么样子,它能做出什么事来。"①

琼斯的第一个剧本《盥洗室》(*The Toilet*, 1963)是一出独幕剧,从表面看来写的是同性恋与暴力,实际上却是表现作者早期作品中反复出现的主题:

---

① Hassan, p. 167.

脆弱而孤立的个人与他所生存的社会规范之间的冲突。该剧主人公雷·福茨是个黑人中学生，他和白人男孩杰米·卡洛里斯很要好，还给他写过所谓的情书。但他不得不当着其他学生的面否认自己对他有好感，甚至任凭他们任意殴打杰米·卡洛里斯。该剧的剧情发生在学校的一个公共厕所内。一伙黑人男孩正围着雷·福茨和杰米·卡洛里斯，怂恿他们互相斗殴。雷·福茨眼睁睁地看着杰米·卡洛里斯被他们打得不省人事，却只能装出无动于衷的样子。待众人离去之后，他才能将他抱在怀里抚慰他。许多评论家都指出这一幕十分动人。科恩说："让人难忘的是剧终时圣母玛丽亚抱着基督尸体的画面上，一双瘦小的黑手托着一个白人孩子的头的温情形象。"[①]对于这个剧本，评论家们有不同的解释。较早的评论着重指出它反映了种族矛盾和冲突。后来的评论倾向于指出作品对主人公内心矛盾的揭示。作为福茨，他是黑人学生的头儿，是某种集体无意识的代表，象征着男子汉的坚毅气质；作为雷，他是一个敏感而多情的孩子，是爱的象征，[②]一个有着自己个性的人。作者似乎要告诉我们，作为一个集体或一个社会，是不允许爱存在的。

琼斯的早期作品为他享有盛名的代表作《荷兰人》(*Dutchman*，1964)铺平了道路。《荷兰人》于 1964 年 1 月 12 日在村南剧院(Village South Theater)上演，受到人们的热烈欢迎，并荣获了当年的奥比奖。该剧故事发生在地铁车厢里。男主人公克莱是个年约 20 岁的黑人青年，他穿着整洁，随身带着书，是个知识分子类型的人物。幕启时，他正独自坐在一节没有旁人的车厢里看一本杂志。这时，上来了一个相貌漂亮的、轻佻的白人姑娘露拉。她上车后坐到克莱的身旁，对他百般挑逗，先是问他刚才上车时为什么盯着她看，究竟有什么不良企图，又说她很了解像他这一类人，还断定他一定是去参加一个舞会，要求他带她一起去，还说等舞会结束后她可以带他去她的住所过夜。在交谈中，露拉态度放肆，一边和他调情，一边骂他黑鬼，还说了许多污辱他的话。后来，车厢里又进来好多乘客，随着围观者的增加，露拉态度越来越放肆。她走到车厢中部，扭着屁股跳起舞来，并要克莱和她一起跳。遭到克莱的一再拒绝后，露拉恼羞成怒，由挑逗而变成辱骂。克莱忍无可忍，打了她两记耳光。他说，他根本不怕白人，他现在就可以杀掉她或任何其他白人，还挖苦地说她口口声声请他跳舞，却根本不懂怎么个跳法，他们那些白人都是一样，说是喜欢听黑人歌星贝西·史密斯的歌曲，可是他们根本就听不懂。他说，算账的日子一定会到来。当黑人团结一致时，他们就会一起对付不共戴天的敌人。克莱发泄完后准备下车，这时露拉抽出小刀，对他胸部猛刺下去，克莱倒地而死。

① Ruby Cohn, *New American Dramatists: 1960—1980*, p. 98.
② "雷"的英文是 Ray，表示爱的光束；"福茨"原文为 Foots，即"沉淀"之意。

露拉命令车上的乘客把尸体扔出车外,然后让他们全部下车。到了下一站,又上来一个20来岁的黑人青年,胳膊底下夹着几本书。这青年年纪和相貌都与克莱相仿,他和露拉两人相对而视。这时大幕降下,给人的感觉是一切又将从头开始,刚才那一幕又将重演。

《荷兰人》曾以两种不同结局的版本出版。在最初的阿波罗版中,一个黑人列车员蹒跚地穿过车厢通道,朝着那个知识分子模样的黑人青年打了个招呼:"嘿,老弟!"他也回了声"嘿!"在这里作者似乎要告诉我们,黑人之间尽管社会地位不同,衣着不同,仍然能体会出彼此间的兄弟之情。在该剧第一个导演爱德华·帕洛斯印行的版本中,列车员没有出现。最后大幕落下时,露拉正打量着又一个受害者,一点一点地啃着苹果,预示着又一幕悲剧的开始。

《荷兰人》和《盥洗室》相比,有许多相似之处。所不同的是,《盥洗室》里的受害者是白人学生卡洛里斯,而《荷兰人》里则是黑人青年克莱。另一个不同点在于《盥洗室》最后以雷·福茨对卡洛里斯的抚爱为结束,而在《荷兰人》里作者悲观得多,他似乎想表明,希望通过"爱"来解决种族问题是不可能的。人们读着剧本会感到剧中的露拉不是孤立一人,她背后有一大群旁观者。他们虽然没有像《盥洗室》里那伙殴打卡洛里斯的学生那样对克莱动手,但是我们从剧本中可以看到,随着越来越多的乘客上了车,并越来越紧地围着露拉和克莱,这两位中心人物变得越来越激动。露拉先前对他的那种私下的挑衅和侮辱,此刻变成公开的挑衅与侮辱。原先的口角,成了面对一大批听众的公开演讲。而露拉也只有当她和这些"旁观者"取得一致意见时,才有胆量拔刀行凶。因此,组成这出戏的背景——地下铁道里的那些黑人和白人乘客——隐喻一个默忍罪恶的社会,一个容忍谋杀、甚至鼓励谋杀的社会。在这里,作者似乎想告诉人们,露拉的挑衅不是一种偶然的、因人而异的现象。也就是说,即使克莱没有遇上露拉,其他黑人还是会遇上她或像她那一类的人。悲剧还是照样会发生。

琼斯的另一个剧本《奴隶》(*The Slave*, 1964)描写了一场种族战争。剧中主人公沃尔克·维塞尔斯是个黑人革命军的领袖,在一次战斗中率领武装的黑人向白人发动袭击,途经自己前妻格雷丝的家,便闯了进去。格雷丝此时已嫁给一位名叫布莱福德·伊斯列的大学教授。这三个人在一起谈了很久,谈到他们以前的生活,还争论起文学、政治和人的价值等问题。此时背景上传来不断的爆炸声,暗示战争仍在继续。维塞尔斯喝得酩酊大醉,说话也变得语无伦次,终于和教授发生了争执。他一怒之下开枪杀死了教授,格雷丝也被外面飞来的炸弹炸死。在这个剧本中,主人公不仅被描写成社会环境的受害者,而且也是他自己的种族仇恨心理的受害者。这种仇恨心理不但导致他最后丧失理智地杀人,而且也妨碍了他自己寻求一种更公正、更完善、更符合人性的社会的努力。该剧充满火药味，接二连三地出现暴力和杀戮。因此这出剧的上演曾招来不少非议。对此作者在一篇题为《非暴力意味着什么？》的文章里提出了他的观点。按照琼斯的说法，黑人一旦使用暴力，不见得会比白人使用得正确。黑人依靠暴力夺取政权以后，也不见得会比白人更公正地使用权力。在剧中作者安排了维塞尔斯和他的前妻的一段对话。维塞尔斯对格雷丝说："你们（白人）已经坐过庄了，现在该轮到这些人（黑人）了。"格雷丝表示，这种轮流坐庄的论调令人恶心。维塞尔斯痛苦地承认这一点。可以看出，作者想告诉人们，无论白人也好，维塞尔斯或其他黑人也好，都受着某种他们自己都无法抗拒的思想的驱使，干着他们自己也无法控制的事情。

琼斯是个多产的剧作家，在《奴隶》之后，他又创作了《吉罗》《实验死刑队一号》《贩奴船》《生活的至善》《S—1》《历史的动向》等近 20 个剧本。《吉罗》（*Jello*, 1965）是一出闹剧，描写一位叫罗彻斯特的黑人仆人如何起来反对他的白人主子的故事。《实验死刑队一号》（*Experimental Death Unit # 1*, 1965）写两个白人吸毒者争夺一个黑人妓女，被行刑队全部处死，并将两个白人的头颅挂在长矛的枪尖上，表现出黑人民众的复仇心理。《贩奴船》（*Slave Ship*, 1967）揭露了贩卖黑人的真实历史，并别具匠心地用音乐来衬托黑人的历史形象。该剧的副标题是"历史的庆典"（*A Historical Pageant*），全剧以歌颂美国黑人革命力量的颂歌告终。《生活的大德》（*Great Goodness of Life*, 1970）是一部表现主义的剧作，主要剧情是对主人公科特·罗伊尔的审讯。科特无端被指控长期窝藏杀人犯，他在白人法官声音的指令下，必须消灭杀人犯，方可洗刷自己的罪孽和耻辱，而这个所谓的杀人犯原来是他自己的亲生儿子。科特执行"清洗仪式"之后，感觉很好："我的灵魂像雪一样白。像雪一样白。我自由了。自由了。我的生活真美好。"剧本结束时，他获得了由白人界定的"生活的大德"，准备去打保龄球。《生活的大德》揭露了白人社会压迫黑人的本质，具有"醒世"教育意义。《S—1》（*S—1*, 1976）和《历史的动向》（*The Motion of History*, 1977）两剧继承了 30 年代左翼戏剧的传统。《S—1》中的"S—1"是一项使法西斯主义在美国合法化的国会议案，尽管遭到几位害怕得声音颤抖的自由主义者的反对，议案还是被通过，而一对黑人共产党夫妇则成了牺牲品。《历史的动向》写了里奇和伦尼这两位"当代白人和黑人纨绔子弟"如何抛弃放荡不羁的艺术家生活，投身于工人革命的故事。总的说来他后期作品的戏剧内在力量未能达到《荷兰人》的高度。

埃德·布林斯（Ed Bullins, 1935—　）是一位和琼斯同时代的黑人剧作家，出生于费城，曾在美国海军服役。布林斯的戏剧创作始于 1965 年。最初，他的创作主要是改编自己的小说。内容通常是讽刺黑人资产阶级的生活。这一类作品有《你好吗？》（*How Do You Do?*, 1967）、《电子黑鬼》（*Electronic*

*Nigger*, 1967)等。这两个作品具有荒诞派戏剧的某些特征,是实验性较强的戏剧。布林斯从自己的亲身经历中汲取黑人下层社会的题材,他的大多数剧本都是表现黑人社区生活中的丑恶面,作品人物有的是盗贼、妓院老板、妓女、贩毒者等,但他们也不乏诙谐与充满活力的一面。科恩在论及这些作品时说:"同契诃夫一样,布林斯探索了他的人民的缺点,'看见丑陋时,就替他们清洗'。"①《克拉拉老人》(*Clara's Old Man*, 1965)以费城的贫民窟为背景,描写一个身穿名牌大学学生服、操着大学生腔语言的杰克如何被几个贫民窟姑娘作弄的故事。《到布法罗去》(*Goin'a Buffalo*, 1968)写一批黑人流浪汉和妓女梦想离开洛杉矶去布法罗的故事。在这个剧中,布法罗代表着他们追求的理想以及理想的失落。《喝酒之际》(*In the Wine Time*, 1969)的剧情发生在50年代的北方工业城市。克里夫·道森曾在海军服役,退伍后又去读书,但找不到好工作。他不愿意干一小时一美元的零工,成天和妻子罗在家,借酒消愁,讲脏话发泄。罗的侄子雷刚满16周岁,准备参加海军。在克里夫的影响下,他也喝起酒来。离家前一个星期,他与人发生殴打,在醉意醺醺中把人杀死。克里夫为了"保护我们的家庭",把责任承担下来。他在被警察带走之前对雷说:"这是你的世界,雷……是你的世界,孩子……到外面去,去争取它。"《喝酒之际》描写了一群生活在绝望之中的黑人青年男女,他们抱着酒瓶,借助酒力,以骂人、打架的方式来表达爱。克里夫自己曾经拥有梦想,想成为一个真正的男子汉,罗是一位坚强的女性,但是,他们的梦想被现实生活击得粉碎。克里夫最后牺牲自己,以便让雷能有新的生活,给整部灰暗的剧作带来一线光明。布林斯的剧作通过表现黑人生活中的丑恶面,促使黑人觉悟,达到改善黑人社区的目的。

布林斯的创作无疑在很大程度上受到琼斯的影响。他曾说过:"我一直到看了《荷兰人》这出戏以后,才开始发现了我自己。它在我的一生中产生了巨大的影响。"②这一坦率的表白说明,布林斯把琼斯当作自己的榜样。这一点不仅在戏剧创作中,而且在许多戏剧活动中都能看到。例如,布林斯曾以琼斯为榜样,于1966年在旧金山创立了一个黑人剧院,后来又长年住在哈莱姆的新拉裴耶剧院,在那里担任副导演,致力于创建全部由黑人任导演和演员,并专门演出黑人剧作的剧院。布林斯一度担任"黑豹党"文化部长,但后来逐渐脱离政治,专心致力于写作。他没有能创作出像琼斯的《荷兰人》那样强有力的作品,但他娴熟的戏剧艺术和黑人口语的生动表达受到评论家的赞誉。

① Cohn, *New American Dramatists: 1960—1980*, p. 104.

② Peter Bruck, "Ed Bullins: The Quest and Failure of an Ethnic Community Theatre," *Essays on Contemporary American Drama*, ed. Hedwig Bock and Albert Weitheim (Max Hueber Verlag, 1981), p. 125.

1975 年，布林斯的《强暴珍妮小姐》(*Taking of Miss Janie*)获纽约剧评界奖。

和布林斯相比，女性剧作家艾德里安娜·肯尼迪(Adrienne Kennedy，1931— )的作品带有更多表现主义的色彩。她常常将表现主义和超现实主义手法巧妙地糅合在一起，形成自己独特的风格。如 1962 年在阿尔比主办的剧作家习作班里写的一出《黑人的开心屋》(*Funnyhouse of a Negro*)获得 1964 年的奥比奖。奥比奖是颁发给外百老汇优秀剧目的年度奖，这对于肯尼迪来说，当然是很大的荣誉。该剧是她的成名作，也常被人们称作她的最佳作品。剧本刻画了混血姑娘萨拉为寻找自己的出身而经历的痛苦而迷惘的过程。这位姑娘的母亲是个浅肤色的女人，被一个黑人强奸后生下了她。因此她常常被两股不同的血统所拉扯，形成多重自我的冲突与分裂。剧中出现了维多利亚女王、哈普斯堡公爵夫人、黑皮肤的刚果民族英雄卢蒙巴和黄皮肤的驼背耶稣，分别来表现萨拉的四个自我。剧中还使用了面具，使人物变形，用以表示这一人物在对方眼中被扭曲的形象。著名戏剧批评家柯恩在评论肯尼迪的作品时指出："从强调人物主观性这点来看肯尼迪的剧作，属于表现主义。它们把内心的冲突外化为不同的人物；由于紧紧依托于具有强烈视觉形象的梦境之上，她的剧作又是超现实主义的，它们在特殊的意象方面，以及在将主观性延伸至神秘的富有魔力的重复方面，都是匠心独运的。"①这段话用在《黑人的开心屋》上也是十分贴切的。

肯尼迪在《猫头鹰的回答》(*The Owl Answers*，1965)中继续保持了她那种将表现主义与超现实主义糅合起来的特色，并进一步发挥了她上一个剧本的主题。《猫头鹰的回答》中的女主人公"她"，也被分裂成几个不同的自我(alter ego)。如果说《黑人的开心屋》中的萨拉被英国文化和她那分成几股的黑人血统所撕裂，那么，作为主人公的"她"，同样也在克拉拉·帕斯莫尔、圣母玛丽亚、一个私生子和一只猫头鹰中间，以及在她的黑人母亲和她的南方白人祖先的英国文化传统中被撕成碎片。

在《野兽的故事》(*A Beast Story*，1969)、《耗子的弥撒》(*A Rat's Mass*，1966)、《一堂用死亡的语言上的课》(*A Lesson in Dead Language*，1968)等剧中，肯尼迪通过塑造动物形象来影射现实社会。剧中通过"男兽""女兽""鼠师""鼠妹""白狗教师"等动物形象，从不同角度探讨了黑人问题以及人类社会中同类之间的相互争斗、残杀的悲惨景象。70 年代以来她继续写剧探讨黑人女性的身份建构和种族文化政治，作品包括《影星必演黑白片》(*A Movie Star Has to Star in Black and White*，1976)、《兰开夏少年》(*A Lancashire Lad*，1980)、《俄亥俄州谋杀案》(*Ohio State Murders*，1992)、《亚历山大戏剧……

① Cohn, *New American Dramatists: 1960—1980*, p. 109.

阶段性苏珊娜》(*The Alexander Plays ... Suzanne in Stages*, 1995)、《睡眠剥夺室》(*Sleep Deprivation Chamber*, 1995)等。肯尼迪虽然不像琼斯和布林斯那样激进,但她在戏剧艺术上勇于创新、大胆探索。她那结构精巧而独辟蹊径的剧作,在黑人戏剧界是独树一帜的。

## 第三节
## 诗歌流派的新发展

在50年代各种诗歌流派异彩纷呈的基础上,60年代的美国诗歌有了新的发展,出现了新的流派。纽约派诗人反对形式主义诗歌美学,接受了抽象表现主义绘画、法国超现实主义诗歌和达达派艺术的影响,对开放诗进行了新的探索;新超现实主义诗人在继承二三十年代法国超现实主义诗歌传统之余,更多地吸收了智利诗人聂鲁达、秘鲁诗人瓦叶霍、西班牙诗人洛尔卡、奥地利诗人特拉克尔的养分,致力于开掘意识与无意识之间的隐秘联系;新形式主义诗人采用了被现代派诗人抛弃的传统诗歌形式,接收了艾略特—"新批评"派所取得的成果并在新的历史条件下对它进行了修正和发展,表现了新的生存体验。

### 纽约派

在美国文学史上,总有一些作家、诗人的名字与某个特定的地域联系在一起,尽管有时这种联系显得颇有弹性,纽约派就是这样一群诗人的统称,它主要包括奥哈拉、阿什伯里、科克、巴巴拉·格斯特(Barbara Guest, 1920—2006)、詹姆斯·斯凯勒(James Schuyler, 1923—1991)、爱德华·菲尔德(Edward Field, 1924— )等人,他们或生于纽约、或长期居住于纽约、或成名于纽约,总之都与纽约有着一定的联系。这些诗人是反形式主义者,他们接受了抽象表现主义绘画、法国超现实主义诗歌和达达派艺术的影响,用自由开放的形式写诗。他们中的主要人物奥哈拉、阿什伯里在写诗的同时,又写艺术评论,长期活跃于美术、音乐、戏剧等领域,因此尽管他们中的一些人在50年代,甚至40年代已开始写诗,他们在诗坛的声音却不如在艺坛的声音响亮。直到60年代中后期,这些诗人们具有大都会特色的诗歌才真正赢得诗评家和普通读者的青睐。

弗兰克·奥哈拉(Frank O'Hara, 1926—1966)被公认为纽约派最重要的诗人。他生于巴尔的摩,后随父母迁居马萨诸塞州格拉夫顿,二战中参加海军，毕业于哈佛，1951年来到纽约，除了前两年在《艺术新闻》杂志社做过一些事，他一直就职于纽约现代艺术博物馆，并从一般职员升到主管绘画和雕塑展览的副馆长，40岁时不幸因车祸丧生。奥哈拉既写诗歌，也写剧本，但他写作的目的不在于成名，只是出于个人爱好，因此生前只发表过《城市之冬及其他》(*A City Winter and Other Poems*, 1952)、《午餐诗》(*Lunch Poems*, 1964)等薄薄几本诗集和《试一下！试一下！》(*Try! Try!*, 1951)等几个剧本，名声并不大，但在他死后，尤其在唐纳德·艾伦为他编辑的《弗兰克·奥哈拉诗合集》(*The Collected Poems of Frank O'Hara*, 1971)及《弗兰克·奥哈拉诗选》(*The Selected Poems of Frank O'Hara*, 1974)出版之后，他名声大振。

奥哈拉才华横溢、天赋极高，写诗时总是即兴为之，一挥而就，很少加以修饰，经常在路途中、宴会上、工作中的短暂休息期间任意挥洒他的想象力。他在文学领域涉猎广泛，熟悉传统的诗歌形式和格律，但他不屑于使用这些形式和格律，他曾经说："我不信上帝，所以我没必要费力气去使用韵律。我讨厌维切尔·林赛，一直讨厌他，我甚至不喜欢节奏、半谐音这一类东西。"[①]奥哈拉喜欢任意排列诗行，使用日常生活中的语言。他不关心政治、宗教和社会问题，成天忙于艺术界的种种活动，所写诗歌体现了一个艺术家的经历：他的朋友、生活、观察、记忆、印象、激动、兴奋、惊讶、顿悟、沉思、遭遇及其他。他创造了一个词"一人主义"(personism)来概括自己的诗歌艺术：

> 一人主义与哲学无关，它纯粹是艺术……它是在1959年8月27日我与勒罗依共进午餐之后发现的，那天我与某个人做爱(顺便提一下，不是金发女郎勒罗依，是另一个)，然后回去工作，为这个人写了一首诗。当我写这首诗时，我意识到如果我想要写的话，可以用电话来代替笔，于是一人主义写作法产生了……它使诗平摆在诗人和那个人之间……诗最终处于两人之间，而非两页纸之间。[②]

奥哈拉在实际创作中确实展示了"一人主义"的特征，他的很多诗都有特定的写作对象，局外人很难理解那些诗的独特含义。然而，他的诗也并没有脱离美国社会生活，而是"创造了一幅由城市生活中看上去不重要的细节所组成的拼贴画"。[③]

奥哈拉在创作中吸收了抽象表现主义绘画、达达派艺术和超现实主义诗

① Donald Hall, ed. *Claims for Poetry* (University of Michigan Press, 1982), p. 306.
② Hall, p. 308.
③ James P. Draper, ed. *CLC* (*Contemporary Literary Criticism*) 78 (Detroit: G. R. C. book Tower, 1994), p. 330.

歌的养分,并将之渗透在自己的诗歌当中。在《为什么我不是个画家》(Why I Am Not a Painter)中,奥哈拉记述了他从一个名叫迈克的画家那里获得灵感的故事。这个画家开始作画的时候,作者去拜访他,发现他画了些沙丁鱼,过了些日子作者再去拜访迈克的时候:

……那幅画已经完成。
"沙丁鱼在哪儿呢?"
画上只剩下些字母。
迈克说:"沙丁鱼已经多余。"

奥哈拉后来在一个画展上发现,迈克那幅没有沙丁鱼的画题名就是《沙丁鱼》。奥哈拉的这首诗记述的故事是否真实姑且不管它,这首诗所透露的信息,即奥哈拉对抽象表现主义绘画技巧的吸收,却让人不得不注意。《在简的屋子里》(Chez Jane)是奥哈拉具有超现实主义色彩的力作,它用通感、变形等技巧,描写幻觉中的事物,突破了有机的、完整的现实的局限,进入到一个虚实不清、如谜似梦的世界。诗的背景是一间黄昏的画室,画室里有一只花瓶、一把壶,气氛很安宁,忽然有一只条纹美丽、烦躁不安的老虎跳将出来:

那儿,当音乐抓挠它瘰疬性的
病胃时,这凶残的畜生出现了,直立着,
清醒而谨慎,始终清楚危险的所在
在同一时刻它用完全派奢华用场的
舌头舔着它的利齿;
仅在一会儿前阿司匹林药片
在玫瑰般的夕阳里掉落,而现在
一把椅子抛向空中加剧了真正的威胁性。

读者很难断定,这只老虎到底来自哪里,是画家草草几笔勾画出的形象,是药片落地打破宁静而引发的惊惧的体现,还是叙述者胃痛时的幻象?奥哈拉给读者留下了无穷无尽的想象空间。

作为艺术界的中心人物,奥哈拉具有犀利的眼光、敏锐的直觉和超卓的悟性,这些个人特点在一定程度上促使他写出了那种时髦、前卫、华丽的诗歌,这些诗歌不具教谕意义,也并不深刻,但却光彩夺目。

约翰·阿什伯里(John Ashbery, 1927—2017)是纽约派的另一位重要诗人,也是奥哈拉的好朋友,奥哈拉曾在献给他的一首诗中说道:

我无法相信竟然没有
另一个世界，我们将在
大风吹拂的高山之巅
对面而坐，互诵新作。
你将是杜甫，我是白居易

尽管出于对中国文化的某种误读，奥哈拉将杜甫与白居易并置在一起，但是诗中的描写还是令人想起伯牙与钟子期高山流水识知音的绝妙境界。

阿什伯里生于纽约州罗彻斯特，先后在哈佛大学、哥伦比亚大学、纽约大学学习，1955 年作为富布赖特学者赴法研修，在那里逗留 10 年，为《纽约先驱论坛报》法文版和《艺术新闻》撰稿，直到 1965 年回国。其后几十年里，阿什伯里大多数时间都活跃在纽约的诗坛和艺术评论界。阿什伯里 50 年代时发表了《图兰多特及其他诗》(*Turandot and Other Poems*，1953)、《一些树》(*Some Trees*，1956)等诗集，虽然这时他已崭露头角，但影响并不大。60 年代，阿什伯里发表了《网球场誓言》(*The Tennis Court Oath*，1962)、《山山水水》(*Rivers and Mountains*，1966)、《片断》(*Fragment*，1969)等诗集，个人风格已经形成。70 年代，他的诗集《凸镜下的自画像》(*Self-Portrait in a Convex Mirror*，1975)为他带来了一个诗人可以得到的几乎所有重要荣誉，包括普利策奖、全国图书评论界奖及全国图书奖。八九十年代，阿什伯里又陆续推出了多部诗集，使他作为美国战后重要诗人的地位得到了巩固。

阿什伯里的诗歌在哈桑看来，"可能最具神秘性"。[①] 为此罗贝塔·伯克评论说："阿什伯里的诗歌里响彻着其他神秘维度的持续回音，似乎来自一座谣传带有神秘过道(我们的向导特别否定其存在)的老宅空洞的墙板后的那些房间。阿什伯里既想揭开奥秘，又试图将它们掩盖。"[②]阿什伯里的诗歌拒绝叙述的逻辑性、节奏的和谐性和诗意的连贯性，没有固定形式，意象飘忽不定，意识流动随心所欲，不具有任何特定的方向。他经常使用散文化长句，任意打破标点符号和语法规则。他从不在乎读者的期待，而是刻意求新，甚至不惜因晦涩难懂而为评论家所诟病。他认为想象、感知、时间、存在等事物之间的关系不仅复杂，而且瞬息万变，艺术家在探索这种关系时，不可能跳出经验的"牢笼"，因此诗歌很难说用来表现什么，倒是诗人的创作过程本身值得关注。在一首探讨诗歌本质的诗《什么是诗》(What Is Poetry)中，阿什伯里说道：

---

① Hassan, p. 123.

② James P. Draper, ed. *CLC* (*Contemporary Literary Criticism*) 77 (Detroit: G. R. C. Book Tower, 1993), p. 34.

设法避开思想，就如同这首诗？
但我们回归它们，像回到妻子身边，
而将热望的情人留在一边？
……
在学校里，所有的想法都被梳理而出，
留下的如同一片苍茫大地。
闭上眼睛，你能感觉它遥遥数里。

阿什伯里用略带戏谑的语言指明了：在诗歌中寻找诗人所表达的思想这种意图具有虚妄性，因为找到的是“妻子”，失去的却是“情人”，看出了一点，却留下了苍茫大地，对诗歌的任何一种阐释必然牺牲诗歌本身的整体性。阿什伯里对诗歌阐释的拒斥由此可见一斑。

如同奥哈拉一样，阿什伯里也吸收了其他艺术门类的养分。他50年代听过约翰·凯奇(John Cage)的音乐，从他那充满不谐和音、刺耳、毫无规则可言的旋律中获得了不少灵感，将之用于自己独一无二的诗歌艺术实验。绘画，尤其是50年代之后盛行于纽约的抽象表现主义绘画，同样深刻地影响了阿什伯里。他曾经说：“我试图抽象地使用那些词，像一个艺术家使用他的颜料一样。”①在《网球场誓言》中，阿什伯里将那些毫不相关的词与短语任意纠缠在一起，制造出一种眼花缭乱的效果，将视觉艺术的技巧发挥得淋漓尽致。阿什伯里还从电影艺术中借鉴到一些技巧，他在著名的诗作《凸镜下的自画像》中，使用了电影中常用的蒙太奇、闪回及淡出等手段，将自己对艺术经验、审美态度、理想之美等等的玄思表达了出来。当然，阿什伯里接受更多的还是诗歌艺术本身的影响，批评家们从他的诗歌里不仅看出了法国超现实主义诗歌的影子，还看到了史蒂文斯，甚至惠特曼的影子。尽管“阿什伯里的动机，确实还有他艺术能量的源泉，却不是一种艺术的延续，而是创建一种自治的反艺术，通过戏仿过去的艺术，断言它的荒诞和不相连，通过建立新的一套关于艺术和现实的关系(一般认为艺术是镜子)。抹掉过去的艺术”。② 阿什伯里不可能完全实现他自己的愿望，就像空中楼阁不可能存在一样，富有创新精神的阿什伯里，事实上也是将他的诗歌底基构筑在传统的坚实大地之上。

肯尼思·科克(Kenneth Koch，1925—2002)是纽约派的第三位重要诗人，自从40年代与奥哈拉、阿什伯里相逢于哈佛，他们就一直意气相投。他生于俄亥俄州辛辛那提，二战期间服过兵役，战后除了在哈佛读书，又在哥伦比

---

① Draper, *CLC* 77, p. 39.

② 丹尼尔·霍夫曼主编：《美国当代文学》(下)，北京：中国文艺联合出版公司，1984年，第810页。

亚大学拿到博士学位。与奥哈拉、阿什伯里不同的是，科克不是艺术评论家，他终生从事写作和教学，长期担任大学教授。他的主要诗集有《诗篇》(*Poems*, 1953)、《柯，或地球上的一个季节》(*Ko, or A Season on Earth*, 1960)、《永恒》(*Permanently*, 1960)、《谢谢你》(*Thank You*, 1962)、《爱的艺术》(*The Art of Love*, 1975)、《复制》(*The Duplications*, 1977)等。另外，他还写过三本教儿童如何写诗的书及多个剧本。科克早期的诗作抛弃了"新批评"派常用的写作技巧，呈现出大都会诗歌常见的机智、浮华而又晦涩的特点。《柯，或地球上的一个季节》是一个典型的例子。在该诗中，科克表面上使用了拜伦式八行诗体，但实际上是对传统史诗的一种戏仿。诗中的线索在不同的事件中跳来跳去，充满了奇思怪想和荒诞不经的意象，缺乏统一的秩序。在后期诗作中，科克似乎厌倦了早年的写作技巧，许多诗作结构简单、语调平和、传达了朴素的情感。

**新超现实主义诗歌**

作为60年代美国最重要的诗派，新超现实主义本身却很难界定。有些批评家认为所谓的新超现实主义诗派就是"深层意象派"，它包括布莱、詹姆斯·赖特、斯塔福德、辛普森等人，另外一些批评家认为这一诗派不仅包括所有"深层意象派"诗人，也包括迪基、默温、高尔韦·金内尔(Galway Kinnell, 1927—2014)等人，还有一些批评家将纽约派也归于新超现实主义，认为他们的诗歌也具有超现实主义的某些特点。以上三种界定中，第一种过窄，第三种过宽，第二种说法比较符合实际。

超现实主义二三十年代盛行于欧美，是在历经第一次世界大战的毁灭性灾难之后，由法国诗人安德烈·布勒东等人发起并推动的一场文艺运动。他们接受了弗洛伊德、荣格、柏格森等人学说的影响，致力于探索人的无意识领域，倡导非理性冲动的自由表达而不顾及已有道德、美学规范，主张废除传统的文学艺术形式和实行"自动创作"。尽管这场起源于法国的文艺运动持续时间并不算长，但它的影响极其深远，欧美许多国家的诗人、作家都与之紧密相连。美国60年代兴起的新超现实主义诗歌是二三十年代那场文学艺术运动的延续和发展，但更多地吸收了智利诗人聂鲁达、秘鲁诗人瓦叶霍、西班牙诗人洛尔卡、奥地利诗人特拉克尔的养分，他们同样主张开掘无意识领域，但不像早期法国超现实主义那样彻底排斥意识，而是希望在意识与无意识之间找到一种隐秘联系。布莱认为，只有找到这种隐秘联系，想象的跳跃和比喻的转换才成为可能，诗歌意象也才可能从心灵的深层自然跃起。新超现实主义更多地在诗歌语言和技巧方面进行了深入的试验。

罗伯特·布莱(Robert Bly, 1926— )是新超现实主义诗歌运动中最具影响力的人物，他出生于明尼苏达州麦迪逊，在附近的一个农场长大，二战中参加海军，战后从哈佛大学毕业。50 年代中期，他获富布赖特基金资助，前往祖居地挪威一年，在此期间他接触到聂鲁达、瓦叶霍、特拉克尔、希梅内斯等人的诗歌，感受到这些拉美诗人和欧洲大陆诗人的不同凡响之处。回国后，他在家乡创办杂志《50 年代》(后随时代变化改称《60 年代》《70 年代》及《80 年代》)和出版社，翻译、介绍他在欧洲时接触到的诗人作品。在译介的基础上，他自己也走上了诗歌创作之路。1962 年，布莱的第一部诗集《雪野里的寂静》发表，在美国诗坛一举成名。其后他又相继发表了《身体周围的光》《手拉手的入睡者》《此树将活千年》(*This Tree Will Be Here for a Thousand Years*, 1979)及《穿黑外套的人转过身来》(*The Man in the Black Coat Turns*, 1981)等作品。时至今日，布莱作为战后诗坛一位重要诗人的地位极其稳固。

布莱的第一部诗集《雪野里的寂静》(*Silence in the Snowy Fields*, 1962)收诗 44 首，主要描写了美国西部，尤其是明尼苏达州麦迪逊地区的自然风光。在这本诗集中看不到城市的高楼大厦、繁忙的街道、熙熙攘攘的人群，有的只是田野、树木、湖泊、河流、动物和一个诗人寂静中的幽思。布莱一生的主要美学观念和趣味几乎都在这本诗集中得到了体现。他用轻松、自由的形式，朴素、恬淡的语言，描写自然风光，同时揭示人内心生活的奥秘，探索无意识与意识之间的转换、交融和相互依存关系。名诗《午后降雪》(Snowfall in the Afternoon)这样写道：

青草被白雪覆盖了半身。
这是黄昏将至才开始降临的雪，
一座座小草屋正变得越来越暗。

要是我伸出双手，伸近地面，
我可以抓到一把把黑暗！
黑暗一直在那儿，我们没注意。

雪越下越急，玉米秆渐渐消失，
而谷仓却渐渐靠近屋子。
在越来越猛的风雪里，谷仓独自移动。

谷仓里全是玉米，正朝我们走来，
像风暴中的海上巨轮一样靠近我们，
而甲板上的水手都已经失明多年。

诗人描写的黄昏，不仅是昼与夜衔接的时分，也象征着意识与无意识之间的边界，诗人想要展示的，正是大自然与人的内心世界融为一体、意识与无意识融为一体的奇妙景观。诗中的主要意象——黑暗也经常出现在同一部诗集的其他诗作中，是布莱最喜欢使用的意象之一，它属于那种“深层意象”，隐喻着神秘的无意识领域。

在60年代的反战潮流中，布莱不仅积极参加各种反战抗议活动，还与另一位诗人大卫·雷共同创立了“美国作家反越战同盟”。然而，作为一位诗人，布莱的最好武器还是诗歌。他的第二部诗集《身体周围的光》(*The Light around the Body*, 1967)集中反映了他的强烈反战情绪。布莱的反战诗与其他诗人慷慨激昂的反战诗不同，依然体现了他自己独特的风格，布莱不是简单地揭示战争的罪恶，而是揭示整个美利坚民族的灵魂，揭示深藏在各种政治行为之后的集体无意识。《数骨头细小的尸体》(Counting Small-Boned Bodies)一诗中，布莱描写了一个查点尸体的人，他一遍遍清数着尸体的数量，渴望着能把尸体缩小，因为：

如果我们能把尸体缩小，
我们也许能
将整整一年的屠杀摆在眼前的桌上

如果我们能把尸体缩小，
我们便能
把尸体嵌进戒指，以作永久留念。

这里布莱将一个民族自我的异化体现了出来。这个查点尸体的人实际上已变成了行尸走肉，因为他那意味着幸福的戒指里将嵌进死神的影子。

1973年，布莱发表了他的第三部诗集《手拉手的人睡者》(*Sleepers Joining Hands*)，这部诗集如同第二部诗集一样，表现了布莱对政治问题的关注，但这部诗中出现的田园意象和描绘的安宁气氛使人想起《雪野里的寂静》。在《此树将活千年》中，布莱试图填平意识与无意识的鸿沟，他在该诗集的序言中说，他的意图是创作一种“内外弥合得没有任何隙缝”的诗歌。在以后的诗集中，《穿黑外套的人转过身来》继续了布莱一以贯之的向心灵深处探索的风格。

布莱的诗歌除了吸收超现实主义的养分，也吸收了中国古典诗词的养分。他读过白居易、陶渊明、李贺等人的作品，也翻译过一些中国诗，他认为：“在古代中国，各个层次的知觉能够静悄悄地混合起来。它们不是像冬天湖水那样分成一层又一层,而是不知怎的都流在一起了。我认为古代中国诗仍然是人类曾经写过的最伟大的诗。"①在一首"为爱菊的陶渊明而作的"题为《菊》的诗中,布莱力求营造的正是一种中国古典诗词的意境:

1

今夜我奔驰在月光下!
深夜才跨上鞍。
马自己找路穿过荒芜的耕地
漆黑的影子引导着它。

2

离院子一里路马就直立起来,
它太高兴。漫无目的地
穿越田野,无所事事,真叫人舒畅,
肉体活着,就像一株花草。

3

从淡色的道路上归来,
晾着的衣服多么安静!
当我走进书房,门边
白色的菊花在月光下!②

詹姆斯·赖特(James Wright, 1927—1980)是布莱的朋友,他们不仅一起翻译诗歌,也共同推动了新超现实主义诗歌运动的发展。他是俄亥俄州人,出生贫穷,二战中服役两年,战后获得华盛顿大学博士学位,曾先后在明尼苏达大学、纽约亨特学院等学校任教。他的头两本诗集分别是《绿墙》(*The Green Wall*, 1957)和《圣徒犹大》(*Saint Judas*, 1959),以后又相继出版了《树枝不会折断》(*The Branch Will Not Break*, 1963)、《我们是否将在河边相聚》(*Shall We Gather at the River*, 1968)、《诗全集》(*Collected Poems*, 1971)、《致一株开花的梨树》(*To a Blossoming Pear Tree*, 1977)等,他去世后还有一本集子《此生长旅》(*This Journey*, 1982)出版。

詹姆斯·赖特早年的诗作因循了传统的诗歌形式,在节奏、韵律、诗歌结构处理上接近于兰色姆等"新批评"派诗人,在题材选择、情感表达上类似于E. A. 罗宾逊和弗罗斯特,这些诗主要收在他的前两本诗集里。尽管批评家给

① 王佐良:《诗人勃莱(布莱)一夕谈》,《世界文学》,1980年第6期,第289—299页。
② 赵毅衡译:《美国现代诗选》,北京:外国文学出版社,1985年,第641—642页。

予这些诗以较高的评价，詹姆斯·赖特自己却对它们越来越不满意。在接触了布莱并与布莱合译了一些拉美及欧洲诗人的作品之后，赖特笔锋突变，开始了一种全新的写作。他挣脱了传统诗歌形式的束缚，使用朴素、简练的口语化语言，发掘传达无意识的深层意象，写出了很多富有超现实主义特色的开放式诗歌。《树枝不会折断》中汇聚了这类诗歌，《躺在明尼苏达州松树岛威廉·达菲农场的吊床上所作》(Lying in a Hammock at William Duffy's Farm in Pine Island, Minnesota)这样写道：

在头上方，我看到古铜色的蝴蝶，
沉睡在黑色的树干上，
像绿荫中一片叶子随风晃动，
山谷下，空屋的背后，
牛铃一声声
传入午后的深处。
我右边，
两株松树间洒满阳光的地里，
去年马粪
燃烧而成金色的石头。
我仰身向后，就在此时黑夜来临，
一只寻巢的雏鹰飞过。
我虚度了一生。

在这首广为称颂的诗作中，詹姆斯·赖特将现实的意境与幻觉融会在一起，展示了一种超现实景象。最后一行诗看起来稍显突兀，却是詹姆斯·赖特和其他一些新超现实主义诗人惯用的手法，詹姆斯·赖特通过它来产生一种轻微的震惊，使读者在漫游他展示的神秘境界之余，有一种若有所悟的感觉。

詹姆斯·赖特最好的诗歌总是描写普通人的生活和大自然，他同情贫苦和不幸的芸芸众生，热爱充满生命气息的动植物，他认为他的诗是要"表达一些人性上重要的东西，而不是卖弄语言"。① 在他的诗歌里，常常出现饥寒交迫的老人、妓女、罪犯、孤独而绝望的失败者这一些形象，詹姆斯·赖特在他们身上寄寓了无限的爱心。赖特描写大自然，尤其是描写他自己与大自然里的动植物灵犀相通的诗歌具有非常强的感染力，在他的名诗《福佑》(A Blessing)

① Jack Salzman, ed. *The Cambridge Handbook of American Literature* (Cambridge: Cambridge University Press, 1986), p. 268.

里,诗人与他的朋友在一片黄昏的柳林边,看到两匹小马驹,“他们羞答答地垂首,像潮湿的天鹅”,其中瘦小的那匹,向诗人走来:

她的毛色黑白相间,
鬃毛散乱地披在前额
轻风徐拂让我抚爱她的长耳
耳朵柔嫩得像姑娘手腕上的肌肤。
这时我突然明白了
如果我一步跨出我的身体,将会
开出美丽的花。

姑且不论詹姆斯·赖特最后的诗行里蕴含了怎样的深意,单就全诗表达的似水柔情来说,也能清晰地反映出赖特对大自然和生命的态度。

威廉·斯塔福德(William Stafford, 1914—1993)比布莱和赖特大10来岁,但他们成名的年代和诗歌趣味相近。他生于堪萨斯州哈钦森,就学于堪萨斯大学,获学士和硕士学位,后又在爱荷华大学获博士学位。他是个和平主义者,二战中曾拒服兵役。战后他在很多地方教过书,但大多数时间待在俄勒冈州波特兰市一所名声不大的学院。他的第一本诗集《你的城市之西》就表现出一种独特的风格,赢得批评界的注意。第二本诗集《穿越黑暗》使他获得了全国图书奖,带给他极大的荣誉。在他此后发表的多部诗集中,《拯救之年》(*The Rescued Year*, 1966)、《忠诚》(*Allegiances*, 1970)、《也许有一天》(*Someday, Maybe*, 1973)、《无人之处发生的事情》(*Things That Happen Where There Aren't Any People*, 1980)等较出名。

斯塔福德的诗从容、平易、简练,是“一个对要写的东西深思良久而从不浪费时间的人”的声音。[①] 他常以美国中西部的风土人情为题材,描写广阔无垠的天地间的事物。在他笔下,河流、山岭、旷野、远空等构成了苍莽而雄浑的自然景观。但他并非纯粹为写风景而写风景,他诗歌里的种种意象不仅反映出他的内心情感,还牵动着隐藏在他灵魂深处的无意识。这一点正是许多诗评家将他与布莱及赖特划为同类诗人的原因。作为斯塔福德的第一部诗集,《你的城市之西》(*West of Your City*, 1960)中的一些诗歌已具有这种特点,而他此时还未到达一个成熟诗人的高度。在其中一首题为《保证》(Assurance)的诗中,斯塔福德这样写道:

---

① George Perkins and Barbara Perkins, eds., *Contemporary American Literature* (New York: Random House, 1988), p. 420.

你永远不会孤独，当秋来临
你听到如此深沉的声音。黄色的
气流越过山岭和轻拨的琴弦，越过
闪电后的寂静，它甚至未及说出
名字——然后是张开大嘴表达歉意的
云层。你出生时一切已定准：
你永远不会孤独。雨
将来临，沟渠将溢满，亚马逊河，
还有长廊——你从未听到如此深沉的声音，
石上的苔藓，和岁月。你侧耳倾听——
静默中含有这样的意味：你不孤独。
整个狂野的世界倾盆而下。

尽管在以后的写作生涯中，斯塔福德发表了多部诗集，进一步发展和完善了他的风格，但他在《你的城市之西》中表现出的特点却没有根本的变化，倒是得到了一种强化和重申。

作为生活在现代社会的诗人，斯塔福德对历史发展过程中的许多现象有着极其敏锐的感受。他认为高度发达的工业文明和现代科技虽然给人类生活带来了一定的便利，但它们的破坏性也是不言而喻的。在现代社会里，不仅人的个体存在价值已经丧失，他还必须面对机械化劳动的单调无味和新式武器的威胁。尤其是，现代文明的发展以牺牲自然世界和人类生活环境为代价，更是不可容忍。斯塔福德在他第二本诗集《穿越黑暗》(*Traveling Through the Dark*，1962)的标题诗中，记述了他在黑夜里发现一头怀胎母鹿的故事。当他看到她时，她已经被过路的汽车压死：

她已经僵硬，已经差不多冰凉。
我把它拖开；她的肚子鼓鼓的。

用手指触摸过她腹部我才明白——
那儿还很温暖；但等待着的小鹿
虽然还活着，却永远不会出生
……

众所周知，汽车是现代文明的重要象征之一，斯塔福德正是通过描写它对以母鹿为代表的自然界的破坏，表达他本人对现代社会的强烈批判态度。

路易斯·辛普森(Louis Simpson, 1923—2012)生于牙买加,父亲是苏格兰人后裔,母亲有俄国犹太人血统。他17岁时来到哥伦比亚大学读书并加入了美国籍,但大学没毕业就应征入伍参加第二次世界大战。随着战争结束,辛普森回到母校继续读书。1959年拿到博士学位后,他先后在加州大学伯克利分校和纽约州立大学石溪分校教书。辛普森写过评论、剧本和小说,但主要以诗歌闻名。他的第一部诗集《暴发户》发表于1949年,其后他相继发表了《死亡佳音及其他》(*Good News of Death and Other Poems*, 1955)、《统治者的梦》(*A Dream of Governors*, 1959)、《大路尽头》、《字母"I"历险记》(*Adventures of the Letter I*, 1971)、《寻牛》(*Searching for the Ox*, 1976)、《夜晚的最好时刻》(*The Best Time of the Night*, 1983)等诗集,其中《大路尽头》给他带来了普利策奖。

辛普森早期的诗作采用传统诗歌格律,音步和诗节都符合规则,题材则以战争为主。他详尽描写了人们在战争中的体验,深刻反映了战争的残酷性,全面表达了自己的反战思想。同时,他又很注重艺术表现手法,绝不简单地直抒胸臆,而是在细致的描写中揭示战争的真相。一些批评家认为,辛普森的战争诗可以置于美国诗歌史上最好的战争诗之列。在他的诗集《暴发户》(*The Arrivistes*, 1949)中,就有许多这样的诗作,其中《卡伦顿,啊,卡伦顿》(Carentan O Carentan)描写了战斗间歇时的景象:

这是六月之初,地面
因露水而柔软明亮。
远处确实响着枪声,
但这里天空一片蔚蓝。

天空蔚蓝,但仍有一股烟
高悬在大海之上
……

卡伦顿是法国一个港口小城,二战中盟军和德军在此进行过激烈的战斗,辛普森描写了它的美丽,但枪声和硝烟却让它带上了死亡的气息。

辛普森的《大路尽头》(*At the End of the Open Road*, 1963)体现了他诗风的转向。他放弃了传统的诗歌格律,开始采用自由的形式和口语化的语言写诗。他诗歌的题材也发生了变化,美国大地上的风景、文化、现实生活和历史成为他新的歌咏对象。他还在这部诗集中广泛使用了深层意象,试图从对美国的外部描绘转向对它的内在表现。该集中的《美国诗歌》(American

Poetry)一诗是最有名的一首，在一些批评家眼里，它以最精练的语言、最生动的意象和内涵、最丰富的诗行展示了美国诗歌的全部复杂性，并在一定程度上展示了美国文化的特点：

不管它是什么，它必须有
一个胃，能够消化
橡皮、煤、铀、月亮和诗。

像鲨鱼，肚子里有只鞋子。
它必须在沙漠里游很多路，
发出的叫喊几乎是人的声音。

辛普森 70 年代以后还写了很多诗，其中一些描写了美国普通中产阶级的生活，另一些描写了他的童年时代和家庭经历，还有一些其他题材的诗，尽管它们之中不乏优秀之作，但辛普森给美国公众留下最深印象的诗歌还是他 70 年代以前的作品，一般说来，那些诗也正体现了他的最高成就。

W. S. 默温(W. S. Merwin, 1927— )通常也被视作新超现实主义诗人，尽管他一生中诗歌风格的多种变化很难用一个特定的词来概括。默温生于纽约，毕业于普林斯顿大学，40 年代末起在英法等欧洲国家逗留近 10 年，后回国发展。默温早年的诗歌收在《雅努斯神的面具》(*A Mask for Janus*, 1952)、《跳舞的熊》(*The Dancing Bears*, 1954)等集子里，多采用传统的诗歌形式。60 年代以后，他接受了超现实主义诗歌的影响，形成了简朴、开放，但富有沉思性、梦幻色彩浓重的风格，这一时期的诗歌主要收在《移动的目标》(*The Moving Target*, 1963)、《虱子》(*The Lice*, 1967)等集子里。70 年代以后，默温迭有新作问世，如诗集《扛梯子的人》(*The Carrier of Ladders*, 1970)、《山上飘来的羽毛》(*Feathers from the Hill*, 1978)等，诗风又有所变化。从总体上看，默温在战后美国诗坛的最重要影响还在于他与布莱等一起推动了新超现实主义诗歌运动。下面一首题为《门》(A Door)的短诗体现了默温诗歌的超现实主义色彩：

在这里，在我站的地方
可能有一扇门
在所有的墙外，在光中

还会有一道阴影

整天在这里
在我现在站着的地方
一扇门向着它开

我走后很久
会有人过来,过来
敲击这空气
而在我眼前,一个生命
洞开

詹姆斯·迪基(James Dickey, 1923—1997)属于出道较晚的作家,他生于亚特兰大,毕业于范德比尔特大学,24 岁开始写诗,37 岁才出版第一本诗集《进入石头》(*Into the Stone*, 1960),但他思想敏锐,才智不凡,在 60 年代一连发表了多部诗集,其中《踢踏舞者的选择》(*Buckdancer's Choice*, 1965)获全国图书奖。70 年代以后,迪基又发表了《黄道带》(*Zodiac*, 1976)、《田野的力量》(*The Strength of Fields*, 1979)等诗集。在许多美国诗评家看来,迪基在战后美国诗坛上占有较高的地位。迪基的诗歌总是力求将外部世界和内部世界融为一体,将现实与梦想、幻觉融为一体,因此超现实的意味极其浓厚。《救生员》(Lifeguard)的主人公愧疚于自己没能救活一个落水的孩子,便疯狂地潜入水下去寻找那个孩子的尸体,并幻觉自己成了那个孩子的救星。《雪橇之葬,梦幻仪式》(Sled Burial, Dream Ceremony)里一群人用雪橇将死者拖到雪地里准备安葬,安葬前的一瞬,死者的眼睑"像一条船在完全陌生的水上摇摆"。《医院的窗户》(The Hospital Window)里,叙述者到医院里看望他垂死的父亲,告别时父亲站在高处的玻璃窗口向下挥手,而儿子坐在大街上向上仰望,整个交通都瘫痪了:

野蛮的发动机就在我腿边
磨动着齿轮咆哮着
而我将所有的车都堵在路上
绵延数里,刺激着它们打开喇叭
要推倒世界的墙

这里融会着现实与超现实意味的描写,使人想起早年法国超现实主义诗歌,而且诗中也体现了反机械文明的思想,尽管迪基使用的武器是人类的爱和勇气,而布勒东们主张通过无意识和非理性冲动的自由表达来摆脱机械文明的束缚。

**新形式主义诗歌**

在战后诗坛上，尽管艾略特—“新批评”派诗风受到了垮掉派、黑山派、自白派、纽约派以及新超现实主义的冲击，但其影响还在。一大批诗人，包括威尔伯、内莫洛夫、梅里尔、丹尼尔·霍夫曼(Daniel Hoffman，1923—2013)、霍华德等，吸收了他们所取得的成果，并在新的历史条件下对它进行了修正和发展，表现了新的生存体验。另外，他们采用了被现代派诗人抛弃的传统诗歌形式，赋予其以新的活力，为美国诗坛的多样化格局做出了特有的贡献。

理查德·威尔伯(Richard Wilbur，1921—　)是人们公认的“最能体现形式主义的优雅风格”的诗人。他生于纽约，先后在阿默斯特学院、哈佛大学读书和深造，二战中从军，战后在多所大学任教。他的第一部诗集《美丽变化着》(*The Beautiful Changes*，1947)备受好评，增强了他对自己的信心。其后，他又发表了《世间之事》(*Things of This World*，1956)、《给一个先知的建议》(*Advice to a Prophet*，1961)、《抱怨》(*Complaint*，1968)、《走向睡眠》(*Walking to Sleep*，1969)、《心灵的洞察者》(*The Mind-Reader*，1976)等诗集，其中《世间之事》获普利策奖和全国图书奖。1987 年，威尔伯被授予桂冠诗人称号。

威尔伯熟谙传统的诗歌形式，无论是头韵体、十四行诗还是三行抱韵体，他都能灵活运用。他认为诗歌需要特定的形式，如同画画需要框架和构图，因此他从来不写自由诗，即便为了表达思想和情感的需要，对传统的诗歌体式偶有逾越，他也力求工整和严谨。正因为他这样信守传统的形式，他的诗歌便显示出一种优雅匀称、韵律谐和的美。威尔伯诗歌的题材广泛，从形而上学到日常生活的方方面面，都可以在他的诗里见到。他的诗作接受了艾略特—“新批评”派的影响，但使用清新的意象和流畅的语言，不像艾略特—“新批评”派诗歌那样晦涩艰深，在描写自然、抒发个人内心情感方面，威尔伯也不再严格遵循艾略特—“新批评”派的“非个人化”的教条，在他的很多诗作中，威尔伯都将他对世界的真实感受写了进去。他第一部诗集里的标题诗《美丽变化着》这样写道：

走进秋天草地的人会发现
“安妮女王花边”盛开在四周
如水中的睡莲；草地从行人身旁
滑过，又将干渴的小草引向
湖面，好似你淡淡的身影。
把我的心灵罩进奇妙的蓝色小城卢塞恩。

美丽变化着,如同森林
随变色龙变换着颜色

这样的诗歌很难在艾略特—"新批评"派的笔下见到,也正是威尔伯在继承并修正他们的精神遗产后的产物。

威尔伯也写过一些幽默、机智、充满反讽的诗,这些诗的风格就与艾略特—"新批评"派的诗歌风格很接近,明显地体现了他对艾略特—"新批评"派构建的现代诗歌传统继承的那一面。《潘格洛斯的歌:一首喜剧抒情诗》(Pangloss's Song: A Comic-Opera Lyric)中的叙事人获得了爱情,但同时染上了梅毒,在感喟之余,他将梅毒比做勋章:

一个国家用大炮和士兵
　　保卫自己的国土
检查走私物品的官员
　　守在每一个关口,
然而没什么可以阻挡爱神
　　那神圣疾病的蔓延:
它环游世界,从一张床到另一张床
　　你乐意有多少就有多少。

人们处处崇拜维纳斯,
这一点清晰可见;
我佩带的勋章啊,
比军功章还要珍贵,
因为侍候那无所不在的美丽女后
我才将它们获得。

威尔伯是个独立性很强的诗人,当时代的步伐迈入 20 世纪后半叶而许多诗人着力表现世界和生命的荒诞性、无常性时,他依然故我,坚信诗歌必须帮助人们在接受和超越之间寻找一个平衡、在现实的无序和诗意的有序之间寻找一种妥协。很多人认为他过于保守,已经落伍于时代,而另一些人认为他很成功,因为"他的诗找到了,也继续展示了人类身上种种美丽和优雅的可能性"。[1]

霍华德·内莫洛夫(Howard Nemerov, 1920—1991)生于纽约,毕业于哈

① Poulin, p. 676.

佛大学，二战中参加空军，战后以教书为生。他一生中出版了近 20 本诗集，其中重要的有：《意象和法规》(*The Image and the Law*，1943)、《盐之园》(*The Salt Garden*，1955)、《蓝燕》(*The Blue Swallows*，1967)、《格言与场合》(*Gnomes and Occasions*，1972)、《诗合集》(*Collected Poems*，1977)等。1988 年，内莫洛夫继沃伦与威尔伯之后，第三个被授予美国桂冠诗人称号。

与威尔伯一样，内莫洛夫熟悉各种传统诗体，能够轻松写作四行体诗、六行体诗及十四行诗，尤其擅长于五音步无韵素体诗。内莫洛夫经常选择三类诗歌题材，一是自然，二是社会生活，三是形而上学的思索。无论写作哪类诗歌，内莫洛夫都表现出了语言驾驭和技巧运用方面的杰出才能。他诗歌的调子比较平和，但这并不妨碍他使用双关、反语和进行滑稽场景描写，相反，内莫洛夫的很多诗作在不动声色之中体现出幽默、诙谐、反讽意味浓厚的智性化风格。《鹅鱼》(The Goose Fish)中的一对恋人相拥在月光下的河岸，正如痴如醉之间，一条死鱼翻上了水面，

而后，像是在舞台上怯场，
他俩站在沙滩之上，
憔悴的月光之下，
窘迫地打量着对方，
但手与手还是紧握在一起，
直到他俩看着脚下，
仿佛世界发现了他们，
一条鹅鱼虽已死去，
却在水面上露出咧着大嘴的头。

这条死鱼是不祥之兆，是神秘的象征物，更是诗人用来进行讥刺和反讽的一个奇特意象。

内莫洛夫在诗歌的感情流露上从来都是有所节制的，很少像自白派或垮掉派诗人那样恣意抒发内心的感受，但他还是在一些诗作中不由自主地将内心的机密泄露了出来。《从阁楼窗户看风景》(The View from an Attic Window)一诗中，叙事人从阁楼窗户里看到外面大雪纷飞，忽有所感，便像孩子一样哭了：

直到我，高居于我的时间之塔中
在熟悉的废墟中，开始哭泣
为意外、疾病、正义、战争和罪行，

因为一切已死,因为我也不得不死。
雪在下,树站着,诺言依然信守,
而我,一个孩子,沉沉睡去。

诗人在此展现了真实的自我,情感深沉而真挚。

詹姆斯·梅里尔(James Merrill, 1926—1995)生于纽约,是证券经纪人的儿子,家境富有,但他少年时代就目睹了父母从吵架到离婚的全过程,心灵上留下了难以磨灭的印迹。梅里尔毕业于阿默斯特学院,二战中从军,战后在康涅狄格州斯托宁顿和希腊雅典两地居住。他16岁时就出版了第一本诗文集《吉姆之书:诗歌和短篇小说集》(*Jim's Book: A Collection of Poems and Short Stories*, 1942),后来又相继出版了《处女作》(*First Poems*, 1951)、《千年平静之国》(*The Country of a Thousand Years of Peace*, 1959)、《水街》(*Water Street*, 1962)、《日日夜夜》(*Nights and Days*, 1966)、《神圣的喜剧》(*The Divine Comedies*, 1976)等。此后,他又将《神圣的喜剧》中的一首长诗《伊弗雷姆之书》(The Book of Ephraim)与《米拉贝尔:数字之书》(*Mirabell: Books of Number*, 1976)及《露天演出的剧本》(*Scripts for Pageant*, 1980)合为一卷,加上一个尾声,以《桑多弗变幻着的光》(*The Changing Light at Sandover*, 1982)之名发表。

梅里尔诗艺娴熟,喜欢写作精雕细凿的韵文诗,诗歌结构匀称、措辞优雅。他成长于艾略特—"新批评"派诗美学风行的时代,接受了这种诗美学,尤其是奥登诗歌的影响,但他的诗歌真正成熟的时期是六七十年代,因此他也不可能不对新的开放体诗感同身受。实际上,梅里尔总是在这两者之间寻找平衡,他成熟的诗歌中严格的诗歌形式下面往往是自传性的诗歌内容和个人情感的袒露。《童年景象》(Scenes of Childhood, 1960)里记述的是主人公的童年时代,诗里笼罩着一种似乎由恋母情结引起的紧张家庭气氛:

在那最后的光中
看见一个男人的影子袭上
她的衣服。而现在她在
往前走,没有姐妹
作伴,只跟着
一个漂亮的小孩,或愤怒的——
四岁的我,流着眼泪。
我举起我的拳头

很难说这里描写的就是梅里尔的童年时代，但诗里的人物、氛围一定与梅里尔童年时代的经历有关。

《1964年的日子》(Days of 1964，1968)是梅里尔写给他同性恋伙伴的诗，诗中的自传性因素极其突出：

在我藏起面孔之处，你敏捷而充满爱怜的触摸
蒙住我的双眼。一个神从我唇中呼出。
如果那是幻觉，我要它久久延续；
为它每日的微薄薪资，与我们同住，
清扫着浇灌着，因爱或痛苦而叹息。

梅里尔晚期的诗歌三部曲《桑多弗变幻着的光》为他赢得了更多的声誉。在这个三部曲中，梅里尔与通过灵应盘(Oujia Board)而来的不同人物和神灵对话，自由穿梭于过去、现在和未来之间。著名诗评家珀金斯认为，“在宏伟的主题、规模、复杂的设计、神话诗的力量、人情味、机智、魅力、敏锐的感觉和完美的韵律方面，这个三部曲超过了二战以来的任何英语长诗。”①

① David Perkins, *A History of Modern Poetry: Modernism and After* (Cambridge & London: The Belknap Press, 1987), p. 659.

# 第三章

## 当代美国小说

[illegible]

觉心国美升学

20世纪60年代美国的民权运动蓬勃发展，反战示威此起彼伏，整个社会处于动荡不安之中。进入70年代，形势逐渐恢复平静。1971年，《机会平等法案》(Affirmative Action)反歧视法开始实施，种族矛盾得到缓和，黑人社会地位、生活状况得到显著改善。1973年，美国和越南在巴黎和平协定上签字，越南战争结束。1974年尼克松因"水门事件"被迫辞去总统职务。经历了侵越战争的失败和尼克松的水门丑闻之后，人们对美国社会与政治产生强烈的幻灭感。青年人报效社会的热情冷却下来，热衷于追求自己的幸福与满足，成为所谓"唯我"一代。70年代受石油危机影响，美元贬值，美国经济一度危机重重。1980年，里根竞选总统获得成功，在他和老布什长达12年的共和党执政期间，美国政治文化趋向保守。1989年11月9日柏林墙倒塌，冷战以苏联解体而结束，以美国为首的西方资本主义国家稳住了阵脚。90年代初，美国发动海湾战争，在全世界确定其单极霸主地位。克林顿执政期间，美国经济在高科技产业的带动下，呈现繁荣、强劲的发展势头一直持续到世纪末。

小说作为一种文学样式，是表现社会历史生活的语言艺术，它从一开始就表现出两极化倾向："一方面，它朝向现实主义与社会记录，与历史事件和运动发生相互联系；另一方面，它朝向形式、虚构和自身反映。"[1]60年代小说的走势是朝向形式一极，时兴后现代实验主义。但是，实验性小说红过一阵后，因本身内在的局限性，未能保持发展的活力，很快暴露出"苍白、软弱"的一面。70年代以来，小说的走向明显地发生了变化，朝关注生活现实的一极发展，对人们生活产生影响的重大社会政治事件时时走进小说世界。在当代美国文坛上，现实主义已成为主潮。

从70年代中后期开始，后现代实验主义逐渐退潮，现实主义重新受到批评家重视，谈论现实主义、捍卫现实主义的声音不绝于耳。1976年美国小说家贝娄获诺贝尔文学奖，在颁奖仪式的演讲中，他说：小说应该提供"关于我们人是什么、我们是谁、生活的目的是什么这些问题一个更为宽广、更为灵活、更为充实、更为一致、更为全面的记述，占据中心的是人类以集体的力量争取自由的斗争，是个人反抗非人化掌握自己灵魂的斗争"。[2] 毫无疑问，在贝娄看

---

① Malcolm Bradbury, *The Novel Today: Contemporary Writers on Modern Fiction* (Manchester: Manchester University Press, 1977), p. 8.

② Saul Bellow, *It All Adds Up* (London: Secker & Warburg, 1994), p. 96.

来,小说的任务应该是表现社会生活。1978 年约翰·加德纳发表《论道德小说》,对实验性小说提出严厉批评。他反复强调真正的艺术是道德的艺术,是严肃的艺术。在他看来,各种理论竞相宣传"艺术是游戏",小说家专注于语言形式,"为语言而语言",构建供人观赏的"文学雕塑",①这种放弃文学的"道德责任"、②回避文学的道德价值和道德影响力的做法,不值得提倡。加德纳反对作家是为自己而写,"想象没有人能够欣赏、能够理解的天才作家可以存在是荒谬之极。"③他抨击实验性小说中痴人说梦、近似疯狂的晦涩语言,认为作家应进行"有效交际"。④ 加德纳的观点不乏偏激之处,对某些作家的评价也有失公允,但是 70 年代以来后现代实验性创作的失势却是不争的事实。

在现实主义传统复出之际,不少前卫作家也回到现实主义轨道上来,或者说实验主义与现实主义与那种泾渭分明、势不两立的对立已日益淡化,后现代实验性小说家表现出对现实生活的关注。巴思的《休假》《浪潮故事》等小说以作者家乡马里兰州切萨皮克湾为背景,基本上没有什么实验性色彩。品钦的《葡萄园》一改晦涩费解的风格,把读者带回到动荡不安的 60 年代,通过反叛青年的生活遭遇,揭露美国社会中无处不在的政府对个人的控制,使作品具有社会现实意义。

1991 年 5 月,比利时的根特大学举办了"新现实主义小说"国际研讨会,布拉德伯里应邀致开幕词。他指出:"小说的主流在某种方式上从来就没有远离过现实主义。"⑤其实,现实主义从未被替代,从未消失,而是一直在发展着。就在实验主义最热闹的岁月里,贝娄、厄普代克、欧茨等人坚持现实主义传统,创作了一批优秀作品。当实验主义作家从舞台上隐退后,聚光灯就照到了一直在默默耕耘的现实主义小说家身上。

当代美国小说出现了现实主义的回归,一个重要标志是一批新现实主义小说家的崛起。斯通、多克特罗、库弗、德里罗等人是在 60 年代末、70 年代初登上文坛的新秀,他们在作品中重构历史,表现生活和时代,基本遵循的是现实主义,但又受后现代实验主义精神影响。《亡命之徒》《拉格泰姆时代》《公众的怒火》《白色噪音》等小说关注社会生活现实,在对传统真实观和叙述模式进行革新的同时,注意保存小说情节的完整性、叙述的连贯性和故事的可读性。新现实主义小说体现了新时期里现实主义新发展的成就。

当代美国文学一个重要的声音来自妇女作家。活跃在文坛并取得突出成

---

① John Gardner, *On Moral Fiction* (New York: Basic Books, Inc., 1978), p. 71.

② Gardner, p. 5.

③ Gardner, p. 196.

④ 同上, p. 197.

⑤ Malcolm Bradbury, "Writing Fiction in the 90s," *Neo-Realism in Contemporary American Fiction* ed. Kristiaan Versluys (Amsterdam: Rodopi, 1992), p. 15.

绩的有莫里森、欧茨、奥齐克、卢里、贝蒂、梅森、狄第恩、沃克、汤亭亭、谭恩美、厄德里奇等。妇女作家表现不俗,佳作迭出,说她们撑起当代小说"半边天"并不过分。就小说题材而言,当代妇女作家既写表现强烈女性主义意识的作品,也写具有重大社会与现实意义的小说。不过,大多数人从妇女立场出发,将视角投向婚姻、家庭、爱情、母女关系方面。这类题材特别适合于采用现实主义表现手法,因此,妇女作家成为现实主义小说的主力军。她们以细腻的笔触描写多姿多彩的现实生活,充分展示自己的聪明才智。

当代美国文学的另一个重要特征是多元化格局的形成,原来处于边缘的少数裔文学取得了突破性进展。在小说领域,黑人小说家、华裔小说家、本土裔小说家的成就特别引人注目。与白人主流作家相比,少数裔作家在走上文坛的过程中所遇到的障碍要多得多。当他们在寻找读者群时,"通常选择手头最有效的方法"——现实主义。[①] 少数裔作家拥有白人主流作家缺少的独特的文化背景和文学传统,他们在创作过程中采用西方文学形式的手法,同时加进自己族裔文化中神话、传说成分,改变叙述模式,形成鲜明的特色。少数裔文学的蓬勃发展使现实主义声势浩大,更为强劲。

## 第一节 新现实主义小说

70年代以来,有一部分作家在坚持现实主义基本原则的同时,吸收、借鉴、消化实验性小说的创作思想和方法手段,赢得了"新现实主义"小说家的称号。

新现实主义小说的一大特征是以社会生活和历史事件作为表现对象,但作家们是在新的真实观指导下进行创作,叙述模式发生了显著变化。现代传媒对消除事实与虚构之间的界限起到了推波助澜作用:"如果电视和报纸能对历史事实进行歪曲或辩护,那么真实和想象之间那种明确的关系便不复存在。将事实与虚构区别开来的界限也变得模糊不清。"[②]新时期的现实主义经历了实验性小说这一发展阶段,以后现代语境为背景,自然不同于60年代之前的传统现实主义。斯通、多克特罗、库弗、德里罗等人的小说将历史的事实糅入虚构的情节,展现出一幅幅亦真亦幻的生活图景和历史画卷。新现实主

① Mark Shechner, "American Realisms, American Realities," *Neo-Realism in Contemporary American Fiction*, p. 32.

② Elliott, *Columbia Literary History of the United States*, p. 1149.

义作家的创作实践丰富了现实主义的内涵,使现实主义得以螺旋式地向前发展。

罗伯特·斯通(Robert Stone,1937—2015)是新现实主义重要作家。他出生于纽约市布鲁克林,母亲是个小学教师,患有精神分裂症,父亲在他幼年时即离家出走。斯通的童年是在孤儿院度过的,后进入天主教会学校学习。由于其无神论思想,他和校方发生冲突,没念完高中而辍学。1955 年他参加美国海军,在大西洋舰队两栖部队服役。1958 年至 1960 年他在纽约大学读书时,担任过《纽约每日新闻》的内勤、助理编辑。斯通的童年经历明显影响了他的文学创作,使他对那些没有归属、精神失常、不负责任、虚伪的人物产生兴趣。1967 年他的第一部小说《镜厅》(*A Hall of Mirrors*)问世,书名取自罗厄尔的诗句"蜡烛在镜厅中摇曳"(candles gutter in a hall of mirrors),折射出一个变形、扭曲的世界。故事的主要情节是主人公莱因哈特到新奥尔良找工作,为一家电台做播音员,卷入到保守的福音教派活动中,在一场由"爱国复兴"运动集会引发的城市骚乱中幸存下来。小说通过生动的人物对话刻画了狂热的福音教派成员、民权运动分子、政客等形象,展现动荡不安的 60 年代美国南方城市生活图景。《亡命之徒》(*Dog Soldiers*, 1974)的故事发生在越南战争后期,主人公康弗斯是派驻西贡的记者,结识了女记者夏米安,在她指使下从事毒品走私。他安排海军陆战队士兵希克斯将海洛因偷运回美国,转交给在伯克利的妻子马琪,再由安太尔到他家取货。康弗斯回到家里,等待他的不是马琪,却是安太尔。原来希克斯见到马琪后,两人携带毒品远走高飞。安太尔是特工,但暗中与夏米安合谋做毒品交易。康弗斯被迫与他合作,寻找希克斯和马琪的下落。在墨西哥边境的枪战中,希克斯被击毙,康弗斯与马琪得以逃脱,毒品则落到安太尔手中。《亡命之徒》扉页引用了康拉德的著名小说《黑暗的心》:"我看到了暴力的魔鬼,看到了贪婪的魔鬼,看到了欲望的魔鬼。"斯通以写实的手法描写美国社会中的暴力、贪婪和欲望,勾勒出一个光怪陆离的黑暗世界,该小说获得 1975 年全国图书奖。《日出的旗子》(*A Flag for Sunrise*, 1982)书名源自迪金森的诗句:"日出,你有一面旗子给我吗?"表示庆祝新的一天到来的意思,而刚刚过去的黑夜充满了暴力、死亡与邪恶。小说的主要内容是讲述前中央情报局特工弗兰克·霍利威尔在一个虚构的中美洲国家"特肯"的遭遇,他与修女贾斯廷邂逅,发现她卷入了当地反政府活动,力劝她离开那里。但贾斯廷拒绝回国,最后被杀害。斯通在作品中披露美国人怀着不同的目的来到中美洲国家,或是传教,或是投资开发旅游资源,或是逃避美国受挫的生活,但他们给当地人带来的只是麻烦,中美洲国家并不需要他们。《光明的孩子》(*Children of Light*, 1986)演绎一段好莱坞电影脚本作家沃克与电影女演员露·安之间的情感纠葛故事。露·安主演根据美国女作家肖邦的小说改编的电影《觉醒》,因不堪内心矛盾痛苦,像影片中的女主人公一样,走向大海,自杀身亡。《外桥地带》(*Outerbridge Reach*, 1992)是一部关于失败者的小说,获全国图书奖。主人公布朗是个越战老兵,他参加航海比赛,独自驾船作环球航行,但在途中放弃比赛,改变航向,谎报自己的位置,最后跳海自杀。布朗的赞助商海兰公司经营不善,几乎破产,老板马蒂·海兰突然失踪,不知去向。公司为了自己的目的怂恿布朗冒险。小说后半部交替叙述布朗在海上的孤独航行和他的妻子安妮在纽约的生活,展现了小说人物内心的绝望与美国社会的尔虞我诈。布朗虽然当过海军,但并无多少航海经验,他知其不可而为之,是个悲剧性人物。《大马士革之门》(*Damascus Gate*, 1998)反映了中东地区阿拉伯人和犹太人的文化冲突。《灵魂之湾》(*Bay of Souls*, 2003)讲述了一个中年男人的精神苦旅,充满刺激、冒险和对生命终极意义的思考,它既是一部不同寻常的爱情故事,又是一部政治讽刺小说。斯通的最后一部小说是《黑头发姑娘之死》(*Death of the Black-Haired Girl*, 2013)。斯通认为:小说的目的是"扩大人的自我认识",减少"个人的孤独和隔绝"。因此,对于生活中的失败者,他表示了同情心。斯通的作品带有表现主义风格,善于渲染人物的情绪,展示内心活动。他对故事地点的描写十分准确,书中的新奥尔良、西贡、中美洲、纽约等地方真实感很强。

E. L. 多克特罗(E. L. Doctorow, 1931—2015)出生于纽约市,在肯庸学院学习哲学,哥伦比亚大学学习戏剧。1953 年至 1955 年在军队服役,曾担任新美国图书馆的编辑和日晷出版社的主编,后在大学任教,并从事写作。他的编辑工作经历使他熟悉现代小说的各种体裁。

多克特罗的第一部小说《哈德泰姆斯欢迎您》(*Welcome to Hard Times*, 1960)属西部题材小说,作品分为三个部分,用哈德泰姆斯小镇镇长日志的形式,记述小镇焚毁—中兴—再毁灭的三步悲剧。哈德泰姆斯坐落在达科他州贫瘠的大平原上。一天,坏蛋克雷·特纳来到小镇杀人放火,镇民四散逃离,小镇成为废墟。镇长布鲁坚定地信仰西部拓荒的光明未来,在艰辛的重建过程中成为小镇发展的精神中坚。但是小镇日渐繁荣的外表下潜藏着危机。不久人们发现小镇赖以生存的矿藏实质上一文不值,坏蛋特纳再度出现并挑起暴乱,小镇重新成为鬼城。尽管小说情节以正义战胜邪恶(布鲁杀死特纳)结尾,但是作者借一度乐观的布鲁之口暗示人类在"艰难时世"下的前途并不光明——历史只不过是个原地踏步的封闭循环而已。《像真的一样大》(*Big as Life*, 1966)属科幻作品。1971 年出版的《但以理书》(*The Book of Daniel*, 1971)通常被认为是一部政治小说。作品假托 50 年代罗森堡夫妇间谍案,塑造了一个愤怒的但以理形象,试图为美国战后至 60 年代的政治释梦。主人公及故事叙述者但以理·艾撒克逊幼年时,父母因涉嫌偷盗原子弹机密而被处以极刑。长大后,但以理终日藏身图书馆阅读有关父母案件的资料,希望找到当年的事实真相。同时,60年代末政治运动风起云涌,妹妹苏珊精神崩溃而自杀,但以理也在革命的空气中苦苦寻求自身情感、价值的最后归依。小说使用支离破碎的时空概念进行叙事,但以理于美国左翼政治运动的冥想、他在现实政治生活中保守的作为以及他对家庭破碎的辛酸回忆相互交织,也使主人公精神上的迷惘和生存状态的游离得以彰显。《拉格泰姆时代》(*Ragtime*, 1975)在表现20世纪初美国生活时,将历史与虚构糅为一体。传统观念认为20世纪最初10年是美国历史上平和、进步、纯真的时期,而1975年出版的《拉格泰姆时代》通过讲述富裕的白人、哈莱姆区的黑人以及犹太新移民艺术家——三个毫无联系的家庭戏剧性的融合历程,表现的却是一战前美国社会生活平静表象下政治经济领域的重重矛盾。作品大量运用马赛克拼贴式的叙述手法,交替展开三条情节线索,精巧的叙事手法把虚构的小说人物命运与历史上的真人真事(如银行家摩根,弗洛伊德访美等等)交织在一起,同时也将"历史的真实性"这样一个命题摆在了读者的面前。多克特罗说:"一切所谓客观史实之说,都不过是天真的想法,"因为"历史跟其他事物一样,只是错觉罢了"。所以他才导演了这部真真假假的杂剧。《拉格泰姆时代》获1976年全国图书评论界奖。《潜鸟湖》(*Loon Lake*, 1980)以30年代大萧条时期为背景,讲述了一个在美国经济梦魇中实现"美国梦"的故事。出生于工人阶级家庭的主人公乔不满下层生活,只身离家闯荡天下。一天晚上,对一名裸体美人的惊鸿一瞥将他引领到潜鸟湖——亿万富翁贝纳特的私人领地。乔的生活就此与潜鸟湖的住客(世界闻名的女飞行员、镇压工人罢工的黑帮头目、终日醉酒的诗人和那个性情捉摸不定的美人)纠结在一起,他本人最终屈从了财富,为贝纳特所收养,继承了他的财产和潜鸟湖。小说摒弃了线性叙事方式,而是围绕一个个中心事件展开,逐个探讨了爱情、性、财富和欲望等主题。与《潜鸟湖》相比,《世界博览会》(*World's Fair*, 1985)也许更为成功,该书1986年获全国图书奖。这部带有自传色彩的作品重现了一个男孩眼中20世纪30年代纽约市的市民生活。主人公埃德加出生于布朗克斯区的犹太家庭,在平静安全的社区成长。平淡的日常生活中,他听着周围成年人之间的争吵,想着希特勒统治下的欧洲,目睹了即将爆炸的兴登堡飞艇飞越曼哈顿上空,也向往着1939年世界博览会。生活促使男孩埃德加思考死亡、勇气、幸福等等问题。在参观了世界博览会所展示的乌托邦式未来后,他埋下了自己的"当代文物史料储藏器",向自己纯真的童年告别,走向成熟。多克特罗在作品中描摹的儿童心理状态和30年代的社会风貌值得称道。1990年,多克特罗因《比利·巴思盖特》(*Billy Bathgate*, 1989)再次荣获全国图书评论界奖。这是他第三部以20世纪30年代大萧条为背景的小说,并继《潜鸟湖》后再次涉及黑帮的题材。

叙事者比利是个长在布朗克斯区街市的穷人小孩，机缘巧合加入了荷兰佬舒尔茨的黑帮。他很快发现他崇拜的黑帮老大具有自我毁灭性的狂暴性格，而且帮派此时正外患重重——荷兰佬因逃税而面临官司，其他黑帮要趁火打劫强占荷兰佬的私酒生意。比利经历了荷兰佬覆灭的整个过程，看到了人性的残忍与懦弱，金钱的魔力与虚幻，以及上流社会的堕落与腐败。1994 年出版的《水事工程》(*Waterworks*)是一部带有科幻性质的推理侦探小说。故事发生在 19 世纪 70 年代。自由撰稿人马丁的父亲是位粗暴自私的百万富翁，可死后竟然没有给遗孀和儿子留下一分钱；马丁意外发现自己的父亲尚在人间，既而又神秘地消失了。一位报纸编辑和一位警长由此抽丝剥茧，发现一个科学狂人正在做一项浩大的实验工程，要建立使人长生不老的医疗科学。故事由暮年的报纸编辑用回忆的口吻叙述，直截了当地批评了当时的社会政治生活，对金钱、科学、宗教、伦理四者之间的关系进行了反思。《上帝之城》(*City of God*, 2000)的故事发生在纽约这座城市。《大进军》(*The March*, 2005)以美国南北战争时期谢尔曼将军率领六万联邦大军长驱直入南方叛乱的三个州这一历史事件为背景。《纽约兄弟》(*Homer & Lanley*, 2009)是以纽约霍默和兰利两兄弟真人真事为基础的虚构小说。

多克特罗的小说大都取材于美国重要历史时期的事件，如南北战争、30 年代的大萧条、50 年代的罗森堡夫妇间谍案、60 年代的学生反叛运动等。他认为：作家的任务是在小说与历史之间架起桥梁，"因为小说与非小说之间并不像我们通常理解的那样存在着区别，存在的只是叙事。"当有人问及摩根到底是否与弗洛伊德见过面，他的回答是："他们现在见了面。"[①]多克特罗对叙述技巧进行实验，将事实与虚构熔于一炉，"探索当代美国的历史根源。"[②]多克特罗的作品深受读者喜爱，《拉格泰姆时代》和《比利·巴思盖特》都曾经名列畅销书排行榜首，他已无可置疑地成为当代美国最重要作家之一。

罗伯特·库弗(Robert Coover, 1932—　)生于艾奥瓦州的查尔斯城，后来随父母搬到伊利诺伊州赫林镇，他父亲在当地办一张小报。受父亲的影响，他对新闻和旅游有浓厚兴趣。1949 年库弗进入南伊利诺伊大学，后转到印第安纳大学。1953 年大学毕业，他参军入伍，被派驻欧洲。从军队退役后，库弗先后在巴德学院、衣阿华大学、哥伦比亚大学、普林斯顿大学、布朗大学等高校任教。他的第一部长篇小说《布鲁诺教徒的由来》(*The Origins of the Brunists*, 1966)取材于赫林镇的生活，主要内容包括一起矿井事故导致 97 人丧生、信奉世纪末日说的布鲁诺邪教组织的形成、当地居民，特别是小镇报纸

---

① Bradury, *The Modern American Novel*, p. 237.

② Vinson, *Contemporary Novelists*, p. 182.

主编密勒对布鲁诺教徒的反应等。《环宇垒球协会的老板 J. 亨利・沃》(*The Universal Baseball Association, Inc. J. Henry Waugh, Prop.*, 1968)的主人公亨利并非真正的垒球协会老板,他是一家会计事务所的会计师,已经56岁,过着单身生活。他在头脑里将全美八支垒球队组建成"环宇垒球协会",对各队的成绩、运动员的表现进行统计,排列赛季的积分表。亨利沉湎于这种类似于计算机游戏的垒球联赛而不能自拔,上班迟到早退,最后将饭碗也丢掉。亨利从事的是机械的、枯燥的工作,但他的虚拟游戏极富想象力,到了疯狂的程度。他分不清幻觉与现实的界限,小说以他消失在虚拟的垒球场上收尾。库弗的第三部小说《公众的怒火》(*The Public Burning*, 1977)原名为"历史浪漫故事",以50年代美国社会的反共思潮为背景,采用史实与幻想交融的拼贴手法表现罗森堡夫妇间谍案。1953年6月19日,罗森堡夫妇被控向苏联出卖原子弹秘密而被判死刑,双双走向电椅。《公众的怒火》写了6月18日至19日两天"公众"反共的疯狂意识,叙述者是时任艾森豪威尔政府副总统的尼克松。作者大胆想象,通过尼克松的评述、独白、回忆,展露了他丰富的内心活动和个人经历。书中的尼克松是一个具有同情心的小丑。他在行刑前一个半小时单身去探监,与罗森堡夫人伊瑟尔缠绵,然后不穿裤子就出现在纽约市中心为执行电刑专门搭建的行刑台上,转而鼓动台下观众"为了上帝和国家脱裤!"尼克松在"水门事件"中的表现破坏了美国政府的公众形象,作者以一种玩世不恭的态度对美国政治极尽讽刺揶揄之能事。进入80年代,库弗将他六七十年代写的短篇小说扩充为长篇,如《总统帽子里的猫》(The Cat in the Hat for President, 1968)改写为《政治寓言》(*A Political Fable*, 1980)、《工作日》(A Working Day, 1979)改写为《揍女仆的屁股》(*Spanking the Maid*, 1981)。《杰拉尔德的晚会》(*Gerald's Party*, 1986)基于他写的关于"幸运的皮埃尔"两个短篇故事。评论家指出:该小说是一部戏仿之作,通过帕都侦破发生在杰拉尔德家里的一起谋杀案,对传统的侦探小说进行模仿嘲弄。《杰拉尔德的晚会》情节错综复杂,客人们在晚会上的交谈构成小说的主体。1996年问世的《约翰的妻子》(*John's Wife*)是一部描写美国中西部小镇生活的作品,与安德森的《小城畸人》有异曲同工之妙。约翰是一位建筑商,有钱有势,控制小镇的经济命脉。小说虽然名为"约翰的妻子",但她实际上是个"缺位"的人物,作者并没有直接写她。"作为垂涎的对象、躲闪的谜团、爱慕的理想、憎恨的对手、公主、圣人,或者社会的珍宝,约翰的妻子引发小镇居民各种各样的观点和情感。"作品的主要内容便是围绕约翰的妻子这个中心,讲述人们对她的印象及其自己的生活。库弗通过缺失的"约翰的妻子",力图印证"世界只是作为我们欲望的媒介而存在"。小说没有连贯的情节,以自由联想的方式,展示一幅幅小镇居民人物画像。《幽灵镇》(*Ghost Town*, 1998)叙述了一位无名牧马人在一个西部边境小镇上的冒险经历。库弗在21世纪创作的作品有《皮埃尔历险记：导演剪辑版》(*The Adventures of Lucky Pierre: Director's Cut*, 2002)和《布鲁诺教徒的愤怒之日》(*The Brunist Day of Wrath*, 2014)。

库弗是一位富有实验精神的作家，评论家将他列为对六七十年代美国小说产生重大影响的四大作家之一，其他三位是巴思、巴塞尔姆和品钦。[①] 库弗关注历史和现实，作品涉及的垒球、罗森堡夫妇间谍案、小镇生活等均是典型的美国题材。库弗在虚构与真实的关系方面进行探索，但他的长篇小说基本上采用传统叙述模式，讲述精彩的故事，同时融进想象的成分。

唐·德里罗(Don De Lillo, 1936— )出生于纽约市的一个意大利移民家庭，1954年至1958年在福德姆大学读书，获传播艺术学士学位。大学毕业后，他在广告代理公司工作，业余时间写小说。德里罗在60年代主要发表短篇小说，从70年代起，他开始创作长篇小说，先后出版了《美国文物》(*Americana*, 1971)、《球门区》(*End Zone*, 1972)、《琼斯大街》(*Great Jones Street*, 1973)、《拉特纳之星》(*Ratner's Star*, 1976)、《走狗》(*Running Dog*, 1978)、《名字》(*The Names*, 1982)等。1984年，德里罗获美国文学艺术科学院颁发的文学奖。《白色噪音》(*White Noise*, 1985)获1986年全国图书奖，牢固确定了德里罗作为当代美国重要小说家的地位。《白色噪音》探讨的是死亡主题，作者曾为该书取名为"美国死者之书"。主人公杰克51岁，是学院希特勒研究系主任。他经历了四次婚姻，有八个孩子。杰克的几个前妻为中央情报局做事，行踪神秘。现在的妻子巴贝特温柔体贴，是一位贤妻良母，这使他感到很安全。夫妻俩看电视、逛超市，过着典型的美国中产阶级的生活。但是，他们内心都充满着对死亡的恐惧，两人经常讨论的一个话题是谁会先死。杰克在一次有毒气体泄漏事件中接触到致命的毒气，根据计算机计算的结果，他活不了多久。而巴贝特则背着他暗中接受治疗，通过肉体交易从医师那儿获取治疗死亡恐惧症的实验新药。杰克发现他的"避风港"不复存在，十分震惊。杰克找到医师，向他开枪，但没把他打死，出于怜悯，又把医师送到教会办的医院，在那儿的修女告诉他：神职人员根本不信上帝，只是假装有信仰，否则整个世界就会崩溃。"白色噪音"原是一个技术术语，指可以盖没某些噪音的声音，德里罗借用它来喻指超越一切的死亡之声，表现美国人心灵深处的焦虑。《白色噪音》描写了当代美国社会的种种现实问题，如传统核心家庭的解体、电视的侵入、科学技术对现代生活的影响、信仰危机等。《白色噪音》问世后受到评论界和读者的欢迎，而《天秤星座》(*Libra*, 1988)在商业上更为成功，列入《纽约时

---

① Steven R. Serafin, ed. *Encyclopedia of American Literature* (New York: The Continuum Publishing Company, 1999), p. 219.

报》畅销书排行榜。该小说写的是1963年肯尼迪总统在达拉斯遇刺事件，天秤星座是所谓的刺客李·奥斯瓦尔德的星座。这里之所以用"所谓的"，是因为小说认为李并不是真正的凶手：他是一场阴谋的牺牲品。真正的元凶是中央情报局的两个特工，而特工们又是出于反卡斯特罗的需要。关于这次谋杀，现在仍有许多疑点。对于事件的真相，有官方的版本、小说的版本、电影的版本，我们实在难以弄清，或者说不可能弄清。小说中真真假假，假假真真，真的比真的还真。《天秤星座》的细节包括李的母亲在法庭作证，中央情报局特工策划阴谋，刺杀事件15年后特工布兰奇仍在写他的秘史，李参加海军陆战队，派往日本美军基地，叛逃到苏联，后来又回到美国。德里罗用"拼贴"手法把这些片断拼到一起。多重视角叙述在过去与现在之间穿梭，在各个人物中间来回跳跃、游移不定。《新毛主席像》(*Mao II*，1991)的中心人物是比尔·格雷，他是一位著名小说家，蛰居乡间，正在反复修改自己的一部新小说。与他为伴的是他的私人秘书司科特、专职给著名作家拍照片的布丽塔。联合国工作人员、诗人朱利安在贝鲁特被恐怖组织绑架。比尔应出版商邀请，前往伦敦，帮助营救朱利安。恐怖组织的目的是通过绑架无辜平民，引起世人对该组织的注意。根据安排，比尔作为名人，在伦敦记者招待会上朗读朱利安的诗歌，贝鲁特方面宣布放人。比尔在伦敦街头被汽车撞伤，不治身亡，象征着小说家对世人影响力的消失。小说中有中国"文化大革命"期间的红卫兵游行、1989年伊朗德黑兰为霍梅尼举行的葬礼、纽约6 500对新人集体婚礼等人山人海群众场面的描写。在德里罗笔下，人群的规模越来越大，而个人则沦为没有自己思想、丧失个体身份、受人操纵利用的群体的一员，他们或是狂热的追随者，或是蒙面的恐怖分子。故事结尾时布丽塔已放弃给最富独立性的作家拍照的工作，而是前往贝鲁特给恐怖组织头目阿布·拉希德照相。德里罗以独特的方式探讨了作家、恐怖分子和群众运动在当今世界的作用。《地下世界》(*Underworld*，1997)是德里罗迄今为止发表的最为重要、最负盛名的力作。这部皇皇巨著，规模宏大，由六卷组成，长达827页。小说人物众多，叙述视角转换频繁，时间跨度从50年代初到90年代末，表现了战后美国半个世纪的社会生活。"引子"设定的时间是1951年10月3日，联邦调查局长胡佛在垒球场观看比赛，手下人向他通报苏联进行原子弹爆炸核试验的情报。第一卷的时间跳到1992年春夏之交，讲述冷战结束后画家克拉拉·萨克斯将B-52轰炸机涂上颜料，改变成现代艺术作品；第二卷的情节围绕80年代中期至90年代初核废料处理公司经理尼克的生活展开；第三卷的时间是1978年春天，尼克刚刚到核废料处理公司工作；第四卷的时间是1974年夏天，主要人物为尼克的弟弟、核武器专家马特和画家克拉拉；第五卷由不按时间顺序排列的片段组成，这些片段叙述五六十年代发生的事件，包括尼克17岁时进入少年劳教所，古巴导弹危机期间滑稽演员布鲁斯·伦尼在西好莱坞、旧金山、芝加哥、纽约等地评说时事，1964年黑人民权运动分子与警察的冲突，1966年纽约市的反战示威等；第六卷的时间再逆向推到1951年秋天至1952年夏天，尼克误以为手枪没有子弹，扣动扳机将他朋友杀死。小说的"尾声"又跳回到90年代，尼克作为专家前往哈萨克斯坦核实验场观察销毁核废料。《地下世界》将焦点聚在当代生活中不为人所知的一面：联邦调查局长胡佛的内心世界、失踪的父亲、修女在城市贫民区的慈善工作、处理核废料的填埋场、内华达核试验场工人遭受放射性坠尘伤害。德里罗在这部作品中着力描写现代文明背后的"地下世界"，揭示当代美国人赖以生存的精神支柱。《地下世界》问世后，获得评论家广泛好评，被认为是"20世纪最佳小说之一"。进入21世纪，德里罗笔耕不辍，出版了《人体艺术家》(*The Body Artist*, 2001)、《大都会》(*Cosmopolis*, 2003)、《坠落的人》(*Falling Man*, 2007)和《欧米茄点》(*Point Omega*, 2010)等小说。《坠落的人》描写了"9·11"恐怖袭击对普通大众所造成的强烈心理冲击，并对美国社会和文化存在的问题进行冷峻的审视和剖析。

德里罗是当代美国最富创意的小说家之一，他的作品题材宽广，有思想深度，描绘了当代美国生活形形色色的表面现象，同时揭示了潜伏在表层下面的焦虑、恐惧和迷惘。德里罗的长篇小说包含着传统的叙述模式，文笔流畅，不乏幽默，具有较强的可读性。

盖伊·达文波特(Guy Davenport, 1927—2005)是一位对历史事件、历史人物感兴趣的作家，善于虚构历史。他出生于南卡罗来纳州，1948年本科毕业于杜克大学，1961年获哈佛大学博士学位，先后在华盛顿大学、哈弗福德大学、肯塔基大学任教。达文波特出版过诗集，翻译过古希腊语作品。他的文学创作成就主要是短篇小说，已发表的短篇小说集有《塔特林！》(*Tatlin!*, 1974)、《达·芬奇的自行车：短篇故事十则》(*Da Vinci's Bicycle: Ten Stories*, 1979)、《牧歌：短篇故事八则》(*Eclogues: Eight Stories*, 1981)等。达文波特以"设计历史真实人物的趣闻轶事"[①]为己任，他描写过的著名人物包括达·芬奇、卡夫卡、庞德、斯泰因、列宁、乔伊斯、尼克松等。《塔特林！》的标题故事讲述俄国构成派画家弗拉基米尔·塔特林(1885—1953)的生平事迹，由相互不连贯的叙述小节组合而成，时间跨度从他十岁(1895年)一直到逝世(1953年)。达文波特是一位具有实验精神的作家，在《塔特林！》中配有列宁、斯大林、塔特林的画像以及构成派作品等插图，各小节也没有按时间顺序排列。小说一开始介绍塔特林1932年在莫斯科民主艺术人民博物馆举办构成派作品画展，随后的各小节在追述塔特林生活故事的同时插入历史事件的描述：

---

① Vinson, *Contemporary Novelists*, p. 164.

1905 年沙皇命令军队向前往冬宫请愿的群众开枪;塔特林在巴黎拜见毕加索;1917 年十月革命时,"阿芙乐尔"巡洋舰向冬宫开炮;塔特林向学生作关于俄国研究航天旅行和太空飞船的先驱齐奥尔科夫斯基的讲座;1953 年塔特林与俄国形式主义批评的代表人物什克洛夫斯基一起喝茶。塔特林曾因 1919 年为第三国际设计纪念碑模型而出名,该模型是一座用木头和玻璃做成的巨型螺旋塔。书中提到 1920 年列宁亲自来看了模型,但他"一言不发"。《塔特林!》收选的另一个短篇小说《罗博特》(*Robot*)中一只名叫"罗博特"的狗掉进一个地洞,导致发现一个史前人居住过的原始穴洞。前来鉴定洞中壁画的布勒伊神甫声称他和伏尔泰的侄子曾到过中国的周口店,发现了北京人头盖骨。《罗博特》也配有壁画动物的插图。达文波特这些短篇故事以小说的方式叙述历史,模糊了文学与历史之间的界线,文本的客观性和历史的真实性受到质疑。但是,达文波特在虚构历史人物的故事时,以扎实的研究为基础。据他说,"每一个短篇小说都投入五年至十年时间的研究"。为了创作《罗博特》,他读了 40 多部相关书籍。评论家称《塔特林!》和《达·芬奇的自行车:短篇故事十则》为"真实素材的集合体"。[1] 在达文波特的小说中,历史与虚构、事实与想象已融为一体。

## 第二节
## 犹太作家

70 年代以来,老一辈犹太作家如贝娄、马拉默德等人继续笔耕不辍,不断有力作问世。与此同时,一批新人登上文坛。埃尔金、阿比希、奥斯特等人的作品不仅仅局限于犹太人生活题材,而是从各个方面多角度地表现当代社会。罗斯、奥齐克是新一代犹太作家的杰出代表,他们富有时代气息的作品给当代文坛注入了新的活力。

斯坦利·埃尔金(Stanley Elkin, 1930—1995)出生于纽约市,在芝加哥长大,父亲是一位旅行推销员,对他的小说创作产生较大影响。埃尔金在伊里诺伊大学读书,获学士和硕士学位。1957 年至 1959 年间,他参军入伍,退役后回到伊里诺伊大学继续学业,获博士学位。从 1960 年起,埃尔金一直在圣路易斯的华盛顿大学英语系任教。埃尔金患有多发性硬化症,疾病给他带来的痛

---

① Elliott, *Columbia Literary History of the United States*, p. 1174.

苦在他作品里有所反映。早在在读研究生期间，埃尔金就开始创作短篇故事，迄今已发表10多部小说，包括《鲍斯韦尔》(*Boswell*, 1964)、《坏人》(*A Bad Man*, 1967)、《迪克·吉布森的节目》(*The Dick Gibson Show*, 1971)、《特许经营者》、《乔治·密尔斯》(*George Mills*, 1982)、《魔术王国》(*The Magic Kingdom*, 1985)、《拉德的拉比》、《特德·布利斯太太》(*Mrs. Ted Bliss*, 1995)等。埃尔金小说的主要人物大都为生意人，他们是极其普通平常的美国人。同时，他的作品中常常出现一些怪人。《特许经营者》(*The Franchiser*, 1976)是一部表现当代美国中产阶级生活和文化的作品。主人公本·弗莱希从事特许经营权的买卖，常年驾车在全国各地奔跑，使人想起密勒《推销员之死》中的威利。他光顾麦当劳、肯德基，住汽车旅店，是一位典型的美国人。本的教父朱利叶斯·芬斯伯格50岁结婚，生下的孩子不是双胞胎就是三胞胎，有18个之多，他们个个身体都有些怪异，与常人不同。本借款建造汽车旅店，因受70年代石油危机影响，旅店建成后客源稀少，导致破产。像埃尔金一样，本也患有多发性硬化症，他的姓Flesh意为肉体，小说描写了疾病给他身体带来的痛苦。书中挥之不去的是死亡的阴影：本明白自己活不长，而双胞胎和三胞胎相继死去。《拉德的拉比》(*The Rabbi of Lud*, 1987)具有明显的犹太色彩，埃尔金在书中继续探讨死亡主题。拉德是位于新泽西州的一个小镇，当地居民以出卖墓地为生。拉比杰里没有几个犹太会众，他受雇于镇上的葬礼机构，专门主持死人的下葬仪式。杰里15岁的女儿康斯坦斯自小在坟地长大，与死人为邻，不堪寂寞与孤独，将她的生活公布于世，使杰里丢了饭碗。小说结尾时，杰里为他死去的女友致悼词，恳求上帝赎罪，成为真正的拉比。布拉德伯里认为埃尔金与海勒一样，是"黑色幽默"作家。[①] 埃尔金的小说缺少紧凑的情节，结构松散，人物耽于冗长的谈话，可读性较差，这是他不像贝娄和罗斯那么出名的一个原因。

沃特·阿比希(Walter Abish, 1931— )出生于奥地利的维也纳，1938年为躲避希特勒的迫害，随家人来到中国上海居住。1949年，他离开中国，前往以色列，在那儿参了军，学习建筑，开始写英语诗歌。阿比希1957年移居美国纽约，1960年入美国籍，曾在哥伦比亚大学任教。阿比希是一位实验主义作家，1974年发表《字母非洲》(*Alphabetical Africa*, 1974)，以新颖的手法使用字母，凸显小说的虚构性。短篇小说集《心灵相会》(*Minds Meet*, 1975)、《未来完美》(*In the Future Perfect*, 1977)、《99：新意义》(*99: The New Meaning*, 1990)继续他对字母的实验，关注点是语言、意义和表现现实世界的方式。《未来完美》中第一篇故事《英国花园》，通过讲述一个美国作家来到德

---

① Bradbury, *The Modern American Novel*, p. 175.

国布鲁姆赫斯泰因,发现德国人在原来集中营的遗址上新建城市,探讨当代德国与过去的关系。《多么德国化》(*How German Is It*, 1980)是《英国花园》主题与情节的拓展,为阿比希带来声誉。主人公乌尔里希·哈格诺住在德国符腾堡,是一位作家,他妻子保拉是"7月7日解放组织"成员,幕后策划了多起爆炸事件。乌尔里希与妻子离异后,前往布鲁姆赫斯泰因看望他的哥哥建筑师赫尔姆特。兄弟两人在当地很有名,部分的原因是他们的父亲乌尔里希·冯·哈格诺二战期间行刺希特勒未遂,1944年被行刑队枪决。但是,乌尔里希实际上是个私生子,1945年才出生,真正的父亲是谁,他并不知道。阿比希笔下的当代德国人热衷于物质主义,追求女人、金钱,极力想忘掉过去。但是,纳粹的残暴历史是抹杀不掉的。第二次世界大战期间,布鲁姆赫斯泰因建有关押犹太人的集中营。工人们后来在修阴沟时,发现一处集体坟墓,埋了数以千计的尸体,整个小城是建立在坟墓之上。小说结束时,保拉又成功地策动一位看桥人将一座大桥炸毁,表面上繁荣的德国社会潜伏着危机,并不安宁。《多么德国化》叙述风格独特,每一章节篇幅很短,采用片段的形式,叙述视角也时常转换,但语言很流畅。阿比希作为一名犹太作家,童年时家人和犹太民族遭受纳粹迫害的经历记忆犹新。他从独特的角度,用语言构建一个当代德国。

菲利普·罗斯(Philip Roth, 1933—2018)是新一代犹太小说家的杰出代表,他比马拉默德、贝娄等人要小将近20岁。罗斯出生于新泽西州的纽瓦克,父亲是一家保险公司推销员。1950年高中毕业后,他曾在公共图书馆工作过一段时间。罗斯受过良好的高等教育,分别获巴克内尔大学的学士学位和芝加哥大学的硕士学位。离开学校后他入伍当兵,但因训练时受伤,提早退役。罗斯早年文学创作的成功促使他放弃攻读博士学位,专门从事写作。1960年以来,他曾在衣阿华大学、普林斯顿大学、宾州大学等多所大学任教,讲授文学,大学的教书经历为他小说创作提供了素材。马拉默德曾提出"人人都是犹太人"的观点,而罗斯则反其道而行之,他笔下的犹太人都是普通人,他的作品也常常因为大胆描写那些打破保守的犹太传统的人物而引起争议。

罗斯的早期创作深受福楼拜和亨利·詹姆斯的影响,观察敏锐,用词准确,风格细腻。1959年,罗斯的第一部中短篇故事集《再见吧,哥伦布》(*Goodbye, Columbus*, 1959)问世,翌年获全国图书奖。同名短篇故事中的主人公尼尔在一家公共图书馆工作,他是一位具有反叛精神的犹太青年,爱上了布伦达,两人不久发生了性关系。布伦达的中产阶级父母发现后,十分不安。布伦达努力做一个父母心目中的好姑娘,并想把尼尔改造成为循规蹈矩的犹太中产阶级。尼尔蔑视犹太传统家庭的价值,最后离开了布伦达。《波特诺的诉怨》(*Portnoy's Complaint*, 1969)是一部十分大胆的小说,主人公在蔑视犹太传统家庭和宗教的束缚限制方面走得更远。亚历克斯·波特诺的所谓"诉怨"实际上是他向一位名叫施皮尔福格尔的心理医生的倾诉：叙述者毫无顾忌地讲述自己的私生活和犹太家庭的琐事。亚历克斯少年时手淫，年纪轻轻就嫖妓纵欲，然而道德的羞耻和焦虑让他时时感到不安。他的放浪形骸是传统犹太家庭的严厉管教的结果，其根子是在异常的母子关系。罗斯在选择题材时表现出足够的道德勇气，但因为书中有些描写太露，遭到犹太社区的批评。

70 年代，罗斯以犹太教授大卫·凯派什为主人公，写了两本小说。《乳房》(*The Breast*, 1972)可以明显地看到卡夫卡《变形记》的影响。凯派什发生了一次"变形"，但他不是变为甲虫，而是成了一个重达 155 磅的女性乳房。小说以第一人称口吻讲述凯派什对变形后的痛苦和困惑。《情欲教授》(*The Professor of Desire*, 1977)的事件发生在《乳房》的时间之前，追述了凯派什从童年时代一直到当上文学教授的生活道路。年轻时的凯派什受情欲折磨，生活放荡不羁。在与海伦的婚姻破裂后，善良、可爱的女教师克莱尔走进他的生活。面对真正的爱情与幸福，他却有不祥的预兆：不到一年时间欲望会消失，激情会冷却。凯派什难以把握住生活的幸福，挥之不去的是对感情生变的恐慌，其根本原因是他的心理遭受了扭曲。

继《情欲教授》之后，罗斯创作了关于犹太作家内森·朱克曼的三部曲。《鬼作家》(*The Ghost Writer*, 1979)是三部曲的第一部，主人公朱克曼是个初出茅庐的短篇故事作家，1956 年 12 月去拜访隐居在新英格兰乡村的著名作家洛诺夫，发现他与妻子霍普关系紧张。洛诺夫的崇拜者女学生埃米·贝莱特闯入他的生活，加剧了他们的婚姻危机。埃米声称自己是集中营的幸存者，真实姓名是安妮·弗兰克。她父亲奥托·弗兰克是个犹太商人，二战期间他和妻子及两个女儿躲藏在荷兰的阿姆斯特丹，1944 年 8 月被告发，全家被关进集中营，只有他幸存下来。战后奥托回到阿姆斯特丹躲藏地，房东将他 15 岁的女儿安妮写的日记交给他。埃米告诉洛诺夫自己是《安妮·弗兰克的日记》的作者，她并未像人们说的那样死于伤寒。洛诺夫拒绝了埃米的恋情，坚持要与霍普白头偕老。朱克曼幻想自己娶了象征"大屠杀"历史的埃米，成为犹太文学大师洛诺夫精神上的"养子"。《解放了的朱克曼》(*Zuckerman Unbound*, 1981)的故事发生在 60 年代，朱克曼已是著名作家，他写了一部名为《卡诺夫斯基》的畅销小说后，成为百万富翁。罗斯把《波特诺的抱怨》出版后引起的风波写进小说，以讽刺的笔法描述小说家暴富后生活中发生的戏剧性变化。朱克曼与超级女明星西萨拉·奥谢一夜风流，但她不辞而别，跑到古巴去，与她的情人卡斯特罗会面。为了社交应酬，他定做了六套西服。朱克曼长久盼望的成功并未给他带来幸福，更多的却是烦恼。有人半夜打电话，向他索取五万美元，否则要绑架他母亲。读者把书中人物与朱克曼本人等同起来，认为他丑化了自己的父母和犹太社区,引来家人的责难,父亲在临终前骂他是“杂种”。朱克曼最后落得个众叛亲离、夫妻分居、兄弟反目的结局。书名中的“解放”(unbound)可以理解为他写《卡诺夫斯基》时思想不受任何犹太传统约束,毫无顾忌地写犹太人生活,也可以理解为将他与犹太社区捆绑在一起的纽带都已散脱。小说结尾时,朱克曼乘坐豪华轿车回到故乡纽瓦克,旧地重游,他发现犹太人全都搬走,肮脏破旧的小镇现在是清一色黑人居住。朱克曼反思自己是谁,不禁感叹自己无亲无根的生存状况:“你不再是任何男人的儿子,不再是某个好女人的丈夫,不再是哥哥的弟弟,也不再是来自任何地方。”《解剖课》(*The Anatomy Lesson*, 1983)是三部曲的第三部,小说保持了罗斯幽默、喜剧的风格。朱克曼人到中年,害起病来,脖子、肩膀和胳膊疼痛,医生对此束手无策,他便借助于伏特加和毒品来止痛。他母亲于1970年12月去世,更加深了他的孤独感。因为不能用笔,朱克曼决定放弃写作,到芝加哥大学去学医。评论家米尔顿·阿佩尔写文章攻击他,进行恶意中伤,朱克曼对他恨之入骨。他在飞机上与身边乘客闲聊,谎称自己的姓名为米尔顿·阿佩尔,是一家色情杂志的出版商。他觉得这个恶作剧十分好玩,到了芝加哥,包了一辆豪华轿车,与女司机继续这个玩笑。芝加哥大学比灵斯医院鲍比·弗赖塔格医生是他的同窗,对朱克曼40岁来学医的决定感到不可理解。朱克曼陪同鲍比的父亲去墓地,在伏特加和毒品的作用下,摔倒在雪地上,跌掉两颗牙齿,住进了医院。鲍比负责对朱克曼进行治疗,帮助他摆脱对伏特加和毒品的依赖。朱克曼摔了这一跤后,生活态度发生了变化,终于从个人的痛苦、孤独和消沉中走了出来。在医院里朱克曼陪医生查房,关心病友,成为一个道德高尚的人。

在90年代,罗斯作为当代美国重要的小说家地位已经稳固确立,他又迎来一个创作高峰期,先后推出了《祖传的家产》(*Patrimony*, 1991)、《夏洛克行动》(*Operation Shylock*, 1993)、《萨巴斯的戏院》、《美国牧歌》、《我嫁给了一个共产党人》(*I Married a Communist*, 1998)、《人性污点》(*The Human Stain*, 2000)等作品。罗斯发表《萨巴斯的戏院》(*Sabbath's Theater*, 1995)时已经62岁,这部小说的主人公萨巴斯年龄是64岁,他年轻时曾当过演员,扮演过李尔王,但不成功,后来成了一名木偶戏艺人。1964年萨巴斯当演员的妻子妮基突然失踪后,他与罗莎娜结婚,中断了演艺生涯,搬到新英格兰的偏僻山区居住。经过近30年的生活,夫妻关系已名存实亡。在小说中,萨巴斯作为保守、规矩的犹太人的对立面,是一个摆脱了文明社会道德束缚的淫棍,在性生活方面十分放纵,与旅店老板娘德伦卡长期通奸,同时还和女学生鬼混,是个令人反感的人物。他陷入自我毁灭的泥潭,找不到解脱的出路。《萨巴斯的戏院》尽管基调灰暗,但人物刻画、心理描写十分生动,获得了1995年全国图书奖。1997年,《美国牧歌》(*American Pastoral*)问世,这是罗斯迄今为止最有思想深度、最优秀的作品，获普利策奖。小说共三卷，卷名分别为“乐园追忆”“堕落”“失乐园”，以约翰逊总统的出兵越南和尼克松总统的水门丑闻为政治社会背景，展示美国梦的破碎和传统的分崩离析过程。书中朱克曼是叙述者，地点又回到纽瓦克，但主要人物是犹太商人西摩·莱沃夫和他的女儿梅里。西摩是手套厂主，娶了荣获“新泽西州小姐”称号的美人为妻，生活事业一帆风顺。但是，他家里却出了一个叛逆者女儿。梅里是个早熟的孩子，小时候有结巴。1968 年，16 岁的梅里卷入反越战运动，用炸弹炸了当地邮局。她随后潜逃，与极端分子在一起，继续用激进手段反抗社会，共有四人在她制造的爆炸事件中丧身。五年后，西摩费尽周折，找到女儿，发现她成为耆那教信徒，身体力行苦行、戒杀与反省的教义，衣衫褴褛，面黄肌瘦。梅里对自己的父母和社会充满仇视，坚决不肯回家。在美国的三代犹太人走的是奋斗、攒钱、成功的道路，到了第四代，却将这一切抛弃，成为社会传统价值的反叛者和破坏者。梅里这个来自中产阶级家庭的聪明女儿，最后变成了偏执的杀人犯，西摩对此感到困惑和痛苦。60 年代美国的反叛青年形象曾出现在欧茨的《奇境》和品钦的《葡萄园》当中，罗斯则在 90 年代末去反思动荡不安的 60 年代，深刻考察了老一辈犹太人和年轻一代之间思想的鸿沟以及产生冲突对立的社会政治原因，书中不乏作者对时代和生活的真知灼见。

《垂死的肉身》(*The Dying Animal*, 2001)是“欲望三部曲”的最后一部，中心人物是《乳房》和《情欲教授》中的主人公凯派什教授，他已年届 70，与一个年轻漂亮的女学生发生了师生恋，包含了一个老者对自己多年来情欲的忏悔和反思。《反美阴谋》(*The Plot against America*, 2004)讲述了“想象的历史事件”——重新构建了 1940—1942 年间的历史。罗斯大胆假设亲纳粹的飞行英雄林白当选总统后美国成为一个法西斯国家，那时世界会是什么样子。这种假设有充足的历史依据，同时也有现实的考量。《退场的鬼魂》(*Exit Ghost*, 2007)中朱克曼在做了前列腺癌手术隐居 11 年之后重回纽约，在这里他遇到了埃米·贝莱特、一对作家夫妇和执意要为勒诺夫写自传的克里曼，这些相遇被片段式地串联在一起，也呼应了罗斯之前以朱克曼为主人公的八部小说。2012 年，罗斯宣布封笔不再进行小说创作，《罪有应得》(*Nemesis*, 2010)为罗斯半个多世纪的小说创作画上了一个句号。

与罗斯一样，保罗·奥斯特(Paul Auster, 1947— )也出生于新泽西州的纽瓦克，他是 80 年代登上文坛的新秀。纽约三部曲《玻璃城市》(*City of Glass*, 1985)、《幽灵》(*Ghosts*, 1986)和《锁着的房间》(*The Locked Room*, 1986)为他带来声誉。奥斯特的小说以超现实主义手法，描绘出一个噩梦般的荒诞世界。《末事之国》(*In the Country of Last Things*, 1987)由 19 岁的犹太姑娘安娜·布卢姆讲述她在“毁灭之城”的可怕遭遇，在那儿房子、街区、人物都成为"最后"一个,很快消失不见。安娜的哥哥是一家报社的记者,派到城里后就失踪了。安娜进城去寻找哥哥,目睹人们一个个地死去。极权统治下的城市,充满暴力和死亡。她在图书馆发现了接替他哥哥工作的萨姆,两人相依为命。图书馆安置了上百个"清洗运动"的幸存者,包括犹太拉比。但不久,拉比神秘地消失了,图书馆也被大火烧掉。安娜被骗到一个屠宰人体的地方,她从楼上跳窗逃命,收容所的人恰好路过,将她救起。安娜随后在收容所工作,照顾无家可归的人。收容所靠出卖珍藏的书画维持运转,难以为继,被迫关闭,安娜与萨姆幻想逃离"毁灭之城"。《最后之物的国家》展示了世界末日恐怖景象,安娜经历的都市噩梦骇人心魄。

《机缘的音乐》(*The Music of Chance*, 1990)通过一系列意想不到的偶然事件展开故事情节。主人公纳什住在波士顿郊外的萨默维尔,因家庭经济拮据,妻子离他而去,他只得把两岁的独生女儿托付给妹妹抚养。但是,不久他突然收到父亲20万美元的遗产。他用这笔钱买了一辆新车,离开波士顿,驾车周游美国。一年以后,他的积蓄已所剩无几。纳什决定去纽约碰碰运气,路上遇到一个搭车的青年波齐,从此改变了自己的命运。波齐年纪很轻,靠玩扑克牌赌博为生。波齐带纳什去赌博,对手是两个富翁,七年前中彩,赢了2700万美元。结果纳什的钱给输得精光,连汽车也给赔了进去。为了还债,纳什被迫在富翁家做苦役,砌墙建造"世界之城"。小说结尾时,他总算把债还清,又驾车上路,却与迎面而来的汽车相撞丧生。纳什让波齐拿他的钱去赌博,是抱着一种侥幸心理:如果他能赢钱,便可以继续他自由自在的流浪生活,但他运气不佳,反而成为囚徒,失去了人身自由。《机缘的音乐》展示纳什的遭遇如同一场噩梦,赌博成为其生存的意象,充满变数,气氛紧张,结局是输得一败涂地。

《韦尔迪戈先生》(*Mr. Vertigo*, 1994)书名中的"韦尔迪戈先生"其实是一家夜总会的店名,它要到故事进展五分之四时才出现。小说采用第一人称叙述,主人公沃尔特九岁时跟耶胡迪大师学艺,12岁便能在空中飞翔,像耶稣那样在水上行走。师徒两人在美国巡回进行"神童沃尔特表演",名声大振。但好景不长,他们遭到抢劫。耶胡迪大师去世后,沃尔特放弃表演,四处流浪,后来到芝加哥,为黑帮效力,经营"韦尔迪戈先生"夜总会。后来他突发奇想,劝说一个过了巅峰的垒球运动员结束生命,以免遭人嘲笑。结果,他被告上法庭,离开芝加哥,参军入伍。小说从20年代一直写到80年代末,相对来说基调不像奥斯特的其他作品那么灰暗。

《廷巴克图》(*Timbuktu*, 1999)的情节奇特,以狗的眼光去看当代美国社会。这条狗的名字为"博恩斯先生",他的主人威利是一个不同寻常的青年。威利的父母是波兰犹太人,1946年,费尽艰辛,来到美国。威利出生于布鲁克林，1969年12月的一个夜晚，他在家看电视节目，圣诞老人竟然从电视屏幕里走了下来，直呼其名。威利从此决定成为“圣者”，改姓Christmas（圣诞节）。他确实是身体力行圣诞精神，乐于助人，见义勇为。但是好人短命，小说开始时，威利已经奄奄一息，告诉博恩斯先生他即将要到廷巴克图去了。廷巴克图是马里中部历史名城，在撒哈拉沙漠南缘，但在书中是指阴间。威利死后，博恩斯先生成为丧家之犬，到处流浪，后来总算被琼斯家收养。他虽然解决了温饱，但整天被关在专门为他搭建的狗屋里，没有行动自由。在琼斯家，博恩斯先生很快发现女主人波莉和他有相同的处境，被束缚在家庭里。波莉不满于自己相夫教子的生活，并不爱丈夫，她把感情倾注到博恩斯先生身上。后来，琼斯一家要到佛罗里达度假，没有将博恩斯先生一起带走，而是把他送到专门照看狗的收养所。博恩斯先生感到被人抛弃，生起病来。最后，他从收养所逃了出去，阅尽世态炎凉，万念俱灰，拖着病体在高速公路上来回穿行，期待着要到廷巴克图与威利会面。进入21世纪，奥斯特笔耕不辍，创作了《幻影书》（*the Book of Illusions*，2002）、《神偷之夜》（*Oracle Night*，2004）、《密室中的旅行》（*Travels in the Scriptorium*，2007）、《日落公园》（*Sunset Park*，2010）等作品。奥斯特的创作受到塞万提斯和卡夫卡的影响，他的小说世界荒诞而又真实，评论家称他为“当代美国寓言大师”。

长期以来，犹太文学一直是由男性作家唱主角。60年代末70年代初，辛西娅·奥齐克（Cynthia Ozick，1928— ）在文坛崛起，不仅改变了男性作家一统天下的局面，也开辟了新的发展方向。奥齐克出生于纽约市，在俄亥俄大学攻读硕士学位，早期作品有《信任》（*Trust*，1966）、《流血》（*Bloodshed*，1976）、《升空》（*Levitation*，1982）等。奥齐克是一位思维敏锐、富有才华的女作家。贝娄不喜欢别人称他为“犹太作家”，罗斯从世俗的角度描写犹太传统的解体。奥齐克则与他们不同，她的小说表现出坚定的犹太信仰。

《披巾》（*The Shawl*，1989）包括“披巾”和“罗莎”两个短篇故事，最早刊登在《纽约客》上，是奥齐克最出名的“大屠杀”题材作品。主人公罗莎、15个月的女儿玛德格和14岁的侄女斯特拉被抓到集中营，玛德格藏在披巾里，虽然没有奶吃，却很乖，但是斯特拉拿走了披巾，一直不作声的玛德格哭了起来，被纳粹士兵发现，将她扔到了电网上。罗莎眼看着女儿被抛向空中，站在原地不动，只是用披巾塞进自己嘴里，不敢去救。战后罗莎定居美国，30年过去了，她搬到佛罗里达州，依然生活在过去的阴影之中，对“死亡天使”斯特拉耿耿于怀。在这个令人心碎的故事里，奥齐克以细腻、沉重的笔触真切描写了受害者的惨痛遭遇，展示了“大屠杀”事件对幸存者留下的难以愈合的心理创伤。《披巾》获欧·亨利短篇故事奖。

《食人者星系》（*The Cannibal Galaxy*，1983）一条主要线索是比拉·李尔特在校期间学业很差,布里尔校长认为不可造就,多年之后,她成为欧洲著名的画家。这个看似平常的故事在复杂的背景下展开。主人公布里尔有着不平常的身世,他出生于巴黎的一个犹太家庭,从小喜欢天文。巴黎沦陷后,他的父母、兄弟和妹妹被抓起来,送到波兰集中营。布里尔侥幸逃脱,躲在女修道院学校地下室,不久转移到一个农场里。战后他应聘到美国中部创建一所小学,实施将欧洲科学与犹太宗教相结合的"双重课程"。布里尔因为海斯特·李尔特是一个较有名气的女哲学家,破例将她性格内向木讷的女儿比拉招收进来。他在与海斯特·李尔特交往过程中发现她具有不同常人的思维方式,不由自主地被她非凡的智力所吸引。布里尔对宇宙星系着迷,要做一流科学家,但命运使他成了二流小学的校长,过着平庸的生活。海斯特·李尔特反应敏捷,语言尖刻,一针见血地指出他的教学方法适合于培养庸才。比拉最后成为知名画家,在电视采访中娓娓而谈,是布里尔始料不及的,而她声称记不起学校教育,对"双重课程"只字不提,更让他感到难以接受。小说结束时,布里尔从校长位置上退下来,在佛罗里达州安度晚年,他的教学理念被认为已经过时,继任校长把校名也给改了。《食人者星系》讨论学校教育,融入犹太人的历史文化传统,富有哲理,耐人寻味。

《斯德哥尔摩的弥赛亚》(*The Messiah of Stockholm*, 1987)的主人公拉尔斯是第二次世界大战中被害犹太人的后代。他自小被人带到瑞典,才得以逃脱厄运。拉尔斯不知道自己的父母是谁,但直觉使他感到自己是波兰小城德罗霍贝茨著名作家布鲁诺·舒尔茨的儿子。1942 年,布鲁诺在儿子出生之前被纳粹打死在街头,据说留下一部《弥赛亚》手稿。42 年后,拉尔斯在斯德哥尔摩一家报纸工作,以写专栏书评为生。他想方设法寻找手稿,结识了城里书店老板娘埃克隆德夫人。她和丈夫原来以开书店为掩护,私下印制、贩卖假护照,做偷渡人的交易。她让女儿埃尔莎·瓦兹装扮成布鲁诺的女儿,向拉尔斯展示她拥有的《弥赛亚》,要他在报上写文章,证明手稿的真实性。拉尔斯意识到上当受骗后,狂怒之下把手稿付之一炬。小说结束时,埃尔莎告诉拉尔斯,他烧掉的手稿确实来自德罗霍贝茨。《斯德哥尔摩的弥赛亚》情节跌宕起伏,悬念丛生,历史与虚构、真实与幻觉融合在一起。拉尔斯作为孤儿,拥有"选择自己历史"的自由:他可以虚构历史。小说通过拉尔斯重构自己历史的故事探索了犹太人身份、历史真实性等主题,思想内涵深刻,表现手法新颖独特,充分说明奥齐克是一位想象力极为丰富的优秀女作家。进入 21 世纪,奥齐克创作了《微微发光世界的继承人》(*Heir to the Glimmering World*, 2004)和《异物》(*Foreign Bodies*, 2010)等作品。

## 第三节
## 妇女作家

奥齐克是当代美国女作家群中的一位佼佼者，这个女作家群十分活跃，她们不仅人数众多，作品质量也相当优秀。卢里、贝蒂、梅森、狄第恩、欧茨等人已成为主流文学中的重要声音；在少数裔文学中，妇女作家表现特别突出，如黑人小说家沃克和莫里森，华裔小说家汤亭亭和谭恩美，本土小说家厄德里奇等。妇女作家风格各异的作品构成了当代美国文坛一道靓丽的风景线。

妇女作家通常从妇女的立场出发，描写妇女的特殊体验。不过，妇女作家并非千篇一律都将题材局限于妇女生活，只创作具有强烈女性意识的妇女文学。在这一点上，奥康纳是一个突出的例子，她的小说更多地表现出南方文学的地区特征和天主教的宗教色彩。玛丽·麦卡锡（Mary McCarthy，1912—1989）关注政治和社会生活，同时也是一位有意识地塑造新妇女形象的妇女作家。她的创作生涯从40年代开始，一直延续到70年代末。麦卡锡出生于华盛顿州的西雅图，六岁时父母去世，由富有的亲戚抚养成人。《追忆天主教少女时光》(*Memories of a Catholic Girlhood*，1957)和《我的成长生活》(*How I Grew*，1987)记录了她的童年时代和青少年生活。1933年，麦卡锡毕业于瓦瑟学院，前往纽约，为《新共和》、《党派评论》等多家杂志撰写书评和戏剧评论。麦卡锡的小说创作常常以自己的生活经历为基础，她笔下的女性人物思想上自由独立，文化上有较高的修养，两性交往上敢于突破传统的束缚。她的《绿洲》(*Oasis*，1949)曾获《地平线》文学奖。在这部中篇小说里，一批思想左倾的知识分子基于平等博爱的原则，跑到偏僻山区去进行建立一个乌托邦的社会实验。乌托邦成员分为纯粹派和现实派，双方理念经常发生冲突。几个陌生人闯到山区的草地采摘草莓，凯蒂认为他们侵犯了乌托邦的利益，请求闯入者离开，一名年轻成员持枪去驱赶他们。这一事件引发一场争吵，暴露出人性的弱点。故事结尾时，凯蒂意识到“乌托邦将失败”，而有人已开始离开乌托邦。《学术林》(*The Groves of Academe*，1952)的主人公是一位大学教授，麦卡锡通过他的被解聘事件尖锐地讽刺了美国小学院里的知识分子和50年代的政治迫害。《这一批人》(*The Group*，1963)讲述作者母校瓦瑟学院八名女毕业生离校后的生活遭遇，是麦卡锡最出名的小说。故事开始时间是1933年6月，女主人公凯·斯特朗大学毕业，与搞戏剧的哈拉尔德在纽约圣乔治教堂结婚。凯是一位思想独立、富有个性、充满活力的女性,她认为丈夫才华出众,决心协助他发展事业,和他一起共筑爱巢。但是,婚后生活并不像她想象中那样美好。哈拉尔德一直找不到正式工作,情绪低落。他生性喜欢拈花惹草,对妻子不忠,常常喝得酩酊大醉,对她施以拳脚,还故意把她送进精神病院。他们的婚姻以失败而告终,两人最后分手。麦卡锡在书中还展示了其他几个女同学不同的生活道路:多蒂大胆探索没有爱情的性生活;莉比一人在纽约闯荡,为一家出版社写书评,成为职业妇女;波莉在医学中心当技术员,爱上了一位善良的心理医生;普里丝在是否用母乳喂养孩子问题上和丈夫发生争执;莱基是一个女同性恋者,从欧洲带回来她的"同志"。七年后,同学们相聚在圣乔治教堂,为跳楼自杀的凯举行葬礼。《这一批人》以细腻的笔触描写了30年代美国知识女性的婚姻、家庭、爱情及两性关系,表现她们的精神状态和女性意识,使麦卡锡走在了时代的前面。60年代,美国卷入越南战争,麦卡锡在《越南》(*Vietnam*, 1967)、《河内》(*Hanoi*, 1968)等文集中坚决反对美国出兵越南。麦卡锡的最后两部小说地点都放在欧洲大陆。《美国之鸟》(*Birds of America*, 1971)讲述青年学生彼得在法国和意大利的遭遇。《食人者与传教士》(*Cannibals and Missionaries*, 1979)书名取自三个食人者与三个传教士如何乘坐一条只能载客两个人的小船安全渡河的民间传说,故事情节围绕恐怖分子将一架飞往伊朗的法航飞机劫持到荷兰的事件展开,涉及国际政治题材,对恐怖分子和人质作了生动描绘。麦卡锡是战后美国文坛一位有影响的妇女作家,她的文学创作受到文学界的高度评价。

艾利森·卢里(Alison Lurie, 1926— )以描写家庭婚姻、情感危机见长。她出生于芝加哥,就读于拉德克利夫女子学院,自1969年一直在康奈尔大学任教,大学教授们的生活为她的小说创作提供了素材。批评家们注意到文学大师对卢里的影响,在她的小说里,可以看到狄更斯严密完整、悬念丛生的情节,奥斯丁细腻、机智的讽刺喜剧,以及詹姆斯笔下天真率直的美国人和城府很深的欧洲人。作为一名妇女作家,卢里小说创作的一个重要题材是婚外情对婚姻的冲击和影响。她的第一部小说《爱情与友谊》(*Love and Friendship*, 1962)中女主人公埃米·特纳发现她不再爱自己当教师的丈夫。尽管她是个道德原则性很强的人,却迷恋上了浪荡子威尔·托马斯。这段婚外情在她丈夫工作的学院成为丑闻,也给自己家庭带来了毁灭性的影响,但她陷入了情感的旋涡而不能自拔。卢里从表面上平淡的个人关系中写出了浓烈的感情。《泰特家的战争》(*The War between the Tates*, 1971)巧妙地以越南战争作为家庭纷争的背景。布赖恩·泰特教授爱上了他的一个学生,被妻子埃丽卡发现。在他表示断绝关系后,埃丽卡答应宽恕他。但是夫妻两人都未能恪守诺言,结果家里争吵不断,同时还面临两个孩子的反叛。《只有孩子们》(*Only*

*Children*，1979）也是表现两性之间和父母与子女之间的冲突，但由两个8岁的小女孩来叙述。卢里小说的另一个重要主题是个人自我认识的虚幻性，小说人物常常失去对事实与想象的分辨能力。《洛林·琼斯的真相》（*The Truth about Lorin Jones*，1988）的主人公是一位传记作家，她痴迷于传主，但到最后发现许多事先构成的想法是虚妄不实的。《异国恋情》（*Foreign Affairs*，1984）是卢里的代表作，描写几个美国人在英国伦敦的短访生活，小说获1985年普利策奖。故事开始时，女主人公文尼·迈纳乘飞机去伦敦，结识了同机到英国观光旅游的查克·芒普森。文尼是美国大学英文教授，到英国去研究童谣。她已是54岁，容貌一般。作为单身知识女性，她洁身自好，又有些怪僻的小毛病，与想象中的狗为伴，心情一坏，会顺手牵羊偷拿飞机洗手间的香水、饭店里的毛巾、铅笔等小玩意。查克是来自俄克拉荷马州的退休工程师，对文学一窍不通，是个美国中部大老粗。他因不满妻子的冷漠，一人跑到英国寻根，希望找到一个贵族祖先，以便挫一挫妻子家族的傲气。但是，调查的结果却令人失望。他的祖先查理·芒普森原来是个目不识丁、受雇给人看山洞的"隐居者"，根本不是贵族。文尼与查克后来在伦敦再度相遇，两人虽然性格各异，但逐渐产生好感，后来相爱。小说中的另一段异国恋情发生在文尼的同事弗雷德与英国女明星演员罗斯玛丽之间。弗雷德29岁，与文尼恰成鲜明对照，是一位英俊小生。他到伦敦做18世纪英国文学研究，迷恋上了美貌的罗斯玛丽，拼命追她。罗斯玛丽年龄比他大好多，是詹姆斯笔下那种高雅而虚假的欧洲女性人物。小说结束时，弗雷德遭到罗斯玛丽的拒绝，同时也看到了她做戏表演的真实面目。查克因心脏病发作猝死，文尼接受"一辈子单身、没人爱、孤独一人的命运"。卢里在小说中出色地展现文尼既沉湎于对爱情的幻想又渴望保持独立的矛盾心态，继承了华顿与詹姆斯细腻、精致的风格。《最后一招》（*The Last Resort*，1999）中70岁的威尔基·沃克教授是一位著名动物学家，46岁的詹尼既是他的妻子，又是他的秘书，对他百般顺从，照顾得无微不至。威尔基被告知得了结肠癌，为了不想给詹尼带来痛苦，他隐瞒病情，并故意冷落她。冬天里，夫妻俩去佛罗里达州的基韦斯特度假，威尔基情绪低落，几次自杀未遂。与此同时，詹尼与当地一家旅店的女老板、同性恋者李发展起关系。威尔基后来被检查出来只是得了胆结石，虚惊一场。詹尼通过与李的交往，找到了自我。卢里在《最后一招》里塑造了性格不同的女性人物形象，既有贤妻良母，也有咄咄逼人的女强人。小说涉及同性恋、艾滋病、保护濒危动物等当代美国社会现象，时代气息扑面而来。进入新世纪，卢里出版了小说《真相与后果》（*Truth and Consequences*，2005）。

安·贝蒂（Ann Beattie，1947— ）出生于首都华盛顿，就读于美国大学和康涅狄格大学，获硕士学位。1972年，她放弃攻读博士学位，专门从事写作。

1976年,她的短篇故事集《曲解》(*Distortions*)和第一部长篇小说《冬天的寒冷景象》(*Chilly Scenes of Winter*)几乎同时问世。贝蒂的短篇小说与长篇小说可以说是平分秋色,有的评论家甚至认为她的短篇故事比长篇写得好。她后来写的故事收在《秘密与惊讶》(*Secrets and Surprises*, 1978)、《燃烧的房子》(*The Burning House*, 1982)、《你将找到我的地方》(*Where You'll Find Me and Other Stories*, 1986)等集子里。1980年贝蒂发表第二部长篇小说《各得其所》(*Falling in Place*),题材是婚姻、家庭、爱情、孩子。约翰·奈普与妻子路易丝之间已没有感情,平时不回家,住在情人尼娜那里。他14岁的女儿玛丽被10岁的弟弟约翰·乔尔开枪误伤,他赶到医院探望,夫妻两人想借此机会和解,但未能成功,约翰最后还是回到了尼娜身边。故事的另一条线索是围绕玛丽的老师辛西娅展开。她在暑期学校教文学,男朋友斯潘格尔去了西班牙,杳无音信。他的同学以为她遭到遗弃,趁机向她求爱。辛西娅回家时,发现斯潘格尔突然从西班牙回来,正在她家门口等她。《各得其所》结构性不强,情节松散,主要人物都在追求幸福,但结果如何,作者未作交代,她对人物行为和事件也不作评判。《描绘威尔》(*Picturing Will*, 1989)也缺乏那种环环相扣、连贯完整的情节,人物占据了作品的中心。小说分为三个部分,第一部分"母亲"讲述威尔的母亲乔迪的故事。她是一位个性很强的女性,丈夫韦恩因不愿伺候妻子和孩子,不辞而别。乔迪一人抚养孩子,以拍摄结婚照为生。她在男友梅尔的帮助下,到纽约市去举办摄影展,成为著名摄影家。第二部分"父亲"跟随威尔到佛罗里达州他生父韦恩家小住,把故事地点转到那里,讲述韦恩的生活。韦恩厌倦"女人的期望值",已两度离婚,为了追求独立,又在考虑与第三任妻子分手。他拈花惹草,牵连进毒品案。威尔临别之前,目睹父亲被警察戴上手铐带走。第三部分"孩子"只有一章,实际上是个尾声。威尔已经成家立业,是哥伦比亚大学艺术史家。在母亲节那天,他携妻儿看望乔迪。深夜,他读了继父梅尔写的日记,意识到在成功的母亲背后是梅尔的默默奉献,他真正担负起父亲的责任,是维持家庭的支柱。贝蒂的其他小说有《总是爱》(*Love Always*, 1985)、《另一个你》(*Another You*, 1995)、《我的生活:主演达拉·福尔肯》(*My Life, Starring Dara Falcon*, 1997)、《医生的房子》(*The Doctor's House*, 2002)、《尼克松夫人:小说家想象的人生》(*Mrs. Nixon: A Novelist Imagines A Life*, 2011)等。贝蒂的叙述平易简洁,很少用华丽的形容词,她那淡淡的散文笔调平静地描述一个个日常生活细节,为她赢得了"简约派作家"的称号。

琼·狄第恩(Joan Didion, 1934— )的小说多为描写女性人物内心世界的苦闷与绝望。她出生于加利福尼亚州萨克拉门托,1956年本科毕业于加州大学伯克利分校后,在《时尚》杂志担任助理编辑达七年之久。狄第恩的早期作品以西部加州为背景，有评论家称她为西部作家。《大河奔流》(*Run River*，1963)描写了她的出生地萨克拉门托山谷乡风日下的情形。《顺其自然》(*Play It as It Lays*，1970)的女主人公玛丽亚是一位电影演员，她父母去世，女儿送进了精神病院，与在好莱坞当导演的丈夫卡特离了婚。狄第恩在书中采用了多重视角来讲述女主人公身陷困境的命运。狄第恩后期创作的代表作品是以1975年春天美国从印度支那撤退为背景的《民主》(*Democracy*，1984)。珍妮特在夏威夷首府檀香山住所被她父亲保罗开枪杀死，她姐姐伊内斯赶到檀香山，却没有去参加妹妹的葬礼，而是与她的情人杰克·洛维特私奔到了香港。伊内斯的丈夫哈里斯·维克托先后担任过众议员和参议员，一度争取党内提名竞选总统。伊内斯对华盛顿与纽约的社交生活感到厌倦，内心十分孤独，与丈夫只是保持名义上的夫妻关系。杰克·洛维特是美国情报人员，在越南战争期间奔走于西贡、香港、檀香山之间，暗地里做贩卖军火的交易。小说结尾时，杰克·洛维特在雅加达猝死，伊内斯滞留在吉隆坡，不愿再回美国。《民主》是一部事实与虚构、小说与历史交叉融合的作品，缺少连贯的故事情节。狄第恩采用第一人称叙述，跟随伊内斯与杰克·洛维特等人从美国本土到檀香山以及东南亚国家和地区的足迹，夹叙夹议，勾勒出一幅幅人物素描。作者自己也作为一个人物出现在小说中，她在加州大学伯克利分校教文学，分析奥威尔、海明威、亚当斯、梅勒等人作品中的民主思想。叙述者通过与伊内斯的个人交往，观察、记录和分析她的思想行为，展现其苦闷、彷徨和失落的心态。狄第恩的其他小说有《祈祷书》(*A Book of Common Prayer*，1977)和《他最不想要的东西》(*The Last Thing He Wanted*，1996)，另外，她还写了许多评论文章及新闻报道。

波比·安·梅森(Bobbie Ann Mason，1940—　)作品中的人物来自美国人口中的主体：他们往往是白人，蓝领阶层，只受过高中教育，经常光顾麦当劳，喜欢听流行歌曲，看电视连续剧。梅森出生于肯塔基州西部的梅菲尔德，在农场里长大。她虽然受过高等教育，获康涅狄格大学博士学位，并发表了关于纳博科夫的学术专著，但她情有独钟的是普通老百姓和通俗文化，而不是具有精英色彩的学术界。1982年，她的第一部短篇小说集《希洛与其他故事》(*Shiloh and Other Stories*)问世。长篇小说《在乡下》(*In Country*，1985)写了越南战争给美军士兵家人造成的心理创伤，获得评论家好评。小说开始时，17岁的女孩萨姆·休斯驾车从家乡霍普韦尔出发，前往首都华盛顿参观越南战争纪念馆，同车的还有她奶奶和舅舅埃米特。叙述者随后开始追述萨姆的生活遭遇。她父亲德韦恩·休斯结婚一个月后就被派往越南，未能见到自己的女儿的模样，就在战争中阵亡。萨姆渴望了解父亲，了解越南，了解战争。她专程到奶奶家，打听父亲的生平故事，读到他写的战地日记。小说以她抵达旅途目的地在华盛顿结束。祖孙三代,一个是失去儿子的母亲,一个是战争的幸存者,一个是失去父亲的女儿,眼噙泪水,抚摸着刻有德韦恩·休斯名字的纪念墙壁。梅森在小说中生动地描写了战争给普通老百姓带来的影响。埃米特得以从越南战场安全回来,但身体受到伤害,丧失了组建家庭、生儿育女的能力。萨姆的妈妈艾琳重新嫁了人,不愿对女儿多提越战和德韦恩,说她与死去的父亲没关系,要她忘记他。萨姆住在乡下,照顾埃米特,对越战士兵充满同情。华盛顿之行使她获得对过去历史的认识,埃米特终于从战争的阴影中走出来,鼓起生活的勇气,脸上浮出了笑容。与许多作家不同,梅森并不鄙视大众文化。主人公萨姆和埃米特生活中不可缺少的一个部分是观看以朝鲜战争为题材的电视剧,听摇滚音乐。中篇小说《斯彭斯+莉拉》(*Spence + Lila*, 1988)讲述一对夫妇在妻子患了乳腺癌后面对生活的故事。《羽毛王冠》(*Feather Crowns*, 1993)以20世纪初肯塔基州西部一个农妇生下五胞胎的历史事件为基础,描写了小说人物对这一奇迹的认识过程。进入21世纪,梅森发表了《原子浪漫》(*An Atomic Romance*, 2002)和《蓝色贝雷帽女孩》(*The Girl in the Blue Beret*, 2011)等作品。

在当代妇女作家中,创作力最为旺盛的当数乔伊斯·卡罗尔·欧茨(Joyce Carol Oates, 1938— )。她极为多产,作品数量惊人,自1963年第一部短篇小说集《北门边》(*By the North Gate*)问世以来,除1965年之外,每年出版一部作品。她涉足小说、诗歌、戏剧、文学评论各个领域,是当今文坛最有影响的作家之一。欧茨出生于纽约州洛克波特市一个工人家庭,从小寄养在务农的外祖父家,30年代经济大萧条时期家庭的贫苦生活为她早期小说创作提供了素材。1960年欧茨从锡拉丘兹大学毕业后,进入威斯康星大学,获得文学硕士学位。从1962年起她开始在底特律大学教英语,同时进行文学创作。1967年欧茨和丈夫一起前往加拿大的温莎大学任教,两人创办了《安大略评论》。1978年欧茨回到美国,受聘于普林斯顿大学,同年当选为美国文学艺术院院士。

欧茨被评论家认为是心理现实主义作家,其小说创作的一个明显特征是大量的心理描写。她的许多作品都有暴力、凶杀的情节,作家进入人物的灵魂深处,着力刻画他们的心灵感受,营造一种恐怖、压抑的气氛。《他们》(*Them*, 1969)是心理现实主义的重要作品,讲述温德尔一家为生存挣扎的故事。小说开始时,16岁的少女洛雷塔情窦初开,憧憬着美好的未来,但不幸很快降临。早上起来,她发现自己的情人被哥哥开枪打死,躺在血泊之中。突如其来的悲剧使她震惊麻木,"他死了,结束了,完蛋了,她的青春也结束了。"洛雷塔随后嫁给当警察的霍华德,维持着一种没有爱情的婚姻生活。她的第一个孩子朱尔斯出生后,霍华德因涉及一桩受贿案被革职。他虽然在矿上又找到一份工作，但他情绪低落，郁郁寡欢。女儿莫琳出生后不久，霍华德丢下儿女和怀孕的妻子，参军去欧洲打仗。战后他回到底特律，后来在一次工伤事故中丧生。《他们》三分之二的内容是对朱尔斯与莫琳兄妹两人的生活遭遇和内心活动的描述。朱尔斯性格怪僻，从小就幻想做一个"孤独的漫游者"。他中学没念完，就在社会上游荡，不务正业。这个"怪诞不经的青年"心灵迷茫，骚动不安。莫琳读书很用功，一度是个好学生。她厌恶家里庸俗不堪的生活，萌生离家出走的念头。为了弄钱，她不惜委身于人。继父发现她卖淫后，把她打得半死。小说结束之际，底特律发生骚乱，朱尔斯神情恍惚地走上街头，卷入了政治活动。莫琳"噩梦"醒来，和一位大学教师结了婚，决心"要过自己的日子"。欧茨在"作者的话"中介绍了《他们》的创作过程，她是在底特律大学讲授英语时结识了书中的莫琳，小说"主要是根据莫琳的大量回忆撰写成的"，小说的素材来自"她对自己身世的难以排解的回忆"。[①]《他们》的时间跨度从 30 年代一直到 60 年代末，既有美国社会，特别是底层社会生活自然主义式的描绘，也有人物心理淋漓尽致的展现。该小说受到评论界好评，获 1970 年全国图书奖。

继《他们》之后问世的《奇境》(*Wonderland*，1971)也是一部基于"回忆"的作品。小说共分三卷，追述一位医生的生活遭遇。第一卷同样是以残忍的暴力事件开头。1939 年 12 月 14 日，主人公杰西的父亲经营的加油站倒闭，走投无路，决定杀死全家，然后自杀。正在做零工的杰西被骗回家，只见怀孕的母亲、两个姐姐、一个弟弟都已倒在血泊之中，他急忙从家里逃出，幸免于难。14 岁的杰西在外祖父农场住了一段时间，后来被纽约州洛克波特市的彼得森医生收养。彼得森医生非常骄傲和自负，对妻子和孩子苛刻严厉。彼得森太太身体肥胖，内心十分孤独，常常以酒浇愁。杰西学习勤奋，学业优秀，中学毕业后考取了密执安大学。在他即将进入大学时，彼得森太太决定离家出走，摆脱丈夫的控制。彼得森医生因为杰西同情养母，与他断绝了关系。第二卷讲述杰西青年时代的学习、爱情和婚姻生活。作为一个孤儿，他性格孤僻，在密执安大学医学院埋头读书，成绩突出。他爱上了诺贝尔奖获得者卡迪博士的女儿海伦，并与她结婚。大学毕业后，他前往芝加哥一家医院工作。31 岁时，因为他对养母的照料和同情，意外得到她父亲 60 万美元的遗产。第三卷里女儿谢莉成了嬉皮士，离开父母，和一群青年男女过着群居生活。杰西想方设法寻找女儿，终于在多伦多一幢破旧的公寓里找到了她，发现她由于吸毒和荒淫生活，已经形容枯槁，奄奄一息。《奇境》从 70 年代的角度回顾主人公杰西 30 多年的个人和家庭生活，读者从中可以了解到美国三四十年代的经济萧条、50 年代的中产阶级富裕生活、60 年代的"反文化"运动，但这些只是构成故事

① 欧茨：《他们》，李长兰等译，南京：江苏人民出版社，1982 年，第 1 页。

的背景,作者的重点是描写杰西的心理感受和情绪变化。小说基本采用第三人称叙述,然而叙述角度并不固定,第三人称叙述不时插入杰西的内心独白和回忆思考,第三卷的部分内容是谢莉用第一人称写给父亲的书信。1992 年小说再版时欧茨在"后记"中指出:"《奇境》的标题既指美国作为奇迹之地,也指人的头脑作为奇迹之地。"[①]作者以细腻的笔法展现了人物的心理创伤和精神苦闷,使《奇境》成为心理现实主义的代表作。

《他们》与《奇境》中不乏对美国社会中的贫困、暴力、动乱的描写,但这并不完全等同于现实生活。欧茨只是通过对特定年代特定阶层的生活描写,烘托恐怖气氛,表现人物痛楚的心理感受。她一再强调作品的虚构性和梦幻性,小说人物实际上生活在一个似真似幻的梦境,他们通过回忆过去,是要治愈心理的创伤,从而与"噩梦"告别。

如果《他们》与《奇境》讲述的是发生在离现在相距遥远的时代中的故事,《我生活的目的》(*What I Lived For*, 1994)则把读者带到 90 年代,时代气息扑面而来。决定小说人物命运的不再是贫困的生活环境,而是当今美国社会中政治的腐败、经济的欺诈。《我生活的目的》的主要情节是主人公考基·考克伦 1992 年 5 月 22 日至 25 日四天里的活动。暴力依然是该小说的一个重要成分。"引子"一开始就描述 1959 年圣诞节前夕考基的父亲蒂莫西·考克伦在自己家门口被人枪杀。30 多年后,考基已是纽约州尤宁城市议会议员,铁杆民主党人,家财 200 万。他已经和妻子夏洛特离婚,正与有夫之妇克里斯蒂娜打得火热。欧茨在这部作品里继续采用心理现实主义的写作手法,描述考基的内心活动,通过他的独白、沉思、回闪,把过去与现在联系起来。考基逐渐了解到父亲当年因为政治经济利益冲突而死于非命的真相,而暴力再次突发,厄运降到他身上。他的养女塔丽娅的好友马里丽·普卢默被政客利用,最后自杀,塔丽娅为了替这位黑人女友报仇,在一次政治募捐会上向众议员维克·斯莱特里开枪。考基冲上前去制止她时,自己身负重伤。在"尾声"中,考基躺在医院病床上,思考出院后开始新的生活。《我生活的目的》将考基置于政治争斗和商业竞争的旋涡之中,涉及种族关系、家庭婚姻、人生价值,展现了一幅美国社会生活图景。

进入新世纪,欧茨笔耕不辍,每年有一部小说问世。《浮生如梦》(*Blonde*, 2000)以好莱坞影星玛丽莲·梦露为原型,塑造了一个在媒体、男权、政治、命运裹挟中挣扎、成功,最终香消玉殒的女性形象。《大瀑布》(*The Falls*, 2004)涉及同性恋、环境污染、宗教信仰等议题,表达了作者对大自然的关爱、对人类生存困境的忧虑、对真理和正义的追求。

---

① Joyce Carol Oates, *Wonderland* (New York: Ontario Review Press, 1992), p. 510.

## 第四节
## 本土小说

20世纪50年代到60年代末，美国本土文学的发展经历了一段相对沉寂的时期，出版作品数量很少，在批评界受到的关注也不多。这一时期最重要的作品，要数崛起于30年代的小说家达西·麦克尼柯尔（D'Arcy McNickle, 1904—1977）三部长篇小说的第二部《阳光下的奔跑者》（*Runner in the Sun*, 1954）。小说原为美国中学生所作。故事发生在现美国新墨西哥州西北的查科峡谷地区，讲述了当地居民同严酷的自然条件和社会环境坚忍不拔的斗争，以延续生命，延续种族。小说生动地描写了这群居住在陡峭峡谷顶部的印第安人的日常生活、风俗习惯和信仰。麦克尼柯尔的最后一部小说《敌空来风》（*Wind from an Enemy Sky*），是在他去世后的1978年出版的，小说描写了围绕在印第安水面上建造一座大坝而引起的两种文化传统间的激烈冲突。

1969年是美国本土文学发展历史上最重要的一年：当时在斯坦福大学任英语教授的莫马迪于前一年发表的小说《晨曦之屋》获得普利策奖，他的自传《通向雨山之路》（*The Way to Rainy Mountain*, 1969）也在当年出版，作品将家族历史与基奥瓦印第安人的神话传说交织在一起，形成了颇具特色的本土自传风格。同一年，著名的散文作家德洛里亚出版了文集《克斯特为你们的罪过而死》，从政治的角度对当代印第安人的生活进行思索；同一年，《南达科他评论》出版了由一批本土作家作品汇编而成的本土文学专号，而第一部美国本土作品选集《美国印第安人说话了》，也在同一年出版。这就是美国文学史上著名的"印第安文艺复兴"。美国本土文学进入了一个空前繁荣的时期，涌现了一大批优秀的作家，出现了一大批优秀的作品，这一发展势头在进入新世纪的时候，依然继续着。

斯科特·莫马迪（N. Scott Momaday, 1934—　）是"印第安文艺复兴"的旗手，他的获奖小说《晨曦之屋》（*The House Made of Dawn*, 1968）讲述了混血印第安青年阿贝尔通过征服一系列"敌人"，最终重新发现本土文化传统的意义的故事。阿贝尔自其兄弟和母亲死后，逐渐与祖父产生了隔阂，对自己部落的典仪仪式失去了兴趣，甚至打算离开自己部落的地域。于是他离开家园，去欧洲参加了第二次世界大战，战后来到了洛杉矶。但在祖父、朋友和他的白人女友的帮助下，他逐渐认识了口头传统的力量，以及印第安典仪的重要性；

小说结尾时，描写阿贝尔同一位为参加部落典仪做准备的晨跑者共同练习，以间接的方式表明，阿贝尔最终完成了这一精神之旅，回归了自己的文化传统。这部作品一发表，便受到评论界好评，后来还被搬上了银幕。小说对当代美国社会中印第安人生活的关注、对印第安口头传统的意义的重视，以及根据记忆和回忆构建情节的特点，影响了许多后来的美国本土裔作家。

莫马迪的第二部小说《古老的孩子》(*The Ancient Child*, 1989)发表于1989年，其主题与《晨曦之屋》相似，讲述了被称为赛特的主人公赛特曼经历一系列传统的恢复典仪(按：消除病痛、恢复健康的典仪)，最后变形为熊的故事。莫马迪在小说中，使印第安传统的典仪贯穿始终，并融入了基奥瓦、普韦布洛和纳瓦霍印第安人的一些神话传说，表达了西部荒野上印第安和非印第安神话对人物心理和情感产生的深刻影响。

与莫马迪同时而且同样著名的本土裔女作家莱斯利·西尔科(Leslie Marmon Silko, 1948— )的小说《仪式》(*Ceremony*, 1977)，通过名为塔尤的普韦布洛二战老兵追寻自我的经历，挑明了莫马迪在《晨曦之屋》中暗示的主人公结局：回归自我，回归部落。小说主人公塔尤是一个非婚生的混血儿，由姨妈抚养长大。表兄洛奇向往现代文明价值，而塔尤则更看重传统的拉古纳印第安文化。二战时，他和表兄共同参军，被派到菲律宾丛林，参加如地狱般的战争。但就在那里，他意识中的印第安传统——人与动物相互依赖才能有人类生活的和谐——觉醒了。战后，塔尤回到家乡，但他必须消弭对自己和敌人的仇恨，参加一系列部落典仪，记忆古老的传说，并听取化身为拉古纳创立者思想女人的教诲。他成功地做完了这一切，终于回归了传统。从小说的主题到情节结构，莫马迪的影响清晰可见。

西尔科后来陆续发表了长篇小说《死者年鉴》(*Almanac of the Dead*, 1991)、《沙丘花园》(*Gardens in the Dunes*, 1999)等。在创作长篇的同时，还写了许多短篇小说，主要收集在《讲故事者》(*Storyteller*, 1981)中。她的短篇小说，仍然多围绕当代印第安人社会和生活中的文化和历史冲突展开。在《黄女人》中，她套用了普韦布洛传说的情节，描写一位女子下河取水，遇上一位英俊的男人，便跟着他走了，但最后依然回到了自己的部落。《催眠曲》是集子中最动人也最受注意的一篇：故事讲述一位纳瓦霍妇女将自己的孩子们送去上学，等他们毕业回家时，对母亲十分冷淡，两代人产生了很大的心理和情感距离，令母亲伤心万分。

詹姆斯·威尔奇(James Welch, 1940—2003)是20世纪70年代最受欢迎的本土裔作家，曾先后在华盛顿和康奈尔大学执教。他于1974年发表的小说《血色隆冬》(*Winter in the Blood*)，讲述了无名主人公追寻家世的故事。小说开始时，主人公经常酗酒滋事，他觉得自己与真实的自我有了隔阂，与家庭和自然有了隔阂。后来，通过自己的回忆，通过母亲和一位叫老黄牛的人的启发，他追寻着祖母早年的生活经历，弄明白祖父的身份，并弄清了他父亲和哥哥死去的原因；他逐渐对自己和事物有了清醒的认识，并认识到自己完全有可能彻底走出酗酒滋事的怪圈。可以看出，这是本土文学"寻源"主题的又一种表达，而类似的情节也出现在威尔奇的下一部小说《罗尼之死》(*The Death of Jim Loney*，1979)中，不过这一次，主人公罗尼却因无法解决生活中过去和现在(印第安传统和现代文明)之间的矛盾而使自己丧失了生命。

威尔奇的《傻瓜乌鸦》(*Fools Crow*，1986)是一部历史小说，它描述了19世纪70年代白人定居者是如何影响着居住在蒙大拿州的一支黑脚印第安人的，也有声有色地描述了那一时代的部落生活。小说中最引人入胜的地方之一是一只乌鸦，它既是精神世界的信使，又是主人公和他的图腾之间的联络。小说细致刻画了一系列黑脚印第安人和与他们打交道的白人。

杰拉尔德·维兹诺(Gerald Vizenor，1934— )是作品数量最丰富、种类最多的当代本土裔作家之一，包括诗歌、小说、散文、印第安文学和歌谣选集等。维兹诺是一位杰出的散文家，他关于奥吉布韦印第安人，以及一般印第安人生活和历史的文章，多收集于《永远的天空》(*The Everlasting Sky*，1972)和《名叫契皮瓦的人民》(*The People Named the Chippewa*，1984)中。他在许多散文中，描写了一些真实的印第安人，他们在主流社会压迫下丧失了自己的传统，背弃了自己的部落和人民，令人印象十分深刻。

维兹诺将美国印第安人的口头文学传统的许多内容融合应用于自己的作品，例如在《圣路易斯熊心内心的阴影》(*Darkness in Saint Louis Bearheart*，1978)中，他从一个名叫"熊心"的叙述者的视角，讲述了普劳德等"部族朝圣者"在被迫离开故土之后历经磨难，最终在韦布洛部族神圣小丑指引下找到传说中的"幻象窗口"，变形为熊，飞向新的生存空间的故事。他发表于1987年的小说《忧伤者：一个美国猴王在中国》(*Griever: An American Monkey King in China*，1987)获全国图书奖。小说讲述了一个到中国教英语的混血印第安人，他接触了关于美猴王孙悟空的故事，梦见自己也变成了猴王，从而得以摆脱时间和空间的束缚，战胜了他在美国和中国的生活和工作中遭遇的各种各样的官僚主义。当然，小说中的猴王形象虽然直接取自中国古典小说《西游记》中的孙悟空，它其实与印第安传统文学中的"恶作剧者"形象更为接近。

在维兹诺的作品中，主人公经常是具有混血背景的恶作剧者，他们或对社会人生进行深刻观察，或对束缚压力进行反抗，或艰苦努力成就事业，他的《为自由的恶作剧者》(*The Trickster of Liberty: Tribal Heirs to a Wild Baronage at Petronia*，1988)可算是集"恶作剧者"之大成的作品：小说描述了一大群恶作剧者,他们反抗传统体制,创立自己的事业,并在各种真实或想象的地方传讲恶作剧者的故事。维兹诺的其他代表作品包括《哥伦布后裔》(*The Heirs of Columbus*, 1991)、《死的声音》(*Dead Voices*, 1992)、《撞运者》(Chancers, 2000)和《白土地的裹尸布》(*Shrouds of White Earth*, 2010)等。

当代最重要、最多产的本裔土作家,当属路易斯·厄德里奇(Louise Erdrich, 1954— )。这位出生于1954年、具有一半德国一半奥吉布韦血统的女作家,毕业于达特茅斯学院,并获得普林斯顿大学的硕士学位。她的一位祖父曾是北达科他州一处印第安保留地的部落首领。从20世纪80年代以来,她平均两三年就有一部长篇小说问世,其中不少作品一出现就受到评论界和读者的欢迎。从1984年起,她连续发表了《爱之药》《甜菜女王》《路径》《哥伦布王冠》(*The Crown of Columbus*, 1989,与丈夫道里斯合作)、《宾戈厅》(*The Bingo Palace*, 1994)、《燃情故事集》、《羚羊妻》(*The Antelope Wife*, 1998)、《有关小无马地奇迹的最后报告》(*The Last Report on the Miracles at Little No Horse*, 2001)、《四个灵魂》(*Four Souls*, 2004)、《手绘鼓》(*The Dainted Drum*, 2005)、《鸽灾》(*The Plague of Doves*, 2008)、《踩影游戏》(*Shadow Tag*, 2010)、《圆屋》(*The Round House*, 2012)等长篇小说,还发表了数部诗集和散文集。

在厄德里奇众多作品中,《爱之药》《甜菜女王》《路径》和《燃情故事集》是以当代北达科他印第安人生活为背景写成的长篇系列,小说描写了那里的印第安家庭之间、个人之间、混血印第安人与白人之间各种错综复杂的关系,特别围绕爱、爱情和婚姻展开的一系列冲突。这四部小说在艺术上也有很多独到之处:前三部的发表时间恰好与它们各自情节发生的时间相反,《路径》的故事发生年代为1912年至1919年,《甜菜女王》为1932年至1972年,《爱之药》为1934年至1983年,而最后一部小说则把故事一直讲到了1995年。

《爱之药》(*Love Medicine*, 1984)是厄德里奇的代表作品,作者通过一系列血缘、爱情、嫉妒、仇恨、宗教、历史、政治的故事,讲述了五个印第安家庭之间错综复杂的关系。印第安姑娘琼在酒吧里结识了一个白人,被引诱到车上与其发生了性关系,当时两人酩酊大醉,琼不幸冻死在回家路上。她的死激起人们各种反应,有人认为这是白人社会欺压的结果,有人嫉妒她出众的美貌,有人对她的身世很感兴趣,有人为失去了她的母亲、姨妈和情人感到痛惜,也有人只关心她的儿子用保险赔偿所买的新车。故事中似乎在表明,人物间爱的关系胜于血缘,例如琼的养母玛丽是她的姨妈,对她却倍加宠爱,而其生母却对她毫不关心,甚至为她带来毁灭。《甜菜女王》(*Beet Queen*, 1986)讲述一个白人家庭的故事:阿德莱德是一个白人商人的情妇,为他生了三个孩子。大萧条期间,商人死去,阿德莱德陷于绝望的困顿,便抛下孩子和一个飞行员私奔。三个孩子：玛丽、卡尔和一个刚出生的婴儿在不同的环境下长大，走上不同的道路，40 年后才再次相逢。被诱拐的婴儿最终成了一名神父，由姨父母抚养的玛丽最后成了同性恋者，而卡尔则得到印第安小贩弗勒的搭救，流落到明尼苏达州的一间孤儿院。她与西莱斯丁结婚后不久就被赶出家门，幸遇玛丽和曾对她颇有好感的沃尔斯的帮助，她生下女儿多特，沃尔斯以代父亲的名义为多特举办生日晚会，还帮助多特参加竞选“甜菜女王”并获得成功。可是，长大后的多特，走上了同祖母一样的道路：同一名飞行员私奔而去。《路径》(*Tracks*, 1988)的主情节围绕三方面展开：纳拉普什与情人玛格丽特的故事，弗勒和情人伊莱的故事，以及波林的故事。伊莱和尼科特是年龄相差近 10 岁的兄弟，由父亲纳拉普什抚养的伊莱深谙纯朴神秘的大地，早年曾爱过野性十足的弗勒，而由母亲抚养的尼科特则学会了白人的手腕，与母亲一起骗取弗勒的信任，用她的财产为自家的土地交税。而波林则对弗勒充满嫉妒，她曾与酒鬼莫里西生下一女孩，并不情愿地做了母亲。后来她抛下孩子，去当了修女。《燃情故事集》(*Tales of Burning Love*, 1996)讲的是建筑承包商杰克与五个先后成为他妻子的女人之间的故事。杰克在酒吧里引诱琼的时候隐瞒了自己母亲的印第安血统，并用了假名。琼死后，杰克为了摆脱负疚感和由爱产生的痛苦，先后与大学教授埃丽诺、牙医坎迪丝、女招待玛丽丝及他公司的会计多特结婚。玛丽丝从他的账户上盗取了巨额银行支票，使得本已陷入财政危机的杰克雪上加霜。后来，杰克兴奋地看着自己的房子被烧成废墟，制造了自己丧生火海的假证据，以便得到高额的保险赔偿。三个前妻参加了他的葬礼，随后又与杰克的另一个妻子在酒吧中相遇。回家路上，她们遭遇了暴风雪，为保持清醒不被冻僵，她们相互讲起与杰克发生的种种故事。情节发展到后来，同性恋者坎迪丝与玛丽丝相互爱慕，多特与其前夫格里重归于好，而杰克也似乎从父爱和爱情中找到了自己，与埃丽诺破镜重圆。

四部小说都使用多叙述者从多角度分别叙述故事，具有比较典型的本土叙述模式特色。特别是《燃情故事集》，它由 64 个独立成篇、相互间又有着内在联系的小故事组成，每一故事讲述某一特定年份或月份发生的事；四部小说每一部都有一个主题意象：按顺序分别是“水”“气”“土”和“火”。而且，叙述者或小说的主导声音似乎总是女性，而且与女性特有的社会、道德、人际关系等问题在这几部作品中似乎也特别显眼。这一长篇系列受到评论界的极大关注。

厄德里奇的作品多次获得各种奖项，其中《爱之药》先后获得包括 1984 年全国图书评论界奖在内的五项小说奖，《鸽灾》入围普利策奖最终候选名单，《圆屋》获全国图书奖。这一切都奠定了厄德里奇当代美国最重要的本土裔作家之一的地位。

厄德里奇的丈夫迈克尔·道里斯(Michael A. Dorris, 1945—1997)也是当代著名的本土裔作家,他毕业于乔治敦大学,并在耶鲁获得哲学硕士学位。他与厄德里奇共同创作了《哥伦布王冠》,但他最成功的作品是1987年发表的《蓝水河,黄筏子》和非小说作品《断裂的绳索》。

《蓝水河、黄筏子》(*A Yellow Raft on Blue Water*, 1987)中首次出现了印一非混血印第安人的形象。小说讲述了蒙大拿州印第安保留地上发生在三代印第安妇女之间的故事,分别由三个叙述者来讲述,整个叙述结构也采取了倒叙的形式:即在第一部中,第三代女性拉约娜首先叙述她同母亲克里丝汀之间的隔阂与冲突,第二部是克里丝汀叙述她同自己的母亲艾达之间的隔阂与冲突,而第三部则是艾达讲述自己的生活经历以及一直使三代女性关系不和的痛苦根源。小说中三位印第安女性的形象给读者以很深刻的印象,是小说最成功的地方之一。

道里斯的《断裂的绳索》(*The Broken Cord: A Family's On-Going Struggle with Fetal Alcohol Syndrome*, 1989),叙述了他和厄德里奇与他们收养的一个患有胎儿酒精中毒综合征的三岁孩子的共同生活经历,在写到孩子那无法逆转的智力障碍和身体残疾时,道里斯不仅倾注了自己深切的感情,还对这一在印第安人和其他人群中发生的病症进行了医学的描述。这部非小说作品受到读者和评论界的欢迎。

马丁·史密斯(Martin Cruz Smith, 1942— )是不多的几位以神秘和悬念小说引人注目的本土裔作家。他的《夜翼》(*Nightwing*, 1977)和《马厩大门》(*Stallion Gate*, 1986)均讲述了主人公离开各自的部落,外出经历了战争之后,再回来时却遇上了威胁人类生存的神秘的或可怕的力量,在《夜翼》中是一群神秘的蝙蝠,而在《马厩大门》中则是一枚二战时在新墨西哥州制造的原子弹。两部小说均颇受欢迎。

不过,史密斯最受注目的是他的两部悬念小说《高尔基公园》和《北极星》。两部小说均以莫斯科为事件背景,悬念紧凑而紧张。《高尔基公园》(*Gorky Park*, 1981)讲的是侦探阿卡迪·仁科负责调查发生在高尔基公园的三桩离奇的谋杀案,案情受害者的脸部均遭毁容而无法辨认。破案过程又同仁科与阿萨诺娃的恋情、美国商人奥斯本偷运水貂、纽约警探科维尔前往莫斯科寻找受害人之一的他的哥哥等交织在一起。《北极星》(*Polar Star*, 1989)继续讲述仁科的经历。他因帮助阿萨诺娃出逃而被开除党籍,送进精神病院接受审讯,然后又被发往西伯利亚。接着,情节围绕他在一艘名叫"北极星"的船上奉命调查一具无名女尸展开。小说描绘了前苏联的一些社会情况,以及各种各样生活于其中的人们。

这一时期其他比较重要的本土裔小说家还包括:杰内特·黑尔(Janet

Campbell Hale，1947— ）、安娜·沃特斯（Anna Waters，1946— ）、托马斯·金（Thomas King，1943— ）、舍曼·阿列克西（Sherman Alexie，1966— ）等。黑尔的主要作品有小说《猫头鹰之歌》（*Owl's Song*，1974）和《西西丽娅·卡普彻之囚禁》（*The Jailing of Cecelia Capture*，1985）。前者讲述主人公同印第安保留地上的酗酒现象做斗争的故事，是为数不多的以成年印第安男子为主人公的作品之一；后者的题材同样是同酗酒的斗争，不过这次的故事主人公是一位女性：西西丽娅自幼父母不和，混血的母亲后悔不该嫁给印第安人，而父亲在向西西丽娅传讲印第安传统的同时，又坚持让她去上白人学校。后来，西西丽娅嫁给了一位读文学的博士研究生，并希望能从此进入白人中产阶级的圈子。但她并没有因此感到快乐，便开始了酗酒。后来，身上的传统意识逐渐回归，她成功地抑制了自杀的念头，发誓要读完法学院，挣足够的钱，以便将孩子留在身边。沃特斯的主要作品是以纳瓦霍印第安人与白人关系的历史为题材的小说《隐身歌手》（*Ghost Singer*，1988），而金在自己的代表作品《药河》（*Medicine River*，1989）和《绿绿的草，流动的水》（*Green Grass, Running Water*，1993）中主要借助印第安口头神话传说和印第安民族特有的恶作剧手法，解构白人殖民话语中的种种印第安刻板形象，颠覆白人文化霸权，同时也通过脱离部族的年轻人返回祖先土地找寻身份的经历，表达了对印第安祖先传统的向往和认同。阿列克西则在《保留地布鲁斯》（*Reservation Blues*，1995）、《一个兼职印第安人绝对真实的日记》（*The Absolutely True Diary of a Part-Time Indian*，2007）、《飞逸》（*Flight*，2007）、《战舞》（*War Dances*，2009）等作品中着力描写了当代印第安人挣扎在社会边缘的艰难生存以及他们对生存出路的执着探索，传达出他对印第安后裔如何摆脱种族冲突困局、融入多元文化、构建杂糅身份的思考。

在本土裔作家所创作的小说中，黑米约斯特·斯托姆（Hyemeyohsts Storm，1935— ）发表于1972年的《七支箭》（*Seven Arrows*）在印第安读者——特别是夏延印第安人中引起较大的争议，甚至是抗议。该小说讲述了19世纪时夏延印第安人的太阳舞典仪以及作为该典仪重要组成部分的盾牌兄弟会的衰落过程。作品也是由一系列故事组成，所涉及的年代从1864年的沙溪惨案到1876年的克斯特战役。

# 第四章

# 美国黑人文学的第三次高潮

美国黑人文学，也称“非裔美国文学”(African American literature)，在美国各少数裔文学中实力最为雄厚，成绩也最为突出。20年代的哈莱姆文艺复兴运动是20世纪美国黑人文学的第一次繁荣，麦凯、图默、休斯、卡伦等一批诗人和小说家有意识地从黑人生活、传统和民间文化中汲取营养，塑造“新黑人”形象。赫斯顿从女性的视角探讨婚姻主题，描写黑人女性的精神追求，展现她们丰富的内心世界。四五十年代，赖特、艾里森、鲍德温在美国文坛崛起，创作了《土生子》、《看不见的人》、《向苍天呼吁》等经典之作，黑人文学出现了第二次高潮。70年代以来，美国黑人文学进入一个新的发展阶段，一代新人脱颖而出。沃克、莫里森、福勒、威尔逊、安吉罗、达夫等人分别在小说、戏剧和诗歌领域取得令人瞩目的成就，当代黑人文学呈现繁荣景象，形成了第三次高潮。

黑人作家以美国黑人的生活为主要表现对象。由于是黑人，他们的经历和表达便具备鲜明的特色，使黑人文学在许多方面有别于美国白人主流文学。美国黑人作家的独特性表现在他们拥有一种其他美国作家所不具备的特殊背景：黑人在美国历史上曾经是奴隶。作为奴隶的后裔，美国黑人长期以来一直遭受种族压迫和歧视。黑人文学产生于黑人的历史和现实土壤之中，种族关系始终是其重要内容。当代黑人文学的发展出现以下几个新的特征：

一、关注历史。盖恩斯的《简·皮特曼小姐的自传》、哈利的《根》、莫里森的《爱娃》等作品再现黑人作为奴隶的悲惨生活，讲述百年来黑人为消除种族歧视、争取平等权利进行不屈不挠斗争的过程，具有沉重的历史感。

二、题材扩大。当代作家有意识地突破赖特“抗议小说”的传统，不再停留在控诉美国社会对黑人的种族歧视与压迫，而是扩展到揭示美国黑人文化与白人文化之间相互排斥、影响、融合的复杂关系，探讨自我、身份等主题。

三、女性作家占主导地位。与20年代和四五十年代的两次高潮相比，第三次黑色文学浪潮的明显不同是女性作家领导潮流。邦巴拉、乔瓦尼、安吉罗、达夫、沃克、莫里森等人佳作迭出，成绩斐然。黑人女性作家从独特的角度描写女性经验，在抨击种族歧视的同时揭露性别歧视。

四、表现手法出新。在后现代语境下，许多当代作家有意识地摆脱传统现实主义的束缚，开拓创新，采用非线性叙述、跳跃式情节发展、多重叙述角度等手法，表现美国黑人独特的生活体验。黑人作家对语言的节奏和音乐美感受敏锐,他们的创作实践大大丰富了英语的表现力。

美国黑人文学作品数量多,质量好,受到市井百姓的喜爱,也得到批评家的青睐。今天,莫里森等黑人作家的作品已浩浩荡荡开进大学课堂,黑人文学正从边缘向主流位移。美国黑人作家对美国文学的发展做出了不可磨灭的贡献,黑人文学已成为美国文学及美国文化不可或缺的组成部分。

伴随着美国黑人文学的繁荣,非裔美国文学批评也有相当的发展。70年代末80年代初,真正由黑人理论家提出的关于非裔美国文学文化批评的话语开始出现。小亨利·路易斯·盖茨(Henry Louis Gates, Jr., 1950— )对此做出了卓越的贡献,堪称当代美国最杰出的黑人美学家和批评家。在《黑色图示:词汇、符号及"种族"自我》(*Figures in Black: Words, Signs and the "Racial" Self*, 1987)、《表意的猴子:非裔美国文学批评理论》(*The Signifying Monkey: A Theory of African-American Literary Criticism*, 1988)等重要著作里面,他强调非裔美国文学的独特性,呼吁非裔美国批评家回归黑人自己的文化和传统,以黑人文化为基础重新定位批评理论,最终整理出独特的非裔美国文学经典、构建黑人自己的理论话语。小盖茨令人信服地提出非洲文学与美国黑人文学之间真正重要的关系存在于阐释实践的层次上和"表意"的原则上。以小盖茨为代表的非裔美国文学批评理论对美国黑人文学创作实践无疑起到指导作用,对世界其他文化圈的理论构建也有借鉴意义。

## 第一节 黑人小说的繁荣

当代美国黑人文学在小说领域取得了突破性进展。当代黑人小说的繁荣,始于60年代末70年代初。1970年,沃克和莫里森分别发表了她们的处女作《格兰奇·科普兰的第三次生命》和《最蓝的眼睛》;1971年,盖恩斯的代表作《简·皮特曼小姐的自传》问世;1972年,里德的《芒博—琼博》和邦巴拉的《大猩猩,我的爱》与读者见面。70年代以来,新一代黑人小说家活跃在美国文坛,创作了一批内容丰富、风格各异、质量优秀的作品。莫里森是他们的杰出代表,她的小说深深根植于美国黑人独特的历史、传说和现实生活之中,跳动着时代的脉搏,无论是在思想内容方面,还是在叙述手法的运用上,都将黑人小说推向一个新的高度。

相对于其他作家,欧内斯特·J. 盖恩斯(Ernest J. Gaines, 1933— )出

道较早，60 年代中期就走上文坛。他出生于路易斯安纳州，15 岁后前往加州与母亲和继父团聚，1957 年毕业于旧金山州立学院，曾在多所学校任教。盖恩斯的故事都发生在一个以家乡为原型的虚构地贝庸。1964 年他发表第一部长篇小说《凯瑟琳·卡米埃》(*Catherine Carmier*)，故事中浅肤色的克里奥人与黑人之间的冲突以及南方黑人传统生活方式的解体在盖恩斯其他作品里屡屡出现。小说开始时，黑人青年杰克逊大学毕业后从加州回到家乡贝庸的庄园，看望抚养他成人的姨妈夏洛特。夏洛特一直期盼他毕业后留在家乡当老师，但杰克逊打算小住几天就走。他遇到童年时代青梅竹马的凯瑟琳，两人一见钟情。凯瑟琳是浅肤色的克里奥人，她父亲拉乌尔像恨白人一样恨黑人。杰克逊说服凯瑟琳跟她一起离开家乡，但遭到拉乌尔的阻挠，两个男人以拳相待，年轻力壮的杰克逊将拉乌尔击败。凯瑟琳决定暂时留下来照顾被打伤的父亲，但答应不久就去找杰克逊。小说中法裔路易斯安那州人接管了白人庄园主几乎所有的土地，采用现代化机器经营，迫使其他黑人佃农纷纷离开家乡，另谋出路。唯一与法裔路易斯安那州人抗争的是拉乌尔，他苦苦支撑，但坚持不了多久。60 年代盖恩斯还发表了《爱情与尘土》(*Of Love and Dust*, 1967)和短篇故事集《血缘》(*Bloodline*, 1968)。真正给盖恩斯带来声誉的是《简·皮特曼小姐的自传》(*The Autobiography of Jane Pittman*, 1971)。女主人公简是一位 110 多岁的老人，1962 年她应编者的要求回忆自己一生漫长的岁月，小说是根据她的录音口述整理而成。编者是一位历史教师，他编辑简的自传是因为她并不出现在历史教科书中，但“她的生平故事能够帮助我向学生解释许多事情”。简原来是南方种植园的女奴，南北战争结束时，北方军队路过种植园，布朗连长将 11 岁的小姑娘改名为简·布朗。简随后与获得自由的黑奴离开种植园，打算前往俄亥俄州，路上遇到南方专门抓黑奴的白人巡逻队捕杀，只有她与五岁的奈德幸免。因为不认识路，他们四处流浪，后来被一个名叫博恩的白人收留，在种植园打工。博恩来自北方，心地善良，让黑人接受教育。重建时期，种植园交回给南方主人，生活又回到奴隶制时代的样子。简这时已是 24 岁，奈德 17 岁，他参加了一个委员会，向华盛顿报告南方黑人的真实生活状况。为摆脱南方种族主义者的迫害，奈德离开种植园，前往堪萨斯州，后来成为一名中学教师。与此同时，简与黑人驯马手皮特曼结识，迁往路易斯安那州和得克萨斯州交界处的农场，有过 10 年的自由生活。皮特曼的工作十分危险，终于在一次驯马中身亡。简来到贝庸附近的一个种植园，奈德也回来与他团聚。他为黑人建造一所学校，并积极开展宣传活动，提高黑人觉悟。学校还没建成，奈德就被白人杀害。50 年代，美国南方黑人开始起来斗争，反对种族隔离制度。年轻的吉米学习马丁·路德·金，在家乡组织抗议活动。他像当年的奈德一样，遭白人杀害。小说结束时，108 岁的简与种植园的黑人不怕白人的威胁恐吓,勇敢地前往贝庸,参加反种族隔离的游行示威。《简·皮特曼小姐的自传》成功地塑造了一位饱经苦难、性格坚强的黑人女性,展现了南北战争以来长达一个世纪美国黑人的历史画卷。歌颂了美国黑人为争取平等、自由的权利前赴后继、不屈不挠的抗争精神。小说时间跨度大,故事感人,情节紧凑,语言晓畅,受到评论家的高度赞扬。盖恩斯的其他作品有《在我父亲的房子里》(*In My Father's House*, 1978)和《老人的聚会》(*A Gathering of Old Men*, 1983)。《生死一课》(*A Lesson before Dying*, 1993)获普利策奖提名,小说中黑人青年杰斐逊被白人陪审团错判死刑,黑人教师格兰特回到家乡,每天探访这位年轻人,为他上死前的最后一课。在相处过程中,两人建立了友谊,从对方身上互相学得宝贵的一课。

伊希梅尔·里德(Ishmael Reed, 1938— )是一位诗人兼小说家。他出生于田纳西州,青少年时代在布法罗度过,后进入布法罗大学。1960年他因为不愿成为阅读书目的奴隶而终止学业,前往纽约市一家杂志社工作,参加写作研讨班。里德至今已发表20多部作品,其中包括九部小说、五部诗集、五个剧本,1995年纽约州立大学授予他荣誉文学博士学位。《芒博—琼博》(*Mumbo-Jumbo*, 1972)是他的重要小说,故事发生在20年代的纽约,展现了哈莱姆文艺复兴时期美国黑人的文化生活,涉及黑人的宗教、美学、文学。书名来自在帕帕·拉巴斯在哈莱姆开设的“PaPa Labas Mumbo Jumbo Kathedral”心理治疗所,他采用黑人传统方法治疗头脑的毛病。书中提到一个穆塔菲卡(Mu'tafikah)组织到博物馆去把西方侵略者从世界各地掠夺来的文物偷运出来,再运回非洲、南美洲、中国,让“各个神灵回家”,刮起一阵“精神旋风”,驱散2000多年积淀的历史废墟碎片。《芒博—琼博》是一部带有实验主义色彩的作品,情节奇特,配有历史照片,并提到弗洛伊德、荣格以及哈莱姆文艺复兴黑人作家休斯、赫斯顿等人,他们与小说人物同时出现,使真实与虚构、历史与现在糅合在一起。《路易斯安那红帮的最后日子》(*The Last Days of Louisiana Red*, 1974)中拉巴斯从纽约来到西部的伯克利,调查一宗谋杀案。爱德·耶林斯创办了“秋葵汤公司”,研究黑人奴隶流传下来的民间秘方,用各种配料调制成秋葵汤,具有医治癌症的疗效。他从汤中提炼成分,做成药片,获得成功。爱德提倡黑人从事正当事业,与其他黑人组织发生冲突,他们利用爱德的女儿和儿子,试图搞垮公司。控制毒品交易、赌场、夜总会的路易斯安那红帮公司了解到爱德研制根治海洛因毒瘾的药物取得重大进展,感到自己的利益受到了威胁,派人将他谋杀。小说讲述黑人内部分裂,相互残杀,受人利用,使种族歧视得以延续,抨击了部分黑人那种谁也别想好的“奴隶心态”。80年代里德发表了圣诞节读物《可怕的两岁娃娃》(*The Terrible Twos*, 1982)与《可怕的三岁娃娃》(*The Terrible Threes*, 1989)。这两部小说以里根与老布什执政时代的白宫政治为背景，是幻想、传说与现实生活的结合体。《可怕的两岁娃娃》书名中的“二”(two)讽刺美国总统行事就像小孩那样幼稚可笑，同时也指书中描写的秘密“双鸟行动计划”(Operation Two Birds)，该计划的内容是阴谋动用核武器消灭国内的黑人等“剩余人口”，再嫁祸于非洲国家尼日利亚，达到一石双鸟的目的。里德是一位讽刺作家，他关注黑人传统文化，提倡一种文化多元主义，他的其他小说有《逃亡加拿大》(*Flight to Canada*, 1976)、《春季日语班》(*Japanese by Spring*, 1992)、《果汁!》(*Juice!*, 2011)等。

70年代产生轰动影响的黑人历史题材作品是阿历克斯·哈利(Alex Haley, 1921—1992)的《根》(*Roots*, 1976)，该书1977年被成功改编成电视系列片。在此之前，哈利曾与马尔科姆·爱克斯合作撰写《马尔科姆·爱克斯自传》(*The Autobiography of Malcolm X*, 1965)，但他一直默默无闻。《根》问世后，在美国掀起一股寻根热，哈利也一举成名。哈利根据自己搜集到的材料在《根》中力图再现奴隶生活，但他写这部书的主要动机是寻根。《根》要表达的主题思想是：人最宝贵的东西，是知道自己是什么人，是从哪儿来的。哈利自称经过12年的考察研究，确定他的根是在西非的冈比亚：他追溯到他的六代以上的祖先昆塔·肯特，一个从非洲西海岸被白人奴隶贩子掳到北美当奴隶的黑人。作为一部家族史，《根》表达了作者对自己非洲起源的极大兴趣。实际上，非洲只是美国黑人人种学上的“根”，而不是社会学上的根。几个世纪在美国社会特定环境中的生活经历，特别是奴隶制这一历史事件，已使美国黑人成为一个与非洲黑人除了肤色以外并无多少共同点的新民族。《根》虽然也以较大篇幅描述了昆塔以及他的子孙在美国奴隶制下的生活，但他对那一段历史的处理往往停留在外部事件的描写上面，未能真正深入人物内心世界去反映奴隶制对黑人的精神造成的伤害。此外，哈利的前辈不属于南方种植园内直接从事生产劳动的奴隶的主体——大田奴隶，他们多数是奴隶中地位较为特殊的人——车夫、厨娘、女仆、驯鸡手、铁匠等。由于他们同奴隶主有着朝夕相处的密切关系，他们往往享有某些优惠待遇。书中关于哈利家族第三代鸡公乔治斗鸡的情节写得有声有色，第四代铁匠汤姆则以高大的正面形象出现。由于哈利的关注点是落在非洲的“根”上面，贯穿全书的主线是他家族的六代人在长达两个多世纪的时间里如何克服重重困难，使非洲起源的故事代代相传。美国的奴隶制极其残忍和不人道，是美国历史上最黑暗的一个侧面。《根》作为一个美国特定黑人家族的历史，对奴隶制自然有所反映。但是哈利受真人真事的束缚，以写实的手法勾勒奴隶制时代黑人的日常起居生活，作品显得比较肤浅，缺少思想深度。

当代美国黑人小说一个令人瞩目的现象是女性作家的崛起。与男性作家不同,女性作家的笔触深入黑人妇女的内心世界,着重描写她们的生活体验。托妮·凯德·邦巴拉(Toni Cade Bambara, 1939—1995)是最早表现黑人意识和女性主义的作家之一,她出生于纽约市,原来姓名 Miltona Mirkin Cade,是为了她父亲的雇主而起的名字。读小学时她坚持让别人叫她“托妮”,而“邦巴拉”是她祖母画素描的署名,她于 1970 年采用。邦巴拉 1959 年毕业于纽约城市学院,曾在学校教书,积极从事各种社会文化活动。邦巴拉声称:“我是为我自己而创作。”[①]她的小说大都写的是“街坊邻里之间”的事情。[②]《大猩猩,我的爱》(*Gorilla, My Love*, 1972)是她的第一部短篇小说集,用黑人的日常口语体讲述普通黑人的生活。篇名故事的叙述者是一个小女孩,她和几个男孩去看电影《大猩猩,我的爱》,发现放的是宗教片,电影里根本没有大猩猩出现,便去找经理,说他“不诚实”,要求退票。故事的主要事件是她叔叔要结婚了,而他曾说过将来要娶她的。小女孩觉得叔叔背叛了她,自己受了骗。这个故事从小女孩的眼睛看世界,写出了成长的困惑,小说人物形象鲜明,语言生动。《海鸥还活着》(*Sea Birds Are Still Alive*, 1977)是邦巴拉的第二部短篇小说集,共收有十个短篇,小说题材从家庭扩大到社区。第一篇故事《组织者的妻子》(The Organizer's Wife)中教会要把土地卖给白人,格雷厄姆组织社区黑人起来反对,被捕入狱。他妻子弗吉妮亚找到教会负责人,痛斥教会的决定。她打消了想要离开社区的念头,交了保释金,要和她丈夫一起留下来“维护家园”,坚持斗争。邦巴拉的长篇小说有《食盐者》(*The Salt Eaters*, 1980)和《如果福佑来临》(*If Blessing Comes*, 1987)。《食盐者》的故事发生在美国南方的小镇克莱伯恩,女主人公韦尔玛心理失衡,自杀未遂。黑人老妇米妮·兰森对她实行民间精神疗法,重新找回“完整性”。韦尔玛的精神崩溃也反映出黑人社区的问题——缺乏凝聚力。故事结尾时,韦尔玛被治愈,恢复健康,而克莱伯恩的狂欢节即将开始,象征黑人社区获得了新生。邦巴拉放弃使用线性情节,小说由相对独立的片段组成,叙述视角多变,富有黑人口语特征的语言,捕捉到了生活的节奏,但给阅读带来了困难。

盖尔·琼斯(Gayl Jones, 1949— )的作品题材多为黑人妇女的生活体验。她出生在肯塔基州,1971 年大学本科毕业于康涅狄格学院,1973 年获布朗大学硕士学位。26 岁时她的第一部长篇小说《科里基多拉》(*Corregidora*, 1975)由蓝登书屋出版,担任编辑的是莫里森。女主人公厄萨·科里基多拉是一位布鲁斯歌手,结婚以后,丈夫穆特不允许她晚上再到咖啡馆去唱歌,厄萨没有听从,1948 年 4 月的一个晚上,她被穆特从咖啡馆台阶上推下来,导致流

① Claudia Tate, *Black Women Writers at Work* (New York: Continuum, 1983), p. 18.
② Tate, p. 24.

产不育。厄萨随后离开穆特，与咖啡馆老板结了婚。厄萨是一位不肯依附于男人的独立女性，当她发现丈夫与别的女人鬼混后，当即就离开了他。厄萨后来一直以唱布鲁斯为生，洁身自好。1969年她与穆特重逢，两人终于和解。《科里基多拉》采用第一人称叙述视角，由厄萨追述自己的生活遭遇，中间穿插她外祖母、母亲的回忆，着重探讨黑人妇女的两性关系。厄萨坚持姓"科里基多拉"，是要牢记男性压迫、剥削、虐待女性的历史。科里基多拉是来自葡萄牙的奴隶主，他强迫种植园里的黑人妇女卖淫，自己滥交无度。厄萨的外祖母是科里基多拉的女儿，但这并不阻止他去霸占她的身体。琼斯在小说中揭露了男性对黑人妇女的压迫与蹂躏，表现了厄萨对身边男人爱恨交错的复杂情感。《伊娃的男人》(*Eva's Man*，1976)从伊娃的角度讲述她自己的生活故事。《蚊子》(*Mosquito*，2000)是琼斯的新作，也采用第一人称叙述。女主人公娜丁，又叫蚊子，是一位卡车司机，她在得克萨斯州与墨西哥交界处开车途中搭救一位墨西哥孕妇玛丽亚，让她在美国生下小孩。蚊子后来被吸收到"地下交通网"组织，为墨西哥偷渡者提供帮助。蚊子也是作为一位独立女性形象在书中出现，她成立了"蚊子运输公司"，经营餐馆，积极投入建设多元文化社会的活动。盖尔其他作品还有短篇故事集《白色老鼠》(*White Rat*，1977)与诗集《献给安尼霍的歌》(*Song for Anniho*，1981)等。

艾丽斯·沃克(Alice Walker，1944—　)是当代黑人文学最有影响的人物之一。她出生在南方佐治亚州一个贫苦佃农家庭，八岁时，一只眼睛被打瞎。高中毕业后，她靠残疾奖学金得以去亚特兰大的斯佩尔曼学院读书(1961—1963)，后转到纽约的萨拉·劳伦斯学院。当时学校里的课程根本不涉及黑人文学或文化，沃克看的书主要是欧美文学名著。大学三年级时，沃克到非洲访问，非洲后来成为她小说的一个背景。沃克在非洲时怀了孕，一度产生自杀的念头。她做了堕胎手术，有一种再生的感觉。沃克把自己的感受写成诗歌，三年后诗集《一度》(*Once*，1968)出版。1965年，沃克大学毕业后前往密西西比州工作，积极投入60年代的民权运动，这一段生活经历为她的小说《梅丽蒂恩》(*Meridian*，1976)提供了素材。1970年，沃克在为短篇故事《汉娜·肯赫夫报仇》收集材料时，发现了赫斯顿，顿时对这位黑人才女产生了极大的兴趣。沃克阅读了赫斯顿的全部著作，修缮了她在佛罗里达州的坟墓，编辑了她的文集《我开怀大笑的时候我爱自己》(*I Love Myself When I Am Laughing*)。赫斯顿对沃克产生了重大的影响。《汉娜·肯赫夫报仇》(The Revenge of Hannah Kemhuff)收在沃克第一个短篇小说集《爱情与麻烦：黑人妇女的故事》(*In Love and Trouble: Stories of Black Women*，1973)中，采用了赫斯顿收集的有关黑人伏都教的资料。在大萧条时期黑人妇女汉娜家里揭不开锅，排队去领救济食品，因穿着比较整齐，遭到发放救济品的白人妇女豪利太太的拒绝。不久丈夫抛弃了汉娜,几个孩子也相继夭折。汉娜对白人的羞辱一直记在心里,临死前找到巫师唐特·罗齐尔,请求帮忙报仇。唐特派弟子找到豪利太太,告诉她汉娜在施行巫术,需要她的头发、指甲、排泄物等。豪利太太吓得精神失常,把头发、指甲、排泄物等收藏在橱里,房间里臭气熏天。她很快离开了人世,汉娜在阴间报了仇。《爱情与麻烦:黑人妇女的故事》获1974年国家文学艺术学院罗森塔尔奖。

沃克大学毕业后就开始动笔写她的第一部长篇小说《格兰奇·科普兰的第三次生命》(*The Third Life of Grange Copeland*,1970)。故事发生在美国南方佐治亚州农村,中心情节是黑人布朗菲尔德开枪将善良贤惠的妻子残暴杀死。布朗菲尔德的心理变态与他童年时代的遭遇有关。父亲格兰奇·科普兰是个贫苦的黑人农民,生活的重担和社会的歧视使他感到无力改变生活状况。每到周末他就喝得酩酊大醉,对妻子玛格丽特拳打脚踢。他与妓女乔西泡在一起,对儿子布朗菲尔德的教育不闻不问。格兰奇离家只身跑到北方,玛格丽特因忍受不了被遗弃的痛苦而自杀。布朗菲尔德自己照料自己,不久投入了乔西的怀抱,与乔西母女厮混。后来他与聪明、善良、受过教育的梅姆结婚,租了田地务农。没过几年,他们陷入生活困境。布朗菲尔德开始憎恨梅姆,对她百般折磨,经常施以拳脚,走上他父亲的老路。梅姆对家庭暴力采取顺从态度,忍辱负重,变得粗俗、苍老,被喝醉了酒的丈夫开枪杀死。格兰奇后来从北方回到家里,照顾孙女露丝。他这时思想发生了变化,认识到应该自尊自重和待人以爱。布朗菲尔德从监狱出来以后,要把女儿露丝从格兰奇身边夺过来,执意毁灭她的生活。为了保护露丝,格兰奇在法庭开枪杀死儿子,自己也在警察的追捕时中弹身亡。沃克在1987年为《格兰奇·科普兰的第三次生命》写的"后记"中说:这部小说是以真人真事为基础,揭示了黑人社区触目惊心的家庭暴力。究其原因,黑人男性的扭曲个性部分是由物质上的贫困所造成的,他们经济前景暗淡,生活艰难,便将失望与愤怒转化为对妇女的残暴。另一方面,黑人男性迫害、虐待黑人女性,黑人自身负有责任。格兰奇承认:他对妻子、儿子缺乏爱,"他自己创造了布朗菲尔德这头怪兽"。善良的梅姆在丈夫的淫威下没有起来反抗,结果导致悲惨的结局。沃克认为:无论家庭、社区,还是种族、国家,由"一半人"通过威胁、恐吓、暴力对"另一半人"实行统治,都是不健康的。露丝是科普兰家的第三代,小说标题暗示:只有把邪恶、变态的布朗菲尔德清除之后,科普兰家才能获得新的生命。

沃克的代表作是《紫颜色》(*The Color Purple*,1982)。这部小说采用书信体形式,女主人公西丽亚14岁时被继父强奸,生下的两个孩子都被他从身边夺走送了人。身心遭受巨大摧残而悲苦无告的西丽亚只有写信给上帝倾诉自己的痛苦。几年后,继父把她嫁给黑人××先生。西丽亚在信中有意不提她丈夫姓名，只是以××替代。这一细节表明他对她来说完全是个陌生人。西丽亚干着繁重的家务，经常被丈夫打骂。不久，西丽亚的妹妹耐蒂为躲避父亲的纠缠逃到她这儿来，因为拒绝××先生的勾引，被他赶走。她后来到了非洲当传教士，一直给西丽亚写信，但××先生把这些信都藏了起来，以割断姐妹之间的联系。西丽亚了解实情后，十分气愤，恨不得要把他杀了。她在××先生的情人莎格的启发帮助下，走出家庭，到孟菲斯靠做裁缝谋生。西丽亚继父死后，她继承了家里一所房子和一爿店，成为经济上独立的女性。××先生后来发生了很大变化，真心忏悔虐待西丽亚的错误，两人言归于好。耐蒂最后带着西丽亚的孩子从非洲回来，与她团聚。《紫颜色》讲述的是黑人女性寻求自我个性、在逆境中保持尊严的斗争的故事。西丽亚摆脱传统的枷锁，站立起来做一个名副其实的人的过程是精神上的自我解放过程。沃克以深刻的洞察剖析黑人男性的复杂心态：他们在种族歧视下是受害者与施害者，常常把无能为力的怨恨转移、发泄到妻儿身上。沃克因塑造布朗菲尔德、××先生等黑人男性反面形象、揭示他们的劣迹曾受到某些黑人男性评论者的攻击。她对人们矢口否认黑人社区中有迫害妻子、虐待孩子的事实存在，深感失望。

继《紫颜色》之后，沃克发表了《我熟悉的一切之神庙》(*The Temple of My Familiar*, 1989)，故事地点从佐治亚州农村扩展到非洲、欧洲和南美洲，小说人物来自美国、加勒比海、南美洲。作者追溯黑人的祖先，挖掘黑人的历史，表达了要将过去、现在与未来连接起来方能创造黑人生活意义的思想。《拥有欢乐的秘密》(*Possessing the Secret of Joy*, 1992)的女主人公塔希出生在非洲东部的奥林卡，当地盛行姑娘割礼的风俗。塔希的姐姐因割礼流血不止而死去，塔希自己为了能融入当地社会，也施行割礼手术，身心受到戕害。她嫁了黑人牧师亚当，移居美国，但不能享受生活的欢乐。多年后塔希回到奥林卡，为了报仇将实行割礼的老妇人杀死，自己也被判死刑。《拥有欢乐的秘密》开始时，塔希已被关在监狱里，等待审讯。小说主要由塔希等小说人物的自白组成，讲述妇女遭受的痛苦，控诉男权社会对妇女的迫害。非洲妇女原本是最能顺应自然，拥有享受生活欢乐的秘密，但是割礼这种文化习俗夺走了塔希姐姐的生命，也毁了塔希她自己的幸福。沃克发现对于年轻姑娘施行割礼这种残忍的习俗之所以延续下来，原因在于男性是出于维护男权统治需要，根本不考虑妇女的痛苦，而做母亲的是因为害怕，不敢把痛苦真相讲出来，"是她为屠宰羊羔做准备"。塔希在赴刑场途中，支持她的妇女高举一条写着"反抗是欢乐的秘密"的标语。塔希将老妇人杀死是一种反抗行为，是为了恢复妇女生活幸福的权利。《拥有欢乐的秘密》中将妇女遭受痛苦的真相讲出来，大声疾呼结束男权社会对妇女在肉体和精神上的压迫和戕害。沃克的长篇小说新作《父亲的微笑之光》(*By the Light of My Father's Smile*, 1998)揭露清教主义对于女性性欲的压抑，肯定了妇女爱的权利。《心碎前行》(*The Way Forward Is with a Broken Heart*，2000)是沃克的自传体小说，由七个部分14个故事构成，为读者勾画出一位女性的成长与发展历程。《现在是你敞开心扉之际》(*Now Is the Time to Open Your Heart*，2004)讲述了一位黑人女性的精神探索之旅。主人公凯特·尼尔森是一位成功的美国黑人女作家，在年过半百时开始了一场探索自然、找寻自我的旅程。在这一旅程中，通过接触原始自然和接受萨满教的引导，凯特与大自然母亲建立亲密的联系，并由此摆脱了自己在浮华的社会中对人生意义的困惑与烦恼，最终回归平和、宁静、自然的自我。

除长篇小说以外，沃克还创作了不少诗歌和短篇故事。《寻找我们母亲的花园》(*In Search of Our Mother's Gardens*，1983)是她的重要评论文集。沃克在一次访谈中曾说："我致力于探讨黑人妇女的种种压迫、疯狂、忠诚和胜利……对于我来说，黑人妇女是世界上最令人着迷的创造物。"①沃克所关注的是生活在美国社会最底层的黑人女性的痛苦和艰难。她的小说以现实生活为基础，深入人物的内心世界，描写了黑人，尤其是黑人妇女的爱与恨、欢乐与悲伤、幻想与失望，歌颂了她们的顽强生活能力与在逆境中奋斗的坚强意志。

当代美国黑人文坛群星璀璨，其中最亮的一颗巨星是托妮·莫里森(Toni Morrison，1931—)。她以黑人文学已经取得的经验和成就为坚实基础，勇于探索，形成特色。莫里森的小说成就标志着20世纪美国黑人文学史上继赖特、艾里森之后的又一座高峰。作为一名美国当代黑人女性作家，莫里森努力致力于保存和弘扬黑人文化，她的作品也始终以表现和探索黑人的历史、命运和精神世界为主题，思想性和艺术性达到完美结合。

莫里森出生于美国中西部俄亥俄州洛雷恩镇的一个黑人家庭，从小受到黑人文化的滋润。1949年，她进入位于华盛顿市的霍华德大学，主修英语，副修古典文学。本科毕业后她前往康奈尔大学继续深造，获文学硕士学位。1958年，她与牙买加建筑师哈罗德·莫里森结婚。1964年，两人离婚，莫里森成为单身母亲，一人抚养两个儿子。从1965年到1984年，莫里森曾经担任蓝登书屋出版公司的教科书编辑和高级编审，随后又陆续在纽约州立大学、加州大学伯克利分校、普林斯顿大学任教。莫里森在工作之余进行文学创作。大学里的英语和古典文学的正规训练拓展了她的思路，作为一个美国黑人妇女的体验丰富了她的空间。莫里森寻求一种极富特色的现实模式，拒绝把现实主义与寓言、神话、传说分离。莫里森视写作为"一种思考方式"。② 她写小说，

① John O'Brian, ed. *Interviews with Black Writers* (New York: Liveright, 1973), p. 192.

② Danille Taylor-Guthrie, ed. *Conversations with Toni Morrison* (Jackson: University Press of Mississippi, 1994), p. 30.

不仅仅止于模仿世界。通过创作，她重构历史，在现实和想象的世界中作创造性的思考。

《最蓝的眼睛》(*The Bluest Eye*, 1970)是莫里森的处女作，讲述了年仅12岁的佩科拉一年间的遭遇。1941年，一直生活在父母的粗暴、同学的奚落和成年人的冷漠之中的佩科拉懵懂地察觉自己生活的困境源于自己是个丑陋的黑女孩，她渴望着改变自身而取得众人的欢心。于是日里夜里她开始向上帝祈祷，盼望能生出一双最蓝的眼睛。她想，只要有了蓝色的眼睛，父母便不会在她面前打斗吵闹，店主便会对她殷勤相待，同学老师也会投来赞许的眼光。遭生父奸污后，她早产了一个死婴，无人关心帮助的佩科拉最后堕入了疯狂状态，觉得自己得到了一双无与伦比的"最蓝的眼睛"，日日与它喁喁私语。小说情节看来并不复杂，但莫里森在讲故事时采用了独特的手法，使这部小说有了文化上的内涵和深度：小女孩对蓝眼睛的热望铭刻着黑人面临白人文化侵越时思想上的混乱和价值观的错位。《最蓝的眼睛》分"秋""冬""春""夏"四章，均以第一人称叙述者克劳蒂亚对该季节的回忆为开端：秋天佩科拉走入只爱"蓝眼睛"的社会；冬天她迎来生命中最严酷的季节，遭到父母滥打，众人轻蔑；春天她怀了孕；夏末，她生下了一个死婴。春夏秋冬，四季轮回，乃不可抗拒的自然规律。莫里森用四季来命名小说的四个部分，其用意在于要凸显佩科拉悲剧的不可避免性。小说结构的独特之处在于莫里森在每一章前面都附有一个引子，内容是美国启蒙读本"迪克和简"课文的选段，描述一个小女孩住在一幢美丽的房中，有慈祥的父母、可爱的猫和狗相伴，还有朋友过来与之玩耍嬉戏。这选段在序言里被重复三次：第一回是正常的叙述状态，字与字间的空格、标点符号、大小写一应俱全；第二次就取消了大小写和标点，整个选段就成了一排意识流式的不明晰的单词序列；第三次出现的选段则没有了词与词之间的空格，没有了标点和大小写，那密密麻麻的字母群像天书一样令人费解。"迪克和简"展现的是美国白人中产阶级理想家庭的生活画面，与佩科拉家里黑人的贫困生活截然不同。《最蓝的眼睛》是关于眼睛的故事，涉及黑人如何观察、认识白人世界的问题。启蒙读本课文体现了美国白人文化价值的期望，其意义从简单明了，到混乱不清，反映了佩科拉精神崩溃、堕入发疯状态的过程。

《最蓝的眼睛》中，佩科拉对蓝眼睛产生渴望，是因为她发觉自己丑陋。"她久久地坐在镜子面前，想发现丑陋的秘密"。镜子代表着一种声音，一种社会判断。佩科拉在镜中所看到的对自己的否定，源于占主导地位的白人文化意识对她的否定。周围的人们都喜欢浅肤色的女孩，商店的老板对她的漠视中暗露出厌恶的神色，"她发现所有白人的眼睛里都潜伏着这种神色。毫无疑问，这厌恶是冲着她来的，是冲着她的黑皮肤来的"。受白人文化意识的侵染，她的家人以及社区的黑人也都认为她丑陋。于是,佩科拉对自己的丑陋深信不疑。佩科拉顾镜自盼,把她的不幸归咎于自己长得丑。她要变,变得美丽,盼望白皮肤蓝眼睛的奇迹在自己身上发生。她选择(如果那可以被叫作选择的话)了要一双蓝眼睛。这一选择象征说明她接受白人文化意识,要用白人眼睛观察世界。强势文化表现出种族主义色彩,扭曲了佩科拉幼小的心灵,导致她自认丑陋,自惭形秽。叙述者克劳蒂亚与佩科拉同性别、同年龄、同种族,同样生活在种族主义社会,但她对白人文化采取了一种抗拒的态度。圣诞节克劳蒂亚得到了一个大的玩具娃娃。对这个礼物她并不喜欢,相反有点儿害怕。又怕又惑之际,她产生了把玩具娃娃拆散看个究竟的念头。洋娃娃体现了白人主流文化,克劳蒂亚肢解它,这一行动具有特殊的意义。在一个以蓝眼睛的白人文化为准绳的环境里,克劳蒂亚并不像佩科拉那样对什么都说,"我不在乎",而是按照自己的文化标准说"不"。她努力保持黑人自我的个性,使心理和人格健康发展。《最蓝的眼睛》通过描写在白人文化冲击之下黑人心灵的扭曲,告诉读者:以白人文化和生活方式作为价值取向,会给黑人带来困惑和错乱;如果放弃黑人文化,迷失在白人的文化冲击中,只能造成人生的悲剧。

莫里森在1983年的一次访谈中曾说过:《最蓝的眼睛》和《秀拉》"均以人物的童年开始",是她的"初始之作"。[①]《秀拉》(*Sula*, 1973)在一定程度上是《最蓝的眼睛》的延续:它再次描写了黑人妇女的童年,并将之延伸到她们的成年生活。但《秀拉》中的黑人女主人公形象不仅更为生动多彩,而且体现了别具一格的独立精神。与《最蓝的眼睛》相比,莫里森的《秀拉》对黑人女性生活的洞察更进了一步:佩科拉不加分辨地接受,毫无效果地追逐那些将她引向毁灭的价值观,秀拉与她形成鲜明的对照,是一个蔑视传统幸福的黑人女性,她一生无悔地寻找自我、发掘自我,意志坚定地踏上了一条泥泞的人生之路。《秀拉》分为篇幅大体相仿的两个部分,以年份——1919、1920、1921、1922、1923、1927、1937、1939、1940、1941、1965——作标题的11个章节。第一部分从1919年到1927年,是秀拉少女时代的记叙,交代了黑人社区的渊源与特色,秀拉家庭的独特状况及她与好友内儿共享一切的两小无猜的感情。第二部分从1937年到1941年,叙述出外求学、游历10年才归来的秀拉作为一个成年女人在她昔日的世界搅起的层层波澜,遭受的种种敌视。最后的跋"1965"是个开放式的结尾,通过内儿的顿悟引导读者反思秀拉自我寻找之路上所谓"善"与"恶"的多层意蕴。

在莫里森笔下,秀拉是个别具一格的人物:她以一个无情无义、不孝不善的坏女人形象出现在读者面前。秀拉一回到家,就把外婆伊娃送入养老院,自

① Taylor-Guthrie, p. 163.

已独占了“木匠路七号”的房子。她不结婚，却尽可能多地与男人上床并毫不怜惜地事后把他们甩掉。她在已婚男人中选择性伙伴，甚至连朋友的丈夫也不放过。秀拉天真、率直、任性，有的只是童稚的寻欢心理。在《秀拉》中，内儿与秀拉构成一个对称的人物组合。内儿与秀拉走了截然不同的生活道路。内儿结婚后，就陷入了相夫教子的贤妻良母模式。日复一日，年复一年，她习惯了作为丈夫的影子、孩子的母亲的恒定的生活，忘记了自己还需发展独立的自我。莫里森指出：“内儿就是社区。她信奉它的价值。秀拉则不。对社区的任何法规，她都不信奉。”①内儿身上体现的是传统及其局限，秀拉在行为上表现为蔑视传统，不守习俗。她们俩的决裂是不可避免的，“因为内儿最终是以社区习俗来界定自己，而秀拉则存在于这一习俗结构之外。”②内儿和秀拉对生活态度的差异并未能割断她们俩之间存在的纽带。当内儿去养老院探视伊娃时，伊娃不顾内儿的申辩，坚持称呼她为秀拉。伊娃这时虽然老态龙钟，但却以她的睿智，一针见血地指出：“你们两人之间从来就没有什么区别。”内儿与秀拉之间存在一种两位一体，相互补充的关系。秀拉奇特的一生是围绕着“寻找自我”这一中心开展活动的。对秀拉，莫里森既惊叹她的执着，又怜惜她的孤单。对内儿，莫里森既同情她在生活中的苦痛，又洞察她的种种局限。内儿的经历代表了现实生活中许多普通黑人女性的传统生活。莫里森指出：“内儿没有能够‘飞跃’——她不了解她自己。即使到最后，她也不了解。她只是刚刚开始……另一方面，秀拉知道怎样去了解自己，因为她反省自己，对自己进行实验。”③小说强调秀拉是内儿的一个部分：秀拉是内儿的灵魂，没有了秀拉相伴，内儿就没有了灵感和生机。秀拉寻求自我的泥泞道路看似在她死亡之时结束了，内儿到书尾时终于超越了传统道德观的樊篱而意识到她与秀拉分别得太久：“我们曾经是在一起的姑娘啊。”内儿的感伤结束了全书，但也开始了她发展自我的新的可能。

《所罗门之歌》(*Song of Solomon*，1977)的故事围绕一个绰号叫“奶人”的青年黑人的成长展开。小说分为两大部分：第一部分写奶人 1931 年到 1963 年间在美国北方密歇根的城市生活，第二部分写他前往南方寻宝、寻根的经历。从形式上讲，《所罗门之歌》在一定程度上沿袭了欧美浪漫传奇文学、个人“成长”小说的叙事模式，以主人公在征程的经历为线索，融入大量传说、神话及宗教仪式，探索人生的哲理及意蕴。但就内容而言，它包含的神话传说、意象不仅与欧美传统相关，更多的则是指向遥远的非洲大陆。主人公奶人走

---

① Taylor-Guthrie, p. 14.

② Keith E. Byerman, *Fingering the Jagged Grain: Tradition and Form in Recent Black Fiction* (Philadelphia: University of Georgia Press, 1985), p. 109.

③ Taylor-Guthrie, p. 14.

南闯北,接触了各种各样的人和事,最后他虽没寻得物质意义上的宝物,却在精神上抓住了历史的真实,找到了黑人的文化之根和自身精神。

传统的寻宝故事、个人成长小说的结局要么是如愿以偿,如找到圣杯等物;要么是可怕的发现,如奥俄浦斯;要么真相大白时改正错误,获得道德的成长,如《汤姆·琼斯》。《所罗门之歌》中"奶人行程的终点是他的种族在这个国家的历史的起点:奴隶制"。[①] 然而小说的主旨却不在于把奴隶制描述为黑人历史、文化的起源,而是让人们将目光投向了遥远的黑人的故乡:非洲的祖先们生息繁衍的地方。通过对会飞翔的祖先的寻觅,小说超越了欧洲寻宝故事模式,不仅关注了美国种族主义盛行的社会现实,还特别重视祖先黑人文化意蕴,展现了一种文化的自信。可以说,《所罗门之歌》在对西方传统文学模式的沿袭与解构中,重建了黑人文化传统。

莫里森的第四部小说《柏油娃》(*Tar Baby*, 1981)塑造了一对固守各自文化信念的黑人男女青年,他们对生活道路的抉择折射出传统与现代的矛盾以及黑白两种文化之间的冲突。《柏油娃》的书名取自莫里森在幼年听过多次的一则民间传说:有一只兔子时常去偷吃一户人家的卷心菜,菜园主人便在菜园里用柏油铸了一个小孩的形象。兔子又一次来偷嘴,见园中多了个娃娃就礼貌地对它打招呼,但柏油娃一言不发。兔子受此冷遇,勃然大怒,挥拳打去,结果就粘在了柏油上,挣不开身,终于丧命。这一故事在19世纪的美国黑人中间非常流行。为表现他们对奴隶制的愤怒和反抗,故事又增加了一些新的成分,比如把菜园主人的角色换成了白人农场主,并给兔子安排了脱身之计。《柏油娃》写了从这一则民间传说演绎出来的一段现代浪漫历史,并对现代社会黑人的生活状况进行观照。小说开头,一名黑人男青年从船上跳海,游得精疲力竭时偷偷攀上一艘小艇,随它来到了加勒比海中的骑士岛。该岛属于一个富有的白人糖果商瓦莱里安·斯特里特,他已退休,和妻子玛格丽特及一对忠实的黑仆夫妇悉尼·蔡尔兹和昂达英在此休养。悉尼的侄女雅丹在瓦莱里安资助下完成了大学学业,此时正在岛上暂住。这个对瓦莱里安自我介绍为"威廉·格林"、对雅丹又说自己叫"森"的黑人打破了岛上人们惯常的生活。森和雅丹堕入爱河,后来离开骑士岛,到纽约去开辟新生活,但不同的经历和信念使两人冲突不断。森坚持要雅丹与他到故乡佛罗里达州的埃罗去住,他认为那里是真正的自由之地,而雅丹在埃罗感到难堪与不适。意识到两人的分歧难以弥合,雅丹回城后过了一段日子便悄悄离开了森。小说在森寻找雅丹的途中结束。

---

① Susan Willis, "Eruptions of Funk: Historizing Toni Morrison," *Black American Literature Forum* 16 (1982), p. 37.

莫里森在《柏油娃》中把森塑造成为非洲传统的极端守望者。森体格健壮，皮肤黝黑。他崇尚自然，身上有种自然之气。对森而言，最美好的社会是他故乡埃罗的黑人社区。森身上的种种局限性是显而易见的。他蔑视白人教育提供的知识，认为教育是白人实施种族压迫的手段，“他怀疑一切他不能亲历或刻骨感受的知识”。当雅丹劝他上学去谋取一个法律学位时，他鄙夷地回答：“我不想了解他们白人的法律，我想了解自己的法律。”他也不要任何职业计划，认为雅丹让他到白人公司里上班是屈辱的事。可以说，森虽然生活在20世纪，但他拥有的只是一个传统黑人自我。他的思维定势朝向过去，对现代西方文明持一概拒绝的态度。

在传统与现代的关系当中，如果森固守着传统一极，雅丹则拥抱着现代另一极。她是一个欧化的非裔，在瓦莱里安帮助下，修完了大学，成为著名时装杂志《她》的封面模特。莫里森给雅丹的定位是“孤儿”，[①]这身份颇有意蕴。雅丹自己对斯特里特夫妇充满感激之情：“他们给我提供教育。给我付旅费，租房间，买衣服，交学费。母亲去世时我12岁，父亲去世时我才两岁。我是个孤儿。悉尼和昂达英是我的全部亲人，瓦莱里安做了甚至没有任何人提出要做的一切。”12岁正是童年向青春期过渡的时期，婶婶昂达英把雅丹交给白人抚养、教育，使后者成了文化上的“孤儿”。雅丹“心安理得地接受白人价值”，[②]在行为、思想上代表了哺育她的白人文化。作为一个受过西方高等教育的黑人女性，雅丹追求的是实现自我，热衷于自我完善：“她喜欢自己，对实现自我感兴趣，在这个意义上，她表现得非常现代。”[③]

雅丹的“自我”浸润了西方文化。在小说中，她处于“柏油娃”的位置，代表着“由欧裔为其他非裔建立的陷阱，为吸引他们从事一种欧化的生活方式的人为的诱惑。”[④]她爱上森后，就试图改造他。她给森设计的道路与她自己走过的相近：通过职业训练取得经济上的成功。但是，森却想让雅丹跟他回到埃罗。他们的浓情蜜意中经常夹杂着唇枪舌剑的争执，两人各不相让，最后发展成“战争”，打起架来。“为什么你想改变我?”雅丹问。“为什么你想改变我?”森反问。森无法在白人世界生活，雅丹不愿向落后的黑人世界妥协。森与雅丹代表的是黑人传统与现代的两个极端，双方的吸引是一极端对另一极端的吸引，而最后的离异也源自双方对各自极端的捍卫。莫里森在讨论森与雅丹两人的关系时指出：他们分道扬镳的根源不是男女不同角色的矛盾，而是“文化

---

① Taylor-Guthrie, p. 104.

② Eva Lennox Birch, *Black American Women's Writing: A Quilt of Many Colours* (London: Harvester Wheatsheaf, 1994), p. 173.

③ Taylor-Guthrie, p. 82.

④ Doreatha D. Mbalia, *Toni Morrison's Developing Class Consciousness* (London: Associated University Presses, 1991), p. 75.

差异”。[1]

在《柏油娃》的故事中,森与雅丹互相吸引,相爱却又挣扎着要脱离对方“柏油”样的附着力。森固守传统,护持民族的自尊,但抱残守缺,并不很适应日益繁复的当代生活;雅丹是白人世界的黑人成功者,她有女性的自尊独立,但是她割断了与本民族的关联,内心充满焦虑感。无疑,森与雅丹的结合是黑人民族在当代的最好选择。然而,现实未必成全人们美好的心愿。《柏油娃》留下了一个富有象征意味的开放式结尾。森回到骑士岛,为的是想打听雅丹的地址,以便找到她。他上岸后,站立身子,先是跌跌滑滑地走了几步,等走稳了,就跑了起来。“不看左边,也不看右边,快速地奔跑。”小说这一结尾至少可以提供两种阐释的可能性:或许他能打听到雅丹的消息,或许他那像“兔子”奔跑的步伐暗示他已重获自由,正在返回自己家园的途中。莫里森说:森被赋予选择的自由。

> 如果森决定加入20世纪,他会去跟随雅丹。如果他决定不加入20世纪,他会把自己封锁在未来之外。他可以完全彻底地与过去认同,但这是一种死亡,因为这意味着你没有未来,只有一个悬浮的地方。[2]

小说没有交代森会做何种选择。作者要求读者参与,进行思考,然后做出自己的决定,这是因为小说人物经历的不单单是情感纠葛,而是对生活道路的抉择,涉及现代社会中广大黑人面临的“种族与阶级问题”。[3]

莫里森的前四部小说写的都是关于当代性别、文化题材,反映了20世纪美国黑人的生活。进入80年代,莫里森开始转向黑人的过去历史,酝酿着一个宏伟的创作计划。她要写一个“三部曲”,对百年来黑人历史作一番梳理,对黑人生活的方方面面进行观照和反思。《爱娃》是“三部曲”的第一部,与90年代出版的《爵士乐》和《乐园》构成一个整体。三部小说的故事年代分别是1873年、1926年、1976年,时间跨度长达一个世纪。

《爱娃》(*Beloved*, 1987)[4]的故事取材于逃亡黑奴玛格丽特·加纳杀死自己孩子,以使他们从此免受奴隶制残害的真实事件。女主人公赛丝曾是个女

---

① Taylor-Guthrie, p. 147.

② Taylor-Guthrie, p. 112.

③ Lea Baechler and A. Walton Litz, *African American Writers* (New York: Charles Scribner's Sons, 1991), p. 329.

④ 《爱娃》的书前题词引自《圣经·罗马书》第九章第25节:“那本来不是我子民的,我要称为我的子民;本来不是蒙爱的,我要称为蒙爱的。”小说英文书名Beloved即是《圣经》文句中的“蒙爱的”一词。国内对该词有多种译法,如“宠儿”“心爱的人”“宝贝”等。莫里森在这部小说中探讨的重要主题之一是母爱,因此,将Beloved译为“爱娃”似更妥。

奴，当年带着孩子从南方奴隶主庄园“甜蜜之家”逃到俄亥俄州。小说开始时，她与女儿丹芙住在辛辛那提城郊布卢斯通路 124 号农舍，不与邻居有什么来往。“甜蜜之家”当年的奴隶保罗・D 来到她家，把尘封的过去也随同带来。18 年前被赛丝亲手杀死的另一个女儿爱娃阴魂重返人间，出现在她家里。丹芙逐渐了解到悲剧事件的真相，帮助母亲直面生活。爱娃最后消失不见，赛丝终于从过去的阴影中走了出来。

《爱娃》的时间放在美国南北战争结束以后，即“南部重建时期”。往昔的奴隶生活不堪回首，过去的事件如此痛苦可怕，无法用语言来复述。这是一个人们不愿提及的过去，一个难以启齿的过去，一个宁可被遗忘的过去。莫里森的小说展现了发掘过去、面对过去、将过去与现在融合在一起的过程。当年赛丝从“甜蜜之家”逃了出来，但奴隶主“学校教师”并没有放过她。28 天后，他带人突然出现在 124 号农舍的院子里。赛丝随即奔到棚屋，把刚刚会爬的女儿亲手杀死。“学校教师”见此状况，只得空手而归。但自从这一天起，时间对于赛丝来说就停止了。初读《爱娃》感到吃力，因为小说并没有按事件发生顺序来讲述故事。瑟曼在《纽约人》杂志上撰文讨论莫里森的创作手法时指出：作家如同将灾难性事件的场面画到一块黑色玻璃上，“她把这玻璃打碎，然后以互不相连、令人迷惑的现代形式将其重新组合”。[①] 赛丝被迫杀死女儿这一惨痛事实是在小说人物的只言片语中闪现折射出来的。《爱娃》里时间错置，叙述离题，对过去的挖掘断断续续，稍有可能，就停顿下来。小说克服了重重阻力，在对过去的回忆、忘却、压抑、挖掘、拒绝、显现中向前推进。

杀婴事件是《爱娃》的中心情节。值得注意的是孩子并非被白人杀死，而是被黑人、被自己的母亲杀害。莫里森选择这一不同寻常的事件，揭露了奴隶制对黑人身心的摧残。赛丝对奴隶制深恶痛绝，她杀死婴儿的目的是要让她摆脱奴隶的悲惨命运。赛丝视孩子为自己的一部分，宣称她有处置他们的权利。这里提出的道德问题是：在多大程度上死亡比失去自由更为可取？赛丝的行为在多大程度上可以被接受？莫里森认为：“唯一有资格能对赛丝进行评判的是被她杀死的女儿。”[②]于是小说里出现了爱娃这一鬼的形象。莫里森有意把爱娃刻画成既像是鬼，又似乎是人。小说文本提供了两种解读的可能性。爱娃一方面是有血有肉的女奴。她似乎在童年时代被奴隶贩子从非洲掳掠到美洲，后来成为供白人泄欲的工具，曾长期被关在没有光亮的小屋子里，主人死后她逃了出来，沿着运河来到 124 号门口。另一方面，她的行为举止又像是赛丝的大女儿死而复生。小说里的人物几乎都认为爱娃是鬼。非洲的

① Judith Thurman, “A House Divided,” *The New Yorker* November 2 (1987), p. 175.
② Taylor-Guthrie, p. 248.

宗教认为：生与死之间的鸿沟并非不可逾越。人死了以后，灵魂可以转世投胎。莫里森在《爱娃》中讲述鬼的故事，符合非洲的宗教思想。她在1988年进行的一次采访中指出：爱娃是赛丝"死去女儿的阴魂再现"；同时也是海上奴隶贸易的"幸存者"。[①] 爱娃兼有人鬼两重性，经常使她的话模棱两可。如她说自己从"黑暗处"来，"我在那儿很小"。黑暗处既可理解为黑洞洞的船舱或屋子，也可理解为是坟墓，而作为奴隶，活着与死去并无多大差别。莫里森"把她对民间传说的广泛了解与新颖独特的艺术处理结合起来"，[②]从而使小说意义含蓄，耐人寻味。

莫里森说过，她在创作《爱娃》时，"开始思考母性这个问题"。[③] 赛丝的母爱无疑是非常"深厚"，并带有赎罪成分。当她认定爱娃便是死去女儿的阴魂再现后，就心甘情愿地伺候她，以博得她的欢心。爱娃寄生于赛丝，仍旧无限度地向她提出各种要求，变成一个"饿鬼"。当这个鬼"吞食她的生命，取走她的生命"的时候，赛丝重又沦于一种奴役状态。这一次，赛丝成为自己"吞噬一切的母爱的奴隶"。[④] 爱娃在心底里对赛丝呼唤："你是我的。你是我的。你是我的。"这一呼唤揭示出鬼对赛丝的"占有关系"。[⑤] 小说结尾时，保罗·D告诉赛丝："你自己才是你最美好的部分。"他不无感叹地说："我们的昨天比任何人都多。我们需要明天。"爱娃这时像她当初一样从124号神秘地消失，象征着赛丝摆脱了过去的梦魇，获得新生。她的自我意识终于在遭到扭曲的心灵里觉醒过来，真正从一个奴隶转变成为一个自由人。

《爱娃》是从现在的角度追溯和挖掘过去。莫里森在20世纪80年代去写发生在100多年前的事，这一行动本身具有社会意义。弗洛伊德认为：只有心理健康的人才能谈论自己的过去。同样，只有健康的社会才能面对历史，正视历史，不管历史曾经多么黑暗；只有真正面对过去，才能拥有未来。美国的黑人问题始终没有得到解决。在一定程度上，这与人们逃避奴隶制这段黑暗历史有关。莫里森尝试着通过直面过去奴隶制的"鬼魂"以让它安息。《爱娃》曾提到这样一个细节：赛丝被"学校教师"的侄子用牛皮鞭打得皮开肉绽。在契约女佣埃米的眼里，赛丝背部的创伤则是像一棵枝叶繁茂的樱桃花树："朵朵樱桃花，小小白白的花瓣。"《爱娃》叙述的事件是痛苦的，但文笔非常优美，小说是一首美丽的散文诗。莫里森正是通过创造这种骇人心魄的美感，履行其艺术家的社会责任。

---

① Taylor-Guthrie, p. 247.

② Margaret Atwood, "Haunted by their Nightmare," *The New York Times Book Review* September 13 (1987), p. 50.

③ Taylor-Guthrie, p. 270.

④ Karen Carmean, *Toni Morrison's World of Fiction* (New York: Whitston, 1993), p. 90.

⑤ Carmean, p. 88.

如同《爱娃》一样，《爵士乐》(*Jazz*，1992)也是以历史资料为基础虚构而成。莫里森在70年代应邀为《哈莱姆死者之书》(1978)写过序。这本书收录的死者当中有一位被情人枪杀的年轻姑娘。莫里森根据这位姑娘的照片，演绎出一个动人的故事。小说的主要事件包括：年过半百的乔·特雷斯爱上芳龄十八的女高中生多卡丝；多卡丝因移情他人，遭乔枪击；她拒绝上医院，导致流血过多而身亡；乔的妻子维奥莉特大闹多卡丝葬礼；维奥莉特通过访谈，逐步了解多卡丝，改变态度，最后与乔和解，化怨恨为爱心。

从故事表面情节来看，《爵士乐》与《爱娃》似乎没有什么关联。但从宏观上来分析，《爵士乐》无疑是《爱娃》的续篇。[①] 按莫里森的三部曲计划，每部小说的时间相隔约50年。《爱娃》的故事发生在1873年的美国南方农村。《爵士乐》的时间地点移至50多年后1926年美国最大城市纽约的哈莱姆区。莫里森如此安排绝非偶然。20世纪20年代，美国黑人文化运动达到一个高潮，形成了具有深远影响的哈莱姆文艺复兴。《爵士乐》中主要人物乔就生于1873年，维奥莉特比他小两岁，正好年过半百。他们不再是奴隶主庄园里一无所有的黑奴，而是大都市里经济上能够自立的新一代黑人：乔推销妇女美容品，维奥莉特是美发师。小说最后以他们俩获得精神上的“新生”结尾。显而易见，莫里森是要通过他们的故事来表现自1873年以来半个世纪美国黑人生活的变迁。

美国社会长期以来存在严重的种族歧视和种族压迫现象，作为对现实生活的一种回应，黑人文学中出现过不少表现种族冲突的作品。莫里森小说创作的一个特点是她不再直接去写种族冲突，而是把白人与黑人的关系作为一种大背景来处理。她的关注点落在美国黑人内部种种错综复杂的关系上面。《爵士乐》里，乔因为被母亲遗弃，内心有一种强烈的“空虚感”。他渴望母爱，在寻母彻底无望的情况下离开家乡。来到纽约以后，乔和维奥莉特整天为生活奔波，虽是夫妻，但缺乏沟通和交流，相互之间很少说话。维奥莉特无法了解乔的内心秘密，两人关系变得疏远。乔个人情感宣泄的渠道被堵塞，终于促使他去爱一个年仅18岁的女高中生多卡丝，以克服内心的空虚。《爵士乐》里乔与维奥莉特20年的城市生活从一个侧面反映了成千上万从南方农村迁居北方城镇的黑人的生活。他们的变化说明：“在城市里，黑人忘记了交际的必要性，并丢掉了集体主义的价值。取而代之的是沉默和个人主义。”[②]莫里森关心的是如何改变这种局面，歌颂的是为扭转这种趋势所做的努力。《爵士乐》

---

① Eusebio L. Rodrigues, “Experiencing *Jazz*,” *Modern Fiction Studies* 39.3 & 4 (1993), p. 742.

② Doreatha Drummond Mbalia, “Women Who Run with Wild: The Need for Sisterhoods in *Jazz*,” *Modern Fiction Studies* 39.3 & 4 (1993), p. 628.

的主干故事包含着暴力,不过,暴力事件在小说中只是起一个契机的作用:它们促使"沉默"停止、"交际"开始。《爵士乐》着重展示了化冷漠为友爱的过程:主要人物相互之间的关系都朝和解方向发生了变化。叙述者在小说结尾处发出爱的呼唤,极富激情和韵律:"我爱的只有你,把我的一切只交付给你,再没有别的人。我要你也爱我,并表示出你的爱。"种族歧视的核心是仇恨,是得不到爱。在《爵士乐》中,对爱的渴望具有社会意义:依靠爱心可以消除种族歧视。如果说《爱娃》描述了走出奴隶制阴影的努力,《爵士乐》则是一曲爱的乐章,指出了克服种族歧视的途径。

《乐园》(*Paradise*, 1998)的故事发生在1976年,与《爵士乐》的故事年代相距整整半个世纪。莫里森在这部美国黑人百年历史画卷的压轴之作里,将场景从北方大都市纽约转移到了俄克拉荷马的一个鲜为人知的小城镇鲁比,关注点也从移居北方的黑人的忧伤转换到对黑人封闭自我的担忧,对可能的黑人种族主义的警惕,对黑人必然最终从排斥走向融合的信念。一如"三部曲"中的头两部《爱娃》和《爵士乐》,莫里森为《乐园》设计的叙述架构是,先把结果告诉读者,然后再将原因慢慢道来,或者根本就不做解释。小说一开始就是描写九个黑人男子袭击住在一所女修道院里的五个无辜女人,想要赶走其中四个寄居的女人:"他们先朝那个白人姑娘开了枪。"故事主要情节随后没有多少进展,全书主体部分是关于"开枪"以前鲁比镇和女修道院历史及现状的描述。袭击事件的影响及后果要到最后一章才有间接的论述:四个月后,鲁比镇为丝薇蒂的小女孩举行葬礼,象征旧生活的结束,新生活的开始。在小说简短的结尾部分,叙述者出人意料地对原来寄居在女修道院里的梅维斯、佳佳、帕拉斯、塞尼卡的下落作了简单交代。

《乐园》共分九个篇章,每篇均冠之以女性人物姓名,突出了女性人物在小说中的核心地位,同时使所揭示的问题层层推进,步步深入。第一章"鲁比"从鲁比镇的男性居民角度叙述了他们对修道院女人的看法:她们的存在是对他们"乐园"般的小镇的玷污,他们袭击她们是"为了鲁比"。第二至第五章以四个寄居女子的名字为题,展现"乐园"鲁比之外的广泛的生活:社会的发展和与之相伴的冲突、暴力、孤独、遗弃和背叛等等。各女子的生活片断给人的印象是:她们并非像第一章所叙述的那样半是人半是妖,叫人恨叫人怕。第六章"帕特西娅"是鲁比镇一名正统的女教师的反思。她试图通过追溯镇史来强化"乐园"的优良传统时,意外地发现了"乐园"的"法则"给某些居民和她的父母、女儿造成的伤害。第七章"康丝莱特"中修道院女主人的人生经历和她对寄居在修道院的四名女子的引导展示了不同于鲁比镇居民的另一生活方式。第八章"洛恩"又是鲁比镇年已耄耋的接生婆的名字。洛恩和康丝莱特在一定程度上有相似之处,她能敏感地看透人们的思想。她无意中耳闻了鲁比镇九名男性要洗劫修道院的消息，便慌忙在夜半奔走，警告并求援。第九章篇名“塞芙—玛丽”是袭击修道院事件后新死去的一名残疾女婴的名字。它的字面意思是“救救玛丽”，显示出一种“要求(或悲悼)”；从发音上说，它听起来像是“救救我”。这最后一章暗示了小镇将由排斥走向与社会的大融合，也交代了曾寄居在修道院女人们重回社会后的点滴生活。全书的最后一节是康索拉塔给女人们描述过的“乐园”景象，仿佛死去的她已找到了向往的归宿。

评论家注意到莫里森的三部曲写了三种不同类型的爱：《爱娃》是母爱，《爵士乐》是情爱，《乐园》则是基督教的爱：“上帝对人类的爱，人类对上帝的爱。”[①]《乐园》中不乏基督教的用典，小说书名本身就来自《圣经》中关于伊甸园的传说，书中黑人西进时自以为是上帝的选民，节日时以宗教戏暗喻自身的历史，人们在争论中也是言必称上帝。对上帝爱的核心是爱人，鲁比镇的爱却诉诸武力。鲁比镇占统治地位的“爱”是建立在仇恨的基础之上，这种排外的“爱”的后果是自己败坏了美景如画的“乐园”：“当他们实际上在模仿白人时，却自以为胜超了他们。当他们事实上在伤害妻儿时，他们自以为在保护他们。”他们正在发展的是一种排外的黑人种族主义，这是有害无益的。历史学家布尔斯廷认为：“新的黑人种族主义……本身却推迟了他们同其他美国人打成一片的日期，因而损害了他们的正当目标……这类行径在非黑人社会里引起新的疑虑和反感，因而使黑人难以改变的社会地位变得更加突出，更加持久，并造成无论通过暴力还是非暴力都不能解决的问题。”[②]莫里森反对以肤色论人的观念，她一直在与种族隔离、种族分类或是任何分类做斗争。《乐园》中大部分角色都是黑人，小说第一句话提到的“那个白人姑娘”在书中一直没有指明是四个寄居女人中的哪一个。这是莫里森刻意所为，她说：“我想让读者纳闷这些姑娘们的种族，直到他们明白，她们的种族无关紧要。我想劝人们不要那样读小说。种族是你从一个人身上得到的最不可靠的信息，它是真实的信息，但它什么也没告诉你。”[③]

在评论集《黑暗中的游戏》中，莫里森开宗明义，点明自己的目的：“我想要画个图，也就是说，一个批评的地图，运用这个地图打开更多的空间，以进行新的发现、知识的冒险、详尽的探索，就像最初绘制新大陆的地图一样。”[④]《乐园》对日常生活图景的设计正是另一种地图。莫里森说，小说最后一个词是“乐园”，它“全部意义在于把乐园从它的宝座上拉下来，使之成为每个人的地

---

① Louis Menand, "The War Between Men and Women," *The New Yorker* January12 (1998), p. 78

② 丹尼尔·布尔斯廷：《美国人的民主历程》，北京：三联出版社，1993年，第348页。

③ Paul Gray, "Paradise Found," *Time* January 19 (1998), p. 41.

④ Toni Morrison, *Playing in the Dark: Whiteness and the Literary Imagination* (Cambridge: Harvard University Press, 1992), p. 3.

方,让它对乘客和乘务人员一同开放。我愿所有读者都能把'乐园'(Paradise)首字母大写P改成小写"。[1] 乐园不是专有名词,不是为少数人所独占的孤绝之地,而是人人都能共享的人间天堂。这是《乐园》的一个重要主题。

进入21世纪,莫里森笔耕不辍。《爱》(*Love*, 2003)继续从性别、种族和文化的角度对爱进行严肃的思考。《慈悲》(*A Mercy*, 2008)的核心事件是作为母亲的黑人女奴为了保护女儿弗洛伦斯而与她骨肉分离,小说的重点是展示蓄奴制初期各色奴隶可否在枷锁下有所解脱,特别是心灵的自由,肤色并不是判断一个人受奴役与否最主要的标志。《家》(*Home*, 2012)讲述朝鲜战争退伍老兵弗兰克和他妹妹的身体与心灵的归家之旅,表达了美国黑人社区的友情和浓浓的亲情。《上帝救助孩子》(*God Help the Child*, 2015)关注超越了种族界线的儿童身心健康成长问题,有不同于莫里森以往小说的当下性和社会现实意义。

莫里森作为一名黑人女性作家,始终是从美国黑人的历史和现实生活中选取创作题材,她的作品被白人读者广为接受。盖茨指出:"黑人作家,一如黑人文学批评家,通过阅读文学,特别是西方文学中已进入经典的文学,学会了写作……结果,黑人的文本与西方文本相像。但是,黑人文学对西方文学形式上的重复总是带着黑人的特点,这个特点在具体的语言运用中体现出来。"[2]莫里森的小说重现了明显的西方传统文学的因素。她熟练而又巧妙地使用标准英语,运用许多构成传统文学形式的手法。同时,她又以自己独特的方式进行文学创作。莫里森的小说并不只顺从传统的期待:她改变叙述方式,设计出难以预料的情节。盖茨所说的"双重声音之文本"[3]适用于莫里森的作品。莫里森作为一个艺术家的目标是很明确的。写作的召唤不仅仅来自个人的爱好,它也来自社会。文学可以成为造福于社会的一种工具。对她而言,文学的社会效用和审美价值并不冲突。她说:"小说应该直面重要的观点,无论称之为历史观点或政治观点,都是一样的。但是小说还有其他要求,那就是艺术性。小说应该是美的东西。"[4]小说像一切艺术一样,内在的思想性和美同时存在。1993年,62岁的莫里森荣获诺贝尔文学奖。她是获此殊荣的第一位美国黑人作家,也是继赛珍珠之后又一位获得诺贝尔文学奖的美国女性,莫里森已无可争辩地成为她"自己时代或任何其他时代一位杰出的美国小说家"。[5]

---

① Christine Bold, "An Enclave in the Wilderness," *YLS*, March 27 (1998), p. 22.

② Henry Louis Gates, *The Signifying Monkey: A Theory of African-American Literary Criticism* (Oxford: Oxford University Press, 1989), pp. xxii – xxiii.

③ Gates, p. xxiii.

④ Taylor-Guthrie, p. 238.

⑤ Atwood, p. 50.

## 第二节
## 黑人戏剧的成熟

70 年代以来，黑人戏剧有了新的进展，取得了与黑人小说相媲美的突出成就。长期以来，美国舞台是排斥黑人戏剧的，黑人剧作家和黑人演员受到很多限制。对于普通黑人群众来说，戏剧是一种奢侈品。在电影、电视普及的时代，到剧院看戏的观众人数逐渐减少，而他们当中大部分人来自白人中产阶层。黑人剧作家的创作必须考虑到商业竞争、观众趣味等因素，他们能在白人占主导地位的舞台上脱颖而出，实属不易。1975 年，布林斯的《强暴珍妮小姐》荣获纽约剧评界最佳戏剧奖；1982 年，福勒的《士兵之戏》荣获普利策奖；1985 年，威尔逊的《莱妮大妈的黑臀舞》获纽约剧评界最佳戏剧奖，随后他又因《栅栏》和《钢琴课》两度获得普利策奖，而《栅栏》实际上囊括了美国五大戏剧奖的所有最佳戏剧奖。这些骄人的成绩表明黑人戏剧已经成熟。当代黑人戏剧发展的显著特征是摆脱了表现种族对抗、把黑人简单描绘成种族压迫牺牲品的传统模式，题材进一步扩大，思想内容比较深刻。不少作品关注黑人社区内部的各种关系，正面表现黑人的生活现实和思想感情，这与当代黑人小说有相似之处。

查尔斯·福勒(Charles Fuller, 1939—　)是一位继承并超越传统的黑人剧作家。他出生于美国费城，高中时开始热爱戏剧，曾在维拉诺瓦大学和拉萨拉学院学习。1959 年，他前往美军驻日本和韩国的基地工作两年，美国军队黑人士兵的军营生活成为他剧作的重要题材。1967 年至 1971 年，福勒同其他人一起在费城创办并领导美国黑人艺术剧院，他的主要作品有《袭击布朗斯维尔》、《祖曼和告示牌》、《士兵之戏》、《我们》(*We*, 1990)等。《袭击布朗斯维尔》(*Brownsville Raid*, 1975)取材于 1906 年发生在得克萨斯州的历史事件。西奥多·罗斯福总统下令解散驻扎在得州的一个黑人步兵旅，因为他们被指控袭击布朗斯维尔小镇，以报复当地居民的种族歧视。剧本中白人与黑人都是有缺陷的人物，他们生活在一个受到种族主义思想扭曲的社会。黑人连长拒绝上司要他寻找替罪羊的要求，他对美国军队所抱有的信仰被击得粉碎。福勒对历史真相进行调查，采用访谈和回闪的手法，将过去与现在融合在一起，揭示人们行为背后复杂的动机。《祖曼和告示牌》(*Zooman and the Sign*, 1980)的剧情围绕一位父亲寻找杀害自己女儿凶手的过程展开。15 岁的祖曼从一开始就向观众承认自己是凶手,家庭分裂、无辜被拘留、同性恋强暴等生活经历使这位黑人少年得出结论:“黑鬼成不了英雄。”被害者家庭理应得到观众的同情,但是祖曼通过大段的独白使观众对他的行为表示理解。因为没有人肯出来作证,姑娘的父亲立了一块告示牌,谴责邻居无动于衷,是道德上的犯罪同谋,使黑人社区内部产生矛盾。祖曼最后在拆除告示牌时丧生,又一个黑人少年死在街头。《祖曼和告示牌》展示了“黑人杀黑人”这一事件对凶手本人、受害者家庭和黑人社区的影响,该剧获两项奥比奖。

奥古斯特·威尔逊(August Wilson, 1945—2005)出生于宾夕法尼亚州匹兹堡市,1968 年在该市创立了黑人民族主义社区剧团黑色地平线剧院。威尔逊在谈到自己的创作时说:“我描写美国黑人经验,力图从我熟知的生活这一角度,去探索那些对所有文化具有共性的东西。”[①]作为一名具有历史感和使命感的剧作家,威尔逊决定写一套关于美国黑人生活的系列剧,从 20 世纪初开始,每十年作为一个时期,共写成了十部戏剧。按照剧中所写历史时期排列,依次是:《海洋之珍》《乔·特纳来了又走了》《莱妮大妈的黑臀舞》《钢琴课》《七把吉他》《篱笆》《飞驰双列》《镍币出租车》《金·海德列二世》《电波高尔夫》。除了《莱妮大妈的黑臀舞》,这些剧作均设在威尔逊的故乡匹兹堡市希尔区,那里是著名的非裔聚居区,威尔逊作品里的主要角色也都是黑人。威尔逊称自己的世纪组剧为“一部四百年的自传,这就是黑人经历”。[②]

组剧第一部《海洋之珍》(*Gem of the Ocean*, 2003)设在 1904 年,剧中主角以斯帖阿姨已经 285 岁,她是美国非裔历史的象征,威尔逊认为这个人物是整部组剧的灵魂人物,所有其他人物都是她的子孙。以斯帖阿姨也出现在另两部剧作《飞驰双列》和《金·海德列二世》里,但在《海洋之珍》中她是第一次成为有血有肉的在场人物。剧中非裔青年巴洛从南方亚拉巴马州北上来到匹兹堡,他到以斯帖阿姨家中寻求精神上的救赎,在她的引导下走向新生活。

《乔·特纳来了又走了》(*Joe Turner's Come and Gone*, 1984)设在 1911 年匹兹堡的一家旅店。乔·特纳是田纳西州长的兄弟,他漠视法律,随意抓捕黑人去庄园做苦力。赫勒尔德·卢米斯在来匹兹堡之前,曾在乔·特纳的庄园被迫做了七年苦役。释放出来后,他身心遭到摧残,发现妻子玛莎丢下女儿,离家出走。卢米斯携女儿来到匹兹堡寻找妻子。他与玛莎虽然见面,但两人之间因为长期分离,已没有感情,最后分道扬镳。卢米斯意识到:一直困扰他的并不是妻子的消失,而是生活方向的迷失。他在自己身上找到了独一

① K. A. Berney, ed. *Contemporary American Dramatists* (London: St. James Press, 1994), p. 643.

② S. Shannon, "August Wilson's Autobiography," *Memory and Cultural Politics* (Boston: Northeastern University Press, 1996), pp. 179 - 80.

无二、肯定生活的品质,“他自己的歌”将成为他今后生活的指引和灵感的源泉。

《莱妮大妈的黑臀舞》(*Ma Rainey's Black Bottom*, 1983)以1927年的芝加哥为背景,剧情围绕莱妮大妈和黑人乐队灌制她的唱片展开。莱妮大妈是一位成功的布鲁斯歌星,拥有自己的汽车,聘请白人做她的经纪人。她非常自信,了解听众的需求,以自己独特的嗓音和风格演唱布鲁斯。她视布鲁斯为生活提供精神力量:

> 布鲁斯帮助你早上从床上爬起来。你起来感觉到自己不孤独。世界上还存在着另外的某种东西。那歌曲添加了某种东西。没有布鲁斯的世界是一个空虚的世界。我在这空虚之中填补了某种东西。

莱妮大妈对自己的价值也有清醒的认识:“他们(白人)根本不重视我个人。他们需要的只是我的歌声。……如果作为黑人你能让他们赚些钱,那你和他们平安无事。假如不是这样,那你只是街上的一条狗。”黑人乐队小号手勒维年轻气盛,自恃才高,他创作了几首乐曲,得到唱片制作人斯特迪文特的赞赏,以为布鲁斯太传统,已经过时,要被强节奏爵士音乐替代。他要按照自己的风格演奏“莱妮大妈的黑臀舞”歌曲,与莱妮大妈发生冲突。当他的乐曲被白人斯特迪文特拒绝后,他把怨恨发泄在黑人身上,狂怒之下,用刀杀死了乐队另一位成员,也毁了自己。《莱妮大妈的黑臀舞》表现了哈莱姆文艺复兴时期黑人的音乐、生活态度和价值观念。

《钢琴课》(*The Piano Lesson*, 1987)设在1936年经济大萧条后的匹兹堡,通过一架不平凡的钢琴给人上了重要一课。19世纪中期,奴隶主萨特尔用两个黑奴换来一架钢琴,并让他们的亲人即多克·查尔斯的爷爷在钢琴上雕饰镂花,这位黑奴把被奴隶主交换钢琴卖掉的妻子和儿子的肖像刻在了钢琴上。1911年,多克的哥哥博伊·查尔斯从萨特尔家偷回这架记录着家族历史的钢琴,并为此被追杀身亡。80年后,钢琴到了多克的侄女伯妮丝和侄儿博伊·威利手里。姐弟两人在怎样处理钢琴上发生了冲突:生活在南方老家密西西比州的博伊·威利只把钢琴看作一件商品,想把它卖掉购买其祖先曾以奴隶身份耕作的土地,但已移居匹兹堡的伯妮丝不同意把父亲付出了生命代价才得到的钢琴脱手。两人正僵持不下时,萨特尔的鬼魂现身加入对钢琴的抢夺。和鬼魂经过一番搏斗后,博伊·威利终于与伯妮丝和解,他认识到钢琴与查尔斯家族历史的重要联系,必须留在他们自己的家里。《钢琴课》获1987年纽约剧评界最佳剧作奖,1990年又获普利策奖。

《七把吉他》(*Seven Guitars*, 1995)发生在1948年,开场时匹兹堡布鲁斯吉他手弗洛伊德·"学童"·巴顿的葬礼刚刚结束,通过几位朋友的回忆,弗洛伊德的悲剧故事以闪回形式呈现在观众面前。一年前,弗洛伊德的首张唱片意外地成为电台流行金曲,但随后他的母亲去世,他把收入挥霍一空并因流浪罪被拘捕。在劳教所监禁九十天出狱后,他接到去芝加哥与白人音乐制作人T. L. 霍尔先生签约录制新唱片的邀请,决心借此洗面革新,回到芝加哥去开始新的生活。为了实现这一计划,首先他必须取到劳教所的工资赎出被典当的电吉他,说服几位伴奏乐手和他一起去芝加哥,并且赢回前女友维拉的芳心。但弗洛伊德的计划连连遭到挫败,他不得不参与了一起抢劫案,然后杀死同谋并把赃款埋在花园里。这笔钱却被相信灵异的海德列发现,海德列认为这是其父托梦给他购买种植园的资金,弗洛伊德与之争夺时被杀死,当时年仅35岁。弗洛伊德的吉他是黑人布鲁斯音乐的象征,剧名《七把吉他》即指剧中的七位美国非裔人物。该剧在内容和形式上都明显受惠于布鲁斯音乐,体现了黑人传统文化对威尔逊戏剧美学的滋养。

《栅栏》(*Fences*, 1987)的时间地点是1957年的匹兹堡,主人公特洛伊曾经是一位优秀的垒球运动员,但没有能当上明星。他认为是因为种族歧视,才使自己的美梦破灭,后来当上了垃圾工。儿子科利拿到一笔体育奖学金,准备到大学读书踢足球,遭到特洛伊的坚决反对,父子之间发生了冲突。《栅栏》表现的是黑人家庭成员之间的矛盾。种族歧视使家庭成员团结在一起,又使他们各自分离。"栅栏"把人挡在外面,又把人关在里面。特洛伊阻止科利搞体育,是不想儿子重复自己的生活道路,但他没有看到时代已经发生了变化。《栅栏》告诉观众:黑人必须学会适应社会,方能生存。该剧上演后获得巨大成功,成为美国戏剧史上获奖最多的黑人剧,先后获得1987年度的普利策奖、纽约剧评界最佳戏剧奖、外评界的杰出百老汇戏剧等三项奖,以及戏剧舞台奖的杰出新剧等三项奖、托尼最佳戏剧奖等四项奖,这在美国戏剧史上是空前的。

世纪组剧的后四部里,《飞驰双列》(*Two Trains Running*, 1990)设在1969年,正值美国黑人民权运动和反越战高潮,该剧通过匹兹堡一家小餐馆店主孟菲斯·李和几位顾客的交谈,揭示了美国非裔面对种族问题和社会运动的各种态度。《镍币出租车》(*Jitney*, 1982)是组剧中最早完成的作品,首演于1978年,1982年经大幅修改后在尤金·奥尼尔中心重演。故事发生在1977年匹兹堡希尔区的一家镍币车站里,这是一种地下营运的低价出租车生意,车行老板贝克的儿子布斯特刚刚出狱,20年前他因被指控强奸一名白人姑娘而被判刑。故事围绕贝克父子的关系展开,同时描述了一群镍币出租车司机如何为谋生而费尽心机。《金·海德列二世》(*King Hedley II*, 1999)设在1985年里根执政时期,剧中人很多曾在《七把吉他》里出现。本剧同名主角海德列因杀人罪入狱七年后刑满释放，他回到匹兹堡家中企图开创自己的生意，但他与家人之间矛盾重重，最终被其母枪杀而死。彼时看似繁荣的美国经济并未给剧中黑人的生活带来改善，非裔社区充斥着暴力和犯罪，全剧弥漫着令人绝望的黑色腐败气息，以斯帖阿姨也在此剧中死去，象征着非裔社会与传统道德的脱节。组剧第十部《电波高尔夫》(*Radio Golf*, 2005)是威尔逊去世前的绝笔之作，戏剧时间推进至 1997 年，剧中人哈蒙德·威尔克斯是雄心勃勃的房地产开发商，并且有意参加竞选匹兹堡市长。在妻子玛梅和老友罗斯福·希克斯的鼓动下，威尔克斯即将实施一项希尔区重建工程，但以斯帖阿姨位于韦利大街 1839 号的旧宅成为重建的障碍，希尔区民在那里聚集，抗议对希尔区历史建筑的拆除。全剧围绕威尔克斯的内心矛盾展开，最终他走出了自己的事务所，加入抗议的人群。

威尔逊的 20 世纪黑人系列剧历史地再现了黑人的生存状况，反映了种族歧视对美国黑人个人以及家庭产生的影响。威尔逊本人积极参与民权运动，并自称是坚定的黑人民族主义者，但他的戏剧成功地塑造了许多栩栩如生、富有个性的人物，将解决问题的途径归结为个人的勇气与决心，而不是民权运动等政治活动。威尔逊也并不是单地把黑人的一切问题归咎于白人社会，他的关注点更多的是聚焦在“黑人所拥有的东西：不屈不挠的精神，深不可测的生存能力，以及丰富的感受力，这种感受力是由古老文化中产生的音乐培育的”。[①] 这套组剧的完成令威尔逊成为当代美国戏剧史上最重要的剧作家之一，这些作品多次在百老汇演出，标志着黑人戏剧进入美国戏剧主流。

黑人戏剧成熟的另一个标志是更多女剧作家的崛起。美国戏剧史上汉丝贝丽是获得纽约剧评界最佳剧作奖的第一位黑人女剧作家。继汉丝贝丽和肯尼迪五六十年代的辉煌之后，弗兰克林和克利奇等一代新人成长起来，她们的作品受到越来越多的人的注意。

J. e 弗兰克林(J. e Franklin, 1937—　)出生在得克萨斯州的休斯敦，1964 年毕业于得克萨斯大学，先后在纽约城市大学、衣阿华大学任教。她的主要剧作有《黑姑娘》(*Black Girl*, 1971)、《撒谎者之死》(*Liars Die*, 1978)、《吹口哨的女孩和打鸣的母鸡》(*Whistling Girls and Crowing Hens*, 1983)、《灰豹》(*Grey Panthers*, 1989)、《霍尼小姐的孩子们》(*Miss Honey's Young'uns*, 1989)等。《黑姑娘》是弗兰克林最知名的作品，获 1972 年纽约戏剧委员会奖，后来被改编成电影。《霍尼小姐的孩子们》的故事发生在 60 年代美国南方一所大学里。霍尼小姐是一位 50 多岁的黑人妇女，她的“孩子们”是住在由她负

---

① Kim Pereira, *August Wilson and the African-American Odyssey* (Urbana: University of Illinois Press, 1995), p. 8.

责管理的一幢楼房的黑人学生。该楼房曾是内战时期南方邦联总统杰斐逊·戴维斯的住宅,但已年久失修,象征表明种族隔离制度正在解体。但是,种族偏见依然存在,黑人学生很快就发现:他们要实现"只是做一个学生"的愿望绝非易事。白人限制他们的行动自由,在他们背后吐口水,朝他们住的楼房开枪。面对不公正的对待,伊芙琳要去见校长交涉,而激进的科德尔主张采用暴力,以牙还牙。他随身带了一枝手枪,声称"这是'白人问题'的最后解决办法"。他要凭枪杆子获取"黑人权力":"白人的鲜血!10 比 1,对不对,伙计们?如果他们杀了我们一人,我们要他们 10 人的命。对不对,伙计们?"但是,最后他在争吵中却把黑人学生吉米杀死。《霍尼小姐的孩子们》以校园紧张的种族关系为背景,表现了黑人学生对种族歧视的不同反应。

珀尔·克利奇(Pearl Cleage, 1948— )出生于马萨诸塞州的斯普林菲尔德,但在底特律长大,先后在霍华德大学、斯佩尔曼学院读书,现在亚特兰大市斯贝尔曼学院教授戏剧。1991 年外百老汇上演了她的《链》(*Chain*)与《去麦加的晚班公共汽车》(*Late Bus to Mecca*),此后她创作了《飞到西部》(*Flin' West*, 1992)、《献给亚拉巴马天空的布鲁斯》(*Blues for an Alabama Sky*, 1995)、《边境波旁酒》(*Bourbon at the Border*, 1997)、《柯丽塔之歌》(*A Song for Coretta*, 2008)、《我在巴黎学到了什么》(*What I Learned in Paris*, 2012)等剧作。克利奇是一位多产作家,除戏剧创作外,她还发表了诗歌、短篇小说、评论文集。《飞到西部》的故事发生在 1898 年堪萨斯州的黑人小镇尼科迪默斯的郊外。女主人公苏菲原是南方的黑奴,她响应黑人记者艾达·韦尔斯的号召,逃离南方的种族迫害,前往堪萨斯州,在西部边疆地区买地垦荒。在自己的土地上,她呼吸着自由的空气,为建设黑人的"天堂"奋斗。她的妹妹米妮嫁给了诗人弗兰克,跟随丈夫住在伦敦。故事开始时,苏菲正在为未来描绘建设蓝图,与觊觎土地的白人投机商做斗争。米妮这时带弗兰克回来,姐妹团聚。米妮 21 岁生日时,苏菲把属于她一份的土地正式送给她。弗兰克是个混血儿,被剥夺继承权后身无分文。为了回到欧洲,弗兰克执意要把米妮价值五万美元的土地卖给投机商。苏菲为了"保护我的土地,保护我的家庭",采用黑人奴隶流传下来的秘方,在黑人老妇利厄、范妮和威尔的帮助下,给弗兰克吃了有毒的苹果派,将他杀死。米妮最终看清了弗兰克"魔鬼"的真实面目,她把象征自由的地契紧紧贴在胸前。《飞到西部》刻画了苏菲、范妮、利厄等坚强的黑人女性人物。对于她们来说,没有什么能比自由更可贵的了。苏菲从实行种族歧视的南方来到自由的土地,经常畅怀大笑。她对建设尼科迪默斯充满憧憬:

> 我想这个小镇要成为一个黑人妇女能够像一个人那样自由生活的地方。

我想这个小镇要成为一个黑人男子能够像为白人那样为自己辛勤工作的地方。我想要一个黑人孩子能自由进出任何人家、能受到亲人般接待的小镇。

与黑人女性人物形成鲜明反差的是弗兰克。他虽然是黑人，但皮肤是白的，心灵也受到白人价值观的腐蚀，看不起黑人，讨厌西部边疆的生活。最令人可憎的是他虐待、殴打怀孕的米妮。克里奇的许多作品都揭露家庭暴力。她说："我写作，因为每天有五个妇女被声称爱她们的男人谋杀……我写作，是要揭露、探索种族歧视与性别歧视的交汇之处……我写作，是要找到解决问题的办法。"[①]当苏菲等人劝阻弗兰克无望后，为了捍卫自由、保护自己，毅然决然地把他除掉。七个月后，米妮的孩子来到人间，苏菲以自己的非常行动为孩子的未来铺平了道路。

## 第三节
## 黑人诗歌的强音

当代黑人诗歌与黑人小说、黑人戏剧并驾齐驱，也显得非常活跃，人才辈出。早在1950年，布鲁克斯就获得普利策诗歌奖，在黑人文学向主流文学发展过程中率先取得突破性进展。70年代以来，涌现出乔万尼、安吉罗、达夫等一批新人。1993年，在克林顿总统就职典礼上安吉罗应邀朗诵诗作《清晨的脉搏》，这是1961年肯尼迪总统就职典礼上弗罗斯特应邀朗诵诗作《天之所赐》相隔32年后美国诗人获得的一次殊荣。黑人诗人发出了当今美国的时代心声。当代美国诗坛一个值得注意的现象是许多黑人小说家和剧作家加盟诗人队伍，他们在创作小说、戏剧的同时写诗，如沃克发表了多部诗集，里德是小说家兼诗人，而琼斯是剧作家兼诗人。黑人诗歌毫无疑问已构成当代美国诗歌不可或缺的一个重要组成部分。

综观20世纪黑人文学的三次高潮，哈莱姆文艺复兴运动的成绩主要体现在诗歌方面，随之而来的是赖特、艾里森、鲍德温等人创造的长篇小说的辉煌，黑人诗歌在20世纪下半叶再度繁荣。最早引起评论界注意的是女诗人格温多琳·布鲁克斯(Gwendolyn Brooks，1917—2000)。她出生于堪萨斯州，自

① Pearl Cleage, *Deals with the Devil and Other Reasons to Riot* (New York: Ballantine /One World, 1993), p. 7.

幼随父母迁往芝加哥,在那里居住多年。布鲁克斯诗歌创作的一个重要题材是住在北方大工业城市贫民区的黑人生活。她的第一部诗集《布朗兹维尔一条街》(*A Street in Bronzeville*, 1945)的书名取自芝加哥的布朗兹维尔贫民区,诗歌描写的对象是黑人社区的平民百姓,他们包括默默无闻的老年夫妻、流产后的母亲、想象着天堂的驼背女孩、布道的牧师等。布鲁克斯许多短诗采用谈话体,语言生动简洁,富有生活气息。在《前院里的歌》(A Song in the Front Yard)中,诗人以一个黑人女孩的口吻说:

我母亲,她对我说约翰妮·梅
长大后会成为一个坏女人
而乔治迟早要去坐牢
(因为去年冬天他把我家的后门给卖了。)

但是我说这很好。不骗你,我是这样说的。
我也想成为一个坏女人,
穿上大胆的夜黑色镂空长筒袜
脸上涂了脂粉高视阔步走在街上。

布鲁克斯的诗集《安妮·阿伦》(*Annie Allen*, 1949)出色地表现了普通黑人,特别是黑人妇女的生活和思想感情,荣获1950年普利策奖。《布朗兹维尔的男孩子和女孩子》(*Bronzeville Boys and Girls*, 1956)是儿童诗集,活泼欢快,充满童趣。长篇叙事诗《在麦加》(In the Mecca, 1968)讲述萨利夫人在麦加丢失她的孩子佩皮塔后进行寻找的故事。1967年,布鲁克斯出席了菲斯克大学召开的第二届黑人作家会议,在那里看到了黑人青年诗人所焕发的活力,接触到了民权运动的话语。她说:"在1967年我觉得从黑人会议回来后发生了变化。我曾知道有不公正,我曾写它们,但我不知道其背后是什么。我过去不知道我们过的生活是什么类型的。我过去不知道它是有组织的。"①从那时起,她进入了"新意识"意识时期,政治观点趋于激进,诗风也发生了变化,改用无韵体写诗。布鲁克斯歌颂护持黑人文化的妇女,她在《致我们保留自然卷发的姐妹》(To Those of My Sisters Who Kept Their Naturals)中写道:

你们从不崇拜梦露。
你们说:法拉赫的头发是她自己的秀发。

---

① Gwendoly Brooks, *Report from Part One* (Detroit: Broadside Press, 1972), p. 176.

你们不想成为白人。
你们也未通过模仿别人的广告
表明心仪那种状态
(从不会成功因为电热梳也嘲笑)

但是,啊,粗质、黑暗的另一类音乐!
真正的。
正确的。
对自我与黑色印鉴的自然尊重!
　　姐妹们!
你们的头发是世界的颂扬!

布鲁克斯的后期诗歌收在《骚乱》(*Riot*, 1969)、《家庭照片》(*Family Pictures*, 1970)、《孤独》(*Aloneness*, 1971)及《下船》(*To Disembark*, 1981)等诗集里。除诗歌之外,她还创作了一部中篇小说《莫德·玛莎》(*Maud Martha*, 1953)。布鲁克斯的诗歌创作奠定了其在文学史上作为当代重要诗人的地位。1988年,她获得美国艺术基金会(National Endowment for the Arts)终身成就奖。

罗伯特·海顿(Robert, Hayden, 1913—1980)出生于底特律,曾在韦恩州立大学、密歇根大学受教育。大学毕业后,他在菲斯克大学(1946—1969)和密歇根大学(1969—1980)任教。海顿的早期诗歌可以看到哈莱姆文艺复兴运动的影响,他的第一部诗集《尘土中的心形》(*Heart-Shape in the Dust*, 1940)内容多为社会抗议之声。40年代初,海顿在密歇根大学读书时结识W. H. 奥登,在他的帮助下,逐渐形成自己独特的诗风。海顿关注黑人的历史与文化,歌颂特纳、道格拉斯、马尔科姆·爱克斯等杰出的黑人历史人物。在创作手法上,他借鉴现代主义"支离破碎"美学原则,采用类似于艾略特《荒原》中"碎片"的表现形式。《中央航路》(Middle Passage)以海上贩运奴隶的历史事件为题材,诗人对历史事实的处理方法不是单一视角的平铺直叙,而是采用非线性跳跃式叙述,出现了多重声音,包括黑奴对自由的渴望、白人对奴隶贸易的描述、诗人对历史的反思等。海顿的诗集有《记忆民谣》(*A Ballad of Remembrance*, 1962)、《悼念时的话语》(*Words in the Mourning Time*, 1971)、《上升的角度》(*Angle of Ascent*, 1975)、《美国日记》(*American Journals*, 1978)等。1976年,海顿担任国会图书馆诗歌顾问,他是担任此职的第一位美国黑人。

杜德利·兰德尔(Dudley Randall, 1914—2000)出生于华盛顿市,在密歇根大学图书馆专业学习,毕业后在韦恩县公共图书馆工作多年。60年代他在底特律创办布罗德赛德出版社,从1965年至1977年担任编辑期间,出版了乔瓦尼等诗人的近60部诗集,对提携、促进黑人文学发挥了重要作用。布鲁克斯的自传由布罗德赛德出版社出版。1968年,兰德尔与黑人女诗人玛格丽特·丹纳合作发表《交叉诗》(*Poem, Counterpoem*),两位诗人就同一题目各写不同篇章的诗,别具一格。《城市在燃烧》(*Cities Burning*, 1970)题材涉及60年代全国城市里的暴力冲突,表达了诗人的革命立场。他的重要诗集有《更多的记忆:40年诗歌》(*More to Remember: Poems of Four Decades*, 1971)、《枪杀之后》(*After Killing*, 1973)、《朋友之》(*A Litany of Friends*, 1983)。兰德尔诗歌的特点是明白易懂,朗朗上口,如小诗《黑色魔法》(Black Magic):

黑姑娘黑姑娘
双唇的曲线如樱桃
丰满像葡萄
甜美似草莓

黑姑娘黑姑娘
走路时你的魅力
像高飞的小鸟
像下落的星星

黑姑娘黑姑娘
是什么魔法
让我胸膛里的心
蹦跳 停止 颤抖

兰德尔的诗歌意象鲜明,语言直截了当,捕捉到了美国黑人英语的富有活力的韵律。

勒罗伊·琼斯是60年代一位思想激进的黑人剧作家,除了戏剧创作以外,他还写了不少诗。他的诗歌也常常直接表现对种族主义的反抗和仇恨,意识形态色彩很浓。琼斯曾对自己的发展道路作过总结:早期诗歌充满悲观失望的情绪,“死亡”成为主题;对美国生活方式不满,全力进行“破坏”阶段;“黑人艺术”阶段。琼斯诗歌的真正引人之处并不是他的理论说教,而是音乐感。他曾引用“我们的宇宙产生于节奏”一说专门写诗。琼斯的后期诗歌借鉴爵士音乐的即兴演奏法,不拘形式,自由发挥,在语调、音高、音长、节奏等方面状摹表达力丰富的黑人口语，经常写出诗行长短悬殊、排列怪异的诗来。

伊希梅尔·里德主要是一位小说家，但如同许多黑人作家，他首先是以写诗步入文坛，他的诗歌预示了后来小说创作的题材。《念咒召唤》(*Conjure: Selected Poems 1963—1970*, 1972)是他最为重要的诗集。里德宣扬具有强烈非洲文化色彩的"新伏都教"，以此来对抗西方白人文化。他指出："新伏都教相信每个人是艺术家，每个艺术家是牧师。你可以把自己的创造性思想带给新伏都教。"[①]在他看来，黑人艺术家应该像是一位念咒召唤神灵的巫师，采用"新伏都教"把黑人从白人压迫者的心理攻击下解脱出来。里德注意到西方文明与非洲、亚洲传统文化的不兼容性。在《伯明翰的鬼魂》(The Ghost of Birminghan)中，他说：

历史上还没有像西方文明那样的另一种
文化——这种文化实践的
信仰是
人类的物质和社会环境臣服于
理性控制，历史臣服于
人的意志和
行动；而作为西方文明
对手的各种传统文化，非洲、亚洲的各种传统文化
其核心信仰是
环境支配人。

里德在诗歌语言形式上别具一格，有的诗文通篇使用小写，以他自己的方式对人称代词、定冠词等进行缩写，如 you、your、the 分别写成 u、yr、d，刻意表现黑人口语不规范的特征。

在新一代黑人诗人当中，唐·李(Don Luther Lee, 1942—　)是个佼佼者，他以海基·马杜布提(Haki Madhubuti)笔名发表作品，著称于诗坛。李出生于阿肯色州小石城，在芝加哥念高中，1960—1963 年在美国军队服役，1966 年毕业于芝加哥市立学院，1984 年获衣阿华大学美术硕士学位。李的文集《黑人男人：过气、单身、危险？转型中的美国黑人家庭》(*Black Men: Obsolete, Single, Dangerous?: The African American Family in Transition*, 1990)销量超过百万册。他的诗集有《基础工作：新诗选集 1966—1996》(*Groundwork: New and Selected Poems 1966—1996*, 1996)、《真爱：婚礼与

① Tracy Chevalier, ed. *Contemporary Poets* (Chicago: St. James Press, 1991), p. 801.

爱情诗》(*Heartlove: Wedding and Love Poems*, 1998)。李知识渊博,思想深刻,技艺精湛,对人民充满爱心。他反对为艺术而艺术,坚持艺术不能脱离火热的社会生活,在诗里触及社会政治内容,探索黑人自我身份、自我界定、民族自豪感等主题。他认为美国黑人男性是"在微笑与愤慨的边界上行走",他们必须眼光清晰,以责任感和道德意识采取行动。李写道:

自觉的男人不去找借口
不期待他们的女人提水,
收割粮食,准备食物。
全世界都知道
只有婴儿才有吮奶的保证。

关于黑人妇女,他说:

黑人妇女是音乐
有的人是复杂、精制的
节奏
有的人是
简洁的
旋律

李用城市黑人的口语写诗,通过添加元音及辅音、拼写、省音来达到音响效果,诗歌意象鲜明、强烈、具体。他经过了深思熟虑后提出的观点,令人信服。

70年代以来,黑人女诗人异军突起,妮基·乔万尼(Nikki Giovanni, 1943— )有"黑人诗歌公主"之称。她出生于田纳西州,在俄亥俄州的辛辛那提长大,1967年毕业于菲斯克大学。乔万尼积极投入社会政治活动,1967年筹办辛辛那提黑人艺术节,促使该市黑人增强了自我意识。她早期的诗歌宣传激进思想,号召黑人起来革命,反对种族歧视和压迫,诗集有《黑人的感情,黑人的谈话》(*Black Feelings, Black Talk*, 1967)、《黑人的评判》(*Black Judgment*, 1968)、《关于:创造》(*Re: Creation*, 1970)。在《我的诗歌》(My Poem)中,诗人写道:

我年龄25岁
是黑人女诗人
写诗问黑人

你敢杀吗
如果他们杀了我
并不能阻止
革命
……
革命
在街头爆发
如果我待在
五层楼上
革命会照常继续
如果我不做
任何事
革命会照常继续

乔万尼的后期诗作观点明显缓和，转向黑人家庭和生活题材，诗集有《我的家》(*My House*, 1972)、《男人和女人》(*The Women and the Men*, 1975)、《雨天棉花糖》(*Cotton Candy on a Rainy Day*, 1978)、《乘夜风的人》(*Those Who Ride the Night Winds*, 1983)、《妮基·乔万尼诗选：1968—1998》(*The Collected Poetry of Nikki Giovanni: 1968—1998*, 2003)、《自行车：爱情诗》(*Bicycles: Love Poems*, 2009)等。

恩托扎克·尚格(Ntozake Shange, 1948—　)兼诗人、剧作家、小说家于一身。她出生于新泽西州，原名为波莱特·威廉斯(Paulette Williams)，1971年改用祖鲁人的名字。尚格1970年本科毕业于巴纳德学院，1973年获南加州大学美国学硕士学位。1983年以来，一直在休斯敦大学教戏剧。尚格出版的诗集数量不多，主要有《梅利莎与史密斯》(*Melissa and Smith*, 1976)、《某些男人》(*Some Men*, 1981)、《女儿的地理》(*A Daughter's Geography*, 1983)、《在得克萨斯州骑月亮：文字画》(*Ridin' the Moon in Texas: Word Paintings*, 1988)等。作为一名黑人诗人，尚格自觉护持黑人文化传统，凸显其独特性，以抵制白人文化的"普遍性"。在她看来，黑人文化与白人文化属于不同的体系，任何统一文化的企图将导致对文化的压制。她对那些被白人文化忽略、缄口的声音特别关注。在文体上，她放弃使用标点符号，因为标点符号是用来调控、限制语言的自然表达。她采取多种手法，包括不规则拼写，来表现黑人英语的活力与节奏。这种鲜活的黑人口语与"受过良好教育"的标准化白人话语形成鲜明对照。

尚格同时也是一位具有女性主义意识的诗人。她认为：女性如果屈从于男性期待，就会丧失自我。因此，她在作品中歌颂女性，强调女性与男性之间的区别。她的诗歌经常出现母性、生育等意象，在女性与创造力之间建立起联系。尚格注意到舞蹈中女性优美自然的肢体动作，借助于舞蹈来表现女性经验。剧本《献给彩虹出现时那些曾考虑过自杀的黑人女孩》(*For Colored Girls Who Have Considered Suicide/When the Rainbow Is Enuf*, 1975)被冠之为"舞蹈诗"，融诗歌、戏剧、舞蹈于一体，形象地描写了黑人妇女所受到的男性和白人的双重压迫。剧中的《我是个诗人》(i'm a poet who)一诗将舞蹈与女性等同起来：

> 抬起你的头就像是红宝石蓝宝石
> 我是个诗人
> 用英语写诗
> 和你一起分享世界
> 和你一起分享世界
> 我们到这里来跳舞
> 跳舞
> 跳舞

尚格将诗歌与舞蹈结合起来，是对传统形式的一种颠覆。

尚格是一个具有多方面才华的作家，除了诗歌、剧本创作之外，她还写小说。在捍卫弱势话语的阵地、拒绝顺从传统白人男性文学的期待方面，尚格如同她的祖鲁人名字所表达的意思，像狮子一样坚强勇敢，富有独立精神。

露西尔·克利夫顿(Lucille Clifton, 1936—2010)出生于纽约州，在霍华德大学受高等教育，毕业后一度在政府部门工作。1969年第一部诗集《好时光》(*Good Times*)问世，随后陆续出版了《关于地球的好消息》(*Good News about the Earth*, 1972)、《一个普通女人》(*An Ordinary Woman*, 1974)、《双头女》(*Two-Headed Woman*, 1980)、《十幅牧牛图》(*Ten Oxherding Pictures*, 1989)、《可怕的故事》(*The Terrible Stories*, 1995)等诗集。1976年至1985年间，她担任马里兰州桂冠诗人。2000年，《福佑船只：1988—2000年新诗选》(*Blessing the Boats: New and Selected Poems 1988—2000*, 2000)为她赢得全国图书奖。从70年代起，克利夫顿担任多所学校的访驻诗人，1985年，圣克鲁斯加州大学聘她为文学教授。克利夫顿在评论自己的诗歌创作时曾说："我是一个黑人女诗人，我听上去像个黑人女诗人。"性别与种族无疑对她诗歌的内容和形式产生影响。如同许多女诗人一样，她探索女人的身份和角色：女儿、妻子、母亲、情人；如同许多黑人诗人一样，她着力表现美国黑人的生活遭遇。但是,克利夫顿所表现的并不是那种刺耳的抗议式女性主义,而是一种尊严、积极、平衡、自信、敏感的女性主义。她的诗歌创作题材广泛,涉及普遍的人类经验。在《根》(Roots, 1974)中,诗人写道:

你甚至可以把它叫作我们的疯狂,
把它叫作任何东西。
这是存在于我们之中的生命之物
它不会让我们去死。
……
把它叫作我们的疯狂
我们的野性
把它叫作我们的根,
这是存在于我们之中的光明
这是我们的光明
这是光明,你要把它叫作什么
就叫作什么
把它叫作任何东西。

克利夫顿的诗句短小精悍,用词准确有力,其诗韵节奏来自黑人灵歌、民谣、布鲁斯。从她的作品里读者可以感受到发自肺腑的诗歌语言的力量。

玛雅·安吉罗(Maya Angelou, 1928—2014)多才多艺,能歌善舞,生活经历不同寻常。她出生于密苏里州圣路易斯市,在阿肯色州和加利福尼亚州受教育。《我知道笼中鸟为什么歌唱》(*I Know Why the Caged Bird Sings*, 1969)、《所有上帝的孩子需要旅游鞋》(*All God's Children Need Traveling Shoes*, 1986)等五部自传详细记载了她从童年到1965年的生活经历。60年代初,安吉罗侨居埃及和加纳,在那里遇到了杜波依斯和马尔科姆·爱克斯。1965年,她离开加纳回到美国。安吉罗在撰写自传的同时创作诗歌,自第一本诗集《我死前只要给我一杯冷饮》(*Just Give Me a Cool Drink of Water fore I Diiie*) 1971年问世以来,出版了《我仍将升起》(*And Still I Rise*, 1978)、《谢柯,为什么不歌唱?》(*Shaker, Why Don't You Sing?*, 1983)、《现在希巴唱歌》(*Now Sheba Sings the Song*, 1987)、《我决不会动摇》(*I Shall Not Be Moved*, 1990)、《非凡的妇女:诗四首》(*Phenomenal Woman: Four Poems Celebrating Women*, 1995)等诗集。安吉罗诗歌的特点是充满激情,气势宏伟。短诗《我仍将升起》(And Still I Rise)表达了黑人面对种族歧视毫不畏惧、乐观自信的生活态度:

你可以用语言来射我，
你可以用眼神来割我，
你可以用仇恨来杀我，
但是，我像空气那样，仍将升起。
……
从历史羞辱的茅屋中
我升起
从根植于苦痛的过去中
我升起
我是黑色的海洋，波浪滔天，
我顺应潮流汹涌澎湃。

《我们的祖母》(Our Grandmothers)收在《我决不会动摇》集子里，诗中一位黑人女性发出坚强的声音：

在世界舞台中央，
她向她的至亲至爱，
向她的仇敌和诋毁者放声高歌：
不管人们怎样看我，怎样骗我，
也不管我是怎样无知、怎样自负，
请不用担心我会被毁掉，

因为我决不会动摇。

1993年1月20日，在克林顿总统就职仪式上安吉罗应邀朗诵她的诗篇《晨曦脉搏》(On the Pulse of Morning)，使她名声大振。该诗的中心意象是大山、大河、大树，语言简练有力，基调欢欣鼓舞、蓬勃向上：

此时此刻地，按着这新的一天的脉搏
你们可以体面地抬头去看
凝视你们姐妹的眼睛，
凝视你们兄弟的面庞，
你们的国家，
并且带着希望
只需简单地

非常简单地道一声晨安——
早上好。

1995年9月，安吉罗在旧金山庆祝联合国成立50周年大会上朗诵了诗篇《一条勇敢而令人惊异的真理》(A Brave Startling Truth)。诗人所发现、歌颂的真理是："我们必须承认我们是这个世界可能的、非凡的、真正的奇迹。"安吉罗已成为美国声音的代表。

丽塔·达夫(Rita Dove, 1952—　)是当今美国诗坛的后起之秀，1993年，她当选为美国国会图书馆的桂冠诗人，成为历史上第一位黑人桂冠诗人。达夫出生于俄亥俄州阿克伦，1973年毕业于迈阿密大学，在德国杜宾根(Tubingen)大学进修欧洲文学一年，1977年获衣阿华大学美术硕士学位后，与一位德国作家结婚。达夫现为弗吉尼亚大学英语教授。1980年，她的第一部诗集《街角上的黄房子》(*The Yellow House on the Corner*)出版，题材广泛，涉及黑人历史、家乡小镇、青年男女初吻、成年的体验等。《博物馆》(*Museum*, 1983)如标题所示，瑰集世界各国的历史文化，诗人歌咏的对象包括化石、希腊神话、薄伽丘、慕尼黑作家会议等。《窦绾对丈夫刘胜说》(Tou Wan Speakes to Her Husband Liu Sheng)取材于1968年在中国河北满城陵山发掘的汉墓文物。窦绾是西汉中山靖王刘胜的妻子，她在诗中告诉丈夫为他准备了仪仗、兵器、蟠龙纹铜壶、错金博山炉、长信宫灯，还有葬服——金缕玉衣：

为你的身体，
两千玉片
金丝编缀
光彩夺目的裹套
一件用来保存
你的死亡形状的外衣——

达夫最著名的作品是《托马斯与比拉》(*Thomas and Beulah*, 1986)。该诗以她外祖父、外祖母的身世为基础，讲述他们的生活故事，由两部分组成。上篇"曼陀林"开始时，托马斯怀抱曼陀林琴，乘船离开田纳西州北上，前往阿克伦。1924年他和伯拉结婚；下篇"风华正茂的金丝雀"展示比拉的心路历程。托马斯与比拉见证了影响20世纪黑人生活的重要事件：黑人从南方农村到北方城市的迁徙、两次世界大战、60年代的民权运动。《托马斯与比拉》获1987年普利策诗歌奖。达夫的诗歌语言平易，善于表现美国黑人的普通生活和他们丰富的思想感情。她的其他诗集有《福佑笔记》(*Grace Notes*, 1989)、《母爱》

(*Mother Love*, 1995)、《美国柔顺：诗集》(*American Smooth*: *Poems*, 2004)、《混血儿奏鸣曲》(*Sonata Mulattica*, 2009)等。除诗歌之外，达夫还发表了短篇故事集《第五个星期天》(*Fifth Friday*, 1985)和长篇小说《通过象牙门》(*Through the Ivory Gate*, 1992)、剧本《地球的黑色面孔》(*The Darker Face of the Earth*, 1994)。达夫从正反两方面观察生活，从黑暗中看到光明，批评家赞扬她能够"在丑恶中发现缕缕美丽，在压迫中发现自由的可能性，在瘠土中发现富饶"。[①]

① Serafin, p. 292.

# 第五章

# 华裔美国文学的兴起

华裔美国文学是当代美国文坛上出现的一朵奇葩，虽然在成就及影响方面都不及黑人文学，但经赵健秀、汤亭亭、谭恩美和黄哲伦等人数十年不懈的努力，已经取得了长足的进步，终于在美国文学中占有一席之地。

华裔美国人拥有与美国其他族裔截然不同的历史文化背景。第二次世界大战期间，中国成为反法西斯盟国，在美华人的地位开始有所改善。1943 年美国废除《排华法案》，容许华人成为美国的合法公民，每年有 105 个名额给华人移民。当时抵达美国的华人大都住在与白人主流社会隔绝的唐人街，从事餐馆、洗衣、苦力工作。唐人街是清一色华人社区，中国传统文化对华人的思想观念和生活方式始终发生影响。华人移民的后代生在美国，长在美国，他们接受美国的文化价值观念，渴望融入美国主流社会。但是，由于历史的原因，美国社会对华人存有偏见，实行种族歧视，华人移民子女融入美国主流社会的过程并不顺畅。与此同时，父母一辈把古老的中国传统文化从遥远的东方带到美国，试图影响下一代的思想和生活。结果，生活在唐人街的父母与子女发生矛盾，往往也表现为中美两种不同文化之间的冲突。华裔美国人独特的生活在华裔美国文学中有充分的反映。

刘裔昌（Pardee Lowe）在 40 年代初创作《父亲和裔昌》（*Father and Glorious Descendent*，1943），表达了华人新一代想要融入美国社会、成为美国公民的强烈意识，同时也表现了主人公在异己文化中生活的压力。继刘裔昌之后，黄玉雪（Jade Snow Wong，1922—2006）于 1945 年发表的《华女阿五》（*The Fifth Chinese Daughter*，1945）包含了相同的内容。该书可视为《父亲和裔昌》的姊妹篇，两部作品分别塑造了在唐人街长大的华人儿子与华人女儿的形象。黄玉雪采用自传体的形式，以唐人街为故事背景，讲述主人公成为模范美国公民的经历。玉雪念完高中后，父亲在重男轻女思想指导下，不想让女儿继续上大学。但她坚持要读书，靠勤工俭学和奖学金完成了高等教育。大学毕业后，她在一家造船厂找了份工作。玉雪在旧金山一家报纸举办的征文比赛中获奖，被邀请去参加一艘新船的命名仪式，有一种光宗耀祖的感觉。小说以玉雪在唐人街经营自己的瓷器店结尾。《华女阿五》在总体上是歌颂美国社会制度的，表达了作者对美国主流文化的羡慕和赞美。黄玉雪极力想使中国人和中国文化得到白人主流社会的认可和接受，她笔下的“华人之女”一改西方文学中负面的中国人概念化形象，是一个受过良好教育、熟悉美国社会文化的模范女性。作者在书中还介绍了中国人的传统价值观,如孝顺父母、尊重长辈、勤劳节俭等,并且以较大篇幅描写了中国人的风俗习惯,如过年,做中国菜,用中草药治病,婚丧习俗等。不过,玉雪与《父亲和裔昌》中的主人公一样,最后还是回到了唐人街,并未能真正进入白人社会,而这也是当时生活现实的真实写照。《华女阿五》对当代华裔作家有很大影响,黄玉雪被视为"华裔美国文学之母"。汤亭亭在描述她第一次接触到黄玉雪作品的感觉时说:"我惊奇万分、备受鼓舞、受益匪浅,这使我的作家梦成为可能——我有生以来第一次发现有一个像我一样肤色的人成了故事的女主人公,成了故事的作者。"

步刘裔昌、黄玉雪后尘描写唐人街生活的作品还有林语堂(Lin Yutang, 1895—1976)的《唐人街家庭》(*Chinatown Family*, 1948)和黎锦扬(Chin Yang Lee, 1917— )的《花鼓歌》(*Flower Drum Song*, 1957)。但最能反映唐人街美国华人社会变化的当数雷霆超(Louis Chu, 1915—1971)的《吃一碗茶》(*Eat a Bowl of Tea*, 1961)。故事发生在1948年纽约唐人街,书名中的"茶"是指能够恢复性功能的中草药汤。主人公宾来到广东新会娶了新娘美爱回到美国,新婚两个月,却发现不能履行丈夫的责任,原因是他结婚前生活荒唐,失去了性功能。美爱对丈夫感到失望,不满足没有性爱的婚姻,不久与不务正业的阿松有了婚外情,并怀上了他的孩子。宾来的父亲王华基得知媳妇红杏出墙后,跑到儿子家,用刀子把阿松的一只耳朵给割了下来,随后躲到新泽西州的朋友家里。他因为儿子戴了绿帽子,觉得抬不起头来,不肯再回到纽约的唐人街。宾来和美爱也搬迁到旧金山。在那里,宾来吃了一个中医的药茶,终于恢复了性能力,成为一个名副其实的男人。《吃一碗茶》以写实的手法描写了唐人街的畸形华人"单身汉社会"。王华基和他的亲家李江年轻时离开广东新会到美国谋生,长期与家人分居,过着单身生活。美国禁止华人妇女入境的政策,造成美国华人男女比例严重失调。由于缺乏正常的家庭生活,华人男性染上了嫖、赌的不良习气。书中宾来和美爱最后在旧金山的正常家庭生活象征着华人单身汉社会的结束。小说对当时唐人街势力强大的封建家长制也有较多的描写。王华基在他堂兄王竹庭的帮助下,通过王氏公所能够迫使阿松撤回诉讼,五年之内不得返回纽约。

黄玉雪和雷霆超都是以一本书扬名的作家,其作品的题材和思想内容都带有明显的局限性。总起来说,70年代以前,美国主流文坛基本上听不到华裔作家的声音。华裔文学的真正兴起是70年代以后的事。1976年,汤亭亭的《女勇士》问世,标志着华裔文学繁荣时期的到来。除《女勇士》以外,汤亭亭还发表了《孙行者》《中国佬》和《第五和平书》,这四部小说艺术地建立了华裔美国文学的新传统。在当代美国文坛上,华裔作家异常活跃,他们当中有小说家谭恩美、李健孙、雷祖威、任碧莲,戏剧家黄哲伦,以及涉足小说、戏剧和文艺理论的多面手赵健秀。华裔美国文学近年来呈现出生机勃勃的局面。

华裔文学根植于华裔美国人的生活，在其发展过程中，形成了与其他少数裔文学不同的特征。

一、华人集中居住的唐人街作为美国城市中一处特殊的景观，经常出现在华裔文学作品里。唐人街不仅仅是故事发生的地点，同时也是一种与美国主流社会不同的生活方式与文化：这里的人们讲中国话，吃中国菜，遵守中国的风俗习惯。当代华裔作家大都出生在四五十年代，其父母一代是住在唐人街的中国移民。唐人街华人的生活为华裔作家提供了创作素材。

二、中美两种文化之间的对立和冲突构成华裔美国文学的重要内容。美国属于犹太—基督教文化体系，犹太人可以相当容易地融入美国社会。华人肤色差别明显，中国文化又是一个与美国文化完全不同的思想体系。华裔文学以华裔美国人的生活为表现对象，与犹太文学相比，势必更多地描写同化进程中的困难。另一方面，中国文化博大精深，源远流长，影响力特强，造成生活在美国的中国移民及其子女确定文化身份的困惑。与黑人作家相比，华裔作家更为关注的是文化撞击而不是种族对抗。

三、女性作家成为推动华裔文学发展的主力。当代黑人文学也是由女性作家领导潮流，但是华裔女作家的创作思想、题材和风格都有独特之处。汤亭亭、谭恩美等人的作品反抗族裔文化从中国传统文化中继承下来的“男尊女卑”思想和对女性的压制，在表现母女关系时既写了中美文化的冲突，也写了两种文化的融会。

四、中华民族创造的灿烂文化对华裔文学产生直接或间接的影响。华裔作家自觉不自觉地从中国文化宝库中汲取营养，丰富自己的创作手法。他们将中国的神话、民间传说、经典文学融入自己的作品，对其进行加工、改造、戏仿和扬弃。华裔文学是东西方两种文化传统杂交的新品种，具有鲜明的特色。

华裔文学目前虽然处于边缘的弱势地位，但发展势头良好。随着时间的推移，华裔美国作家必将写出更多、更好的作品，取得更大的成就。

## 第一节
## 赵健秀的文学创作与评论

在华裔美国文学中，赵健秀(Frank Chin，1940—　)是一个毁誉参半的作家。他在70年代以《鸡笼中国佬》和《龙年》两部戏剧登上主流剧坛并主编《唉咦!:亚裔美国作家选集》,他在亚裔美国文学中一马当先,为新兴的亚裔文学打开了局面,被誉为亚裔文学的奠基人。但在80年代里,赵健秀以保持真正的中国文化传统为名,猛烈攻击在华裔美国文学中声名鹊起的汤亭亭、谭恩美和黄哲伦等作家,在华裔文学界和批评界引起一片讨伐之声,其偏激立场有时被归结为"文化民族主义",有时又被认为是容不得后起之秀的"酸葡萄"心理的表现。进入90年代后,赵健秀以旺盛的创作精力连续推出了《唐老亚》和《甘加丁之路》两部长篇小说和一本散文集《刀枪不入的佛教徒及其他散文》(*Bulletproof Buddhists and Other Essays*, 1998),还续编了《大唉咦!》,以无可争辩的实力表明了自己在华裔美国文学中应得的主要作家地位。在当代华裔美国文学兴起的短短30年中,赵健秀的创作历程贯穿其始终,他的戏剧创作、文选编纂、文化评论、短篇小说和长篇小说创作为华裔美国文学的繁荣做出了重要贡献,其创作领域之广、作品数量之多,华裔美国作家鲜有出其右者。了解赵健秀的创作和评论对于全面理解华裔美国文学发展的历史和现状是一个不可或缺的重要组成部分。

赵健秀出生于加州伯克利,父亲是第一代华人移民,母亲是在美国土生土长的第四代华裔。他于1958年进入加州大学伯克利分校英文系,后来参加过爱荷华大学作家班,1965年毕业于加州大学圣塔巴巴拉分校,获学士学位。赵健秀在大学期间即在太平洋铁路公司做过职员,后来当过火车上的司闸,自称是南太平洋铁路上的第一个中国佬司闸。大学毕业后,他在西雅图的电视台工作过,拍过纪录片,写过故事,还为《芝麻大街》写过脚本。他还先后在加州大学和旧金山州立学院等大学担任过教职。

赵健秀在19岁时开始写作,早就有了以文学为在美国社会中饱受种族歧视之苦的华裔立言的鸿志。1965年,25岁的赵健秀在接受访谈时以自己的切身经历痛陈美国主流社会强加在华裔头上的种种歧视和压迫,以及由此给华裔带来的心理伤害,发誓要以自己的写作为华裔美国人创作一种不受种族压迫污染的全新的感性,把使这种新感性合法化当作自己毕生的使命:"我碰上了这个时代、这个国度,我所有的才能、所有的一切就是为了这一点(华裔美国感性)。在我能够使之完成或使之启动之前,一切都无足称道。如果我不能使之合法化,或者说如果华裔美国感性没有得到合法化,那么我的写作就一无是处。"① 从那时起,"华裔美国感性"成为赵健秀的评论和创作的一个核心理念。那么这个概念到底有什么样的内容呢?让我们先看看他主编的《唉咦!:亚裔美国作家选集》的导言。

① Victor G. and Brett de Bary Nee, *Longtime Californ': A Documentary Study of an American Chinatown* (New York: Patheon Books, 1972), p. 386.

《唉咦！：亚裔美国作家选集》(*Aiiieeeee!: An Anthology of Asian American Writers*, 1974)是建立在翔实的历史研究的基础上编辑出来的一本亚裔美国文学选集。赵健秀及其同仁组织“亚裔综合资源计划”(Combined Asian American Resource Project)，发掘亚裔(特别是华裔和日裔)的文学创作历史，对在正统美国文学史上被销声匿迹的华裔美国文学传统进行了第一次钩沉。他们了解到了华裔美国文学的始祖水仙花，发现了雷霆超湮没在历史中的《吃一碗茶》。在该文选的导言中，赵健秀正式提出了并界定了“华裔美国感性”这个概念，并把它当作华裔美国文学的试金石，以此梳理华裔美国文学的历史传统。这是“既非美国白人又非中国人的”一种全新的感性，扎根于华裔美国人的历史，因此，要理解这种感性就必须先了解华裔在美国的历史经历。正如赵健秀所言：

> 在我们能够讨论我们的文学之前，我们必须解释我们的感性。在我们能够解释我们的感性之前，我们必须勾勒出我们的历史。在我们能够勾勒出我们的历史之前，我们必须消除[我们的]概念化形象。在我们消除这些概念化形象之前，我们必须证明这些概念化形象的虚假性。①

历史上，美国的华裔一直受到美国主流社会和中国的“双重宰制”②。一方面，他们在美国国内遭受种族歧视，主流社会把种种东方主义的概念化形象加诸华裔身上，赵健秀特别捻出了陈查理和傅满洲这两个在美国的大众文化中极为流行的华人形象加以批判，前者“善”，后者“恶”，但此种善恶并非人性的善恶，而是种族的和文化的善恶，其标准是华人对(白人)美国是有利还是有害；善者陈查理在白人面前不具任何威胁，永远是低眉顺眼的奴才，恶者傅满洲则是美国白人的大敌，代表着意欲吞噬美国的“黄祸”。这两种形象都是美国白人社会对华人/华裔的东方主义式的概念化臆想，赵健秀称前者为“种族主义之爱”，后者为“种族主义之恨”。

另一方面，70年代之前，在中国的意识形态话语中，散居海外的华人及其后裔一直被称为华侨，清末的《国籍条例》和民国时期的《国籍法》都承认双重国籍，新中国直到1980年《中华人民共和国国籍法》的颁布才取消了双重国籍。域外的这种政治控制影响着华裔在美国社会中的身份和地位，一来为主

① Frank Chin et al., eds., *Aiiieeeee!: An Anthology of Asian American Writers* (New York: Mentor, 1991), p. xxvi.

② Ling-chi Wang, "Roots and the Changing Identity of the Chinese in the United States," *The Living Tree: The Changing Meaning of Being Chinese Today*, ed. Tu Wei-ming (Stanford, California: Stanford University Press, 1994), pp. 193－194.

流社会把“永远是不可同化的外国人”这种概念化形象强加在华裔身上提供了借口，二来在某些情况下甚至可能影响华裔在美国社会中的生存①。

新的“华裔美国感性”就是要摆脱这两种势力的压迫，在文学中表现出华裔美国的超越这两种势力之外的自立和自决。赵健秀以此为标准，把一大批小有名气的华裔作家如林语堂、黎锦扬、刘裔昌和黄玉雪等排除在文选之外，因为他们的作品不是宣扬与美国社会现实不相容的传统中国文化以迎合白人社会对东方文化的猎奇心理，就是表现心悦诚服地拥抱“种族主义之爱”的甘做二等公民的心态。他奉以雷霆超的《吃一碗茶》为代表的以独特的唐人街语言传递唐人街心态的文学为华裔美国文学的正统，欣赏该文选中收录的日裔作家冈田(John Okada，1923—1971)的《顽劣小子》(*No-No Boy*，1957)，把该文选献给了冈田，因为这部小说中同时对美国主流社会和亚洲文化传统说“不”(No)的态度正是赵健秀思想的核心立场。

《唉咦！》是亚裔/华裔文学中第一声强有力的呐喊，撕破了主流社会对亚裔/华裔文学的封锁和禁锢，它的导言被誉为亚裔/华裔美国文学的独立宣言，“堪与爱默生的《美国学者》相比拟”。② 它第一次勾画出了华裔美国文学的传统，旗帜鲜明地提出了华裔美国文学的立场和历史使命，其战斗姿态激励着华裔美国文学中的后来人。

《唉咦！》所描述出来的表现非美非中的“华裔美国感性”的目标既是赵健秀对华裔美国文学所抱的期望，也是其个人文学创作中的核心理念。他在70年代创作的两部剧作《鸡笼中国佬》和《龙年》以及此间发表的短篇小说，可以说就是意在表现这种新的族裔感性的华裔美国文学作品。

《鸡笼中国佬》(*The Chickencoop Chinaman*)于1971获得“东西方剧作家奖”，并于1972年登上了纽约的舞台，是第一部进入美国主流剧场的华裔美国戏剧，也是历史上第一个华裔美国剧本。在《鸡笼中国佬》中，华裔美国作家泰姆崇拜黑人拳击冠军杰克的威猛，为拍摄关于冠军的纪录片，他到匹兹堡采访冠军的爸爸查理。他来到查理经营的色情电影院，却发现冠军所说的这个查理并不是他的爸爸，只是他从前的教练，而且从查理的口中得知杰克经常在比赛中玩阴谋。在匹兹堡，泰姆和儿时的好友日裔美国人谦次住在一起，发现与谦次生活在一起的是个带着孩子的有华裔血统的女人，名字叫李。在谦次的公寓里，采访归来的泰姆遇到了前来寻找李的汤姆——一个华裔美国作家，李的一个前夫。带着失望归来的泰姆与李和汤姆争执起来，对冒充白人的李和

---

① 对当时的华裔而言，这种可能性并非杞人忧天，且不说历史上的排华法案，二战中日裔美国人被强行关进集中营的事实表明，如果中美关系交恶，华裔遭受这种歧视待遇的可能性不能完全排除。

② Dorothy Ritsuko McDonald, Introduction, *The Chickencoop Chinaman* & *The Year of the Dragon: Two Plays*, Frank Chin (Seattle: University of Washington Press, 1981), p. xix.

以写迎合白人胃口文字为生的汤姆冷嘲热讽，讽刺他们内化了种族主义的概念化形象，以自己的华裔身份为耻，甘愿做讨好白人的奴才。他们对泰姆也反唇相讥，说他也没有以自己的华裔身份为荣，说话的腔调一忽儿模仿黑人，一忽儿模仿白人，而且也娶了一个白人为妻。全剧在吵闹中结束。

该剧的主题是寻父和寻找自我，但均以失望告终。剧中的泰姆屡次提到一个华人洗碗工，但不承认他是自己的父亲，因为他没有男人气概，连洗澡时都要穿着内裤（泰姆在谦次的公寓里洗澡时也是如此），因为怕白人女子偷看。他此行的目的就是为了寻找一个理想的父亲形象，但他失败了；不仅如此，此行中的发现使自己崇拜的拳击冠军的形象也失去了光辉。他与李和汤姆的争执使他认识到，他和他所看不起的那些华裔其实并无区别。剧终时，泰姆躲进厨房，自愿为大家做饭，一边回忆内华达山中火车的鸣笛声——那代表着值得华裔骄傲的修筑铁路的英雄历史，一边操刀干起了华裔的老本行——做厨子。

1974 年，赵健秀的《龙年》（*The Year of the Dragon*）又登上了纽约舞台，并于次年被公共广播公司搬上电视，在全国播放。该剧讲述的是唐人街上的文氏一家的故事。爸爸是唐人街的“市长”，年轻时来美，在中国有一个妻子，为他生了弗雷德，在美国又娶了一房，为他生了一儿一女。年老多病的爸爸已无力养家，全靠长子弗雷德在唐人街当导游。弗雷德恨透了这份经常需要低三下四讨好白人游客的工作，他的理想是当一名作家，但为了养家又不能放弃导游工作。文家女儿上大学后嫁了一个白人，再也不想回到唐人街。文家次子约翰尼是个少年犯。爸爸患有肺病，知道自己行将就木，于是在龙年春节将近时接来了弗雷德的中国妈妈，并叫已出嫁的女儿回来，准备过个团圆年，临死也要有中国人的体面。爸爸不顾自己疾病缠身不能养家的事实，为了维护一家之主的尊严，否认弗雷德在家中的奉献，要求儿子对自己言听计从，要弗雷德答应他在自己死后仍然留在唐人街当导游，照顾家庭，支撑门面；弗雷德则要求爸爸答应让继母和弟弟离开衰落不堪的唐人街，跟着妹妹到波士顿去谋求新生。死要面子的爸爸不答应，在和弗雷德的争执中死去。

《龙年》表现了唐人街上华人家庭的分崩离析。文氏一家是唐人街上的大户，大户人家尚且如此，一般华人家庭的困境就可想而知了。赵健秀在剧中展现唐人街的困境，反映了唐人街的现实：它不是白人游客眼中的充满异国情调的旅游胜地，而是白人为华人留下的一块保留地，是美国社会为华人圈留的贫民窟。60 年代，美国社会为了缓解国内的民族矛盾，称赞华人继承了中国的优秀文化传统，能够保持家庭和睦，犯罪率较低，勤劳致富，把华人立为“模范少数民族”，是民权运动中好斗的黑人及其他少数族裔学习的榜样。赵健秀以华人家庭的崩溃反驳了华裔是美国的“模范少数民族”的神话，揭露了主流社会借此掩盖种族歧视造成社会不公的企图。

赵健秀在70年代不遗余力地抨击主流社会对华裔的种族歧视,他不但在论文中列举出美国白人加诸华裔身上的种种概念化形象,而且在其戏剧和短篇小说创作中对这些形象一一加以攻击。在他的短篇小说中,唐人街上的家庭都和《龙年》中的文家一样在迅速解体,年轻人都不愿意留在唐人街,种族歧视和经济压迫使唐人街成为华裔想脱离但又冲不出去的囚笼。这一时期的赵健秀两面出击,在抨击美国社会的种族歧视的同时又把矛头指向了中国和中国文化。《龙年》中的弗雷德在见到从中国来的亲生母亲时用她听不懂的英语说:"我不是中国人。这里不是中国。在我听来,你的语言[汉语/母语]是外国语,很难听,你怎么会是我的妈妈呢?"①在他的短篇小说《献祭》(Food for All His Dead, 1972)中,主人公约翰尼的爸爸对唐人街庆祝"双十节"感到异常兴奋,但约翰尼却对华裔美国人庆祝中国国民党的节日极度反感,他绝望地说:"也许我不是中国人,爸!我是中国人也许只是个意外……爸,我所不喜欢的人大多是中国人。上帝啊,他们的笑声都带着口音!"②赵健秀作品中的人物对待中国和中国文化的态度与作家本人的态度如出一辙:"认为亚裔美国人保持着亚洲人的文化操守,认为在500年前就已经不存在的某种上流的中国文化与在美国出生的亚裔之间存在着某种奇怪的连续性,这是神话。"③

否定了主流社会关于华裔的概念化形象并否定了华裔对中国传统的继承之后,"华裔美国感性"中还剩下什么呢?什么也没有。赵健秀在评论中勾勒出来的这种非美非中的新感性在其文学创作中得到了很好的再现,但也使他的创作走进了死胡同。在70年代赵健秀的笔下,华裔人物基本上都是负面形象,他的戏剧和短篇小说中没有一个值得华裔骄傲或可资仿效的榜样人物。打破了华裔的概念化形象之后,被赋予了自我再现权力的华裔美国作家应该为华裔塑造出什么样的自我形象和自我身份呢?赵健秀找不出现成的答案。他对这个困境早有认识:"我告诉人们,他们的心中充满了自我憎恨,对此我感到内疚。我为他们做了什么?我把他们脚下的根基全部掏空了,撕开了他们的脑壳,却没有什么东西可以给他们。"④

进入80年代后,赵健秀的文学创作进入低潮,沉默了十多年,此间他出版的剧本和短篇小说集都是他的70年代作品,新作只有几篇零星的评论,批判华裔美国文学中的汤亭亭等新兴作家在创作中歪曲了中国文化和华人/华裔的形象。他在密切观察华裔美国文学的发展,也在反思自己的理论和创作方

---

① Frank Chin, p. 115.

② Frank Chin, "Food for All His Dead," *Asian-American Authors*, eds., Kai-yu Hsu and Helen Palubinskas (Boston: Houghton Mifflin Company, 1972), p. 53.

③ Frank Chin et al., "An Introduction to Chinese and Japanese American Literature," *Aiiieeeee!*, p. 7.

④ Victor G. and Brett de Bary Nee, p. 387.

向。到了90年代，他的创作热情再度喷发，编辑出版了《唉咦！》的续编《大唉咦！：华裔和日裔美国文学选》，并发表了两部长篇小说和一部散文集，展现出华裔美国文学中一个主要作家的无可争议的实力。

在赵健秀的新作中，他的"写作即是战争"的战斗姿态没有改变，但他斗争的对象发生了变化。他仍然是两面出击，但其中的一面由中国和中国文化悄悄地变成了内化了白人至上的种族主义价值观的华裔美国作家。在《大唉咦！：华裔和日裔美国文学选》(*The Big Aiiieeee!: An Anthology of Chinese American and Japanese American Literature*, 1991)中，赵健秀对自己在80年代的评论中的观点加以总结，写了一篇长达92页的宏论《真真假假的亚裔美国作家一起来吧》，亮出了捍卫中国文化传统真实性的大旗，猛烈攻击从70年代末到80年代在美国主流读者中走红的华裔作家汤亭亭和谭恩美等人，并把他们排除在选集之外，指责他们歪曲中国传统文化，强化了华裔美国人的概念化形象，向主流社会献媚。

赵健秀发表于1994年的《甘加丁之路》(*Gunga Din Highway*)体现了他的创作理念的这种变化。在很多方面，他的这部长篇小说与其早期的戏剧和短篇小说一脉相承，其内容乃至其中的人物有很多都曾在他的早期作品中出现过。他一如既往地把矛头对准了华裔的概念化形象，但批评的靶心却是以这些概念化形象为荣、内化了白人至上价值观的华裔。《甘加丁之路》中的主要人物有朗曼·关、尤里西斯、迪戈和本尼迪克特。朗曼·关是尤里西斯的父亲，迪戈和本尼迪克特是尤里西斯的童年好友也是他的姨表兄弟。小说以这四个主要人物的第一人称叙事交叉叙述了关氏家族从40年代到90年代在美国的历史。曾是粤剧明星的朗曼·关移民美国后打入了好莱坞，在很多电影中扮演过"必死的中国佬"，他所扮演过的最重要的角色是陈查理的四儿子，他的毕生愿望是做第一个扮演陈查理的华人演员，但未能如愿。尤里西斯是关家的叛逆，自小被父母抛弃，由白人养大，但对华裔所受的种族歧视和某些华裔甘愿做二等公民的心态切齿痛恨，十分鄙视父亲所追求的理想。尤里西斯、迪戈和本尼迪克特自小在一起长大，一起上过中文学校，在民权运动中模仿"黑豹党"组织过唐人街黑虎队，后来又一起组织过戏剧演出。成年后，三人分道扬镳。尤里西斯先后在铁路上做过职员和司闸，在西雅图干过新闻采访，为杂志撰写影评，最后以写作为业。写过剧本的本尼迪克特后来娶了大红大紫的华裔美国女作家潘多拉，被迫为名人老婆守持家庭，江郎才尽，在大学里教亚美研究课程混日子。从黑虎队司令的位子上逃出民权运动漩涡的迪戈在夏威夷岛上做过木匠，参加戏剧演出后也谋得一份亚美研究教职，他搞婚外恋把家庭搞得鸡飞狗跳，家庭、事业一事无成，只得靠弹西班牙吉他解闷。

小说标题中的甘加丁源自吉卜林的一首同名诗，该诗从殖民主义者的角度歌颂了英军的印度人水伕甘加丁背叛自己的祖国和同胞、舍身救英军的"光荣"事迹。赵健秀以这样的人物为题,暗示小说中以好莱坞明星朗曼·关和女作家潘多拉、托伊为代表的华裔没有族裔意识和觉悟,以叛卖自己的族裔为荣,华裔美国人的族裔自立道路还很漫长。与作者前期作品不同的是,《甘加丁之路》在否定与批判的基调上出现了建设性的肯定色彩。小说中的主人公尤里西斯是赵健秀的作品中第一个比较正面的华裔美国人形象,尽管他是个反英雄,他不同于赵健秀的戏剧和短篇小说中的否定一切并以茫然的失败收场的人物,他在成长过程中受中文学校的马先生的影响,从中国的历史文化和华裔在美国的历史经验中汲取营养,明辨真伪,找到了一个比较肯定的自我;他学会了扬弃:他一直对自己的父亲在好莱坞心甘情愿地扮演二流配角的"伟大"事业嗤之以鼻,但最终他还是继承了父亲遗留下来的一部由父亲主演的反映华裔美国人在二战中驾机鏖战蓝天之雄姿的电影胶片(这部电影未能在美国上映)。在用文学建构"华裔美国感性"的事业中,赵健秀从否定向肯定迈出了一大步。

赵健秀的另一部长篇小说《唐老亚》(*Donald Duk*, 1991)虽然出版在前,但其构思和创作却在《甘加丁之路》之后。① 在《唐老亚》中,赵健秀一改过去的尖刻火爆的文风,语调舒缓;他的态度也缓和了许多,对主流社会更加包容。在唐人街长大的唐老亚在一所私立学校上学,在这所学校中,白人孩子占多数,华人受歧视,同时,因为唐老亚的名字与卡通人物唐老鸭谐音,常遭小伙伴和同学的嘲弄,他因此怨恨父母给自己取了这样的名字,也不喜欢自己的华人血统。学校里的历史老师在课堂上大谈消极的中国文化使华人缺乏进取心,不适应极端个人主义的、民主的美国,因此在铺铁路竞赛中输给了爱尔兰人,这使得唐老亚更看不起自己的华人血统。春节将近,唐人街的节日气氛,特别是他的爸爸花了很长时间做出来的画着梁山英雄面具的108盏飞机灯使唐老亚连续几夜梦见了梁山泊的好汉,梦见了祖先修筑铁路的场景,最后梦见了华人筑路工在铺铁路比赛中打败了爱尔兰人,创下了一天铺10英里铁路的世界纪录。在梦境的驱使下,唐老亚钻进图书馆查找历史资料,发现自己的梦境与历史史实竟然完全吻合,于是他在课堂上勇敢地站了起来,指出了老师的错误,迫使老师认错,为华人挽回了尊严,也使唐老亚对自己的华人血统和中国文化充满了自豪感。在唐人街欢度春节的喧天锣鼓声中,唐老亚和爸爸在关押过华人移民的天使岛上点燃放飞了108盏飞机灯,祭奠中国历史文化中的英雄和修筑过铁路的华工先祖,以此庆祝唐老亚过了12岁、走过了人生的第

① Robert Murray Davis, "West Meets East: A Conversation with Frank Chin," *Amerasia Journal* 24.1 (1998), p.89.

一轮。

与《鸡笼中国佬》中未能摆脱自我身份困惑的泰姆相比，唐老亚在 12 岁时就已经找到了自我，找到了自己文化的根，并摆脱了久已困扰着华裔的种族自憎，肯定了自己的华裔身份并引以为豪。值得注意的是，赵健秀对白种美国人的态度也发生了变化：《龙年》中文家的白人女婿罗斯是持东方主义态度的白人代表，在弗雷德的眼里，他是来到家里猎奇的可恶的白人游客，他对华裔的理解是概念化的老一套，他甚至建议岳父在唐人街庆祝春节的新年献辞中模仿陈查理；唐老亚的白人同学阿诺德则是唐老亚的好朋友和帮手，他帮助唐老亚在图书馆中查证华工修筑铁路的英雄史实，在和唐老亚交往的过程中了解到了华裔美国人的真实历史和文化。唐老亚对中国文化和华裔美国人历史的拥抱以及对白人的接纳，表明赵健秀创作态度的转变。经过 20 多年的努力，赵健秀终于为"华裔美国感性"找到了实在的内容。

他的这种转变与其批评思想中的变化是一致的。从《唉咦！》中的对美国社会和中国文化的全盘否定到《大唉咦！》对中国传统文化的肯定，赵健秀经历了长期的思考过程。进入 90 年代的赵健秀开始超越自己早期的带有族裔本质主义倾向的思维方式，接受了宽容，肯定了从 80 年代起开始提倡多元文化的美国社会中种族融合的可能性。他的《刀枪不入的佛教徒及其他散文》便是他的思考过程的记录。在他的新思维中，"一个多元文化的美国并不意味着白人必须放弃基督教或憎恨自己，也不意味着疯狂的相互对抗，也不意味着种族和文化的排他性"①；美国文化不是一个固定的文化，而是"一个洋泾浜市场文化"。② 作为这个洋泾浜的一分子，华裔美国人必须以自己的所有融入其中，参与其创造，给予并能够吸收其中的养分。

赵健秀的 30 多年的创作历程可以说就是对"华裔美国感性"的探索和创造的过程。时代的发展和美国社会形势的变化影响并改变着他对这种从无到有的新感性的思考，与其早期的论点相对照，90 年代的赵健秀无论在其创作还是在其批评中观点都发生了变化，态度从偏激开始走向包容。然而，态度的缓和并不代表其创造"华裔美国感性"这个大目标的改变。他正以自己的创作探索并充实着这种新感性的内容，以自己的评论影响着华裔美国文学的发展方向，"无论是否受欢迎，他仍然在不断发展的亚裔文学领域里扮演着良知之声的角色"。③

---

① Frank Chin, *Bulletproof Buddhists and Other Essays* (Honolulu: University of Hawaii Press, 1998), pp. 417 - 418.

② Frank Chin, "Rashomon Road: On the Tao to San Diego," *MultiAmerica: Essays on Cultural Wars and Cultural Peace*, ed. Ishmael Reed (New York: Viking, 1997), p. 295.

③ Hellen Zia and Susan B. Gall, eds., *Notable Asian Americans* (New York: Gale Research Inc., 1995), p. 52.

## 第二节
## 汤亭亭及其小说创作

60年代以后的华裔作家,特别是那些经历过民权运动洗礼、族裔意识不断增强的作家非常关注华裔社区,努力寻找到自己的声音和身份,在这些作家当中,影响最大的是汤亭亭(Maxine Hong Kingston, 1940— ),她是华裔作家中第一个在美国文坛具有广泛影响的作家。她的处女作《女勇士》获得了非小说类美国全国图书评论奖,使她一举成名;四年后,她又出版了《女勇士》的姊妹篇《中国佬》,又获得了非小说类美国全国图书奖;1989年,她发表了以60年代的旧金山为背景的《孙行者》;2003年,她出版了《孙行者》的续篇《第五和平书》(*The Fifth Book of Peace*)。汤亭亭不是一个多产的作家,除了以上四部主要作品外,她还发表过散文集《夏威夷之夏》(*Hawaii One Summer*, 1978)、《成为诗人》(*To Be the Peet*, 2002)以及个人回忆录《我喜欢生活中有更广阔的空间》(*I Love a Broad Margin to My Life*, 2003)。

汤亭亭出生于华人移民家庭。在移民美国之前,她的父亲是个秀才,在村子里当过塾师,1924年到美国;她母亲曾在广东的一个卫生学校受过培训,后于1939年来到美国与其父团聚。他们在美国经营赌场,开洗衣店,辛勤谋生。1940年,汤亭亭出生在加利福尼亚州的斯托克顿,是家中长女。汤亭亭在学校的成绩出类拔萃。1958年,汤亭亭为本埠报纸写了一篇关于中国春节的文章,获得新闻奖学金,进了加利福尼亚伯克利分校,但后来改学英文,并于1962年获得了英文学士学位。

汤亭亭于1976年发表的《女勇士》(*The Woman Warrior: Memoirs of a Girlhood among Ghosts*)可谓华裔美国文学发展过程中的一座重要的里程碑,"有了[这]一本书,亚[华]裔作品进入了主流,既吸引了普通读者又吸引了学术界,在流行出版物、星期日副刊以及专业文学刊物中都引起了反响"。[①] 它的流行有几个比较重要的因素,一是70年代中美建交激起了美国读者对中国的兴趣,《女勇士》中的大量篇幅是关于中国的故事,正好能够满足这种好奇心;其二是当时借民权运动后女性主义的兴起,《女勇士》对妇女在中国文化中所

① E. D. Huntley, *Maxine Hong Kingston: A Critical Companion* (Westport, Connecticut: Greenwood Press, 2001), p. 75.

受到的种种压迫与歧视深揭猛批，同时又借花木兰的传说为华人女性塑造出了一个可资仿效的形象，暗合女性主义潮流并为女性主义的发展造势；其三，民权运动后少数族裔的族裔意识普遍增强，使美国社会不得不正视族裔问题，汤亭亭的族裔作家身份以及《女勇士》中的族裔内容也是这部作品能够引起反响的原因之一，她在作品中也提到了主流社会对华裔的歧视，但与其揭露中国文化压迫妇女的内容相比，《女勇士》中批判种族歧视的内容显得相当平缓，不至于使主流社会的读者感到难堪。

《女勇士》以第一人称从一个小女孩的视角叙述了作者在童年时听到妈妈讲过的很多故事，并在听到的故事的基础上添加了自己的想象。因为作品采用了第一人称视角并且有很多自传性因素，所以出版社将之归类为自传，但汤亭亭本人则认为它应该是小说，即便是归为传记，它也是在为想象中的人物作传。

此书第一章"无名女子"讲述了姑姑新婚不久，丈夫去了美国淘金，她留守在家里，但却怀上了别人的孩子。一天夜里，认为她的所作所为伤风败俗的村民们突然袭击了她的家，就在那天夜里，姑姑生了孩子，但抱着婴儿跳进了自己家里的水井。父亲全家都觉得这是一件丢人的事，所以父亲一直声称自己没有妹妹。而女孩的母亲也一再警告她不要重蹈姑姑的覆辙。但这件事使这个好奇的我做出有关姑姑的种种推测，想象出姑姑怀上别的男人的孩子的种种可能的原因。不管怎么说，她很同情姑姑的遭遇，所以决心"讲她的故事"。

在第二章"白虎山学道"里，我听了妈妈讲了女勇士花木兰的故事，在想象中我成了花木兰。我七岁时跟着一只鸟来到了山里，遇到了一对老头老太，他们教我武功。经过 15 年的苦练，我学成武艺。这时，正好父亲接到了被征兵的通知。我及时赶到家里，要替父从军。临行前，父亲在我的背上刻下了仇恨，要我报仇。我在征战期间遇到了自己的爱人，和他并肩战斗，还生了个儿子。我带的部队所向披靡，一直打到长城。在解甲归田侍奉公婆之前，我杀了当地的那个万恶的财主，报了家仇。通过这个故事，主人公看清了自己的道路，决心长大后要做个女勇士。

第三章"乡村巫医"叙述了母亲的故事。父亲离家赴美后，母亲孤零零地留在村子里，两个孩子先后夭折。性格刚强的母亲考上了广州德功助产士学校，学习刻苦，在学校出类拔萃，常常帮助同学。不仅如此，她还敢于一个人睡在闹鬼的房间里，赶走了鬼魂。毕业后，母亲买了个丫环，把她培养成自己的助手，回乡行医，治好了很多人的病，接生了很多婴儿。此间，母亲遭遇上了日本鬼子的侵略。1939 年底，母亲起程前往美国。来到美国后，母亲不能继续悬壶济世，只得帮助父亲开洗衣房，在这个仍然到处是"鬼"的新世界里艰难谋生。

在第四章“西宫门外”里,母亲英兰有个妹妹月兰,她的丈夫早年来美,是个医生。月兰的丈夫虽然定期给她寄钱,供她生活,但他在美国又娶了一个年轻漂亮的护士。英兰帮助分别了30年的妹妹月兰来到美国与她的丈夫团聚,但懦弱的月兰不敢去找自己的丈夫,在英兰的逼迫下,月兰见了丈夫,但却不敢提出任何要求。在这个陌生的环境里,月兰无人交流,患上了妄想症,老是认为有人要谋害她,病越来越重,最后终于疯了,家人无力照料,被送到了疯人院,她不久便死在了那儿。

以上章节写的是我童年时的所闻所见,掺杂着很多以我的见闻为基础的想象内容。通过童年的回忆和想象,汤亭亭勾勒出了一个相互矛盾的中国文化传统:这个传统既压迫着妇女,无名姑姑和月兰便是这种文化传统的牺牲品,它同时又造就了花木兰这样的女勇士,母亲英兰这个打“鬼”英雄便是与木兰一样的女勇士。通过回忆和讲故事,我理清了原本在自己的心目中模糊不清的祖先文化,并对其进行扬弃,以木兰为榜样,吸纳祖先传统中的积极因素,并通过“报道”对传统中压迫女性的成分进行“报复”,把中国文化对女性的歧视和迫害通过自己的书写使之大白于天下。

在这部被标为自传的作品里,只有最后一章“羌笛野曲”才真正是关于我的故事。这一章描述了我的童年经历,叙述自己如何从一个沉默寡言的人慢慢变成了一个善于言语的人。因为语言的影响,她在上幼儿园不得不讲英语时就沉默了,在小学之初的三年里沉默得最厉害,在任何时候都一声不吭,但在中文学校却能恢复声音。因为家规的原因以及华人中有许多秘密——如非法移民——不能明言,我在很多情况下又只能沉默,但沉默是痛苦的。有一天,我终于爆发了出来,将心里的话全倒了出来,告诉家人自己在学校里出类拔萃,白人老师都说我的智商高,我可以上大学,可以养活自己,可以自己找到朋友。全书以蔡琰的故事作结,意味深长地点出了找回了自己的声音的我的抱负:正如蔡琰在屈辱中能够唱出能与胡乐相和的《胡笳十八拍》,我也要在受文化压迫的旧传统和受种族歧视的新世界里唱出新声。《女勇士》的出版表明,汤亭亭确实发出了自己的声音而且受到了广泛的注意。

《女勇士》从女性主义的角度对中国的传统文化进行了批判,同时也从华裔的角度对存在于美国社会中的种族歧视进行了批评。如果说汤亭亭笔下的中国到处是压迫女性的鬼魂,那么美国社会也到处是用种族歧视的法案和法律强迫华人隐名埋姓的移民官鬼和警察鬼,而且美国社会还是一个能把人变成鬼的世界,不但普通移民被迫过着不敢以真名示人的鬼魂般的生活,像月兰的丈夫这样取得了成功的华人也被同化成六亲不认的黄皮肤白鬼子。《女勇士》的女性主义文本特色已经得到了广泛的研究,但它对种族主义的批评并未引起读者与批判界的足够注意,此中有主流社会不愿直面自己的短处之原因,但更主要的是汤亭亭对种族主义的批评较之对其族裔文化中的父权的批判要轻描淡写得多。在第二章里，汤亭亭在叙述完花木兰的故事之后，讲述了自己受到种族歧视的遭遇，一是白人店主把一种颜料称为"黄黑鬼色"，她表示抗议，另一件事是她做打字员时拒绝为持种族歧视态度的老板打请柬，这两件事的叙述只有几十个词，与前面的多姿多彩的木兰故事相比，显得过于苍白无力，也难怪会被读者和批判家忽略。

《女勇士》出版后赢得主流批评界的一片喝彩，喝彩声大多赞扬书中"具有异国情调"，到处是东方主义的陈词滥调，使汤亭亭不得不撰文反驳，声称自己的书不是关于中国的书，而是"一本美国书"，痛斥主流批评界"把你们的无知当作我们的费解"。① 在一片喝彩声中，也有些批评家——特别是亚裔社群内部的批评家——指责这部书曲解了中国的神话和文化、丑化华人男性形象以支持她的关于中国文化压迫、摧残妇女的论调，误导读者，迎合他们对中国文化的东方主义看法，强化他们对中国文化的偏见。这些批评家认为，《女勇士》宣扬亚洲妇女是东方文化的牺牲品，需要西方文化的拯救，用一种屈尊的态度处理亚洲人的形象。也许是为了改变华人在主流社会读者眼中的"永远是外国人"的概念化形象，也许是为了回应对其歪曲华裔男性形象的批评，汤亭亭在其第二部作品《中国佬》中开始从正面描写华人男性，凸显华人在美国历史上的贡献，把在美国创造了华裔历史的华人男性称为"金山勇士"。如果说《女勇士》是一本"女性的"书，是反对性别歧视的利剑，那么《中国佬》则是一本"男性的"书，是反对种族主义、弘扬族裔历史的快刀。

《中国佬》(*China Men*, 1980)是《女勇士》的姊妹篇。在这部书里作者探索了华人男性移民在美国的经历。小说里充满了历史细节，背景是加利福尼亚和夏威夷，讲述了男人对她生活的影响以及来到美国"金山"后她家里的男人们的生活。《中国佬》里面包括按照时间顺序所列的歧视中国移民的法律，颂扬了第一批移民美国的中国男人们的力量和成就，控诉了华人男子所遭受的剥削和歧视。它可以说是一部华人男性在美国排华政策迫害下的血泪史和奋斗史。

《中国佬》共18章，其中正章有六章，每个正章前有一到两个很短的辅章，作为楔子，引入正章的内容。正章的内容叙述了华人移民在美国的历史，辅章的内容则五花八门，有中国和外国的传说和故事，有美国的新闻报道，还有一章综述了美国历史上歧视华人和华裔的法律条文。

第一个正章"中国来的父亲"讲述了叙述者的父亲的历史。因为谋生不

---

① Maxine Hong Kingston, "Cultural Mis-readings by American Reviewers," *Asian and Western Writers in Dialogue: New Cultural Identities*, ed. Guy Amirthanayagam (Hong Kong: The MacMillan Press Ltd., 1982), p. 56.

易,父亲常常情绪不好,一言不发,他对自己的过去从来一字不提,家里没有任何照片上有中国背景。他这么做是不是为了让她们忘记中国的过去,使她们成为真正的美国人呢?父亲的沉默激起了女儿的好奇心,她要了解父亲的过去,因此她开始根据已知的一点线索推测父亲的过去历史。父亲可能出生于兔年,是四个儿子中最小的一个,聪明好学,14 岁时参加了中国历史上最后一次科举考试,中了秀才,在家乡做了塾师并娶了知书达理的母亲。在当塾师期间,父亲非常敬业,起早贪黑,备课批改作业,然而孩子们都很淘气。当时村子里去过旧金山的人在谈论美国,把美国说成了人间天堂,父亲经不住这番诱惑,购买了美国身份证明文件,同时揣着自己的文凭,踏上了去美国的道路。因为不知道父亲的真实过去,叙述者想象出父亲进入美国的三个不同版本的故事。在第一个版本里,父亲是合法进入美国的,他取道古巴,堂堂正正地来到了美国。在第二个版本里,父亲躲在密不透风的板条箱子里,冒着九死一生的危险,偷渡到了美国。在第三个版本里,父亲到了旧金山港口,被羁押在天使岛的移民站,滞留多日,经移民官仔细盘查后,合法来到了美国。

在第五个正章"生在美国的父亲"里,叙述者又回到父亲的历史上来,这一次,她认为父亲是在美国出生的。这一章的主要内容是父亲在美国经营赌场,开洗衣店,不但受白人的歧视和恐吓,还受自己的华人同胞欺骗,为了养活一家人辛勤劳作。

第二个正章记述了在夏威夷垦荒的曾祖。曾祖伯公应夏威夷皇家农业协会之邀,来到夏威夷垦荒。来到檀香山后,华工们刀耕火种,把荒地开垦成甘蔗园,接着他们种甘蔗,榨蔗糖,成为夏威夷蔗糖业中的先驱。与妻儿老小隔着半个地球的华工在艰苦劳作中思乡心切,但白人监工不准他们说话,担心说话误工,也害怕他们在说话时串通起来反抗。伯公心生一计,在劳动时假装咳嗽,每咳一声说出一个字,借助不停地咳嗽便说出了心里话。最后不堪忍受的华工们在田里掘出一个大洞,大家一起趴在地上朝洞里把积压在心里的话全喊了出来,使白人监工害怕了,再也不敢在劳动时干涉他们说话了。

第三个正章记述了在内华达山中修铁路的祖父。美国修建横跨大陆的铁路需要大批苦力,于是从中国雇用大量劳工,祖父便是这支建设大军中的一员。他们的工作条件十分残酷,冬天有很多人被冻伤,有人被冻死,他们在工作中常常需要冒着生命危险,常有人掉下沟壑丧命。他们工作时间比白人劳工长,但工资却比白人劳工低。忍无可忍的华工们组织了罢工,取得了胜利,赢得与白人劳工同等的每天工作八小时的待遇,并获得每月四美元的加薪。铁路终于建成,阿公为此而兴奋,因为就凭这一点,他就应该是美国公民。但当白鬼们拍照时,照片上却没有华工的影子,因为驱赶他们的时刻到了,他们得逃命。

叙述者还记述了她家其他男性的故事，包括其祖辈、叔伯辈以及同辈的兄弟在美国的经历。叙述者的家史浓缩了华人和华裔在美国建设、奋斗和扎根的历史。用作者自己的话来说，“我所做的是声明[我们]拥有美国”。①《中国佬》中的历史叙事表明，美国确实也应该属于华人/华裔，他们参与了美国的建设和美国历史的创造，从早期的开垦土地和修铁路到近期的越战，美国历史上从来不乏他们的参与，但白人社会总是有意忽视华人/华裔在美国历史上的存在，企图把华裔从美国的正史上消其音、隐其形，曾祖在甘蔗园里被禁止说话以及祖父被排除在铁路竣工留念的照片之外便是这种企图的实例。汤亭亭的《中国佬》书写了华人在美国的奋斗史，为华人男性在美国历史上正名，有力地驳斥了华人是“永远的外国人”的东方主义概念化形象的荒谬。

如果说《女勇士》在有意无意中淡化了对种族主义的批判，给主流社会的读者和批评家以发挥自己的东方主义想象提供了可能性和契机，那么《中国佬》则弥补了前者的缺憾，对种族主义进行了旗帜鲜明的揭露。长期以来，主流社会对华人男性形成的概念化印象是：他们是美国社会中的过客，永远是外国人；不是开餐馆就是开洗衣店或为白人帮佣，做的是女儿活，没有男子汉气概；惯于逆来顺受；他们沉默寡言，神秘莫测。《中国佬》表明，华人男性是参与美国历史的创造者，他们开荒筑路，在逆境中敢于斗争，与白人一样，是开拓美国边疆的“金山勇士”。

《中国佬》中的辅助章节对于理解华人在美国的苦难史以及作者的写作目的有着极大帮助，其中的故事是暗示华人历史的寓言，其中更有一章为美国歧视华人的法律编写了一段简明的编年史，痛陈种族歧视的种种劣迹。对照这段历史，我们可以发现，有关华人的种种概念化形象并非华人的民族特性，并非中国传统文化对华人影响的结果。如华人的沉默完全是在环境恶劣的种族社会中的一种自我保护策略，没有那条条排华法律，华人就可以名正言顺地进入美国，用不着以压抑的沉默寡言隐瞒自己的身份。在《女勇士》中爸爸的沉默很容易造成强化概念化形象的印象，但同样是爸爸的沉默，在《中国佬》中的这一章排华历史的衬托下则表明，华人在美国社会中的概念化形象是美国的种族歧视压迫的结果，把这些形象归为华人本性是白人社会对历史的无知和一厢情愿的臆想。

《中国佬》虽然是一部为华人男性张目的书，但作者在向种族主义开火的同时没有忘记自己的女性主义主张。该书开篇第一章“关于发现”是《镜花缘》中一则故事的改编：唐敖为了寻找金山，漂洋过海，来到了女儿国，被女兵捉

① Paul Skenazy and Tera Martin, eds., *Conversations with Maxine Hong Kingston* (Jackson: University Press of Mississippi, 1998), p. 14.

住,她们为他扎了耳眼、裹了小脚,为他涂脂抹粉,描眉毛,上口红,让他伺候客人,这个女儿国据说就在北美。这个故事点明了华人在新世界里所受阉割的遭遇,同时,借用她在《女勇士》中批判过的种种迫害女性的行为,并把这些行为加在华人男性的身上,意在使他们看到歧视女性的不公,希望借此能够取得华裔男性对自己的女性主义事业的理解和支持。在《镜花缘》中被捉住的本来是商人林之洋,但汤亭亭把这个角色换成了更能代表中国传统文化的知识分子唐敖,使这个故事在中国传统文化的语境中更有普遍意义。

汤亭亭的《孙行者》(*Tripmaster Monkey: His Fake Book*, 1989)是其出版时被标为小说的第一部作品,前两部作品虽然有大量虚构的成分,但都是作为非小说出版,获得的奖项也是非小说类,《中国佬》在图书馆中甚至被归类为加州历史。《孙行者》毫无争议是一部小说,较之前两部作品,《孙行者》无论是在语言的应用上还是在结构的处理上都显得复杂得多,在写作艺术上更加成熟。

该小说的故事背景是20世纪60年代的旧金山,这里有世界上最大的唐人街,又是60年代的反文化运动的堡垒,是嬉皮士的天堂。主人公惠特曼·阿新是个土生土长的华裔青年,是个嬉皮士,毕业于旧金山海湾对岸的加州大学伯克利分校,他的最大的抱负是创造出华裔美国的戏剧。加州大学伯克利分校是汤亭亭的母校,在当时的民权运动及反越战运动中以激进著称。阿新的形象一般被认为是以另一个华裔作家赵健秀为原型——尽管作者本人否认这一点,赵健秀在70年代初以其戏剧创作在华裔文学中独树一帜,他是汤亭亭在伯克利读书时的同学,也是对汤亭亭的创作实践批评得最严厉的一个批评家。

《孙行者》全书的时间跨度只有两个月,小说的情节突出了这短短的八个星期中惠特曼·阿新的纷繁复杂的生活:故事一开始他在考虑自杀但随即打消了这个念头;他爱上了老同学、华裔姑娘南希,但却一时兴起,和在晚会上结识的白人姑娘唐娜结了婚;他丢了售货员工作,在旧金山城里流浪;他带着唐娜回家看爸爸,同时看望了妈妈和几个姨妈,然后驱车去赌城雷诺找离家出走的婆婆;他参加了一个马拉松晚会,然后看电影,写诗,在公共汽车上高声朗读里尔克的诗歌;他创造了一个宏大的史诗剧,把他所知道的所有故事都融入剧中,为他所认识的每一个人都创造了一个角色;在小说结尾,惠特曼·阿新亲自导演并参加演出了自己的剧本,全篇以他的独角戏告终,他在这段长篇独白中大谈生活、战争与和平、种族主义、文化遗产的传承以及美国身份等等。

这部小说的时间跨度虽短,但情节安排相当复杂,贯串全篇的是惠特曼·阿新的生活以及其创造华美戏剧的雄心壮志的实现过程,这是很明确的。这部小说是汤亭亭作品中最具美国性的书,它毫无疑问是美国小说,惠特曼·阿新无疑是典型的美国人，但它更是一部族裔意识极强的华裔美国小说，充斥其间的是对华裔在美国社会中的身份和地位的关怀。借惠特曼·阿新之口，汤亭亭用更加直白的语言讨论了美国社会中华人所受到的歧视；借助惠特曼·阿新的戏剧创作，汤亭亭探讨了建构新的华裔身份的可能性；惠特曼·阿新戏剧创造的成功表明了汤亭亭对华裔新身份的信心。这种新身份不是一个种族对另一个种族进行征服和同化的结果，而是像惠特曼·阿新创造出来的那部大戏那样，是文化交融的产物。

《孙行者》的副标题"His Fake Book" 在汉译本中被翻译为"他的伪书"，可能是汤亭亭对赵健秀把她成为"伪华裔作家"的戏仿，但这个词组在英语中还有一个意思（可惜这两层双关语义无法在汉语中同时翻译出来），即爵士乐手在演奏时以之为基础的用来即兴发挥的歌本。汤亭亭的这部小说正是这样的一本书，她在小说中大量借用中西文化和文学中的典故，涉及奥地利诗人里尔克、英国的莎士比亚、美国的惠特曼和垮掉派诗人、中国的《西游记》和《三国演义》以及美国流行文化中的诸多事件和人物，五花八门，在此基础上，她创造出了惠特曼·阿新这个新人，他是华裔，是美国人，他就像孙行者一样善变。通过这个副标题，汤亭亭也希望让读者以此书为基础，认识华裔的不断变化的新身份，这种新身份不是东方主义中的概念化形象，也不局限于华裔自己的文化传统，甚至不是意在探索这种新身份的《孙行者》所能完全涵盖的；它在东西方文化的接触和交流中不断变化，需要包括作者在内的华裔去不断创造，也需要读者的积极参与。

汤亭亭不喜欢别人给自己贴上女权主义或者民族主义者的标签，她说："我并不认为我是个女权主义者或者民族主义者作家，但我所写作的时代女权主义和民族研究都比较时兴，所以人们在我作品中就发现这些东西来了。"①但她的作品对性别和族性的关怀是相当重要的关键内容，这一点是不容否认的。在《孙行者》中，她对华裔族群的关心是这部小说一以贯之的主题，但其女性主义思想也贯串始终。小说中的主人公虽是个自称是孙行者转世的男性，但故事的叙事者却是以女性形象出现的观音菩萨，在叙事中时时刻刻控制着这个转世猴王，给他出难题，并在最后把这个桀骜不驯的猴子转变成了一个和平主义者。正是在观音的控制下，惠特曼·阿新在他的戏剧中创造出了一个不分种族、性别、年龄的大同世界。小说的最后一句"亲爱的美国猴王，别害怕，来，让我们拧着你的一只耳朵，亲吻你的另一只耳朵"，微妙地表现出了性别之间的制衡。

① Esther Mikyung Ghymn, *The Shapes and Styles of Asian American Prose Fiction* (New York: Peter Lang Publishing, Inc., 1992), p. 93.

汤亭亭是华裔美国文学中的一位举足轻重的作家,她的作品在主流社会读者中受欢迎的程度也许逊色于后起之秀谭恩美,但她所受到的学术界的关注在华裔美国作家中至今无人匹敌。美国现代语文协会为她的《女勇士》出版了教学方法论文集,[①]使她在英语文学中成为一位重量级作家。在仍然在世的美国作家中,汤亭亭是在大学课堂中被研读的较多的一位,[②]她的作品已经进入了美国文学的经典。华裔美国文学能够达到今天的繁荣局面与汤亭亭所取得的文学成就是密不可分的。

## 第三节

## 谭恩美及其小说创作

继汤亭亭之后,谭恩美是在美国文坛引起巨大反响的又一位华裔作家。她以《喜福会》一举成名,随后又发表了《灶神娘娘》、《通灵女孩》、《接骨师之女》,近年来她还发表了《沉没之鱼》(*Saving Fish from Drowning*, 2005)和《迷情谷》(*The Valley of Amazement*, 2013)等小说,每一部作品都是畅销书,《喜福会》还被改编成为电影,使谭恩美在美国几乎成为家喻户晓的华裔作家。连汤亭亭也承认,自己在学术界更有影响,但谭恩美在普通读者中更受欢迎。[③] 谭恩美的小说糅合了传记、历史、神话、民间故事和回忆录等形式,她所探索的主题包括种族、性别和身份之间的关系,涉及了文化错位和两种文化的冲突。当然,她的小说也探索了人类普遍关心的问题,如自我身份的建构、寻根、两代人之间的冲突与纽带等。

谭恩美(Amy Tan, 1952— )出生于加利福尼亚州的奥克兰,父母都是中国移民。她的父亲谭约翰是个电器工程师和浸会牧师,1947 年离开中国移民到美国。她母亲戴西来自上海,于 1944 年离开虐待她的前夫并丢下了与前夫所生的孩子,来到美国。她和谭约翰结婚后又生了谭恩美和两个儿子。后来谭家发生了接连不断的悲剧,谭恩美的父亲和大弟弟在一年内相继死于脑瘤,于是谭恩美的母亲将剩下的孩子带到瑞士,在那儿谭恩美完成了高中学

---

① Shirley Geok-lin Lim, ed. *Approaches to Teaching Kingston's* The Woman Warrior (New York: The Modern Language Association of America, 1991).

② Marylin Chin, "A MELUS Interview: Maxine Hong Kingston," *MELUS* 16 (1990).

③ 莫娜·珀尔斯:《与著名华裔美国作家汤亭亭一席谈》,载汤亭亭:《中国佬》,肖锁章译,南京:译林出版社,2000 年,第 332 页。

业。谭恩美高中毕业后回到美国，先是就读于林菲尔德学院，打算根据母亲的愿望，学习神经外科，但不久发现自己对英语更感兴趣，于是转到圣何塞州立大学，于 1973 年获得了英语和语言学双学士，并于 1974 年获得语言学硕士学位。谭恩美曾利用自己的语言学专长为有语言障碍的智残人服务，后来与人合伙办了一个商业写作公司，专门为商务人士写作商业文书，但商务写作使她感到疲惫，于是她开始了小说创作。

1989 年，谭恩美的第一部长篇小说《喜福会》(*The Joy Luck Club*)出版，在纽约《时代周刊》畅销书排行榜上立于榜首达八个月之久，使谭恩美一举成名。这本书已经被译成了 17 种文字，包括中文。《匹兹堡新闻》报道说："谭恩美的小说把汤亭亭的家庭叙述和黄哲伦的剧本融为一体，以一种崭新的亚裔美国跨文化的形式出现。《喜福会》精心叙述了那些既将我们分开又将我们连在一起的大洋、地理、文化以及两代人之间关系的故事。不同背景、不同时代的读者都能从中获得乐趣。"《奥兰多哨兵》评价说："谭恩美编织了一张精致的挂毯，里面容纳了四个移民的详细生活阅历，包括她们对美国文化的困惑，以及挣扎着将她们中国文化的遗产灌输给她们的女儿。这是一本非凡的小说，每一个妇女通过回忆讲述自己的故事，她们的女儿回忆起在两种文化冲撞下成长过程中所遇到的问题，小说充满了智慧、幽默、爱和悲伤。"

《喜福会》的故事围绕四对母女的关系展开。吴夙愿在抗日战争中寻夫逃难来到桂林时，与另外三个妇女凑在一起打麻将消磨时光，称之为"喜福会"。移民美国后，她与华人妇女钟林冬、苏安梅和顾映莹重组喜福会，四个家庭被安排在一张麻将桌子上。小说的开头，"喜福会"的创始人吴夙愿刚刚过世不久，由于麻将桌上三缺一，其他三家就劝说吴家的女儿精妹代替她的母亲。然后，母亲们和女儿们就像打麻将一样轮流讲述自己的故事，女儿们叙述了处于两种文化和与母亲冲撞下的感受，而母亲们则讲述了自己在中国的辛酸遭遇，对美国文化的不适以及和女儿的冲突。由于吴夙愿已经去世，她的故事由女儿吴精妹讲述。吴精妹被安排在麻将桌的东方，以她的故事开始也以她的故事结束，被置于突出位置。作者似乎使东方象征着中国，由此象征着中国的传统和文化。

吴夙愿来美国之前曾经嫁给一位国民党军官，和他生有一对双胞胎女儿。抗日战争爆发后，她带着孩子逃难到广西，在此期间，她与另外三位妇女组成了"喜福会"，以打麻将消磨时光。后来，她在逃往重庆的路上由于困难无法克服，只好将女儿丢弃，但把钱财、照片和地址留在孩子的衬衣里。然而她到了重庆却得知丈夫已经阵亡。绝望中的她被美国传教士送进了医院，在医院里她结识了病友吴昌宁，两人一起去了香港，又辗转来到美国旧金山定居下来，生了女儿吴精妹。虽然她想方设法寻找失散多年的双胞胎女儿，但终究没有完成夙愿。不过她去世后，她在上海的老同学终于帮助找到了失散的那对姐妹。她的三个牌友于是敦促吴精妹回中国去探望同母异父的姐姐。

叙述者在讲述故事的过程中，向读者披露了母女之间的冲突。母亲们深受中国传统文化的熏陶和影响，她们强调家族观念和整体观念。作为移民，她们要在生活中做出重大改变；她们不得不揭开自己过去的痛苦重新评价自己的抱负。虽然从外表看来，她们已经站稳脚跟，安居乐业，但她们始终没有完全融入美国的文化。她们从来就讲不出流利的英语，也从来没有放弃过去的传统和仪式，从来没有忘记过在中国的日子。她们对女儿们的爱表现在对女儿们前途的规划和对她们行为的干涉上。在母亲们看来，她们有责任和义务把女儿培养成出类拔萃的人物，在美国激烈的竞争中不被淘汰，因为她们要让女儿将"美国的环境"和"中国人的性格"完美地结合起来。

然而，在美国出生和长大的女儿们却深受美国的道德观念和行为准则的影响，强调自己的独立精神和独立人格，不愿受到别人的干预和束缚。她们的叙述表现了跨越不同文化时所面临的困惑、两代人之间的冲突以及对自我身份的迷惘等。由于害怕和憎恨母亲对自己行为的干涉和否定，女儿们把母亲看成是旧世界的化石；在母亲们讲述自己在旧中国的故事时，女儿们不掩饰自己的厌恶。当母亲们想让中国的传统文化在女儿身上扎根流传时，女儿们则极力反抗。在两种文化的冲撞下，两代人难于互相沟通和理解，因此常常阴云密布、硝烟不散，或者两代人之间沉默无语数日甚至数月。

但小说并没有无限地展现这种母女间的冲突，而是让女儿在成长过程中渐渐懂得母亲对自己的爱，渐渐懂得自己和母亲冲撞的深层次文化原因。因此，在小说的结尾处，母女间的和解已经自然形成。吴精妹愿意代替母亲回到中国寻找自己的姐姐最能说明两代人之间的理解。在《喜福会》中，作者除了展现母女冲突主题外，还探讨了诸如自我发现、寻找身份、寻找美国梦、跨文化和种族的交流、家庭关系的解体等主题。《旧金山编年史》评价《喜福会》时指出："我们到底应该怎样定义美国人、女人、母亲、女儿、情人、妻子、姐妹和朋友——所有这些令人烦恼但又无法排除的联系都被谭恩美糅合在这 16 个互相紧密关联不可分割的故事中。"

谭恩美的第二部小说《灶神娘娘》(*The Kitchen God's Wife*, 1991)实际上是谭恩美母亲的故事。作者在好多场合承认过，小说的大体轮廓和许多具体的细节都和她母亲的生活相吻合。在结构上，《灶神娘娘》和《喜福会》一样，以母女冲突为主线展开叙事。有所不同的是，如果说《喜福会》中的叙述在母亲的中国故事和女儿的美国故事之间还有某种平衡的话，那么《灶神娘娘》的重点则是一个出生在战乱时期的中国大户人家的女儿的故事，讲述她如何经历了令她羞辱的婚姻、三个孩子的夭折以及第二次世界大战后移民美国，并在这个新国家、新文化环境里建立了舒适稳定的家庭生活的故事。

小说开篇叙述了珍珠这个第二代华裔美国人如何在接受美国身份的同时极力排斥中国文化的。由于母女之间的隔阂，珍珠在患上了多发性硬化症后一直向她母亲隐瞒了多年。她对自己的病保持沉默并不是因为她害怕母亲听后会震惊，而是因为母亲的专横态度和迷信思想在情感上和文化上造成了母女之间的沟壑，而她希望自己的生活不要受到母亲的干涉。小说的第一部分由珍珠叙说，奠定了整个小说的情节框架。珍珠详细讲述了她对母亲行为的反感，因为轻易地让母亲影响了自己而感到灰心丧气，最后讲述了她突然对已死去 25 年的父亲的悲痛。除了介绍自己和母亲，珍珠还介绍了海伦婶婶。由于海伦决定讲出长期隐瞒的事实，这使得威妮下定决心对女儿交代自己惨痛的过去，于是珍珠对母亲也就有了新的发现。

小说的第二部分是全书的主体，内容占全部小说的五分之四，是妈妈威妮讲述的她在旧中国及移民美国后的经历。海伦最近收到了中国朋友寄来的一封信，信里说威妮的第一个丈夫文富已经死了。这封信勾起了威妮对尘封了四十多年的不愉快往事的回忆。她给珍珠打电话让她立即回家一趟，向女儿一个伤心事接着一个伤心事地细数着江薇丽(威妮)所经历的往事。江薇丽是上海一个大工厂主的女儿，幼年被父亲安排在一个岛上的叔叔家去生活了多年。到了她该出嫁的年龄，有个富商的儿子文富看上了她的堂妹，让父母来求婚，结果他的父母却选择了江薇丽。嫁给文富不久，抗战爆发，文富冒用哥哥的文凭当上了国民党的飞行员。江薇丽跟随着初婚的丈夫辗转来到杭州、南京、昆明等地。江薇丽没有想到，文富是个无赖、骗子、虐待狂，几乎每天晚上都要折磨她，使她痛不欲生。文富的上司及其妻子胡兰(海伦)很同情她，但也无能为力。有一次，文富由于违规驾驶吉普车受了伤，失去了一只眼睛，不能当飞行员了。他的脾气更加暴躁，对江薇丽的折磨变本加厉，在外面养有情人，在家里强奸女佣，还公然把情人带到家里和江薇丽同居一室。在一次军人举行的舞会上，江薇丽认识了日后成为她第二任丈夫的路易。他当时是美国军人，美籍华裔，被江薇丽所倾倒，给她取了英文名字威妮。抗战胜利后，江薇丽和文富回到上海。一个偶然的机会，她和路易再次相逢。路易向她袒露了爱慕之情。想到自己不幸的婚姻，江薇丽带着儿子偷偷地和路易住到了一起。不幸的是，她儿子被送到东北海伦那儿不久就得病死去，因此她被控进了监狱。一年多后，她出狱来到了美国，和路易团聚。在离开中国之前，文富强奸了她，使她怀上了珍珠。而路易一直被蒙在鼓里。

威妮的故事中间有时插入珍珠的童年往事，插入海伦的谈话以及对过去的哲学思考。威妮还时不时地打住自己的故事谈论些家务事——如要到厨房里煮茶或她不再喜欢吃芹菜等琐事，让人感觉到威妮正和女儿坐在一起慢慢品茶或者在威妮家里从一个房间走到另一个房间。将美国的家中场景和在中国发生的可怕的事件并置在一起强调了威妮的愉快心情,突出了她在身体上、心理上和情感上所经历的重要历程。

珍珠在小说结束之前又叙述了一次。对珍珠来说,文富是她的父亲这个事实使她感到震惊和不快,但她很快就克服了自己的情感,并认识到威妮在讲这个故事时,重新经历了一次从珍珠出生就埋藏在心底的痛楚。对威妮的钦佩使珍珠鼓足勇气,把自己的疾病告诉了母亲。珍珠的表白立即使威妮的目前生活有了目标,卸掉了身上可怕的过去的包袱,也使威妮能将全部的母爱倾注到寻找办法为女儿减轻痛苦上去。在尾声里,威妮和海伦来到一个唐人街专售中国神祇座像的商店,为女儿选了一尊女神像。在小说结尾,威妮自豪地递给珍珠一尊新女神——灶神娘娘,并将之重新命名为"莫愁女",推之为保护所有遭受痛苦和孤独的女人的保护神。

正如在《喜福会》里一样,谭恩美在这部小说里所强调的还是母女间的隔阂并由此反映文化间的冲突。谭恩美在被问及与母亲的冲突时说:"我认为冲突既是文化意义上的又是两代人之间的。"①在向珍珠讲述故事时,威妮不断地将东方和西方并置在一起,强调两者间的差异。她认为珍珠肯定能理解中国的春节庆祝活动和美国的节日不同,但受到西方教育、在美国长大的珍珠并不能像她母亲那样知晓中西两方面的情况,所以常常抱怨。珍珠还因为母亲要求她参加家庭里的传统活动而感到非常恼怒。事实上,珍珠直到母亲向她讲述了自己的故事后才终于理解了她和她所代表的文化。她在与自己善良的丈夫结婚后改变了自己,学会了宽容自己,使她能够宽容母亲。

在前两部小说里探索了母女关系和中西文化冲突之后,谭恩美又在1995年出版了第三部小说《通灵女孩》(*The Hundred Secret Senses*)。这部小说的核心仍然是女性之间的关系,与前两部小说不同的是,这本书讲的是姐妹之间的关系。故事横跨中美两个国家,时间穿越两个世纪。故事中的主要人物是出生在加利福尼亚的奥莉维亚和比她大12岁、刚刚从中国移民到美国的同父异母姐姐李宽。李宽成年后才移民美国,没有真正地融进美国的文化,她讲不好流利的英语,但对奥莉维亚却忠心耿耿,还笨拙地想调动奥莉维亚分享她自己的所有秘密。这一切都使孩提时的奥莉维亚非常苦恼。最让奥莉维亚胆战心惊的是,李宽坚定不移地相信自己有一双能看见阴间事物的眼睛。她可以和已经去世的住在"冥界"的人经常谈话。虽然为姐姐的怪异行为所困扰,奥莉维亚在成长过程中还是将信将疑地听过了李宽讲述的无数个有关冥

① "Interview," *Sun Valley* 28 June 1996 〈http://www. achievement. org /autodoc /page /tanOint-1〉.

界的和她在19世纪中国的故事。奥莉维亚不相信姐姐所讲的故事，但在孩提时她至少有一次看见过一个阴间来的人。她也不后悔自己曾经通过李宽获得了阴间人的帮助，争取到了和西蒙结婚。成人后，奥莉维亚企图远离李宽和她的故事，但李宽的故事却挥之不去。当奥莉维亚和丈夫西蒙的婚姻在17年后处于崩溃的当头，李宽坚持说她和她阴间的朋友都相信他们夫妇俩应该把离婚的念头放在脑后，努力缓和关系。最后，李宽说服他们俩随自己去中国访问她童年时生活过的小村子。到那里后，奥莉维亚觉得自己简直就置身于一个异域境地，那儿的一切既奇异陌生又熟悉亲切。在这样令人迷惑的环境里，他们夫妇就他们之间的问题和矛盾展开了开诚布公的交流。在这些故事中间，李宽不时地讲述她的前生、一个叫奴奴姆的女孩子的故事。说那是19世纪，她当时在英国传教士家当女仆，和她的主人贝讷小姐很要好。贝讷小姐和一个半是中国血统半是美国血统的翻译间的爱情导致了她自己和忠诚的奴奴姆的死。李宽渴望将过去和现在和解，渴望把自己的生活连接起来，叙说难以言表的苦衷。在小说结尾里，李宽在奥莉维亚和西蒙的女儿出生之前神秘消失，这个女儿是李宽送给他们的最好的礼物，也是李宽在他们历史上的纪念。我们在这部书里又一次发现了谭恩美小说的特点：多层次叙述、家庭秘密、文化冲突、代际冲突、中国历史，还有引人入胜的故事。

2001年，谭恩美的新作《接骨师之女》(*The Bonesetter's Daughter*)再次登上畅销书排行榜。《接骨师之女》共分三个部分。第一部分的故事发生在现在的旧金山。华裔妇女鲁思是一位代人捉刀的商业作家，她与阿特同居10年，生活中有很多磕碰，她与自己的母亲露玲的关系也不好，因为母女俩都不知道如何向对方表达自己。现在，露玲患了老年痴呆症，生活不能自理。在帮助母亲打扫房间时，鲁思发现了一大卷纸，上面全是汉字，估计肯定和母亲的过去有关。第二部分是露玲的故事。20世纪初，露玲出生于北京南郊仙心村的一个制墨世家，那是发现北京猿人的地方，自小由乳母宝姨(即标题中的接骨师之女)带大。年轻漂亮的宝姨在父亲和未婚夫死后企图喝滚烫的墨水自杀，结果却只是毁了容颜并烫坏了嗓子。宝姨做了露玲的乳母后，教小露玲如何做人，还给她讲过很多诸如因果报应之类的稀奇古怪的事情。露玲长大后被许配给宝姨仇人的儿子，结果宝姨在向露玲透露了一个残酷的隐秘后跳崖自杀了。露玲经历了抗日战争，历经磨难来到了美国。第三部分又回到了20世纪末的美国旧金山。鲁思请人把露玲用汉语写的日记翻译成了英语，一口气读完了所有日记，终于了解了母亲的过去，理解了母亲，对自己的生活也有了新的理解。这部小说虽然讲的是新故事，但情节和主题基本上还是重复她的《喜福会》和《灶神娘娘》中的老一套：母女冲突；生活在过去中国的母亲的故事与生活在当代美国的女儿的生活形成对比；美国女儿嫁了白人，婚姻中出现了问题;通过了解母亲过去的痛苦经历,母女冲突消除了,女儿开始理解母亲并在自己的生活中重新振作起来。

谭恩美的小说有着十分明显的共同特点,其小说叙事的核心要素都是女性(母女/姐妹)之间的关系。在这种关系中,年长的女性(母亲/姐姐)代表着中国文化,年轻的女性(女儿/妹妹)则是典型的美国人,代表着美国文化。谭恩美通过对母女/姐妹之间冲突的描写,反映不同文化间的冲突。在她的小说中,年长的华人移民女性讲述自己早年的悲惨经历或秘密(神秘)的往事,得到年轻的华裔美国女性的理解,化解了她们之间的冲突和隔阂,象征着文化的融合,因此,有评论者说:"谭恩美的小说以消除冲突与和解结局。斗争、战斗结束了;当尘烟消尽时,以前被认为是令人憎恶的束缚现在变成了值得珍惜的联结。"①不过,值得注意的是,如果说谭恩美的小说表现了中美文化的交融,这种交融的结果中并没有多少中国文化的成分,它的前提是对中国传统文化的否定。小说中的母亲和姐姐所经历的、代表着中国和中国文化的往事毫无例外地标志着残酷、落后和愚昧,恰与女儿和妹妹所生活的自由化、现代化的美国形成鲜明的对比;在这种对比中,过去的中国是无边苦海,现在的美国则是人间天堂。女儿和妹妹通过母亲和姐姐所叙述的往事取得了对她们的理解,这些故事起了一种精神宣泄和净化作用,在否定故事所代表的中国历史和中国文化之后,生活在美国的华人/华裔女性的精神得到了升华。

## 第四节
## 黄哲伦的戏剧创作

华裔文学除了小说和传记外,还有戏剧。在华裔美国戏剧中,最早发出声音的是赵健秀,但他在70年代初创作了两个剧本之后便退出了剧坛。在当代华裔美国剧作家中,最有影响的当数黄哲伦。他在自第一部剧本《新移民》的"剧作家手记"中点明自己的创作受到了汤亭亭笔下的花木兰和赵健秀笔下的关公的影响,表明华裔美国文学当时已经出现了一个可见的传统。《新移民》于1980年搬上了纽约舞台,获得当年的外百老汇最佳新剧作奖(Obie),使他一举成名。80年代后,黄哲伦在美国戏剧界声名鹊起,先后创作了《舞蹈和铁

① Stephen Souris, "'Only Two Kinds of Daughters': Inter-Monologue Dialogicity in *the Joy Luck Club*," *MELUS* 19.2 (1994).

路》《家庭祈祷》《睡美人之家》《一个声音》《阔亲戚》《蝴蝶君》《屋顶上的1000架飞机》，进入90年代，他又创作了《枷锁》《面值》和《金童》等。这些剧本探索了各种各样的主题，其中身份问题是其关注的核心。黄哲伦以独特的戏剧形式拓展了华裔文学的表现范围。

黄哲伦(David Henry Hwang，1957—　)出生在洛杉矶，父母都是40年代末来美的新移民，父亲是银行家，母亲是钢琴教师，家境富裕。这是一个相当西化的家庭，他的父母鼓励自己的孩子"成为美国人"，所以黄哲伦说小时候自己对华裔身份并不以为然，认为"只是一个微不足道的细节，好比碰巧长了红头发"。十岁时，黄哲伦陪伴生病的外婆，听到外婆讲了很多故事——包括中国的神话及其家族的历史，这些故事给黄哲伦留下了深刻的印象，唤醒了他对自己祖先及其祖先文化的兴趣，他12岁时把他听来的这些故事写成书，并复印了几份在亲戚中传阅。1975年，黄哲伦进了斯坦福大学，本想读法律学位，但不久却发现自己对音乐和写作更感兴趣，对戏剧这种表现形式尤为入迷，于是他开始研究戏剧创作，并在读大学期间创作了他的第一部剧本《新移民》。

黄哲伦在1989年为其剧作选集写的导言中追述了自己的创作生涯，将第一个时期称为"同化阶段"。① 他的《新移民》(*FOB*，1979)表现了华人同化过程遇到的问题和困境。故事发生在加州一家中国餐馆里，史蒂夫是刚刚抵达美国的新移民，在大学舞会上结识了早来美国几年的女孩格雷丝，他来到格雷丝家的餐馆里，想约她晚上出去。格雷丝的表兄戴尔是第二代华裔，应约前来与她一起出去吃晚饭，于是史蒂夫和戴尔之间发生了冲突。该剧通过这场冲突，表现了华裔和华人移民在美国社会中的身份困境。史蒂夫发现自己不但不见容于白人社会，还受华裔同胞的歧视和排挤，他痛苦地宣称："这块土地[美国]是我的！他没有权利这样对待我！"为了与白人社会完全同化，在美国土生土长的戴尔在该剧的序幕和尾声中一再把史蒂夫这样的人定义为"笨拙、丑陋、油腻、大嗓门、笨脑瓜、四只眼、大脚板的新移民"。然而，他投射到新移民身上的这些可恶的缺点正是主流社会对华人和华裔的概念化看法，他想借此定义使美国化的自我与之划清界限，界定并巩固自己的美国身份，这其实是不可能的；他对新移民的态度实际上是华裔的一种自轻自贱的心态。

黄哲伦认识到，以这种心态追求同化对华裔身份的建构"是很危险的，是弄巧成拙"。② 于是他开始从另一个角度来探索华裔的身份问题，如果说《新移民》是在白人划定的狭小圈子内靠内部争斗为土生土长的华裔争夺生存空间，随后的两个剧本则意欲打破主流社会为华裔定下的概念化的框子，拓展生存

① David Henry Huang, *FOB and Other Plays* (New York: Plum, 1990), p. xi.
② Huang, p. xi.

空间,从历史中寻找建构华裔身份的参照点。这时的黄哲伦进入了其戏剧创作的“民族主义阶段”。《舞蹈和铁路》(*The Dance and the Railroad*, 1981)中的故事发生在1867年,修建横跨大陆铁路的华工不堪剥削,组织了一场罢工,在罢工期间,龙来到山上练戏,马看到之后,缠着要跟他学戏。龙与马在剧中的对话揭露了筑路华工的残酷的工作环境和他们受到的非人道的待遇,奋起反抗的华工在罢工中取得了胜利,争得了与白人筑路工同等的每天工作八小时的待遇,并每月加薪八美元。此剧重建了被美国历史遗忘的华裔美国史,再现了华裔在美国开发过程中的贡献,为华裔在美国争取应有的权利提供了历史合法性。此外,此剧凸显华工罢工的史实,表明华人敢于斗争,敢于反抗,有力地反驳了主流文化中的华人逆来顺受的概念化形象。

《家庭祈祷》(*Family Devotions*, 1981)讲述了一个家庭被基督教腐蚀而丢掉真正信仰的故事。华裔美国人乔安妮与母亲住在一起。戏的开始,乔安妮一家及她的姨妈一家在等从中国来的舅舅狄国。这是个信仰基督教的家庭,母亲和姨妈尤其虔诚,她们想借狄国的到来进一步让他作证,证明上帝的存在和对她们这个家庭的特别恩典,因为狄国曾经和四姑婆一起到福建各地传教,亲眼见到四姑婆给很多人传福音,并驱赶出许多污鬼,使五六百人信了主。但是狄国在她们的家庭祈祷会上不愿意作证,她们认为他是魔鬼附身,就把他捆绑在桌子上,鞭打他,逼他作证。狄国招架不住,便说了出来。出乎意料的是,狄国说他和四姑婆一起外出时,有一天晚上,他正睡在她旁边的稻草里时听到了人的叫喊声,只见四姑婆伸开双腿,鲜血喷涌而出,没有丈夫的四姑婆生出了一个婴儿。四姑婆实际上在向人们传福音时被人家赶了出来。他的证言令姐姐们非常震惊,结果双双当场毙命。黄哲伦说这个剧是自传体的,叙述的是自己的家史,其写作目的是为了挣脱家庭的基督教传统对自己的束缚,拒绝白人传教士为华裔洗脑的企图。

完成了表现华人生活题材的三部曲之后,黄哲伦试图拓宽自己的戏路,打破族裔只能写自己的族裔题材的“文学隔离”之禁忌。1983年,黄哲伦同时推出了两部“日本剧”《睡美人之家》(*The House of Sleeping Beauties*)和《一个声音》(*The Sound of a Voice*)。前一部把诺贝尔文学奖得主川端康成写过的一部同名的中篇小说以及小说家自杀事件联系在一起,编撰而成,讲的是一个妓院的故事;后一部讲的则是一个日本武士在人迹罕至的森林里与一个女隐士的奇遇。1986年,他写了一部全部以白人为主角的剧本《阔亲戚》(*Rich Relations*),剧中主人公欣森在妻子的劝说下放弃了神职职位,改行做房地产生意,成了百万富翁,但他的妻子遇到了车祸身亡。他的姐姐巴巴拉家境不宽裕,经常要向哥哥告贷,但有时能要到一点,有时一点也要不到,于是她要求把女儿嫁给侄儿,以便从哥哥那儿弄钱更容易,但侄儿已经有了女友。1988年

7月，黄哲伦与别人合作推出了一部科幻音乐剧《屋顶上的1000架飞机》（*1000 Airplanes on the Roof*），全剧是一个人的长篇独白，讲述了自己被外星人绑架的经历。总的说来，这一阶段大约可以归纳为黄哲伦的试验阶段，他试图扩大自己的创作范围，获得更大的创作自由。但这几部戏均是反应平平，没有为他带来创作上的突破，其中《阔亲戚》甚至被评论家认为是黄哲伦创作中的倒退。

然而，黄哲伦于1988年初推出的《蝴蝶君》（*M. Butterfly*）引起了轰动，从纽约演到伦敦，为他争得了1988年的托尼奖（Tony Awards）。他是第一位获此殊荣的亚裔剧作家，这使得时年30的黄哲伦一下子成了国际驰名的美国剧作家。《蝴蝶君》剧中的两个主角一个是白人，一个是中国人，该剧的题材可以说是其前期创作的综合。在该剧的创作过程中，黄哲伦受到意大利歌剧作家普契尼的《蝴蝶夫人》的启发，《蝴蝶夫人》讲述了日本女子乔乔桑（即蝴蝶夫人）被美国水手平克顿抛弃后殉情自杀的故事，但黄哲伦一反处于强势地位的西方男子玩弄、欺凌东方弱女子的东方主义套式，构思出一个西方人为自己的一厢情愿的美梦所蒙蔽而被东方人操纵的情节。

剧本开始，曾任法国驻华使馆副领事的加利马尔在巴黎监狱里默念着"蝴蝶、蝴蝶"，舞台的另一角，两男一女在客厅里议论他的案子。加利马尔接着就介绍《蝴蝶夫人》剧情，并进入平克顿的角色，而京剧演员宋莉玲则扮演蝴蝶夫人。随后，故事地点转移到1960年北京德国驻华大使官邸，加利马尔观看宋莉玲演蝴蝶夫人。宋莉玲邀请他去京剧院看京剧表演，两人开始交往，加利马尔为宋莉玲的美貌所倾倒。不久，加利马尔被提拔为副领事，他赶到宋莉玲的住处，报告这个好消息。宋莉玲对他说："我是你的蝴蝶。"随后他们两人在北京郊区租了一套房子同居。越南战争期间，宋莉玲不断从加利马尔那里收集有关美国对越战争的计划等情报。中国"文化大革命"爆发后，宋莉玲因为和法国外交官的交往而遭到冲击，下放到河南农村劳动。这时，加利马尔回到法国，向妻子坦白了自己的婚外情，提出要和她离婚。1970年，宋莉玲被派到法国，找到加利马尔，利用他担任信使的渠道，继续搜集情报。1986年，他们出卖情报的事东窗事发。宋莉玲在法庭上作证，把自己如何男扮女装，从加利马尔那儿获取情报都做了陈述。加利马尔难以接受冷酷的现实，最后自杀。全剧在宋莉玲的"蝴蝶？蝴蝶？"呼唤声中结束。

《蝴蝶君》是根据《纽约时报》1986年5月11日一则新闻报道写成的。一位法国外交官与一个中国京剧演员因间谍罪被判处六年监禁。他爱上了这位京剧演员，在长达22年的交往中，居然一直不知道自己的情妇是个男性。黄哲伦强调，他写《蝴蝶君》并不是要讲述一个真实的间谍故事，而是要表现西方白人对"东方"的臆想。在普契尼的《蝴蝶夫人》中，乔乔桑对平克顿百依百顺、逆来顺受,是一只心甘情愿被人玩弄的蝴蝶,这是西方白人男性对东方女子的概念化看法,满足了西方男性的窥视欲与愉悦感。黄哲伦认为,法国外交官爱上的并不是有血有肉的人,而是一个概念化的臆想。[①] 宋莉玲正是利用西方白人对东方女子的臆想,得以将加利马尔玩弄于股掌之间。宋莉玲情意绵绵地告诉加利马尔,自己是他美丽的蝴蝶,实际上他自始至终在操纵这位法国外交官。《蝴蝶君》将传统的东西方关系颠倒过来,是对《蝴蝶夫人》的"解构"。[②] 加利马尔最后认识到他为自己的臆想所蒙蔽,自己才是蝴蝶,而宋莉玲则是平克顿。

《蝴蝶君》对华裔戏剧是一个贡献,揭示了文化、种族、性别和性的政治性,批评了西方社会中的东方主义欲望和幻想。黄哲伦通过宋莉玲这一形象,深入探讨了在有种族区分和性别区分的社会中,身份的复杂性和可变性以及固定不变的概念化形象的荒谬。但这个剧本也引起了一些批评,认为宋莉玲的形象正对应了亚裔男性在美国社会和文化中的一种被阉割了的女性化男性形象。《蝴蝶君》中加利马尔被男扮女装的宋莉玲欺骗达 20 多年,这一关键性的细节并未颠覆亚裔男性被女性化的东方主义传统,反而在一定程度上强化了这种概念化的幻觉。

进入 90 年代后,黄哲伦的剧作开始更多地关注身份的可变性和可建构性。《枷锁》(*Bondage*, 1992)中的两个角色从头到脚裹得严严实实,看不出性别与种族身份,他们装扮成黑人、白人、黄种人的男性和女性;《面值》(*Face Value*, 1993)则是一部以弄错种族身份为焦点的滑稽剧。在这两部剧中,黄哲伦继续探讨美国社会中的种族关系和性别关系的任意性。《金童》(*Golden Child*, 1996)取材于他的家庭历史,剧中金童的原型是黄哲伦的外婆。该剧于 1996 年首演,反应不佳,经修改后又于 1998 年登上了百老汇的舞台。

《金童》剧一开始,安德鲁见到了妈妈(金童)的鬼魂,要他热爱基督,又催促他生个儿子,传宗接代。接着剧本便从金童的视角叙述了发生在 1918 年的家庭变故。在菲律宾经商的爸爸即将回厦门附近的老家,他的三个夫人为迎接他的归来忙碌着。回到家里的爸爸不但带回了稀奇的西洋货还带回了西方思想,他把一个"白鬼"传教士请到家里做客,打算改信基督教,而信了基督教也就意味着只能有一个妻子,于是表面上和和气气,但一直在不停地明争暗斗的三个夫人之间发生了冲突。长夫人(金童之母)坚决不同意丈夫拆了祖宗牌位、改信基督,派金童去监视传教士的活动;颇有心计的二夫人与传教士合谋,要传教士帮她成为唯一的合法夫人;三夫人也在积极争取。在为这家人授洗

① David Henry Hwang, *M. Butterfly* (New York: Plume, 1989), p. 94.
② Hwang, *M. Butterfly*, p. 95.

礼的那一天，传教士在二夫人的帮助下，靠设宴引来了大批村民，当众为金童的爸爸及二夫人和三夫人授洗礼。在洗礼仪式进行的同时，金童的妈妈吞鸦片自杀，临终前要求女儿相信基督，同时不要忘了祭奠自己。此后不久，三夫人因为受二夫人的利用，曾向丈夫透露过长夫人派金童监视传教士的事，因此遭长夫人的鬼魂报复，难产而死。金童的爸爸改信基督，结果好端端的一家弄得家破人亡，失去了自己心仪的三夫人，只得带着金童和自己不喜欢的二夫人下南洋。金童听从妈妈遗言成了基督徒，没缠足，还辗转来到美国，上了学，有了自己选择丈夫的权利，改变了自己的命运，也改变了后代的命运。

与意欲解构基督教信仰的《家庭祈祷》相比，《金童》在解构的同时又强调建构。金童的爸爸改信基督并未得到自己希望的结果，但却改变了女儿的命运，这是为后代的福祉做出的牺牲，因此，该剧在对基督教否定的同时又有肯定。更值得注意的是，黄哲伦在此剧中第一次尝试把自己族裔的祖先文化与西方文化糅合在一起，以此探讨族裔身份自我建构的可能性。在这部剧中，金童命运的改变并非完全是因为改信基督教的结果，她虽然相信了基督教，但她没有像正统的基督教教义所要求的那样放弃祖先信仰这种异教传统，而是把两种信仰融合在一起，认为两者的结合才是改变其命运的根源；每当她"打开《圣经》向基督祈祷时，[她]实际上是在祭奠[她的]爸爸"①。这种文化融合的态度既有从80年代起流行的多元文化主义的影响，也是黄哲伦多年探索少数族裔在美国社会中的身份问题的结果。

黄哲伦在20世纪最后两个十年的戏剧创作经历了一个比较清晰的发展轨迹。在其早期的"同化主义"和"民族主义"这两个紧密相连却又截然对立的思想发展阶段，其剧作要么局限于西方社会为华裔划定的狭隘空间，要么局限于族裔社群的民族主义立场，视角单一，对华裔自我身份的界定有本质化的倾向。在随后的创作中，他力图打破本质主义的束缚，转向非华裔题材的创作，探讨能够超越种族的人性，可谓是一种"泛世界主义"。90年代后，黄哲伦的戏剧创作表明，族裔身份不是某种具有一成不变的本质的实体，也不等同于抽象的人性，而是在不断发展的社会、历史和文化中被创造出来的可变的属性，他创作于这一时期的《金童》又回到了其早期的华裔题材，但其创作思想已发生了根本性的变化。金童皈依了基督，但这并非完全同化，其信仰中保留着原教旨主义的基督教教义所不容的祖先崇拜；她崇拜祖先，但并不坚持民族主义的立场而排斥西方的基督教。这种对文化融合持积极态度的多元文化主义思想给黄哲伦的创作思维带来了更大的自由空间，也赋予个人身份和族裔群体身

---

① David Henry Hwang, *Golden Child* (New York: Dramatishts Play Service Inc., 1999), p. 51.

份的建构以更多的可能性。

汤亭亭对黄哲伦对华裔戏剧所做的贡献予以高度评价,认为他的剧作给美国剧坛注入了生机。美国主流戏剧中可供华裔演员扮演的正面角色很少,而传统中国戏剧的鞭炮、锣鼓声又淹没了演员的声音。如果没有黄哲伦,一代华裔演员的声音将会消失。[①] 黄哲伦创作精力旺盛,进入新世纪之后,他新作迭出,他的《花鼓歌》(*Flower Drum Song*, 2002)、《黄脸》(*Yellow Face*, 2007)、《中式英语》(*Chinglish*, 2011)为他在美国剧坛赢得了更多的声誉。黄哲伦的剧作构成当代华裔美国文学不可或缺的重要组成部分。

## 第五节
## 其他华裔作家

当代华裔美国文学从70年代初起步,到90年代末已呈现出繁荣的局面。在70年代的华裔文学创作中,较为突出的除了赵健秀的戏剧和短篇小说以及汤亭亭的自传小说外,还有叶祥添的儿童文学,他的作品主要是童话小说和科学幻想小说,但其中也有与华裔美国人生活经历密切相关的现实内容,表现出对华裔的历史、文化和生活境况的关怀。在80年代,汤亭亭、黄哲伦、谭恩美在华裔文坛上十分活跃,引起了美国社会中的普通读者的兴趣和文学批评界对华裔文学的关注。到了90年代,华裔文学中的宿将仍然以旺盛的创作精力不断推出新作品,同时更有一代新人崭露头角,其中尤以任碧莲和李健孙锋头最健。这两位华裔作家中的新秀在90年代各推出3部作品,探讨在多元文化语境中探讨华裔在美国社会中的种族、文化和个人身份的新含义。

叶祥添(Laurence Michael Yep, 1948— )是当代华裔文学中的一位元老,他于60年代末开始文学创作,在70年代有大量儿童小说发表,并获得过纽伯里荣誉奖等重要的儿童文学奖项。他是一位儿童文学作家,他的作品既有现实主义小说,更多的是童话和科幻小说。叶祥添生于旧金山,母亲出生在俄亥俄州,是一个洗衣店主的女儿,他的父亲在中国出生,10岁时来到美国,但没有住唐人街,而是和一个爱尔兰朋友住在白人街区。叶祥添在加利福尼亚长大,一直感到是个局外人,有一种疏离感。叶祥添的妻子也是一位写儿童题

① Maxine Hong Kingston, Foreward, *FOB and Other Plays* by David Henry Huang (New York: Plum, 1990), p. ix.

材的作家,他们在读大学期间认识并相爱。叶祥添虽然没有住在唐人街,但他却上了那儿一所双语学校;因为他只会说英语,学校里其他学生给他起了个"傻瓜中国人"的绰号。1966年,叶祥添进入马凯特大学学习新闻,两年后转入加州大学圣克鲁兹分校,于1970年毕业,获得学士学位,1975年在纽约州立大学布法罗分校获得博士学位。

叶祥添在上大学时开始创作,他的第一篇短篇科幻小说创作于1968年,被收录在《1969年世界最佳科幻小说》中。叶祥添是一位多产作家,几乎每年都出一部小说,目前已经有40多部儿童作品发表。他的主要小说有《龙翼》《猫头鹰的孩子》《龙炉》,除此之外,叶祥添还写了些剧本、短篇小说,编辑了一些作品,撰写了大量的文章。正是因为他的勤奋和多产,特别因为他的作品拥有众多的读者,他先后获得了各种各样的奖。

叶祥添在《龙翼》(*Dragonwings*, 1975)这部小说中糅合了被赋予新生的龙,飞行机器、1906年的地震、处于成长中的男孩——这些虽然听起来好像风马牛不相及,但在小说中却有机地融为一体。故事是关于一个八岁的男孩月影从中国渡洋到美国唐人街去找他从未见过的父亲骑风。骑风为了向儿子解释自己过去的所作所为,便向他讲述了一系列梦幻般的经历。骑风在旧金山的洗衣店工作,日子过得紧巴巴,忍受其他华人的嘲笑。他造了一架简易飞机,终于试飞成功。他后来虽然因为飞机坠落而受伤,但他和其他包括美国白人在内的亲朋好友都为此感到惊喜,因为它证明了华人的聪明才智和勇气。

故事根据冯如发明双翼飞机,并在1909年9月22日在加州驾机起飞的新闻报道敷衍成篇。故事的叙述者月影是一个稚气未脱的少年,作者通过他观察美国社会以及华人在异邦的心态。小说暗示了白人文化和黄种人文化间的沟通在加强,西方文化和东方文化在融合。作者向读者揭示了两个国家的人之间友谊和信任的加深。叶祥添在小说的后记里表明,他想矫正当时新闻媒介歪曲华人形象的概念化报道。他说:"我试图通过刚到美国的中国男孩的眼睛看美国,通过表现他父亲为实现他的梦想而作的种种奋斗,来达到此目的。"

《猫头鹰的孩子》(*Child of the Owl*, 1977)描写了一个12岁的华裔小女孩凯西由于从小生长在美国的环境里,忘掉了中国的根,她父亲巴尼是一个赌徒。后来由于父亲受伤住院,她被送到唐人街,暂时和婆婆住在一起。故事的展开是从凯西把自己看成一个华人开始。她来到唐人街之后,发现自己讲英语与别人不同,有一种疏离感。婆婆把自己的猫头鹰符咒拿给她看,还向她讲述了中国古代的猫头鹰精神。祖母对她讲述了她从未见到过的中国妈妈、猫头鹰的符咒以及她的中国姓氏等等之后,她逐渐懂得了唐人街的祖母家是她父亲的家,也是她的家。凯西更渴望自己是个"华人"。中国文化和美国文化最终在她身上得到了有机的结合。小说结尾处,描述了婆婆家遭抢的一幕,婆婆在抵抗盗贼时遭到了殴打。但小说的结尾颇令人感到意外,因为那个盗贼不是别人,正是凯西的父亲巴尼!《猫头鹰的孩子》描写了唐人街华裔美国人的生活,表现了具有美国思想的女孩如何在了解中国文化后改变自己、理解和接受中国文化的过程。但作者似乎也表明并非所有的中国文化都要接受。在后记里,叶祥添说,唐人街是"一种心态"。他所要刻画的正是这种心态。

《龙炉》(*Dragon Cauldron*, 1991)描写了中国人在内华达山脉修建贯穿美国东西那条铁路的生活,揭示了他们所遭受的痛苦不堪的待遇。他们地位低下,被当成了动物一般,受鞭打,挨饥饿。奥特在中国失手杀了一个满族士兵,于是来到美国找到他的叔叔狐火。奥特看到心目中像英雄一般的叔叔在山区工地上如何在白鬼工头面前像奴仆一般,感到心痛和懊悔。山区的生活条件和工作条件十分恶劣,随时都有丧命的可能。奥特和叔叔在将营房从一次雪崩中拯救出去时才开始明白他叔叔和他自己。《龙炉》表现了中国传统的对团体的忠诚。面对白人的欺压和虐待,华人自然形成了一种团体精神,共同抵御外在势力。

叶祥添的作品中常常体现多元文化方面的题材,处理文化和种族间的冲突。人物的想象和容忍、宽容别人是他作品一贯的主题。这些故事使他得以创作一个他在成长过程中所缺乏、没有体验过的世界和文化。叶祥添觉得他的故事特能打动青少年读者,因为主人公常常是局外人。他和其他 70 年代以后众多华裔作家一起恢复了从华人的视角讲述故事的传统①。

雷祖威(David Wong Louie, 1955— )出生在纽约,毕业于瓦萨学院和爱荷华大学。雷祖威和谭恩美、李健孙、任碧莲被评论家归为"四人帮"。他的短篇小说集《爱的痛苦》(*Pangs of Love*, 1991)被收入 1989 年美国最佳短篇小说选集。这个集子共收入了作者在七年间写成的 10 篇短篇小说,小说描述中国移民遭受白人歧视的痛苦经历,同时也反映美籍华人与在美国文化背景下长大的子女之间的冲突。小说主人公阿维是个美国化的年轻人,只能用洋泾浜汉语和操广东话的母亲潘太太进行对话。潘太太已经 75 岁,在美国居住了 40 年,但却拒绝学习英语,只能说几句洋泾浜英语。老伴已过世,所以她和长子阿维生活在一起。她非常爱自己的子女,但也只能局限在厨房里为他们准备可口的饭菜,而对外面的世界,由于语言障碍而非常陌生。她的人生愿望并不高,只是希望儿子们能娶个中国女人,为她生下孙子,传宗接代,等她死后有人在她坟头供饭烧纸,使她不至于成为饿鬼。但生活在美国的孩子们以及他们的白人对象却和她的期望相差甚远。因此,她常常和子女产生隔阂和矛盾。

① Elliott, *Columbia Literary History of the United States*, p. 817.

阿维的第一任女朋友是个白人,会说中文,所以和她很能有所交流,但不久就和阿维分手了。阿维的第二个女朋友又是个白人。出于文化习惯上和语言上的差异,潘太太和这个白人女人之间产生了很深的怨恨,关系十分紧张。她的儿子也使她很失望。阿维虽然女朋友成群,但都只同居不结婚。二儿子更让她伤心,因为他交的全是男朋友,死活不愿意到香港去娶个妻子。结果,她经常深夜独自在房间里伤心、哭泣。阿维虽然对母亲很同情,但也无可奈何,爱莫能助。他只能用少得可怜的那点汉语与母亲沟通,愿意和母亲同住一屋,照顾她的饮食起居。小说结尾,阿维用结结巴巴的汉语对母亲说,他不和女朋友结婚,那是因为他女朋友爱上了一个日本青年。

作者在《爱的痛苦》里成功地再现了华裔家庭的错综复杂的矛盾,有母女矛盾、父子矛盾、母子矛盾、华人和白人之间的矛盾等。而这些矛盾的根源似乎是中国和美国文化之间的差异,代表不同文化的人物都企图以自己为轴心,改变对方的习惯和思想。虽然双方都用意良苦,但由于语言的障碍使他们之间产生了隔阂与诸多误解。当然,小说结尾处让人物之间的矛盾有所缓解,给人留下光明的前景。

在90年代崭露头角的华裔作家中,任碧莲(Gish Jen, 1955—　)最为突出,迷倒了大批美国读者。她的长篇小说《典型的美国佬》《希望之乡的莫娜》和短篇小说集《谁是爱尔兰人?》三部作品,阐述了多元文化、种族多样性和身份流动性等思想。

任碧莲出生于纽约,是第二代华裔美国人。她在读高中时由于崇拜一个叫利利安·吉西的演员,所以就被起了个绰号"吉西"。她后来就用吉西·任作为自己的笔名。她于哈佛大学毕业后进斯坦福大学商学院就读,曾经来中国教英语,返回美国后进爱荷华大学作家班学习创作。她在读小学时就表现出对文学的爱好和专长,阅读涉猎很广。在所阅读的书籍当中,她最受《小妇人》影响。最后成为作家的女主人公乔给她留下了深刻的印象。在她成长过程中,她还受到了奥斯丁的影响,《傲慢与偏见》她阅读了许多遍,她喜欢奥斯丁的小说是因为小说向人们展示了很强的道德力量,告诉人们应该怎样去生活,而这正是小说家的义务和责任。在大学,任碧莲学的是英语专业,毕业后,在道布尔戴出版社谋得了一个职位,并开始了自己的小说创作。

《典型的美国佬》(*Typical American*, 1991)是任碧莲的第一部长篇小说,也是她的代表作。作者在这里主要描述了第一代中国移民如何通过自己的努力,克服重重的困难接受美国文化,终于成为"典型的美国佬",突出了中国文化和美国文化的融合。小说出版后受到了广泛的好评。小说叙述了主人公拉尔夫·张从出生到成长的道路。拉尔夫·张是个中国留学生,在美国攻读工程学博士学位。毕业后在美国一所大学获得了机械工程助理教授职位,与姐姐特蕾莎的女友海伦结婚成了家。他们起初蔑视缺乏传统的美国人,以"典型的美国作风"之类的话抨击他们。可是不久,他们也慢慢习惯了美国文化,拉尔夫·张认识了一个叫格罗弗的华裔美国人,深受他的影响。拉尔夫·张为了实现获取"利益""赚大钱"的美国梦,放弃了学术,经营炸鸡店,结果差一点倾家荡产,他的妻子海伦被格罗弗诱奸,姐姐特蕾莎被气走。不过,张家没有放弃"美国梦",而是找到了适应美国生活的办法。小说结尾处,特蕾莎被弟弟驾驶的汽车撞成重伤,住进了医院,但张家齐心协力地护理着她,希望她早日康复。

任碧莲的笔下所表现的是新一代移民,他们不同于赵健秀和汤亭亭等前一辈作家笔下的被困在唐人街上的华人移民及其后裔,他们是知识分子,受过美国的高等教育,能很快适应主流社会的游戏规则,虽然他们在奋斗过程中也需要付出很大的代价,但他们很快就成为典型的美国人。小说中的张家人一开始说"典型的美国佬"是为了嘲弄美国人和已经美国化的华人移民,但不久就融入了美国生活,得到了能够体现美国物质文化的汽车、房子和炸鸡店,自己也成了"典型的美国佬"。以小说中的海伦为例,她开始是抵制美国文化的,但渐渐地就被美国消费文化所俘虏。"她对美国的杂志、美国报纸、美国的收音机也喜欢上了",她偷偷地阅读美国关于妇女服装的杂志,并将其藏在席子下面。她渴望在郊区购买一幢房子,有个大的餐厅供全家吃饭。她把美国妇女的理想和标准看成是自己努力的方向。用任碧莲自己的话说,"张家其实就是'典型的美国佬',不比别的人逊色"。①

华裔美国人不但是典型的美国人,而且还能成为犹太人或爱尔兰人。在《希望之乡的莫娜》和《谁是爱尔兰人?》中,任碧莲进一步拓展了自己的思想,解构种族主义思维对人种的划分,强调个人身份的可变性和文化融合的可能性。《希望之乡的莫娜》(*Mona in the Promised Land*, 1996)可以说是《典型的美国佬》的续篇,小说中的莫娜是海伦和拉尔夫的女儿。小说以第一人称视角叙述了莫娜自读八年级以后的生活。她父母还努力使自己的孩子丢弃掉能表明他们少数族裔特点的习俗。于是,刚刚发财的他们就带着女儿迁到了斯卡西尔居住,摇身一变,成了"新的犹太人","模范少数民族,代表着极大的美国成功"。这样,他们家就"属于希望之乡的人了"。年少的莫娜把"新犹太人"误以为真,皈依了犹太教,并在参加犹太教活动时爱上了优秀的犹太男孩塞斯。在莫娜看来,"美国就意味着你想干什么就干什么"。比如,她虽然在血统上是华人,但她可以选择当犹太人。她父母甚至担忧她哪天说不定心血来潮要当黑人。她不满意父母对她的种种限制,也不喜欢他们将她和考入哈佛大

① Yuko Matsukawa, "Gish Jen—Interviews," *MELUS* 18.4 (Winter 93/94), pp. 111 - 112.

学的姐姐凯丽相对照。小说最后，莫娜和在大学当教授的犹太人塞斯结婚，他们其实早就在一起同居，而且有个女儿。然而，有趣的是，莫娜的姐姐凯丽却愿意把自己打扮成中国人的样子。她去哈佛大学读书时穿棉袄和布鞋，还跟同房间的非裔美国人学习中国文化。她的父母感到她有毛病，因为即使在中国，人们也不穿布鞋了。她还把自己的名字改成中国名字。她为亚裔美国人感到很自豪，这就是她要用中国名字的原因。

在《希望之乡的莫娜》里，任碧莲塑造了能轻易转换自己身份的莫娜，传达了她对多元文化的思考。虽然过去的保守主义和现代的反叛、不同习俗之间的冲突仍然是书的主题，但文化身份的互相渗透，族裔群体之间可以互相流动却是作者关注的焦点。伴随莫娜的多种族活动是多元文化的背景：她父母强调"再小心都不为过"的信条，姐姐凯丽在读哈佛大学，对中国文化之根如痴如醉，犹太人朋友巴巴拉蔑视自己的犹太文化之根，做手术把自己的鼻子变低，男友塞斯把她看成是做种族实验的伙伴，她家店里的伙计阿尔弗莱德起诉她父母有种族歧视。环顾这些人，莫娜发现他们对自己的身份都心安理得，而她觉得哪一个也不适合自己。于是她便开始了漫长的寻找身份的过程。她开始迷恋犹太教，最终在犹太教拉比的帮助下成为犹太社区的一员。令莫娜困惑的是，即使她入了犹太教，仍然没有明了自己的身份，甚至使自己的身份更加模糊不清。她为了恢复自己丢失的身份决定离家出走，来到了姐姐读书的学校，扮演姐姐的身份，到姐姐的班级上课，穿姐姐的衣服，睡姐姐的床，她姐姐的同学都认为她就是凯丽，连她妈妈来电话也误认为她就是凯丽。连最具特征的外形和声音都不能表明自己的身份，这使莫娜对自己的身份更没有把握。她真正理解身份问题是在她遇到原来的拉比。拉比现在在哈佛大学，已经改变了身份，不再是犹太教士。他的一番话对莫娜颇有启迪。他说："这就是真理：摆脱掉原来的你是不容易的。另一方面，任何东西都不是一成不变的。所有的成长都包含着变化，所有的变化都包含着有所失。"莫娜终于明白，自己已经长大，有所变化，也有所失。她的身份是短暂的，永远处于变动之中。《希望之乡的莫娜》"在传递多元文化信息时充满了机智和艺术，无愧为闪光的例子……任碧莲创造了一个独特的世界，在这里，小笼包子和苹果馅饼一样成了美国的东西"。这部小说将多元文化从理念放入了实实在在的生活。

任碧莲的短篇小说集《谁是爱尔兰人?》(*Who Is Irish?*，1999)也揭示了东西文化的可互换性和文化界限的模糊性。标题小说通过一个华人移民妇女之口，讲述她西化了的女儿纳塔莉和爱尔兰女婿以及外孙女的生活故事，还展示了她的爱尔兰亲家的生活方式和她自己的生活方式之间的不同但却又能够互相认可的过程。起先她看不惯对方的生活习惯，然后却在对方的影响下忘记了自己的族裔，分不清自己到底是爱尔兰人还是华人。例如，小说开始不久，纳塔莉比较成功,而她丈夫却很窝囊。于是,她母亲评论说:"我一直认为爱尔兰人和中国人一样在建美国铁路时都很勤劳卖力,我现在总算明白了中国人为什么把爱尔兰人打败了。当然,并不是所有的爱尔兰家庭都像希尔家那样,当然不是。我女儿让我不要老是爱尔兰这个、爱尔兰那个的唠叨。"然而,很快两代人之间的差异和矛盾就代替了家庭间的文化冲突。小说结尾处,叙述者认可了自己曾经反对过的文化和习俗。任碧莲在最长的一个短篇《邓肯在中国》里从另一个角度探讨了身份的问题。一个第二代的华裔美国人回到了中国山东一所煤矿学院教授英语。他开始对中国抱着一种非常浪漫的想法。但随着故事的推移,这种想法与冷酷的现实构成了冲突。他有一个亲戚叫国泰,想让邓肯帮助他和儿子获得美国国籍,但他只是请他们吃了一顿烤鸭。任碧莲似乎在这里强调了美国人邓肯和他的中国学生、同事亲戚之间的强烈差异。

任碧莲的创作具有和其他华裔文学作品不同的特征。她突破了华裔文学中常见的移民的艰苦经历、神话传说、中美文化冲突、坚持寻找和保留少数裔的属性等常见的题材和主题,将美国文化认同为由多元种族、民族所共同组成,认为生活在美国的人就是美国人,美国人就具备多元文化的特征。在其新作《爱妻》(*The Love Wife*, 2004)和《世界与小镇》(*World and Town*, 2010)中,她继续探讨美国的多元文化特性。如果说赵健秀、汤亭亭等在极力申辩说自己就是美国人,那么任碧莲已经想当然地认为自己就是美国人。她的理由很简单,欧洲移民美国的人能被认为是美国人,那么亚洲移民也毫无疑问是美国人。她曾经在回答记者有关她混血儿子的身份时说:"人们会说:'他一半是中国人,一半是美国人。'我会说,不,不,百分之一百一十的不,他是百分之百的美国人。"[①]任碧莲通过自己的小说重新阐释了美国人的含义,她的小说超越了把人按照种族、文化和国别进行分类的非此即彼的固定思维模式,把界定个人身份的权利从种族、文化和政治等公共领域转移到了个人的身上,在多元文化的社会中把人放在了中心位置。

李健孙(Gus Lee,1946—　)的第一部小说《中国仔》发表于1991年,随后又发表了《光荣与责任》《老虎尾巴》和《缺少物证》,他的小说大都和他的亲身经历有关。李健孙出生在旧金山,其父母是第一代华人移民,其父曾是国民党军官,1939年移民美国。他小时候生活在居民大多为黑人的社区里,经常受比他强悍的孩子的欺辱,后来他在基督教青年会学会了拳击才得以保护自己。在他父亲的鼓励下,李健孙进了西点军校,但未完成军校学业。后来他于

① Martha Satz, "Writing about the Things That Are Dangerous," *Southwest Review* 78. 1 (Winter 93), pp. 132 - 141.

1969年在加州大学戴维斯分校获得学士学位，并于1976年获得法学博士学位。他先后在军队和地方上干过律师，后退出律师行业，专事写作。

李健孙的处女作《中国仔》(*China Boy*, 1991)实际上是他的自传。主人公丁凯生来身体弱小，然而却和一群凶恶的伙伴为邻。他参加了当地基督教青年会举办的拳击班，借以强身抗暴。他五岁时母亲过世，随后的童年生活便由继母主宰了。他继母是个很凶的美国女人。这是作者生活中令他难忘的经历。虽然时间过去很久了，李健孙一旦想起童年所遭受的非人待遇还是耿耿于怀。继母1975年逝世之后，李健孙开始把童年时的故事一股脑儿地写下来给他自己的孩子们看。他曾经说他继母不死的话，他是写不出《中国仔》的。

谈到他这本自传体小说时，李健孙说："我对多样性的思想真的很专注。我认为我的小说是一部多种族小说，其中糅合了亚洲的、非洲的、意大利的和西班牙美国人的成分。"黄哲伦说："《中国仔》有效地弥补了美国文学长久以来被忽略的缺口——坚强有力的真正的亚裔美国男性的声音。"[①]虽然丁凯只会将汉语和英语拼凑起来说话，只有他的亲戚能听懂，对于旧金山的街头生活根本没有任何准备，但他和老练的姐姐们以及善良的妈妈在一起还是度过了快乐的童年。然而，他那田园诗般的生活随着他母亲的去世突然消失，他被突然投进了美国文化之中，因为他的继母是费城女人，想把中国文化从家庭中抹除。年轻的丁凯拼命地寻找属于自己的地方。

《光荣与责任》(*Glory and Duty*, 1994)是《中国仔》的续篇。主人公丁凯进了西点军校，但他知道成为一个美国人、丢弃自己的中国特性意味着什么。丁凯的父亲是蒋介石部队中的一个军官，来到美国后一直就没有接受这里的新生活。作为60年代西点军校的学生，丁凯赶上了既可保留中国的文化遗产又可以堂而皇之地做个美国人的好时机。但令他吃惊的是，这里穿的是西方的服装但却是中国的体制，信奉古代的信条，"征服自己，光耀礼节"。另外，西点军校对亚洲人有先入之见，特别在越南战争正在升级之际更是如此，所以，丁凯简直是如履薄冰。突然间，他必须学会新的行为规范和礼仪。他得以幸存完全是因为他学得快。

1996年，李健孙出版了第三部小说《老虎尾巴》(*The Tail of the Tiger*)，这部作品虽然还带有自传性的因素，但显然已经超越了自传。小说的主人公康胡清是个华裔美国人，在旧金山的黑人居住区长大，后来进了西点军校，获得了法律学位，还在越南打过仗。1974年，他作为军法检察官的助手被派往调查一个叫乐白朗的上校团长的恶行，另外还肩负着寻找被派去稽查乐白朗的失踪同事的下落。经过多番周折，他找到并解救了被绑架的失踪军官，并决定

---

① 见小说英文版首页。

在回国前捕获险恶的乐白朗。小说中的乐白朗是一个坚持要纯洁白人种族、具有内战前南方风格的痛恨女性的人,认为“娼妓和黑人杂种比白人繁衍得快,夺了我们的权力,攻击我们的民族”。为了白种人的利益,乐白朗计划把朝鲜拉入全面战争,使他和他的同党能够取得美国在越南没有获得的胜利。这样的人无法忍受新兴的多元文化的美国,他所代表的是美国邪恶的一面,而康胡清则代表着正义的一面。《老虎尾巴》包含了形而上的思考,探索了军队中的多元组成和多元文化,批评了美国愚蠢的外交政策,因为它忽视了对另一国家文化的包容。在讨论《老虎尾巴》时,作者说:“我想我也是一个以文载道的作家……我认为小说代表着流动不止的人类道德源泉。它是一本大部头的杂志,描述着和环境的斗争,讲述着寻找道德解决和道德胜利的故事。我写作的另一个目的是对所有具有伟大信仰的人表示敬意,这并不是因为适合我的政治目的,而是因为那正符合我的为人。”

李健孙的作品反映了正在形成中的美国多元文化、多种族社会。当代的美国社会可以说是一个充满了纷繁色彩的大杂烩。而李健孙的作品则体现了美国这个多种族社会中的典型美国人。在他的作品中,文化冲突和华裔的少数裔身份问题等主题淡化了,华裔主人公已经是美国上层社会的一员,能够处理社会与个人间的种种问题。例如,他的近作《缺少物证》(*No Physical Evidence*, 1998)的中心内容是华裔检察官乔舒亚·金侦破一个生活在唐人街上的13岁白人少女遭强奸的案件的经过。这是一部惊险侦探小说,情节曲折。故事虽然发生在唐人街,而且有个华裔主角,但族裔问题已经让位于危机四伏的悬念和美国的社会政治。过去,人们把美国称为大熔炉,而现在可以更确切地把它称为大杂烩,各种成分既各具特色,又拥有相似之处。为了捕捉美国多元性和多样性,李健孙在其作品中大量使用各种俚语、洋泾浜语、土话等,他和其他华裔作家一起拼起了映照我们全球化社会的大镜子。

华裔美国文学在今天的美国已经形成了繁荣的局面。这虽然与当今美国多元文化的人文环境分不开,但与华裔美国文学几代作家坚持不懈的努力也是分不开的。他们从描写唐人街美籍华人的真实生活开始,表现他们在美国种族主义思想影响下所遭受的不公正待遇,到描写第一代移民与第二代土生子女之间产生的代沟,表现中美文化之间的冲撞,再到描写美籍华人融入美国生活,成为真正的美国公民,表现他们渴望成为典型的美国人,要求和欧洲移民平起平坐,平分秋色。这里既包含着华裔作家勇为自己的少数族裔同胞找到发表意见和思想的喉舌,也表现了华裔文学正在形成具有自己特色的文学创作传统。他们要用自己的笔申诉华裔在美国长期遭受的不公正待遇,反映他们对美国的开发和建设所做的巨大贡献和牺牲。他们试图通过自己的作品唤起人们对美国梦和美国这个国家概念的重新认识,重新定义,以此表明不论是从欧洲来的白人移民还是从亚洲来的黄色人种移民，或者是被白人驱逐的印第安人，只要他们生活在美国，为美国做贡献，那么，他们就是典型的美国人，就应该享受美国的民主和自由，就应该享受平等的权利和待遇。

# 第六章

# 当代美国戏剧

告别了动荡不安的20世纪60年代，美国社会进入比较平静的时期。70年代初，越南战争结束，不久水门事件发生，导致尼克松辞职。美国经济受石油危机影响，一度很不景气。这一系列事件促使新保守主义抬头，人们早年的政治激情逐渐消失。美国近40年间政治、经济、文化发生了许多变化，戏剧不可避免地受其影响。与电影、电视、流行音乐相比，美国戏剧对年轻一代的吸引力越来越小，看戏已不再是文化消费的主要模式。不过，当代美国戏剧面对新的挑战，克服困难，开拓新的领域，依然在缓慢而稳健地发展。

美国戏剧从50年代起就开始走出百老汇，掀起了声势浩大的外百老汇和外外百老汇运动。近30年间，美国剧坛新的变化体现在百老汇作为戏剧中心的地位进一步受到削弱，美国戏剧走出号称"戏都"的纽约市，向全国各地发展。由于演出费用上涨，商业竞争激烈，百老汇剧院上演的有社会意义的严肃戏剧大为减少，娱乐性强的滑稽剧、喜剧，特别是音乐剧盛行。外百老汇和外外百老汇在经过了近20年的兴盛后，开始衰微。一些著名的外外百老汇剧团相继解散，如"表演剧团"解体于1979年，"贾德森诗人剧院"与"创世剧院"同时解体于1981年，"生活剧团"远走欧洲。外外百老汇剧作家也出现分化，不少人为了生存发展而转向商业化创作。

在纽约市作为戏都的影响力减弱的同时，"地区剧团运动"在全国蓬勃发展。所谓"地区剧团"(regional theater)，一般是指纽约市之外的非营利专业剧团。这些剧团通常固定在某个剧场，定期轮换演出剧目。剧团的收费较低，大约为百老汇相应票价的一半，故较能吸引观众。地区剧团的经济来源除了票房收入外，主要靠各种基金会和戏剧爱好者的捐助，因此，他们在上演剧目时不必过多地考虑票房价值，这显然有利于真正严肃的、有较高思想性与艺术性的作品的上演。另外，不少有才华的剧作家、演员离开纽约，到外地寻找施展自己才能的舞台。早在60年代，百老汇的著名导演泰隆·格思里毅然离开百老汇，到远离纽约的明尼阿波利斯市创建地区剧团。据不完全统计，到90年代初，美国总共约有200家独立的非营利地区剧团。① 地方剧院上演的剧目获重要戏剧奖的例子已是屡见不鲜，如玛莎·诺曼的《晚安，母亲》(*'night, Mother*)1983年1月在坎布里奇首演后，原班人马移师百老汇，荣获当年普利

① Bigsby, p. 28.

策奖;马梅特的《格伦加里幽谷海岬园》是在芝加哥古德曼剧院上演成功后获得 1984 年度普利策奖。地区剧团已成为当今美国剧坛的生力军。

60 年代是实验戏剧的时代,剧作家以离经叛道的精神,对戏剧形式进行革新。实验戏剧突出作品的非文学因素,强调演出的重要性而忽视剧本的地位,这在"机遇剧"和"环境戏剧"中表现得尤为明显。导演和演员不但有权任意删改剧作,而且可以从几个不同的剧本中各取所需地抽出某些部分,然后按照演出者的意愿加以分析重新组合,甚至可以完全排斥剧本,全靠演员的即兴表演。70 年代以来,随着实验精神的消退,剧作在形式上没有 60 年代那样新颖多变。作为对过度重表演、轻剧本倾向的反拨,出现了戏剧向文学的回归。人物对话重新受到人们重视,常规的演出方法得以恢复,"语言又反弹回到了剧院",[①]剧作表现出精益求精的特点。当代美国戏剧的主流趋势是向传统靠拢,虽然演出依然是剧本创作的最终目的,但剧作家更加贴近现实,注重表现人与当今社会的关系,关心诸如人类在发达社会的地位、种族关系、性别问题、艾滋病等现实生活所面临的问题。

每个时代都呼唤自己的剧作家。如果说密勒与威廉斯是二战结束后至 50 年代末最主要的剧作家,阿尔比是 60 年代戏剧的突出代表,那么七八十年代美国戏剧创作的中流砥柱是西蒙、威尔逊、里布曼、雷勃、古阿尔、谢泼德、马梅特等,90 年代以来更有托尼·库什纳(Tony Kushner, 1956— )、约翰·帕特里克·尚利(John Patrick Shanley, 1950— )、布鲁斯·诺里斯(Bruce Norris, 1960— )、尼尔·拉布特(Neil LaBute, 1963— )、特雷西·莱茨(Tracy Letts, 1965— )、戴维·奥本(David Auburn, 1969— )以及大器晚成的查尔斯·L. 密(Charles L. Mee, 1938— )等新一批剧作家成为美国戏剧的跨世纪接班人。他们各人的背景不同,题材风格各异,但都写出了优秀的作品,奠定了其在当代美国戏剧史上的重要地位。当代美国剧坛另一个令人瞩目的现象是女作家和少数裔作家的崛起。一批女作家涉足传统上由男性占据主导地位的戏剧创作,取得佳绩,她们包括玛丽亚·艾琳·福恩斯(María Irene Fornés, 1930— )、梅根·特里(Megan Terry, 1932— )、罗歇尔·欧文斯(Rochelle Owens, 1936— )、蒂娜·豪(Tina Howe, 1937— )、玛莎·诺曼(Marsha Norman, 1947— )、恩托扎克·尚格(Ntozake Shange, 1948— )、温迪·沃瑟斯坦(Wendy Wasserstein, 1950—2006)、保拉·沃格尔(Paula Vogel, 1951— )、苏珊-洛里·帕克斯(Suzan-Lori Parks, 1963— )、安妮·贝克(Annie Baker, 1981— )等人。一些当代女剧作家如特里、诺曼、沃瑟斯坦等在创作中遵循戏剧所固有的传统程式,借此打开局面,获得

---

① Elliott, *Columbia Literary History of the United States*, p. 1111.

观众接受和认可。她们有意识地以女性视角观察社会，关注女性生活和家庭关系，剧中的主要人物多为女性。因此戏剧评论家科恩认为：就作品的“深度和广度”而言，女剧作家都不及同时代的雷勃、谢泼德、马梅特等男性作家。[①] 但这一评价未必公允，独树一帜并对当代美国戏剧产生深远影响的女剧作家也不乏其人，如福恩斯、欧文斯和尚格，而且越来越多的当代女剧作家积极探索和拓宽自己的艺术道路，呈向上发展的趋势，沃格尔、帕克斯等已成为今日美国戏剧的主力剧作家，新生代女剧作家如贝克的创作也取得骄人的成就。这一时期，少数裔戏剧也获得长足进展，如上述最具创意的女剧作家中福恩斯为古巴裔，尚格和帕克斯为非裔。如前章所述，男性非裔剧作家奥古斯特·威尔逊、华裔剧作家黄哲伦也在 80 年代登上剧坛，他们将自己特殊的族裔背景融入剧作，为美国戏剧多元化格局的形成做出了突出贡献。

## 第一节
## 百老汇剧作家西蒙和威尔逊

百老汇是美国戏剧的中心，这是一个商业气息浓厚、竞争最激烈、最无情的地方，衡量剧作家成功与否的唯一标准是票房价值。百老汇舞台也上演思想深刻、艺术新潮的剧作，但更多的是娱乐性强的喜剧作品。在百老汇持续走红的剧作家不多，西蒙则是个例外，兰福德·威尔逊也获得一定程度的成功。

尼尔·西蒙(Neil Simon, 1927—　)生于美国一个贫苦的犹太人家庭，他的幼年生活是在贫穷和痛苦中度过的。父亲没有固定职业，常常外出挣钱，很少在家里露面。偶尔回家，也总是和母亲为了生活琐事而大吵一场。为了逃避现实，西蒙开始进行戏剧创作，以期在创作中获得慰藉。然而使人奇怪的是，不幸的生活并没有在他的创作中蒙上一层悲剧的阴影。相反，他通过令人发笑的喜剧来自我排遣。如果将西蒙和奥尼尔加以比较，便可以看出两人的显著区别。奥尼尔在《进入黑夜的漫长旅程》一剧中将自己的一家搬上舞台，他甚至将自己母亲吸毒成瘾以及长期受到精神压抑的悲剧形象如实地写进剧中，因为他憎恶虚假，鄙视那种粉饰现实的“浅薄的乐观主义”。而西蒙却不同，他说他在作品中主要想表现人们善良的一面。他在后来的《布莱顿海滩回

① Ruby Cohn, *New American Dramatists, 1960—1990* (London: MacMillan Press Ltd., 1991), p. 58.

忆录》(*Brighton Beach Memoirs*,1983)中描绘了他家庭当时的情况后说了这样一段话:剧中的人物"虽然不是英雄,不总是善良的……但是如果我把他们在自己最软弱的时刻的所作所为全部写下,他们就会显得非常坏,使观众感到从他们身上学不到什么东西。观众看完戏后会说,谁愿意和这样的人待在一起呢?"因此,西蒙的作品,尤其是早期作品,不是正视现实,而是逃避现实;不是将生活本身的不幸、丑陋与无意义撕破给人们看,而是希图通过制造一个又一个笑料,编织一个又一个错综复杂的情节和热闹欢快的生活假象,使人们从中得到娱乐。在这方面,他表现出永不枯竭的机智和幽默感,显示出杰出的才华。评论家说:同样的题材,密勒写成严肃的社会戏剧,西蒙则把它写成轻松的喜剧。[①] 西蒙的作品具有极高的卖座率,这表明他的创作适应了广大美国观众的欣赏趣味,受到广泛的欢迎。

西蒙的戏剧创作开始于60年代初期。在这之前,他曾和哥哥丹尼尔·西蒙合作写了一些篇幅短小的系列电视喜剧。自1961年他的《吹响你的号角》在百老汇一举成功以后,便开始独自进行喜剧创作,开启了自己持久而多产的戏剧创作生涯。

《吹响你的号角》(*Come Blow Your Horn*,1961)是出三幕剧,写的是一个犹太家庭中父亲和两个儿子之间的隔阂与和解。父亲是个蜡制品制造商,他思想保守,希望儿子们按照他给他们安排的一切去生活,甚至干预他们的婚姻。他把两个儿子安插在自己的公司里工作,希望他们能按照他的意愿早早地成家立业,做个安分守己的商人。儿子偏偏不听话,大儿子虽已年过30,却不急于成家,想好好享受一番人生乐趣,于是便从父母家里搬出去独自过活;小儿子虽然羡慕哥哥的独立生活,却不敢违拗父亲的意志。剧本开始时,小儿子伯迪终于趁父亲不在家,鼓起勇气搬到哥哥处住。父亲一怒之下,便把两个儿子从公司里开除出去,并和他们断绝了父子关系。伯迪在哥哥处呆了不久,便把哥哥那套放荡不羁的生活方式全部学了过来,而且有过之而无不及。相反,大儿子艾伦倒是从弟弟身上看到了自己过去生活的无聊和轻率,终于下决心替父亲的公司招徕了两桩大生意,并回心转意,和心爱的姑娘康妮结了婚,决心规规矩矩地成家立业。剧本的结局当然是大团圆俗套:父亲看到艾伦有所转变,不觉喜出望外,便同意他回公司工作。同时,他也觉悟到自己过去一心想主宰儿子们的生活是不合潮流的,终于同意他们脱离大家庭,过独立的生活。

西蒙的早期喜剧缺乏深刻的思想内容,主要是靠轻松幽默的笑料吸引观众,从而获取商业上的成功。《吹响你的号角》中就出现不少令人捧腹的场面,

---

① Bigsby, p. 18.

而且这类笑料十分自然,毫无牵强之处。它们一个接着一个,给人一种层出不穷的感觉,因而能自始至终抓住观众。例如,伯迪刚搬到哥哥寓所时,艾伦为了在他面前炫耀一下自己漂亮的女友,便邀请她前来。门铃响了,艾伦得意地告诉弟弟:“等我把房门打开,站在我面前的将是一位世上最迷人的姑娘。”谁知房门打开后,站在那里的却是他们那位怒不可遏的父亲。再如,伯迪未曾料到父亲会找上门来,赶紧躲进隔壁房间。父亲进门后对艾伦大加训斥,说他如何如何不务正业,夸他弟弟如何如何安分守己,岂料他所夸奖的伯迪此刻正在隔壁听着。这一类的笑料还很多,在短短一出戏中简直俯拾即是。再如,艾伦为了要讨好一位摩登女郎,曾骗她说要给她介绍一位米高梅影片公司的制片人,正好伯迪搬来他家,他就急中生智,让伯迪冒充那位制片人,结果伯迪由于连拍片的基本常识都不懂,大出洋相。总之,这出戏虽然思想内容比较肤浅,更谈不上对社会与人生有什么深刻的揭示,但作者所运用的喜剧手法却是十分成功的。

西蒙在剧中采用了不少幽默语言和俏皮话,用当时美国人常说的笑话、社会上轰动一时的新闻以及电视上经常出现的人物与剧目作为开玩笑的题材,这些笑料都是普通美国人耳熟能详、喜闻乐见的通俗笑话,因此特别受到观众的青睐,成为百老汇的轰动剧目。

在《吹响你的号角》之后,西蒙又写了一出轰动百老汇的喜剧《赤脚在公园》(*Barefoot in the Park*, 1963)。这出戏淋漓尽致地描写了一对新婚夫妇由于性格差异以及生活习惯不同而引起的种种矛盾。剧中的新郎是位性情严肃、办事认真的青年律师,而新娘则是个心地善良但办事不切实际且又任性的姑娘。作者对新娘的这一性格作了夸张的描写,从而引出了种种矛盾。例如,新娘结婚后担心母亲一人生活太孤单,便一厢情愿地把母亲介绍给住在阁楼上的一个怪老头,结果弄得笑话百出。再如,新娘为了图清静,不想有人来打扰,便找了一套五层楼没有电梯的公寓房子作新房。她自以为得计,弄得有事找上门的人都累得上气不接下气,但由此反而闹出许多意想不到的笑话。尽管剧本中这对新婚夫妇由于性格的原因产生种种矛盾和误会,最后还是发现自己深爱着对方,以言归于好而结束了全剧。《赤脚在公园》是一出典型的尼尔·西蒙喜剧,该剧既不强调深奥的哲理,也不着意于洞察社会与人生,而只以娱乐性取胜。然而它却拥有大量的观众,上演达 1 530 场,成为 60 年代美国赢利最大的一出戏。

西蒙在 1965 年写的《一对怪人》(*The Odd Couple*)是他最成功的剧本。该剧不但轰动百老汇,而且被拍成电视连续剧,数十年盛演不衰。剧本讲的是两个离了婚的单身汉的故事,他们为了互相有个照顾而搬到一起住,但在共同生活中却因彼此性格不合而产生一系列矛盾。在这出戏中,西蒙的喜剧才能又一次得到了充分的发挥。剧中的奥斯卡是个生活不拘小节、大大咧咧的男人,自从和妻子离婚以后,更加放任不羁,不懂得安排生活,后来弄得经济上入不敷出,连妻子的生活费都付不出。而另一位名叫费利克斯的却是因为过于讲究整洁,凡事定要一丝不苟才惹得妻子讨厌而被赶出家门。奥斯卡欢迎费利克斯搬来和他同住,一则可以有个伴儿解闷消愁,二则彼此可以互相照应。谁知两人共同生活后,虽然费利克斯把生活安排得井然有序,奥斯卡再也不愁缺衣少穿,甚至还有钱付妻子的生活费,但是他总无法习惯费利克斯那种一停下来就收拾房间的洁癖,似乎不把东西整理得整整齐齐,就食不甘味、寝不安席。奥斯卡对费利克斯的这种脾气忍无可忍,最后终于把他赶了出去。

作者非常善于利用人物截然不同的性格作为笑料,制造出一个又一个精彩的笑剧场面。例如有一次客人们前脚刚刚离开,费利克斯后脚就又忙着收拾起来,奥斯卡见后又大为恼怒,两人又争了起来。费利克斯任劳任怨地料理家务,给人一种既可笑又可怜的感觉。正是由于他爱整洁过了分,反而使别人感到不安和内疚,只有把他撵走才舒坦。比起前两个剧本来,《一对怪人》引起的笑多少有点沉重,这一点在他的后期喜剧中是屡见不鲜的。

60 年代西蒙还写了《星条女郎》《广场套房》《最后的狂恋者》等戏。《星条女郎》(*The Star Spangled Girl*, 1966)故事发生在编辑部里,星条女郎是年轻貌美、散发青春活力的索菲,杂志主笔诺曼发疯似地爱上了她,闹出很多笑话。该剧以谐谑和夸张的手法表现了 60 年代美国青年放荡不羁的生活情调。《广场套房》(*Plaza Suite*, 1968)是一出三幕戏,以 719 号套房为背景,以先后入住这个房间的房客为主角讲述了三个不同的故事,他们分别是一对中年夫妇、一对昔日情人、一位准备出嫁的新娘。西蒙在剧中成功地描写了人们在家庭和婚姻方面的种种心态和境遇,受到观众欢迎。

喜剧《最后一个情圣》(*The Last of the Red Hot Lovers*, 1969)以笑剧的手法描写了一个老实巴交的中年男子的三次失败幽会。这个名叫巴尼·凯希曼的中年人,有一个美满的家庭,一个经营不错的餐馆。照理他应该心满意足了,可是他不知怎么鬼迷心窍,想尝一尝放荡生活的乐趣。他对自己说,到了 47 岁这年纪还没有一次婚外恋的经验,实在是一种遗憾。他只想尝试一次,哪怕只是一夜情,然后再回到他那平静的生活中去。对于这个天性老实、不是干这种事的人,结果当然可想而知。他非但没有尝到丝毫"甜头",反倒闹出了不少笑话。凯希曼有一个十分有利的条件,他每星期可以有两个小时占用他母亲的套房和房内的两用沙发,因为在这时间内,他母亲到医院去义务服务。他就利用这块"宝地"来安排他的"伟大幽会"。然而他先后三次幽会找的对象都不对头。第一位是他在自己餐馆里遇到的轻佻女人,因生活不顺心而自暴自弃。她性欲很强,且无所顾忌,大有来者不拒之势,倒把主动邀她前来幽会的凯希曼吓得缩了回去。第二位是个失意的歌女，因生活和事业的失败而精神失常，而且还是个同性恋者。凯希曼注定重蹈第一幕里失败的覆辙。第三位是他妻子最好的朋友，她对他根本没有兴趣，只是因为丈夫有了外遇，为了报复起见才赴了他的约会。作者就是这样，将主人公放在种种尴尬境地，让他大出洋相。在这个剧本里，作者再一次发挥了他那插科打诨的天分。有些令人发噱的场景可以和莫里哀最精彩的场景媲美。例如，在描写凯希曼先生幽会前的准备工作时，可以看到他走了进来，脚上穿着长筒套靴。他把套靴小心翼翼地放在进门处的一张报纸上，手里拿着一只皮包，里面装着那天下午幽会时要用的酒和玻璃酒杯。他那副紧张而又下定决心的神态，比任何台词都更清楚地预示了这位先生很可能干不成。

70年代以后，西蒙的风格和追求有了较明显的变化。《第二大街的囚徒》(*The Prisoner of Second Avenue*，1971)是一部“用戏剧的形式表现精神苦恼”[①]的作品。主人公梅尔·埃迪森和妻子埃德娜住在纽约市曼哈顿区昂贵的公寓里，但生活环境相当差，邻居凶悍，噪声不断，臭气熏天，设备失灵，像是被关在监狱里一样。埃德娜描绘她的囚笼时说：“你住得像是第二大街动物园里关在笼子里的动物，一个房间太热，一个房间太冷，楼房一边被称为阳台的地方，房租收费过高，可连盆仙人掌也放不下，更不用说站两个人。”梅尔工作无保障，整日忧心忡忡，惶惶不安，想要报复邻居。但最后他声称自己精神上的毛病好了。这部描写都市中产阶级生活的戏，常常引起观众的会意笑声。《阳光男孩》(*The Sunshine Boys*，1972)主要写两位喜剧演员退休后生活的苦恼，但也不乏令人发笑之处。80年代西蒙的主要作品是布莱顿沙滩三部曲：《布莱顿沙滩回忆录》(*Brighton Beach Memoirs*，1983)、《比洛克西布鲁斯》(*Biloxi Blues*，1985)和《走向百老汇》(*Broadway Bound*，1986)。总体而言，西蒙剧作都有一个喜剧的结尾。在这半自传体的三部曲中，主人公尤金·杰罗姆是以剧作家本人为原型。剧情时间跨度大，以经济大萧条时期到二战前尤金的中产阶级家庭生活，到二战期间他在比洛克西营地进行的军事训练，再到战后他与哥哥成功打入广播喜剧创作领域的经历。西蒙晚年创作的《失守杨克斯》(*Lost in Yonkers*，1991)是描写一位古板专制但充满爱心的德国犹太籍老祖母与受她监护的两位聪明机智的孙子之间的代沟和冲突。

西蒙的创作表现出追求娱乐性的倾向，其基本特征是供人消遣的纯喜剧。由于西蒙掌握了一整套喜剧创作的诀窍和套数，因此能一部接一部地连续生产。比格斯毕指出：西蒙的喜剧也表现占据密勒、威廉斯作品中心地位的那种焦虑感、负罪感以及道德矛盾，但是他善于编织错综复杂、热闹欢快的情景，将

---

① Cohn, *New American Dramatists*, 1960—1990, p. 12.

紧张化解在幽默与感伤之中,从而转移矛盾,避免出现危机,①这是他得以征服百老汇观众的一个重要原因。

兰福德·威尔逊(Landford Wilson, 1937—2011)的发展轨迹基本上是沿着外外百老汇到百老汇的路径前进的。自1963年以来,他写了30多个剧本,并多次获得纽约剧评界奖、奥比奖以及普利策奖等美国重要戏剧奖。威尔逊出生于密苏里州莱巴农的一个工人家庭。五岁时父母离异,他随母亲迁到密苏里州另一个叫斯普林菲尔德的城市。母亲在一家服装厂干活,靠繁重的工作维持生活,后来又改嫁一个牛奶检查员,移居到密苏里州奥查卡的一个农场。尽管童年生活坎坷,家境也很贫寒,威尔逊学习却十分努力,而且具有广泛的兴趣。他不但喜欢田径运动,还喜欢绘画和戏剧,曾参加过学校剧团的演出。威尔逊1954年进了西南密苏里州立大学,但为时仅一学期便因付不起学费而辍学。1955年,他去圣地亚哥一家飞机厂当铆工,同时在圣地亚哥州立学院学习绘画和美术史。他去圣地亚哥,也是为了去寻找自己的生父,然而父子相见后却并不融洽,这使他十分失望。他在圣地亚哥待了一年便放弃学业,只身去芝加哥谋生,曾先后从事过许多行当。丰富的生活经历使威尔逊对人生有了深刻的感受和独特的思考,这些为他日后的戏剧创作打下了坚实的基础。

1963年是威尔逊人生的一个转折点。在这段时间里,他住在纽约格林尼治村。这是美国作家和艺术家聚居的地区,也是美国小剧场运动的诞生地。一天,他在外外百老汇的发轫地西诺咖啡馆看了法国荒诞派剧作家尤涅斯库《上课》一剧的演出,大受启发。就在当天夜晚,威尔逊经人介绍认识了这家咖啡馆的经理,外外百老汇运动的创始人乔·西诺。从此他的剧本便找到了一个合适的上演地。

从1963年8月上演了威尔逊的《告别集市》(*So Long at the Fair*)以后,西诺咖啡馆先后上演了他的《不准入内》(*No Trespassing*, 1964)、《布赖特女士的疯狂》、《免费的家》(*Home Free*, 1964)、《勒德洛集市》(*Ludlow Fair*, 1965)、《小溪在说话》、《今后的日子》(*Days Ahead*, 1965)、《流浪》(*Wandering*, 1966)等作品。在这些作品中,《布赖特女士的疯狂》和《小溪在说话》比较成功。《布赖特女士的疯狂》(*The Madness of Lady Bright*, 1964)的主角是一位变装皇后,全剧以她的独白表现人生的短促以及一个年过中年的人企图在回忆中找回青春的徒劳挣扎。该剧是最早正面表现同性恋人群的美国戏剧之一,被视为同类题材的里程碑之作。《小溪在说话》(*This Is the Rill Speaking*, 1965)是一出以田园诗式的农村生活为背景的独幕剧。该

① Bigsby, *A Critical Introduction to Twentieth-Century American Drama: Beyond Broadway*, pp. 18 - 19.

剧情节淡化，也没有明确的叙述线，只是通过六名演员（三男三女）的轮流变换身份来扮演日常生活中的 17 个人物，将他们的闲谈、农村生活的片断，以及不断变换的场景，犹如丝线穿珠子一般地穿在一起，表现出极富诗意的乡村生活图景。

在西诺咖啡馆由于经济亏损而倒闭以后，威尔逊便转向另一个外外百老汇剧团——拉妈妈实验戏剧俱乐部。他在该俱乐部上演的几出戏中，《吉里德的香膏》和《爱尔德里奇的诗人》最为成功。《吉里德的香膏》（*Balm in Gilead*，1965）描写的是万圣节期间纽约一家咖啡馆里发生的故事。剧中主人公乔是一位纽约中产阶级出身的青年，他正在从事推销毒品的非法勾当。贩毒头子交给他一批海洛因，要他立刻销掉，并规定在 24 小时内交钱。这时，乔在咖啡馆认识了一位来自芝加哥的难民琳达，两人相爱并向往着美好的生活。为此，乔对要不要去推销海洛因一事开始犹豫起来，时间却在一分钟一分钟地消逝，眼看 24 小时的期限快要来到。最后，乔决定洗手不干，但已为时太晚。贩毒头子怕他向官方自首，派人来到咖啡馆，给乔注射了一针过量麻醉剂，使他当场毙命。这个剧本虽然中心人物只有乔和琳达两人，但围绕着他们的有 30 多个角色。这些社会底层的人物聚集在咖啡馆里，对话此起彼伏、互相交替，而且每场戏之间都有卖艺人的演唱穿插其间，构成一幅熙熙攘攘的背景，产生一种日常生活在嘈杂声中不断运转的效果。该剧尽管描写了吸毒者、妓女、小偷和恶棍，而且主人公本人就是一名毒品贩子，女主人公后来也沦为娼妓，但是在这表面的丑陋和肮脏底下，仍然可以看出一种人性美，看出对高尚生活的追求。如果说《吉里德的香膏》表现的是底层人物身上美好的一面，那么《爱尔德里奇的诗人》（*The Rimers of Eldritch*，1965）则是通过对爱尔德里奇小镇生活的描写，揭示那些被人称道的英雄人物实际上不过是邪恶小人而已。因此在主题的揭示上，它恰恰和《吉里德的香膏》互为补充、相映成趣，而在风格上则试图将诗意和戏剧性结合起来，通过一个富有戏剧性的谋杀事件以及人们对此的态度来展开剧情。正如一位批评家所说，“《爱尔德里奇的诗人》不仅仅是一个精心编织的故事，它是一个小镇的传说”。①

对于威尔逊来说，在西诺咖啡馆和拉妈妈实验戏剧俱乐部上演作品，使自己得到社会的承认只是第一步。1969 年，威尔逊迈出了戏剧创作生涯的第二步。他和导演马歇尔·梅森（Marshall Mason）等人一起创建了环形轮换剧目剧院。此后十年，他为该剧院创作了不少在艺术上日趋成熟的作品，其中包括《家庭的延续》（*Family Continues*，1972）、《巴尔的摩旅馆》、《筑堤人》、《七月五

---

① Gautam Dasgupta："Lanford Wilson，" *American Playwrights: A Critical Survey* by Bonnie Marranca and Gautam Dasgupta (New York：1981)，p. 32.

日》、《塔利家的蠢事》等。与此同时,威尔逊进军商业剧院,分别于 1969 年和 1970 年在百老汇上演了新作《方格花布狗》(*The Gingham Dog*, 1968)和《柠檬色的天空》(*Lemon Sky*,1970)。除此之外,他还将自己在环形轮换剧目剧院上演过的剧本交百老汇商业剧院上演。1980 年,他的《塔利家的蠢事》和《七月五日》都在百老汇舞台公演并轰动一时,《塔利家的蠢事》还获得了该年度的普利策奖。

《巴尔的摩旅馆》(*The Hot l Baltimore*, 1973)是威尔逊的一部代表作,1973 年 2 月由环形轮换剧目剧院上演,并获得当年纽约戏剧评论界奖,被评为该演出季的最佳剧目。该剧在外外百老汇连续上演达两年多,受到观众的极大欢迎,给剧作家带来了空前的声誉。

剧本故事的发生地点巴尔的摩旅馆曾经是一家第一流的豪华旅馆,如今却已日渐衰败,甚至即将全部拆除作他用。剧名的英文是 The Hot l Baltimore,它如实照搬了挂在旅馆门外的那块缺了一个字母"e"的招牌,形象地反映了这座旅馆末日将临的悲惨命运,同时更暗示了住在这家旅馆里的人们的命运。巴尔的摩旅馆,这个当年曾受到达官贵人们青睐的出入场所,现在只是娼妓和各种社会底层人物的避风港。然而,即使这样一个简陋的栖身之处,也是朝不保夕的。旅馆经理已经通知房客,旅馆还有一个月的期限就要拆除了。面对这一大厦将倾的崩溃局面,剧中每个人物都在考虑自己的出路,对未来做出自己的打算。例如,年轻貌美的吉琪在犹他州买了一块地,准备和弟弟杰米一起去那里种庄稼。妓女苏希幻想能找到一个男妓,和他一起离开这个地方去开始新的生活。剧中另一个年方 19 的没有姓名、被大家称作"姑娘"的妓女,也是一个追求梦想的人。虽然她的梦想很抽象,很不实际,但她始终相信"在我的一生中一定会产生奇迹"。剧中几乎所有的人都在寻求着什么:"或是寻找一个亲人,或是寻找一段过去的回忆,或是一个想入非非的白日梦,或是漂泊在外的幸福。"[①]然而,他们大多数的梦想都是毫无结果的。例如,那位一心想着去犹他州种庄稼的吉琪,后来却发现自己倾家荡产所买的那块地只是一块长不出任何东西的盐碱地,最后不得不抛弃了弟弟远走高飞。

《巴尔的摩旅馆》往往令人想起奥尼尔的《送冰的人来了》。两剧确实有不少相似之处,所不同的是,奥尼尔着重表现生活在霍普酒店里的那些人们的幻想和白日梦,这些幻想和白日梦是他们赖以生存下去的唯一支撑。而威尔逊则强调这些生活中的失败者内心所怀有的希望和期待。从另一个角度看,作品又是对一个逝去的美好过去的痛惜。巴尔的摩旅馆始建于 19 世纪后半叶,它是当年林立在火车终点站附近的许多旅馆中的一座。剧本的舞台指示说:

① Clive Barnes, "Lanford Wilson's Hot l Baltimore," *The New York Times* 23 March 1973.

"它的历史反映了美国铁路的衰落。"对于光辉的昔日的留恋和对于衰败的现在的无奈,使作品带有较浓的怀旧色彩。但是,在全剧结尾时又出现了比较乐观的调子。此时爱普罗拉着杰米的手在教他跳舞。杰米的最后一句台词"教教我怎么走步"暗示着他不但最终摆脱了他姐姐对他的控制与支配,而且决心开始新的生活。爱普罗的回答由音乐声伴随,成了全剧的压轴句:"跳吧,他们就要把跳舞厅的地板掀掉。你听,推土机正在大门外吼叫哩。把音量开响点儿,比尔,要不我打断你的手臂。把音量开响!"正如威尔逊本人所说:"[剧中]有不少的希望。爱普罗和杰米一边喝香槟酒一边跳舞,在即将被拆除的旅馆中央一圈一圈地旋转,……这一意象是对生命的认可,对人生的认可,而不是对失败的认可。"①

《筑堤人》(*The Mound Builders*, 1975)的剧名指的是史前在密西西比河盆地及邻近地区筑护堤的北美印第安人。故事发生在伊利诺伊州的一个考古区,据说地底下埋葬着一个古代印第安人的神王。这一地区正要开辟为一个供人游玩的人工湖,因此,一支考古队要在建湖前找到这一遗迹。故事情节就在考古学家奥古斯特·豪、他的助手丹·罗金斯和当地人柴德·杰斯克之间展开。柴德·杰斯克拥有印第安人遗址所在的那块土地,他非常希望建造人工湖的计划能早日实施,这样,公路便可以一直通到他家,而且他家周围的几亩土地也可以成为建造游客旅馆和高尔夫球场的理想地点。作为这块土地的主人,他当然可以发一笔横财。因此,尽管他表面上热情接待奥古斯特·豪和考古队,暗地里却希望他们的考古失败。同时,他和豪的妻子辛西娅有着私情,暗中又对丹·罗金斯的妻子琼垂涎三尺。考古队终于找到了那座埋藏着稀世珍宝的印第安神王的陵墓,大家都欣喜若狂地欢庆这一考古学上的惊人发现。然而这一发现却打破了柴德的美梦。当他获悉奥古斯特·豪向当局报告了这一重要发现,当局决定取消在他家附近建造公路和人工湖的消息时,恰如一盆冷水浇头,万念俱灰。此时又获知琼已怀孕,这不仅使他失去了所觊觎的财富,也失去了所垂涎的女人。在疯狂的复仇欲的支配下,他残忍地杀死了丹,并用推土机摧毁了那个遗址,最后自杀身亡。全剧结尾是柴德和辛西娅的私情被揭露了出来,奥古斯特·豪的美好家庭被破坏,琼也成了一个怀了孕的寡妇,一个即将出土的古代文明被彻底消灭了。

《筑堤人》一剧的结构有其独到之处。剧情是以倒叙的形式展开的。剧本开始时,考古学家奥古斯特·豪正坐在自己的书房里,对着录音机口述自己对去年夏天发生的那件失败的考古发掘事件的回忆。随着他的思绪回到过去,舞台上的场景渐渐转换。一开始是由幻灯打在书房的墙上,然后,随着舞台灯

① Hedwig Bock and Albert Wertheim, eds., *Essays on Contemporary American Drama* (Munchen: Max Hueber Verlag, 1981), p. 229.

光的变换,场景转换成考古学家和他们的家属所生活和工作的一幢老式的农舍。该剧在结构上的时空交错,比起作者以往写的剧作都要复杂得多:在一个层面上,它是一出考古队探寻古代遗址的戏;在另一个层面上,它又是考古学家奥古斯特·豪教授大脑的活动,是他对过去经历的回忆。而这位考古学家既是故事的叙述者又是活跃在过去那段故事中的角色。而且,剧中过去和现在的并列与交叉,是通过音响来实现的。从时间顺序来看,考古队的工作在前,建造人工湖的工程在后。由于考古队发掘文物的地点和后来建造人工湖的工地相距很近,因此,当推土机的隆隆声和工人们建造湖床的打夯声传来,打断考古学家们的发掘工作时,便意味着时间从"过去"拉到了"现在"。推土机声和打夯声消失,则又回到了"过去"。

由于这样的结构,剧本造成了一种一切都必然归于徒劳的感觉。由于采取了倒叙手法,在剧本一开始,人们就意识到考古队的追求和梦想最终必遭破灭,因此,他们越是努力探寻,他们这种注定毫无成果的努力越是带有一种空虚和宿命的成分。作品在展示两种势力的斗争,即以丹为代表的理想主义和以柴德为代表的物质主义的斗争的同时,又让这两种势力最后同归于尽,这不能不说是体现了作者对人类前途与命运的悲观看法。

从《七月五日》开始,威尔逊创作了有关密苏里州一个家族的系列剧。他把这个家族定名为塔利家族。在威尔逊的笔下,这是一个可敬而又有点褊狭,而且有着威尔逊所心爱的行为异常的人的家庭。这第一出塔利剧的开场不是在7月5日,而是在1977年的7月4日,即美国建国200周年以后的具有象征意义的一年。这个家庭中的成员有萨丽姑妈、她的那位在越南战争中被打断双腿的侄子肯·塔利、肯的姐姐琼和琼的私生女雪莉。前来拜访塔利一家的不仅有肯的一位爱好植物学的朋友杰德,还有一位青年时代的朋友约翰·兰迪斯和他的流行歌手妻子格温。情节就在他们中间展开。

《七月五日》(*Fifth of July*, 1978)一剧的中心事件是肯·塔利打算把祖上传下的宅邸卖给老友约翰和格温·兰迪斯夫妇作录音工作室,因为格温正计划当一名唱片歌星。约翰和格温都是肯·塔利青年时代的朋友,他们和肯的姐姐琼曾一起参加过60年代的校园反战运动。随着剧情的展开,观众不难发现约翰是个背叛朋友的小人。15年前,他和肯以及格温一起筹划同去欧洲以逃避服兵役。可是在关键时刻他却丢下了肯,径自和格温去了欧洲。于是肯只得应征入伍,以致在战争中负伤而造成下肢瘫痪的终身遗恨。随着剧情的层层深入,又暴露出琼的私生女雪莉的生父就是约翰。这位十多年来没有尽过一天责任的父亲,此刻竟提出要和一直抚养雪莉的萨丽姑妈一起作雪莉的共同监护人。后来肯又发现,约翰其实并不爱他的妻子格温,他爱的只是她那笔丰厚的财产而已。他真正感兴趣的并不是他妻子的艺术生涯,而是如何通过灌制唱片来赚一笔钱。其实从他为了买下庄园而和肯讨价还价中,已能看出他口是心非的两面派作风。

在剧中萨丽姑妈也是一个必不可少的人物。她和丈夫马特·弗里德曼一直扶养着琼的私生女雪莉。后来丈夫故世了,她打算带着丈夫的骨灰离开庄园,去外面找个安葬地。但当她得知约翰要把庄园弄到手时,便毅然改变初衷。趁肯还没有决定把庄园转手给约翰时,她便先下手为强,在杰德的帮助下,一清早就把马特的骨灰撒遍庄园里的玫瑰花园。这一举动使肯最终做出了不卖庄园的决定,因为马特的骨灰带有对庄园的祝福和保佑之意。最后塔利家族团结一致,决意不忘过去,也不怕面对未来。

尽管《七月五日》一剧的剧情发生在1977年,尽管剧中自14岁到67岁各年龄层次的人物都有,它主要表现的却是60年代激进而动荡的美国校园中的一代。这一代人曾经积极参加人权运动、反战运动、女权运动等激进的反政府和反传统文化的运动。当时轰轰烈烈的20万人的华盛顿大进军以及白宫草坪上的静坐示威,至今在这一代人的心中留有不可磨灭的印象。剧中的4个主要人物肯、琼、约翰和格温就曾经是60年代后期伯克利校园中学生运动的活跃分子,但到了70年代后期,他们的思想和生活准则都经历了重大的变化。作者所要表现的,就是这一代人从激进到心灰意懒、从关心国家和人类命运到崇尚物质主义的转变。其中约翰的变化最大,他已完全变成一个追求物质利益的拜金主义者。而肯和琼这姐弟两人,则变得悲观失望,但他们又常常用玩世不恭的态度来掩饰自己的失意和对人生的幻灭感。

肯·塔利,这个在越南战争中失去双腿的人,显然是全剧的中心人物。他不可能像约翰和格温那样去重新塑造自己,通过成为流行歌星和演出经纪人去追求商业上的成功。他不但身体残缺,而且精神上也萎靡不振了。他已经没有什么理想和追求。他过去曾经是个受人爱戴的中学教师,他选择了教师职业,并从中找到人生的意义和乐趣。而现在,他却害怕支撑着残疾的躯体站在讲台上"亮相"。他从人生的舞台上退了下来,甚至打算卖掉庄园浪迹天涯。然而,在内心深处他仍然希望回到自己的工作中去。这一点在剧本一开始他通过录音带仔细听一位有语言障碍的学生讲述故事以及后来他苦苦地练习仰卧起坐中都可以看出。最后,他终于战胜了自己,渐渐恢复了对生活的信心。他甚至考虑如何写好教案,如何安排明天的工作。在全剧结尾时,他大声地朗诵起在剧本开始时的那段学生讲的故事,以此来表达自己的感受:

在他们探索了宇宙中所有的恒星和这些恒星的所有卫星后,他们意识到在宇宙中没有其他生命,他们是独一无二的。于是他们非常高兴,因为这时他们才知道现在轮到他们把自己变成他们想象当中希望寻找到的东西。

这最后一段话令人想起《巴尔的摩旅馆》一剧结尾时爱普罗和杰米在即将拆除的旅馆中央翩翩起舞的情景。它同样传递了"对生命的认可、对人生的认可,而不是对失败的认可"这样一个信息。特别值得一提的是该剧在人物塑造方面比以前的剧作有了很大的进步。尤其是肯·塔利这一人物,写得非常真实可信,在六七十年代美国青年中具有典型意义。

《七月五日》自1978年3月起在环形轮换剧目剧院连续上演了168场,受到了广泛的好评。第二年,洛杉矶的马克·塔帕尔剧院也上演了此剧。1980年10月,剧本经过作者本人两次修改后被搬上百老汇舞台,获得了极大的成功。

《塔利家的蠢事》(*Talley's Folly*, 1979)是威尔逊所写塔利家族史系列剧的第二部,在这个剧本里,威尔逊进一步发挥了他在《七月五日》中所体现的结构紧凑、人物性格真实可信的特点。该剧是一出独幕剧,讲的是42岁的犹太裔会计师马特·弗里德曼和31岁的护士萨丽·塔利之间的一段罗曼史。在《七月五日》中,年事已高的萨丽姑妈带着已故丈夫马特的骨灰回到塔利庄园。而《塔利家的蠢事》一剧发生的时间则要追溯到33年前的1944年7月4日。场景是萨丽的伯父威斯特勒·塔利建造的一幢眺望台式的游艇库房,剧名中的所谓"蠢事"(folly),指的就是这种造价大而毫无实际用处的怪异建筑物。在一年前的夏天,马特曾和萨丽有过一段短暂的恋情。现在马特又回来追求她。由于犹太血统和激进的政治观点,马特受到塔利一家的冷遇。萨丽的哥哥甚至取出猎枪要把他赶走:"你就是萨丽的那个犹太朋友,是吗?……你听说过私闯民宅是违法的吗?"于是他不得不逃走,躲进那个眺望台式的游艇库房,并在那里遇到了萨丽,向她倾吐了爱慕之情。

《塔利家的蠢事》不仅仅是则爱情故事,它跟威尔逊1973年以来写的其他一些剧本一样,着重表现了那些被社会排斥的人如何面对过去和正视自己。剧中主人公萨丽和马特都是所谓"不合潮流的人"。萨丽在她那个保守的英国新教徒移民家庭里是个不服从家规的不肖子孙。而马特在他们眼里则是一个"共产党员和异教徒"。他们的结合当然不容于塔利家族。剧中,马特以第三人称叙述了自己流亡美国的经历。这一叙述的高潮是他袒露自己的身世:原来,在第一次世界大战期间,他父亲是个普鲁士工程师,曾参与一种新式武器的研制工作,为此,他的女儿遭到法国警方追捕。为了获得有关新式武器的情报,警方竟然将她折磨至死。后来,马特的父母为了逃离欧洲也惨遭德国人的杀害。当时年仅九岁的马特和叔父乘上一只小船逃亡美国,才得以虎口余生。由于早年的悲剧,马特对人类前途十分悲观,他甚至决定自己不要孩子,以免下一代再因政治斗争而遭不幸。由于有了这种想法他觉得对不起萨丽,觉得自己不配做她的丈夫。但他又不愿意轻易放弃这在他看来或许是最后一次获得萨丽爱情的机会。于是他把自己的一切向萨丽和盘托出。在马特作出自我表白后，萨丽也披露了自己的隐情：原来她曾和一个名叫哈利·坎贝尔的人订过婚。后来她患了肺结核，使婚期一拖再拖，最后因得了并发症导致不育而使婚事失败。由于这一原因，她在家族中陷于孤立无援的境地，因为她那势利的一家都希望通过她跟哈利·坎贝尔的婚约达成两个望族的联姻。她这样回忆道："人人都来医院看望我，人人都说能不能生育没什么关系。可是等到哈利从学校毕业的时候，坎贝尔家却再也不跟我们家来往了。那时候父亲看着我的样子就好像我是堆废物。"

剧本将马特和萨丽表现为社会偏见与外界压力的受害者，然而，他们却在共同的厄运中找到了安慰。全剧结束时，这对恋人深信一定有个"调皮的天使"把他们系到一起了。该剧以情节的朴素简洁和人物刻画得栩栩如生而见长。达斯古塔指出，剧本对观众所产生的强烈感情震撼，"应该归功于威尔逊对他笔下两个人物的极度的内心痛苦与恐惧的把握，以及对他们小心翼翼地互相袒露心扉的精心处理"。[①]

1980年，《塔利家的蠢事》在百老汇上演，获得巨大成功。同年，该剧赢得了普利策戏剧奖。再次证实了广大观众和剧评界对威尔逊戏剧创作才能的认可。

《塔利父子公司》(*Talley & Son*, 1985)故事发生的时间与《塔利家的蠢事》重合，即1944年7月4日。塔利家里人聚在一起，讨论生意上的事，因为有一家公司要买他们的制衣厂。老卡尔文还活着，而他20岁的孙子蒂米·塔利已在太平洋战争中阵亡。威尔逊安排蒂米充当这部戏的叙述者，揭露卡尔文、他儿子埃尔顿以及孙子巴迪的贪婪和欺诈。如同海尔曼的小狐狸，威尔逊剧中的塔利家族成员受利益驱动，人与人之间的关系完全被金钱关系所左右。

威尔逊80年代及以后还创作了《一个传说故事》(*A Tale Told*, 1981)、《天使堕落》(*Angels Fall*, 1983)、《把这烧掉》(*Burn This*, 1986)、《红木窗帘》(*Redwood Curtain*, 1992)、《同情的魔法》(*Sympathetic Magic*, 1998)、《日子之书》(*Book of Days*, 2000)、《雨之舞》(*Rain Dance*, 2002)等作品。几乎他的所有剧作里都有被社会抛弃的人或不适合时代潮流的人(misfits)出现。威尔逊善于在作品中探索人的爱憎、妒忌、贪婪、暴虐等不同的感情，并刻画人的精神和肉体的堕落。他的剧作具有一种诗意的真实，很少呈现出剑拔弩张的戏剧张力，有些批评家把他的风格誉为"诗意的现实主义"(poetic realism)。[②] 和怀尔德以及英奇一样，威尔逊的作品有一种"抒情的，甚至是伤感的成分"，[③]为他赢得百老汇观众的青睐。

---

① Marranca and Dasgupta, p. 38.

② Marranca and Dasgupta, p. 27.

③ Bigsby, *A Critical Introduction to Twentieth-Century American Drama: Beyond Broadway*, p. 27.

## 第二节
## 里布曼、雷勒和古阿尔

当代的美国剧坛,既有在百老汇红极一时的作家,也有有意识地偏离百老汇,专为实验性的外外百老汇写作的作家。但更多的却是徘徊在两者之间、在题材和形式上都力求远离百老汇传统的作家。但是他们并非刻意回避百老汇,偶尔也有戏在那里演出。在这些作家中,里布曼、雷勒和古阿尔较为突出。

罗纳德·里布曼(Ronald Ribman, 1932— )出生于纽约市,受过正规的大学教育,并获得博士学位。他早年在匹兹堡大学读书时就曾写过一两个剧本,并在大学的文学刊物上发表,但没有引起多大反响,也没有获得上演的机会。1965年,他的《哈里,午和夜》(*Harry, Noon and Night*)上演,故事发生在1955年慕尼黑的一个中午和夜晚,是一出关于一位自诩为艺术家而实质上不过是个"失败的小丑"的美籍犹太人哈里的剧本。《第五匹马的旅程》(*The Journey of the Fifth Horse*, 1966)是根据屠格涅夫《多余人的日记》改写的。在原来的故事中,一个遭到拒绝的情人——一个多余的人在孤独和不幸中默默无闻地离开了人世。里布曼在故事中巧妙地增加了一个审校人,他对死者留下的那本日记越读越入迷。日记中记述的种种景象在这位审校人热病似的想象中不断再现,引起了他充满激情的反应。因为他自己也有过类似的经历,曾遭到过两个女人的拒绝。剧中那匹医生马车上套的第五匹多余却又备受折磨的马,便成了日记作者和审校人这两个多余人的隐喻。然而,最终日记作者并非多余,因为他激发了另一个人充满激情的幻想。

从历史剧《无罪的典礼》(*The Ceremony of Innocence*, 1967)开始,里布曼转向对社会进行直接的批评。《无罪的典礼》借助11世纪英国的历史题材,表现出作者鲜明的和平主义思想。全剧以倒叙的手法描写了英王埃塞雷德不顾王室成员和本国贵族的一致反对,拒绝攻打宿敌丹麦的故事。该剧特别强调狭隘的爱国主义所导致的战争狂热必将使人丧失理智,造成人类的惨剧。在埃塞雷德王国中,即使最有头脑的人也传染上了战争狂热病,连国王的儿子也在这种狂热情绪驱使下阵亡。战争不但给本国人民带来无边的痛苦,也使邻国深受其害。温柔美丽的丹麦公主也成了战争的受害者。剧本故意让一个又一个美丽而善良的生灵惨遭涂炭,因而使它具有发聋振聩的效果。《无罪的典礼》的写作年代,正是美国在越南战场上越陷越深、举国上下反战情绪日益高涨的年代。虽然该剧并没有提到一句关于越南的话，剧情和场景中也没有这类暗示，而且里布曼本人也说过："这个剧不是一出关于什么鹰派和鸽派或越南战争的戏。"[①]但可以想象作者在创作此剧时不会不想到当时正在发生的人类残杀。

相比之下，里布曼同年为CBS电视台写的电视剧《奥利·温特的最后一场战争》(*The Final War of Olly Winter*)则直截了当地描写了这场战争的残酷和不人道。剧中的美国黑人奥利·温特是个职业军人，有着一副慈善心肠。他在战场上收容了一位越南姑娘、一个婴孩、一个越共战俘，甚至还收容了一只无家可归的狗。他不断地扩大着自己的这个由姑娘、婴孩及战俘组成的杂牌军，最后却仍不免一死。里布曼作品中的社会批评倾向，在随后的几个剧本中进一步有所深化。

《花一般蓝的指甲》(*Fingernails Blue as Flowers*, 1971)一剧的中心人物是里布曼笔下写得最好的一个陷入困境的形象：他木然地坐在海滩椅上，不为周围的人注意。作者的本意似乎想把他写成一个只活跃在往事回忆中的老人。他使我们想起著名荒诞派剧作家贝克特《克拉普的最后一盘录音带》中那位风烛老人。剧本带有十分浓郁的沧桑感和生命意识。

《毒树》(*The Poison Tree*,1976)是一出描写监狱的戏，它在直截了当地评论监狱状况和种族偏见的同时，将剧中操纵他人命运的狱卒，写成是自己的受害者，而将剧中所有的人物都表现为环境的奴隶，以此来展现剧名所包含的隐喻。一开始，剧中一个黑人囚犯把手伸出铁窗，抓住一个白人狱卒并将他掐死。这个死去的狱卒的朋友迪·桑蒂斯由于这一事件以及其他狱卒对此事的冷漠而受到很大的刺激。于是他暗中策划着恶魔般残酷的报复行动。他唆使一名囚犯在另一名即将获得假释的囚犯的褥垫底下藏了一件武器，以此来诬陷他。那个囚犯由于被查出武器而受控告，竟自缢身亡。这一来激起其他囚犯的义愤。当迪·桑蒂斯训斥他们之后，那个受他挑唆如今怀着内疚感的受害者勒死了迪·桑蒂斯。而在场的人谁也没有伸出一个指头去帮一帮被杀害的桑蒂斯。在这个剧本里，里布曼描绘出一幅地狱般的充满血腥和杀戮的画面。严厉而无情的监狱生活使人们变得粗鲁残忍，失去了人性。正如剧中一名囚犯所说的："我们是一棵充满了毒液的高大的黑树。"

《冷藏库》(*Cold Storage*,1977)的场景设在一家医院的癌症病房里。剧中人伦道是个对人生极端冷漠而又常常显得滑稽可笑的饶舌者。他还是个八岁的孩子时，全家人帮助他逃脱了纳粹的大屠杀，而他们自己却全部惨遭杀害。因此，他对自己患了癌症的躯体没有什么留恋，甚至希望早日从这罪恶的躯壳

① Gerald Weales, "Ronald Ribman, the Artist of the Failure Clowns," *Essays on Contemporary American Drama*, eds., Bock and Wertheim, p. 73.

中解脱出来。剧中另一个病人帕米吉恩却是一个求生欲望强烈的人。他已60多岁,病得也更重,但他喜欢开玩笑,一遇到伦道就要和他开一些既机智幽默又残酷尖刻的玩笑。他满不在乎地说:“他们取出我的膀胱,切除我的前列腺,把大肠钩到我的尿道上,把肠子拴在股骨上。”帕米吉恩的黑色幽默和对生存的依恋使伦道认识到自己对生命的冷漠。于是,他和帕米吉恩一起开起玩笑来,一种新的人生意义于是透过这笑声弥漫了整个病房。显然,剧本歌颂的是面临死亡而无所畏惧的强者。这个剧本一开始在美国地方剧院上演,后来进入百老汇并获得了成功。

《巴克》(*Buck*, 1983)对美国的电视节目进行批评。主人公巴克·哈洛伦在头脑里想象着如何谋杀他的妻子和她的情人,构思出一部关于谋杀的电视连续剧。他的老板为了在竞争中保持领先地位,坚决反对他将凶手和受害者人情化,要求他增加暴力、色情场面。里布曼自己也写电视剧,但他是一位有道德意识的作家,作品比较正统。里布曼80年代中期创作的剧本有《毒蛇蛋》(*A Serpent's Egg*, 1987)、《食人者面具》(*The Cannibal Masque*, 1987)、《黎塞留河畔的甜点桌》(*Sweet Table at the Richelieu*, 1987)、《混沌地毯商》(*The Rug Merchants of Chaos*, 1991)、《红蜘蛛之梦》(*Dream of the Red Spider*, 1993)等。

里布曼的作品取材十分广泛,在他的作品中可以看到中世纪的英格兰,可以看到20世纪50年代的德国,也可以看到当代禁闭囚犯和病人的地点——监狱和医院。然而,无论作者把我们引向何处,他始终执着地表现了人对于人的非人性这一主题。里布曼的剧作既不属于传统派,也不属于先锋派。他坚持使用灵活自如而又最大众化的当代口语,并以此表现出自己鲜明的个性。

戴维·雷勃(David Rabe, 1940— )出生在艾奥瓦州迪比克一个中产阶级的天主教家庭,在那里上大学,1962年进入维拉罗瓦大学攻读戏剧硕士学位。1965年他应征入伍,被派往越南,两年后退役。越南之行给他的创作有很大影响,他在作品中很自然地把自己的亲身经历与感受写了进去。雷勃对那种仅供娱乐的作品非常反感,他不喜欢商业戏剧,更讨厌音乐剧。他说:“(从越南战场)回来以后,戏剧的分量仿佛轻了,所有那些毫无价值的闹剧、隐喻、闪闪发光的金属片,矫揉造作的姿态和华丽的服饰都被塞进了一个形式中去,这个形式如同机器一样死板,会源源不断地生产出和它自己同样形状的产品来。”① 显然,从越南战场上带回的沉重感,使他无法欣赏轻松消遣的作品。

在70年代,雷勃创作了著名的“越南三部曲”。《帕夫洛·赫梅尔的基本训练》(*The Basic Training of Pavlo Hummel*, 1971)追溯一个士兵从基本

① Cohn, *New American Dramatists, 1960—1990*, p. 32.

训练开始直到在越南丧生的全部过程。剧本主人公赫梅尔虽然是个两次负伤而坚持上前线的士兵，但在他身上多的不是英雄主义而是没有头脑的蛮劲。他之所以要上前线，是因为在那里可以充分展示“粗野汉子”的魅力。他对自己非常满意，以自己的制服、下流的语言和旺盛的性欲而自豪。然而，他的死却是一种嘲讽。他是在接受命令上前线之前，到妓院去找他的老相好时和一名中士因争风吃醋而被对方打死的。当然，他在争风吃醋时仍不失“英雄气概”，赤手空拳地把对方扔过来的手榴弹接住。而且，他这健壮如牛的身体在受了重伤以后，居然花了“四天零三十八分钟”才闭了气。然而，他的战斗生涯和好兵帅克的战斗生涯一样，是对战争的一种讽刺，对部队的“基本训练”的一种挖苦和嘲笑。《帕夫洛·赫梅尔的基本训练》不仅仅宣扬了和平主义，而且它将基本训练作为一种仪式，就像布朗的《禁闭室》中所描写的监狱常规一样，为我们提供了一种直觉的戏剧力量。

在《帕夫洛·赫梅尔的基本训练》上演不久，雷勃的另一个剧本《棍子与骨头》(*Sticks and Bones*, 1971)问世了。《棍子与骨头》的主人公戴维是一个从越南战场退伍的双目失明的军人，回国后发现他的家庭是一个他无法接受的电视喜剧迷的家庭。他无法容忍这样一个家庭，他也无法被这样一个家庭所接纳，其结果当然只能是悲剧。雷勃笔下的这个美国家庭，是一个快活的中产阶级家庭，舒适、刻板便是这个家庭的日常秩序。但当戴维双目失明从越南战场回家时，这种秩序被打乱了。这个对电视情境喜剧津津乐道的家庭中的每一个人，无论是父亲、母亲还是兄弟，都拒不承认戴维在心理上和肉体上所承受的痛苦，更无视他那段他们没有经历过，也无法想象的生活。他们无法理解他对那个越南妓女的思念以及在幻想中不断地和她说的话。戴维的存在，对于家人的“幸福”是一种威胁。所以他们敦促他用自己兄弟的剃须刀割开自己的手腕。

《飘带》(*Streamers*, 1976)是“越南三部曲”中的最后一部作品。故事发生在美国国内一座为越南战争训练和输送人员的军营里，展现四位士兵之间关于战争、性和种族的矛盾冲突。该剧通过这里的凶杀和同性恋事件，揭露了庄严的军旗遮掩弥漫于军营角落里的腐败、堕落、残酷和黑暗。雷勃并不同意把“越南三部曲”列为“反战作品”，因为他不希望给自己的作品贴上任何标签，更何况这一标签既代表着一种他从来就不愿意写的东西，照他自己的说法就是“政治小册子中的空洞语言”，又代表着他所不相信的那种关于戏剧的政治作用的假设。但是，雷勃的创作素材来源于他的军旅生涯，作品本身表明了他对这场不义战争的态度。

除了以越南战争为题材的作品外，雷勃还写了一些其他题材的作品。《孤儿》(*The Orphan*, 1973)是一出根据希腊悲剧诗人埃斯库罗斯的《俄瑞斯忒斯三部曲》改编的剧本，用来表现一个在战场上失去了儿子的家庭的悲欢。剧中还穿插了对美里(越南地名)暴行的回忆。从这个剧本可以看出,尽管作者想超越越南战争的题材,进入一个新的创作领域,但是作为一位曾经亲临越南战场的剧作家,他还是会时时将自己的亲身感受表现在作品之中。

《蓬蓬屋》(*The Boom Boom Room*, 1974)是一出被认为是女权主义的剧作。作品描写了一个低级夜总会舞女的悲惨生活。"蓬蓬屋"实际上是一个性市场,雷勃用它来隐喻美国的现代文明。在那儿,艺术堕落成淫乱的工具,人们都用面具将真正的自我掩藏起来。作者在剧本中把克丽西表现成一个男性统治社会中的受害者。她早年受到父亲的虐待,在第一场中,父亲就回忆起用皮带抽打她的往事。后来,她丈夫为了扼杀她刚刚萌芽的寻求独立的愿望,又毒打了她。所有这些人,她的父亲、母亲、丈夫、情人,以及蓬蓬屋里的那些寻欢作乐的人,代表着一种压抑她个性的社会势力。在这样一个社会里,克丽西失去了自我。她说:"……人们要是跟我一样活着,就永远幸福不了。我的意思是生活在残酷、下流和自私之中。在我的内心,连一个自我都不存在。"

80年代雷勃继续有剧作问世。《纷乱》(*Hurlyburly*, 1984)是根据他1975年在好莱坞找工作当电影剧本作家的经历写成,剧中的埃迪与米基是好莱坞两位负责分配角色的导演,他们合住在一所房子里。埃迪的朋友菲尔在剧中占据重要地位,戏开始时,他来到埃迪的住所,诉说他与妻子苏西发生一场争吵,决意分手。菲尔有一副硬汉外表,曾经坐过牢,现在好莱坞给别人跑龙套,当配角,起个点缀、道具的作用。米基对菲尔没有好感,埃迪则富有同情心,被菲尔所吸引。苏西虽然没有出现在剧中,但对菲尔的生活有很大影响。她渴望有个孩子,12岁起就想做母亲,给玩具熊换尿布。菲尔不想要孩子,后来还是回到妻子身边。一年之后,孩子生下来刚满月,菲尔就与苏西离婚,不久,他在一次车祸中丧生。菲尔生前写给埃迪一个条子,说"意外事故中丧生的人理解命运的本质",暗示他的死乃命中注定,他是自杀身亡。雷勃在"后记"中告诉读者,"纷乱"这一剧名取自莎士比亚的《麦克白》。埃迪在描绘他和菲尔的生存状态时曾说:他们只是为他人生活作衬托,是在纷乱中碰撞的"硬纸板剪图"。继《纷乱》之后,雷勃创作了《鹅与手鼓》(*Goose and Tomtom*, 1986)、《怜悯问题》(*A Question of Mercy*, 1997)、《狗之难题》(*The Dog Problem*, 2001)等剧。其中《河水收留他们》(*Those the River Keeps*, 1995)在一定程度上是对《纷乱》的穿插补充,两幕四场戏的时间分别是菲尔离开苏西和他回到她身边的时候。雷勃在剧中对菲尔的过去作了更多的交代:菲尔曾经杀过人,将尸体扔在河里。他决定重新开始生活,让河水收留他的过去。但是过去时常浮出水面,成为他在《纷乱》的暴力行为的根源。菲尔要求得到苏西毫无保留的爱,而苏西希望的是一个梦幻家庭,这一希望有可能排斥菲尔。《河水收留他们》围绕菲尔夫妇就是否要一个孩子而发生的争执,展示了现代社会男女关系中的“权力斗争”。①

雷勃对于戏剧结构的把握，对于美国生活和人性弱点的辛辣批判，以及善于将现实主义、表现主义和荒诞手法熔于一炉的表现方法，使他的作品具有一定的深度。

约翰·古阿尔(John Guare, 1938— )和他同时代的许多外外百老汇剧作家一样，是60年代中期在西诺咖啡馆开始自己的戏剧创作生涯的。他生于纽约市，受到传统的中产阶级天主教教育，后进入乔治敦大学和耶鲁大学戏剧学院读书。古阿尔很有戏剧创作天赋，年仅10岁就开始写作剧本，但直到他进大学后，剧本才获得上演的机会。由于他出生在纽约市而且在那里长大，因此他对于大都市的人所面临的种种问题十分敏感。那些穷困潦倒的人物，栖居在年久失修的破旧住宅里，永远为着失去的机会而争吵和抱怨，时时流露出城市居民特有的狂躁和偏执。他们有的总把希望寄托于一个更好的生活，不断为自己编织虚幻的梦，结果却只能越来越深地堕入失意和绝望。有时他们甚至还会用毫无理智的暴力和仇恨来宣泄自己的愤怒和怨气。这些人物在古阿尔的笔下表现得栩栩如生。

《星期二我有事要跟你讲》和《一年中最可爱的一个下午》是古阿尔在1966年为西诺咖啡馆写的两个短剧。这两个剧本素描式地表现了城市生活，而且都是在几乎没有任何布景的空舞台上演出。这两个作品已经蕴含着作者后来作品的主题和风格。

《星期二我有事要跟你讲》(*Something I'll Tell You Tuesday*, 1966)向我们展示的是平庸而缺乏生气的家庭生活。剧中的两对夫妻，一对已经年老退休，一对仍旧年轻而有点歇斯底里。他们那刻板而平庸的生活只有在经常爆发的争吵中才显得有点生气。剧情是通过一对老人的女儿和女婿的来访展开的，作者用一种自然主义的手法，避免曲折夸张的情节，只是向观众呈上“生活的一个片断”。当那对年轻夫妇为了琐事争吵不休时，老两口便带着怀旧的心情回忆起自己过去的争吵。在作者的笔下，生活中很少有爱抚、关怀和友情这类温馨的东西，这种对日常生活的暗淡的解释，几乎贯串着古阿尔的作品。

《一年中最可爱的一个下午》(*The Loveliest Afternoon of the Year*, 1966)中的男女主人公是两个在公园里偶然相遇的孤独者，作者甚至没有给他们起名字，只是把他们称作他和她。通过两人的相遇、相识和交谈，作者试图表现素昧平生的人们之间缺乏信任和友情的冷漠和戒备，而只有在最后暴力与灾难出现时，她才相信了他。剧中运用了不少闪回的手法，将过去自然地融

① David Rabe, *Hurlyburly and Those the River Keeps* (New York: Grove Press, 1995), p. viii.

进现在,使现实与回忆交织在一起,形成一种既真实又虚幻的感觉。

古阿尔的下一个剧作《缪齐卡》(*Muzeeka*,1968)显示出他的创造性和熟练技巧。剧中主人公杰克·阿尔古是一个空想家,他企图将人类从冷漠懒散中惊醒过来,并希望改造他们。在这个作品中,作者不仅嘲笑了美国的社会,而且也嘲笑了那些中产阶级中所谓对人类具有忧患意识的改革家。剧中常常穿插一些带有闹剧性的场面,例如,主人公应征入伍后来到越南战场,在那里,士兵们为了让电视台报道他们的战斗生活而表现得十分英勇,为了上电视镜头甚至化了妆上阵地。而那位所谓的改革家也是其中之一,在这些闹剧场面背后,不难看到作者的深意。

在这之后,古阿尔写了独幕剧《自首》(*Cop Out*, 1969)和《家中失火》(*Home Fires*, 1969),雄心勃勃地想借助它们打入百老汇,但是这两个短剧在百老汇只上演了一周就告停演。这一失败使古阿尔大伤元气,并促使他离开美国前往欧洲。1970年,他携着第一个多幕剧《蓝叶屋》返回美国。这个剧本标志着古阿尔的创作进入了一个新的阶段。在这之后,他一连创作了《马可·波罗的独唱》、《阔绰而有名》、《肉体风景画》、《胸脯与冷落》等作品。

《蓝叶屋》(*The House of Blue Leaves*, 1970)中的人物已不再是怀着改造社会的崇高使命的改革家。60年代的愤世嫉俗让位给70年代的沮丧失望。中产阶级的人们拼命地想挣脱他们那令人窒息的环境,就像剧中主人公阿蒂·肖纳希一样,他梦想着去好莱坞,却发现自己那美好未来的梦想像一阵轻烟一般消失得无影无踪。阿蒂·肖纳希是一个动物园饲养员兼失败的歌曲作者。他已经到了"年纪太大而无法成为新秀"的年龄,但他仍希望有所突破,能在好莱坞找到与自己作曲天赋相适应的工作。这一天正好是教皇访问纽约的前夕。他的老朋友,在好莱坞当导演的比利·爱因豪恩突然来到他家,令他喜出望外。但比利劝他不要去好莱坞,还是待在他的纽约皇后区,因为在这儿他毕竟"面对着现实"。

然而,阿蒂的所谓现实,正是作者笔下的那种典型的城市生活:他结婚已有18年,得扶养一个患了疯病的妻子巴娜娜斯和一个恶魔般的儿子罗尼。还得应付那个靠勾引男子勒索钱财的情妇本妮。随着剧情的展开,阿蒂的"现实生活"中出现了一系列怪诞而奇特的事情:比利的女友,一个耳朵有点聋的影星顺便来看他们,却被患疯病的巴娜娜斯把她的助听器嚼得稀烂。三个狂热的修女爬窗进来,想从阿蒂家的电视机上看一眼教皇的风采。接下来事情变得越来越荒诞不经:那几个修女,竟忘记了自己前来的初衷,为了和前来参加教皇招待会的电视台名流一起照相,居然争得不亦乐乎。阿蒂的儿子罗尼携带自制的炸弹企图暗杀教皇,被警察抓获后,将炸弹往那个影星身上扔,结果炸死了影星和两个修女;失去情人的比利携阿蒂的情妇本妮逃走;罗尼被押送罗马。经过一场闹哄哄的滑稽剧，一切又复归平静，阿蒂发现自己仍然孤单单地和疯妻巴娜娜斯在一起。他的生活还是像剧本开始时那样平淡无味，毫无生气。剧中的蓝叶屋实际上就是一座疯人院，而这疯人院又隐喻了当代的美国。古阿尔自己在谈到这个剧本时指出，它是以闹剧形式表演出来的痛苦的家庭处境。[①]《蓝叶屋》一剧使古阿尔名声大振。他为此获得了奥比奖和纽约剧评界奖。接着，他改编的《维洛那二绅士》也被提名为当年度的最佳音乐剧。

古阿尔的《阔绰和有名》(*Rich and Famous*, 1976)充分发挥了作者的喜剧讽刺才能。该剧的主人公是一位百老汇剧作家，他有一个带有喜剧色彩的名字宾·林铃(Bing Ringling)。宾·林铃写的第843出戏就要上演了，这是一出带有自传性的作品。开场时，宾·林铃穿得整整齐齐，佩戴着崭新的衣袖链扣，上面标有R(代表阔绰)和F(代表有名)的字母。剧终时，宾获悉百老汇肮脏卑劣的内幕后，取下一只链扣扔了出去。剧中和宾穿着一模一样的另一个男演员和一个女演员，也扔出一只链扣。当宾想取下另一只链扣时，就是取不下来。"他不能放弃这最后的一只链扣。他心情沉重地垂下了手。另外两个演员也如法仿效"。显然，作者想通过这个剧本来表现百老汇剧作家名和利不能两全的困境，剧中的一些台词，例如"我因为剧本没有打响，所以得不到资助；但是如果我的剧本打响，我也不需要资助"等等，既幽默又辛辣，实际上也是作者本人对百老汇现状以及剧作家处境的一种感慨。

古阿尔称他的两幕剧《肉体风景》(*Landscape of the Body*, 1977)表现了"人们对我们生活中的死亡的抗争"。[②] 这出戏以悬念和侦探剧的形式展开剧情，恐怖的死亡事件接连发生。女主人公贝蒂两年前带着儿子伯特到纽约市格林尼治村寻找她的妹妹罗萨莉，想把她带回到缅因州。不料罗萨莉在他们到来之际被街头飞车撞死，贝蒂住进了她的房间，并接替了她在旅行社的工作。不久，贝蒂厌倦了纽约的生活，这时候，她少年时的暗恋者德沃德驱车来找她，要把她带到南方。贝蒂留给儿子1000美元后便随德沃德走了，但很快发现他是个精神病患者，他来找贝蒂，不过是医生和家人为了让他精神复原的一个药方。贝蒂回到纽约，发现儿子尸首异地。原来伯特利用空房子诱骗同性恋者进行抢劫，被伙伴失手打死。贝蒂最后离开纽约，接受了负责侦破案件的侦探霍兰汉的爱情。《马可·波罗的独唱》(*Marco Polo Sings a Solo*, 1977)是一出超现实喜剧，故事地点不是文艺复兴时期的意大利，而是1999年的挪威，主人公斯托尼·麦克尔布赖德在拍摄一部关于马可·波罗的电影，同时他的妻子戴安娜正和政客汤姆·温特茅斯进行一场婚外恋。《胸脯与冷落》

① Cohn, p. 38.
② Cohn, p. 39.

(*Bosoms and Neglect*, 1979)探讨母子之间的冷漠关系。儿子斯库普 40 岁，83 岁的瞎眼母亲患了乳房癌，"胸部"是乳房的委婉语。第一幕里斯库普与迪尔德丽相遇，他们在同一个心理医生那里看病，有相同的命运：遭人"冷落"。因为两人心理都有病，"他们相互猛击对方，猛刺对方。他们又是哭，又是咬，相互攻击"。第二幕的地点在医院里，斯库普劝母亲服用安眠药自杀，遭到拒绝。这时候迪尔德丽拄着拐杖上场。母亲在生命弥留之际作了忏悔，祝愿儿子"有好日子过"，但斯库普早已偷偷溜走了。

进入 80 年代，古阿尔创作了风格完全不同的"莉迪亚·布里茨四部曲"。《莉迪亚·布里茨》(*Lydie Breeze*, 1982)的故事发生在 1895 年，莉迪亚·布里茨上吊自杀，她的情人被她丈夫杀死。《栀子花》(*Gardenia*, 1982)时间朝后推了 20 年，"栀子花"是莉迪亚父亲拥有的一艘船名，也是她所喜爱的花。《水中的妇女》(*Women in Water*, 1984)再往后推了 10 年，在美国内战时期，护士莉迪亚与她的三个病人相遇，他们当中一位是她未来的丈夫乔舒亚，一位是后来被乔舒亚杀死的丹，还有一位是后来成为参议员的阿莫斯 。四个年轻人建立起一个乌托邦，但贪婪、嫉妒和腐败导致他们的失败。《布尔芬奇的神话》(*Bulfinch's Mythology*)是"四部曲"的最后一部。《六度分隔》(*Six Degrees of Separation*, 1990)取材于 1983 年的真实案件，讲述一个年轻人假扮成演员西德尼·波伊斯特的儿子欺骗一对有钱夫妇的故事，揭露了黑人与白人、父母与子女之间的鸿沟。1992 年，古阿尔又创作了《四只向太阳礼拜的狒狒》(*Four Baboons Adoring the Sun*)在林肯中心公演。他的近期剧作包括《湖泊好莱坞》(*Lake Holly Wood*, 1999)、《乔叟在罗马》(*Chaucer in Rome*, 2001)、《几个强人》(*A Few Stout Individuals*, 2002)等。

## 第三节 剧坛双星：谢泼德与马梅特

戏剧史家比格斯毕指出：谢泼德和马梅特是七八十年代美国剧坛上"最重要、最有力的声音"，[①]他们的剧作既具有外外百老汇的实验精神，同时在百老汇或外百老汇也获得商业成功。

萨姆·谢泼德(Sam Shepard, 1943—2017)在很大程度是"外外百老汇的

① Bigsby, p. 219.

产物”。[①] 他出生在美国中西部的伊利诺伊州，主要在南加利福尼亚的一个农场长大。在大学攻读了一年农业专业后，于 1963 年参加一个巡回演出剧团，担任演员。谢泼德的经历十分丰富，他做过马倌、剪羊毛工人、橘园采橘工、餐馆服务员、夜总会侍者，还当过演员、歌星和影星。他会弹钢琴、吉他，还是一位优秀的定音鼓手。他的演唱受到摇滚乐迷们的崇拜；他写的电影《得克萨斯州的巴黎》(*Paris*, *Texas*)摘下了 1984 年戛纳电影节金棕榈奖的桂冠；他在电影《天国的日子》(*Days of Heaven*, 1978)和《复活》(*Resurrection*,1980)中精湛的表演艺术得到评论界的高度赞赏。自 60 年代初以来，他已创作了 40 余部剧作，并 10 次获奥比奖。他的剧本《被埋葬的孩子》于 1978 年获普利策奖，奠定了他在美国戏剧史上的地位。除此之外，他还写诗，出小说集，编刊物。

谢泼德的戏剧创作可分为三个阶段。第一阶段从 1964 年至 70 年代初，以独幕剧为主。《牛仔》(*Cowboy*, 1964)是谢泼德的第一部剧作，后来他又在这部剧作的基础上加以改写，取名《牛仔二号》(*Cowboy 2*, 1967)。该剧描写了在地点不明的背景中的两个年轻人的生活。从头至尾，他们在剧中变换着身份，一会儿是现实中的当代城市青年，一会儿是西部电影中的牛仔。从剧中我们可以看出，只有当他们作为牛仔伙伴时，他们才能心情舒畅地友好相处。相比之下，当代的现实生活却使他们感到孤独、压抑和狂躁。剧中运用了诸如舞台外群马奔腾等场外音手法，使剧本具有十分浓厚的生活气息以及现实与理想的强烈对比。《岩石花园》(*The Rock Garden*, 1964)是一部反映美国社会中日益严重的代沟问题的作品，剧中的父亲与儿子互不理解，尤其是父亲，对于儿子的渴望与追求一无所知。当然，这里所说的渴望与追求，是指性生活而言，而这正是美国现代家庭中的一个带有普遍意义的问题。

《伊卡洛斯的母亲》(*Icarus' Mother*, 1965)的故事发生在 7 月 4 日美国国庆节。几个青年男女在海滨野餐，等着晚上看焰火。他们一会儿聊天，一会儿为了一些小事争吵。突然，他们看到一架喷气式飞机在他们头顶上飞行。飞行员巧妙地让飞机喷出的烟在天空上写下各种文字。这一景象打断了他们的话题，于是他们开始编造出关于这位飞行员的各式各样的故事。他们中的霍华德还兴致勃勃地描述从飞机上看下来的奇妙景象：“接连不断的牧场和城市，就像在电影里看到的那样。湖泊接着湖泊，河流接着河流，都纷纷向后退去。”在这里，作者刻意渲染了欢乐的场面和节日的气氛：当飞机飞得很低，飞行员能清楚地看到这些年轻人在海滩跳舞、脱了衣服往水里跑去时，他们居然还能向他开玩笑。作为回答，飞行员飞回高空时，在天空上写下了 $E=MC^2$ 这

① Bigsby, p. 221.

个叫人猜不透的方程式。然而,就在欢乐达到高潮的时候,不幸发生了:飞机坠毁了。

全剧并没有层层迭进的情节,它表现的只是一种情绪,一种在人们内心深处潜藏着的不安全感与朝不保夕的灾难感。当剧中的一位青年描写焰火时,他的语言带有《启示录》中世界末日的意味。

整个天空被照亮了,警报声响起,尖叫声开始了。……潮水汹涌,海浪滔天!……海水冲到一千五百尺的高度,冲垮了树木。然后,消防队来了。海滩凹陷,成万只海鸥葬身海底……飞行员在大海的中心沉浮……

剧本将现实生活(节日中的野餐)和突发性事件(飞机坠落),将人物的潜意识(青年人关于飞机坠毁的谎言)和事实真相(谎言居然被证实,飞机真的坠毁)巧妙地组接起来,造成了一种似真非真、扑朔迷离的感觉,更增加了一种世界末日的恐惧感。

在这个剧本中,谢泼德没有采用传统的戏剧叙事手法,而是通过剧中人物的独白和一些自发行为来打破原有结构,建立新的叙述线。这种叙事结构显然反映出美国经验中的日常生活——突发、不可预料、表面轻松欢乐而内在孤寂困惑。这样的叙事手法是为主题服务的,它旨在表达出一种轻松与恐惧并存、欢乐与灾祸共生的纷扰情绪。作者将焦点集中在行为的细节上,通过困扰的微观观察,记录了困惑不安的世界,营造一种氛围。在这样的一个世界当中,无根感和孤寂感透过轻松欢快的表面现象渗透出来,弥漫全剧。

《芝加哥》(*Chicago*, 1965)和《伊卡洛斯的母亲》表现的都是在一个存在着核威胁的时代中,人们内心深处无法排遣的生存恐惧。尽管两部作品的表面行为都只是游戏和幻想,但这些游戏和幻想反映了现代生存的空虚、烦闷与孤独,再现了在一个充满灾难感的世界中被压抑的自我的恐惧与挣扎。《红十字》(*Red Cross*, 1966)主要表现人们对疾病和意外伤亡的恐惧心理。《旅游者》(*La Turista*, 1967)通过肯特和萨拉姆这对美国夫妇在墨西哥的旅游以及他们回到美国后的感受,显示无论在国外还是回到自己的祖国,他们都是漂泊者,都找不到自己的归属。《响尾蛇行动》(*Operation Sidewinder*, 1970)是一部带有科幻性质的作品,该剧由20个场景组成,每一场景以一首点明主题的摇滚歌曲结尾,使全剧具有叙述体戏剧的特点。剧本将美国印第安人重精神的世界与美国白人重物质的世界相对比,表现了作者对现代文化的看法。《疯狗布鲁斯》(*Mad Dog Blues*, 1971)是一出寻找财宝的戏,剧中人相信,一旦找到财宝,就可以使他们成为一个完全不同的人:“我们将能够到别处去,做任何我们想做的事,成为任何我们想成为的人。”为了寻找埋在地下的财宝,他们互相争夺，彼此残杀，结果却发现这财宝只是些瓶盖子而已。全剧隐喻了美国梦的虚幻和破灭，似乎要告诉人们，在这个充满成功机会的国家，到头来一切成功都转瞬即逝，一切幻想都通往虚无。

1971年以后，谢泼德迁往英国，和妻子在汉普斯特生活了四年。在英国期间，他写了好几个剧本，并在大西洋两岸都获得很大成功，从此开始了他创作的第二阶段。在这段时间里谢波德创作的作品着重表现艺术家的痛苦和追求。1972年，谢泼德在英国完成了《罪恶的牙齿》(*The Tooth of Crime*)一剧。这是一部以艺术家的创造为题材的作品，剧名来自马拉美的一行诗："一颗罪恶的牙齿也不能伤害他的心。"这首诗将一个容易受到伤害的人和一个不易受伤害的邪恶的人进行了对照。而谢泼德在剧本中则将一位容易受到伤害的摇滚乐歌王霍斯和一位不易受伤害的后起之秀克罗作了对比，借以表现艺术家为了保持自己的地位与名声，为了防止后起之秀的取而代之所做的挣扎与努力。

剧中的霍斯是一位功成名就的歌王，他既富有又出名，但仍免不了为自己的前途担心。他甚至出钱雇了一位星相家，为他预卜未来，看看自己的优势能维持多久。而星相家的回答是："每星期都会升起一颗新星。"有一次霍斯在考虑如何保持自己歌王地位时说了这样一句话："我真他妈的想退出舞台拉倒，我再也不想竞争了。"在摇滚乐这一行里，竞争确实是它的灵魂。如何从一个默默无闻的无名小辈异军突起，一个一个战役地杀退他的对手，一步一步地爬上歌王的宝座，又如何奋不顾身地卫冕，使自己永远立于不败之地，这一职业所特有的优胜劣败的斗争，十分形象地隐喻了美国社会走向成功之路的既惊心动魄又残酷无情的竞争。

剧中最惊心动魄的一场戏便是霍斯和克罗的"决斗"。这里的所谓决斗，并不是中世纪骑士那种用枪或用剑的决斗，而是摇滚歌星之间用语言、动作、歌唱乃至不同的表演风格来压倒对方、夺取领袖地位的决斗。在这场戏里，谢泼德充分发挥了他的语言天才以及他作为一名摇滚歌手对音乐和节奏的把握。这一场的唇枪舌剑，不同于传统观念中的辩论。决斗双方不仅靠语言的逻辑性、说服力和雄辩来取胜，而且还靠语言本身的速度、节奏和风格。这种带有摇滚乐风格的语言，时而由乐队或定音鼓来伴奏，造成一种紧张激烈的气势。在"决斗"中，歌王霍斯一开始十分纯熟地运用了西部牛仔的俚语，显示出他雄厚的"实力"。但后起之秀克罗很快就觉察到他使用的是20年代的那种过时的语言，于是便信心陡增，并终于击败了他。霍斯实际上也意识到自己的局限性，但他不肯轻易地退出历史舞台。他曾说，他只要"……有个自我，有一种在犹豫、恐惧或惊奇的时刻能依靠的东西"，就会立于不败之地。然而他却终于丧失了自我，丧失了这个"在犹豫、恐惧或惊奇的时刻能依靠的东西"。他们的“决斗”是在光秃秃的舞台上进行的，台上只有一把象征王位的“不祥的黑椅子”。两名歌星激烈而无情的竞争，暗示世上没有足够的名声可供分配，而身穿 20 世纪 60 年代刺目的摇滚歌手服装的克罗，就像莎士比亚笔下那位觊觎王位的哈尔王子一样，随时准备取霍斯而代之。在三轮决斗中，霍斯终于由于自己的音乐过时而败下阵来。他一怒之下，竟然打死了裁判。可是他像古代的英雄一般宁死也不愿苟活，最后以自杀来完成自我的独创。他昂然地站在舞台中央，对他的对手说：“现在，往后站，瞧瞧什么是真正的风格吧。这是生命的标志。一种真正的、从不会欺骗它自己的姿态，因为它是同类中绝无仅有的。人们无法传授、复制、剽窃或出卖它。它是我的风格，是一种独创，只有清晰的枪声才能剥夺它的生命。”这里确实包涵一种英雄末路的苍凉感和悲剧美。霍斯在枪声中应声倒下，连他的对手克罗也不得不认为他的死是“一个天才的标志”，但同时指出：“他是以陈旧的风格去了。”就这样，克罗登上了王位，宣告了他的统治的开始。他在剧终时最后的歌曲，实际上是一种祈祷，祈望自己能永保这一至高无上的地位。正如霍斯在幕启时所做的一样，这种祈祷下面却潜藏着深深的惶惑与恐惧。

《罪恶的牙齿》几乎囊括了谢泼德第二阶段作品中的所有主题：趣味与时尚的更迭、艺术形式的迅速转换、流行文化的短暂生命力、艺术家壮志未酬便不得不退出舞台的不甘，以及艺术生涯(同时也影射社会生活)的弱肉强食、物竞天择。全剧对美国文化进行了深刻的探索，尤其难能可贵的是，作者让代表老一代的、过时的艺术家霍斯和代表新一代的、艺术生命如日中天的新秀克罗各自披露自己内心深处的思想，通过他们揭示了当代的美国文化。在这一时期的其他作品中，都不难看到类似的主题。《罪恶的牙齿》是一部描写摇滚乐歌星们为了自己的地位以及公众的认可而进行斗争的作品，它把艺术家的追求和困境展示得淋漓尽致。类似主题还出现在谢泼德这一阶段的其他剧作里。《梦马者的地理学》(*Geography of a Horse Dreamer*，1974)是一出寓言性很强的晦涩作品，主人公考狄具有一种特异功能，能梦见赛马中的获胜者是谁。结果一群赌徒为了在赌赛中获胜，把他绑架了去，想从他那儿知道赛马的结果。该剧表面上写的是赌徒，实际上是对艺术家的困境的一种暗喻。在这个剧里，那位具有特殊才能的考狄隐喻艺术家，而那群绑架他的赌徒则隐喻美国的文化企业家。《B 公寓的自杀者》(*Suicide in* $B^b$，1976)的主人公奈尔斯是位作曲家，公众对他过高的要求与期望，形成一种来自外界的压力。为了摆脱这种状况而去从事自己的自由创作，他不得不假装死去，但最后还是被发觉。《天使城》(*Angel City*，1976)则是一出关于好莱坞电影剧本作家的喜剧。全剧暗示好莱坞的腐败，出色地描绘了想象和现实之间痛苦徘徊的艺术家的灵魂。

谢泼德第三阶段的主要作品是“家庭三部曲”，包括《饥饿阶级的诅咒》《被埋葬的孩子》和《真正的西部》。《饥饿阶级的诅咒》（*Curse of the Starving Class*，1978）所描写的是一个西部家庭，这家庭中的每一个成员都渴望着改变现状，都梦想着摆脱束缚和限制，但他们无法超越家族遗传对他们的影响。《被埋葬的孩子》（*The Buried Child*，1978）是以“被隐藏的丑闻”为主题的剧作。20岁的青年人文斯带着女友谢丽来到离别了六年的老家。这位“突然不知从哪儿冒出来”的年轻人，对家里的事已一无所知。他只觉得这儿一切都跟原来不一样了。祖父道奇不认识他，父亲蒂尔顿也把他视为陌路。为了确定自己的身份，证实自己确实是这个家的后代，文斯向祖父表演了他儿时常做的小把戏：“这个您一定还记得。过去我一表演这个，您就把我从家里赶出去。”但他的种种努力都归于失败。照谢丽的说法，这只是“一次单纯而友好的短暂拜访”。他们一路开车过来，文斯带着缅怀往事的心情，在他小时候去过的每一个小镇上停下来，在他曾经吻过女孩子的小面包圈商店里停下来，在每一个露天电影院、每一个举行短程高速驾驶比赛的场所，以及每一个他曾经骨折过的足球场上停下来。他留恋这一切，并在想象中为自己描绘一个温馨的家和一次热烈友好的亲人团聚场面：“原以为有火鸡晚餐和苹果馅饼等着我们”，然而结果却遇到了冷淡得不能再冷淡的接待。在这个层面上，作者展示了一个企图返回家园而又感到失落的过程。

文斯要寻找的家是一个像坟墓一般死气沉沉的家：一个气息奄奄的老头儿独自待在楼下客厅里，靠喝威士忌酒和看电视捱日子。他的妻子赫莉自顾自住在楼上自己的房里，对老头儿漠不关心，从不和他交谈什么，除非是责骂他喝酒。她甚至在下雨天他咳嗽最厉害的时候把他扔在家里，自己出去和别人寻欢作乐。他们的两个儿子不是肢体上残缺，就是精神上痴呆。这一家人虽然生活在一起，却彼此冷漠，视同路人，甚至互相折磨。同时，这又是一个与外界封闭的家庭。文斯无法忍受这种冷漠的环境。他借口为道奇买酒，开车离开了这个家，却把他的女友留了下来。于是，谢丽带着对这个家庭既厌恶又好奇的心情，设法了解它的过去。终于，被隐藏了几十年的丑闻揭开了。原来赫莉曾经和蒂尔顿发生过乱伦关系，并生了一个男孩。为此，道奇把男孩溺死并瞒住所有的人把他埋在后院的玉米地里。几十年来，这件事一直严格保密，后来甚至连他们自己都相信它好像从来没有发生过似的。正如剧中的布雷德利所说：“这儿一切正常！这儿始终一切正常！一切正常！没发生过什么坏事情！这儿发生的任何事情都是好事！咱们是个正正派派的人家！”然而，他们虽然可以遮盖乱伦和杀婴这一罪孽，却无法清除这一罪孽在他们家里留下的阴影。尽管他们想“平平静静地过日子”，事实上却不可能。他们终日提心吊胆，唯恐丑事败露，他们互相埋怨、彼此折磨，充满了仇恨。正如道奇后来向谢丽袒露真相时所说的，这一罪孽“使我们建立起来的一切都失去了意义。我们过去的一切都被这个错误，这个污点抵消了”。

文斯第二天又回到了老家。文斯的回归，似乎和他身上的遗传因素有关。他念念不忘自己的家族，甚至从汽车挡风玻璃反映出来的自己的脸上，能看出父亲、祖父和更早的祖先们的形象。这种对家族根深蒂固的依恋以及“根”的追寻，是驱使他开车回来的一股无形的力，导致了他不但在行动上返回故里，而且在精神上也逐渐与父辈们同化。在这个剧本中，父辈人物不是醉汉就是白痴或残废，他们嗜酒、通奸、乱伦、杀婴，这是人性衰朽、种族退化的象征。文斯几乎本能地厌恶父辈的人生，渴望着一种更自由、更坦荡、更无拘无束的人生。但终因无法摆脱世代相传的内在制约而“不可逃脱”。当文斯最终接受遗产的同时，他也继承了父辈们可诅咒的一切弱点。不仅文斯如此，其实，在这个家庭中长大成人的孩子都曾带着开拓者的理想和热望离开家庭，但都会在某一个时候“不知从什么地方冒出来”地回到老家，从此呆在那里无所事事，赶也赶不走，驱也驱不散。原因就在于一旦他们离开了这个家，在某个地方定居下来，这定居又变成了一种禁锢，他们原先向往的自由变了质，他们便感到无家可归的悲哀。于是，对往日的怀念又将他们驱赶回来，使他们从分庭抗礼走向回归群体。尽管他们在思想深处依然梦想着超越，梦想着摆脱旧的生活方式和旧习惯的控制，在行动上却无法超越。

《被埋葬的孩子》是谢泼德创作史上一部有特殊意义的作品。谢泼德是以先锋派剧作家和戏剧实验者的形象登上剧坛的，然而《被埋葬的孩子》却是一部具有明显的现实主义的剧作。但在这基础上，作者又运用了一些非常超现实主义的情境，例如，荒芜多年的后院突然长出很多玉米和胡萝卜。蒂尔顿一捧一捧地把玉米和胡萝卜捧回家里，又将玉米皮覆盖道奇的全身。这样，就在现实主义的表层增加了神秘而带有超现实色彩的恐怖气氛。《被埋葬的孩子》1978 年首演于旧金山的魔幻剧院，获得成功，次年进入百老汇，受到观众和剧评家的好评，荣获 1979 年普利策戏剧奖。

《真正的西部》(*True West*，1980)写的是兄弟俩在创作一部关于真正的西部电影脚本时展开的激烈竞争。它既是一部家庭剧，也是作者表现艺术家困境的作品的延续。剧中的哥哥李是一位沙漠中的漂泊者，弟弟奥斯丁则是一位颇为成功的电影剧本作家。哥哥嫉妒弟弟的成功，于是也开始写了一本关于真正的西部的剧本。弟弟奥斯丁是以程式和技巧来写作的，他的目的只是拿剧本去卖钱。而哥哥李的作品却深刻地表现出大沙漠中的豪迈、自由和勇敢的西部精神正在物质泛滥的现实中逐渐消失这一悲壮的历史进程。终于，李取代了奥斯丁的位置。这个剧本在社会历史的层次上，表现了现代人在丰裕的物质生活中的精神死亡；在艺术的层次上表现了两种创作方法和创作思想的对立;在心理的层次上,则通过奥斯丁和李这两个人物来交替地表现剧作家的自我。因而,剧本含有比较深层的、多方面的含义。

谢泼德在写"三部曲"的同时,与开放剧院的创始人约瑟夫·柴金通过即兴表演合作,完成了两部独角戏《口才》(*Tongues*, 1978)和《野蛮/爱情》(*Savage/Love*, 1979)。80年代以后,谢泼德的主要剧作包括《情痴》(*Fool for Love*, 1983)、《心灵的谎言》(*A Lie of the Mind*, 1985)、《短暂的麻烦人生》(*A Short Life of Trouble*, 1987)、《震惊状态》(*The States of Shock*, 1991)、《辛帕蒂珂》(*Simpatico*, 1993)、《献给肯秀拉的眼睛》(*Eyes for Consuela*, 1998)、《故人亨利·摩斯》(*The Late Henry Moss*, 2000)、《笔记本》(*The Notebook*, 2004)、《地狱之王》(*The God of Hell*, 2004)、《踢死马》(*Kicking a Dead Horse*, 2007)、《月亮时代》(*Ages of the Moon*, 2010)等。《情痴》延续了谢泼德家庭三部曲的主题与风格,该剧设在一家汽车旅馆,埃迪驾车远道而来,声称要接梅到他的农场去,遭到梅拒绝,但她又不想他离开。原来他们是同父异母的兄妹,15年前两人在不知情的情况下开始了一段男女私情。谢泼德通过乱伦题材表现出双方自由选择但注定要分离的恋情。在舞台上,汽车旅馆的房间像是牢笼,剧中人物一再用力击墙或撞墙,象征着他们想冲出情感的囚禁,却无法获得自由的困境。1983年2月8日,谢泼德亲自执导《情痴》,十分注重演出时的造型和意象。如戏的开头,梅坐在旅馆的床沿,面对观众一动不动,直到她开口说话。埃迪向马丁讲述他和梅的身世时,卫生间的门微微打开,梅身穿红色连衣裙,在背光灯的衬映下,站立在门口,屏息聆听,性感的红色象征使他们成为情痴的欲望和激情。有评论家认为该剧及稍后的《心灵的谎言》是谢泼德家庭五部曲的最后两部。

谢泼德是当代美国剧坛的重要人物之一,韦茨斯蒂恩认为他像布莱希特和贝克特那样使戏剧的传统手法发生了变革。[①]谢泼德十分重视主观意识和情感,他的创作往往从一个意象、一种体验或一股激情开始,而不是从诸如"我在这部作品中要表现什么"这样一种理性的思考与分析开始的。在这一创作思想的指导下,谢泼德的作品具有十分鲜明的个性特征。首先,他的大多数剧作中都有一个十分明显而又非常有力的意象:《伊卡洛斯的母亲》中的喷气式飞机;《响尾蛇行动》中那个外形像条巨蟒的电子计算机;《天使城》中渐渐漫过舞台的一片绿色。尽管谢泼德对语言运用自如,但他不少戏剧的高潮是由无声的意象来表现。谢泼德作品的另一个特征是人物缺乏完整的性格,其自发性行为往往是由主题决定,而不是出自符合逻辑的内在动机。就时间而言,不管剧中人物如何离开原有的时间框架而重建叙述线,不管剧中的"真实时间"如

---

① Sam Shepard, *Fool for Love and Other Plays* (New York: Bantam Books, 1988), p. 6.

何被压缩或延长,场景和事件如何游离时间顺序的可能范围之外,舞台上所表演的一切却发生在永恒的现在。就空间而言,他的有些剧作虽然也发生在农场的起居室或公寓的卧室等封闭的物理空间内,但他的人物同时还活跃在一种想象的、感情的空间之中。人们可以成为滔滔不绝的谈话者或梦想家,因为他们居住的空间是诗意的、抒情的。在这种精神空间中,许多按自然主义标准不可能的事情出现在舞台上。幻想和现实的界限不存在了,作者在剧中所展示的是一个不受现实空间限制的、更为广阔宏大的精神世界。

比格斯毕认为谢泼德与马梅特是六七十年代涌现出来的美国戏剧新人中"最为优秀的剧作家"。[①]戴维·马梅特(David Mamet, 1947— )是一位演员出身的剧作家,70年代初开始戏剧创作生涯,起步比谢泼德要迟将近十年,但他的作品一经面世立即受到剧评界的关注,并很快被列入优秀剧作。马梅特生于芝加哥的一个律师家庭,他父亲不但是律师而且是位"业余的语义学家"。马梅特曾经谈起,自己对语言的敏感就是来自父亲的影响。后来马梅特进了佛蒙特州帕雷因菲尔德的高达德学院攻读文学与戏剧。毕业前,他写了一出小型滑稽短剧《骆驼》(*Camel*)作为学院毕业公演的节目之一。这是马梅特最早的戏剧创作。在读研究生期间,他请假一年半去纽约的芳邻剧院学习表演。在这段时间里他还干过舞台灯光照明,后来在外百老汇的一出音乐剧的演出中还担任了前台经理。这些戏剧活动实践使马梅特更加熟悉舞台,对于他日后的创作有着很大的帮助。马梅特于1969年获得学位后曾当过一段时间的演员,其后在佛蒙特州的马尔保罗学院担任表演教师。在此期间他写了剧本《湖舟》(*Lakeboat*, 1970)。马梅特任教期很短,接着就离开学校干了许多杂活。他在厂里当过工人,还当过出租汽车司机、快餐厨师、电话推销员等。这类曾经造就过不少美国作家的生活经历,对马梅特同样是一种十分可贵的人生经验和训练。1971年,马梅特回到高达德学院任教,他在那儿开始写一些短剧,用于自己的表演课。与此同时,他还成立了一个演剧团体,取名为圣·尼古拉斯剧团。这个剧团不但上演他自己创作的剧本,也上演尤金·奥尼尔的《安娜·克里斯蒂》和其他一些剧作。后来他又导演了奥尼尔的早期剧作《天边外》。从《湖舟》一剧中,我们多少可以看出奥尼尔早期海洋剧对他的影响。

马梅特的作品大多以作者本人早年的芝加哥生活经历为背景,着重表现人与人之间细致入微的关系。马梅特的第一部成功的作品是《鸭子变奏曲》(*Duck Variations*, 1972),1972年在芝加哥上演后即受到剧评界的注意。1974年,《鸭子变奏曲》和作者的另一部作品《芝加哥的性变态》(*Sexual*

① Bigsby, *A Critical Introduction to Twentieth-Century American Drama: Beyond Broadway*, p. 220.

*Perversity in Chicago*)同时在纽约上演。这两部作品后来被《时代》周刊选入1976年度10部优秀剧作之列。《鸭子变奏曲》的主人公是两个60来岁的老人,他们常常坐在公园长凳上天南地北地闲谈,谈到生和死,谈到命运、性生活、环境与污染、领导者所冒的风险,以及头脑里随时想到的话题。全剧按照他们的话题分成14个变奏,每个变奏都能起到承上启下的作用,既和前一个变奏有着某种联系,又为后一变奏做准备。而随着两位老人充满意趣和人生阅历的谈话的深入,人们既感受到他们对社会、自然与人生的思考,又发现他们的性格发展渐趋完善、可信,人物之间的关系也随之发生微妙的变化。相对而言,《芝加哥的性变态》无论在整体构思还是在语言上都显得粗糙,但它在表现70年代美国都市生活,尤其在表现美国现代青年性生活方面所遇到的困惑与苦恼等当代社会问题上,还是具有相当鲜明的时代特征的。

继《鸭子变奏曲》与《芝加哥的性变态》之后,马梅特于1975年完成的《美国野牛》(*American Buffalo*)进一步显示了他的创作才能和潜力。该剧先于1975年11月23日在芝加哥的好人剧院上演,1976年2月移至纽约外外百老汇的圣・克利门茨剧院演出,1977年2月16日打入纽约百老汇,并赢得了当年纽约剧评界最佳剧作奖,马梅特本人也获得了1976年奥比奖的最佳剧作家奖。《美国野牛》的成功,标志着马梅特受到戏剧界普遍重视,成为美国当代著名剧作家的开端。

《美国野牛》是一部情节简单而寓意颇为深刻的作品。剧情围绕着某旧货店店主唐、他的伙计鲍勃和他的朋友蒂契三人的关系展开。一天,一位顾客出了90美元的高价从旧货店里买走了一枚铸有野牛头像的古币(剧名"美国野牛"便是由此而来)。店主唐怀疑顾客占了便宜,便打算从他手里把这枚古币偷回来再卖给别人。忠心耿耿的伙计鲍勃想说服唐由他去干。蒂契得知这一计划后劝说唐由他代替鲍勃,而唐坚持让他们的另一位朋友弗莱彻和蒂契一起去行窃。弗莱彻迟迟不来,蒂契和鲍勃发生了争执,继而大打出手。蒂契将鲍勃打伤,然后又和唐一起把他送进医院。剧本表面看来写的是一次精心策划了半天的盗窃案,但根本没有付诸行动。剧中没有太多的动作,却较好地表现了人物的心理冲突。

生动的人物心理冲突在蒂契身上表现得最为突出。蒂契实际上是个患有猜疑症和恐惧症的人。他出口粗鲁、咄咄逼人,其实只是以此掩饰自己病态的恐惧。在他眼里,似乎人人都在算计他,都和他过不去。他把那些在牌桌上赢了他的人,都看成是些串通起来骗他钱财的人;对于那些跟他一起出去吃饭的人,他又怀疑他们嘲笑他故意摆阔,或者嘲笑他过于吝啬。他这次之所以挺身而出,要替唐去干抢劫钱财的事,也是出于一种怀疑与恐惧心理。他以为鲍勃和唐的友好关系已经危及到他和唐的关系,正是这种失去朋友的恐惧心理驱使他对鲍勃发起进攻。店主唐是一个只关心自己生意的人。他和鲍勃的关系也是适应商业需要的。从剧中可以看出他们之间存在着某种感情因素:他待鲍勃很好,常常给他一些忠告,而且很赞赏他的办事能力。他还借钱给鲍勃,对于鲍勃吸毒的习惯也很关心。然而,从根本上说,他不是一个重感情的人,正如他跟鲍勃说的那样:“生意是生意,友情归友情,两者要分清。”在他和鲍勃的关系中,商店的利益始终是放在第一位的。一旦他们的友情和他的利益发生冲突时,他会毫不犹豫地把所谓的友情扔到一边。因此当蒂契对鲍勃动武时,他便站在一旁冷眼旁观,无动于衷。剧中人一方面对社会上的种种暴力、犯罪行为感到不满,发出世风日下、人心不古的感叹,一方面自己却在干这种欺骗、偷盗的勾当。该剧的幽默与讽刺之处恰恰在于剧中人物一本正经的道德说教和他们的自我反应之间的不相称。

马梅特在剧中比较成功地运用了断续、零乱的对白,象征性地表现了商业社会中人与人之间自私、冷漠的关系以及他们生活中缺乏真正的感情交流。他们的思想和行为也跟他们的语言一样杂乱无章。作者本人在谈到这部作品的含义时指出,他的意图是要谴责美国社会的商业准则。他说:

> 这个剧本是关于美国的商业道德……关于我们如何为那些被称作商业的种种大大小小的背信弃义和道德上的妥协所做的辩解。当我写这个剧本时,我对商业感到愤慨。我曾站在剧院的后部看着观众是怎样离开剧院的。通常妇女们不大受这个戏的困扰。那些商人们则不同了。他们离开剧院时常常情绪激烈地咕哝着说这个戏这也不是那也不是,简直毫无意义。但是他们气得发疯并不因为这出戏毫无意义——因为谁也不会强迫自己坐上一个半小时去听一些毫无意义的对白——他们感到愤怒,那是因为剧本写的就是他们。①

从马梅特的这段话中我们可以看到作者创作的社会意识很强,作品的针对性也非常明确。

在《美国野牛》之后,马梅特紧接着又写出了《团圆》(*Reunion*, 1976)。该剧通过一对分离了 20 年的父女的团圆,表现了当代美国人的孤独感。和马梅特的其他作品一样,《团圆》的戏剧情景十分单纯:53 岁的伯尼,经过 20 年的分离后,和自己的 24 岁的女儿卡洛尔重逢了。当他们各自谈论着自己的过去,将各自生活中不堪回首的往事重新展示出来时,他们是多么渴望重新建立起父女关系。剧本非常生动而细腻地描述了他们如何迟疑地开始对话,如何想

① Richard Gottlieb, “The ‘Engine’ That Drives Playwright David Mamet,” *The New York Times* (15 January 1978), p. D4.

法彼此理解与沟通,以及他们对一个温馨的家庭的渴望。

《团圆》剧中人物的对话呈跳跃式地从过去跳到现在,从一个思想跳到另一个思想。他们谁也不知道彼此之间是否会有共同点,也不知道对方会不会对自己的话产生情感反应。观众从全剧的14个场景中知道了他们的许多情况:伯尼在第二次世界大战时是个机枪手,后来因背部受伤而住进医院。他曾在一家长途搬运公司和一家电话公司干过活。他和前妻离婚后又和一位叫露丝的女人结婚,并有一个儿子。他曾经是个嗜酒成癖的人,目前在一家餐馆工作。而卡洛尔原来也曾和丈夫离婚。她以前嫁的是一位已经有两个孩子的男人,他们一起生活了两年就分开了。这两年的婚姻生活对于她来说毫无幸福可言,有的只是一连串的痛苦。剧中展示的是一桩又一桩离异的婚姻,一个又一个破碎的家庭。不但剧本主人公伯尼和卡洛尔都有过离婚的经历,而且伯尼的前妻和卡洛尔的丈夫也都是再婚者。现在,伯尼的第二任妻子露丝又被另一个叫做莱斯莉的女人所取代,而这个莱斯莉也是离过婚的。其实,这种情况并不是作者笔下的一种偶合。在70年代的美国,由于种种所谓现代思潮与性解放观念的影响,离婚和再婚已成为一种公认的"美国现象"了。马梅特在作品中所要表现的,并不仅仅是这一现象的过程,而是这一现象的结果,即它在美国人的心灵中所引起的深深的、无法排遣的孤独感与无归属感。

剧中人伯尼曾经这样回忆自己的一生:"我一生中做过的唯一值得我做的两件事是替电话公司干活和当机枪手。而现在我这两件事一件也干不了了。"这句话里显然包含着深深的悲哀和无奈。他的一生中居然没有比打机枪和在电话公司干活更有意义的事了。他的婚姻,他的家庭生活当然也不例外。当女儿卡洛尔问起他为什么要再婚时,他的回答是:"找个伴儿。"在他所用的"伴儿"(companionship)一词中,浓缩着所有个人和社会的需要、痛苦与嘲弄。卡洛尔的情况也一样,在独自生活了20年后,她产生了寻找自己父亲的强烈愿望。照她的说法是因为她"感到孤单"。在一个"破碎的家庭已成为重要的惯例"的世界上,她所渴望的只是和某个人取得联系,即使是那位从小把她抛弃、已有20年没有见过面,而且又是个曾经嗜酒成癖的父亲也没有关系。然而那种"重新找回自己所失去的","重新建立应该属于自己的"愿望,只能以失败而告终。

《团圆》一剧继续了马梅特关于人与人之间缺乏沟通的主题。作品既表现了作者对美国社会人与人关系的现状的不满,又表现了他企图通过爱来克服和排遣那种刻骨铭心的孤寂感和绝望感的执着的愿望。剧中没有激烈的情感爆发,随着剧情的进展,父女两人互相诉说自己的生活经历,一幅孤寂而痛苦的人生画面渐渐呈现在人们面前。马梅特那种类似法国印象画派的点彩技巧,将一个人与人关系支离破碎的世界逐步地描绘了出来。

《舞台生涯》(*A Life in the Theatre*, 1977)通过两名演员的舞台生涯探索了一系列艺术与人生的问题。剧中罗伯特是位舞台经验丰富的老演员,而约翰只是个新手。剧本既表现了他们两人在台上演出时的关系,又表现了他们在后台以及日常生活中的关系。作为一个老演员,罗伯特说话傲气十足,充满自信。一开始,约翰对他推崇备至,事事以他为师。他们在一起演了不少戏,扮演了士兵、律师、医生、水手等各种不同身份的人物,而且每次都是由罗伯特扮演一个老练世故的内行,约翰扮演一个初出茅庐的新手。这样,剧中的角色和台下的演员便合二为一了。然而,罗伯特并不是永远一帆风顺的,终于有一天他发现自己确实老了。他的表演技巧不再那么挥洒自如,甚至他的记忆力也开始衰退了,有一次在演出中居然忘记了台词。在台上如此,在台下也出现了相应的变化。他由原来的趾高气扬、傲气十足变得脆弱而可怜。最后,他不得不听从约翰的指挥和摆布。这样,舞台上的人物和台下的演员再次合而为一。

《舞台生涯》是一部探索艺术与人生的作品。显然,作者笔下的舞台具有双重含义,它既是狭义的艺术舞台,又是广义的社会舞台或人生舞台。当剧中两位演员在后台一边交谈一边背诵剧中的台词选段时,他们所呈现的就是这样一种双重的意象。《舞台生涯》由26场组成,这26场中,既有表现演员生活的,又有描写演出的,作者巧妙地将台上台下交织起来,形式上显得流畅而生动。在探讨"舞台与人生"这个主题时,作者用正反两个方面来加以表现。首先,作者借老演员罗伯特之口,强调"舞台就是人生,就是人生的一部分"这一传统观念。同时在第五场和第十四场中,分别将这一观念加以引申和深化。但在另一方面,作品又以反讽的手法,借用舞台演出的实例来说明舞台并不等于人生。该剧的26场戏中,有六场是戏中戏,即罗伯特和约翰在舞台上的演出。这些演出包括各种风格的作品的片断:有表现第一次世界大战的情节剧,有伊丽莎白时代的剑与斗篷式的戏,有"契诃夫式"的临终场面,有奥尼尔风格的救生船上的场景,有法国大革命时代站在街垒上的演说,也有以一家医院手术室为背景的现代情节剧。尽管演出的剧目花样繁多,古今兼容,内容却多为平庸、肤浅之作,无教益可言。这就和前面谈到的"舞台给生活以教益"的传统观念形成鲜明的对照。

和"舞台与人生"这一主题相联系的,是人与人之间、代与代之间、教师与学生之间等一系列关系的副主题。老演员罗伯特和青年演员约翰的关系是从师生关系开始的。罗伯特以老师的身份在艺术到生活的一系列问题上对约翰进行"开导"和"教诲"。除了向他宣扬"舞台即人生"这一至理名言外,还向他传授人生的经验,诸如如何自我控制,如何交友,应该听从什么样的人的劝告,以及培养控制声音能力和保持笔挺的脊梁的重要性等等。罗伯特就其本质来讲是个思想保守、因循守旧的艺术家，他在艺术和生活中都是个谨守法则和成规的人。他装出思想开明的样子，实际上却反对艺术上的任何革新和实验。这样的“教师”，当然不可能永远保持其导师的地位。

《舞台生涯》在某种程度上描写了老演员的衰落和年轻演员的崛起，然而更重要的是表现了两人在经历了长时间的种种境遇后，如何克服障碍而建立更坚实更诚挚的关系，在第九场中，罗伯特在台上搞乱了台词，约翰机敏地帮他救了场。在第二十三场中，当约翰在台上演戏时，罗伯特站在一旁用欣赏和引以为豪的态度注视着他的演出。在第二十五场中，约翰真诚地关心受了伤的罗伯特。尽管在这期间他们时有冲突，但人们还是可以看到罗伯特终于改变了最初出于对学生青春才华的嫉妒而故意以老师的地位压制他的态度。他们之间的种种冲突非但没有使他们的关系破裂，相反，使他们在一次次的冲突过程中逐渐体会到各自对对方的感情。由此可见，这部多重主题的剧作，虽然借用了新、老两代艺术家的自然更替作为故事线索，但它所表现的是人与人之间的真诚感情如何形成的这一具有普遍意义的生活哲理。

马梅特 70 年代的剧作还有《燃水引擎》和《小树林》等作品。《燃水引擎》(*Water Engine*，1977)的主人公是一位发明家，他发明了一架用水代替汽油作燃料的发动机。作品通过主人公在争取专利权时遭遇到的种种挫折与刁难，揭示了资本主义的贪婪、不讲信义和残暴。而《小树林》(*The Woods*，1977)则细腻而真实地为我们展示了一对青年男女在树林里度过的一个夜晚，以及他们从相爱、破裂到重归于好的曲折过程。

80 年代仍然是马梅特的戏剧创作高峰期。《爱德蒙》(*Edmond*，1982)一剧的主人公爱德蒙是一位生活和事业成功的商人，他对循规蹈矩、毫无生气的生活感到厌倦，突然决定离家出走，要随心所欲、潇洒地“活”一回。他到社会底层游荡，发现这是一个弱肉强食的世界，而他自己在邪恶社会的影响下，变成了杀人凶手，最后进了牢房，被剥夺他所追求的自由。《格伦加里幽谷海岬园》(*Glengarry Glen Ross*，1984)是一部两幕戏剧，背景分别是一家中餐馆和一家房地产事务所。该剧继续《美国野牛》的主题，描写芝加哥房地产商人的欺诈行为。“格伦加里幽谷海岬园”名称貌似带有苏格兰田园风光色彩的昂贵住宅，实际上是些质量低劣的房子。在事务所负责人威廉森的监督下，四名推销员为完成销售任务拿到回扣和奖励而不择手段，最后以业绩最优秀的推销员罗马诱骗顾客失败、落魄潦倒的老推销员莱文偷窃客户资料案发而达到高潮。《格伦加里幽谷海岬园》表现了消费社会尔虞我诈、“商业与犯罪相互结盟”[①]的现

① Bigsby, *A Critical Introduction to Twentieth-Century American Drama: Beyond Broadway*, p. 287.

象，剧中人物精神空虚，满口脏话，显示了马梅特灵活运用俚语粗话的高超语言能力。该剧上演后，受到观众欢迎，获普利策奖及纽约剧评界奖，并于1992年由马梅特执笔改编为同名电影，是马梅特迄今为止最知名的代表作。马梅特在80年代还创作了《披巾》(*The Shawl*, 1985)、《速犁》(*Speed-the-Plow*, 1987)等作品。90年代以来，马梅特依然笔耕不辍:《奥琳娜》(*Oleanna*, 1992)涉及校园性骚扰题材，一名男性大学教授因在安慰一名成绩不佳的女学生时言行似有暧昧而被控为性骚扰，最终失去教职，三幕戏均在密闭的办公室内发生，通过表现两人之间的权力斗争，对美国大学奉行的政治正确话语规范提出了质疑，演出后在评论界尤其女性主义者间引起争议;《老邻居》(*The Old Neighborhood*, 1997)主要描写主人公鲍比·古尔德从芝加哥回到故乡，在重访旧友的过程中，寻找温情、友情和感情的寄托。进入21世纪后，马梅特仍不断有新作问世，并频频涉及当代美国错综复杂的社会问题，如《种族》(*Race*, 2009)描述一家律师事务所的三名律师(分别为白人男性、黑人男性、黑人女性)对一宗黑人女性指控白人男性强奸案的不同态度，借此探讨微妙的种族矛盾和性别政治。近年来马梅特从自由主义者到保守主义者的政治转向引人注目，这一转向也体现于他的戏剧创作。尽管评论界对他的近期作品毁誉参半，他的最新剧作《无政府主义者》(*The Anarchist*, 2012)在百老汇首演时惨遭失败，但马梅特在当代美国剧坛的重量级地位无可置疑。值得一提的是，马梅特还是一个颇有影响的电影剧本作家，其作品数量与戏剧作品的数量不相上下。

在评价马梅特的剧作时，戏剧批评家盖尔说过这样一段话:“在整个戏剧史上，人与人之间的关系当然是剧作家们所关心的最基本的主题。但是马梅特对于作为个体的人之间的交往的审察，比他的大多数前辈和他的同时代人都要来得更深入、更富有人情味。这部分地是由于那极其敏锐的洞察力，部分地是由于他那精湛的造诣。”[①]马梅特的作品在对话的准确、凝练和充满抑扬顿挫的音响魅力方面独具一格，因此很多剧评家把他比作为美国的品特。

---

① Steven H. Gale, “David Mamet: The Plays, 1972—1980,” *Essays on Contemporary American Drama*, eds., Bock and Wertheim, p. 207.

# 第七章

# 当代美国诗歌

五六十年代美国诗歌经历了分化与改组的过程，涌现出各种流派，如垮掉派、黑山派、自白派、纽约派、新超现实主义诗歌、新形式主义诗歌等。进入70年代，随着国内社会与政治趋于安定，美国诗坛也告别动荡，迎来一个风平浪静的新时期。布雷斯林关于80年代早期美国诗坛的一段描述可以用来概括当代美国诗歌的态势：

如果50年代中期的美国诗歌像令人愉快的夏天星期日下午安静的公园，如果到了60年代早期它成了战区，宣言满天飞，那么到了80年代早期，气氛则轻松了，情景更像北加利福尼亚的富裕小镇。担心经济或核战争偶尔使心情变得阴沉，但总的来说，居民们丰衣足食，生活安定，身体健康。似乎谁也不跃跃欲试，想把稳定的秩序搅乱。不过如果缺乏冒险精神，则不乏丰富的生活。小镇的政策是自由开明，即：在有闲言杂语、背后说坏话、少数陈年恩恩怨怨的情况下，没有意识形态大论争。相反，容忍（或漠视）只专注自己作品的人，鼓励体现人类社会特征的所有支持和竞争，两者并存不悖。甚至城里的嬉皮士，过去是暴躁的流浪汉，而今年长鬓长，西装革履，说话时人家也认真听了，几年前还获得了优秀公民奖。在这个小镇上没有行使强制的权力机构。小镇上的头面人物包括一些改造好了的60年代异已分子以及一些旧式家庭的人员，年轻人不卑不亢，爱戴老一辈。①

典型的诗人也许是金斯堡了，从前他是撒野的“异已分子”，但后来被改造成了令人尊敬的“优秀公民”。60年代以来美国许多高校重视英语创作学科的建设，相继开设创作班，邀请著名小说家、诗人讲授课程。诗人到高校任教，学历要求不高，不必拥有博士学位，只要一个注重实践的美术硕士（Master of Fine Arts）学位即可，最关键的是创作上要有突出成绩。诗人访驻学校，竞争教职，促使诗歌出现正统化、体制化倾向。昔日传统诗人与反传统诗人之间的论争已被现在教文学创作与教批评阅读的教授之间的分歧所替代。除影响较大的语言派诗人之外，当代诗人总体来说缺乏诗歌革命的热情。

---

① James E. B. Breslin, *From Modern to Contemporary American Poetry, 1945—1965* (Chicago and London: The University of Chicago Press, 1984), p. 250.

主流诗歌的正统化是近年来美国诗坛的一个动向,但这并不反映当代美国诗歌的全貌。八九十年代美国文化生活中一个值得注意的现象是群众性诗歌创作繁荣。由于生活安定、教育普及和计算机、复印机带来的印刷方便,普通百姓有闲余时间和精力去写诗,通过诗歌这一方式来抒发情怀,表现自己的生活。诗歌朗诵热席卷全国,人们在咖啡馆、酒吧、校园或者自己家里的客厅定期举行诗歌朗诵和研讨会,有时邀请著名诗人参加,场面热烈,听众有学生、工人、职员、家庭妇女、自由职业者等社会各式人士。不少人把诗歌朗诵俱乐部视为社交活动的好场所,大家可以切磋诗艺,就各种社会问题交换意见,其中不乏对国内外社会政治问题的关心。诗歌朗诵会上的作品尽管水准不一,有歪诗泛滥的问题,但诗歌朗诵热表明诗歌在当代美国拥有广泛的群众基础。惠特曼曾经说过:“要造就了不起的诗人,必须要有了不起的听众。”广大群众的参与为诗歌的新发展带来了活力与生机。

50年代中期以来美国诗歌发生的一个重大变化是与艾略特所珍视的“非个人化”、“人格面具”美学规范以及“新批评”派诗风的决裂。诗人转向自我,揭示内心世界。从垮掉派痛苦激动的“嚎叫”,到自白派对自己隐私毫无顾忌的展露,再到新超现实主义诗歌对理性与意识层面下深层意象的探索,可以清楚地看到“个人化”[①]这一基本走向。70年代以来,美国诗歌表现出来的“个人化”趋势没有减弱,一直延续到世纪末。“自传性的抒情短诗——其意象取自自然或家庭生活——已成为主流”。[②] 后自白派继续专注于自我,但诗人扩大了题材,意识到诗歌的社会功能,并表现出更多的真诚。

当代美国诗坛称得上前卫的是语言诗人。他们打破传统诗歌范式,对语言进行实验,探索语言表现意义的各种可能性。语言诗往往侧重视觉艺术效果,诗行很难理解,只有通过反复阅读才能领会。语言诗标新立异,无疑是对“官方诗歌文化”的一种挑战。

20世纪最后二三十年间,美国诗坛上旗帜鲜明的流派不多,总的格局不是众星拱月,而是群星璀璨,优秀诗人不断涌现,佳作迭出。从1988年起,戴维·莱曼主持《美国最佳诗歌》系列,每年一辑,每辑收选当年发表的75首诗。担任主编的是阿什伯里、霍尔、斯特兰德、西密克、格吕克、阿蒙斯、霍华德、里奇等享誉诗坛的著名诗人。他们精选的诗作基本上反映出当代美国诗歌主流,风格多样,诗艺精湛。然而,这套丛书也遭到了活跃于诗坛的非学院派诗人的质疑,说谁也不能自封自己主编的诗是美国最好的诗。我们可以这么说,不管是主流诗人还是非主流诗人,学院派诗人还是非学院派诗人,他们当中出

---

① Paulin, p. 687.

② Elliott, *Columbia Literary History of the United States*, p. 1100.

现了不少优秀的诗人，他们贴近时代，写出了许多生气勃勃的好诗。另外，过去一直被人忽视的少数族裔诗人的声音也慢慢地响了起来，特别是黑人诗歌取得令人瞩目的成绩。青年诗人与老一辈诗人，主流诗人与非主流诗人各以自己的美学趣味和审美标准创作和竞争，结果推动了美国诗歌向前发展。

## 第一节
## 后自白派

后自白派诗是针对自白派诗而言的。哈佛大学戴维·珀金斯教授在他的专著《现代诗歌史》中对自白派诗的界定是："自白派诗再现个人真实的经历或感情时置社会习俗于不顾，而且它所表达的种种事实和经历令人感到太烦恼，竟至多数人都压制不讲出来。"[①]换言之，自白派诗的特色是以其主观性和自传性体现出来的。后自白派诗人则对此提出了质疑，怀疑自白派诗中"我"的声音是否真诚。后自白派诗人乔纳森·霍尔登认为："一首诗的个人成分愈浓(企图表现作者的自我成分愈多)，该诗真诚到何等程度的问题在我们做出评价时将愈是需要考虑的因素。"[②]另一位后自白派诗人斯蒂芬·邓恩在1984年11月2日接受采访时对此也作了明确的表态："你愈想接触到你自己的经历，就愈清楚地显示出种种危险：唯我论，自我恭维，'我'的声音冒的一切风险。所以，我不论何时多少直接叙述个人经历并从大的方面适用于其他人，个人经历仅被他人无意中听到，而不是纯私人的冲动，这样，我就很高兴了。"爱德华·赫希在比较自白派诗和后自白派诗时说：

我们以多重的自我生在世上，我们就要把多重的自我写进诗里。我爱专揭示个人内心的诗，其中的感情充满了大量危机，但我不爱把自己的痛苦置于一切人的痛苦之上的那种做法。我们的确讲自己深层的内心生活，同时我认为我们应当是有代表性的声音，讲我们的地区和我们的文化。这就是说，我们在写后自白派诗时可以向自白派诗学习取材和表现方法，以便我们能写出更深更黑暗的自我而不局限于原始的材料。我本人相信，我们并不生活在超验

---

① David Perkins, *A History of Modern Poetry* (Cambridge: Harvard University Press, 1987), p. 588.

② Jonathan Holden, *The Rhetoric of the Contemporary Lyric* (Bloomington: Indiana University Press, 1980), p. 10.

的王国里,我们生活在历史里,一个特定的地点里,我准备了这些东西。[1]

赫希并不因此抹杀自白派诗的优点,他进一步解释说:

我爱自白派突破性的做法,情感的风险,喜爱诸如洛厄尔、贝里曼和普拉斯开始写他们自己的经历的方式。我认为我们不应该低估其重要性,我要保持那种冒险、奔放和激情的某些成分,保持他们把被过去的诗人排斥在外的题材写进诗里的做法。不过,我同时对自白派诗感到不自在,在那种诗里缺乏足够的其他人的经历,他们珍视自己的经历超过其他人的经历。我不想说教,我只想把其他各种人及其经历写进我的诗里。我也要我的诗里包含政治。[2]

赫希的这两段话基本上代表了后自白派诗人的态度:他们都想发挥诗歌积极的同时又非常传统的功能,使之成为有益于精神的力量。

一般说来,后自白派诗人都意识到了诗歌的社会功能,卡尔·丹尼斯称之为"想象的社会功能",因此在艺术形式的革新方面远不如黑山派诗人那样激进。讲究传统艺术形式的凯莎·波利特喜欢朗朗上口的诗,不喜爱爬在稿面上的视觉诗。她说:"诗行断裂的理论使我昏昏欲睡。我对词的元音、辅音、重复和模式感到极大的兴趣。"她在诗美学上正好和黑山派诗人针锋相对。后自白派诗人注重诗歌的交流作用,如同迈克尔·沃特所说:"如果语言是交际工具的话,诗歌则是极其精确的工具。"这同语言诗的理论恰又天差地别。总的来说,后自白派诗人操作的是有节制的自由诗,在语言的运作上决无语言诗人那种肆无忌惮的激进。

从 70 年代起,美学趣味基本上相同的后自白派诗人开始引起批评家们的注意。这批诗人包括齐默、查尔斯·赖特、奥尔、马修斯等。

保罗·齐默(Paul Zimmer, 1934—　)生于俄亥俄州坎顿市,1959 年毕业于该州的肯特大学,1968 年才获学士学位。1954—1955 年在军队服役。他因学业成绩不佳曾被学校勒令退学。他在退学后到钢铁厂工作了 10 天,工厂罢工,接着便参了军。齐默在军队里开始对文学,特别是对诗歌感兴趣。他的生活经历丰富,当过书店经理、大学出版社编辑和社长。齐默在 1960 年自费印行了处女集《风中的种子》(*A Seed in the Wind*)。其后命运之神让他遇上了伯乐式的编辑戴维·韦,使他有机会在纽约的一家小出版社——十月出版社出版了第二本诗集《死神的肋骨》(*The Ribs of Death*, 1967)和《许多声音的

---

① 见 Stan Sanvel Rubin 和 Judith Kitchen 在 1986 年 10 月 8 日对 Edward Hirsch 的采访录。
② 同上。

共和国》(*The Republic of Many Voices*, 1969),而他1976年出版的《齐默篇》(*The Zimmer Poems*)也是由华盛顿的一家小出版社支持的,没料到他名声却因此奇迹般地建立了起来。到了80年代,他的七本诗集均被各大出版社接受并出版了,得到了美国诗人学会的承认。

齐默在诗里创造出富有自己特色的人物,如英贝利斯、佩里格林、塞西尔、旺达和齐默,后两个诗中人物塑造得颇为成功。他在诗集《和旺达在一起:城乡诗篇》(*With Wangda: Town and Country Poems*, 1980)塑造了一个可爱的女人形象旺达。他认为,旺达是女人的典型,是以他所知和希望知道的一切女人为原型的。诗集分两部分,第一部分乡村篇,是作者在宾州西北部农村时创作的,写了乡下人对旺达的种种谈论;第二部分城市篇,是作者住在匹兹堡时写的,写旺达从农村进城市,市民对她的议论。齐默在诗集《许多声音的共和国》和《齐默篇》里别开生面地塑造了齐默的形象。诗中的齐默无疑包含了诗人齐默的自传成分,如同贝里曼笔下的亨利。诗人齐默笔下的齐默是漫画式人物,他常常受到羞辱,一无骄傲之处,满怀失意。在《齐默篇》里有许多首充溢了自憎的情绪,这倒不是齐默憎恨齐默,而是作为诗人的齐默所感到的焦躁和愤怒,愤恨他难以摆脱诗歌传统中不必要的或有害的部分。诗人齐默想要像自白派诗人那样表现自我,但这个"自我"不是自白派诗人的赤裸裸的"自我",而是穿了外衣的"自我"。他善于用第三人称使自己保持距离,这是他的诗美学,例如,他在《齐默在小学》一诗中声称:

但是我从未能掩饰任何事情。
……
即使此刻
当我躲藏在精制的人格面具后面
大家总是知道我是齐默。

齐默接受了现代派诗人惯用的人格面具这份遗产。他在被采访时对此说:

用人格面具,用其他人的声音表达,我感到自在,有意回避了写自传诗。那是自白派诗歌的时代,洛厄尔、塞克斯顿、普拉斯和类似的诗人走在前列,我不想那样做。我不是自白派诗人,我试着用各种口气写不同的诗。但当我想起我应当真的写一些自传材料时,好像驾车时换挡,很自然地转了过去。[①]

---

① 见Stan Sanvel Rubin在1984年10月11日对Paul Zimmer的采访录。

齐默常常在诗中想象自己进入另一个世界。在《齐默想象天堂》(Zimmer Imagines Heaven)中,他写道:

我和约瑟夫·康拉德坐在莫奈的花园里。
我们正在聆听叶芝朗诵他的诗作,
微风轻拂托马斯·哈代的短须,
约翰·斯克尔顿进屋去拿啤酒了,
旺达·兰多夫斯卡的手指轻弹古钢琴……

齐默是一位奇才,毫无值得夸耀的学历,没有硕士学位,更无博士学位,他的成名全凭他丰富的生活经历和天生的幽默感以及勤奋的学习。他也没有进过任何文学创作班,只是从乔叟、莎士比亚、但丁、布朗宁、叶芝、弗罗斯特、罗什克、艾米莉·迪金森、詹姆斯·赖特和金内尔等作家的作品里贪婪地吸取营养,使自己很快地在诗歌园地里得到了茁壮的成长。

查尔斯·赖特(Charles Wright, 1935— )是以表现力丰富、音乐性强、在吸收消化传统艺术形式的同时不断进行新的尝试而饮誉美国诗坛的优秀诗人之一。他出生于田纳西州,1957年本科毕业于北卡罗来纳州的戴维森学院,随后参军,在美国陆军情报部队服役四年,1961年至1963年间在衣阿华大学攻读硕士学位。从1966年起,查尔斯·赖特先后在欧文加州大学和弗吉尼亚大学任英语教授。他已出版33部诗集,包括《远航》(*The Voyage*, 1963)、《威尼斯笔记》(*The Venice Notebook*, 1971)、《世系》(*Bloodlines*, 1975)、《中国踪迹》、《死色》(*Dead Color*, 1980)、《南十字星》、《河对面》(*The Other Side of the River*, 1984)、《五则日记》(*Five Journals*, 1986)、《区域日记》、《万物世界》(*The World of Ten Thousand Things Poems 1980—1900*, 1991)、《消沉的蓝调:后期诗选》(*Negative Blue: Selected Later Poems*, 2000)等。《黑色黄道带》(*Black Zodiac*, 1997)获1998年度普利策诗歌奖。

查尔斯·赖特从60年代出版的早期四本诗集里选出的诗选集《乡村音乐:早期诗选》(*Country Music: Selected Early Poems*, 1982)表明,他在起步时就找到并巩固了他的表现力。他对短诗、长句、组诗、散文诗、人物素描、自我画像、个人回忆、日记诗等等形式的运用都轻松利落,游刃有余,而且都有精彩之作。诗人无论在描写他的出生地美国南方还是西部、西南部抑或他曾经服役过的情报部队驻地意大利,他对这些地方无一不怀着炽烈的感情,读者无不受到感染。

查尔斯·赖特优秀的短诗集中在诗集《中国踪迹》(*China Trace*,

1977)里,每首诗只有十一二行或者更短,显然是受中国的律诗和绝句的影响,例如,其中的一首短诗《蜘蛛清澈上升》(Spider Crystal Ascension)的标题由三个独立而无语法联系的词拼凑在一起,在英语里是非寻常的,但对汉语的古典诗词来说则屡见不鲜。诗人对此解释说,构成标题的“各个独立的词旨在给你提供全诗的大意”。诗人企图在总共只有五行的诗里,通过简约的语言,表达丰富的思想感情:

蜘蛛,含汁的水晶,银河,在蜘蛛网上飘入夜空
向下俯视,等待我们上升……
黎明他仍在那儿,人难觉察,呼吸短促,正补他的网。
整个早晨我们寻找那张小星星似的白脸从湖上升起。
当它升起时,我们躺在细绒般的水里,摆动起来。

《中国踪迹》是查尔斯·赖特唯一用人格面具写的一部诗集,也是二次大战后学习庞德的《华夏集》而取得成功的几部著名的美国诗集之一。斯奈德的《山间马道铺路石》和布莱的《雪野里的寂静》都是这类受中国古典诗词英译本影响下的成果。

然而,诗人也创作长诗,例如他的诗集《南十字星》(*The Southern Cross*, 1981)中著名的开篇《致保罗·塞尚》(Homage to Paul Cezanne)长达八页,而末篇标题诗则长达17页,不但诗行长,而且常常是流水行,回忆、反省、沉思和变化的口吻杂陈一起,虽然很流畅,但有一种散文化的倾向,这标志了他80年代的诗歌特色。《区域日记》(*Zone Journals*, 1988)由十首诗组成,其中《牛年[①]日记》(A Journal of the Year of Ox)长达47页。查尔斯·赖特的日记体诗作把日记写成诗,把诗写成日记,体现出灵活性和包容性。《英国日记》(A Journal of English Days)记载了9月至12月他在英国的所见所闻。诗人说:“它是我用新闻的方式描写的平凡情景,但用的是诗的形式。练习拉长诗行,尽可能地拉长,但保持诗行形式,以不流于散文为极限。”[②]

无叙事性的纯抒情也是查尔斯·赖特运用自如的手法之一。他的组诗《得得声》(Tatoos, 1975)一共20组,每组三节,每节五行,每组都用数码标明,并加以注释,说明每组诗创作的场合和原因,但是组诗的排列不以创作的时间先后为序,而完全打乱时序,将最迟创作的两组诗(1973年)放在首尾,40年代、50年代和60年代的组诗散编于中间。他以感情的累积结构全篇,并以此

---

① 乙丑年,即1985年。
② 见 Stan Sanvel Rubin 和 William Heyen 在1986年4月3日对 Charles Wright 的采访录。

拨动读者的心弦。

查尔斯·赖特在南方田纳西州和北卡罗来纳州长大,因此他的主题常常同他在主教派占主导的南方宗教背景有关:脱离肉体,消失于土和空气中,然后再复活。他在诗里无时无处不流露出关注死亡和永恒的宗教感情。许多意象都自然地取自《圣经》。例如,他的短章《雪》(Snow)的第一节就采用了西方人熟知的人从土里来回到土里去的宗教观念;《均衡》(Equation)的第二节对人与生俱有的负罪感进行探索。总之,赖特的作品一贯具有鲜明的宗教性,公开思考犹太教—基督教的传统价值观,大量使用该传统文化的象征、圣人和比喻,作为他的感知力和词汇不可或缺的一部分。他为此在他同时代的诗人中显得突出。

除了《中国踪迹》外,查尔斯·赖特其他所有的诗里都展露了薄纱笼罩的"我"的心态,令读者感到他的坦诚。也许真的敬畏上帝的人,对世人是不会弄虚作假的。所以他被置于后自白派诗人队伍的前列。

不过,使查尔斯·赖特牢牢立足当代美国诗坛的,不是他心地坦荡的虔诚(因为虔诚的教徒大都不会成为诗人),而是他捕捉意象的本领和富有表现力的语言。总体来说,他的诗用词简洁,诗节鲜明,音节安排有致,因而颇富音乐性。他说:"如果没有诗节,诗便杂乱无章。诗歌的职能之一便是使无序变有序。"[①]查尔斯·赖特的诗歌用词准确,想象力精巧,许多脍炙人口的诗行,例如,"梅树在蜜蜂中开放。/ 鸥鸟灵魂般被锁在天堂的蓝色顶楼里"(《四月》),"每一天是一座冰山,/ 在脚下拽着它寒冷的大肚皮"(《夜梦》)等,不但令普通读者喜爱,而且也使挑剔的评论家为之称羡。他的诗歌曾多次获奖。2014 年国会图书馆任命查尔斯·赖特为桂冠诗人。

格雷戈里·奥尔(Gregory Orr, 1947—　)生在纽约州的奥尔巴尼,1972 年硕士毕业于哥伦比亚大学。1975 年以来,他一直在弗吉尼亚大学任教,现为该校英语教授,已出版包括《盐之城》(*City of Salt*, 1995)在内八本诗集。奥尔在 12 岁打猎时无意中打死了 8 岁的弟弟,几年之后,母亲突然去世。两起事件造成了他的心灵创伤,使他创作了不少关于死亡的诗篇,如 1972 年出版的诗集《收集尸骨》(*Gathering the Bones Together*)中的《死亡之后》(After a Death)和《葬礼后开车回家》(Driving Home after a Funeral)。奥尔认为心灵创伤可以转化,个人抒情诗史便是他的困扰史,而困扰则始于心灵的创伤。《红屋》(*The Red House*, 1980)写的是他六七岁时和家人居住在乡间的红屋,富有田园风味。该诗集反映了他的童年和少年的生活。这是 13 首诗组成的组诗,通过一个少年之口,叙述他的弟弟和母亲的死亡,反映了一个生

---

① 见 Stan Sanvel Rubin 和 William Heyen 在 1986 年 4 月 3 日对 Charles Wright 的采访录。

长在农村里的少年的普通生活。奥尔在诗歌中常常通过梦幻的间接语言来减轻因直面现实而带来的痛苦，同时潜入经验的心理深处，例如他在《春天的洪水》(Spring Floods)里写道：

在一片泥泞的田野
一口打开的棺材
只有我能看见；
这是母亲送来
接我的船，
如同她送来了洪水。
水流翻腾，深不可测
有谁能像她那样
将它平息？
在黑暗的房间里
临睡前
她曾将冰冷的手
搁在我的前额。

奥尔的诗表现出坦诚和直率，诗风清新，没有虚饰。

尽管奥尔自称是非常悲观的人，并且写了很多死亡诗，但他不是悲剧诗人。他的抒情诗还反映了他机智、热爱大自然和强烈的性爱的品格。《三月暴风雨》(A Storm in March)、《从火山下来》(Coming Down from Volcano)和《楠塔基特早晨/今世》(Nantucket Morning/This World)是有趣味而又很健康的性爱诗。在西方，健康的性爱是生命力旺盛的体现。奥尔说："在诗人意识里起作用的力量是性爱和死神、爱情和死亡的神秘力量。即使对待死亡，诗歌必须挖掘某些意义，某些生命力，值得赞颂的东西。"①

奥尔曾写过一部评论集《斯坦利·库涅茨诗歌介绍》(*Stanley Kunitz: An Introduction to the Poetry*, 1985)。他的诗风多少有点像他的导师和朋友库涅茨：感情炽热，语言简练，形象鲜明。不过，奥尔的艺术特色在于高度的坦率，直截了当，毫不装腔作势，而且涉笔成趣。

威廉·马修斯(William Matthews, 1942—1997)出生于俄亥俄州，1965年本科毕业于耶鲁大学，1966年获北卡罗来纳大学硕士学位，先后在康奈尔大学、科罗拉多大学、华盛顿大学、休斯敦大学、纽约城市大学任教，并担

① 见 Stan Sanvel Rubin 和 William Heyen 在 1984 年 10 月 25 日对 Gregory Orr 的采访录。

任大学出版社和诗歌杂志编辑。马修斯在诗歌中通过意象来表现人的孤独、欲望、痛苦等主题,只保留部分的自传性,通常不用"我"这个第一人称来揭示自我经历。自处女作《15首诗》(*15 Poems*, 1969)问世以来,他已出版多部诗集,包括《毁坏新路》(*Ruining the New Road*, 1970)、《云彩》(*The Cloud*, 1971)、《秘密生活》(*The Secret Life*, 1972)、《棍子与石块》(*Sticks and Stones*, 1975)、《上升与衰落》(*Rising and Falling*, 1979)、《洪水》(*Flood*, 1982)、《可预见的将来》(*Foreseeable Futures*, 1987)、《布鲁斯如果你想要》(*Blues If Your Want*, 1989)等。在他的许多诗篇中,作为"生活杰作"(life's best work)的爱情提供安全,自然界提供意象。在他看来:困苦不幸是美国人的共性。在《为什么我们真正是一个民族》(Why We Are Truly a Nation)一诗中,他的答案是:

因为悲伤将我们联合起来
如同成双成对跪着死去的
麋鹿的茸角绞合在一起那样。

马修斯认为:觉悟和安宁可以从痛苦中产生。

70年代后期,马修斯对意象的热情减退,把注意力转向过程,诗歌的主题依然是衰老、死亡、侵蚀、记忆。《老唱片》中一位朋友播放唱片来录音,为的是不要磨损唱片。诗人因此想到生活中的悖论:"我们像是火一样/从我们自己那儿抢救东西。"在《打开她的珠宝盒》(Opening Her Jewel Box)中,一位老太太小时候曾敦促"爹,车开快些",现在"对她生活的速度感到吃惊"。

马修斯在谈及其诗歌语言时,认为自己把"正式"语言与"街头"语言糅合在一起。他说:"我最喜欢的诗歌是那种就好像是从沉默无声与浓烈情感的灌木丛中浮现出来的作品。"他的诗从英国诗歌传统汲取营养,同时富有美国生活气息。

## 第二节
## 语言诗

《哥伦比亚美国文学史》在《先锋派和实验派的创作》一章中将西利曼、帕尔默、安德鲁斯、库立奇、伯恩斯坦等人称为“语言派”(Language Group)。[①]语言诗人基本上分布在东部的纽约市和西部旧金山地区，他们大多数人是学者，在大学里执教。语言诗人作为“先锋派”，以质疑主流诗歌的许多为常人接受的假说来构建自己的理论框架，并将其付诸诗歌创作实践。语言诗人对诗歌语言的认识、对诗歌形式的实验，具有启迪作用。

首次使用“语言诗”一词的是西利曼。1975 年，他主编了包括安德鲁斯、库立奇和西利曼本人在内的九人诗选，发表在一本《阿尔切林斯》杂志上。他在介绍这些诗人的作品时使用了“以语言为中心”、“非指称形式主义”、“指称淡化”等术语。[②] 1978 年，安德鲁斯和伯恩斯坦主编的《语言》(L=A=N=G=U=A=G=E)杂志面世时，“语言诗”的名称正式确立。语言诗的鲜明特征主要有两个：

一、强调语言的重要性。夸大语言作用是语言诗的实质。在语言诗人看来，诗歌的主要原料是语言，是语言产生体验。梅塞里在他主编的《语言诗》选集的前言里表明了语言诗的美学原则：“本诗选的诗人都把语言作为他们的写作项目而突出语言的本身。对于这些诗人来说，语言不是解释或翻译经验的载体，而是经验的源泉。语言是感性认识，是思想本身。”诗人的任务不是寻找语言去表现语言之外或语言之先的经验，而是用纯语言创造出一个自身俱足的诗的世界。

二、肢解通常的语言逻辑关系。伯恩斯坦在描述自己的诗歌作品时说：“将一个句子或短语拦腰截断，依靠(读者的)思想去补充完成诗歌转向后的弦外之音，如此便同时产生了两个向量——处于深层的期望的投射和浮于表层的语词的实义。”语言诗有意避开“优雅过渡”，要求读者“主动阅读”，[③]参与创造意义。

语言诗直接面对或体验语言本身，是对占统治地位的官方和日常的语言用法的一种解构，从而将“审美性和政治性包融在一起”。[④] 特威切尔对此有精当的论述：

> 语言诗人把马克思的商品崇拜理论应用到语言里，认为在资本主义统治下，语言越来越被降低到“交换”的地步，即仅仅起交换信息的工具作用，或者起交换和机械地吸收陈腐思想的工具作用。在以商品为主导的社会，语言本

---

① Elliott, *Columbia Literary History of the United States*, p. 1182.

② Ron Silliman, “The Dwelling Place: 9 Poets,” *Alcherings* 2 (1975).

③ Elliott, *Columbia Literary History of the United States*, pp. 1183 - 1184.

④ 伯恩斯坦、雷泽尔、谢里：《美国语言派诗选》，张子清、黄运特译，成都：四川文艺出版社，1993 年，第 93 页。

身难以避开此过程,因而,语言的使用"价值"需要被重新发现,这就是说,语言应是个人劳动的产品。这就是为什么语言诗人愿意允许甚至期望他们的作品里有高度的不完整性,因为这是一个标志:诗篇是被制造出来的东西,诗篇经常处于发展的过程之中。①

语言诗人摒弃主流文学的表述方式和主流文化形式,打破常规的词汇、语法、句式,旨在恢复语言原初的生机和活力。当然,在这种美学思想指导下创作的诗歌给常人带来理解和欣赏的困难。语言诗因为太抽象、可读性不强而遭到批评。

罗恩·西利曼(Ron Silliman, 1946— )被认为是西部旧金山地区语言诗人的主要代表。他出生于华盛顿州,1969年进入伯克利加州大学,但没有念完大学。西利曼21岁时就有诗作在《诗歌》《南方评论》等杂志上发表。1981年以来,他先后在旧金山州立大学、圣地亚哥加州大学等学校任教,并担任《社会主义评论》等杂志编辑。西利曼已出版《第七间房子里的月亮》(*Moon in the Seventh House*, 1968)、《乌鸦》(*Crow*, 1971)、《乐园》(*Paradise*, 1985)、《棚屋年代》(*The Ages of Huts*, 1986)、《文》(*Lit*, 1987)、《什么》(*What*, 1988)等诗集。西利曼强调诗歌和散文之间的内在关系,在《凯杰克》(*Ketjak*, 1978)、《唱听》(*Tjiangting*, 1981)中,把句子作为诗歌写作的尺度,并在《新句》(*The New Sentence*, 1987)中为句诗提供理论依据。相对来说,西利曼的语言诗比较易懂,如在《文》最后一部分的第五段,他写道:

院子隐藏着许多动机,门廊上的油漆飞溅在鼠尾草和蜘蛛上,锯末和旧木板戕害这块草地,杏树上的怪鸟伴着垃圾筒里的哗哗自来水声和另一只鸟的尖叫声,用半真半假的嗓子唱歌,目光游动时耳朵正在聆听,皮肤感到青蛙的粘湿,台阶上的水桶,某条车道上扫帚的声音,眉毛上感到风,在这些小东西(我现在是它们)里,三只苍蝇在门廊和树之间述说天空,诗是此思如此,身体不过是文学那东西的医疗模型的一个隐喻(我曾是它)。

雷泽尔在评论这一段落时说:西利曼"把读者卷入一个充满细节、辞藻、意识和目光的旋涡之中。"②句子之间存在意义上的断裂和空缺,需要读者去填补。值得注意的是诗中出现了诗人自己的声音。这似乎表明:西利曼在邀请读者合作建构意义的同时,又把他自己的解读性文字纳入文本,从而给作者—读者

---

① 伯恩斯坦、雷泽尔、谢里:《美国语言派诗选》,第91页。
② 同上,第61页。

的合作设定了前提条件。

迈克尔·帕尔默(Michael Palmer, 1943— )也是旧金山地区的语言诗人。他出生于纽约,1961年至1968年期间在哈佛大学读本科和硕士学位,毕业后担任过杂志编辑。他的主要诗集有《O城计划》(*Plan of the City of O*, 1971)、《环形门》(*The Circular Gates*, 1973)、《没有音乐》(*Without Music*, 1977)、《埃科湖随笔》(*Notes for Echo Lake*, 1981)、《太阳》(*Sun*, 1988)等。帕尔默喜欢阅读哲学著作,他的《走向语言的途中》(On the Way to Language)与海德格尔的一篇论文同名。作为一首语言诗,《走向语言的途中》虽然与海德格尔建立起某种联系,但并不表述明确的主题思想,而是构造出一种语言环境,音素、节奏、谐韵、意象在诗中"跳起复杂的舞蹈"。[①]该诗采用问答形式,结尾时,抽象的篇名凝结为"路途"的具体意象:

频频叹息
之桥横跨
欲望之山谷

这与其说是答案,不如说又是一个谜。在帕尔默看来,传统的句法和诗歌形式是一种省力的策略,转移了读者对语言的注意力。他的诗歌直面不可解释、不可简化的语言现象,力图展示语言产生意义的丰富可能性。在80年代末创作的一首诗里,他写道:

无法用言语表达的
几页
逆光
在流体的窗户
一只狗在歌唱
不要求任何东西
我们不能说话。

评论家认为不能对帕尔默的诗进行释义,因为诗歌意义严格来说是特定语言细节之间复杂互动关系发挥的功能。

布鲁斯·安德鲁斯(Bruce Andrews, 1948— )出生于芝加哥,1975年获哈佛大学博士学位后,一直在纽约市的福德姆大学政治学系任教。安德鲁斯

---

① Chevalier, p. 740.

自1973年第一部诗集《边锋》(*Edge*)问世以来,一直致力于实验诗歌创作。1978年至1981年间,他与伯恩斯坦共同主编《语言》,吸引了一批前卫诗人在这本诗学刊物上发表具有实验色彩的诗歌。安德鲁斯已出版《元音》(*Vowels*, 1976)、《商籁体诗》(*Sonnets*, 1980)、《开除教籍》(*Excommunicate*, 1982)、《给他们足够的行动自由》(*Give 'Em Enough Rope*, 1987)、《立场》(*Standpoint*, 1990)等诗集。他的关注点落在语言这一媒介上,淡化甚至拒绝涉指。在《阐明的行为》(Stated Behavior, 1982)一诗中,安德鲁斯写道:

生命,文学
　　腰部从不赞美狡诈
希望多孔的几个圈状的被褥
　　　　一旦性爱惹恼了嫉妒

上述诗行中暗示了性主题,但该诗随后长达十多页的内容很快就消除了这种联想。映入眼帘的是不受主题限制的词汇运动,语言的内在潜力如同火山爆发一样喷发出来。词语生动具体,似乎可以触摸到。安德鲁斯强调将"声音、质地、节奏、空间、沉默"融为一体的重要性。他的诗句词序颠倒,短语堆砌罗列,语法关系被拦腰截断,以便让词语摆脱种种束缚,最大限度地发挥其"边锋"的交汇互动作用。安德鲁斯特别关注词语在语音、语义上的差异。在他看来,词语展现差异,因此产生意义。评论家认为:阅读安德鲁斯的诗歌,能感受到词语如同人物一样,神态不一,各具个性。①

克拉克·库立奇(Clark Coolidge, 1939— )生在罗德岛,在布朗大学接受高等教育,他的诗歌曾获纽约诗人基金奖。早在60年代,库立奇就编辑前卫诗刊。他的诗歌表现出对语言的敏感性,对词的选择与排列十分用心。《旗帜飘动与美国电气》(*Flag Flutter and U.S. Electric*, 1966)收选的早期诗作通过语言本身的"调性"(tonality)而不是韵律、隐喻、象征等传统手法来实现连贯一致,词与词之间只存在空间的关系。《空间》(*Space*, 1970)诗集中的《AD》(AD)一诗长达20多页,以他典型的风格开始,每一诗节由相互没有关联的诗行组成,到结尾时演变成为破碎词语的纵列组合,结构奇特。《五号套房》(*Suite V*, 1973)除了首尾安置两个四个字母的单词外,其余均为成双成对的三个字母单词。库立奇的其他诗集有《山》(*The Mountains*, 1974)、《自己的面孔》(*Own Face*, 1978)、《研究》(*Research*, 1982)、《水晶文本》(*The Crystal Text*, 1986)等,他是当代诗坛最不同寻常的实验诗人之一。

---

① Chevalier, p. 18.

查尔斯·伯恩斯坦(Charles Bernstein，1950— )是积极宣传语言诗理论并身体力行从事创作的重要诗人。他出生于纽约市，1972年毕业于哈佛后，长期从事医药研究报告写作，并在奥克兰加州大学、普林斯顿大学、纽约州立大学等高校讲授英语创作，现居住在纽约。自1975年第一部诗集《精神病院》(*Asylums*)问世以来，伯恩斯坦已出版《阴影》(*Shade*，1976)、《责任感》(*Senses of Responsibility*，1979)、《抵抗》(*Resistance*，1983)、《诡辩者》(*Sophist*，1987)、《收费员的生活》(*The Lives of the Toll Takers*，1990)等20多部诗集。他曾与安德鲁斯共同主编《语言》，推动了语言诗的发展。1993年，由他和雷泽尔、谢里主编的《美国语言派诗选》(*Language Poems*)在中国出版，为中国读者提供了直接了解语言诗的机会。伯恩斯坦认为：通过语言，意义进入世界，获得存在。没有先于语言的思想，我们不可能脱离言语思考，必须借助于语言来体验世界。语言诗强调语言产生意义、语言创造世界。他在《第斯拉夫症》(Dysraphism)一诗中说：

在散文中你从世界
开始，然后找到相应的词语；在诗里你从
词语开始，然后在其中找到世界。

语言诗关注语言符号，诗人故意打破传统语言表意的功能，常用的手法之一是拆散常规句子，玩弄词句的重新组合排列。在《害怕失去理智》(Fear of Flipping)一诗中，伯恩斯坦写道：

这一堵堵墙
是我们唯一的地板，而这地板如球一样，抵制
一切堕落。对沉淀的任何感受很充分，如"垃圾
堆"换成所谓整面的网，或
未曾……而感失望，如"武断"化为
"伪造者"，"耽溺"化为……的价值。

在这里，墙不可以是地板，如果是，则上下颠倒了，一切取决于我们站的相对位置。"球"可指任何球，如棒球或篮球，falls一词可指球落下来，或小孩玩球时跌了下来，也可引申到人的堕落。"垃圾堆"表面有可能呈现网孔状。"失望"前面的主语故意被省略，可能是我、你或任何人。"伪造者"可以随心所欲造假，至于"耽溺"化为什么的价值，诗人却留下空白。伯恩斯坦坚持读者"产生"其诗歌的意义，要求读者在阅读过程中积极参与，填补空缺，增添内容。

## 第三节
## 其他重要诗人

当代美国诗坛不存在中心,或不存在以一两个大诗人的风格为主导的美学规范。如果说在现代派的早期,艾略特以他的诗歌创作和诗歌理论影响了一代乃至两代英美诗人诗风的话,如今的诗坛没有艾略特那样的领袖式人物。但这绝不意味着现在缺乏优秀诗人和上乘之作。诗歌作为一种"孤独的艺术",[1]历来强调个性,注重作品本身的质量。当代有一批诗人在诗歌领域积极探索,大胆实践,他们风格各异、脍炙人口的瑰丽诗篇深受读者喜爱,确立了各自在当代文学史上的重要地位。

伊丽莎白·毕晓普(Elizabeth Bishop, 1911—1979)称得上是20世纪美国最重要的女诗人之一。她不属于任何流派,只凭了她薄薄的一部《诗歌全集:1927—1979》(*The Complete Poems 1927—1979*, 1980)奉献给世人,给读者以独特的审美愉悦。综观毕晓普的诗全集,她既尝试了普通的散文诗、相对自由的自由诗、素体诗,又娴熟运用了传统诗歌形式:四行诗、十四行诗、六行诗、三行诗。毕晓普兼收并蓄而创造了具有她个性化的风格,使人耳目一新。毕晓普的诗歌作品曾获普利策奖、全国图书奖、全国书评界奖。她逝世之前,已被列入最受推崇的美国诗人行列。

毕晓普生于马萨诸塞州的伍斯特市,1934年从瓦瑟学院毕业,不久就去了欧洲,两年后回到美国佛罗里达州。五六十年代她住在巴西,在那里客居长达16年之久。巴西可以说是她的第二故乡,后来她一半时间是在巴西,一半时间回美国马萨诸塞州的坎布里奇,在哈佛大学任教。毕晓普以她具有鲜明个性的《鱼》、《猛犸》(The Man-Moth, 1946)、《在渔人屋》(At the Fishhouses, 1955)、《诗篇:北方与南方——寒冷的春天》(Poems: North and South—A Cold Spring, 1955)、《六行诗》、《加油站》(Filling Station, 1966)、《一门艺术》等征服了诗坛,至今这些诗篇仍为各类诗选集所收录。毕晓普的诗歌最大的特色是她精于陌生化手法,在日常平凡的事物或现象中挖掘出异常或不平凡来,换言之,她能寓陌生于熟悉之中,使读者警醒,获得意料不到的感受。在名

① Harold Bloom, ed. *The Best of the Best American Poetry: 1988—1997* (New York: Scribner Poetry, 1998), p. 20.

篇《鱼》(The Fish, 1946)中，诗人租了一只船，钓到一条大鱼。在对起水后鱼的形象和反应进行详尽的描写之后，她在诗的结尾处把注意力转向了船的本身：

我久久地凝视着
胜利充满了
这租来的小船，
船底的积水上
油花展开彩虹
从生锈的引擎周围
伸向锈成橘色的戽斗，
伸向太阳晒裂的坐板，
伸向带链的桨架，
伸向舷边——直到每件东西
都形成了彩虹，彩虹，彩虹！
于是我放走了这条鱼。

汽油在船舱的积水里布了彩虹，在生活里是一件平常的事，但是经过诗人夸张之后，似乎船里升起了条条彩虹，如入陌生的仙境。诗人在这种环境里似乎超越了世俗的世界，于是放走了鱼——活脱脱而受伤的生灵。

毕晓普认为：我们平常的生活充满惊奇，需要惊奇。在新发现的《令人惊奇的是……》(It is Marvellous. . . , 1989)一诗中，诗人写道："没有惊奇/世界可能会变成另一个样子。"她善于以陌生化手法描绘我们身边的日常琐事，例如，《六行诗》(Sestina, 1965)列举的人和事都很平常：祖母、孙女、秋雨、厨房、火炉、水壶、茶杯、年历，这是实景，但在实景里出现了眼泪——这奇怪的联想产物使温暖、舒适的安乐窝的气氛顿时显得异样。《一门艺术》(One Art, 1976)取材于日常生活的小事：丢失东西。我们有时会丢失房门钥匙、丢失手表，诗人说不应为此烦恼：

丢失这门艺术不难掌握，
许多东西似乎充满了被丢失的意向
因此发生丢失并不是灾难。

诗人在最后一节笔锋一转，说：

——甚至丢失了你(开玩笑的口气,这示意动作
　我喜欢)我将不会撒谎。显而易见,
　　丢失这门艺术并不太难掌握
　　虽然它看上去(写下来!)像是灾难。

毕晓普诗风清新,语言通俗平易,不乏对生活的真知灼见。

毕晓普于平凡之中见新奇,诗文隽永,意境深远。她的诗歌说明了一个道理:不在艺术形式上标新立异而在诗质本身上下工夫,尽管使用传统的形式,同样会取得成功。

艾米·克伦姆皮特(Amy Clampitt, 1920—1994)生于艾奥瓦州,1941年格林内尔学院毕业后,来到纽约市工作。从年龄上讲,克伦姆皮特属于布鲁克斯、罗厄尔、内美洛夫、魏尔伯、迪基、辛普森等那一代人,但她出道较晚,正式出版的第一部诗集《翠鸟》(*The Kingfisher*)于1983年才面世。她的作品数量不多,却出手不凡,《光是什么样子》(*What the Light Was Like*, 1985)、《向西》(*Westward*, 1990)等诗集证明她诗艺出众。《翠鸟》出版后,哈佛大学海伦·文德莱教授在《纽约书评》上撰文,预言即使百年之后,现在关于文化的术语变得过时,社会模式不复存在,但她的诗歌仍会有人读。克伦姆皮特观察自然细致,诗歌意象鲜明生动,如《翠鸟》的最后一节:

翠鸟流光溢彩的俯冲,着了火的
快乐色彩,如同一支箭,
掠过被忽略了的记忆风景:……

同时,克伦姆皮特饱览群书,传记、历史、哲学、自然科学、民间传说时时进入她的诗歌。如《哈肯萨克河的芦苇苗床》(The Reedbeds of the Hackensack, 1985)使用了W. C. 威廉斯、但丁、弥尔顿、济慈、莎士比亚的典故。"我可否把你,明修斯河,比做哈肯萨克河?"使人想起莎士比亚著名的十四行诗:"我可否把你比做美丽的夏天?"

克伦姆皮特写了不少哀悼亲人朋友的挽诗,如《光是什么样子》标题诗是围绕一位渔民之死展开,青山依旧,斯人已去,诗人感叹良多。《我的表姐缪里尔》(My Cousin Muriel, 1990)中的缪里尔是四个孩子的母亲,因肾衰竭奄奄一息。诗人在东部的纽约市与远在西部加州医院里的缪里尔最后通了一次电话,不禁回想起当年做姑娘时的情景。她们后来离开家乡,各奔东西,克伦姆皮特在诗中认识到自己漂泊无根的处境,抒发了对过去时光感伤怀旧的情绪。

在当代美国诗人中,菲利普·莱文(Philip Levine, 1928—2015)是出色的

一位。他深入社会底层,关心普通人的生活和命运,是继承惠特曼和W. C.威廉斯传统的人民诗人,一位难得的现实主义诗人。在接受记者无数次访谈中,他一再强调自己与普通人共呼吸,同命运。他说,40多年以来,他一直为底特律的普通人写诗,为爱护他和他一同劳动的人写诗。莱文这种天生接近普通人民的感情与他的出身有关。他生在底特律一个贫苦俄国犹太人移民家庭,就读于韦恩大学,1950年本科毕业,1955年获该校硕士,1957年获衣阿华大学美术硕士。自1958年起,他一直在加利福尼亚州立大学执教。莱文的童年是在大萧条时期度过的,50年代初,他在工厂做工,这段经历使他了解到生活在社会底层的普通劳动人民需要诗歌。莱文迄今已发表《在边缘》(*On the Edge*, 1963)、《不是这只猪》(*Not This Pig*, 1968)、《他们吃,他们威势》(*They Feed They Lion*, 1972)、《失者的名字》(*The Names of the Lost*, 1976)、《灰烬》(*Ashes*, 1979)、《甜蜜的意志》(*Sweet Will*, 1985)、《工作是什么》(*What Work Is*, 1991)、《简单的真理》(*Simple Truth*, 1994)、《呼吸:诗篇》(*Breath: Poems*, 2004)等20多部诗集。

莱文诗歌的题材是城市街道、童年回忆、家庭成员、环境和战争。他的诗显得忧郁、沉思和诚实,诗行不长,措辞朴素。他放弃传统的音步和押韵形式,采用三到四个节拍的素体诗或自由诗形式,意象具体,无滥情,也无过多的议论。《他们吃,他们威势》为评论界所称道,标题诗的口语生动活泼,反映了他对被压迫者的同情,斯图尔特·弗里伯特(Stuart Friebert)认为它是"我们的时代最受赞美的诗篇之一":

从粗麻布袋、从黄油、
从黑豆和暗灰色面包、
从满腔愤怒、乌亮的肮脏、
从杂酚油、汽油、驱动油、木杵之中
他们的威势产生了。
　　　　　　从灰色小山似的
工厂仓库,从雨,从乘公共汽车,
从西弗吉尼亚至吻我屁股,从埋葬的大妈们、
母亲们,她们麻木如树桩,从树桩、
从骨头需要加强肌肉需要伸展之中
他们的威势产生了。
　　　　　　地球正吃树林、篱笆桩、
坏汽车,地球正邀请她的小客人:
"回家,回家吧!"从猪睾丸,

从猪被逼上死路的暴行,
从毛耳朵和静止时,
从肚皮烫下来的垂肉,从目的之中
他们的威势产生了。

《失者的名字》是莱文最喜爱的一本诗集,他在作品里描写了黑人和白人主人公的命运,他们离开了家乡小镇,来到怀有敌意的大城市寻找使他们卖命的活计。

莱文小时候就对西班牙内战感兴趣,后来又去西班牙旅游,足迹遍布全国。他除了描写现代城市的荒原景象外,还写了关于西班牙内战的诗歌,纪念阵亡的将士。尽管莱文的题材相对来说不宽,但他形成了自己的独特风格。他的诗歌多次获奖,《工作是什么》获 1991 年全国图书奖,《简单的真理》获 1995 年普利策奖。2011 年国会图书馆任命莱文为桂冠诗人。

唐纳德·霍尔(Donald Hall, 1928— )生在康涅狄格州纽黑文,1951 年本科毕业于哈佛大学,后在牛津大学和斯坦福大学深造。他曾在密歇根大学教书长达 18 年,现隐居在新泽西州纽黑文的一个农场,专门从事著述。早在 1942 年,霍尔就立志终生写诗。在漫长的创作生涯中,他的诗歌题材和形式发生了很大的变化。他开始时以精湛的传统诗艺和符合"新批评"派美学规范的诗歌登上诗坛。他在以《内向的缪斯》(The Inward Muse)为题的演讲中告诉他的听众说,他在创作早期"有时能听到兰色姆先生的声音",使他"花了 10 年时间才摆脱了那个声音"。50 年代中期出版的《流放与婚姻》(*Exiles and Marriages*, 1955)表现的哀婉与沉思与 60 年代末的《鳄鱼新娘:新旧诗选》(*The Alligator Bride: Poems New and Selected*, 1969)形成鲜明反差。他这时主要创作深层意象派诗歌。在《这房间》(The Room, 1969)中,诗人说:

今晨我醒来时,
睡潮已退,
我白色的躯体搁在岸边。
我从我已达 40 年之久的
躯体里爬起来,
来到这个房间。

布莱对霍尔的这类诗篇深表赞赏,说霍尔的"诗句具有自身俱足的强烈的欢乐力量,音乐性明显带有古风味的和谐,即音乐性来自意识深层内部古老的部分,来自非常古老的头脑……当他的诗写得很好时,它就很实在而且感情绝对的真诚”。

1975年，霍尔辞去教职，搬迁到纽黑文的农场居住。《踢树叶》（*Kicking the Leaves*）标志着他诗风的又一次转变。回到童年时住过的农家老屋，给他的个人生活和诗歌创作注入生机。当年祖父、父亲和他在后院一起耙树叶的情景历历在目，如今他们都已不在人世，但诗人的儿女都已长大成人。秋天的落叶是该诗的中心意象，它既喻指死亡，又期待新生。霍尔在诗的结尾时说：

> 现在我跳起落下，欢欣鼓舞，
> 从死亡中，因为死亡，顺应死者，
> 再次找回树叶的芬芳与味道，
> 以及在树叶的故事中就座的
> 欢乐，唯一的长久快乐。

《踢树叶》以及随后发表的《快乐的人》（*The Happy Man*，1986）等诗作详细记载了他回到家乡的感觉。组诗《那一天》（*The One Day: A Poem in Three Parts*，1988）表明了霍尔继续沿着他新的方向发展，眼界拓宽到更大范围的人类命运：

> 我们永远是一个
> 死生交替的细胞，受制于单一的一天，它统辖
> 我们度过三万日，从高背椅到工作，从爱到
> 苦痛的死亡。我们种植玉米，储藏种子。
> 我们的子女给老树施肥。两个烟囱需要：
> 工作，爱，造屋，死亡。但造一座屋。

沧海桑田的感慨始终离不开霍尔，但是，生命不会结束，而是通过子女后代在循环中得以延续，生生不息。

1994年，霍尔的妻子简·凯尼恩被诊断为患有白血病，《没有》（*Without*，1998）描写了简的病情和她临终前的岁月。进入新世纪，霍尔出版了《彩绘的床》（*Painted Bed*，2002）、《白苹果和石头的滋味：1946—2006诗选》（*White Apples and the Taste of Stone*：*Selected Poems*，*1946—2006*，2006）。

霍尔认为诗歌的美在于它能提供感官的愉悦，他自己的诗作实现了这一功能。他所追求的美并不是纯粹的形式美，同时还包含了对人生苦痛、死亡的感受和领悟。霍尔担任过《巴黎评论》等杂志的诗歌编辑。作为编辑了许多其他诗人诗集的诗人，霍尔在当代英美诗坛起了令人注目的影响。2006年国会

图书馆任命霍尔为桂冠诗人。

马克·斯特兰德(Mark Strand, 1934—2014)是继沃伦、魏尔伯和内美洛夫之后于1990年摘取桂冠的第四位著名诗人。他出生在加拿大。1938年到美国,本科就读于俄亥俄州安蒂奥克学院,1959年又获耶鲁大学美术学士,毕业后作为富布莱特学者赴佛罗伦萨大学深造一年,回国后获衣阿华大学硕士。斯特兰德先后在普林斯顿大学、布兰代斯大学、哈佛大学、斯霍普金斯大学等多所名校任教,业余时间写诗,主要诗集有《睁开一只眼睛睡觉》(*Sleeping with One Eye Open*, 1964)、《迁移的理由》(*Reasons for Moving*, 1968)、《更暗了》(*Darker*, 1970)、《我们的身世》(*The Story of Our Lives*, 1973)、《哀悼我的父亲》(*Elegy for My Father*, 1973)、《迟时》(*The Late Hour*, 1978)、《诗选》(*Selected Poems*, 1980)、《持续的生命》(*The Continuous Life*, 1990)、《黑暗的港湾》(*Dark Harbor*, 1993)、《人与骆驼:诗篇》(*Man and Camel: Poems*, 2006)、《几乎看不见》(*Almost Invisible*, 2012)等。斯特兰德爱在诗中探索虚静,在气质上近似默温和布莱。他的诗歌的显著特点是梦幻性,善于用简约的语言描绘一个超现实世界,营造神秘气氛,如《更暗了》收录的"七首诗"中最后一首诗:

我有一把钥匙
因此我开门走进去。
里边很暗我走进去。
里边更暗了我走进去。

黑暗与光明、已知与未知、生与死的对立和平衡,尽在不言之中,令人回味无穷。诗的语言十分简洁,重复的句型却产生意想不到的效果。诗人掌握了打开黑暗的"钥匙",走进黑暗,有一种神秘感。

斯特兰德的诗风与毕晓普有相同之处。简约的措辞、超现实的时间和新闻报道式的具体细节构成了他的个人风格,而在我们熟悉的世界背后还有一个梦幻境界。随着年龄的增长,诗人的怀旧之情渐浓,因此在近作中自传成分渐增。例如《童年的大海在哪里?》(Where Are the Waters of Childhood? 1978)、《赫克特小湾之夜》(Nights in Hacket's Cove, 1980)、《我母亲在夏末的一个夜晚》(My Mother on an Evening in Late Summer, 1980)等。他的近作《早晨、中午和晚上》(Morning, Noon and Night, 1997)描写了夜晚躺在床上时内心的焦虑:

我直淌汗,恳求把我

准时释放，跨进新的一天，我害怕自己
永远到不了那儿，害怕自己被遗忘，不得不
在午夜的海上漂泊，每一千年才能看到一只船，或是一只天鹅，
或者是一个溺水者，他的想象比他的命运活得长，他
游水是要证明，并不是向着特定个人，他虚度了自己的年华。

斯特兰德竭力解放和扩大意识而进入梦幻境界，超过自我（Ego）的限制，把自我变成他人，从极度疏远自己的视角观察世界，结果是旁观的观点，幽灵的语气，不但突破了意识的界限，而且突破了时限。

斯特兰德不是高产诗人，而是以质量取胜，1999年，他的《一场大风雪》（*Blizzard of One*，1998）获普利策诗歌奖。多年来，斯特兰德受到众多同行们的推崇。

查尔斯·西密克（Charles Simic，1938— ）生在南斯拉夫贝尔格莱德，1954年移居美国芝加哥，1956年进入芝加哥大学，后转到纽约大学，1961年至1963年在部队服役，1967年获纽约大学学士学位。自1973年起他一直在新罕布什尔大学任教。西密克是一位多产作家，已在国内外出版诗集、论著、译著60多部。他的诗歌主要收在《青草所说》（*What the Grass Says*，1967）、《拆除寂静》（*Dismantling the Silence*，1971）、《白色》（*White*，1972）、《古典交谊舞》（*Classic Ballroom Dances*，1980）、《诗选：1963—1983》（*Selected Poems 1963—1983*，1985）、《世界并不结束：散文诗》（*The World Doesn't End: Prose Poems*，1989）、《神与魔鬼之书》（*The Book of Gods and Devils*，1990）等诗集里。

60年代中期，西密克开始发表诗歌时对寂静世界的迷恋使他被评论家们列入金内尔和默温等超现实主义诗人的队伍里，他那梦幻般的诗篇里可以找到罗什克以及其他超现实主义诗人的影响痕迹。西密克的童年是在二次大战前沿的南斯拉夫度过的，死亡、受伤、流放、背叛、邪恶和恐怖的意象经常出现在他的诗歌之中，滑稽的剧情和黑色幽默装点了他作品里的悲剧情节。他早期的诗歌具有一种令人震惊的品格，这使他有别于其他超现实主义或深层意象派诗人。如他的诗集《拆除寂静》的标题诗：

首先小心地把它的耳朵摘下
以免它们溢出来。
用一声响亮的口哨切开它的肚皮。
如果它里面有骨灰，闭上你的眼睛，
让骨灰顺风吹走。

如果有水，安眠水，
带来一个月还没喝水的植物根。

当你到达死尸时，
你没有碰上一群狗，
你没有碰上一具松木棺材
和牛拉的车，牛拉动时使死尸直晃，
快把尸骨在你皮肤下松脱，
下次你捡起你的麻袋时，
你将会听到尸骨在袋边咬动你的牙齿……

再如《餐叉》(Fork, 1971)：

这奇怪的东西必定是
刚刚爬出地狱，
它像鸟脚
吊在食肉动物的颈子上。

当你用手拿它时，
当你用它叉一片肉时，
不难想象出一只鸟的形象：
像你拳头似的鸟头
很大，秃秃的，无嘴，瞎眼。

西密克展现在读者眼前的总是一幅可怕的情景，既有民间传说的原始色彩，又具有当代社会的梦魇性，似真非真，似假非假。

近年来，他诗歌沉重的历史感少一些了，而平静的成分多了一些，如果悲观主义并未减弱的话，绝望之情有所淡化。这也是在二次大战中从东欧各国移居美国的作家的共同特点。

西密克进取心强，从不满足已取得的成就，总是谨慎地避免艺术的停滞，不断进行新的探索和实验。1990 年，西密克的《世界并不结束》获普利策奖，使他诗名大振。2007 年国会图书馆任命西密克为桂冠诗人。西密克还是一个活跃的翻译家，出版了法、俄、前南斯拉夫等国的诗歌译集。

路易丝·格吕克(Louise Glück, 1943— )生在纽约市，1963 年成为纽约哥伦比亚大学非学历学生，参加了库涅茨等执教的诗歌创作班。1968 年，她离开学校，同年，她的第一部诗集《长子》(*Firstborn*)问世。威廉斯学院后来授予她荣誉学位。格吕克曾在戈达德学院、弗吉尼亚大学、北卡罗来纳大学、衣阿华大学任教，1984 年以后她一直在威廉斯学院教书，并应邀去哈佛大学等多所高校的诗歌创作班讲课。格吕克早期作品留有她学习库涅茨和仿效洛厄尔以及其他自白派诗人如普拉斯、塞克斯顿的影响痕迹。格吕克的诗歌特点首先是细腻的情愫，敏于表达爱情、生育或死亡的主题；其次是诗句简练，诗行短小，意象出人意料；再次对冥界或天堂的描述具有神秘的力量。格吕克的第二本诗集《沼泽地上的房屋》(*The House on Marshland*, 1975)显然已经确立了自己的风格，在《使者》(Messengers)中，诗人写道：

> 你只有等待，他们会找到你。
> 雁低飞过沼泽地，
> 在黑色水里闪亮。
> 他们会找到你。
>
> 而鹿——
> 他们多么美丽，
> 仿佛他们的身躯并不妨碍他们。
> 他们慢慢飘游到开阔地
> 穿过阳光的铜窗格。
>
> 如果他们不等待，
> 为什么屹立在那里？
> 几乎木然不动，直至他们的骨架上了锈色，
> 灌木光秃秃地蹲在风中
> 瑟瑟发抖。
>
> 你只能让它如此：
> 那呼喊——释放，释放——像被扭离
> 地球的月亮，在它的一圈
> 箭中升起。直至这些箭镞
> 如同有肌肉的死物出现在你眼前，
> 你在它们之上，受伤了，却占优势。

格吕克的多数诗篇沿自白派传统而来，但不全然有自传性质。她善于在几乎

恶厌女性的悲愤与无限的希望之间进行平衡。《花园》(*The Garden*, 1976)标志着她的诗歌创作进入了一个新阶段。标题诗由五个部分组成,第二部分如下:

花园崇拜你。
为了你的缘故,花园涂上绿的色素,
玫瑰的狂喜红色
这样你和你的情人将会来游园。

那柳树——
再看那绿色
默默的帐篷怎样成型。然而
你还需要别的东西,
置身于石头动物之间,你的身体如此柔软,如此充满生机,

你得承认可怕的是像它们那样
不受伤害。

花园里没有生命的石雕和有血有肉的人形成鲜明对照。格吕克以此提醒人们注意没有感情的生存状况的危险。

格吕克的其他诗集有《下楼梯的人》(*Descending Figure*, 1980)、《阿勒山》(*Ararat*, 1990)等。《阿喀琉斯的胜利》(*The Triumph of Achilles*, 1985)获全国书评界奖,《野蝴蝶花》(*Wild Iris*, 1992)获普利策奖,《忠诚与纯洁之夜》(*Faithful and Virtuous Night*, 2014)获全国图书奖,这些成就奠定了她在当代诗坛的重要地位。2003年国会图书馆任命格吕克为桂冠诗人。

A. R. 阿蒙斯(A. R. Ammons, 1926—2001)生在北卡罗来纳州怀特维尔的一个农场,1944年至1946年在海军服役,在南太平洋的驱逐舰甲板上开始写诗。退伍后进入韦克福里斯特学院读理科,1949年本科毕业后,又去加州大学伯克利分校读研究生,但没有拿学位。1964年以来他一直在康奈尔大学任教。阿蒙斯是一位洒脱而不拘谨的诗人,一位继承了爱默生和惠特曼传统的浪漫主义诗人。他热爱生活,像梭罗那样,观察自然景色和现象细致入微,用他从中得到的感悟去启迪读者的心智。他以沉思的闲适的漫谈方式,和读者分享他的喜悦。自然景色的突出位置在他诗集的书名中显而易见:《海平面的表情》(*The Expressions of Sea Level*, 1964)、《科森斯湾》(*Corsons Inlet*, 1965)、《高地》(*Uplands*, 1970)、《咏雪诗》(*The Snow Poems*, 1977)、《树的海岸》(*A Coast of Trees*, 1981)、《陡岸路》(*Brink Road*, 1996)。他在诗中常常

以“我”的口吻描绘所见所闻，如《科森斯湾》标题诗的开头部分：

今晨我又向海边一个个小沙滩
漫步，
而后向右，沿着
　　围绕裸露的海峡掀起的
　　　　　　拍岸浪花
　　　　　　返身

　　沿海湾岸边踽踽独行：

闷热的阳光，海风不断吹来，
漾起流沙的涟漪
　　　　太阳渐渐升高
　　但过了一会儿

持续的阴云覆盖：

这超脱的漫步，我从各种形式
从垂直面
　　　直线、块、盒、思想的束缚中
释放出来
进入眼前的色彩、明暗、上升和弯曲的
　　　　浮游体：

诗人在结尾发表感慨：

　　　我看见狭窄的秩序，有限的严格，但
不会趋向那轻易的胜利：
　　　依然围绕具有更松散更宽泛的力量的作品：
　　　　我将努力去
　　　扣紧有序，扩大对无序的把握，扩充
　范围，但乐意享受这自由：
　范围逃避我的把握，没有终极的远见，
　我没有完全觉察任何事物，

明天重新散步是一次新的散步。

这形而上学的结论是典型的阿蒙斯的世界观。戴维·珀金斯说,阿蒙斯效法华兹华斯、爱默生和惠特曼,在诗里追求一种浪漫主义传统里哲理性直觉。阿蒙斯认为:自然界的辐射能转变为诗歌本身的能,诗歌以象征和音乐的方式确认存在于一切生命之中的宇宙能。阿蒙斯承认读了不少印度和中国的哲学,还读过英译本的《道德经》和李白、杜甫的诗,对中国文学作品表现普通事物和生命之间存在几乎是神秘意义的关系特别感兴趣,这实际上也是他创作取向的自我写照。

阿蒙斯风格的另一个方面是在诗里引进了现代科学的研究成果和词汇。例如,他在长诗《诗学随笔》(Essay on Poetics, 1980)里插入了科普著作和科普论文的片段。在他后期的诗歌里,读者常常被遗传密码、双螺旋线、低温生存、超新星、胶体微粒飘浮和血小板、核子作用、地幔等等科学词汇引入了一个崭新的领域。这样,阿蒙斯的诗歌便具有自然界的形体美和神秘性,又有冷静透辟的科学分析。

阿蒙斯的诗歌内容和形式弹性大,有一些诗篇雄辩而有力;有一些机智而幽默;有一些形象刻画逼真而生动。有一些诗,诗行涨满页面,如《垃圾》(Garbage, 1993)长达80页;有一些诗只有几行,而且诗行很短,如《小歌》(Small Song, 1970):

芦苇给
风
让路,让
它走开

又如,在加法机狭窄的带子上打印的诗集《年初的打字带》(*Tape for the Turn of the Year*, 1965),通篇诗很短,像流水账似的日记;他有的诗篇诗行很长,长得无以复加,例如诗集《球体:运动的形式》(*Sphere: The Form of a Motion*, 1974)是一首长诗,由15 512行的一个句子构成!阿蒙斯对诗歌艺术形式的创造可谓费尽心机。海伦·文德莱对他寄予很大的希望,说他的诗"是严肃的诗,企求霍普金斯的细节而无霍普金斯的'感情迸涌',尝试史蒂文斯的抽象概括而无史蒂文斯远离现实世界的无人情味,追求W.C.威廉斯对平凡事物的柔情而无W.C.威廉斯的浪漫倾向。"①阿蒙斯的诗歌受到广泛好评,《诗合集:1951—1971》(*Collected Poems: 1951—1971*, 1972)和《垃圾》分别于1973年

① Helen Vendler, *Part of Nature, Part of Us* (Cambridge: Harvard University Press, 1980), p. 335.

和 1993 年获全国图书奖,《树的海岸》获 1981 年全国书评界奖。

理查德·霍华德(Richard Howard, 1929—　)翻译了 170 多部法国文学作品,写了一部长达 586 页、评论他同时代 41 个主要诗人的论著《独自与美国一道:1950 年以来的诗歌艺术研究论文集》(*Alone with America: Essays on the Art of Poetry in the United States Since* 1950, 1969),创作并上演了五部剧本。相比之下,他的诗歌创作数量不算多,收录在十多部诗集里。霍华德生在俄亥俄州克利夫兰,1951 本科毕业于纽约哥伦比亚大学,翌年获该校硕士学位,后去法国巴黎进修。从 1958 年开始,他作为自由撰稿人,从事文艺评论和翻译工作,曾任国际笔会美国分会主席(1977—1979)。1988 年以来,他一直任辛辛那提大学比较文学教授。

霍华德是金斯堡的纽约哥伦比亚大学同学和朋友,但两人走的是两条不同的创作道路。霍华德在处理自我危机、历史和现实社会的题材时,不像金斯堡那样无保留地直露或盛气逼人,而是回避直接的自白,采用庞德或叶芝式的人格面具表现手法。我们最好先读一读他的诗,对他的风格才有所了解。例如,诗人在《采牡蛎》(Oystering, 1967)的开头对采牡蛎作了以下描写:

它们是那么奥秘,缄口不露,磨炼意志,不动脑筋,
孤零零,如狄更斯所说,然而
它们有话可说:不止一种方法
屈服。首先是——最困难而又
最难下手——当你把它们从岩石上
剥离时,刺人的芦草把它们
拉回到黑色的烂泥里,那里都是
寄居蟹及其寄居的海螺壳,
小鱼儿出奇地布满遍地,
拍岸浪花使劲地向后拽,求生的力量
使它们坚持着,为了宝贵的生命,它们
坚持不懈。有时岩石首先在它们
同意之前放弃了它们,但我们仍然拾到了,
即使我们的双手已鲜血淋淋,
因为这是维多利亚女王喜欢的午餐,
"一桶威尔弗利特蚝"穿洋过海,①

① 温莎城堡在伦敦西,是英国皇家乡村别墅,那里供应从美国马萨诸塞州威尔弗利特运去的蚝。这里是隐喻,取自英国作家拉迪亚德·吉卜林(Rudyard Kipling, 1865—1936)描写维多利亚女王的诗篇《在温莎的遗孀》(The Widow at Winsor, 1892)。

一路运到温莎,使遗孀胃口大开。
今天下午我们剥开它们禁闭的
盔甲,吃了它们……

诗人在这首诗的结尾说道:

我们局促不安地吃了它们,打饱嗝时才想起
它们死于何时,那时,此刻,明天?

《采牡蛎》反映了霍华德典型的艺术特色:戏剧性独白。他避免了现代派诗人爱采用的破碎表现手法,而采用了一种较为自由的形式主义,即仿效奥登成功地运用的按每行音节数安排的整齐诗行,放弃英美诗歌传统的轻重音节范式,例如大家熟悉的五音步抑扬格。法国诗的特点是非重音的。霍华德译了大量法国诗,自然受此影响,但不注意轻重音节错落安排的诗行对多数英语诗人是很不习惯的。

霍华德的诗歌创作是以少而精著称于诗坛,他的主要诗集有《量》(*Quantities*, 1962)、《损害》(*Damages*, 1967)、《调查结果》(*Findings*, 1971)、《同感》(*Fellow Feelings*, 1976)、《排队》(*Lining Up*, 1984)等。霍华德精心构造他的艺术天堂,把他渊博的学识、练达、才华和机警有机地化入诗中。《无标题论题》(*Untitled Subjects*, 1969)由15个独白(多数以信的形式)组成,叙述者是19世纪的司各特、罗斯金、萨克雷、威廉·莫里斯等杰出人士,时间顺序安排在1801年至1915年。霍华德在题词上用"献给另一个伟大诗人"暗指英国诗人罗伯特·布朗宁,并且引用了他的名言"我将叙述我的状况,仿佛它不属于我的"。布朗宁以在诗里借用他人之口作戏剧独白著称于世。霍华德服膺布朗宁的诗美学,竭力回避金斯堡的直抒胸臆。《没有旅人》(*No Traveller*, 1989)开始的30页是以系列书信的形式描写1953年他和史蒂文斯的奇遇,结尾是一个名叫维拉·拉赫曼的女教授长达20页的独白。她像一个年迈的预言家,隐居在希腊。霍华德的诗艺精湛,《无标题论题》曾获1970年普利策诗歌奖。2002年霍华德获全国书评界奖。

艾德莉安娜·里奇(Adrienne Rich,1929—2012)出生于巴尔的摩,是在"一间满是书的房子"里长大的。她父亲是犹太人,在霍普金斯大学任医生和药学教授,他鼓励女儿读书写作。里奇曾说:"20多年,我只是为一个特定的人写作,他批评我,表扬我,使我感到我确实非同一般。"里奇1951年毕业于哈佛大学拉德克利夫学院。同年,她的处女诗集《世界变化》(*A Change of*

World)被老诗人奥登看中，被他列为耶鲁青年诗人丛书出版。身为女诗人，里奇觉得必须证明她同样能够“拥有被认为是‘充分的’女人生活”。于是，她与犹太经济学家、哈佛大学教授阿尔弗雷德·康拉德结了婚，生有三个孩子。里奇很强的事业心与她充任母亲和妻子的角色发生了矛盾，她在后来的文集《生为女人：作为经验和体制的为母之道》(*Of Woman Born: Motherhood as Experience and Institution*，1976)中探讨了母性的概念。

里奇是在成功地效法弗罗斯特、叶芝、史蒂文斯、奥登和魏尔伯等诗人中开始创作生涯的，她的早期诗歌显示了她精通传统诗艺和“新批评”派的诗美学。她说：为了取得诗人的资格，她首先抑制了女人的身份，从男性的视角写诗，容易被诗坛接受。《金刚钻切割刀及其他诗篇》(*The Diamond Cutters and Other Poems*，1955)指出忍耐、顺从、孤独是妇女的命运。随着她后来的女权主义思想逐渐占上风，里奇放弃了奥登和贾雷尔看重的形式主义风格，转向用自由度更大的自由诗形式表达她女权主义思想的迫切心情。她的《媳妇的快照：1954—1962年诗抄》(*Snapshots of a Daughter-in-Law: Poems 1954—1962*，1963)标志着她诗风的转向：她生平第一次能够直接描写作为一个女人的体验。标题诗《媳妇的快照》从神话、历史和文学方面表现妇女受挫折的处境。里奇一贯认为，好妻子和好管家的传统的作用是妇女葬礼的准备，一味依靠男子生存而与其他女人隔离最终导致妇女的自我憎恨。《生活必需品》(*Necessities of Life*，1966)主要揭示她的性体验。她在其中的一首诗《像这样地靠在一起》(Like This Together)赤裸裸地暴露她与另一个女人的同性恋关系：

夜间有的时候
你是我的母亲
……我爬过来紧靠着你，寻求
庇护，使你成为
我的洞穴。

60年代后期，里奇积极投入激进的政治活动。1970年，她参加妇女解放运动组织，视自己首先为激进的女性主义者，其次是同性恋者。《传单：1965—1968年诗抄》(*Leaflets: Poems 1965—1968*，1969)、《变革的意志》(*The Will to Change*，1971)和《潜入残骸：1971—1972年诗抄》(*Diving into the Wreck: Poems 1971—1972*，1973)等诗集的题材涉及侵越战争、学生运动、性政治。在诗人看来，性、诗歌与政治行动是紧密相连的。《潜入残骸》的标题诗表达了双性同体思想。诗人声称自己是双性人：作为“美人鱼”(mermaid)和

"美男鱼"(merman),

> 我们默默地
> 环绕残骸
> 我们潜入船舱
> 我是她：我是他……

70年代末80年代初,她出版了诗集《普通语言之梦》(*The Dream of a Common Language*, 1978)、《狂野的忍耐把我带到如此之远》(*A Wild Patience Has Taken Me This Far*, 1981)。这时,她已放弃双性同体的理想,认为"双性同体""人道主义"等字眼已成为陈词滥调,不应使用。她从普遍抽象的理念转到个别具体,对妇女说话,歌颂她们的生活和体验。在诗集《你的本土,你的生活》(*Your Native Land, Your Life*, 1986)里鼓动美国印第安人、黑人、犹太人和女同性恋者起来反对社会对他们的不公正待遇。这似乎成了一个规律,无论男同性恋者(如金斯堡)或女同性恋者(如里奇),往往把争取同性恋的自由与政治的自由联系在一起。

里奇曾在多所学校任教,包括著名的斯坦福大学。她那引人注目的造反性格像金斯堡的一样,在大学生中引起了热烈的反响。巴巴拉·格尔皮(Barbara Charlesworth Gelpi)和艾伯特·格尔皮(Albert Gelpi)在他们选编的《艾德莉安娜·里奇的诗》(*Adrienne Rich's Poetry*, 1975)的前言里描写了里奇在青年学生中的影响："艾德莉安娜·里奇在全国各地大学作巡回诗歌朗诵时,每次在她朗诵之后,听众们都涌到讲台上,走近去看她,伺机同她讲一两句。她的诗歌在教室里也产生同样的反响……"1993年9月26日《波士顿世界报》(*The Boston Globe*)的文艺栏(Living Arts)刊登了她大幅近照,该报编辑帕特丽夏·史密斯(Patricia Smith)发表了介绍里奇的长篇报道文章《艾德莉安娜·里奇视诗歌为震动国家的武器》(Adrienne Rich Sees Poetry as a Weapon to Shake Nation),称她是"诗人战士"。里奇的诗歌多次获奖,《潜入残骸：1971—1972年诗抄》获得1974年全国图书奖。她的后期作品有《共和国的黑暗田野：1991—1995诗抄》(*Dark Fields of the Republic: Poems 1991—1995*, 1995)、《狐狸精：1998—2000诗抄》(*Fox: Poems 1998—2000*, 2001)、《废墟中的学校：2000—2004诗抄》(*The School Among the Ruins: Poems 2000—2004*, 2004)、《迷宫中的电话声：2004—2006诗抄》(*Telephone Ringing in the Labyrinth: Poems 2004—2006*, 2007)、《今夜没有诗歌服务：2007—2010》(*Tonight No Poetry Will Serve: Poems 2007—2010*, 2010)。里奇的诗歌和论著已成为美国妇女运动的一个重要组成部分。

安妮·卡森(Anne Carson, 1950—　)生在加拿大的多伦多,先后在加拿大和美国多所大学当教授。她已出版诗集《又苦又乐的爱神》(*Eros the Bittersweet*, 1986)、《清水》(*Plainwater*, 1995)、《玻璃、反讽和上帝》(*Glass, Irony and God*, 1995)、《夫之美》(*The Beauty of the Husband*, 2001)、《红色续传》(*Red Doc*, 2013)等。布鲁姆称卡森为"智慧"女诗人,组诗《城镇的生命》(*The Life of Towns*, 1990)充分体现了这一点。诗人在序言中声明自己是"研究城镇的学者"。所谓城镇,是事物聚合的一种"幻觉"。卡森引用了老子《道德经》第23章:

同于道者,道亦乐得之;
同于德者,德亦乐得之;
同于失者,失亦乐得之。

她于是就构筑起一个"老子镇"(the Town of Lao Tzu)。但是有人认为此处的"失"字可能是"天"字的笔误,从而对引文有了不同的理解。《城镇的生命》由30首短诗组成,描写形形色色的城镇,如《使徒镇》(Apostle Town)、《李尔镇》(Lear Town)、《荒漠镇》(Desert Town)、《我听说过的镇》(A Town I Have Heard of)、《弗洛伊德镇》(Freud Town)等,多达30个。每首诗篇幅不长,寥寥几行,但意蕴丰富,让人回味无穷。如《爱情镇》(Love Town):

她跑进来。
湿漉漉的玉米。
黄色发辫。
披在她的背上。

在《死亡镇》(Death Town)中,诗人写道:

挖一个洞。
将他孩子活埋。
以便给他年迈的母亲买食物。
有一天。
一个人挖到了金子。

卡森的诗富有哲理,她的《夫之美》获2001年度艾略特诗歌奖。

## 第四节
## 少数裔诗歌

20世纪最后二三十年间，美国少数裔文学获得较快发展，一批优秀的小说家和剧作家脱颖而出，取得了令人瞩目的成绩。与小说、戏剧相比，诗歌的影响力和读者面要小得多，而由少数裔作家创作的诗歌，更是容易遭到忽视，实际上处于一种边缘境地。少数裔诗人的作品大都表现美国社会中少数裔特定的历史文化和生活现实，抒发真实的内心思想感受。“诗言志”，固然不错，但是王尔德关于糟糕的诗歌都是坦诚之作的说法也并非没有道理。布鲁姆在《美国最佳诗歌之精华》所作的序言中对缺乏“美学和认知”[①]价值的少数裔诗歌很不以为然。尽管如此，少数裔诗歌依然是当代美国诗坛上的重要声音，特别是黑人诗歌表现比较突出，艺术上也很有特色。早在1950年，布鲁克斯就获得普利策诗歌奖，达夫在1993年当选为桂冠诗人。黑人诗歌在第四章已有专门论述，本节主要介绍本土作家的诗歌创作。

70年代以来几乎所有重要本土小说家都涉足诗歌创作。莫马迪的诗集《葫芦舞》(*Gourd Dance*, 1976)、《在熊房子里》(*In the Bear's House*, 1999)和《遥远的早晨又来了：新诗选》(*Again the Far Morning: New and Selected Poems*, 2011)、威尔奇的诗集《骑上泥土男孩40》(*Riding the Earthboy 40*, 1971)、西尔科的《拉古纳女人》(*Laguna Women*, 1974)和《上索诺兰沙漠的夏雨之后》(*After a Summer Rain in the Upper Sonoran*, 1984)、维兹诺的《空秋千》(*Empty Spring*, 1967)、《松岛》(*Matsushima*, 1984)、《鹤立》(*Cranes Arise*, 1999)和《即将靠岸》(*Almost Ashore*, 2006)，以及厄德里奇的《照明灯》(*Jacklight*, 1984)、《欲望的洗礼》(*Baptism of Desire*, 1989)和《原火》(*Original Fire*, 2003)等，均堪称本土诗作的代表。莫马迪在其抒情诗歌中生动地描绘了壮观的自然，威尔奇在其诗集中对白人毁灭印第安人与文化的抗议，西尔科诗歌中充溢着神奇色彩的拉古纳部族传说和地域景观，维兹诺对俳句的创造性运用，厄德里奇在其诗歌作品中对印第安历史与现实的抒写，都是当代美国诗歌文学总体中具有特殊意义的部分。

相当一部分当代美国本土作家以诗歌创作为主，其中影响较大的有艾伦、

---

① Bloom, *The Best of the Best American Poetry: 1988—1997*, p.18.

奥狄兹、霍根、巴恩斯、拜尔，以及哈荷等。

保拉·艾伦(Paula Gunn Allen，1939—2008)具有拉古纳—苏人和黎巴嫩血统，曾在伯克利加州大学英语系讲授美国本土文学，还担任过洛杉矶加州大学英语系主任。她在诗歌、小说、文学批评和印第安文学选集的整理和出版方面都有成就。小说《拥有阴影的女人》(*The Woman Who Owned the Shadows*，1983)从女性主义角度出发，阐发了莫马迪等人作品中的典仪追寻主题。《美国印第安文学研究》(*Studies in American Indian Literature*，1983)是较早的一部研究美国本土文学传统、提供详细的教学计划和内容的专著，而《蜘蛛女的孙女们》(*Spider Woman's Granddaughters*，1989)则是一部较有特色的、从女性主义角度编辑的印第安女性文学选集。当然，她的主要文学成就是诗歌创作。

艾伦的诗歌主要收在《阴影国度》(*Shadow Country*，1982)、《皮与骨》(*Skins and Bones*，1988)、《人生就是不治之症》(*Life Is a Fatal Disease*，1997)和《美丽的美国：最后的诗》(*America the Beautiful: Last Poems*，2010)中。艾伦的诗歌语言明晰，感情真挚，主题多为刻画印第安传统的方方面面，以及印第安人在当代社会的生活，特别是她本人的生活和家庭。《皮与骨》中的《祖母临终的歌》(Grandma's Dying Poem)是十分动人的诗作。艾伦的诗歌中也有表达诗人对生活的哲理性思考的，如《阴影国度》中的《街头：纪念碑》(On the Street: Monument)一首，在回忆自己痛失一个孩子的经历中，体味了生命的脆弱易碎；而同一诗集的《外保留地布鲁斯》(Off Preservation Blues)中，她表达了当代本土美国人如何确认自己的身份这一重要情绪：

如果我使用的语言含糊不清，
容易被人误解——
如果我把自己限制在
想象中的时代所提出的要求——
那我有一晚的确看见了真相：
既是保存者又是被保存者，
看见了自己，
到底是
什么样子——没有那许多的"应当"——
是真实的样子。(第 26 首)

诗歌里"含糊不清"的语言和"真实的样子"形成了强烈的反讽，对所谓的"真实"来了个釜底抽薪，更深刻地传达了无法完成"身份确认"在意识深处造成的惶惑。

西蒙·奥狄兹(Simon Ortiz, 1941— )的诗歌作品主要见于《为雨而行》(*Going for the Rain*, 1976)、《欢乐旅程》(*A Good Journey*, 1977)、《反击:为了人民、为了土地》(*Fight Back: For the Sake of the People, For the Sake of the Land*, 1980)和《来自沙溪》(*From Sand Creek*, 1981)。此外,他的代表作品还有短篇故事集《月亮上的人》(*Men on the Moon*, 1999)、《美好彩虹路》(*The Good Rainbow Road*, 2004)以及诗歌和散文的合集《在那边某个地方》(*Out There Somewhere*, 2002)。《为雨而行》和《欢乐旅程》以追寻印第安传统为主要题材,《来自沙溪》是对发生在1864年科罗拉多州沙溪的白人对夏延和阿拉法霍印第安人的屠杀事件愤怒的描述和评论,《反击:为了人民、为了土地》则赞颂了普韦布洛印第安人反抗白人殖民者的事迹,其中一些诗歌采用了印第安传统诗歌中渐进重复的意识手法,有力地表现了印第安传统一定会得到发扬的情绪,例如在《它一定会来》中,就有这样一段:

> 它就在那里阵阵轰鸣。
> 阵阵轰鸣,是在劳作的人民。
> 阵阵轰鸣,是人民发出的声音。
> 阵阵轰鸣,是斗争在前进。
> 阵阵轰鸣,是土地的力量。
> 阵阵轰鸣,是雨水要到来。
> 它一定会来,它一定会来。(第45首)

在当代美国本土诗人中,琳达·霍根(Linda Hogan, 1947— )的诗歌题材比较广泛:《召唤我自己回家》(*Calling Myself Home*, 1978)描写对家庭的回忆和逐渐觉醒的自我意识,《女儿们,我爱你们》(*Daughters, I Love You*, 1981)对核战争发出严正的抗议,《透过阳光所见》(*Seeing Through the Sun*, 1985)透露出霍根特有的幽默,而《积蓄》(*Savings*, 1988)则抒发了对自然的热爱和思考。她的诗作特别关注大自然的美与力量,并经常把这种美和力量(例如花、雨、风、雪崩等)来比喻生命的顽强。另外,同前述女诗人艾伦一样,霍根也经常从女性主义的敏感和观察角度出发,描绘作品中女性的生活与经验。霍根后来较有影响的诗歌作品包括《药书》(*The Book of Medicines*, 1993)、《拐过人的角落》(*Rounding the Human Corners*, 2008)、《印地欧斯》(*Indios*, 2012)和《昏暗。甜蜜。:新诗选》(*Dark. Sweet.: New & Selected Poems*, 2014)等。在创作诗歌的同时,霍根还出版了短篇小说集《那匹马》(*That Horse*, 1985)和《卑劣的灵魂》(*Mean Spirit*, 1990)、《北极光》(*Solar

*Storms*, 1995)、《灵力》(*Power*, 1998)等长篇小说,其中《卑劣的灵魂》以20世纪20年代俄克拉荷马州石油热为背景,揭露了贪得无厌的白人对印第安人的疯狂掠夺和杀戮,以及后者凭借印第安精神信仰对白人的反击和抗争,曾经入围普利策奖最终候选名单。

吉姆·巴恩斯(Jim Barnes, 1933— )是当代又一位学者型本土诗人。他获得阿肯色大学博士学位后,曾在俄克拉荷马东北州立大学教授英语,并在密苏里东北州立大学任比较文学教授。他的主要诗歌作品收于《死者的美国书》(*The American Book of the Dead*, 1982)、《失落季节》(*A Season of Loss*, 1985)、《普拉塔大合唱》(*La Plata Cantata*, 1989)、《锯屑战争》(*The Sawdust War*, 1992)、《巴黎》(*Paris*, 1997)和《在太阳的翅膀上》(*On a Wing of the Sun*, 2001)。巴恩斯的诗歌传达了强烈的"处境感",即身处当代美国社会的本土人对周围有形与无形环境的感觉。在他的诗歌中,作为物化的"处境"——地理环境——出现的,往往呈现某种中间状态,用他自己的话来说,这样的地方"具有过去曾有着生命繁茂存在的迹象而现在却既不生机盎然又非不毛之地"。在这样的背景下,他描写死亡、流浪,追寻印第安传统,传达本土居民希望永远在自己的土地上生活下去的意愿。本土居民强烈的失落感,在巴恩斯的诗歌中通过各种生动而寓意深远的比喻得到了表达,例如《普拉塔大合唱》中的"悬索桥上",描写了身悬于蓝天黑水之间的感受:

在摇晃的空气中气喘吁吁,
你眼见自己的时间
在黝黑的河水中流逝
河水不会等待
那悬在桥上的身影
映在脚下二十英尺水面波纹上的天空
也不会等待。

你看着深深河水的下面
那背后平行地流着的时间
让你也想一步走下去
从中间落步
无声无息地沉入
生活在另一处的
你自己那幽暗的形象。(第61首)

雷·小熊(Ray A. Young Bear, 1950— )是为数不多的几个依然生活在印第安保留地的诗人之一,他还是专门演唱梅斯卡基印第安人传统歌谣的团体——森林歌手——的领唱人。他关于本部落印第安人的生活与传统的描写,对这一传统的深切情感,均反映在几部诗集里:《火蛇之冬》(*Winter of the Salamander*, 1980)、《隐身乐手》(*The Invisible Musician*, 1990)和《岩岛步行俱乐部》(The Rock Island Hiking Club, 2001)等。小熊的诗作广受读者喜爱,还经常被收录于各种文学选集和文学教材之中。

乔伊·哈乔(Joy Harjo, 1951— )是20世纪90年代以来日益受到重视的女诗人之一。她的作品关注当代印第安人的生活和命运,诗歌中经常出现本土传统与当代价值的冲突,特别是当代生活对印第安传统的毁灭性影响的内容。她的主要诗集包括《什么月亮把我弄成这个样子?》(*What Moon Drove Me to This?*, 1979)、《她有几匹马》(*She Had Some Horses*, 1983)、《来自世界中心的秘密》(*Secrets from the Center of the World*, 1989)、《在疯狂的爱情与战争中》(*In Mad Love and War*, 1990)和《我们如何成为人:1975—2001新诗选集》(*How We Become Human: New and Selected Poems 1975—2001*, 2004)。

当代其他比较有影响的本土诗人还包括杜安·尼亚托姆(Duane Niatum, 1938— ),他自己诗作丰富,包括《飞向红柏之月》(*Ascending Red Cedar Moon*, 1969)、《寻根》(*Digging Out the Roots*, 1977)、《梦中收获之歌》(*Songs for the Harvest of Dreams*, 1981)、《爱情弯喙鸟》(*The Crooked Beak of Love*, 2000)、《红柏小道上的玛瑙歌》(*Agate Songs on the Path of Red Cedar*, 2011)、《拽着绿风筝》(*The Pull of the Green Kite*, 2011)等,此外他还编纂了包括《哈珀20世纪美国印第安诗歌选集》(*Harper's Anthology of 20th Century Native American Poetry*, 1988)在内的不少印第安诗集,对美国印第安诗歌的传播和发展起到了重要作用。莫里斯·肯尼(Maurice Kenny, 1929—2014),他的诗歌以视觉意象丰富见长,主要诗集有《妈妈的诗歌》(*The Mama Poems*, 1984)、《两河之间:1956—1984》(*Between Two Rivers 1956—1984*, 1987)、《在现在的时间里:新诗》(*In the Time of the Present: New Poems*, 2000)和《雕鹰:1953—2000新诗选》(*Carving Hawk: New and Selected Poems 1953—2000*, 2002)。巴尼·布什(*Barney Bush*, 1945— ),其诗歌的特点是题材不限于某一特定印第安部落,而是以当代本土居民总体为关注对象,他的诗集有《我的马儿与音乐盒》(*My Horse and a Judebox*, 1979)和《继承血缘》(*Inherit the Blood*, 1985)等。另外,戴安·格兰西(Diane Glancy, 1941— )的《继续旅行》(*Traveling On*, 1982)和《影之马》(*The Shadow's Horse*, 2003),温迪·罗丝(Wendy Rose, 1948— )的

《丢失的铜子》(*Lost Copper*, 1980)、《痒极了》(*Itch Like Crazy*, 2002),塔帕洪索(Tapahonso, 1953—　)的《季节女人》(*Seasonal Woman*, 1982)和《微风轻拂》(*A Breeze Swept Through*, 1987)等,都是当代美国本土诗人较优秀的诗集。

20 世纪 90 年代以来,美国本土裔诗歌进一步发展。除了活跃于七八十年代的作家继续在发表作品外,涌现出一批后起之秀,其中成就最大的当属阿列克西。阿列克西在 90 年代出版了《幻舞业》(*The Business of Fancydancing*, 1991)、《月亮上的第一个印第安人》(*First Indian on the Moon*, 1993)、《旧衬衫和新皮肤》(*Old Shirts and New Skins*, 1993)、《喜爱三文鱼的人》(*The Man Who Loves Salmon*, 1998)、《黑寡妇的夏天》(*The Summer of Black Widows*, 1999)等九部诗歌作品,不过进入 21 世纪后他的诗作不多,仅在 2009 年出版了一部诗集《脸》(*Face*, 2009)。

# 第八章

# 当代美国通俗文学

战后美国文学的一个显著变化是通俗文学日益受到重视。过去以低级杂志(pulps)为阵地的通俗小说，开始有了平装本和精装本，进了图书馆，进了大学的殿堂。伴着一本本"不入流"的作品和一个个"已遗忘"的作家被重新评价，人们逐渐纠正对通俗文学的看法。随后兴起的后现代主义思潮又为全方位、多角度地研究通俗文学起了推波助澜的作用。学术界和思想界对于通俗文学观念的变化，刺激了通俗文学进一步发展。社会上对通俗小说的需求激增，无论是作品的种类还是销售的数量都有极大地增加。一方面，许多传统的通俗小说继续保持强劲的发展势头，不时形成巨大的回归潮流；另一方面，社会环境的改变和大众阅读口味的更迭又促使部分创作模式发生嬗变，诞生了许多新型通俗小说。在这些传统型和创新型通俗小说中，有不少被列入《纽约时报》的"畅销书排行榜"。它们的发行量少则10万册，多则100万册。而几乎每一本畅销小说的诞生，都会引发根据同名书籍改编的电影、电视剧热。反过来，某些原创性的电影、电视剧在走红之后也几乎会很快派生出同名畅销小说。这些形形色色的畅销小说和十分火爆的电影、电视剧交相辉映，构成了战后美国通俗文学的极其繁荣的景象。

50年代在美国通俗文学领域占主导地位的是历史西部小说(Historical Western)。之后，现代犯罪小说(Modern Crime Fiction)迅速崛起，并于60年代末和70年代初取得了压倒其他一切通俗小说的声誉。七八十年代是美国通俗小说大发展时期，不但诞生了诸如甜蜜野蛮小说(Sweet-Savage Romance)、高科技惊险小说(High-Technical Thriller)之类的新型通俗小说，而且传统的女性言情小说(Women's Fiction)、科幻小说(Science Fiction)和恐怖小说(Horror Fiction)也出现了强有力的回潮。到了90年代，社会暴露小说(Social Exposé Fiction)又加快了发展的步伐，逐渐成为美国通俗文学领域的主导力量。如此格局一直维持到世纪末。

## 第一节 历史西部小说的延续和发展

美国西部小说(Popular Western)是一类传统型通俗小说。它滋生于美国自身的土壤,几乎与美国民族文学的发展同步,其理想化的情节模式和人物塑造反映了美国民族始终不懈地追寻美国梦的奋斗精神。在100多年的发展过程中,它曾经数次创造辉煌,先后诞生了西部冒险小说(Western Adventure)、廉价西部小说(Dime Western)等样式,尤其是20世纪初兴起的牛仔西部小说(Cowboy Western),以其富有创造性的惊险情节和较为深刻的主题,使之成为社会上一类流行面最广、影响力最大的通俗小说。

西部小说的模式源于库柏的"皮裹腿"丛书。正如《间谍》等历史浪漫小说一样,"皮裹腿"丛书也有其严肃性和通俗性。一方面,它们是严肃小说,每部书都从自己的独特西部视角,展现了美国边界西移这一历史过程中的宏伟场面。可以说,美国西部边疆的诸多复杂的历史性变化在这里第一次得到形象的反映。但另一方面,它们又包含着大量的通俗要素。该丛书的五部小说,均不同程度地强调了暴力,描写了英雄、恶棍以及他们之间的打斗、追杀、俘获和折磨,这些通俗要素通过罗伯特·伯德(Robert Bird, 1806—1854)、查尔斯·韦伯(Charles Webber, 1819—1856)、埃默森·贝内特(Emerson Bennett, 1822—1905)、托马斯·里德(Thomas Reid, 1818—1883)等人的运用和发挥而成为西部冒险小说的模式。之后,随着社会上廉价小说(Dime Novel)的时兴,西部冒险小说又发展成为廉价西部小说。同西部冒险小说一样,廉价西部小说承继了库柏作品中的通俗因素,其人物和情节模拟"皮裹腿"丛书,基本表现为西部区域的单个或数个男主人公,克服与暴力有关的重重障碍和危险,完成某种具有道德意义的重要使命。不过,由于这类作品是完全根据出版商的意愿制作的,而出版商又完全屈从市场的需要,一切从故事的可读性出发,很少考虑作品的艺术性和思想启迪作用,因此逐步形成了自己的独特文体样式。而20世纪初欧文·威斯特(Owen Wister, 1860—1938)的《弗吉尼亚人》(*The Virginia*, 1902)的巨大成功,又在廉价西部小说的基础上形成了牛仔西部小说。从此,西部小说摆脱了多年的困境,以全新的艺术形式获得了众人的瞩目。

第二次世界大战以后的西部小说继续保持这种"超群拔萃"的发展势头。

随着约翰·福德(John Ford,1894—1973)、威廉·博伊德(William Boyd,1898—1972)等人的西部电影和西部电视连续剧持续取得轰动,美国"《纽约时报》畅销书排行榜"上的西部小说书目也屡屡不断。而1952年美国西部小说家联盟(The Western Writers of America)的成立,又团结了一大批有才华的作家,进一步促进了西部小说的繁荣。这一时期的美国西部小说主要是厄内斯特·海科克斯(Ernest Haycox, 1899—1950)等人首创的历史西部小说的延续。历史西部小说依旧套用威斯特的《弗吉尼亚人》的情节模式,即以牛仔式的硬汉为男主人公,描述这位西部英雄同歹徒的对立以及由此产生的种种暴力冲突,其中不乏剽悍凶险的枪战故事和情意缱绻的爱恋经历。而且,其创作主题也基本是肯定西部区域的道德象征性地位,肯定西部区域在铸造人的灵魂方面的价值。不过,在作品的总体基调和背景上,它更接近"古老的真实的西部"。作者站在历史现实主义的高度,以近乎猎奇的手法,在故事情节中融入了大量的西部山川资料和风土人情,使作品在保持浓厚的浪漫主义色彩的同时,增添了不少现实主义的魅力。

战后美国历史西部小说的主要代表作家有拉摩尔和谢弗。路易斯·拉摩尔(Louis L'Amour, 1908—1988)是北达科他州人士,自小喜爱文学。经过数年的文学艰苦探索之后,于1945年开始创作西部小说。但直至1951年,他的一个短篇小说被改编成火爆的电影《杭都》(*Hondo*),他的作品才在社会上有了一定的影响。《杭都》主要描述在美国边界西移的过程中,土著印第安人威多罗与白人侦察员杭都从敌对到和解的经过。作者对惊心动魄的战争场面和浓重的原始西部风土人情的描写,展示了一个敬重土地、保护妇女和儿童、忠于家族荣誉、嫉恶如仇、有恩必报的西部英雄形象。他的西部佳作多数诞生在60年代,其中尤以"萨克特"家世小说系列获得读者的青睐。该系列一共18本,最著名的有《萨克特》(*Sackett*,1961)、《萨克特烙印》(*The Sackett Brand*,1965)、《萨克特的土地》(*Sackett's Land*, 1974)、《武士之路》(*Warrior's Path*,1980),等等。这些小说主要描写了白人后裔朱波·萨克特只身到中西部的印第安人所在地探险,他的坚强意志和勇敢精神,尤其是一颗博爱之心,赢得了一些印第安部落的信任和支持。鉴于书中存在大量的有别于传统的西部历史知识和自然风光,它们获得了"历史风光小说"的美誉。70年代是拉摩尔的多产时期,仅仅在班塔姆出版公司(Bantam Books),他就出版了30本长篇西部小说。而80年代随着他的作品被译成十几种文字,总销售量超过两亿册,他入选了"全球最畅销小说家",又被授予"国会金质奖章"和"总统自由勋章"。

与拉摩尔相比,杰克·谢弗(Jack Schaefer, 1907—1991)没有那样多的作品,也没有那样高的声誉。但他在战后西部文学领域具有同样重要的地位。

他生于俄亥俄州的克利夫兰,毕业于哥伦比亚大学。1945 年,他在担任报刊编辑之余,创作了西部小说《乌有乡来的骑士》(*Rider from Nowhere*)。这部小说很快刊登在一家通俗小说杂志上,四年后,他又对该小说进行修订,将其更名为《沙恩》(*Shane*, 1949),交霍夫顿·米费林公司(Houghton Mifflin)出版。该书问世后,引起了巨大反响,短期内多次重印,以后又不断再版,一直畅销不衰。同路易斯·拉摩尔的许多作品一样,《沙恩》包含有大量的暴力冲突。主人公沙恩来自乌有乡,是个牛仔式的硬汉,他一夜之间帮助当地的农民铲除了狠毒的大牧场主弗莱切及其帮凶。此外,该书也充满了浓郁的原始西部风味,无论是山川风貌的描写,还是民俗传闻的陈述,都十分传神、逼真。继《沙恩》之后,谢弗又陆续创作了 20 多本西部长篇小说和短篇小说集,其中《第一滴血》(*First Blood*, 1953)、《大牧区》(*The Big Range*, 1953)、《峡谷》(*The Canyon*, 1953)也成为脍炙人口的名篇。1975 年,他被西部文学协会(Western Literature Association)授予"杰出成就奖"。

## 第二节 现代犯罪小说的演绎和流行

虽然拉摩尔、谢弗的作品一直热销至 80 年代,但从 60 年代起,历史西部小说已经开始走下坡路。新的社会环境和文学需求导致其创作模式发生嬗变,先后诞生了挽歌式西部小说(Elegiac Western)、反英雄西部小说(Anti-hero Western)和成人西部小说(Adult Western)。这几类新型的西部小说,尤其是成人西部小说,也曾在一定时期和一定范围形成文学潮流,但就其影响而言,都不可与牛仔西部小说或历史西部小说同日而语。与此同时,一些作家受海伦·尤斯蒂斯(Helen Eustis, 1916—2015)和斯坦利·埃林(Stanley Ellin, 1916—1986)的影响,开始尝试把陀思妥耶夫斯基、福克纳的严肃犯罪小说传统同阿加莎·克里斯蒂(Agatha Christie, 1890—1976)、达希尔·哈米特(Dashiell Hammett, 1894—1961)等人的侦探小说艺术相结合。他们的努力致使美国产生了一类新型的犯罪小说——神秘悬念小说(Mystery-Suspense Fiction)。

神秘悬念小说主要凭借现实生活中的一连串悬而未决的疑问和让人捉摸不透的神秘气氛来取胜。同传统犯罪小说一样,它也有犯罪,也有调查,然而它关注的不是破案经过和惩治罪犯,而是案情所发生的扑朔迷离的背景和犯罪的心理状态。作品的叙述角度也不是依据犯罪事实的调查人，而是依据与神秘事件有关的个人或案犯本身。往往这种犯罪是由主人公的心理扭曲或心理缺损造成的。伴随主人公因受病态心理的驱使而陷入越来越可怕的犯罪境地，故事的神秘性和悬念性也越来越强，由此激起了读者的极大兴趣。

60年代美国知名的神秘悬念小说家主要有海史密斯和米勒。帕特里夏·海史密斯（Patricia Highsmith，1921—1995）生于得克萨斯，长在纽约。她从小爱好写作，17岁即发表短篇小说。1950年，她出版了第一部长篇小说《火车上的陌生人》（*Strangers on a Train*）。小说描述两个男子在火车上相识，互相诉说心中的苦恼，由此萌发了相互杀害对方情人的念头。下车后，他们果真这么做了，但最终未能逃脱侦探的追踪和良心的谴责。该书刚一问世，即成为畅销书，以后又被搬上银幕。在这之后，海史密斯又出版了《能干的瑞普利先生》（*Talented Mr. Riply*，1955）、《一月的两张脸》（*The Two Faces of January*，1964）、《讲故事者》（*The Story Teller*，1965）等一系列长篇小说。这些小说均包含有一个类似的基本主题：因心理变态和扭曲而导致犯罪。其中以《能干的瑞普利先生》的主人公汤姆·瑞普利尤为引人注目，他是纽约的一个心理变态者，富于妄想，几度杀人，但凭借伪造遗嘱和假冒受害者的身份逃脱了法律的制裁。

玛格丽特·米勒（Margaret Millar，1915—1994）出生在加拿大一个商人家庭。八岁时，她迷上侦探小说，立志当作家。大学毕业后，她随同丈夫移居美国，并开始了侦探小说的创作。自50年代中期起，她转而创作神秘悬念小说，出版了一系列的以加利福尼亚为背景的长篇小说。这些小说构思精巧、人物鲜明、语言生动，从不同的角度刻画了罪犯的乖戾心理，具有较高的文学价值和商业价值。其中最著名的有《我坟墓中的陌生人》（*A Stranger in My Grave*，1960）、《人与魔》（*Beyond This Point Are Monsters*，1970）、《谋杀米兰达》（*The Murder of Miranda*，1979）、《美人鱼》（*Mermaid*，1982），等等。《我坟墓中的陌生人》以金发碧眼女郎黛西的一个梦魇开头，时而追踪，时而调查，时而推理，结果意外地发现了一起谋杀案以及由这起谋杀案引发的一起敲诈案。而《人与魔》展示了一起云谲波诡的凶杀案，众多的伏笔，众多的疑阵，手法新颖，布局严密，寓意深刻，人物刻画颇见功力。《谋杀米兰达》却以女主人公的不幸遭遇带出了一个丽贝卡式的谋杀事件。贪婪的负心汉、歹毒的将军夫人、自私的检察官，走马灯似地登场，最终将痴情的弱女子投进大狱。《美人鱼》则别出心裁地讲述了一个弱智姑娘神秘失踪的故事，其中不乏乱伦、同性恋、绑架、枪杀的描写，给人以无穷的感叹和思索。此外，米勒荣获"爱伦·坡奖"的两部作品《视角中的野兽》（*Beast in View*，1955）和《女鬼》（*Banshee*，1983），也在读者当中获得了较好的声誉。

然而,对美国传统犯罪小说的创作模式继续变革,并使之取得了压倒其他一切通俗小说声誉的当属马里奥·普佐(Mario Puzo, 1920—1999)。他是纽约人,出生于意大利移民家庭,二战期间曾在美军服役,后又到哥伦比亚大学学习文学。自50年代起,普佐开始创作犯罪小说,并出版了《黑色竞技场》(*The Dark Arena*, 1955)和《幸运的漫游者》(*The Fortunate*, 1964)两部作品,但没有引起反响。1969年,他根据自己长期对西西里人的研究,创作了一部反映黑社会家族兴衰的犯罪小说《教父》(*The Godfather*, 1969)。该书出版后,一连67个星期高居畅销书榜首,销售量高达2100万册。随后,根据此书改编的三部电影又产生了巨大的票房价值。这三部电影中,两部获奥斯卡奖,一部获奥斯卡提名奖。一句话,整个美国掀起了"教父"热。

《教父》主要描述纽约黑社会魁首维托·考利昂一家如何采取种种非常手段,实现其在整个黑社会势力中的独尊地位的经过。维托是家族中的权威,也是黑社会中举足轻重的人物。人们畏于他的神通和威严,尊称他为"教父"。黑社会中另一显赫家族中的索洛佐来找"教父"商谈毒品交易,未获成功。于是他怀恨在心,派人杀死了"教父"。而"教父"的儿子迈克尔为了复仇又杀死了索洛佐,并逃往西西里岛。一年后,迈克尔返回美国,除掉了家族的仇人,重振家业,成为新的"教父"。该书对于传统犯罪小说的创作模式是一个根本性的突破。传统的犯罪小说,包括神秘悬念小说,多与个体罪犯和谋杀案件有关。即便是一些描写犯罪团伙的小说,所强调的也是犯罪主人公的个人兴衰。其形象为惩罚型,作者意在表现犯罪主人公的悲剧性结局。而《教父》描写了一个犯罪家族以及这个家族在整个美国黑社会势力中的争斗。它的主人公形象为冒险型,作者意在表现其惊人的冒险经历。自《教父》起,美国犯罪小说的模式已经实现了从惩罚型主人公到冒险型主人公的转变。继《教父》之后,普佐又写了四部犯罪小说。它们是:《傻瓜灭亡》(*Fools Die*, 1978)、《西西里人》(*The Sicilian*, 1984)、《第四个肯尼迪》(*The Fourth K*, 1991)和《末代教父》(*The Last Don*, 1996)。其中,《末代教父》沿用《教父》的家族犯罪小说的模式,在商业上也获得巨大成功。1999年7月,普佐因心脏病去世,遗作《拒绝作证》(*Omerta*)和《家族》(*The Family*)分别于2000年和2001年出版。

美国的"教父"热一直持续到70年代和80年代。在此期间,涌现出一大批依照普佐的模式进行创作的现代犯罪小说作家。其中影响较大的有沃勒、希金斯和伦纳德。莱斯利·沃勒(Leslie Waller, 1928—2007)是芝加哥人,早在大学求学期间,就担任《芝加哥太阳报》(*Chicago Sun*)新闻记者,负责采访该城市的犯罪活动。与此同时,他也涉足犯罪小说领域。1969年,他模拟《教父》的题材和情节,创作了长篇小说《家族》(*The Family*)。该书出版后,即获得成功。从那以后,他又创作了《酷暑天》(*Dog Day Afternoon*, 1972)、《瑞士账户》(*The Swiss Account*, 1976)、《众目睽睽下》(*Hide in Plain Sight*, 1980)等一系列长篇小说。这些小说均是畅销书,从不同的社会领域揭示了地下世界的种种骇人听闻的罪恶。他因此被誉为“犯罪小说的教父”。

乔治·希金斯(George Higgins, 1939—1999)出生于马萨诸塞州一个教师家庭,自小喜爱文学,大学毕业后曾任新闻记者。60年代中期,他进入波士顿法学院深造,获得律师资格,并多次在法庭上担任罪犯辩护人。70年代初,他以一个偶然失足的少年罪犯为生活原型,创作了一部反映黑社会团伙犯罪的长篇小说《埃迪·科伊尔的朋友们》(*The Friends of Eddie Coyle*, 1972)。该小说出版后,即获得评论家的好评,同时也成为风靡全美的畅销书。紧接着,他又出版了长篇小说《吊膀子游戏》(*Digger's Game*, 1973)和《科根的交易》(*Cogan's Trade*, 1974)。这两本书连同《埃迪·科伊尔的朋友们》构成了他的著名的“现代犯罪小说三部曲”。从此,他迈进了当代最重要的犯罪小说家的行列。

埃尔莫尔·伦纳德(Elmore Leonard, 1925—2013)生于新奥尔良,在底特律长大。他自小对西部小说感兴趣,15岁即在杂志上发表西部小说,大学毕业后又出版了不少有影响的西部小说。70年代初,他受普佐和希金斯的影响,开始创作现代犯罪小说,并出版了《52辆轻型货车》(52 *Pick-Up*, 1974)。这部小说为他赢得了初步的声誉。之后,他一发不可收,相继出版了《马耶斯迪克先生》(*Mr. Majestyk*, 1974)、《赃物》(*Swag*, 1976)、《金海岸》(*Gold Coast*, 1979)、《拉布拉娃》(*LaBrava*, 1983)、《匪徒》(*Bandits*, 1987)等20余部犯罪小说。其中《拉布拉娃》荣获1974年度“爱伦·坡奖”。

## 第三节
## 女性言情小说、科幻小说和恐怖小说的回归

正当普佐等人的现代犯罪小说风靡美国大地之际,在美国传统的女性言情小说、科幻小说和恐怖小说领域,也出现了一股强劲的“回归”潮流。而且这股潮流来势之凶猛,持续期之长,令其他一切传统的通俗小说相形见绌。

如同大多数传统通俗小说一样,美国言情小说源于英国。它的诞生与18世纪中期英国感伤主义小说家塞缪尔·理查逊(Samuel Richardson, 1689—1761)的《帕美拉》(*Pamela*, 1740)和《克拉丽莎》(*Clarisa*, 1748)密切有关。这两部书信体小说不但以其新颖的思想内容和艺术形式成为西方长篇

小说的奠基之作，而且它们的情节模式也构成了美国最早的言情小说——引诱言情小说——的基础。到了19世纪初期，引诱言情小说开始衍变为女性言情小说。女性言情小说继承引诱言情小说的感伤主义要素，但女主人公的形象已经根本改变，其情节特征是以女性为视角中心，反映女性所熟悉的家庭婚姻问题。该领域的代表作家有凯瑟林·塞奇威克(Catherine Sedgewick, 1789—1867)、埃玛·索思沃思(Emma Southworth, 1819—1899)、苏珊·沃纳(Susan Warner, 1819—1885)，等等。她们的作品刻画了许多历经磨难但经过自己的努力最终获得幸福的年轻女性。在经过了半个世纪的辉煌之后，女性言情小说开始蜕变，先后产生了以"快乐""肉欲"为特征的蜜糖小说(Molasses Fiction)和色情小说(Erotic Fiction)。从那以后，美国传统言情小说一直走下坡路。尽管各个时期均有一批言情小说家在执着地依据传统的模式创作，并且不时创作出具有轰动效应的作品，但从总体上看，女性言情小说的创作已经处于低谷。

20世纪70年代美国通俗小说的大发展给传统言情小说的"回归"创造了契机。鉴于这种"回归"是在新的女权主义思潮的冲击下产生的，有相当多的作家自觉或不自觉地采用了早期女性言情小说的创作模式。他们多以现代寻常百姓的家庭琐事为题材，以现代女性为视角中心，反映了现代条件下人们的种种婚恋情感和纠葛。但是，在表现手法上，他们已经摒弃早期女性言情小说中常有的神秘和怪诞，而代之以轻松浪漫的写实和白描。作品中的情节无论是感伤，或者是逗笑，都明快易懂，符合现代读者的快节奏生活。正是这些带有现代印记的女性言情小说，汇成了浩浩荡荡的传统言情小说"回归"潮流。不过，引发这股潮流的并非是哪个知名的女性作家，而是一个有着学者背景的男性言情小说家西格尔。

埃里克·西格尔(Erich Segal, 1937—1992)，纽约州布鲁克林人士，1954年入哈佛大学，获文学博士学位。1964年起受聘耶鲁大学，任古典文学教授。他是古希腊、古罗马文学专家，曾因研究和翻译普劳图斯的喜剧而蜚声文坛，与此同时，他也涉足通俗文学创作。1970年，他完成了电影剧本《爱情故事》(*Love Story*)，因一时落实不了拍摄厂家，遂将其改编成小说。这本书出版后，当即造成轰动。一连十几个月，它荣登畅销书榜首，并被译成23种文字，在世界各国出版。同名电影于年底上映后，也取得了同样的效应，先后获得众所瞩目的金球奖和奥斯卡提名奖。《爱情故事》主要描述一个催人泪下的爱情加亲情的故事。富家子弟奥利弗与穷学生詹妮相爱并结婚，为此与父亲结怨。婚后，两人的日子过得十分艰难，但詹妮的爱支撑着奥利弗艰难地继续学业。正当奥利弗毕业之际，詹妮不幸患白血病去世。痛苦中的奥利弗按照爱妻的遗愿，恢复了父子情谊。作者采用传统的感伤主义手法，以简洁、明快的笔调,展示了当代美国社会中人们的恋情、夫妻情和血缘情,歌颂了传统的道德价值观,具有较强的艺术感染力。嗣后,西格尔又创作了《爱情故事》的续集《奥利弗的故事》(*Oliver's Story*, 1977)以及《男人、女人和小孩》(*Man, Woman and Child*, 1980)、《班级》(*The Class*, 1985)、《大夫》(*Doctors*, 1988)、《信条》(*Acts of Faith*, 1992)、《嘉奖》(*Prizes*, 1995)等六部言情小说。这些小说均是畅销书,从单一或多重视角描述了多个领域内人们的恋情和婚姻纠葛,剖析了他们类似的复杂心理和社会压力,体现了传统美德。其中,《奥利弗的故事》和《男人、女人和小孩》被改编成电影剧本,《班级》先后获意大利当年最佳小说提名奖和法国最佳外国图书奖。

《爱情故事》的轰动效应引起了70年代众多女作家的追随和模仿,其中颇有成效的是范斯莱克和戴利。海伦·范斯莱克(Helen Van Slyke, 1919—1979)生于华盛顿,大学毕业后出任多家报社和杂志社的编辑,后又在多家公司担任要职。1971年,她根据自己的亲身经历创作了长篇言情小说《富人与好人》(*The Rich and The Righteous*, 1971)。该书出版后,即获得成功。她因此放弃了公司的高薪职位,专心从事小说创作。从1972年至1982年,她一共创作了10部言情小说。这些小说大多数同她的处女作一样,以职业女性的爱情、婚姻为题材,反映了当代美国一些事业有成的女强人在家庭生活问题上所遭遇的挫折和不幸。其中《三姐妹与陌生人》(*Sisters and Strangers*, 1978)和《爱不会失去》(*No Love Lost*, 1980)是她的代表作。前者展现了一个家庭中三个性格不同的姐妹的情感和婚姻,而后者也追述了三个现代女性从20年代至70年代对幸福与爱情的探索。珍妮特·戴利(Janet Dailey, 1944—2013)是一位高产言情小说家。她于1974年发表处女作《无可饶恕》(*No Quarter Asked*),1976年因《舞夜》(*The Night of the Cotillion*)和《朦胧山谷》(*Valley of the Vapours*)一举成名。迄今,她已出版了90多部言情小说。这些小说均带有轻松浪漫的肥皂剧性质,展示了"富家子弟贫穷女"式的爱情故事。故事往往发生在都市大公司或中西部农场。男主人公系富家子弟,英俊、高傲,早年有段艰难的奋斗历程,后来发迹,有一大笔财产。女主人公则是贫家少女,善良、聪明、坚强、自立。一开始,男主人公的性情造成了对方的隔阂与怨恨。但随着事态的发展,真挚的爱情终于感化了男主人公,有情人终成眷属。

到了80年代,又有丹尼尔·斯蒂尔(Danielle Steel, 1947— )的传统言情小说引起了人们的瞩目。斯蒂尔生于纽约,先后有过两次婚姻,是九个孩子的母亲。然而,在繁忙的家务之余,她尽量挤出时间创作。1973年,她出版了处女作《回家》(*Going Home*)。数年之后,她的第二部小说《感情承诺》(*Passion's Promise*, 1977)又引起了轰动。从此,她全身心投入写作,几乎每年都要出版一至两本畅销书。到80年代末,她已经出版了近30本小说,总销售量达数亿册。斯蒂尔的小说多数是传统题材,反映寻常百姓人家的家庭婚姻经历。譬如,《转变》(*Changes*, 1983)是描写中年人的婚姻如何得到晚辈的理解,《回到原地》(*Full Circle*, 1984)是描写母女之间如何弥补彼此的代沟,而《家庭影集》(*Family Album*, 1985)则是描写一对夫妇如何领着五个孩子面对生活的艰辛。最值得一提的是《漫游癖》(*Wander Lust*, 1986)。此书讲述一位富家女子如何在父母双亡后,遨游世界,逐渐成长为坚强的女性。故事一波三折,哀怜动人。随着时间的推移,这种表现女性自强不息的意识在斯蒂尔的作品中日益显得突出。如1989年问世的畅销书《爹》(*Daddy*),讲述一位女性为了实现自我价值,不惜抛开幸福美满的家庭,重返哈佛校园攻读硕士学位。

这一时期表现出强劲"回归"趋势的通俗小说还有科幻小说和恐怖小说。科幻小说的名称来自英语Science Fiction。这个英语词汇是由美国著名通俗小说杂志出版家兼编辑雨果·根斯巴克(Hugo Gernsback, 1884—1967)创造的。1911年之后,根斯巴克开始在他主编的《现代电气学》(*Modern Electrics*)等杂志刊登一些依据科学知识、原理写成的未来推测小说,他首次将这些小说称为Scientifiction。从那以后,Science Fiction逐渐成为这类通俗小说的名称。一般认为,科幻小说起源于英国作家玛丽·雪莱(Mary Shelley, 1797—1851)的《弗兰肯斯坦》(*Frankenstein*, 1818),这部小说确立了最早的西方科幻小说的创作模式。之后,一代又一代的作家沿着玛丽·雪莱的道路勇敢开拓。不过,直至英国的H. G. 威尔斯(H. G. Wells, 1866—1946)的作品问世,科幻小说才极大地拓宽了视野,突出了艺术整体性,从而真正成为一类有别于其他超自然小说的通俗小说。在美国,最早涉猎科幻小说的有坡、菲茨-詹姆斯·奥布赖恩(Fitz-James O'Brien, 1828—1862)、爱德华·贝拉米(Edward Bellamy, 1850—1898)等人。不过,严格地说,他们的有关作品只是继承了早期英国科幻小说作家的传统,对于这一通俗小说样式的本身没有创新,而且这些作品数量较少,没有形成潮流。美国科幻小说的成熟期是在20世纪初。随着欧洲贫苦移民的大量涌入,社会上对通俗小说的需求猛增。一时间,美国各城市涌现了许多通俗小说杂志。这些杂志不但价格低廉,并且内容惊险、神奇。而科幻小说的内容和形式正好能满足这种惊险、神奇的需要。到20世纪前20年,科幻小说已经成为大部分通俗小说杂志的经常性刊登栏目,并且以这些栏目为基地,诞生了一大批科幻小说作家。其中最著名的有埃德加·巴勒斯(Edgar Burroughs, 1875—1950)和亚伯拉罕·梅立特(Abraham Merritt, 1884—1943)。他们的作品代表着早期美国科幻小说的最高成就。鉴于早期美国科幻小说与通俗小说杂志密不可分,因而有着明显不同于传统英国科幻小说的特征。相比之下,它的主题不是那么严肃,风格也不是那么幽默。尤其是，出现了与其他超自然小说相互交叉的情形。事实上人们很难把它同幻想小说绝对地分离开来。巴勒斯的作品既有丰富的科学因素，又有浓厚的幻想成分，严格地说是科学幻想小说。梅立特的作品也是科学因素和幻想成分并重，甚至可以说后者强于前者，既可以称为科学幻想小说，也可以称为含有较多科学因素的幻想小说。只有到了 20 世纪 20 年代，伴随着《惊人的故事》(*Amazing Stories*)的创刊和逐步扩大影响，美国科幻小说才进入了科学因素较强的硬科幻小说时代(Hard Science Fiction)。

硬科幻小说时代是和根斯巴克、约翰·坎贝尔(John Campbell, 1910—1971)这两个不寻常的人物连在一起的。正是这两个人的努力，美国先后诞生了《惊人的故事》和《惊人的科幻小说》(*Astounding Science Fiction*)这两家严格意义的科幻小说杂志。这两家杂志团结了许多年轻的科幻小说爱好者，其中不少人成长为硕果累累的通俗小说作家。也正是这两个人的努力，美国科幻小说产生了根本性的变革，从题材的选择到情节的构成，从人物的描绘到风格的体现，都焕然一新，并由此先后掀起了两轮科幻小说的创作高潮。在根斯巴克扶掖的一大批硬科幻小说作家当中，最有影响的当属史密斯、莱因斯特和威廉森。爱德华·史密斯(Edward Smith, 1890—1965)是"太空冒险小说"(Space Opera)大师。他丰富和完善了"太空冒险小说"的创作模式，使这类小说成为美国通俗小说杂志中与巴勒斯式的"星际冒险"小说并驾齐驱的科幻小说分支。他的《云雀丛书》和《透镜人丛书》代表着美国"太空冒险小说"的最高成就。默里·莱因斯特(Murray Leinster, 1896—1975) 也是根斯巴克时代具有开创性成就的作家，他的作品主题涉及方方面面，既有传统的"星际冒险"，又有新型的"并行世界"，此外，还对宇宙空间与生命形式的关系进行了严肃探讨。杰克·威廉森(Jack Williamson, 1908—2006) 30 年代中期以新型的"太空冒险小说"震惊文坛，40 年代又努力挖掘"人和机器的关系"等题材，是当今仍然健在的最多产的科幻小说家之一。而在坎贝尔培养的一大批硬科幻小说作家当中，最著名的也有西马克、沃格特、斯特金、海因莱恩和阿西莫夫。克利福德·西马克(Clifford Simak, 1904—1988)以作品丰富著称，并且部分小说展示了一种独特的田园风光和乌托邦情结。范·沃格特(Van Vogt, 1912—2000)的科幻小说不但题材多样、主题各异，而且充满了复杂、离奇的情节，其中尤以超人、机器人、外星人的描写十分成功。西奥多·斯特金(Theodore Sturgeon, 1918—1985)是有名的高质量科幻小说家。他一生创造出许多主题新颖、风格雄健、人物鲜明的短、中、长篇作品，其中不少已经成为科幻小说的经典。罗伯特·海因莱恩(Robert Heinlein, 1907—1988)主要以"未来史"系列闻名。这些科幻小说一扫某些作家为惊险而惊险、为神奇而神奇的陋习，显示出较丰富的艺术内涵和较崇高的思想价值。此外，他还出版了不少颇受欢迎的青少年科幻小说读物。伊萨克·阿西莫夫(Isaac Asimov, 1920—1993)一生的作品多得惊人,他的科幻小说成就主要体现在"机器人"和"创建"两个系列。前者对传统的题材大胆革新,塑造出许多具有灵气、充满人情味的机器人形象;后者则从心理历史学的角度,模拟古罗马的若干史实,展示出一幅幅惊心动魄的银河帝国兴衰的图画。

第二次世界大战结束后,随着美国社会环境的改变和大众阅读口味的更迭,坎贝尔的《惊人的科幻小说》杂志渐渐失去了在科幻小说领域的统治地位。硬科幻小说的"黄金时代"宣告终结,整个美国科幻小说的创作也随之陷入低谷。不过,在此期间,依旧有一些人在执着地进行创作,在创造"回归"的良机。从 50 年代初至 60 年代中期是过渡期。之后,新浪潮科幻小说崛起,成为新历史条件下的科幻小说"回归"的生力军。过渡时期的硬科幻小说已经有了一些变化。在创作题材方面,传统的"太空冒险"还有相当的势头,但已经没有了当年的风骚。唱主角的是充满悲观气息的黑色恐怖话题。由于二战中美国使用原子弹轰炸日本广岛和长崎所带来的灾难性后果,人们开始关注科技发展的负面效应。50 年代的通俗小说杂志连篇累牍地发表有关"核恐怖""地球毁灭"内容的短篇小说,如拉斐特·哈伯特(LaFayette Hubbard, 1911—1986)的《末日尚未来临》(The End Is Not Yet, 1947)、阿瑟·钱德勒(Arthur Chandler, 1912—1984)的《黎明子虚乌有》(Dawn of Nothing, 1950)、詹姆斯·施米茨(James Schmitz, 1911—1981)的《宇宙恐惧》(Space Fear, 1951),等等。相关内容的平装本长篇小说和短篇小说集则以乔治·斯图尔特(George Stewart, 1895—1980)的《地球尚在》(*Earth Abides*, 1949)和雷·布拉德伯里(Ray Bradbury, 1920—2012)的《火星纪事》(*The Martian Chronicles*, 1950)最为著名。前者生动地描绘了地球上一场特大瘟疫过后幸存的人倒退到原始状态,而后者则描述美国到火星上开发的居民发动了一场毁灭性的核战争。60 年代初,美国的科学技术继续迅猛发展,计算机、宇宙航行等领域都有重大突破。但高速的、失控的工业化也带来了诸多问题,如自然环境恶化、人的思想情感僵硬,等等。于是,科幻小说的创作题材又迅速由"核恐怖"转为"生态灾难"。在以生态灾难为题材的科幻小说作家当中,最令人瞩目的是哈里·哈里森(Harry Harrison, 1925—2012)。他出生于美国康涅狄克州斯坦福,曾任纽约《幻想》杂志的编辑。自 1960 年起,他以反讽的笔调写了一系列生态灾难科幻小说。在《死亡世界》(*Deathworld*, 1960)中,他描述了一些具有心智能力的植物向摧残它们的人类展开了一场不寻常的战争。而《让开些! 让开些!》(*Make Room! Make Room!*, 1966)则暴露了美国天主教会反对计划生育、无视人口迅速增长所带来的严重恶果。凡此种种,为硬科幻小说过渡到新浪潮科幻小说做了铺垫。

新浪潮科幻小说来自科幻小说界的新浪潮运动，这一运动的发源地是在英国。1964 年，英国著名科幻小说家迈克尔·莫尔考克(Michael Moorcock, 1939— )出任科幻小说杂志《新世界》(*New World*)的主编。他不满传统硬科幻小说的创作内容和方式，主张对科幻小说的创作进行全面革新。这一倡导得到了布赖恩·奥尔迪斯(Brian Aldiss, 1925—2017)、詹姆斯·巴拉德(James Ballard, 1930—2009)等英国知名科幻小说家的响应。他们追随莫尔考克，相继发表了一系列实验性的科幻小说。这些小说有的以蒙太奇手法来表现人物性格，有的以时空交错来刻画人的扭曲心理，有的用幽默、诙谐、晦涩来抨击不良现象。与此同时，他们也融入其他类型的通俗小说的若干成分，如神秘、恐怖、谋杀，等等。在题材方面，他们则追随哈里·哈里森之类的灾难科幻小说家，极力渲染当代科学技术发展的负面效应。

莫尔考克等人的实验性科幻小说很快造成了影响，并扩展为具有一定规模的文学运动。不久，这场运动又波及美国，得到了一些年轻科幻小说作家的有力支持。大西洋两岸的科幻小说家遥相呼应，掀起了声势浩大的科幻小说创作新浪潮。美国的新浪潮科幻小说既有英国的特点，又有自己的创造。他们根据自己对这场运动的理解，大胆进行形式革新，所涉及的方面有叙述视角、文法、版式，等等。在内容上除突出悲剧性的结尾外，还对哲学、政治、新闻、音乐等领域的新潮兼收并蓄。同时，放纵具体的性描写，不忌讳淫秽的字眼。美国的新浪潮科幻小说的代表作家有厄休拉·勒奎因(Ursula Le Guin, 1929—2018)、乔安娜·拉斯(Joanna Russ, 1937—2011)、罗杰·齐拉兹尼(Roger Zelazny, 1937—1995)、哈伦·埃利森(Harlan Ellison, 1934— )、菲力普·迪克(Phillip Dick, 1928—1982)，等等，其中最著名的是德拉尼。

塞缪尔·德拉尼(Samuel Delany, 1942— )系美国黑人科幻小说作家。他生于纽约市，在哈莱姆黑人居住区长大，父亲是一位成功的殡仪员，母亲在公共图书馆当职员。德拉尼自小爱好读书，尤其喜欢现代派作家乔伊斯(James Joyce, 1882—1941)和著名硬科幻小说家阿西莫夫、斯特金的作品。1962 年，当他还是纽约城市大学的一名学生时，就出版了长篇小说《阿普特宝石》(*The Jewels of Aptor*)。不久，他的名为"塔楼的坠落"(*The Fall of Towers*)的三部曲又相继问世。然而，奠定他的文学地位的还是 1966 年出版的科幻小说《巴别—17》(*Babel-17*)。该书以现代派小说的故事结构和别具一格的语言形式获取了众多批评家的瞩目，从而赢得了三项科幻小说大奖——星云奖(Nebula Award)、雨果奖(Hugo Award)和朝圣者奖(Pilgrim Award)。1975 年，他的精心创作的长篇小说《达尔格伦》(*Dhalgren*)出版。该书被许多批评家誉为"新浪潮"科幻小说的史诗。书中保留了《巴别—17》的复杂结构和语言风格，与此同时，融入了大量淫秽的性描写。主人公基德是一个雌雄同体的美国黑人,他从外星来到美国一个几近废弃的城市,体验了妄想狂、性变态者和窥淫癖者的下层文化。德拉尼的作品影响了当时的许多科幻小说家,在一些严肃小说家中也很有市场。

新浪潮科幻小说是对"黄金时代"科幻小说的内容和形式的继承和发展。与传统硬科幻小说的"科学崇拜"不同,新浪潮科幻小说所表现的是"科学恐惧"。它们并没有较多地在星际探险和科技造福于人类的题材上打转,而是着重关注科技发展给人类带来的负面效应,诸如未来的生存环境、战争的威胁、不同利益集团之间的倾轧、种族冲突、人性自由、心理健康,等等。正如美国著名科幻小说评论家莱斯特·德尔雷(Lester del Ray, 1915—1993)所说:"新浪潮作品体现的哲学观一般是厌恶科学和人类。从长远看,科学技术往往是邪恶的,只能使环境更加恶化。而人类基本上是可鄙的,至少不那么重要。小说中自始至终隐含着失败的主题。与宇宙相比,人类的重要性不啻虱子。"[①]这种思想无疑具有某种警示作用。相比之下,新浪潮科幻小说的形式革新却没有多大实际意义。不过,它却被一些热衷于文字游戏的后现代主义小说家所欣赏,并由此使新浪潮运动成为后现代主义运动的一部分。

美国新浪潮科幻小说风行了十余年,之后渐渐走下坡路,至80年代中期,被"赛博朋克"小说所取代,从而形成了科幻小说"回归"的第二个高峰。同新浪潮科幻小说一样,"赛博朋克"小说是传统科幻小说的继承和创新。它的诞生与新浪潮科幻小说有着惊人的相似。所不同的是,它的发源地是在美国,而且有着新浪潮科幻小说无可比拟的影响力。"赛博朋克"为英文 cyberpunk 的音译。这是一个杜撰的新词,具有多种含义。它可以表示一种文学运动,也可以表示一类与这种运动有关的人,还可以表示一类与这种运动有关的新型科幻小说,即"赛博朋克"小说。这类小说的创始人是美国作家威廉·吉布森(William Gibson, 1948— ),他原籍美国南卡罗来纳州康韦,后为了逃避兵役前往加拿大温哥华,遂在那里定居。1984年,他成功地推出了长篇科幻小说《神经浪游者》(*Neuromancer*)。该书的主人公名叫蔡斯,是一个生活在22世纪的电脑黑客。他想方设法渗透全球电脑网络,企图控制世界经济的命运。这本别具一格的书立即引起了人们的注意,许多评论家为它拍手叫好,为此它赢得了"雨果""星云""菲力普·迪克"等三项科幻小说大奖。紧接着,吉布森的密友布鲁斯·斯特林(Bruce Sterling, 1954— )、鲁迪·拉克(Rudy Rucker, 1946— )、约翰·雪莉(John Shirley, 1953— )和刘易斯·夏勒(Lewis Shiner, 1950— )也相继推出了具有同样特征的科幻小说。其时,斯

① Lester del Ray, *The World of Science Fiction 1926—1976: The History of a Subculture* (New York: Ballatine, 1979), p. 253.

特林正在主编科幻小说杂志《廉价真理》(*Cheap Truth*)。他经常以该杂志为阵地,发表一些抨击传统科幻小说的文章,鼓吹他们一伙人的改革观点。论战中,一位意见相左的科幻小说杂志的编辑加德纳·多兹瓦(Gardner Dozois,1947—2018)讥讽地称他们是"电脑(cyber)痞子(punk)",而斯特林等人也揶揄地以这个名称自居。不久,这个名称便在媒体流传开来。事情的发展远远出乎论战双方的意料之外,"赛博朋克"逐渐成为一个最时髦的词汇。许多人以拥有这个名称而自豪,包括嬉皮士与有电脑犯罪冲动的年轻人在内。随着时间的推移,"赛博朋克"被赋予多种新的含义。学者们对"赛博朋克"小说显示了高度的兴趣,视其为后现代主义文学的一部分。为此学术界展开了热烈的讨论。许多高等学府还开设了有关研究生课程。到了 90 年代,"赛博朋克"的影响继续扩大。如今,它已经走出科幻小说界,进入电影、电视、音乐、体育等领域,乃至整个社会。

作为一种在现代历史条件下诞生的科幻小说,"赛博朋克"有着自己的显著特征。首先,它十分强调现代高新技术,但这种强调既不同于"黄金时代"的"科技崇拜",又不同于"新浪潮时代"的"科技恐惧"。传统的硬科幻小说所描写的科学技术是可能发生的,但不一定会实际存在。而"赛博朋克"描写的科学技术不仅是可能发生的,也是会实际存在的,甚至人类已经正在运用。这种运用是具体方面的。故事中的每个人几乎都能使用科学技术。更重要的是,所涉及的科学技术一般都允许进行极端人性化的处理。作者把计算机与人连成一体,以计算机来改变人的思想、社会行为,乃至社会本身。在"赛博朋克"描述的将来,计算机不仅成为人类日常生活的一部分,而且对人类的生存和生活繁荣都起着不可缺少的作用。以上构成了吉布森小说的主要情节。《神经浪游者》中的主要人物蔡斯需要寻找一种方法,能修复脑中遭损害的电路,以便做自己想做的事。在"赛博朋克"出现之前,人类可以控制自己拥有的技术,人类是一个独立的整体,但现在人类与机器的界限变得比较模糊。如今人类已经失去了控制自己所拥有的科学技术的能力。

其次,"赛博朋克"也十分强调"犯罪",但这种犯罪是智能犯罪,有别于任何一种传统犯罪小说所采用的手段。它是一种在全球化、信息化、科技化的社会背景下的犯罪。而且它的视角区域更宽,所设定的时间更近,情节描写更细,因而整个画面也就显得更复杂、更可信。一般来说,作品中有一个受现代高新技术、特别是电脑信息技术控制的文化系统。该系统通过大脑移植、修复假肢、克隆器官等方式渗透进人的身体,把人变成机器的一部分,因而能掌握人的命脉。而电脑黑客、社会渣滓、心术不正者往往利用它为自己牟利。"赛博朋克"科幻小说就是描写这样一类人,以及这类人的犯罪经历。

70年代和80年代美国恐怖小说的“回归”是以所谓“斯蒂芬·金现象”的形式出现的。美国现代意义的恐怖小说始于19世纪末,其代表作家是安布罗斯·比尔斯(Ambrose Bierce, 1842—1914)和罗伯特·钱伯斯(Robert Chambers, 1865—1933)。他们的恐怖作品继承了坡的大部分创作传统,语言辛辣、冷峻,故事荒诞、离奇,通篇浸透着对邪恶人性的敌意,但与此同时,作品中也融入了较多的超自然成分。而且这些超自然成分的描写比当时风靡英国的灵异小说(Ghost Story)技高一筹,在深度、广度都有突破。到了20世纪30年代,随着霍华德·洛夫克拉夫特(Howard Lovecraft, 1890—1937)的“太空恐怖”小说广为流行,美国恐怖小说也进入了一个新时代——“克休尔乎”恐怖小说(Cthulhu Horror Fiction)时代。这类恐怖小说试图把古代的鬼魔学说同近代爱因斯坦的时空相对论结合起来,以此表现宇宙生存的危机。第二次世界大战之后,伴着《未知》《神怪小说》等通俗小说杂志(pulps)的销售额逐年降低以及随之而来的停刊,美国恐怖小说的创作也渐渐陷入了低谷。作品的数量锐减,质量低下。无论是“克休尔乎”恐怖小说,还是其他类型的恐怖小说,均没有产生有社会影响的力作。尽管在60年代,理查德·马西森(Richard Matheson, 1926—2013)、弗里茨·莱伯(Fritz Leiber, 1910—1992)等人的现实恐怖小说(Realistic Horror Fiction)凭借影视媒介的力量在60年代造成了一定的声势,但总的来说,这种声势不如科幻小说(Science Fiction)和幻想小说(Fantasy Fiction)。至于同其他类型的通俗小说相比,那更是小巫见大巫。然而,到了70年代末,这种局面即因“斯蒂芬·金现象”发生了变化。

斯蒂芬·金(Stephen King, 1947— )是缅因州人。他从小爱好恐怖文学,7岁开始写恐怖小说,12岁向杂志投稿,17岁发表作品。在缅因大学求学期间,他构思和创作了一系列恐怖小说。大学毕业后,他一面当教师,一面继续创作。1974年,他的长篇恐怖小说《卡丽》(*Carrie*)几经曲折,终于出版。这部作品引起了公众瞩目,并于第二年出版平装本,给他带来了可观的收入。从此,他开始了一个恐怖小说作家的专业创作生涯。迄今,他已出版了40多部长篇小说和10多部中、短篇小说集,其中绝大部分是畅销书。最著名的有《撒冷斯洛特》(*Salem's Lot*, 1975)、《闪灵》(*The Shining*, 1977)、《末日逼近》(*The Stand*, 1978)、《死亡区域》(*The Dead Zone*, 1979)、《点火者》(*Firestarter*, 1980)、《宠物公墓》(*Pet Sematary*, 1983)、《人狼轮回》(*Cycle of the Werewolf*, 1985)、《汤米诺克斯》(*Tommyknockers*, 1987)、“黑塔”七部曲(*The Dark Tower*, 1982—2004),等等。这些作品几乎全是传统题材,如《撒冷斯洛特》中的吸血鬼,《闪灵》中的幽灵,《宠物公墓》中的活尸,《人狼轮回》中的人狼,等等。然而,金没有停留在传统题材的挖掘上。他借用了其他通俗小说的若干手段，着力融入一些与人们的生活息息相关的事件，使作品贴近当代社会生活情景，显得波澜起伏、真实可信。《死亡区域》和《点火者》是恐怖小说、科幻小说、政治阴谋小说三者的融合，表现了人们对战备竞赛的痛恨和对未来核战争的担忧。《末日逼近》和《汤米诺克斯》含有灾难小说的要素，分别借用瘟疫流行和外星人入侵，述说了危机时刻正义和邪恶的交锋。而“黑塔”系列明显采用了幻想小说和西部小说的结构，反映了环境污染等社会严肃主题。从这个意义说，当代恐怖小说已经改换了新的模式。

金于 1974 年跻身美国恐怖文学殿堂，自 1979 年 10 月起，他的名字频频出现在《纽约时报》畅销书单上。迄今，他已出版了 50 多本恐怖小说，每本小说发行量都超过了 100 万册。其中有 30 多本小说位居畅销书榜首，创下了美国出版史上的奇迹。金的成功不是偶然的。首先，这与 70 年代以来美国通俗小说发展的大气候有关。其次，也与他的作品故事情节生动、人物形象逼真、语言表达流畅不无联系。然而，最重要的是，金把 60 年代现实恐怖小说的传统同一些与现实社会紧密相连的惊险通俗小说的若干要素结合起来，创立了一个全新的当代恐怖小说创作模式。60 年代现实恐怖小说的基本特征是“回归现实”。作者对鬼魂、活尸、吸血鬼、人狼之类的超自然成分都做了现实化处理，主人公的一切举止也都置于现实社会之中，读来并不觉得怪诞和荒谬。正是这个基本特征，顺应了当时通俗文坛融合主流小说的潮流，使恐怖小说走出低谷，实现了复兴。金继承了这一特征，他的作品已经看不到早期恐怖小说那种有悖于常理的超自然描写，一切细节描写都如发生在现实社会之中。然而金并没有停留在现实社会的表面，而是在此基础上向社会各个层面纵深发展。他创造性地运用了科幻小说、西部小说以及其他深刻反映社会现实的通俗小说的若干要素，将传统恐怖小说的题材融入其中，从而扩大了作品的政治背景和社会容量，并在审视一些为人们所关心的现实社会中发生的重大事件的同时，譬如，越南战争、水门丑闻、军备竞赛、环境灾难等等，描绘了特定个人所承受的不寻常的压力和恐惧。

## 第四节
## 甜蜜野蛮小说和高科技惊险小说的崛起

70 年代和 80 年代美国通俗小说的第三道风景线是甜蜜野蛮小说和高科技惊险小说的迅速崛起。

美国甜蜜野蛮小说属于现代历史浪漫小说(Modern Historical Romance)的一个分支。它成形于70年代中期,其开山鼻祖是罗杰斯。70年代初,以玛格丽特·米切尔(Margaret Mitchell, 1900—1949)的《飘》(*Gone with the Wind*, 1936)和凯思林·温泽(Kathleen Winsor, 1919—2003)的《永久琥珀》(*Forever Amber*, 1944)为代表的现代历史浪漫小说已经流行了几十年,渐渐失去了吸引力。受出版利润的驱使,出版商不得不把眼光瞄准那些能够适合读者新口味的作品。1972年,纽约埃文图书公司(Avon Books)出版了凯瑟琳·伍迪威斯(Kathleen Woodiwiss, 1939—2007)的处女作《火焰和鲜花》(*The Flame and the Flower*)。小说中男女主角悲欢离合的经历并不新鲜,但令人震惊地出现了未婚夫强奸未婚妻的场面。很快地,这本小说成为畅销书。时隔两年,埃文图书公司又推出了罗杰斯精心制作的《甜蜜野蛮的爱》(*Sweet Savage Love*, 1974)。这本小说将《火焰和鲜花》中的性强暴镜头拼命扩展,通篇描写男性对女性的引诱、强奸和折磨。该书出版后,引起了极大的轰动。紧接着,一批又一批以"甜蜜""野蛮""爱"等字眼为书名标记的模拟作品涌现在街市。据统计,自70年代中期至80年代末,共有30多位作家加入这支创作队伍,形成了一个阵容不凡的作家群。而她们的这类作品,汇成了强劲的"甜蜜野蛮小说"新浪潮。

罗斯玛丽·罗杰斯(Rosemary Rogers, 1932— )生于殖民地时期的锡兰,曾入锡兰大学,获学士学位。60年代中期,她在美国加利福尼亚州塔维斯空军基地当秘书,后又调往索拉诺县公园管理处任职员,同时兼任费尔菲尔德《共和日报》的记者。她自小爱好文学,八岁开始写作。作为一个两次婚姻、两次离异的母亲,她既要照顾四个孩子的起居,又要为全家的生活奔波。然而,她还是忙里偷闲,挤出时间创作。1974年,在14岁的女儿的鼓励下,她将经过23次修改的手稿《甜蜜野蛮的爱》交给了埃文图书公司。很快,这部小说得到出版,并且产生轰动,由此引发了以该书的书名命名的甜蜜野蛮小说创作浪潮。从那以后,她将《甜蜜野蛮的爱》扩充为一个系列,续写了《黑火》(*Dark Fires*, 1975)、《失去的爱,失去的爱》(*Lost Love, Lost Love*, 1980)、《被欲望所缚》(*Bound by Desire*, 1988)、《野蛮的欲望》(*Savage Desire*, 2000)等小说。《甜蜜野蛮的爱》的故事场景设置在19世纪的弗吉尼亚,女主人公吉尼是一个娇生惯养的议员的女儿。然而,她与军人出身的漂亮男主人公斯蒂夫的爱情却是在一系列磨难中开始的。起初她被迫离开自己的安乐窝,继而又遭受未婚夫的一次次强奸。尽管她痛恨斯蒂夫的所作所为,但爱情的诱惑还是战胜了这一切。在《黑火》和《失去的爱,失去的爱》中,罗杰斯继续演绎吉尼和斯蒂夫的这种又爱又恨的故事。由于一连串的误会,两人分了手,但依然止不住对彼此的刻骨铭心的思念。《被欲望所缚》出版于八年之后,故事的女主人公已经改为吉尼和斯蒂夫所生的女儿劳拉。这个长得和她母亲一样美丽的女性，在经过大体相似的爱情磨难之后，投入了男主人公特伦特的有力怀抱。而又过了12年出版的《野蛮的欲望》，则对前后两代女主人公的最后结局作了完满的交代。与此同时，罗杰斯也写了一些单本小说，如《邪恶的爱情谎言》(*Wicked Loving Lies*, 1976)、《荡妇》(*The Wanton*, 1985)、《我渴望的一切》(*All I desire*, 1998)，等等。这些小说具有类似的情节：粗鲁、野蛮的俊男和甘于受虐待的美女之间的炽烈爱情。《邪恶的爱情谎言》中的玛丽莎一次次遭受海盗的强暴，乃至于昏死过去，但她却甘心接受这种折磨。《荡妇》中的特里斯塔女扮男装，与男主人公一道经历了南北战争的磨难，其中交织着许多相互爱恨的故事。《我渴望的一切》中的法国姑娘安杰拉在继承了新墨西哥的牧场之后，也和当地粗鲁、野蛮的牛仔有了爱恨交加的情感经历。

甜蜜野蛮小说开创了一种现代历史浪漫小说的全新模式。以往的现代历史浪漫小说，大都是在历史的框架下，演绎男女主人公的惊心动魄的爱情故事。尽管在这些爱情故事中，存在着一定数量的色情描写，有时这种描写还表现得相当淫秽，但从总体上看，作者仅仅将其作为一种创作手段。但"甜蜜野蛮"派作家的独特之处在于，她们不仅把传统的色情描写上升了一个台阶，即把间接描写变为直接暴露，把委婉暗示变为公开宣扬，把添加作料变为烹饪正餐，而且连令人憎恨、恐怖的暴力强奸，也在她们的笔下变得"轻松"、"愉悦"，甚至能产生"甜蜜"的爱情。正如罗杰斯在会见记者时所说："大多数女性都有过被强奸的想象。不过，实际的强奸和想象的强奸是不同的。前者令人恐惧，而后者可以选择男性和环境，一点也不恐惧。"①

高科技惊险小说的兴起和发展几乎与甜蜜野蛮小说同步。这个名称的问世，与美国作家汤姆·克兰西(Tom Clancy, 1947—2013)的作品流行密切有关。1984年，美国一家以出版严肃小说著称的出版社出版了克兰西的处女作《追寻红十月》(*The Hunt for Red October*)。令这家出版社吃惊的是，原先并不看好的这本小说，居然是一本非常畅销的书。一连数月，它荣登畅销书榜首。报纸、电台、电视台一片叫好声。捧场者不仅有文论家、记者、编辑，还有部队官兵、政府公务员、议员和前总统。接踵而来的是克兰西本人以及其他作家的同类作品问世。这些作品的特色是如此鲜明，以至于人们觉得有必要冠以一个崭新的名称。1988年，《纽约时报》的帕特里克·安德森(Patrick Anderson)在评论克兰西的作品时首次提出了"科技惊险小说"(Techothriller)

---

① Betty Rosenberg & D. T. Herald, *Genreflecting* (Englewood: Libraries Unlimited, INC, 1991), p. 178.

的概念。同年,《新闻周刊》(*Newsweek*)的埃文·托马斯(Evan Thomas)也载文称赞克兰西是“科技惊险小说的创始者”。从此,“科技惊险小说”这个名称就流传开来。以后,人们又在这个名称前面加上一个“高”字,即“高科技惊险小说”(High-technical Thriller)。

《追寻红十月》主要描述冷战时期美苏两个超级大国争夺苏联一艘叛逃的新型核潜艇,并由此产生了一系列的激烈交锋的经过。继这本书获得成功之后,克兰西又以美苏争夺中东石油资源为题材创作了《红色风暴升起》(*Red Storm Rising*, 1986)。该书出版后,再次荣登畅销书榜首。从此,他开始了一个畅销书作家的忙碌生涯。他几乎以平均每年一本书的速度进行创作,先后出版了《爱国者的游戏》(*Patriot Games*, 1987)、《克里姆林宫的美国秘密特工》(*The Cardinal of the Kremlin*, 1988)、《近在咫尺的危险》(*Clear and Present Danger*, 1989)、《恐怖之极》(*The Sun of All Fears*, 1991)等四部高科技惊险小说。这些小说均属畅销书。其中最受读者青睐的是《克里姆林宫的美国秘密特工》,书中成功地塑造了美国前海军官员、中央情报局间谍杰克·赖恩博士,表现了他为搭救一位打入苏联军事部门代号“猩红色”的美国秘密特工而闯入克里姆林宫的大智大勇。此外,书中还描述了诸如“激光卫星战略防御系统”之类的多种高科技谍报手段。

应当说,“高科技惊险小说”这个名称比较准确地反映了克兰西的小说的特征。首先,它属于惊险小说。所谓惊险,有两方面的含义。其一是内容新颖,其二是场景危险。作者必须围绕着主人公的命运,尤其是主人公生死存亡的命运,塑造凶险的场面。高科技惊险小说的内容多半与新奇的事件有关。大至全球性的政治阴谋、战争黑幕,小至个人圈内的暴力行为、精神恐惧,五花八门,无所不有。而且这些新奇事件的场景编排也十分凶险。其次,高科技惊险小说拥有现代高科技背景。这是高科技惊险小说的根本特征,也是这类小说区别于其他任何一类惊险小说的标志。高科技是指第二次世界大战以来诞生的高新科学技术,如宇宙航行、导弹发射、海洋探测、微波通讯、生物工程,等等。这些代表现代社会文明的高新技术对于广大读者是新奇的。正因为如此,他们有一种神秘感。他们渴望了解核导弹、核潜艇,了解电脑病毒、DNA,了解这些领域的鲜为人知的一切。作者为了增强故事的新奇感和神秘色彩,往往要加以适度想象。这种想象是建立在事实的基础上的。尽管读者已经意识到里面含有夸张,甚至不可能,但决不会感到荒谬绝伦,决不会感到置身于虚无缥缈的世界。正因为这一点,高科技惊险小说不同于科幻小说(Science Fiction)和幻想小说(Fantasy Fiction)。后者的科学想象虽然也是建立在事实的基础之上,但存在一个游离于现实的第二世界。

尽管众多媒体把克兰西奉为“高科技惊险小说的创始者”,但包括克兰西本人在内的许多人都公认克莱顿是"高科技惊险小说之父"。事实上，早在克兰西的《追寻红十月》问世之前，克莱顿就出版了五部畅销小说，这些小说不但内容惊险，而且涉及现代医学、生物学等多个高新技术领域。此外，他在80年代末和90年代初出版的三部与遗传学、动物学有关的惊险小说，也取得了比克兰西更大的声誉。

迈克尔·克莱顿（Michael Crichton，1942—2008）生于芝加哥，1960年入哈佛大学，主修英文。但不久，他对刻板的教学方法感到厌烦，改学人类学。毕业后，他去英国剑桥大学当了一年讲师，又回到哈佛大学攻读医学。正是在医学院读书期间，他开始了高科技惊险小说的创作。1968年，他以笔名出版了《危难案例》（*A Case of Need*）。该书的扑朔迷离的案件和丰富的医学背景引起了公众的瞩目，从而使他赢得了当年的爱伦·坡最佳神秘小说奖。翌年，他又出版了《安德洛墨达菌株》。这本小说取得了更大成功，并被好莱坞买下了电影改编权。从此，他下决心放弃医生的职业，专门从事写作。70年代，他总共写了五部书，其中三部是高科技惊险小说。它们是：《终端人》（*The Terminal Man*，1972）、《食尸者》（*Eaters of the Dead*，1976）和《刚果惊魂》（*Congo*，1980）。这些小说，连同早期的两部成名作，体现了他对高科技惊险小说的探索。尽管人们能不时从中找到传统通俗小说名著的痕迹，但他的渊博的科学知识和编织惊险故事的才能已初见端倪。80年代末和90年代初，他又出版了《神秘之球》（*Sphere*，1987）、《侏罗纪公园》（*Jurassic Park*，1990）、《失落的世界》（*The Lost World*，1995）等三部高科技惊险小说，从而在高科技惊险小说领域真正确立了自己的地位。

《神秘之球》涉及心理学、海洋生物学等多门学科，主要述说一群科学家冒着生命危险，到海底探测一艘从太空坠落的神秘的航船的故事。其中不乏正义与邪恶的搏斗，良知和凶残的较量。《侏罗纪公园》与遗传学和动物学有关，讲述一家国际遗传技术公司利用最先进的技术在一个偏僻的小岛复制出几千万年前就已绝迹的恐龙，并据此建立起一座"侏罗纪公园"供人们游览，但后来因恐龙占领整个岛屿，威胁到人类安全，而将恐龙灭绝。《失落的世界》为《侏罗纪公园》的续篇，讲述侏罗纪公园惨祸之后一个英国女孩在毗邻的岛屿发现已被灭绝的恐龙。于是，国际遗传公司的前任总裁哈蒙德博士与几位专家一道去该岛考察。与此同时，哈蒙德的侄子彼德也带领一支队伍来到彼地，打算追捕恐龙大发横财。相比《侏罗纪公园》，《失落的世界》的主题显得更加深刻。作品在揭示人与恐龙，人与人之间的搏斗的同时，还写进了人类对自身进化与发展的思考。

## 第五节
## 社会暴露小说的复兴

社会暴露小说也是一类传统型通俗小说。它源于19世纪美国作家乔治·利帕德(George Lippard，1822—1854)的名作《僧侣殿里的僧侣》(*The Monks of the Monk Hall*，1845)。这部小说以详尽的白描手法，对美国费城的资本主义社会中赖以生存的各类中坚人物——资本家、僧侣、律师、政客、银行业主、主编和商人——作了无情的揭露。该书刚一问世，即售出6万册，以后的10年内又销售10万册，创下同一时期美国通俗小说销售的最高纪录。与此同时，大西洋两岸也掀起了一股城市暴露小说热潮，并且这股热潮持续升温，整整延续了半个多世纪。此后，美国暴露小说几起几落，至20世纪80年代和90年代又东山再起，成为最受欢迎的通俗小说类型之一。

80年代和90年代美国暴露小说的"复兴"与同一时期美国后工业社会的固有矛盾进一步加剧有关。一方面，新的科技革命带来了新的巨大财富；而另一方面，广大劳动者又生活在贫困和失业之中。由于垄断资本与权力的结合，美国统治阶层腐败成风。各级政府以及各大财团的营私舞弊屡屡发生。人们的精神生活也陷入危机，消费主义、享乐主义、个人主义成为时尚，犯罪率急剧上升。凡此种种，都为美国的暴露小说家提供了更宽阔的创作空间。这一时期美国暴露小说的基本特征是：暴露的面比以前更广，政界、商界、金融界、司法界、医药界、影视界等各大行业都成为抨击的对象。暴露的力度也比以前增大。作者关注的热点不再限于各种丑闻，而是把矛头直指社会制度本身。政治腐败、恐怖活动、经济犯罪、司法交易等民众痛恨的社会现象都得到比较深刻的揭露。此外，在表现手法上，暴露小说家也完全摒弃了"新闻写实"式的报告文学模式，注重吸取其他通俗小说的创作要素，注重情节的惊险和悬念的运用。

玛格丽特·杜鲁门(Margaret Truman，1924—2008)既是美国前总统哈里·杜鲁门的女儿，又是遐迩闻名的政治暴露小说家。她于1924年生在密苏里州独立村，1946年毕业于华盛顿大学。在这以后，她师从斯特里克勒夫人，改学声乐，并加盟国家广播乐团，到各地巡回演出。50年代中期，她应出版公司之约，撰写了一本在白宫生活的回忆录，从此对撰稿发生兴趣，走上了作家的道路。在继续撰写了几本非小说著作之后，她于80年代初出版了《白宫谋杀案》(*Murder in the White House*, 1980)。该书讲述美国国务卿布莱恩被害,美国总统韦伯斯特任命罗恩为特别调查员,负责调查此案。在调查过程中,罗恩获知布莱恩生前生活极其糜烂,并卷入多起经济丑闻。正当案情逐步展开时,主要证人金斯利太太却被杀害。与此同时,总统夫人也向罗恩透露了20年来深藏心底的秘密。正当罗恩准备揭开谜底,让案情大白于天下时,凶手却主动投案。故事的结局完全出乎读者的意料。这本别具一格的小说顿时在社会上引起了轰动。于是玛格丽特·杜鲁门将其扩充为一个系列。到1999年,这个系列已经包含有15本小说。这些小说均是畅销书,均以"谋杀案"(Murder)为书名起首,如《国会谋杀案》(*Murder on the Capitol Hill*, 1981)、《最高法院谋杀案》(*Murder in the Supreme Court*, 1982)、《联邦调查局谋杀案》(*Murder at F. B. I.*, 1985)、《五角大楼谋杀案》(*Murder in the Pentagon*, 1991)、《水门谋杀案》(*Murder at Watergate*, 1998),等等。它们均有着类似的情节模式,即通过一位显要人物的猝死,引出一段不可告人的丑闻,或一起肮脏的交易,或一个精心策划的政治阴谋,或一则风流的绯闻艳事,将美国统治阶层的肮脏内幕暴露得淋漓尽致。

在隐私暴露和人性暴露方面,最有成就的作家当属西德尼·谢尔顿(Sidney Sheldon, 1917—2007)。他出生在芝加哥,30年代中期曾进西北大学读书,但很快他就辍学,加入了美国空军。1941年退伍后,他开始进军好莱坞,并成功地创作了一系列作品,为此赢得了"奥斯卡金像奖"(Academy Award)和"托尼奖"(Tony Award)。60年代,他转而创作电视剧,又获得成功,先后数次得到"艾美奖"提名(Emmy Nominations)。1970年,他再度调整创作方向,出版了第一部小说《裸脸》(*Naked Face*),并一举获得成功。该书荣获当年的"爱伦·坡奖"。从这以后,他专心致志进行小说创作,出版了一本又一本畅销书。这些书不仅在国内造成了巨大的影响,而且被译成51种文字,远销150多个国家。谢尔顿早期创作的小说,如《子夜的另一边》(*The Other Side of Midnight*, 1974)和《镜中的陌生人》(*Stranger in the Mirror*, 1976),多以女明星为主人公,通过她们在好莱坞成名前所遭受的谋杀、强奸、绑架等经历,暴露了美国影视圈的种种黑暗和邪恶。其中不乏露骨的色情描写。进入80年代之后,谢尔顿继续以漂亮、聪明、能干的年轻女性为主人公,但暴露的领域不再限于影视圈,而是纵深发展到社会的各个层面,其中丑陋人性的暴露是一个重点。这方面的代表作有《假如明天来临》(*If Tomorrow Comes*, 1985)和《精心策划》(*The Best Laid Plans*, 1997)。前者述说银行女职员特雷西·惠特尼因调查母亲被杀的真相而遭到陷害,在狱中受到了种种非人的折磨。出狱后她凭借自身的勇敢与聪明,进行疯狂的报复。这一切成功后,她迫于生计,最终成为偷盗能手。而后者讲述聪慧美丽的莱思莉大学毕业任职于一家公关公司,与该公司正在竞选州长的律师腊索尔陷入热恋。后来腊索尔为满足自己的政治野心,另外攀上了前参议员的女儿简恩,并在与其结婚后凭借岳父的势力而成为白宫总统。莱思莉几经坎坷成为《华盛顿论坛报》的女老板。她利用媒介武器,对当年的情人、如今的总统展开了精心策划已久的报复行动。在情节设置上,谢尔顿是个高手。他善于一开始就制造冲突,构成悬念,然后层层展开情节,直至故事的终结。此外,他的人物描写也很细致动人。

罗宾·库克(Robin Cook, 1940— )的名字是与医学暴露小说连在一起的。他是纽约市人,哥伦比亚大学毕业,医学博士,先后在夏威夷、马萨诸塞、波士顿等地的医院担任外科医生。工作之余,他阅读了大量的畅销小说,遂产生了创作的念头。1972年,他出版了处女作《实习医生之年》(*The Year of the Interne*)。然而,令他失望的是,这本书没有在社会上造成任何影响。于是,他潜心研究畅销小说的写作技巧,借鉴各个成功小说家的创作经验,并于70年代末出版了《昏迷》(*Coma*, 1977)。这一次,他获得了巨大成功。该书刚一问世,即成为畅销书,一年后搬上银幕,又形成火暴场面。从此,他将主要精力用于创作。80年代和90年代,他一共出版了20本畅销小说。这些小说大部分同他的成名作《昏迷》一样,属于"医学暴露"题材,分别从器官移植、医疗看护、新药研制、研究基金等不同的角度,暴露了医学领域的种种黑暗内幕。《昏迷》主要述说波士顿某医院8号手术台上一位年轻姑娘在做人流手术时竟然昏迷不醒。紧接着,又有两个病人陷入同样的昏迷状况。该院实习医生苏珊决心解开这个"昏迷"之谜。在调查中,她受到各种各样的威胁,几次死里逃生。最后她发现,8号手术台其实是一个屠宰场。昏迷的病人被医院某些人作为"活尸"予以收藏。一旦需要,他们就把昏迷的病人弄死,取下某个器官,用专机送往买主,借此牟取暴利。书中古怪的医疗事故、精心策划的阴谋、神奇的杀人手段,无不让人感受到那种通常只有在科幻小说和哥特式小说(Gothic Fiction)中才会有的神秘、恐怖气氛。然而,作者的十分真实的医院场景描写和高科技医学背景穿插,又使之蒙上了浓郁的现实主义色彩。其他的一些知名的畅销小说,如《人脑》(*Brain*, 1981)、《发烧》(*Fever*, 1982)、《致幻》(*Mindbend*, 1988)、《致命的治疗》(*Fatal Cure*, 1993)、《紧急传染》(*Contagion*, 1995)、《毒素》(*Toxin*, 1998)等等,也大体遵循同样的情节模式和创作手法。在《人脑》中,五个女青年因染上一种怪病而相继死亡,对此马丁医生心生怀疑并同恋人一道进行调查。在经历了一连串的可怕事件之后,他们目睹了令人发指的活人实验。而《紧急传染》也是一开始瘟疫莫名其妙流行,患者接踵死亡。"侦探大夫"杰克力排众议,冒着生命危险展开调查,终于揭示了一个骇人听闻的大阴谋。

约翰·格里森姆(John Grisham,1955— )是90年代涌现的暴露小说新秀，同时也是世界知名的“法律暴露小说大师”。他是阿肯色州人士，11 岁移居密西西比州，后入密西西比州大学，获法律博士学位。其后，他娶妻，创业，受理刑事和民事案件。1983 年，他被选为密西西比州议会会员。这一时期的工作和生活经历为他后来的法律暴露小说创作打下了扎实的基础。1989 年，他出版了第一部法律暴露小说《杀戮时刻》(*A Time to Kill*)。这部小说虽然获得一些好评，但在商业上没有成功。翌年，他的第二部法律暴露小说《法律事务所》(*The Firm*)问世。这部别开生面的小说立即引起了公众瞩目，成为当年头号畅销书，并被电影公司高价买下了电影编制权。从此，他辞去了议员的职务，开始了一个当红通俗小说家的生涯。他以每年一本的速度继续创作法律暴露小说，几乎本本畅销，本本被改编成电影或电视连续剧。到 90 年代末，他已出版了 12 部法律暴露小说。最著名的除《法律事务所》外，还有《鹈鹕案卷》(*The Pelican Brief*, 1992)、《超级说客》(*The Rainmaker*, 1995)、《失控的陪审团》(*The Runaway Jury*, 1996)、《合伙人》(*The Partner*, 1997)，等等。这些法律暴露小说从法官、律师、原告、被告、陪审团等多种角度对美国的法律制度作了淋漓尽致的揭露。《法律事务所》中的米切尔所加入的一家名牌法律公司，居然是由黑手党一手操纵的黑窝。《鹈鹕案卷》中的两个大法官被害，而凶手一直逍遥法外。《超级说客》中的布莱克太太历尽艰险，终于胜诉，然而却未能讨回公道。《失控的陪审团》中的 12 名陪审员的裁决，居然掌握在一位名叫马莉的女郎手中。而《合伙人》中的被囚律师帕特里克，竟然以其掌握的大量内幕材料，同政府做起了法律交易。凡此种种，充分暴露了美国司法界的尔虞我诈和极端虚伪。格里森姆善于塑造具有人格力量的主人公形象。他的法律暴露小说有一个基本的模式，即主人公均是小人物。然而，这些小人物却凭着自己的智慧和谋略屡屡战胜掌握国家机器和巨大财富的大人物。此外，这些小说的悬念设置也颇具特色。故事编排得扣人心弦，令读者欲罢不能，并有一定的余味。

# 第九章

# 当代美国文学批评理论

20世纪60年代后期，随着欧陆各种学说西渐入美，美国文学批评理论从此进入了一个多元共生的繁荣时期，新的思想和理论接二连三地出现。70年代初，美国结构主义研究和批评有了相当的发展。不久，在"新批评"的固有阵地——耶鲁大学里，美国解构主义吹响了号角。西方马克思主义批评理论、新历史主义和后殖民主义等关注政治、社会、历史和文化等因素的理论先后成为热点。与60年代美国国内的女权主义运动相呼应，文学领域的女性主义批评理论也有了长足的发展，女性写作、女性解读、女性传统得到重新看待和评价，女性诗学成为一个重要课题。经过几代人的努力，美国文学批评理论的阵地越来越坚固，在思考创作的同时不断地思考自身，为文学批评史乃至思想史创造出一个接一个辉煌。

当代美国文学批评理论表现出以下一些特点。

第一，没有统一的批评流派。各种思想一出现，即与其他思想展开对话与争鸣，并相互借鉴、交叉、融合。因此，诸如"解构主义批评"、"女性主义批评"等等大都是为叙述之方便而贴的标签，而由它们所概括的，是一系列差别明显、方法各异(甚至互相对立)而略显松散的泛批评运动。以女性主义批评为例，随着加入到该批评队伍中人数的增多，出现了包括社会学女性批评、心理学女性批评、神话原型女性批评、存在主义女性批评、马克思主义女性批评、女同性恋批评、黑人女性批评、后殖民主义女性批评等在内的多种批评理论和方法。

第二，对"新批评"衣钵的批判与继承。欧陆理论的影响对美国文学批评理论的发展至关重要，美国本土的"新批评"理论的影响也不容忽视。虽然各种新的理论对"新批评"的狭隘性和局限性有所指摘——结构主义不满它只关注个体文本，解构主义从互文性角度向"新批评"的文本一元观发难，女性主义批评和文化批评则对其遗世独立的非历史性弊端提出批评，指出正确理解文学就要研究它所处的社会、文化语境，但是，"新批评"对美国当代文学理论有着潜移默化的影响。"新批评"对文本结构与肌理的关注和"细读"法已经融进差不多所有的理论当中，构成其批评实践的基础。

第三，美国实用主义精神的潜在影响。实用主义重视知识的实际功能，强调知识应当运用到现实中，认为思想应该是行动的工具。这种固有的"工具"理性使美国理论家没有像欧陆思想家那样专注于形而上的思考，而更关注理论的实践意义。于是我们可以发现,解构主义在德里达那里显得尤其高屋建瓴,他笔意纵横,广涉符号学与书写学、符号与差异、逻各斯中心主义与语音中心主义、结构、中心、游戏等概念,而在美国这边,耶鲁学派很少构建宏观的抽象理论,他们探讨的重点问题是语言和修辞,德曼的分析对象主要是文艺复兴以来欧陆传统中最重要的文学和哲学文本,米勒和布鲁姆等分析对象的范围更小,主要是19世纪和20世纪英美文学的名家。其他如女性主义和文化批评也已经成为性别、身份、国家政治、意识形态,乃至大众文化等等具体社会问题的解剖刀。也就是说,理论已经落实为分析具体文本和批评话语的工具。20世纪后期欧美文学理论以广博与细致而珠联璧合,美国实用主义于美国文学批评理论之缜密方面应是功不可没。

第四,美国文学批评较强的自觉意识。批评理论必须返照自身,反思其前提、假设、结构逻辑乃至社会参照、社会功用等是否合理、是否有效。詹明信在著述中曾多次强调理论要有自觉意识。从德曼以语言本身的修辞性检视批评话语的"盲点与洞见",到詹明信的辩证批评、女性主义批评中出现的后结构主义反女权主义的女性批评(poststructuralist anti-feminist feminism),再到赛义德排斥"理论"(theory),而用"批评"(criticism)一词定性自己的后殖民主义话语,我们发现,自觉意识在美国批评中越来越明显。这种现象实质上是文学批评理论的自我解构,自我嘲讽,是政治批评对"理论"的延续。

## 第一节
## 对结构主义批评的接受与反思

结构主义可以说是现代批评的分水岭,作为一种广泛的思维方式上的革命,它使得文学、文化等领域的研究方法发生重大转向,使得传统的"人文学科"(humanities)研究转变为"人的科学"(human sciences)的研究。

一般认为,现代结构主义发端于瑞士语言学家索绪尔(Ferdinand de Saussure)在其《普通语言学教程》(*Course in General Linguistics*,1916)中阐述的语言学理论。他的理论有几个关键的地方。第一,共时研究方法。索绪尔摒弃了19世纪历史语文学外在、历时的分析方法,把语言作为独立完整的系统,着重研究它在某个特定时期内部的结构和功能。第二,"语言"(langue)和"言语"(parole)的划分。索绪尔把通常所说的语言分为语言和言语两个不同概念——前者指总体的、潜在的语言系统,后者指日常使用的、具体的表达,并指出前者才是语言研究的对象。第三,"能指"(signifier)和"所指"(signified)的划分。语言是符号的系统,而符号又是由能指和所指两部分共同构成,前者指符号声音(或书写记号),后者指观念。能指和所指犹如硬币的两面,紧密相连、互相照应。第四,语言符号的约定俗成特征——不仅能指与所指之间的关系,而且语言符号和其现实对应物(referent)之间的关系都是任意的、约定俗成的。第五,语言意义产生于符号差异的原则。第六,横组合关系(syntagmatic relationships)和纵聚合关系(associative relationships)的划分:前者指词中各个音之间和句子中各个词语之间的组合关系,后者指词语和句子中元素的替代关系。

索绪尔语言学理论的思想和原则很快传播开来,被广泛地应用到文学、人类学、社会学、心理学和文化研究等几乎所有的人文学科的研究中,出现了以人类学家列维-斯特劳斯(Claude Lévi-Strauss)为代表的结构人类学,以托多洛夫(Tzvetan Todorov)、热奈特(Gerard Genette)、格雷马斯(A. J. Greimas)等为代表的叙述学(narratology),以拉康(Jacques Lacan)为代表的结构主义心理分析,以阿尔都塞(Louise Althusser)为代表的结构主义马克思主义,巴尔特(Roland Barthes)的文学、文化批评研究也深受结构主义影响。

60年代中期,美国批评界开始关注结构主义。美国结构主义批评的重要论著有詹明信的《语言的囚笼》、[①]斯科尔斯的《文学中的结构主义》、卡勒的《结构主义诗学》等。

罗伯特·斯科尔斯(Robert Scholes, 1929—2016)的《文学中的结构主义:引论》(*Structuralism in Literature: An Introduction*, 1974)分析的重点是文学,主要是叙述体文学,兼顾诗歌和戏剧。结构主义作为一种新的思想运动、新的方法,它要在个体事物之间的关系中,而非个体事物中探求现实;延伸到文学,它力图建立一种文学系统模式为其研究的个体作品提供外在参照。从研究语言转入研究文学,通过确定构成小到单个作品之间、大到整个文学领域中所有作品之间关系的结构原则,结构主义要为文学研究建立一个尽可能科学的基础。斯科尔斯分别分析了结构主义在诗歌、戏剧和小说研究中的作用。对诗歌来说,结构主义理论有着间接的"教育作用":它"可以使我们对诗歌话语及它与其他形式话语间的关系有清楚的认识,可以完善我们的描述语汇、提高我们对语言过程的认识。由于它旨在描述诗歌可能性的方方面面,因而可以为我们提供所能找到的最好的框架,以促进我们对实际诗歌文本的理解……建立新的语文学与新的文学史。在我们分析具体文学文本的过程中,

① 《语言的囚笼》将在本章第三节"詹明信的马克思主义文学批评"中讨论。

可以让我们敏锐觉察到整个诗歌过程的交流特征”。① 而对戏剧来说,虽然结构主义无法为具体戏剧情景做恰当描述,但确实可以充当一种结构框架来帮助我们理解戏剧艺术表现。

斯科尔斯用大量笔墨论述了结构主义在小说研究(叙事研究)方面的作用。在提出建立小说诗学(poetics of fiction)的必要性之后,他从文类(genre)角度建立起一套由讽刺—历史—罗曼司为基础的小说诗学模式,较晚出现的长篇小说居于历史两侧,即讽刺体小说和罗曼司体小说,前者又包括流浪汉小说形式和喜剧形式,后者则包括悲剧与感伤小说形式,它们共同构成如下所示的完整的小说诗学模式:

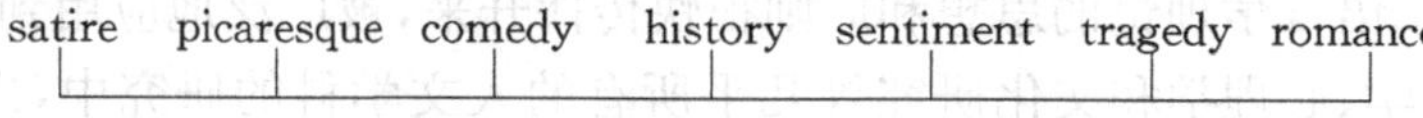


(图 1)

斯科尔斯将上面的体裁模式加以变化,同时考虑到长篇小说,得出一个倒金字塔模式(图 2),进而推演出他心目中的近现代小说发展史模式(图 3):

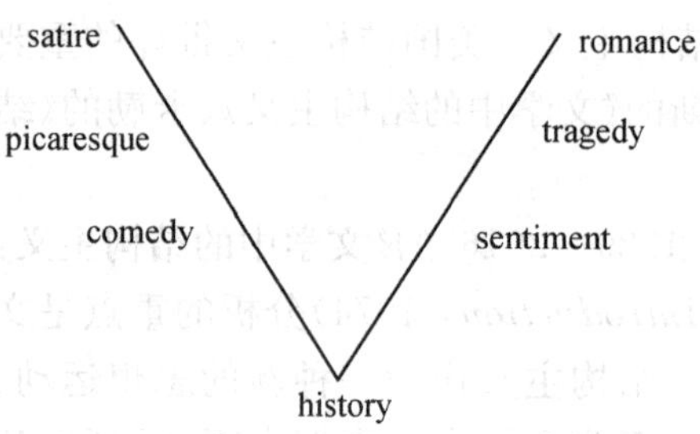


(图 2)

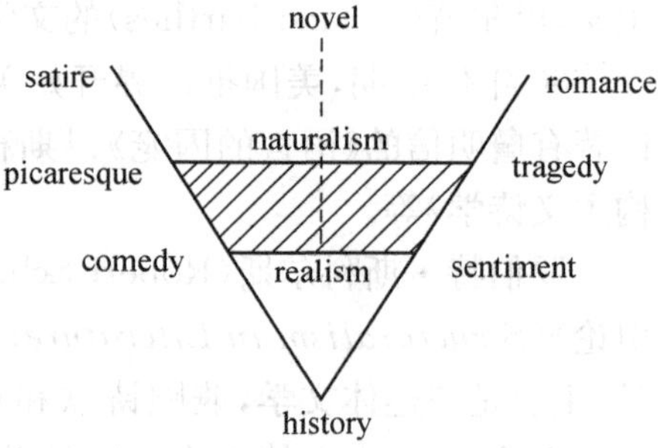


(图 3)

结构主义在语言学研究上的优点与缺陷在文学理论中都有所反映——譬如结构主义语言学在描述语言时对语义因素的角色不甚了了,结构主义文学批评也相应地缺乏对文学“意义”与“内容”的关注。结构主义在建立宏观的文学系统方面确实有突出贡献,但作为文学批评理论,它终须面对具体文本解读的问题,“要找出令人满意的办法,将文本的语义层次纳入对文本结构的考虑中”。斯科尔斯指出,我们还是可以找到成功的例子,如巴尔特从符码角度对

① Robert Scholes, *Structuralism in Literature: An Introduction* (New Haven and London: Yale University Press, 1974), p. 40.

② 斯科尔斯小说模式中所用的“悲剧”“喜剧”等词不是传统习惯意义上的故事形式,而指的是“小说世界的性质”,所以小说结局时人物是死亡还是联姻并不重要,重要的是死亡或联姻所隐含的世界观、人生理想。见《文学中的结构主义》第 133 页。图 1 和下面的图 2、图 3 分别见《文学中的结构主义》第 133 页、135 页、137 页。

巴尔扎克(Honoré de Balzac)的《萨拉辛》(*Sarrasine*)的解读,还有热奈特从修辞角度对普鲁斯特(Marcel Proust)的《追忆逝水年华》(*Remembrance of Things Past*)的阐释。

斯科尔斯认为:结构主义作为一种思想运动,有着一定的意识形态意义。从它与浪漫主义诗歌理论的关系、与当代小说发展的关系,可以洞观人类情感、人类行为、两性关系结构,进而可以为人类思维、人类活动提供重要启示。人是一个可知、有序系统的一部分,"结构主义思维当有助于我们的未来生活,这样我们才能真正地在未来继续生活下去。这一任务,这一伟大任务……将在文学系统中产生变化。只要人类会延续下去,新的形式将会出现,也必须出现"。①

与《文学中的结构主义》一书相比,乔纳森·卡勒(Jonathan Culler, 1944— )的《结构主义诗学:结构主义、语言学与文学研究》(*Structuralist Poetics: Structuralism, Linguistics and the Study of Literature*, 1975)更具美国特色,不妨说它是法国思想与美国本土思想的联姻。卡勒指出,文学批评应该思考自身,证明自身的合理性,要成为"独立的知识模式",而不是单纯地做文本解释。在这方面,法国结构主义提供了好样板。结构主义使文学研究不再停留于发现或赋予文本意义,它应该成为探讨文本意义生成条件的诗学;它将注意力投向阅读活动,盘究我们何从读出文本的意义,说明文学是以何种阐释方式为基础的。总之,"与阅读、讨论个体文本相反,文学研究要努力去理解使得文学成为可能的种种传统做法"。②

卡勒将分析对象从文本转向读者,将文学程式与阅读者的"文学能力"(literary competence)直接联系起来。他沿袭了巴尔特对结构主义的定义,将之视为"由现代语言学理论发展而来的分析文化产物的模式",同时,借助美国本土语言学家乔姆斯基的"能力"(competence)与"表现"(performance)概念来诠释索绪尔语言学中的"语言"和"言语"概念。在他看来,"可以从乔姆斯基语言学的角度把结构语言学看成对语言能力的研究,且不论语言能力的结果如何得出,都必须参照该能力来加以检测"。③ 而语言能力的外在表现,譬如口头表达,必然与说话者对意义和语法构成的主观判断直接相关——这意味着结构主义须回到现象学,说明言说主体与其文化客体之间关系中内在的现象学因素。推及文学阅读,则阅读主体的作用至关重要,"文学作品之所以包含着结构和意义,是因为我们以一定的方式去阅读它们,因为阅读活动中运用的话

---

① Scholes, p. 200.

② Jonathan Culler, *Structuralist Poetics: Structuralism, Linguistics and the Study of Literature* (London: Routledge & Kegan Paul, 1975), p. viii.

③ Culler, p. 24.

语理论使潜伏在阅读对象之中的特性得以实现”。[①] 这也就是说,阅读活动的展开取决于读者思维中某种先导知识或观念、某种潜在的理解文学话语的方式或程式——即卡勒所谓的“文学能力”。正如理解语言是以主体对语言系统的掌握为基础,理解文学也是以读者掌握理解文学的程式为基础,而这又是以大量阅读经验和相关的教育为前提的。然而,如何确立阐释的规范与程序呢?卡勒提出,如果我们确定一些“有能力的读者”(skilled reader)可以接受的解读,我们就可以从中判定形成这些解读的规范与程序,因为“有能力的读者”拿到一个文本时,清楚自己该如何去阅读——知道怎样的解释可行、怎样的不可行。

文学以阅读模式为基础,但不同体裁的作品,阅读模式必然也不同。卡勒认为,体裁并非特殊的语言种类,而是不同类型的期待,它们使句子成为二级文学系统中不同类别的符号。他在书中讨论了抒情诗和小说这两种体裁的诗学。他认为在解读抒情诗过程中起作用的期待程式是诗歌创造的距离感及其非个人化特征(impersonality)、诗的有机整体特征或连贯性,以及诗歌必然表达一定的意义。而统摄小说的基本程式是读者“期待小说会创造出一个世界”:读者通过阅读,社会的模型、个人性格模型、个人与社会关系的模型——尤其重要的是上述各方面所具有的意义,将从词语的组合中浮现出来。[②] 卡勒从美国视野切入结构主义,把分析重点转向读者的主导地位,以阅读主体的期待程式代替单纯的文本结构,为结构主义乃至阅读理论提供了不无意义的启示。

## 第二节
## 耶鲁学派的解构主义文学批评

1966 年 10 月,约翰斯·霍普金斯大学人文科学研究中心举办了一次大型专题学术研讨会,专门讨论结构主义。德里达(Jacques Derrida,1930—2004)提交大会的著名论文《结构、符号与人文科学话语中的游戏》(Structure, Sign and the Play in the Discourse of the Human Science)对结构主义直至整个西方哲学及思想传统展开掏墙根式批判,点燃了解构主义的燎原之火。此

① Culler, p. 113.
② 同上,p. 189.

后，德里达又连续出版了《论书写》(*Of Grammatology*，1967)、《书写与差异》(*Writing and Difference*，1967)、《言语与现象》(*Speech and Phenomena*，1967)和《播撒》(*Dissemination*，1972)等一系列著作，对结构主义、胡塞尔现象学、心理分析、言语—行为理论等等逐一检视，把解构主义思想推向深入。德里达指出：西方科学、哲学一直以来以结构观念为基础，结构被赋予一个中心，它构成、平衡、统辖该结构；它存在于该结构之中，又游离于结构之外——因为它不受结构特性(structurality)的约束。"在场"的"中心"已然缺失，"中心""起源"之论则无异于神话；中心无存，一切成为话语——成为根本就不存在中心能指、初始能指或曰超验能指的系统。消解了唯一的中心与本源之后，德里达对西方强调"在场"的形而上学发起猛攻，颠覆了以"语音中心论"(phonocentrism)为代表的逻各斯中心主义二元对立式之间的高下等级秩序，代之以难辨先后、主次、优劣的"补替"关系(supplement)。他进而用"延异"(différance)与"播撒"(dissemination)描述超验能指迷失后的状态，语言成了差异与延缓的无止境游戏，意义无法以直线方式传达，而是像撒种子一样"这里撒一点，那里撒一点"；[①]倘若找不到纯粹、绝对、本真的意义，则解读犹如永远地"在路上"——没有起源，亦没有终极，只有多元的发现与无尽的可能，且每一种解读都是不完整、不确定的。德里达挥斥方遒，把西方哲学自柏拉图和亚里士多德到黑格尔和列维-斯特劳斯的形而上学传统推下悬崖，为 20 世纪带来一场翻天覆地的思想革命。

霍普金斯大学研讨会之后，德里达曾于 70 年代初到 80 年代每年赴美讲学，推广自己的理论。1972 年，他应邀访问耶鲁大学。在他思想的影响下，美国本土以德曼为代表的一股解构潮水潜增暗长。解构主义很快占领了文学批评的中心阵地，发展成为美国的"新新批评"——因为它和此前的"新批评"一样，也以文本为中心，而其主将德曼、米勒、哈特曼和布鲁姆等也都在耶鲁大学，形成了所谓的"耶鲁学派"。经过德曼和他同事们的不懈努力，以及他们的门生的传播，解构批评风行千里。

耶鲁学派中贡献首屈一指的是保罗·德曼(Paul de Man，1919—1983)，他与大西洋另一边的德里达并立，堪称解构批评的"双子星座"。这位比利时裔批评家 1948 年赴美，41 岁在哈佛大学获博士学位，后辗转执教于哈佛、康奈尔、约翰霍普金斯、苏黎世大学，1970 年定居耶鲁。德曼一生写了大量文章，但真正有影响、稳稳地确立了他的解构大家的地位的是《盲点与洞见》和《阅读的寓言》两部文集，前者收录了他 60 年代后期的一些文章，后者收录了他 1972—

① 参见《播撒》的英译本《译者前言》。Jacques Derrida, *Dissemination* (Chicago: Chicago University Press, 1981), p. 32.

1978 年间的一些文章。另外,《浪漫主义的修辞》(*The Rhetoric of Romanticism*, 1984)、《抵制理论》(*The Resistance to Theory*, 1986)和《批评文集》(*Critical Writings: 1953—1978*, 1989)等在他去世后出版。

德曼的解构理论是以语言的修辞性为基础建立起来的。在《盲点与洞见:当代批评修辞论集》(*Blindness and Insight: Essays in the Rhetoric of Contemporary Criticism*, 1971, 修订版 1978)中,他申明自己无意于"提出什么批评理论",而是要探讨"普遍使用的文学语言";[①]在《阅读的寓言:卢梭、尼采、里尔克、普鲁斯特的比喻语言》(*Allegories of Reading: Figural Language in Rousseau, Nietzsche, Rilke, and Proust*, 1979)里,他再次强调他关心的是本体论和解释学不能解决的语言的修辞性问题,"阅读的核心问题在于说明阅读结果所处的困境应归结到语言学而不是本体论或解释学上"。[②] 其实德曼关于语言修辞本质的思想来源于尼采。在《论尼采的转义修辞学》(Rhetoric of Tropes[Nietzsche])[③]一文里,德曼借尼采之水浇自己的鲜花,称尼采为语言理论开了一个新纪元,因为传统的语言观认为语言是指称事物或表现意义,而尼采首次提出转义(tropes)是语言的真实本质,语言开始被看成是比喻性的,或者说是修辞性的。承认语言的转义性质,则语言自然地指称事物或表现意义之说顿时显得理由不再充分,反而指义出现偏差、歧义的情形不可避免。在《符号学与修辞》(Semiology and Rhetoric)一文里,德曼吸收了当代言语—行为理论,把"表意语言"(constative language)与说服和指称相对应,而把"行为语言"(performative language)与修辞手段和修辞性相对应,从而将语法添加到修辞理论中,语言符号成为语法、修辞和指称三个层次的复合体。将修辞问题延伸到文学,由于文学是以语言为介质的,而这个介质有着天生的转义特性,传统的主题阐释因而问题多多。德曼将解构视为一种阅读策略,而修辞理论则成为他的解构工具。对他来说,批评的目标是构建一个不以阐释主题为目的的修辞式解读,或者说是一种解构修辞学。

德曼拆除了阅读与误读的界限。在这里,"误读"不是"错读",而是"复读"。由于修辞性是无法人为控制的,指称和表意的偏离、歧异也是无法控制的,误读的威胁时刻存在。说得更确切些,"文学语言的具体特征就在于误读和误释的可能性"——一个文本之所以算得上文学文本,是因为它允许并鼓励误读,因此,一切以达到唯一"正确"的阐释为目标的阅读和批评都是弥天大

---

① Paul de Man, *Blindness and Insight: Essays in the Rhetoric of Contemporary Criticism* (Minneapolis: University of Minnesota Press, 1983), p. viii.

② Paul de Man, *Allegories of Reading: Figural Language in Rousseau, Nietzsche, Rilke, and Proust* (New Haven: Yale University Press, 1979), p. 300.

③ 本文和下面的《符号学与修辞》都收入《阅读的寓言》。参见 *Allegories of Reading*, pp. 103 - 118, pp. 3 - 19.

谎，抑或自欺欺人。他强调：

关于阅读的可能性，绝不可以想当然。它是一种无从观测亦无法厘定抑或核实的理解活动。文学文本不是可感知的事件，我们无法赋予它某种肯定的存在形式——不管是作为自然事实还是作为思维活动。从它身上，我们归结不出任何超验认知、直觉或知识……批评是阅读活动的隐喻，而阅读活动本身又是无可穷尽的。①

从阅读过渡到批评，因为批评和写作一样都要使用语言，它在本质上也是比喻的，它永远不能确切地描述、重复或再现文本，找不到非修辞性的或者说科学的元语言来写批评作品，因此，文学与批评之间的区别是"虚妄的"。德曼以修辞为基础打破了文学作品与批评作品、创作与阅读和批评之间的二元对立，对立双方成为共生的存在物。

文学语言的修辞性导致文本自我解构，导致盲目性与洞见辩证存在，文学文本如此，批评作品也不例外。在《盲点与洞见》中，他分析了诸多批评作品中的误读，如卢卡契（Georg Lukacs）、宾斯万戈（Ludwig Binswanger）、布朗硕（Maurice Blanchot）、布莱（George Poulet）和德里达等等，指出他们的理论立场与他们的论述逻辑之间的抵牾之处。卢卡契的《小说史稿》从文学语言角度将小说诠释为有机性质、反讽与时间的相互作用，但三者相互关联与作用的方式缺乏说服力；新批评指出文学语言的"反讽"与"歧义"特性，却无形中遵循了柯尔律治式的有机形式观，结果在将文学文本作为客观实体去研究时，实际上坚持了阐释循环这一批评前提；宾斯万戈对自我的探讨旨在论证艺术品的升华力量可以使作者自我身上的冲突与潜能达到平衡，也就是说，在艺术品中自我的调和力量使客观经历与其升华形式可以相互依存，可是他的分析逻辑却表明作为经验主体的艺术家与虚构的自我之间有条鸿沟；布朗硕的批评主题是自我的缺失，可他的论证过程实际上重新引入了一种特殊形式的自我；布莱要证明认知主体的生发力量——它产生出自己的时空范畴，然而他的论述过程隐含着如下意识：被当作起源的自我总是依赖于一个自我无法比及的存在体的先验存在。从上述例子可以看出，批评家们就文学本质所做的概括陈述（这是他们批评方法的基础）与实际阐释结果之间矛盾地合到一起，他们在文本结构方面的发现与他们作为批评模式的总体观念互相抵牾——而且看似矛盾的是，批评家们"不仅始终没有意识到这一抵牾的存在，而且似乎是因这一抵牾而红火，他们最深刻的洞见要归功于被这些洞见本身证明为难以成立的

① Paul de Man, *Blindness and Insight*, p. 107.

假设。"[①]

德曼的解构理论不仅关乎文本、阅读和批评,他还把它延伸到文学史。在《文学史与现代性》(Literary History and Literary Modernity)一文中,德曼对历史与现代性的二元对立进行解构。现代性似乎和历史截然对立,因为声称自己是现代的就要抹去历史的痕迹,然而把现代性定格为当下时刻,以当下为起源点,结果"使自己脱离历史的同时也脱离了现在"。从时间角度看,现代性本身既是历史的一个环节,又"生产"历史;另一方面,历史的持续和更新有赖于现代性,而现代性概念必须与退行性历史相结合才能保证其存在。德曼进而对文学史的可能性表示怀疑:

> 我们更为关心的问题是:像文学这样充满自我矛盾的东西,能否设想它形成一种实体的历史。就目前的文学研究状况而言,这种可能性还远远没有建立起来。一般都承认,实证主义文学史由于把文学当作经验材料的集合,结果只能成为非文学的历史……另一方面,对文学进行内在阐释的人声称自己反历史或非历史,但往往预设了某种历史观存在,只是批评家自己未曾意识到。[②]

德曼以语言的修辞性与文本误读成就了自己的解构理论,还给他的同事米勒与布鲁姆构建各自的理论话语产生了重要影响,很大程度上也为美国解构主义批评廓清了道路。

同德曼一样,耶鲁学派的另一代表人物希利斯·米勒(J. Hillis Miller, 1928— )也坚信误读的必然性和文本自我解构的观点,并致力于修辞学解构实践。从50年代中期到60年代后期,由于受日内瓦学派现象学批评大师布莱的影响,米勒做的也主要是现象学方面的批评研究,出版了包括《狄更斯的小说世界》(*Charles Dickens: The World of His Novels*, 1958)、《上帝的消失:评五位19世纪作家》(*The Disappearance of God: Five Nineteenth-Century Writers*, 1963)在内的五部批评著作,获得相当成功。米勒60年代末转向解构主义,大力倡导解构批评,而且成为耶鲁学派的首要发言人,这一转变在《论乔治·布莱的"认同批评"》(George Poulet's "Criticism of Identification", 1971)一文中有充分体现。在该文中,米勒对他的导师布莱的现象学批评作了鞭辟入里的分析,认为"德里达代表的传统和布莱代表的传统必然相互对立,双方非此即彼、不可调和。批评家要么选择在场的传统,要么

---

① Paul de Man, *Blindness and Insight*, p. ix.

② 同上, pp. 162 - 163.

选择‘差异’的传统……”[1]当然，米勒选择了德里达。在《传统与差异》(Tradition and Difference, 1972)、《作为寄主的批评家》(The Critic as Host, 1976)等论文及《小说与重复：评七部英国小说》(*Fiction and Repetition: Seven English Novels*, 1982)等批评作品里，米勒以德里达的“延异”说与德曼的修辞语言论为基础，构建出自己的解构模式。

语言的差异特性是米勒的解构语言观的一个重要思想——不仅符号之间相互区别，而且语言符号与其现实指向物之间也有着根本的差异。米勒在《自然与语言契机》(Nature and the Linguistic Moment)一文中举了一个浅显的例子：每一片树叶、一个波浪、一块石头或一朵花与其他的树叶、波浪、石头、花朵都不相同，它们与其他事物之间有共同性是以这个根本的差别为基础的——其实提出两个事物之间有共同之处就已经隐含着两者本就不同的意识。这意味着不同存在体之间的关系不是以一致与共通之处为基础的，相互差别、中心剥离反倒是它们的构成特征。[2] 与此类似，天上飞的鸟与白纸黑字的“鸟”决非一回事，“语言和被其指称的东西之间的联系缘于它和指称物之间不可纠正的差别。”[3]与客观对应物之间的联系被切断，语言符号随之成为隐喻——其根本特征是差异、延搁，其内在的不定性导致它不能直接表达意义或指称事物。符号的隐喻特性为米勒的文学批评提供了理论依据，他的方向不在历史批评、阐释学批评或心理分析，而在修辞学批评。米勒相信：“文学研究无疑不应认为文学的指涉模仿性是理所当然。如此严格的文学学科无疑不应只是观点、主题和各种人类心理的总汇。它将再次成为语文学、修辞学，成为转义替代的认识论研究。”[4]

在米勒看来，“我们传统中所有的文化表达，譬如文学文本，意义都是不定的。”[5]语言的隐喻性质使一切解读都成为误读、误释。文本犹如一个浩大的游乐场，唱主角的永远是“语言的契机”(the linguistic moment)——一种潜在的否定性变异力量，文本因之洞开门户，意义似乎可此可彼又非此非彼。每一种解读都是误读，因为我们永远不可能找到文本“原始”、客观或终极的意义，没有哪个解读可以涵盖或挖掘文本的所有潜能，任何一个都包含了对自身的否

---

① J. Hillis Miller, “George Poulet’s ‘Criticism of Identification’,” *The Quest for Imagination*, ed. O. B. Hardison Jr. (Cleveland: Case Western Reserve University Press, 1971), p. 216.

② Vincent B. Leitch, *Deconstructive Criticism: An Advanced Introduction* (New York: Columbia University Press, 1983), p. 50.

③ J. Hillis Miller, “Nature and the Linguistic Moment,” *Nature and the Victorian Imagination*, eds., U. C. Knoepflmacher and G. B. Tennyson (Berkeley: University of California Press, 1977), p. 450.

④ 同上，p. 451.

⑤ J. Hillis Miller, *The Linguistic Moment: From Wordsworth to Stevens* (Princeton: Princeton University Press, 1985), p. 54.

定,读者也不能自由地赋予文本以自己希望的意义:因此,试图把文本归结为某个单一的、正确的、系统的、协调的解读都意味着武断地限制其中元素的游戏,这无异于强以口袋装牛角,最终逃不了被戳破的结局。

米勒自视为一名"实用批评者",而他对个体作家与作品的细读确实引人入胜。他常常从词源入手,揭示关键词的指称局限及文本蕴涵着的无限潜能,说明对之作逻辑归整是徒劳无益的。于他而言,批评式阅读以文本中的某些元素为基础,却发现所找寻的基础因为修辞的缘故并不牢靠,于是继续追索以求得一个稳定点,但发现这个点依然"无枝可依"。因为语言的修辞性,文本总是在自我解构,阅读陷入了一个无底深渊,其结果暴露出的是阅读的"失败"——米勒称上述阅读过程为"侧向舞蹈"(lateral dance)。他对华兹华斯、史蒂文斯等人的诗歌及哈代等人的小说的分析表明,文本作为词语、意象、角色、主题的多维构成体,它的任何一个层次、任何一个角度都有其独特性,彼此没有高下优劣之分;而作为一个时间性存在体,读者在连续性过程中主观地建立联系,完成自己的解释,所以任何一个解读实际是一种联系模式。"因此,解构的舞蹈,同所有的舞蹈一样,形成了重复行为,不过这种重复行为最终被差异解放,也被差异消空"。①

米勒将文本的自我解构上升到形而上学的自我解构。他指出:"所谓的'对形而上学的解构'一直就是形而上学的一部分,是其光芒中的一块阴影……"②所有文本既包含了形而上学传统的元素,又包含了这些元素的颠覆过程,因此我们没有必要、也没有可能越出久已存在的自我解构的逻各斯中心系统。西方文学、哲学和文化等,已经包含了对现代解构主义来说至关重要的矛盾因素、欺骗性的转义、不一致和不确定的东西。历史和传统深深地埋藏于,或者说铭刻于浩大的迷宫式文本囚笼中,而文本本身同时既是形而上学的又是解构的,文本的解构实质上包含了对逻各斯中心传统的彻底颠覆。

米勒以修辞学成就了自己的解构批评,同时,又是修辞使他为解构主义做出精妙的诠释,长篇论文《作为寄主的批评家》体现了他对解构主义研究本身所做的深层次探讨与概括。批评家艾布拉姆斯(M. H. Abrams)认为解构主义寄生于明显的、单义的解读(obvious and univocal reading),米勒这篇文章就是要反驳他的观点。他细致地考察了"寄生物"与其对立物"寄主"两个词的词源,发现这两个词都包含着相互对立的两个意义——主与客、友与敌、内与外、吃与被吃,等等,对立意义共生于一体。米勒指出,文本意义之所以模糊、丰富,是因为所有的概念表达都与修辞直接相关,而所有概念与修辞交融的情形

① Vincent B. Leitch, *Deconstructive Criticism*, p. 193.

② Miller, *The Linguistic Moment*, p. 62.

都与某个隐含的叙述相关，解构批评研究的就是在修辞、概念和叙述相互寄生的情形中到底隐含着什么。米勒分析了人类思维的修辞特性，借以说明任何阅读都包含着一个明显的解读和一个解构式解读，它是根植于符号逻辑、语言的作用及至思想的形成当中的："一方面，'明显的、单义的阅读'总是包含着'解构式阅读'；另一方面，解构式阅读永远离不开它所要对抗的形而上的阅读。"[①]换言之，单义阅读与解构阅读之间互相寄生、互为寄主。寄生/寄主关系还体现于文本互文性：文学是互文的构成，早先的文本是后来文本的寄主；与此同时，早先的文本内化在后来文本里面，借助后来文本存续下去，因此，后来文本又成了早先文本的寄主。米勒分析了浪漫主义诗人雪莱的作品《生命的凯旋》(*The Triumph of Life*)，探讨了虚无主义与形而上学、"在场"逻辑与"缺场"逻辑之间的寄生/寄主关系，并做出总结：解构主义既不是虚无主义也不是形而上学，就是解读而已，即通过细读文本揭示虚无主义中潜在的形而上学、形而上学中潜在的虚无主义。大千世界中的一切总是兼为寄生物与寄主，非内非外，这是一个有意义却又无意义、协调却又不协调的世界——而能够显示上述一切的阐释形式就是解构主义。值得注意的是，米勒认为解构并非否定一切，"任何解构同时都是建设性的、肯定性的"，"它不可避免地以另一种形式将自己解构的东西又建设起来"。[②]

在被称为美国解构主义宣言书的《解构与批评》(*Deconstruction and Criticism*, 1979)中，杰弗里·哈特曼(Geoffrey H. Hartman, 1929—2016)指出他和布鲁姆两人与德里达、德曼和米勒之间的区别，认为后三者是"解构主义巨擘"(boa-deconstructors)，而他和布鲁姆"还算不上解构主义者"，有时甚至是反对解构主义的。[③] 哈特曼此言是符合实际的。在他们两人的批评中，文本没有被归结为一味的语言游戏，他们要重新回到主体，强调主体的重要性，布鲁姆甚至要恢复意义，并让文本回归历史。但作为耶鲁学派的成员，批评与创作的平等关系以及语言的至尊地位依然是他们共同坚守的堡垒。

从《直接的景象：解读华兹华斯、霍普金斯、里尔克、瓦莱里》(*The Unmediated Vision: An Interpretation of Wordsworth, Hopkins, Rilke, and Valéry*, 1954)到《华兹华斯的诗歌：1787—1814》(*Wordsworth's Poetry: 1787—1814*, 1964)，哈特曼进行的基本上都是现象学研究和批评，不过一些属于日后的解构主义的思想业已萌生其中，而其现象学研究也对他日后的解构主义批评产生了重要影响。70 年代以来出版的《超越形式主义：1958—

---

① J. Hillis Miller, "The Critic as Host," *Deconstruction and Criticism*, eds., Harold Bloom et al., (New York: Seabury Press, 1979), pp. 224 - 225.

② Miller, "The Critic as Host," *Deconstruction and Criticism*, p. 251.

③ Geoffrey Hartman, Preface, *Deconstruction and Criticism*, p. ix.

1970 文学论文集》(*Beyond Formalism: Literary Essays 1958—1970*, 1970)、《阅读的命运及其他论文选》(*The Fate of Reading and Other Essays*, 1975)、《荒野上的批评:今日文学研究》(*Criticism in the Wilderness: The Study of Literature Today*, 1980)和《拯救文本:文学/德里达/哲学》(*Saving the Text: Literature / Derrida / Philosophy*, 1981)等著作,凸显了他在将英美形式主义批评与欧陆哲学批评相结合、为批评正名所做的努力。

解构主义传入美国之时,正是美国批评界群起讨伐"新批评"之时,哈特曼对新批评的纯形式主义也非常不满,同时又对欧陆哲学批评的局限颇有微词。在《荒野上的批评》里,他指出现代批评有两大倾向:一是学者型批评家,他们将研究限制在细读、阐发具体文本范围内,以形式来定义文学,在文本的整体性方面滔滔不绝,并为揭示出艺术想象力是如何有机地组织、协调起来的而兴高采烈;另一种是哲学家型批评家,他们把文学文本当作通往绝对思想或高级知识途中的梯子,而忽略了文学的内在特征。生发于经验主义传统中的新批评以细读文本见长,但固守于文本的结构与肌理使文学批评作品显得狭隘、寒碜,具有唯心主义特质的欧陆批评可以帮助解决这一不足,不过欧陆批评那"高高在上"的架势贬低了文学本身的价值。从《超越形式主义》到《荒野上的批评》,哈特曼一直要使文学批评靠近哲学而又不离弃形式主义,因为"尽管要忠于欧陆批评风格,我仍然强烈地感到詹姆斯所说的'形式那逼人的魅力'"。① 他一贯主张内在批评应该与外在批评结合,既要以文为本,还要把批评从分析文本意象、主题等等转向更广阔的空间——从语文学到哲学、阐释学,从形式分析到现象学批评,从文学转向广泛的人类经验。

耶鲁批评家都对批评的地位问题十分关注,其中尤以哈特曼为胜。以阿诺德为代表的传统观念总是把批评看作创作的附庸,看作次要的存在,这种态度经艾略特传到"新批评"理论家,反映了英国传统在美国持续的影响。哈特曼坚持批评独立,将批评与创作提到同一等级上。和德里达一样,他也认为所谓起源其实是虚幻的,因为文本相对于他所存在的传统来说总是后来的东西,它并不具有优越性,恰如批评者感到自己只能屈居次等地位一样。在他看来,批评作品是一种独特的文类,它具有自己的风格、自己的形式自由,批评文本需要也具有非凡的创造力,是文学传统中不可或缺的一部分。因此批评家应该抛开"自卑情结",全身心地进入意义的舞蹈中去:

> 我认为这就是我们的现状。我们已经进入了一个可以质疑文学文本高于

① Geoffrey H. Hartman, *Beyond Formalism: Literary Essays 1958—1970* (New Haven: Yale University Press, 1970), p. xi.

文学批评文本的时代。朗吉努斯与他所评论的崇高文本一样被给予严肃的研究，人们怀着与研究卢梭同样的兴趣研究德里达对卢梭的评论。[①]

今天的文学批评已经开创了自己的天地而没有危及小说、戏剧和诗歌的存在——也就是说，批评跨越了界线，和创作一样进入文学大家庭，成为和文学作品一样要求高、需下功夫(demanding)的东西：它是一个无法预料的、不确定的文类(genre)，不能先验地认为它的功能就是指涉和评论，也决不能把批评文章视为其他某物的补充。[②] 主张批评独立的同时，哈特曼提出批评须有创造性，能够引导人们对艺术做深入的思考，故而批评者的自我分析显得尤其重要。

坚持内在批评与外在批评相结合，以现象学观念突破解构主义对主体、意图的解构，强调创造性批评，哈特曼的努力为美国解构主义批评做出了独特的贡献，也使他本人成为耶鲁学派中独树一帜的批评家。

布鲁姆(Harold Bloom，1930— )早期主要进行浪漫主义批评，而且侧重于重建浪漫主义传统。针对艾略特所主张的由约翰·邓恩、赫伯特直至艾略特自己等人代表的保守主义传统，他提出了一个由斯宾塞、弥尔顿、布莱克、雪莱，直至叶芝和史蒂文斯等组成的传统与之分庭抗礼。如今，他以其"诗学影响"(poetic influence)——亦称为"诗学误读"(poetic misprision)理论闻名于理论界，该理论曾被誉为20世纪70年代"最大胆最有创见"的文学理论。[③] 20世纪文学理论多元发展的格局中，文学史理论似很寂寞，布鲁姆的贡献因而显得尤其宝贵。在《影响下的焦虑：诗歌理论》(*The Anxiety of Influence: A Theory of Poetry*，1973)、《误读图释》(*A Map of Misreading*，1975)、《喀巴拉与批评》(*Kabbalah and Criticism*，1975)和《诗歌与压抑：从布莱克到史蒂文斯的诗歌修正》(*Poetry and Repression: Revisionism from Blake to Stevens*，1976)，以及《抗争：构建修正的理论》(*Agon: Towards a Theory of Revisionism*，1982)等等著作中，布鲁姆博取众家，诸如尼采的权力意志说、现代精神分析理论(尤其是弗洛伊德的理论)和后结构主义理论(如德曼的误读理论)，致力于提出一套"实用批评理论"，让人们重新认识诗歌传统对后起诗人的作用，以期引导出切中肯綮的批评。

布鲁姆从互文性角度确立了自己的文本观，从而为描述文学发展设下铺

---

① Geoffrey H. Hartman, *The Fate of Reading and Other Essays* (Chicago: University of Chicago Press, 1975), p. 18.

② Geoffrey H. Hartman, *Criticism in the Wilderness: The Study of Literature Today* (New Haven: Yale University Press, 1980), p. 201.

③ Terry Eagleton, *Literary Theory: An Introduction* (Minneapolis: University of Minnesota Press, 1983), p. 186.

垫。于他而言,任何诗歌[1]都是对其亲本诗的误释,因而是"三位一体"的:它自身作为一个文本存在,其中设定了一个亲本存在以及不可避免的解读环节,且解读有着双重所指——既是行为,又是结果:

不巧的是,诗歌没什么东西,而只是一些词,这些词指涉其他一些词,这其他的词又指涉另外一些词,如此类推,直至密度过高的文学语言世界。任何一首诗都是与其他诗歌互文的……诗歌不是写作,而是再写作;就算强势诗(a strong poem)是一个新的开端,亦只是再次开始。[2]

布鲁姆不厌其烦地重申他的文本观,意在与此前盛极一时的新批评思潮划清界限。针对"新批评"者把诗歌当作超脱尘世一切事物、偏安一隅、独立自在的审美一元体的观念,他一再强调"我们应该放弃那种试图把一首诗作为一个独立个体去'理解'的做法",[3]甚至忿忿地呵斥"没有哪个观点比如下这一'常识'的东西更难消除了——诗歌文本是自足的,它的意义不用对照其他诗歌文本就能确切弄清"。[4] 从否定文本自足而代之以一种"三位一体"的文本观,我们可以看到新批评理论的矫枉过正之处,还可看到布鲁姆为20世纪六七十年代美国文学批评"超越形式主义"所作出的努力。

通过描述文本的性质,布鲁姆建立起以影响、焦虑和误读为主题的"现代"(文艺复兴以来)西方文学发展史模式。他指出:

诗的影响——当它涉及两位强势诗人、两位真正的诗人时,总是以对前驱诗人的误读进行的。这种误读是一种创造性的纠正行为,实际上必然是误释。成果斐然的诗的影响的历史,即文艺复兴以来西方诗歌的主要传统,是焦虑和自我拯救式漫画的历史,是歪曲的历史,是有悖常情、我行我素的修正主义的历史,而没有这一切,现代诗歌就其本身而论就无法存在。[5]

布鲁姆借鉴了弗洛伊德对家庭罗曼史和焦虑的阐释,并对他的人格结构模式作必要的修正以描述诗人人格结构:本我是前驱作者——按弗洛伊德的模式

---

① 布鲁姆所说的"诗人"不独指通常意义上的"诗体写作者"(verse-writer),而包括了所有的作者;同样,他所说的"诗歌"也不是通常意义上的诗歌,还兼指其他体裁的文学作品。

② Harold Bloom, *Poetry and Repression: Revisionism from Blake to Stevens* (New Haven: Yale University Press, 1976), p. 3.

③ Harold Bloom, *The Anxiety of Influence: A Theory of Poetry* (Oxford: Oxford University Press, 1973), p. 43.

④ Bloom, *Poetry and Repression*, p. 2.

⑤ Bloom, *The Anxiety of Influence*, p. 30.

则应该是超我，自我是诗人自身，超我则是死亡（即无权成为一个真正的独立的诗人）。后起诗人清楚地意识到自己的“姗姗来迟”（belatedness），前人已经写尽了一切，他们只能接受前驱的影响，于是意识中产生了负债之焦虑和对自己诗人身份能否确立的焦虑。“强者”（strong）诗人要避免末日来临，要开辟出自己的诗歌领地、成为独立的诗人，就要像撒旦一样集结力量与上帝这个创始者进行殊死搏斗，诗歌领域的父子孝道于是让位于“家庭罗曼史”——以爱开始，以弑父结局。斗争的方式就是布鲁姆所说的六种修正比（revisionary ratios①）——“偏离”（clinamen）、“对偶式接续”（tessera）、“割弃”（kenosis）、“魔鬼化”（daemonization）、“自我净化”（askesis）和“回归”（apophrades），它们标示出互文差异和修正的痕迹。然而布鲁姆强调，诗歌并不是克服焦虑的结果，而就是焦虑本身，因而影响与斗争的过程又是心理防御机制形成和作用的过程，每个修正式对应一种防御机制，它们分别是：反应—形成（reaction — formation），受虐、逆转（turning against the self, reversal），否定、孤立与回归（undoing, isolation, regression），压抑（repression），升华（sublimation），内射与外投（introjection and projection）；在诗歌文本中，防御机制又表现为特定的修辞转换方式，六种防御机制分别与六种修辞方式——反讽（irony）、提喻（synecdoche）、转喻（metonymy）、夸张和缩小（hyperbole, litotes）、隐喻（metaphor）以及转喻的转喻（metalepsis）相对应，它们的作用方式又分别表现为六种意象——在场与缺场（presence and absence）、部分代替整体或整体代替部分（part for whole or whole for part）、充分与空缺（fullness and emptiness）、高与低（high and low）、内与外（inside and outside）、早与迟（early and low）。另外，由偏离到对偶式接续、从割弃到魔鬼化、从自我净化到回归的过渡又分别可以看作从限制（limitation）到替换（substitution）再到重新表现（representation）的辩证过程。以上六种修正比、六种防御机制、六种修辞方式、六种意象以及三个辩证阶段共同构成了布鲁姆的误读图式。布鲁姆重申主体的角色，并让文本回归历史，这对解构主义彻底消解历史和主体的做法无异于一个反拨。

“诗学误读”理论首先是一套文学史理论——布鲁姆强调它是迥异于前人之“文学伪史”（literary pseudo-history）的“真正的文学史”，同时还是一种新的阅读、批评方法论，他所说的误读的三个层次中就包括了批评家对文本的误释。②《误读图释》开篇伊始，布鲁姆就提出该书的目的是为如何阅读诗歌提供

① “ratio”一词本来表示数学计算或货币兑换时的比率，布鲁姆借之表示两个强势诗人间的不平衡关系。

② 布鲁姆将误读分为三个层次：一是后起诗人对前驱的误读，二是批评家对文本的误读，三是诗人对自己诗歌的误读。

指导。在他看来,阅读过程不是发生于读者和文本之间,而在于文本和它自身的解读之间,解读一首诗"必然总是解读这首诗对其他诗的解读","解读它与其他诗之间的差异"。[①] 在《喀巴拉与批评》中,布鲁姆藉喀巴拉思想深入地探讨了阅读和批评当中的误读。读者和批评者的阅读同作者的创作一样也是后来的行为,统贯创作的影响关系也决定着阅读,"读者面对诗歌犹如诗人面对着前驱——因此所有读者都是后来者,所有诗歌都是前驱,而所有的回顾行为都是'影响',意即受到诗歌的影响,继而影响其他的读者……"[②]也就是说,转义(tropes)与防御机制同样在其中起作用,作为防御,它必然使解读成为误读。"正如我们有弱势诗歌和强势诗歌,我们也有弱势误读和强势误读,但是没有正确的阅读,因为阅读一个文本必然是阅读一整个系统的文本,而意义总是在文本之间徘徊。"[③]恰如德曼和米勒以语言的修辞性拆除了创作与阅读和批评之间的对立,布鲁姆以影响关系为基础打破了创作与阅读、批评之间的界限。

通过分析文学史主体的心理,布鲁姆从俄狄浦斯情结角度重新审视传统与后起作者之间的影响关系,以误读理论改写了文学史,并对阅读、批评提出了很有启示的见解,为 20 世纪文学理论做出了不可多得的贡献。

## 第三节
## 詹明信的马克思主义文学批评

欧洲马克思主义文学批评经过几代人的努力——从马克思、恩格斯和列宁的经典马克思主义学说,经卢卡契,到以本雅明(Walter Benjamin)、阿多诺(Theodor W. Adorno)和马尔库塞(Herbert Marcuse)为代表的法兰克福学派,再到伊格尔顿(Terry Eagleton)和威廉斯(Raymond Williams),已经有了长足的发展。在不断吸收借鉴其他非马克思主义方法的过程中,新马克思主义理论的重心也从正统马克思主义所关注的政治经济学和阶级、国家学说转向哲学、艺术和文学文化领域。诸多理论家从不同的立场出发,提出了不少颇有价值的理论范式,如卢卡契的现实主义理论、本雅明和马舍雷(Pierre Macherey)的艺术生产理论、布洛赫(Ernst Bloch)的表现主义理论、阿多诺和戈德曼(Lucien Goldmann)的艺术社会学、马尔库塞以弗洛伊德学说为基础的

① Harold Bloom, *A Map of Misreading* (Oxford: Oxford University Press, 1975), p. 75.
② Harold Bloom, *Kabbalah and Criticism* (New York: Seabury Press, 1975), p. 97.
③ 同上, pp. 107 - 108.

心理分析马克思主义、萨特(Jean-Paul Sartre)的存在主义马克思主义，以及威廉斯的文化唯物主义和伊格尔顿的意识形态理论。不过就在欧洲马克思主义理论迅速发展的同时，美国也未示弱，其中弗雷德里克·詹明信(Fredric Jameson，1934—　)所倡导的辩证批评在新马克思主义文学、文化理论领域一枝独秀，他的后现代主义文化批评也非同凡响，成为20世纪后期后现代论争中一个嘹亮的声音。詹明信发表了大量文章，还常在世界多所大学讲学[①]，其著作《马克思主义与形式》、《语言的囚笼》、《政治无意识》及《后现代主义，或当代资本主义的文化逻辑》等在国际上产生了广泛的影响。

确切地说，詹明信的辩证批评是与黑格尔辩证法一脉相承的。在《马克思主义与形式》(*Marxism and Form: Twentieth Century Dialectical Theories of Literature*，1971)里，他首先详细分析了阿多诺、本雅明、马尔库塞、布洛赫、卢卡契和萨特等人的理论，到最后一章提出"辩证批评"主旨。詹明信提出，在以垄断资本主义为特征的后工业时代里，唯有探讨部分与整体的关系、具体与抽象的对立、总体性(totality)概念、现象与本质的辩证关系以及主体与客体相互作用等黑格尔哲学重大主题的马克思主义能够紧抓住当前形势。他申述了文学社会学的重要性，提倡将个别艺术作品与更大的社会现实形式结合起来：因为任何客体都必然和大的整体相关，都是某个大的结构(传统或运动)抑或历史形势的一部分，还与处于一定历史条件中的思维主体相关联，所以辩证批评决不能把个体文学文本孤立开来研究。詹明信对形式与内容的关系作了深入地分析。形式在他那里不是最初的模式，而只是内容本身深层逻辑最后的明晰表述，"这也说明了我们对个别艺术作品的判断何以在本质上终究是社会的和历史的。这里所实现的或没有实现的，或者按照一定比例所实现的内容对形式的适应，归根结底是内容在历史时刻本身之中得到实现的弥足珍贵的标志之一，且形式本身实际上只是内容在上层建筑内的实现"。[②] 由此詹明信提出了"内在形式"概念，它不同于作为艺术表层结构的"外在形式"，因为它与内容有机地融为一体。内容和形式总是处于相互依存、相互转化的辩证运动之中，因而两者归根结底是同一的。"内在形式"概念概括了艺术与社会、历史，作品内容与形式之间的辩证关系，这对此前诸多批评厚此薄彼的做法无疑是重要的修正。詹明信强调，辩证思想要求批评者要有辩证的自我意识，在思考某个既定对象的同时，还要观察自己的思考过程，他所选定的范畴(如风格、人物、意象，等等)最终必须理解为自己所处的历史条件的一个方

---

① 詹明信1985年9—12月在北京大学讲学，讲演录《后现代主义与文化理论》由唐小兵翻译成中文出版。

② Fredric Jameson, *Marxism and Form: Twentieth-Century Dialectical Theories of Literature* (Princeton: Princeton University Press, 1971), p. 329.

面,“真正的辩证批评……必须总是包含对其思维工具的评判”。①

詹明信的辩证逻辑在批评俄国形式主义和法国结构主义的著作——《语言的囚笼》(*The Prison-House of Language: A Critical Account of Structuralism and Russian Formalism*, 1972)中也有突出体现。他在书中给予两者很高的评价,同时,从辩证立场对它们的是非利害作了鞭辟入里的分析,并展示索绪尔语言学之共时方法与时间和历史的关系。他逐一讨论了索绪尔语言分析模式的要点,指出其系统概念和以共性与差异为基础的语言认识观有助于摆脱英美思维的经验主义传统,但将共时和历时绝对对立“从长远看来,不能解决如何将共时和历时融入同一系统这一根本问题”;②横向关系和纵向关系的区别隐含着历时和共时的区别,否定纵向关系、否定历时的结果是不能揭示系统变化,更不能解决句法的问题。与结构主义语言学强调语言系统独立自足、与现实世界平行对立相似,以“陌生化”为核心的俄国形式主义坚持文学无关外物,文学研究的对象应该是“文学性”(literariness)。形式主义者藉“陌生化”提出了一套完整的纯文学理论和新的文学史观,但他们自始至终排斥内容,甚至试图把内容当作形式的产物的做法让人难以接受。③

作为新马克思主义的后来人,詹明信受到卢卡契和法兰克福学派理论很大的影响,他吸收了卢卡契的“总体性”原则和“物化”理论,又借鉴了法兰克福学派从意识形态观照社会文化的批判视角。在《语言的囚笼》中,他提出把结构主义理论视为对上层建筑抑或对意识形态的研究,这就要求将看似独立的意识形态现象与经济基础联系起来,摒弃上层建筑自足之错误看法。可结构主义的缺陷恰恰在于脱离基础结构去谈上层建筑,结果造成上层建筑独立的幻象。结构主义的符号概念排斥外在参照方法,同时又不可避免地为外在现实留下余地,因为所指总是关于某事物的概念;其实所有的结构主义者都预设了在符号系统之外有某种终极现实,它承担着最终的参照物的角色。结构主义将形式转变为内容,又把分析对象的内容当作语言来分析,无形中成了哲学上的形式主义,这是语言学模式对形式内在的扭曲。最后,詹明信点明批评的指归——一种新的辩证阐释学:通过揭示既有符码和模式的存在并强调分析者本人的作用,重新让文本和分析过程回归历史,从而调和共时分析与历史意识、结构与自我意识以及语言与历史的关系。④

---

① Jameson, *Marxism and Form: Twentieth-Century Dialectical Theories of Literature*, p. 336.

② Fredric Jameson, *The Prison-House of Language: A Critical Account of Structuralism and Russian Formalism* (Princeton: Princeton University Press, 1972), p. 21.

③ Jameson, *The Prison-House of Language: A Critical Account of Structuralism and Russian Formalism*, p. 88.

④ Jameson, *The Prison-House of Language: A Critical Account of Structuralism and Russian Formalism*, p. 216.

《政治无意识》(*The Political Unconscious: Narrative as a Socially Symbolic Act*, 1981)或许算得上是詹明信最重要的一部著作,书中延续了他一向的辩证观念,吸收融合了众多马克思主义理论家(如阿尔都塞和阿多诺)和非马克思主义理论家(如弗洛伊德、拉康、格雷马斯)的学说,旨在强调文学阅读必须回到一定的政治、历史和意识形态。詹明信深入到"阐释活动的内在动因",他承认符号学、结构主义和后结构主义等等都对解读文本提供了有价值的见解,但是它们采取内在分析方法,缺乏对历史的透彻理解,因而相比于马克思主义"辩证的、总体的理解方式",它们所提供的知识是局部的、有限的。马克思主义批评是"无法超越的地平线",它既利用其他批评方法的长处,让它们在自身空间内发挥相应的作用,同时对它们做出历史的定位。① 内在分析是必要的,但还不充分,要对文本作意识形态分析。詹明信的"政治无意识"借鉴了弗洛伊德的"压抑"概念,但把它从个体上升到集体层面,意识形态的功能是遏制"革命"。他认为一切意识形态都是"遏制策略"(strategies of containment),而文本以同样的方式运作,其遏制策略通过形式呈现出来。所以分析小说时,我们需要确立一个没有说出来的"缺场因素"(absent cause)——非革命(the non-revolution)。他巧妙地运用格雷马斯的矩形结构分析文本策略,挖掘出那些没有说出来的诸多可能性——即"被压抑的历史"。因此,叙述于他而言不只是一种文学形式或模式,而是重要的"认识论范畴";所有的叙述都要求解释,且所有的解释都具有意识形态特征。他提出一套由三个层次组成的文本分析方法:第一层是内在分析层次,即细读文本,而且细读要放到一定的历史背景中进行,因为文本不是什么惰性物质,而是能够反映并影响世界的"象征行为";第二层是社会话语分析,因为社会是由对立阶级关系构成的,文本则是阶级话语的具体表现,其语言和主题是"社会阶级之间本质上敌对的集体话语中最小的意义单位"——意识形态素(ideologeme),②它们使意识形态在文本中得以体现出来;第三层是历史分析:历史被看成生产方式发展的延续,任何一个社会或历史阶段中都有不同甚至对立的生产方式同时存在,文本是一个作用场,与不同生产方式相对应的意识形态和符号系统都在上面留下痕迹。詹明信认为意识形态分析是马克思主义的"否定的阐释学"(negative hermeneutics),他进而提出还有必要进行肯定的阐释(包括辨别、解释各种意识形态中的乌托邦元素),从而使其辩证逻辑显得尤为圆融。

1984年,詹明信发表了他称为后现代问题"分析论纲"的《后现代主义,或当代资本主义的文化逻辑》(Postmodernism, or the Cultural Logic of Late

---

① Fredric Jameson, *The Political Unconscious: Narrative as a Socially Symbolic Act* (Ithaca: Cornell University Press, 1981), pp. 9 - 10.

② Jameson, *The Political Unconscious: Narrative as a Socially Symbolic Act*, p. 76.

Capitalism)一文,后将本文收入他研究后现代主义的同名著作《后现代主义,或当代资本主义的文化逻辑》(*Postmodernism, or the Cultural Logic of Late Capitalism*, 1991)中。詹明信继承了卢卡契的"总体性"思想,坚持以总体性观念看待当代资本主义社会,将其社会形态与全球化格局联系起来探讨。他以曼德尔(Ernest Mandel)在《当代资本主义》(*Late Capitalism*, 1978)中提出的理论为依据,将曼德尔对资本主义发展所做的三阶段分期——国家资本主义、垄断资本主义或帝国主义、跨国资本主义同文化发展的三个阶段——现实主义、现代主义及后现代主义对应起来,进而提出后现代主义是当代资本主义的文化逻辑。他分析了后现代主义在当代社会的建筑、电影、经济学、理论、语言与文学等等方面的表现,从心理、时间和空间等角度指出后现代主义艺术的一些突出特征,包括主体性丧失、深度模式的消失、历史性危机,等等,例如,《尤利西斯》《荒原》等现代主义力作中表现出的焦虑、孤独和异化感表明现代人具有完整的主体性和明确的自我意识,而后现代艺术体现的是主体破碎零落;现代主义作品中对绝对的求索和对时间与过去的追忆表现出内在的深度意识,而后现代主义作品平面化了;现代主义作品需要解释,也具有解释深度,而后现代主义作品难以解释,甚至不需要解释;现代主义艺术追求独特个性风格,强调创新和个性化的表达,而后现代主义追求大众化,在机械复制中寻求满足。这些针对后现代主义文化所做的细致分析和深刻批判在批评界引起了广泛的关注和激烈的讨论,嗣后詹明信又出版了《时间的种子》(*The Seeds of Time*, 1994)、《文化的转折》(*The Cultural Turn*, 1998)等著作,继续探讨后现代主义文化问题,他因此成为后现代论争中一位不可替代的主将。

詹明信从马克思主义立场出发,在批评实践中辩证地将文学与社会、历史、意识形态和文化联系起来,将文学批评拓展为社会批评、意识形态批评和文化批评,取得了巨大的成功。从辩证文学理论到后现代文化理论,詹明信成为北美影响最大的马克思主义理论家和文化批评家,他的批评成就被认为是60年代以来马克思主义研究新的高峰。

## 第四节
## 读者反应批评

读者是文学生产—消费—流通这个完整过程中不可或缺的一个环节,对读者的关注在西方批评史上早已有之。20世纪20年代,"新批评"理论的创始人之一瑞恰慈(I. A. Richards)在《文学批评原理》(*Principles of Literary Criticism*, 1925)里就讨论了读者阅读过程中的情感反应。不过真正的读者理论出现继而异军突起还是 20 世纪六七十年代的事。以现象学和现代阐释学为基础,欧洲兴起了以姚斯(Hans Robert Jauss)和伊瑟尔(Wolfgang Iser)为代表的康士坦茨学派(Constance School)的接受美学(reception aesthetics),在美国则主要是以费希、霍兰和布莱希为代表的读者反应批评(reader-response criticism)。[①] 虽然种种读者理论话语之间也没有统一的立场和文本分析方法,但是,所有被称为"读者反应批评者"(reader-response critics)、"读者批评者"(reader-critics)或者"受众批评者"(audience-oriented critics)的人都非常关注读者角色,大都认为文本阐释形成于读者与文本相互作用、相互交流的过程中,因此,合理的文学批评必须考虑读者,而不只是孤立的文本。终于,读者角色和阅读活动得到前所未有的关注,文学理论史由此翻开了新的一页。

斯坦利·费希(Stanley E. Fish, 1938— )早年的研究兴趣是在 17 世纪英国文学,他的博士论文《约翰·斯克尔顿的诗作》(*John Skelton's Poetry*, 1965)对英国文艺复兴时期的诗人斯克尔顿的诗作进行了相当精辟的论述。而以专著《为罪而惊:〈失乐园〉里的读者》(*Surprised by Sin: The Reader in Paradise Lost*, 1967)为起点,加上后来的《自我消受的艺术品:感受 17 世纪文学》(*Self-Consuming Artifacts: The Experience of Seventeenth-Century Literature*, 1972)和论文集《这门课里有没有文本? 阐释群体的权威》(*Is There a Text in This Class? The Authority of Interpretive Communities*, 1980),费希一跃成为美国最有名的读者批评理论家。

费希反对新批评的文本自足观和将文本作为唯一分析对象的做法,强调读者意识的首要性,将读者的阅读过程推到意义阐释的前台。他认为文学语言并没有什么特殊地位,语言材料的客观性也是虚幻的,从而有意识地将自己的方法与各种形式主义方法(包括美国新批评)区别开来。人们在阅读时习惯于问某句话"是什么意思",费希提出这个问题应该改成"这句话做了什么",因为词句在他眼中不再是自足自律的客体,它们是需要读者参与且发生在读者身上的事件,而该事件就是词句意义之所在。换言之,文学作品通过动态的阅读活动进入读者视野,其意义体现在读者对作品的感受过程中,不是先于阅读活动客观存在的,也不是作品本身,更不是阅读活动或感受过程结束之后的细微所得。"意义是事件,是发生的东西。我们习惯于在书页上找寻意义,但意义不是在书页上,而是在字符(或声音)之流与读者—听众起积极中介作用

---

① 其实接受美学和读者反应理论是密切联系的:不仅两种理论总体上有相当的一致和近似之处,而且伊瑟尔和姚斯都直接参与了英美批评界的读者反应批评运动。伊瑟尔还曾在美国好几所大学讲学,并同费希有过直接论争。

的意识这两者之间的互动当中"。[1] 与这种意义观相对应的是一种非正统的文学形式观——"如果诗歌的意义应该从读者对它的体验中找寻,那么诗歌的形式就是上述体验的形式;外在的或者说物质的形式从一定意义上来说是无可置疑地在那里,非常显眼,但从另一种意义上来说,它是偶然的,甚至是不相干的"。[2] 文本形式和文本意义得以在根本上与读者体验结合起来,意义和形式伴随着读者的体验一起同时延伸。

由于读者阅读过程及对词句的体验过程在本质上是有着时间先后特征的,费希的意义观相应地也是以时间延续而不是空间结构为基础。阅读是时间性行为,文学感受过程中必然要不断地调整感知、观点和评价,而这可能是一个很慢很长的决定、修改、否定和恢复的过程;正是如此,"使作品化进读者对它的感受中恰恰是我们批评所应该实现的东西,因为我们阅读时发生的情况无非如此。情节和论述的线索,开始、中间和结尾,意象的集合——我们从阅读体验回过头来后可以察觉的一切形式特征,成为该体验过程中反应的组成部分"。[3] 文学批评的目的就是如实描述阅读活动,展示读者在语词连续出现时做出的连续的、不断发展的反应。反应的范围包括一连串语词所引起的每一种活动:预测句法和词法的各种可能性,猜想随之发生的事件或将要发生的事件的情形,对人物、事件和观念的态度,等等。批评对象从发掘客体文学作品的意象、结构和肌理等等转向探讨主体体验,可以说是美国文学批评一大关键转折。

批评的焦点从文本转向了读者,然而读者又该是什么样子?1970 年,费希发表《读者身上的文学:感受文体学》(Literature in the Reader: Affective Stylistics)一文,对其读者反应理论中关于意义、形式和文本的基本思想做了概括性说明,并对他心目中的读者作了描述。费希指出,读者阅读过程中所做的反应以一个有调节、组织功能的机制为基础——这个机制即读者的能力(competences)。因此,他观念中的读者是理想的或者说是理想化的读者,是"有充分知识的读者"(informed reader):不仅工于文本所使用的语言,而且具有充分的作为成熟的听话人用来理解的语义知识,包括措辞、搭配能力、习惯用语、职业语言和其他行话,等等,还必须具有文学能力。[4] "有充分知识的读者"有丰富的阅读经验,通晓文学话语(从最小的技巧到所有文学体裁)的特

---

① Stanley E. Fish, *Surprised by Sin: The Reader in Paradise Lost* (Berkley: University of California Press, 1971), p. x.

② Fish, *Surprised by Sin: The Reader in Paradise Lost*, p. 341.

③ 同上, pp. ix – x.

④ Stanley E. Fish, "Literature in the Reader: Affective Stylistics," *Reader-Response Criticism: From Formalism to Post-Structuralism*, ed. Jane P. Tompkins (Baltimore and London: The Johns Hopkins University Press, 1980), pp. 86 – 87.

征。不过他或她“既不是抽象的也不是活生生的、实际的读者，而是一个复合体——一个千方百计使自己具有各种知识的真正读者”。[①] 费希相信任何有充分的责任感和自我意识的人都可以成为具有各种知识的读者，从而对自己的阅读体验做出更为可靠的表达。

下面的问题是：为什么同一读者对不同的文本有不同的阐释行为，又为什么不同的读者对同一文本有相似的阐释行为？在《〈弥尔顿集注本〉解读》(Interpreting the Variorum, 1976)一文里，费希提出“阐释群体”(interpretive communities)观点，以解释读者对文本所作反应的多样性和稳定性原因所在。“阐释群体”观拓展了此前的“有充分知识的读者”观，标志着他从早期的现象学研究向后结构主义研究模式的转变。他指出：“阐释群体由那些有共同的阐释策略的人组成，这些阐释策略不是用于文本阅读(传统意义上的阅读)，而是用于文本写作，用于形成它们的特点，表现它们的意图。也就是说，这些策略是先于阅读行为存在的，因此决定着阅读对象的形态，而不是通常所认为的阅读对象的形态决定着阅读策略。”[②]正是由于每个群体的解释者按照自己的解释策略所要求的方式对文本进行解码，因而属于同一阐释群体的不同读者会有比较稳定的阐释，单个读者在分属不同阐释群体时通常采取不同的阐释策略并因此创造出不同的文本。阐释群体差别还可以说明文学作品阐释出现诸多不一致，不一致的阐释之间却可以按照一定的原则展开论争的原因。阐释群体具有一定的稳定性，但这种稳定性是短暂的，因为这些群体的范围会不断发生变化，其中的成员可能互相流动，阐释策略也随之发生变化和调整。至此，费希以阐释策略照应了自己关于文本、意义、形式的理论：意义不是从文本中提取出来的，而是读者使用一定的阐释策略创造的，形式也是阐释策略创造的结果。[③] 从文本转向读者，从“有充分知识的读者”转向阐释群体，实际上是从形式主义到现象学再到后结构主义的转变，表明费希一直在发展、完善其读者批评理论，为美国文学理论做出了贡献。

受“新批评”与弗洛伊德精神分析理论学说的影响，美国另一位批评家诺曼·霍兰(Norman N. Holland, 1927—2017)主张在客观理解作品的基础上描述读者的阅读经验，从而熔主观与客观于一炉。在60年代到80年代期间出版的一系列专著《文学反应动力论》(*The Dynamics of Literary Response*, 1968)、《个人的诗篇》(*Poems in Persons*, 1973)、《五位读者的阅读》(*Five*

---

① Fish, "Literature in the Reader: Affective Stylistics," *Reader-Response Criticism: From Formalism to Post-Structuralism*, p. 87.

② Fish, "Interpreting the Variorum," *Reader-Response Criticism: From Formalism to Post-Structuralism*, p. 182.

③ 同上，p. 183.

*Readers Reading*, 1975)、《我》(*The I*, 1985),以及《一致、个性、文本与自我》(Unity Identity Text Self, 1975)等论文里面,他致力于从自我心理学的发现着眼探讨文本接受的性质。霍兰认为,每个人自出生起就从母亲那里获得一个"基本个性"(primary identity)的印记,人们在生活经历中将之变成各自的"个性主题"(identity theme),最终透过个性主题这个棱镜去认识世界。同样,人们也按照各自的个性主题阅读、处理文本,这里的"中心原则"是:

> 个性重新创造自身,或者换句话说,风格——这里指个人风格——创造自身。也就是说,我们阅读的时候,大家都用文学作品来象征自我,最终复制自我。通过文本,我们形成自己欲望和调适的特有模式。在阐释文本时,我们与文本相互作用,将之变成我们自己心理历程的一部分,同时将我们自己变成文学作品的一部分。①

文本阐释因而成了读者释放内心恐惧、表达内心愿望和维持自身心理健康需要的活动。

霍兰描述了读者反应的三个阶段:第一阶段出现的是读者对愉悦的期待与对痛苦的恐惧感,痛苦—愉悦机制以及伴生的防御机制的作用构成了反应过程的初期状态;第二个阶段中,读者的愉悦变成了个性鲜明的幻想,借以获得强烈的满足感;第三个阶段中起作用的是对初始幻想(raw fantasy)的焦虑和罪感,幻想最终转变为完整的道德、思想、社会和审美体验。因此,在最后出现的是综合的反应,防御、满足与焦虑达成平衡,思维与情绪的稳定得以维持。因为反应的过程包括防御(defenses)、期待(expectations)、幻想(fantasies)和转化形式(transformations),他用这四个词的首字母组成了一个新词(DEFT)来表示其文学交流模式。霍兰将这一模式推而广之,认为它可以揭示个性或风格制约着阐释一切经验和人类交际的方式——包括机构、文化和国家间的交流,而不只是对文学经验的阐释。以"个性主题"解释阅读反应乃至一切阐释经验,霍兰因此在精神分析和读者反应批评中都有着相当重要的地位。

与霍兰一样,戴维·布莱希(David Bleich, 1940— )也从心理学角度提出自己的"主观批评"理论,而且与美国读者反应批评运动的其他倡导者一样,他也在把文学批评和理论与课堂文学教学相结合方面做了不懈的努力。《阅读与感觉》(*Readings and Feelings: An Introduction to Subjective Criticism*,

---

① Norman N. Holland, "Unity Identity Text Self," *Reader-Response Criticism: From Formalism to Post-Structuralism*, p. 124.

1975)和《主观批评》(*Subjective Criticism*, 1978)就是他多年教学实践的成果。与费希一样,布莱希将文学意义视为体验过程,而不是自足的客体;阐释始于读者的反应,而反应又属于认知领域的问题。他力图揭示一切"客观"阐释的主观基础,因为,"将有意识判断与其主观基础分开是人为的、错误的",[①]毕竟阅读是以个体心理为基础的。按照他的说法,成人在认知过程中通常将存在体分为三大类:物体、人和象征体,文学作品是人们思维创造的结果,所以属于第三类。布莱希将文本意义或者说文本阐释与读者反应严格区别开来:文本的意义依赖于读者的反应,即读者头脑中的象征活动(symbolization),阐释则指后来的理解反应、将之系统化并赋之意义这个再象征过程(resymbolization)。他指出,如果将文学看成象征客体,我们就可以把注意力从信息感知转到能动感知的自我发挥上,进而转到由这些能动感知形成的更有意识的再象征过程上。[②] 文学阐释要再现读者的基本情感反应(包括个体的认知、情绪和联想等),要将个人经验转化为知识形式呈与大众;也就是说,反应是个人的,阐释则是一定群体所共有的,它受到读者所在的阐释群体的约束。在《主观批评》里,布莱希详细探讨了集体商讨(negotiations)决定阐释的问题。读者阅读时可能对文本做出有明显个人倾向甚至怪异的反应,这些个体反应经过群体的质疑、反思、调整完善这一商讨过程,最终得出可以共同认可的阐释。布莱希的主观范式为文学批评从客体文本转向阅读主体又迈进了一步,在美国读者批评运动中占有重要的一席之地。

## 第五节 女性主义批评

现代女性主义批评以弗吉尼亚·伍尔夫(Virginia Woolf)的《一间自己的屋子》(*A Room of One's Own*, 1929)为先声,经西蒙娜·德·波伏瓦(Simone de Beauvoir)的《第二性》(*The Second Sex*, 1949),到60年代末进入了一个新的阶段,被人称为女性主义批评的"第二次浪潮"。在美国,随着国内妇女解放运动的高涨,女性主义批评发展迅猛。女性主义批评者最初是在著述中揭示

① David Bleich, *Readings and Feelings: An Introduction to Subjective Criticism* (Urbana: National Council of Teachers of English, 1975), p. 49.

② David Bleich, *Subjective Criticism* (Baltimore: The Johns Hopkins University Press, 1978), p. 96.

父权社会的思维前提和偏见,批评男性中心主义,接着发现了许多被忽视、遭遗忘的女性作者,进而重新评价女性文学,深入探讨文学和批评的社会和文化语境。女性主义批评融合了从形式主义、符号学到后结构主义、后殖民主义等所有批评方法,其批评对象不仅覆盖了自中世纪以来几乎所有时期、所有体裁的文学作品,而且包括了大众文化、大众传媒等领域。新时期女性主义文学批评重新审视文学、文化产品,深入检讨文学、文化研究的观念、方法和过程本身中的问题,为当代美国文学和文学批评理论的发展做出了贡献。

美国女性主义批评通常被划分为三个阶段(尽管这种划分并没有严格的时间界限)。第一阶段是60年代末到70年代中期的女性形象批评以及对男性中心主义的抨击。1968年,玛丽·艾尔曼(Mary Ellmann)的《思考妇女》(*Thinking about Women*)问世,作者在书中以极其讽刺的笔法揭示了男性批评者在贬低女性作家时使用的定式(stereotypes)。然而更为出名且影响更大的是两年后凯特·米利特(Kate Millet, 1934—2017)出版的博士论文《性别政治》(*Sexual Politics*, 1970)。米利特反对时下蔚为风气的形式主义,倡导社会和文化批评。她用"父权统治"(patriarchy)一词来描述女性受压迫的根源:父权统治使女性屈居男性之下,或把女性当作低等男性。虽然当今社会日益民主,但是女性仍然受制于一个性别角色类型系统。米利特借用社会学中区分生理性别(sex)与社会性别(gender)的做法:前者决定于生物因素,后者则是一个心理概念,它决定于社会、文化因素。社会上习以为常的女性心理气质、性别角色乃至社会地位状况不是与生俱来,而是男权社会所造成的,它具有明显的压制效果,性别角色如何在两性之间不平等的控制与被控制关系中表现出来就是米利特所指的"性别政治"。

米利特认为从1830年到1930年这100年的历史是女性争取自身解放的革命史,而1930年到1960年——即现代主义发展的高潮时期(high modernism)——是个"反动"(counterrevolutionary)时期,女性运动受到阻遏。她以公认的文学名家D. H. 劳伦斯、米勒(Henry Miller)、梅勒和让·热内(Jean Genet)四人的作品为例,揭示男性作品中的压迫性别表现,探讨了男性至上与性暴力等问题;她还对当代流行文化和社会科学提出批评——尤其是弗洛伊德的心理分析,因为它贬低女性的价值。米利特呼吁回到早期的激进主义,希望来一场社会大革命而不是改良,"作为我们社会中受隔离的最大群体,就其数量之大、情绪之强、受压迫时间之长以及有着最广大的革命基础来说,女性可能前所未闻地在社会革命中担当起领导人的角色"。[①] 60年代末到70年代中期的女性主义文学批评有很强的政治意味,批评家们愤怒批评社会

① Kate Millet, *Sexual Politics* (Garden City, New York: Doubleday, 1970), p. 363.

不公，致力于增强女性受男性压迫的政治意识，《性别政治》可谓典型代表。这本书相应地成为女性主义文化批评的先声，那些受尊敬的男性作家身上的神秘性由此开始消退，因而具有相当的反权威意义。

从70年代中期开始，女性主义批评的重心由此前的批判男性中心主义与男性文本转向重新解读和发现女性作家的作品，进而提出独立的女性传统存在的合理性和建立女性经典的必要性。1975年，帕特里夏·迈耶·斯帕克斯(Patricia Meyer Spacks)出版了《女性的构想：从文学与心理角度看女性写作》(*The Female Imagination: A Literary and Psychological Investigation of Women's Writing*)。她指出此前的女性主义批评有个巨大缺憾——竟然未曾关注女性自己写出的作品，进而提出一些发人深省的问题，例如，女人是如何以女性身份写作的？女性创作与男性创作究竟有何不同？《女性的构想》成为女性主义批评转折处的一盏明灯，为女性主义研究指出了新的方向。

埃伦·莫尔斯(Ellen Moers, 1928—1978)从60年代初就开始思考女性文学问题，她说自己一度狭隘地认为，以性别为根据将那些主要作家与整个文学史进程分开意义不大，但1963年贝蒂·弗里丹(Betty Friedan)出版的《女性的奥秘》(*The Feminine Mystique*)改变了她的看法。1976年，《文学妇女》(*Literary Women*)出版，受到广泛的好评。开篇伊始，莫尔斯就直言女性作家的重要性不容否定。女性创作的历史是"湍急汹涌的暗流"，"不讨论妇女作家，我们就无法理性地谈论英国小说，或法国浪漫主义，或美国短篇小说，或现代诗歌。"①她纵览了18世纪80年代到20世纪30年代英、美、法各国伟大妇女作家的作品(重点是小说)，分析了其中经常出现的主题、意象和风格。通过追溯诸妇女作家的生活经历，她们奋斗和成功的历程，从传记角度对作品加以解读，例如她认为《弗兰肯斯坦》(*Frankenstein*)反映了作者玛丽·雪莱(Mary Shelley)本人怀孕与流产的经历。值得注意的是，莫尔斯关注的不仅有奥斯丁(Jane Austen)、伊丽莎白·巴雷特·布朗宁(Elizabeth Barrett Browning)、乔治·桑(George Sand)、斯托夫人等成名作家，还有凯瑟、哈里特·马蒂诺(Harriet Martineau)、弗罗拉·特里斯坦(Flora Tristan)等小作家。然而，莫尔斯在强调女性经验有其独特之处时，并没有将女性文学一以概之，因为在她看来"不存在什么单一的女性文学传统，女性没有限制于任何一种文学形式"，根本就没有什么"独特的女性天赋或女性感受"，也没有什么"单一的女性文学风格"。②《文学妇女》中有很好的作品概括，侧重作家生平及传记材料，体现了女性文学的广度、深度和多样性，为后来的女性主义文学批评和文学史打下

---

① Ellen Moers, Preface, *Literary Women* (Garden City, New York: Doubleday, 1976), p. ix.

② Moers, *Literary Women*, pp. 62 - 63.

铺垫。

与莫尔斯相反，著名女性主义批评家伊莱恩·肖沃尔特(Elaine Showalter, 1941—　)坚持认为有一个独特的女性文学传统存在，它是和黑人文学、犹太文学、加拿大文学等相同的亚文化群——“当我们把女性作家看成一个整体时，我们可以看到有一股绵绵不断的创造力之流，某些模式、主题、问题，还有意象一代一代重复出现”。[①] 而她在《她们自己的文学》(*A Literature of Their Own: British Women Novelists from Bronte to Lessing*, 1977)中要做的，就是描述从夏洛特·勃朗特到多丽丝·莱辛(Doris Lessing)这一时期英国小说的女性文学传统，并说明这一文学传统的发展与其他任何亚文化的发展相似的地方。按照她的理解，所有文学亚文化都有三个大的发展阶段：起初是一个漫长的模仿、吸收阶段——模仿当时主流传统的流行模式，消化吸收其艺术标准和社会角色观；接着是反抗阶段——弱势群体起而对抗主流的标准和价值观，提倡少数群体的权利和价值观；最后是自我发现阶段，不再依赖对立面，而转向内在，找寻和发现自我。与上述发展模式相对应，肖沃尔特用三个术语概括英国女作家的创作轨迹：首先是“女人气阶段”(the feminine phase)——始于 1840 年，其时女性作家开始用男性笔名发表作品，终于 1880 年(即乔治·爱略特去世之年)；然后是“女权主义阶段”(the feminist phase)——始于 1880 年，终于 1920 年；最后的“女性主义阶段”(the female phase)从 1920 年直至现在，不过到 1960 年以后因为妇女运动的开始而有了新的动向。

肖沃尔特对传统文学史提出批评，因为它只突出一些伟大男性作家，而有意轻视甚至排斥女性作家，结果“由于已经看不到那些不起眼的小说作家——那些串联各代作家的环扣，我们对女性作品的连续性了解得不甚清楚”。[②] 她要纠正这个严重错误，重建文学经典。和莫尔斯一样，[③]她也在书末作了一个长达 30 页的《传记附录》(Biographical Appendix)，其中列举了大量几乎不为人知的女性作者。因为她的努力，许多业已被忘却或被忽略的女性作家被重新发现，许多此前不为人知的女性作家的作品开始受到关注并得到应有的评价。

与莫尔斯还有一点不同，肖沃尔特有着非常明确的批评目标——构建女性主义文化批评理论。这在她的论文《构建女性主义诗学》(Toward a

---

① Elaine Showalter, *A Literature of Their Own: British Women Novelists from Bronte to Lessing* (Princeton: Princeton University Press, 1977), p. 11.

② Showalter, *A Literature of Their Own*, p. 7.

③ 莫尔斯《文学妇女》后面附有一个《文学妇女目录》(Dictionary Catalogue of Literary Women)，其中列出了从萨福(Sappho, 612—580 B. C.)到安娜·阿克玛托娃(Anna Akhmatova, 1889—1966)等近 250 位妇女作家的创作以及探讨这些作家的最佳作品。

Feminist Poetics，1979）和《荒野中的女性主义批评》（Feminist Criticism in the Wilderness，1981）[①]里有充分体现。在《构建女性主义诗学》里，肖沃尔特指出女性主义批评应从以妇女读者（woman as reader）为对象的女权主义批评（feminist critique）转为以妇女作者（woman as writer）为对象的“女性批评”（gynocriticism）：“要建立起有女性特色的框架来分析女性文学，要以研究女性经验为基础提出新的模式，而不是适应男性模式和男性理论”，还要考虑到“对女性文学选择与文学生涯起决定作用的政治、社会、个人历史发展的不同速度和曲折过程”。[②]《荒野中的女性主义批评》重申了上述观点，提出“女性批评”的论题：女性创作的历史、风格、主题、体裁和结构，女性创造力的心理机制，个体女性或集体女性文学生涯的发展历程以及女性文学传统的演变和规律，等等。[③] 肖沃尔特总结了美国女性主义文学批评的四种基本模式：生物模式、语言模式、心理分析模式和文化模式，突出了文化批评的重要性。生物学模式强调生理差异的重要性，将身体作为意象形成的来源，由于生理差异的最终表达总是免不了语言、社会和文化诸结构的作用，因此，她认为要以女性作品为本探究女性文学实践的不同之处。语言模式探讨了如下问题：能否从生物、社会和文化等角度对语言运用中的性别差异作出理论总结？妇女能否创造出属于自己的新语言？说话、阅读和写作是否都带有性别印记？不过她认为女性主义批评应“集中分析妇女使用语言的途径，集中分析可供她们选择的词汇范围以及制约表达的意识形态和文化因素”。[④] 心理分析模式从作者心理以及性别与创作过程之间的关系探究女性创作的不同之处，而又不忽视生理、语言和社会等因素，但是它不能解释历史变化、种族差异以及女性群体因素和经济因素（generic and economical factors）的决定性作用。在肖沃尔特看来，这些模式都有不足之处，唯有文化可以提供更灵活、更全面的模式来分析女性作品。文化理论承认女性作家之间也有诸如阶级、种族、国籍和历史等重要区别——它们和性别一样决定着文学的发展，然而妇女文化形成一种集体经验，它超越时空界限将女性作家联为一体。文化理论融入了有关女性生理、语言和心理的思想，同时联系它们所存在的社会环境对这些范畴进行研究。这样，肖沃尔特又回到了女性文化和传统的独立性这个理论核心和“女性批评”目标：研究女性作家的作品，对女性文学身份进行准确文化定位，描述在个体女性作家文化场交

---

① 《构建女性主义诗学》和《荒野中的女性主义批评》这两篇文章后来收入肖沃尔特本人主编的《新女性主义批评》一书。参见 Elaine Showalter，“Toward a Feminist Poetics，” “Feminist Criticism in the Wilderness，” *The New Feminist Criticism: Essays on Women，Literature，and Theory*，ed. Elaine Showalter (New York：Pantheon Books，1985)，pp. 125 – 143，pp. 243 – 270.

② Showalter，“Toward a Feminist Poetics，” *The New Feminist Criticism*，pp. 131 – 132.

③ Showalter，“Feminist Criticism in the Wilderness，” *The New Feminist Criticism*，p. 248.

④ Showalter，“Feminist Criticism in the Wilderness，” *The New Feminist Criticism*，p. 255.

叉相汇的各种力量,分析文学文化自身的变化因素(例如生产和流通方式、作者与读者关系、高雅艺术与通俗艺术的关系及体裁等级,等等)对女性创作的影响,修正传统的男性中心主义的文学史和文学影响观念。①

桑德拉·吉尔伯特(Sandra M. Gilbert, 1936— )和苏珊·古芭(Susan Gubar, 1944— )合著的《阁楼上的疯女人:妇女作家与19世纪文学想象》(*The Madwoman in the Attic: The Woman Writer and the Nineteenth-Century Literary Imagination*, 1979)是这一时期探讨女性作品和女性文学史的又一巨篇杰作。这本书深入研究了奥斯丁、玛丽·雪莱、勃朗特姐妹、乔治·爱略特、伊丽莎白·布朗宁、克里斯蒂娜·罗塞蒂(Christina Rossetti)和迪金森(Emily Dickinson)等女作家,两位作者希望能重新理解"独特的女性传统"的性质,并提出一套关于女性文学创造力的新理论。

吉尔伯特和古芭借用了耶鲁理论家布鲁姆带有明显男性中心主义特征的"对影响的焦虑"思想并从女性主义角度对之做出重要修正,提出了"对作者身份的焦虑"(the anxiety of authorship),为"理解女性文学针对男性文学中的断言和胁迫所作的反应机制提供模式"。② 她们对肖沃尔特的观点表示赞同,即19世纪女性确实有自己的文学和文化。然而在父权意识形态占统治地位的19世纪,艺术创造力被看成是男性的品质,作者是文本的"父亲",是"创作权威"(Author)。在这种父权体系中,有创造力的女性面对男性中心主义创造神话度日维艰,"女性还没有动笔之前——笔是她们被严格禁止不得碰的东西——父权制度及其文本就已将女性置于从属地位,囚禁了女性,因此,她们必须避开那些男性创作的文本";③与此同时,围绕女性的形象——要么天使、要么怪兽,也是男性塑造出来的,女性被剥夺了创造自身形象的权利,必须遵从强加于她们之上的男性社会标准。这意味着女性艺术家丧失了自我定义(self-definition)的权利,结果不可避免地要受到"对作者身份的焦虑"的折磨。吉尔伯特和古芭揭示了19世纪女性作家克服焦虑、对抗男权统治、寻求文学独立和自主的方式。在修正式斗争中,她们所寻找的代表"独特的女性才能"的前驱作家以母亲或姐姐的形象出现,她的先锋模范作用赋予后来者以创造力,使她们能与压迫、钳制性的男性文学权威相抗衡。在她们看来:

> 从奥斯丁和玛丽·雪莱到艾米莉·勃朗特和艾米莉·迪金森等等女性创

---

① Showalter, "Feminist Criticism in the Wilderness," *The New Feminist Criticism*, pp. 264 - 265.

② Sandra M. Gilbert and Susan Gubar, *The Madwoman in the Attic: The Woman Writer and the Nineteenth-Century Literary Imagination* (New Haven: Yale University Press, 1979), p. xii.

③ Gilbert and Gubar, p. 13.

作的作品，在一定程度上都是多层次淀积物，这些作品的表面设计隐藏或模糊了更深层、更不易获得(和更难为社会接受)的意义。因此，这些作家通过同时既遵从又颠覆男权社会文学标准的方式来完成艰难的任务——成为真正的女性文学权威。①

吉尔伯特和古芭分析了诸女性作家的主题和意象，总结出她们用于斗争的文本策略，即攻击同时修正、解构同时重建男性文学延续下来的女性形象，特别是天使与恶魔这一对对立形象。两位作者发现，这一时期的女性文学中反复出现诸如禁锢与逃跑、疾病与健康等对立意象，且往往有某个精神失常者作为主人公的对立面出现；女主人公身体和心理上的疾病也有规律可循，基本上是健忘、失语、厌食、贪食、空旷恐惧、幽闭恐惧、癔症，等等。实际上，众多诗歌和小说人物身上体现出来的疯女人形象，譬如《简·爱》(*Jane Eyre*)中的伯莎，“通常在某种程度上是作者本人的替身，是她本人的忧虑和愤怒的表现”。② 处于男权社会里的女性作家，从身体到精神都受到压迫与控制，“通过把自己的愤怒和不安投射到可怕的人物身上，通过为自己和女主人公塑造出阴暗的替身，女性作家既认同男权文化强加于她们身上的自我定义，又对之做出修正。所有在小说和诗歌中召唤女性恶魔的19世纪和20世纪文学女性都是通过将自己与该形象认同而改变其意义”。③ 疯女人形象因此成了巧妙的文学策略的象征，它赋予19世纪女性小说以革命色彩。

《阁楼上的疯女人》结合社会、历史、文化背景和作者生涯对19世纪主要女性作家和她们的作品作了比较全面的分析，为女性创造力和19世纪的女性文学史提出了一些十分独到的见解，成为当代女性主义批评乃至当代美国文学理论中的经典之作。

1985年，吉尔伯特和古芭合编的《诺顿妇女文学选集》(*Norton Anthology of Literature by Women*)出版。该选集选取了14世纪以来英语国家(主要是英美)170位女性作者的500余篇作品，其中既有成名作家的作品，如勃朗特姐妹、迪金森，也有大量鲜为人知的作者的作品。两位编者回顾了600年来的女性创作，并从女性主义角度对所有入选作家做了评价。

从70年代中期开始，美国女性主义批评就已经出现了一些总结与反思之作，如安妮特·科洛德尼(Annette Kolodny)的论文《关于界定“女性主义批评”的几点意见》(Some Notes on Defining a “Feminist Literary Criticism”, 1975)就是一例。在这篇文章中，科洛德尼回顾了女性主义批评的门门类类，

① Gilbert and Gubar, p. 73.
② Gilbert and Gubar, p. 78.
③ Gilbert and Gubar, p. 79.

最后提出她的主旨——将女性作品作为独立的范畴来研究。而到70年代末80年代初,女性主义批评差不多进入了理论总结和反思的阶段,其中最突出的也许应该算肖沃尔特的《构建女性主义诗学》和《荒野中的女性主义批评》,此外,还有科洛德尼的《漫舞过雷区:关于女性主义文学批评理论、实践与政治的几点看法》(Dancing Through the Minefield: Some Observations on the Theory, Practice, and Politics of a Feminist Literary Criticism, 1980)[①]和收集在肖沃尔特主编的《新女性主义批评》中的一些其他论文、迈拉·杰伦(Myra Jehlen)的论文《阿基米德斯与女性主义批评的悖论》(Archimedes and the Paradox of Feminist Criticism, 1981)以及约瑟芬·多诺万(Josephine Donovan)的专著《女性主义理论:美国女性主义的思想传统》(*Feminist Theory: The Intellectual Traditions of American Feminism*, 1985),等等。多诺万在《女性主义理论》中回顾了女性主义理论的理论渊源,总结出美国女性主义理论的五大源泉:18世纪启蒙运动的思想遗产、人类学与社会学等文化源泉,以及马克思主义、弗洛伊德的精神分析理论、欧陆存在主义。

女性主义批评一度十分激进,但发展到今天,已经平和了很多,而研究的广度则更为宽泛,发展成为广泛的"性别研究"(gender studies)。性别研究继续对此前女性主义批评的一些问题展开论争,重新审视文学经典和传统的家庭、性别观念,探讨女性创作的内涵与性质;而随着诸多少数族裔女性打入美国主流文化并取得不可多得的成就——如莫里森荣获1993年度诺贝尔文学奖,尤其是后殖民主义理论的发展——性别研究已经跨越了民族、种族和学科界线,甚至已经跨越了性别界限[②],成为20世纪末泛文化批评中一道亮丽的风景线。

## 第六节
## 新历史主义批评

在传统的历史主义文学批评里,文本是首要的,历史则充当次要的角色,

① 科洛德尼的《漫舞过雷区》也收入了肖沃尔特主编的《新女性主义批评》一书,参见 Annette Kolodny, "Dancing Through the Minefield: Some Observations on the Theory, Practice, and Politics of a Feminist Literary Criticism," *The New Feminist Criticism*, pp. 144-167.

② 因为性别研究的对象不仅包括与女性特征(femaleness)相关的问题,也纳入了与男性特征(maleness)相关的问题。

它只是作为背景知识或被反映的对象进入文学分析的视野。与这种批评思想并行的是一套旧的历史观，即：历史学家可以为任何民族、国家或历史时期归结出一个统一的、内在一致的世界观，可以准确客观地重现所有历史事件。进入 70 年代，这一历史观受到质疑。以美国加州大学伯克利分校教授格林布拉特为代表，包括怀特、蒙特罗斯和英国的乔纳森·多利莫尔（Jonathan Dollimore）等理论家发表了一系列论文和著作，异口同声地反对上述旧历史主义观念，提出新的历史阐释逻辑。受后结构主义理论——尤其是福柯（Michel Foucault，1926—1984）的知识、话语理论影响，新历史主义[①]认为：一切历史都是主观写就的，编纂者的个人偏见影响了他们对过去的阐释和呈现，因此历史可以提供基本的历史事实（譬如乔治·华盛顿是美国第一任总统、拿破仑兵败滑铁卢等），但是不可能提供真相、真实或真理，也不可能完整、客观、准确地再现过去的事件或人们的世界观——历史是叙述，是阐释，它只是人们思考、认识世界的众多方法和众多话语之一。相应地，"表征"（representation）问题成了新历史主义研究所关注的中心问题之一。

新历史主义研究的领衔人物斯蒂芬·格林布拉特（Stephen Jay Greenblatt，1943— ）以研究文艺复兴时期英国文学见长。在 70 年代以来出版的著作和论文里，他吸取马克思主义研究的长处，并借鉴格尔茨（Clifford Geertz）的文化解释学方法，一反时下文学研究的形式主义与踟蹰于语言囚笼的"非历史"之风，同时突破旧的历史观，阐发了其新历史主义研究的基本思想和理论指归，以新的历史理解方式与占主导地位的考证式历史研究分庭抗礼。格林布拉特十分关心文学作品产生的社会文化环境，在研究过程中，他批阅了大量的历史材料——包括无名小诗、文艺复兴时代的油画，甚至纪念碑和雕塑，等等，以探讨具体文学文本与其产生时的权力结构和社会意识形态之间的复杂关系，把文化产品与社会历史进程联系起来。

格林布拉特一直十分关注权力与自我意识形成的关系，这一主题在其博

---

① 不少批评者倾向于把新历史主义称为文化诗学（cultural poetics）——格林布拉特在伯克利所授的课程就曾名为"文化诗学"，并把格林布拉特、蒙特罗斯、怀特和英国的多利莫尔、辛菲尔德（Alan Sinfield）等都划到新历史主义大旗下。与此同时，也有很多批评者倾向于把以格林布拉特为代表的美国这一支称为新历史主义（New Historicism），而把以多利莫尔为代表的英国那一支称为文化唯物主义（Cultural Materialism），两者相同颇多但依然互相区别。现在意义上的"新历史主义"的始作俑者一般都认为是格林布拉特：1982 年，他在文艺复兴研究专刊《文类》（*Genre*）的序言中正式提出"新历史主义"（new-historicism）一词；翌年，新历史主义刊物《表征》（*Representation*）创刊；1986 年，由他主编的《新历史主义：文化诗学研究》（*New Historicism: Studies in Cultural Poetics*）丛书相继问世，新历史主义研究在学界日益受到人们的关注。由于这种新的研究方法广泛涉及文化、历史、文学等等因素，格林布拉特在 80 年代末期再次以"文化诗学"称说自己的研究。"文化唯物主义"一词由威廉斯（Raymond Williams）在《马克思主义与文学》（*Marxism and Literature*，1977）一书中提出；80 年代，多利莫尔和辛菲尔德援引该词作为《政治化的莎士比亚：文化唯物主义新论文集》（*Political Shakespeare: New Essays in Cultural Materialism*，1985）一书的副标题。

士论文《文艺复兴时期人物瓦尔特·罗利爵士及其角色》(*Sir Walter Raleigh: The Renaissance Man and His Role*, 1972)里已有突出体现。在这篇论文里,他分析了罗利爵士如何在其诗歌、书信和游记中将自我戏剧化,以确立自己的身份与地位。1980年,《文艺复兴时期的自我塑造:从莫尔到莎士比亚》(*Renaissance Self-Fashioning: From More to Shakespeare*)出版,随即轰动批评界,被公认为新历史主义批评的奠基作。格林布拉特在书中探讨了文艺复兴时期历史主体塑造自我身份的方式,揭示出权力如何决定着人的主体性。他认为,"在现代历史初期,主导那代人身份的思想、社会、心理和美学结构发生了变化",人们不仅开始认识到自我,自我可以塑造的意识同时也产生了——这种自我意识表现为主体"对个人生存秩序的感受、向世界言说的独特方式以及受约束欲望的结构",且在自我身份形成与表现的过程中有些着意塑造的成分。[①] 这里的自我塑造被赋予了新的意义,它可以描述父母和老师的行为实践,它涉及人的举止、行为——尤其是精英派的举止、行为,它可能意味着自私与欺诈,也可能表示个人言语、行为中秉性或意图的表征。而"因为表征,我们回到文学,或者我们可以说自我塑造的意义恰恰源于如下事实,即它在运作时并不将文学与社会生活截然区别开来。它恒定不变地跨越了存在于文学人物创造、人们自我身份形成、被非自己所能控制的力量塑造的体验以及塑造其他自我的努力之间的疆界"。[②]

格林布拉特指出,16世纪的自我塑造不是自主完成的,家庭、国家及宗教机构起着非常严格而深远的规约作用;自我是社会文化的产物,或者说,自我塑造体现的是一套权力慑控机制(包括习俗、传统、计划、方案、规章,等等),是种种意义组成的文化系统。换句话说,"从来就没有什么纯粹的、不受限制的主体,实际上,人类主体自身一旦成为特定社会里权力关系的意识形态产物,就开始显得非常的不自由"。[③] 文学在上述文化系统中起三点作用:它既展现了作者的具体行为,又展现了作者行为赖以实现的规矩、约法,同时它又是反思这些规矩、约法的结果。伟大的艺术作品是至为敏感的载体,它记录了文化中诸多复杂的冲突与融和。格林布拉特选取了莫尔(Thomas More)、廷德尔(William Tyndale)、怀亚特(Sir Thomas Wyatt)、斯宾塞(Herbert Spenser)、马娄(Christopher Marlowe)和莎士比亚等六位作家分别加以探究,因为他们体现了文艺复兴时期自我塑造的各个不同侧面。格林布拉特希图通过追踪文艺复兴时期具体历史情境和作家的具体生活经历,分析他们的作品,去重新看

---

① Stepehen Greenblatt, *Renaissance Self-Fashioning: From More to Shakespeare* (Chicago: University of Chicago Press, 1980), p. 1.

② Greenblatt, *Renaissance Self-Fashioning*, p. 3.

③ Greenblatt, *Renaissance Self-Fashioning*, p. 256.

待内在的(即作品的象征结构)与外在的(即作家个人生活经历和社会世界中可知结构)之间的相互作用,最终更好地理解文艺复兴文化中文学人物的自我和作家社会性自我的形成方式,从而展现"更大的文化模式"。① 例如,他认为斯宾塞的《仙后》表现了文明与性欲的对立,其中预设的是对伊丽莎白时期道德原则的绝对服从;马娄的作品表现出了意志自由与社会约束之间无从妥协的矛盾,不过,马娄作品中的主人公虽然抵制、敌视伊丽莎白社会至高无上的价值观,其作品艺术表现的结果却使所要否定的那些原则显得更为合理——简言之,马娄通过反抗政府权力最终与"他者颠覆式地同一而塑造自我";莎士比亚则是自由主义的马娄和保守主义的斯宾塞的复合,他不是因其越轨而伟大,而是因其"特别的高度顺从"(a peculiarly intensive submission)而伟大——顺从于传统,然后从其内部颠覆之。格林布拉特认为,斯宾塞和马娄可以被看作是中世纪末期英国文化发展进程中的两极,而莎士比亚则可以被看成向现代早期过渡过程中两极的辩证融合。格林布拉特还指出,文艺复兴时期的自我身份形成模式对于当代文化有着深远的意义,因为在他看来:

> 我们所创造又身处其中的文明依赖于一套复杂的控制手段,其起源我们可以追溯至文艺复兴时期……至关重要的也许是我们能意识到:与我们血脉相关的文化也是构建的产物,是人为的东西,是短暂的、有时间限度的,是偶然的……我们也意识到我们置身于始自文艺复兴的文化运动的末期,而我们的社会与心理世界的崩裂之处正是它们当初构建时显现的结构联结点……体验文艺复兴文化就是感受我们当初如何形成自己的身份,该体验使我们同时产生更为深切的归属感和疏远感。②

除《文艺复兴时期的自我塑造》外,格林布拉特还发表了大量论文,其中一部分论文收集在《表征英国的文艺复兴》(*Representing the English Renaissance*, 1988)和《莎士比亚的商讨——英国文艺复兴时期的社会能量流通》(*Shakespearean Negotiations: The Circulation of Social Energy in Renaissance England*, 1988)里。在论文《莎士比亚与驱魔师》(Shakespeare and the Exorcist, 1984)里,格林布拉特指出,莎士比亚的一些剧作标志着社会体制的转换,新的社会文化话语在该转换过程中逐步形成。《学会诅咒》(Learning to Curse, 1990)一文分析了莎士比亚的后期作品《暴风雨》(*The*

① Greenblatt, *Renaissance Self-Fashioning*, p. 6.

② Greenblatt, *Renaissance Self-Fashioning*, p. 174 - 175.

*Tempest*),指出该剧是文学上对有文字世界和无文字世界——亦即有特权和无权利世界之间冲突之极其深刻的考察,而莎士比亚则表现出欧洲文化的优越感。集于《莎士比亚的商讨》中的论文则透露出一个重要观点:莎士比亚决非一位天外飞来的奇才,他所取得的卓越成就源于社会能量的流通,或者说他大量汲取了文学和戏剧之外广袤领域的文化资源和社会能量——恰如市场上的讨价还价者,不时地进行着象征式的购买与交换。后来出版的《炼狱里的哈姆雷特》(*Hamlet in Purgatory*, 1996)探讨了莎士比亚名剧《哈姆雷特》,为新历史主义批评实践再添辉煌。

格林布拉特从文学文本入手,揭示文学与历史、社会意识形态等之间的关系,为文艺复兴和莎士比亚研究提供了新的视角,《文艺复兴时期的自我塑造》和《莎士比亚的商讨》也成为新历史主义批评的经典之作。

格林布拉特是新历史主义的始作俑者,《文艺复兴时期的自我塑造》一书也被誉为北美学者撰写的英国学研究方面的最佳著作,然而,为新历史主义做出明晰的理论归纳和界定的却是加州大学圣地亚哥分校的路易斯·蒙特罗斯(Louis Adrian Montrose)。自80年代以来,蒙特罗斯发表了一系列论文和专著——如《文艺复兴文化之诗学》(A Poetics of Renaissance Culture, 1981)、《文艺复兴文学研究与历史主体》(Renaissance Literary Studies and the Subject of History, 1986)、《新历史主义一席谈》("New Historicisms", 1998)、《演戏的目的:莎士比亚与伊丽莎白时期戏剧的文化政治》(*The Purpose of Playing: Shakespeare and the Cultural Politics of the Elizabethan Theatre*, 1996),追述了新历史主义的发展,分析了该理论的基本宗旨和特点,同时也做了卓有成效的批评实践。

蒙特罗斯指出,新历史主义突出了文学话语与其他话语,文化产品与社会历史之间的作用与反作用关系,认为文学生产与文学阐释的形成受当时社会历史和政治条件的制约,又反过来影响它们。文本创作与阅读,人们划分文本类别和传播、分析、教授文本的过程都被理解为文化产品受历史制约而又制约历史的方式。于是,早先被视为封闭自律的美学及学术问题得以重新看待,因为它们与其他社会话语、社会实践和社会公共机构有着道不清的关系。蒙特罗斯本人的著述——如专著《演戏的目的》、论文《〈伊丽莎白——牧人的女王〉、牧歌和权力》("Eliza, Queene of Shepheardes," and the Pastoral of Power, 1980)和《幻觉的形成:伊丽莎白文化中性别与权力的表现》(Shaping Fantasies: Figurations of Gender and Power in Elizabethan Culture, 1983)等等就充分体现了上述批评宗旨,譬如,《演戏的目的》一书通过描述制约伊丽莎白时期主体生存条件和戏剧产生条件的社会经济、政治与宗教力量和社会公共机构,探讨了与宗教和社会政治变革同时进行的文化转型过程中,"戏剧演出作为人的认知和发挥自身力量的方式"①所起的作用，揭示了语言与文学想象对于文化价值与信仰、社会差别与交流、政治控制与斗争等等所产生的影响。

蒙特罗斯用"文本的历史性"(historicity of texts)与"历史的文本性"(textuality of histories)这一对对称术语巧妙地概括了新历史主义研究的特征。文本的历史性指一切写作和阅读方式——不仅包括批评者所研究的文本，还包括批评文本本身，都有着具体的历史背景，都产生于一定的社会和物质环境。历史的文本性则是因为我们无法返回到原原本本的历史，后来者只能借助记载并流传下来的文本认识历史，而记载本身又是选择、保留与舍弃的结果；与此同时，一旦从事人文学科研究的人把这些记载当成历史档案来理解，他们在描述、阐释历史事件时，又会做出进一步的调整与变更。② 这样一来，原本独一无二、一逝不返的非文本化形式的历史(History)衍变为千门万类的由文本再现的历史(histories)。③ 唯其如此，蒙特罗斯强调批评者必须有自我意识，必须认识到自己的研究同样受一定历史、社会与体制的制约，不仅要用历史的眼光看待过去，还要用历史的眼光检视现在以及过去与现在的辩证关系。

如果说格林布拉特和蒙特罗斯的理论话语带有明显的后结构主义特征的话，美国另一位新历史主义理论家海登·怀特(Hayden White, 1928—2018)则是从结构主义立场拆除了历史与文学之间的界限。还有一点不同：格林布拉特和蒙特罗斯专治文艺复兴时期文学文化，怀特则主攻 19 世纪欧洲思想史。在其最重要著作《元历史：19 世纪欧洲的历史想象》(*Metahistory: The Historical Imagination in Nineteenth-Century Europe*, 1973)和《话语转义学：文化批评论集》(*Tropics of Discourse: Essays in Cultural Criticism*, 1978)里面，怀特针对历史编纂和历史阐释提出了一套"元历史"理论，引起了巨大反响。

怀特以语言理论为基础建立起历史理论，而其第一步就是以语言构成体来厘定历史的性质。他关注的不是过去事件这个意义上的历史(history)，而是以叙述文本状态存在的撰史(historiography)。人无法回归到原生态的历史现实中去，我们所接触的历史其实是历史学家、历史工作者用语言按照一定的阐释视角和叙述结构编织起来的以文本形式出现的历史叙述和历史阐释。在

---

① Louis Montrose, *The Purpose of Playing: Shakespeare and the Cultural Politics of the Elizabethan Theatre* (Chicago: University of Chicago Press, 1996), p. 205.

② Louis Montrose, "New Historicism," *Literary Theory: An Anthology*, eds., Lulie Rivkin and Michael Ryan (Oxford: Blackwell Publishers Inc., 1998), p. 410.

③ Montrose, "New Historicism,"p. 411.

历史文本的下面潜藏着一个深层结构，这个深层结构在本质上是诗性的，而且具有与其他语言构成物相同的性质——也就是说，历史文本不可避免地也是想象、虚构的产物。历史事件只是叙述的素材，是历史叙述的潜在成分，从价值判断上来说是中性的(value-neutral)，而其最终表现形式取决于历史学家按照何种方式安排情节(emplotment)，如何把具体的情节结构和他所希望赋予某种历史意义的历史事件相结合。《元历史》集中分析了黑格尔(G. W. F. Hegel)、米什莱(Jules Michelet)、兰柯(Leopold von Ranke)、托奎维尔(Alexis de Tocqueville)、勃克哈特(Jacob Burkhardt)、马克思(Karl Marx)、尼采(Friedrich Nietzsche)、克罗奇(Benedetto Croce)等八位19世纪西欧历史学家与历史哲学家，归纳出历史叙述话语中常见的四种情节安排模式：罗曼司、悲剧、喜剧和讽刺(satire)。不仅如此，每种情节安排模式都与某种意识形态模式相对应，它们分别是无政府主义、激进主义、保守主义和自由主义(一定限度内的变异还是存在的)；情节安排模式和意识形态模式进而又与某些特定的形式论证模式相关联，包括形式主义、机械论、有机论和语境决定论等。上述三套模式共同组成了历史文本的审美、道德和认识层面，它们体现了历史写作风格的特征。在《话语转义论》中，怀特进一步以话语虚构为基础将历史与文学等量齐观：一方面，历史话语自身不具备描述其研究对象的正规术语系统，只能借助比喻性的语言；另一方面，历史学家排斥、贬低历史事件中的某些因素而突出、重视另外的因素，加上个性塑造、主题重复、视角变化和描述策略的选择，等等——总之，通过我们一般在小说或戏剧中常见的技巧，历史的语言虚构同文学的语言虚构合流了。

历史学家在表现、解释或评价某个历史领域的材料之前，必须把这个领域作为思维对象看待，这一行为的核心在怀特看来是语言转义的运作，它决定了此后的阐释以何种形式出现——“思维依然是语言模式的俘虏，在这个模式中，思维力图把握其感知领域内的对象的轮廓”。① 这里的转义形式也有四种：隐喻(metaphor)、提喻(synecdoche)、换喻(metonymy)和反讽(irony)，它们与情节安排模式、意识形态模式及形式论证模式相关联，并决定着一切历史文本的深层结构或者说潜在层次。“在历史中，……历史领域所构成的是语言行为中的可能的分析范畴，这一语言行为本质上是转义性的。实现这一构成行为的主导转义模式既决定着允许在该领域中作为资料出现的对象的种类，又决定着从它们之间可能得出什么样的关系……”②

怀特揭示出历史文本自我阐释功能。历史学家在编史过程中，总会依据

① Hayden White, *Metahistory: The Historical Imagination in Nineteenth-Century Europe* (Baltimore: Johns Hopkins University Press, 1973), p. xi.

② White, *Metahistory: The Historical Imagination in Nineteenth-Century Europe*, p. 430.

需要对历史材料做出相应的选择与安排，从而生成一定的历史“情节”。在他看来，这一生成过程有着非常的阐释功能：

> 因此，阐释至少从三个方面进入历史编纂活动：审美层面（体现于叙述策略的选择）、认知层面（体现于解释模式的选择）和道德层面（体现于推断给定表征的意识形态含义以理解当前社会问题的策略选择上）。……除非那种极其教条主义式的历史编纂，否则要为上述三个层面判出孰先孰后，几乎是不可能的。①

历史叙述不仅是关于过去事件和过程的模式，也是元叙述，是象征符号的复合体（a complex of symbols）——一切历史文本在追述过去的同时在上述三个层面上进行自我解释，这也就意味着一切历史都是元历史。他指出：“尽管专业历史学家声称可以将正式历史与元历史区分开来，这种区分没有充分的理论依据。任何正式历史都预设了元历史的存在，该元历史不过是历史学家在对前面所划分的审美、认知和道德三个层面作解释过程中作出的承诺之网络”。②

怀特道出了历史话语产生的方式、历史阐释学对转义的依赖，以及历史话语本质上的阐释性。他的著述不仅在历史学界引起轩然大波，还受到文学批评界的广泛重视，《元历史》和《话语转义论》成了文学、文化批评者的必读经典。

## 第七节 后殖民主义文学文化批评

后殖民主义（Postcolonialism /Post-colonialism）——又称为后殖民研究（Postcolonial Studies）可以说是90年代独领风骚的文学文化批评理论。“后”表示殖民主义结束后权力结构的变化，以及殖民主义长期持续的后果与影响（尤其是话语领域的影响）。如果说殖民主义主要是经济、政治、军事和国家主权上的直接干涉、侵略和控制，后殖民主义则强调文化、知识、语言方面上的控制和霸权。后殖民主义理论主要研究殖民时期之后原宗主国与前殖民地和第

① Hayden White, *Tropics of Discourse: Essays in Cultural Criticism* (Baltimore: Johns Hopkins University Press, 1978), pp. 69-70.

② White, *Tropics of Discourse: Essays in Cultural Criticism*, p. 71.

三世界之间存在的复杂关系,包括殖民话语、西方对东方的文化再现、文化与帝国主义、第三世界的文化抵抗、全球化与民族身份等问题。随着研究的逐步深入,第一世界国家移民群体的处境、种族、性别等等新问题也进入了后殖民主义批评研究。因此它是分期概念,更是方法论上的修正,它使我们可以对西方知识权力结构进行全面的批判。后殖民主义理论吸收了世纪初期以来对于帝国主义和殖民主义的批判——主要是意大利思想家葛兰西(Antonio Gramsci, 1891—1937)的文化霸权理论和阿尔及利亚民族解放运动的核心人物法农(Frantz Fanon, 1925—1961)的种族文化思想,而福柯话语权力理论的影响尤其突出。以赛义德《东方主义》的出版为标志,后殖民主义理论风起云涌,斯皮瓦克、霍米·芭芭(Homi Bhabha)很快也成为具有国际影响的批评家,还有许多其他理论家,如比尔·阿什克罗夫特(Bill Ashcroft)、罗伯特·扬(Robert Young)、詹明信等等也相继加入到该队伍中。

爱德华·赛义德(Edward W. Said, 1935—2003)是后殖民主义批评的首要人物,开美国后殖民主义批评之先河。赛义德是巴勒斯坦人,生于耶路撒冷,童年在开罗上学,后来随父母移居黎巴嫩,接着在欧洲流浪过一段时间。1951年迁入美国,先后就读于普林斯顿大学和哈佛大学,博士毕业后长期执教于哥伦比亚大学。弱比蝼蚁的身世、流浪坎坷的经历、异乡异客的际遇,使他的批评对社会、历史、政治、种族、民族等等问题有着非同寻常的体味与关注。从博士论文《约瑟夫·康拉德与自传体虚构》(*Joseph Conrad and the Fiction of Autobiography*, 1966)开始,赛义德就有意识地突破形式主义和后结构主义理论之文本至上的倾向,将文学文本与作者传记材料乃至人类社会历史、政治等等密切联系起来,强调文学批评应跨越学科、民族和国家界限,呼吁批评者担负起社会和历史批评的责任。在这篇博士论文里,赛义德从康拉德的私人信函入手,分析其中反映出的作者对社会、政治与人生的态度和看法,探讨它们对康拉德短篇小说中人物、事件、叙述和创作风格的影响。在此后出版的一系列专著——包括《起始:意图和方法》(*Beginnings: Intention and Method*, 1975)和论文集《世界、文本与批评家》(*The World*, *the Text*, *and the Critic*, 1983)里面,赛义德一以贯之地坚持着社会、文化批评的立场。在他看来,"文本是关乎现世的(worldly),一定程度上它们就是事件;就算它们似乎否定这一点,它们依然是社会、人生的一部分——当然也是它们所处并被解释的历史时期的一部分"。① 批评者必须研究文本与作者、社会和文化之间联系的基础,而一旦文本强化教条的社会现状或者某种统治形式时,批评者要敢

① Edward W. Said, *The World*, *the Text*, *and the Critic* (Cambridge: Harvard University Press, 1983), p. 4.

于起来抵制、抗争它们;批评要以“丰富生活为自身目标”,要敢于反对“任何形式的暴政、主宰和虐待”,以“为人类自由生产出非压迫性知识”为己任。① 赛义德欣赏的知识分子和批评家都在各自积极主义的世俗批评实践中跨越了学科和国家的界限,因为在他看来,实现批评功能的途径在于文化、话语和学科间的交流,不同领域决不能各自独立、自成体统、走专业化或专门化道路。

1978年,《东方主义》(*Orientalism*)出版,该论著被称为后殖民主义研究的“原始资料”(source book),②后来出版的《巴勒斯坦问题》(*The Question of Palestine*, 1979)、《隐蔽的伊斯兰教》(*Covering Islam*, 1981)、《文化与帝国主义》(*Culture and Imperialism*, 1993)进一步发展了《东方主义》提出的思想。赛义德将福柯的话语权力分析移植到传统的马克思主义文化分析传统上,同时借鉴葛兰西的文化霸权理论,以研究当代殖民主义与文化生产的关系,试图揭示文化对于获取在统治秩序中处于低下地位的社会群体的认同方面所起的作用。在书中,赛义德提出一个非常重要的论点:东方主义应当理解为一种庞大而有系统的学科话语,这种话语目的远不止是描述东方,“欧洲文化可以藉此在后启蒙时期从政治、社会、军事、意识形态、科学和想象等方面来管理——甚至制造出——东方”,③用一贯的种族主义、性别主义和帝国主义的方式统治东方。因此,赛义德的目的不是要提供一个比东方主义所描述的更为真实的东方版本,而是要人们认识西方学术体系以及它所认定的经典文本所赖以存在的权力结构,即西方世界对非西方世界进行殖民主义、帝国主义统治那一长段历史。

赛义德探讨了东方主义的范围和它控制东方的过程。东方主义有三层涵义:首先,它是东方学研究者(写东方、研究东方或者教授东方知识的人)——包括语文学家、社会学家、历史学家、人类学家等学者和政府专家的研究工作及成果;其次,它是建立在东西方本体论和认识论差异基础上的一种思维方式;最后,它是西方对付东方的体制(institution),就东方发表声明和权威观点,对之实行统治、重构。④ 东方主义控制着知识的本质和形式,以及知识生产和传播的方式,因此这种知识不可能是公正无私的。东方主义形形色色的文本——包括语言学、政治科学、文学、艺术,等等,纷纷致力于构建东方形象,将东方变成西方卑贱的“他者”,从而强化西方文明高贵优越的形象,以服务于西方对东方的霸权。这主要又是以二分法将东西方视为对立双方,突出两者差

---

① Said, *The World, the Text, and the Critic*, p. 29.

② Gayatri Chakravorty Spivak, *Outside in the Teaching Machine* (London: Routledge, 1993), p. 56.

③ Edward W. Said, *Orientalism* (New York: Vintage, 1979), p. 3.

④ Said, *Orientalism*, pp. 2 - 3.

异,前者的特征被定格成暴政、女人气的、重感性、无道德、落后等,后者则被定格为民主、男性化的、重理性、讲道德、进步等。在东方主义中,零星的观察结果经过总结而被当作典型(type),最终上升为价值判断的标准——概念化的定型(stereotypes)。赛义德进而对"纯"知识和"政治"知识的区别加以质疑,否定"纯"知识有稳固地位,强调文化文本在殖民统治中所起的巨大作用:为帝国主义打下基础,同时巩固了它的权力结构。总之,东方主义话语绝不是"思想或行动的自由题材",[①]其目的始终是控制东方及东方人民。

尽管《东方主义》主要围绕着西方与中东伊斯兰世界的关系展开,它论述的范围还包括东方世界的其他地区(赛义德有时甚至表示它涉及整个帝国主义统治下的世界)。赛义德认为,东方主义有着悠久的历史:上可以追溯到古代希腊和雅典与波斯冲突时期,下一直延续到 20 世纪 70 年代美国对伊斯兰地区的干涉(后来赛义德又把它延伸到 90 年代的海湾战争);从 19 世纪初到第二次世界大战,英法两国控制了东方和东方主义,而二战后英法的地位由美国取代。赛义德剖析了但丁、夏布多里昂(François-René de Chateaubriand)、拉马丁(Alphonse Marie-Louis de Lamartine)、福楼拜(Gustave Flaubert)、勒南(Ernest Renan)、吉布(H. A. R. Gibb)等等东方主义者,"不仅检视学术著作,还有文学作品、政治文章、新闻报道、游记乃至宗教、语言研究等等"[②]知识文本,回顾了英法帝国主义历史的大格局,探讨了当代由美国所主宰的新殖民统治秩序的影响,旨在表明西方知识体系及与之相关的对权力的渴求贯穿着不同的历史时期、不同源流的文化、不同的学科和审美领域。在 1993 年出版的《文化与帝国主义》中,赛义德拓展了他的后殖民主义研究。《文化与帝国主义》突出对位法(counterpoint),将一些看似无甚关联的文化生产、时期和地域摆到一起,论述了广泛的文化史和文化形式(包括歌剧),而且探讨了《东方主义》几乎从未涉及的反殖民和后殖民文化生产问题,成为后殖民主义批评的又一力作。

赛义德以其深挚的人世关怀投身社会、历史和文化批评,提出了大量发人深省的问题。他的实践为斯皮瓦克、芭芭等后来的理论家提供了起跳板,也为日后的论争打下了基础。他的思想在英国文学、历史、比较文学、人类学、社会学、地区研究和政治科学等等方面引起了广泛的兴趣和轰动,催生了无数研究结果。

美国后殖民主义批评的另一位著名代表是印度裔女学者佳娅特丽·斯皮瓦克(Gayatri Chakravorty Spivak, 1942— )。颇与众不同的是,斯皮瓦克的

---

① Said, *Orientalism*, p. 3.
② Said, *Orientalism*, p. 23.

后殖民主义批评广泛吸取了解构主义、女性主义、新马克思主义和心理分析等理论。70年代初，是她最早将德里达的《论书写学》翻译引进英语世界，后来又是她首先把后殖民主义批评与女性主义批评紧密结合，取得了令人瞩目的成绩。与赛义德侧重分析殖民者和西方社会统治者的话语不同，斯皮瓦克关注的一直都是无奈地处于第三世界中的弱势群体。80年代以来，斯皮瓦克出版了包括《在他者的世界里：文化政治论集》(*In Other Worlds: Essays in Cultural Politics*, 1987)、《后殖民批评家》(*The Postcolonial Critic: Interviews, Strategies, Dialogues*, 1990)等多部著作，发表了诸如《阐释的政治》(The Politics of Interpretations, 1982)、《置换与妇女话语》(Displacement and the Discourse of Woman, 1983)、《下层研究：解构撰史》(Subaltern Studies: Deconstructing Historiography, 1985)等等大量重要论文，致力于从"边缘"立场批评第一世界与男性权力话语。身为第一世界高层学术圈中的第三世界女性，斯皮瓦克感受到的不仅是缘于民族、种族和性别的压力，而且有力图保持自己文化身份时的尴尬与无奈，她提倡用解构主义分析方式和马克思主义的批判理论透析宗主国文化对殖民地文化所造成的恶劣影响，揭露西方世界中心话语对殖民地历史的虚构和歪曲，同时将文化与政治、经济、法律等领域普遍联系起来进行全面检查，让历史重见天日。

斯皮瓦克借用了葛兰西的"下层"(subaltern)一词来描述第三世界弱势群体的乖蹇命运。她最重要的论文《下层能说话吗？关于寡妇殉节的思考》(Can the Subaltern Speak? Speculations on Widow-Sacrifice, 1985)探讨了一个非常重要的问题："下层"人物能否替自己说话，能否用自己的声音表达自己的文化经验？斯皮瓦克以19世纪早期的印度男性统治者和英国殖民者对寡妇殉节的立场为例，剖析了英国殖民者如何运用特权替殖民地妇女"说话"。英国殖民者与印度本土支持寡妇殉节的人都声称"代表"殖民地妇女的最高利益，因此两者之间出现了某种矛盾，矛盾的核心是赋予印度妇女一个"声音"——一个代表自由意志的声音。从英国殖民者话语的角度看，这个声音是在为自由和解放呐喊；而在印度男性看来，这个声音甘愿接受殉节的习俗。在两种解释里，"下层"女性的声音均发自他人之口，我们"从来就看不到有关妇女的声音意识的证据"。① 斯皮瓦克的结论毫不含糊："在性别关系中的下层根本就没有自己说话的空间"，②她进而追问第三世界妇女"下层无权说话"的失语状态

① Gayatri Chakravorty Spivak, "Can the Subaltern Speak? Speculations on Widow-Sacrifice," *Colonial Discourse and Post-Colonial Theory: A Reader*, eds., Patrick Williams and Laura Chrisman (New York: Harvester/Wheatsheaf, 1994), p. 93

② Gayatri Chakravorty Spivak, "Can the Subaltern Speak? Speculations on Widow-Sacrifice," *Colonial Discourse and Post-Colonial Theory: A Reader*, p. 103.

是如何形成的。殖民者怀着莫大的偏见现身“说法”，其实质是为实施帝国政府所谓的“现代化”、“解放”和“进步”的计划粉饰门面，结果强化了英帝国文明的自我形象，而印度“下层”妇女和支持殉节习俗的男性统治者分别成了堕落和野蛮的代名词。斯皮瓦克还着重分析了吉勒·德勒兹(Gilles Deleuze)和福柯这两位著名的西方“激进”知识分子的话语，指出他们的话语生根发展于西方认知模式和体制内部，故而也摆脱不了压迫、统治第三世界的那套总体知识系统的内在影响，因此，就在这些西方知识分子给从属者一个主体位置并从该位置说话时，他们其实还在“代表”着“下层”说话——而这一做法与那些在西方帝国主义统治时代为被殖民者构建主体位置并为他们说话的历史是一脉相承的。

斯皮瓦克也对当代西方女权主义批评前提中潜在的霸权和殖民色彩提出批评，譬如，其中的女性实际上只包括白人、异性恋和中产阶级女性。而在《国际格局中的法国女权主义》(French Feminism in an International Frame, 1981)、《帝国主义与性别差异》(Imperialism and Sexual Difference, 1986)和《三位女性的文本以及对帝国主义的批判》( Three Women's Texts and a Critique of Imperialism, 1987)等论文中，她揭示了白人女性在殖民主义历史中的作用、她们在殖民话语里所充当的角色，以及有些西方女权主义批评在“代表”底层妇女时的自我中心倾向，指出有些西方女权主义批评实际上和统治话语合流了。斯皮瓦克从种族、性别、阶级等角度深入批判殖民地权力话语乃至广泛的西方知识体系，关注弱势群体，强调文化身份，为当代女性主义批评和文化批评等等都做出了卓越贡献，成为后殖民主义批评当之无愧的“三圣”之一。[①]

后殖民主义理论揭露了旧的个体、社群和国家观念的局限与阙陋之处，对“启蒙”、“进步”和“理性”等传统概念的涵义严加质疑，对民族、种族和性别等现实问题表现出非同寻常的关注。后殖民主义理论在迈入21世纪后仍然表现出相当的生命力，原因在于“文化之间的问题(或作为殖民过去的遗产，或作为我们所研究的那些亚非国家的一个现代政治问题)继续存在”。[②] 后殖民主义研究与西方马克思主义、新历史主义、性别研究等其他批评理论一起汇成了泓涵万千的“文化研究”(cultural studies)。文化研究在考量历史遗留问题和当今多元文化大潮中出现的许多新问题的同时，也为文学研究的方方面面——文学与社会、历史和文化的关系，文学与作者、读者的关系，文学与人生

① 罗伯特·扬(Robert Young)在《殖民主义欲望》(*Colonial Desire*, 1995)一书里将赛义德、斯皮瓦克和芭芭三人称为后殖民主义批评之“圣三一”(the Holy Trinity)。

② Edward Said, *Peace and Its Discontents: Essays on Palestine in the Middle East Peace Process* (New York: Vintage Books, 1996), p. 96.

的关系以及文学史、文学语言表现、文学研究本身的方法与指归等等问题提供了大量建设性的意见与论题，从而为世纪之交的文学批评理论开辟出一片新天地。

# 附　录

# 索引

# 一、大事年表

(1945—2000)

| 年代 | 作家与作品 | 历史与文学相关事件 |
| --- | --- | --- |
| 1945 | 黄玉雪:《华女阿五》;<br>德尤索:《深深的根》;<br>布朗:《围猎之声》;<br>布鲁克斯:《布朗兹维尔一条街》。 | 4月12日罗斯福总统去世,杜鲁门成为美国第33任总统;<br>5月2日苏联红军攻克柏林,德国签署无条件投降书;<br>8月6日和9日美国空军分别在日本广岛和长崎投下一颗原子弹;<br>8月15日日本宣布无条件投降;<br>英国奥威尔发表《动物农场》;<br>智利米斯特拉尔获诺贝尔文学奖。 |
| 1946 | 奥尼尔:《送冰的人来了》在纽约上演;<br>赫塞:《广岛》;<br>沃伦:《国王的全班人马》;<br>韦尔蒂:《三角洲的婚礼》;<br>麦卡勒斯:《婚礼的成员》;<br>佩特里:《街》;<br>洛厄尔:《威利爵爷的城堡》。 | 3月5日丘吉尔在美国发表"富尔顿演说",揭开冷战的序幕;<br>斯泰因去世;<br>德国黑塞获诺贝尔文学奖。 |
| 1947 | 贝娄:《受害者》;<br>海恩斯:《指挥部的决定》;<br>威廉斯:《欲望号街车》、《夏天和烟》;<br>密勒:《全是我的儿子》;<br>奥登:《忧虑的时代》;<br>布鲁克斯:《精制的瓮》。 | 美国提出马歇尔计划;<br>美国中央情报局成立;<br>威拉·凯瑟去世;<br>沃伦的《国王的全班人马》获普利策小说奖;<br>洛厄尔的《威利爵爷的城堡》获普利策诗歌奖;<br>法国纪德获诺贝尔文学奖。 |
| 1948 | 科曾斯:《荣誉卫队》;<br>肖:《幼狮》;<br>梅勒:《裸者与死者》;<br>卡波特:《其他的声音,其他的房间》。 | 威廉斯的《欲望号街车》获普利策戏剧奖;<br>奥登的《忧虑的时代》获普利策诗歌奖;<br>英国艾略特获诺贝尔文学奖。 |
| 1949 | 密勒:《推销员之死》; | 北大西洋公约组织成立; |

| 年代 | 作家与作品 | 历史与文学相关事件 |
| --- | --- | --- |
| | 英奇:《归来吧,小希巴》;<br>韦勒克、沃伦:《文学原理》;<br>霍克斯:《食人者》;<br>麦卡锡:《绿洲》;<br>布鲁克斯:《安妮·阿伦》。 | 科曾斯的《荣誉卫队》获普利策小说奖;<br>密勒的《推销员之死》获普利策戏剧奖。 |
| 1950 | 赫塞:《墙》;<br>沃伦:《如此人生》。 | 麦卡锡发表演说,煽起迫害进步人士活动;<br>朝鲜战争爆发;<br>布鲁克斯的《安妮·阿伦》获普利策诗歌奖;<br>美国设立"全国图书奖";<br>美国福克纳获1949年度诺贝尔文学奖;<br>英国罗素获1950年度诺贝尔文学奖。 |
| 1951 | 琼斯:《从这里到永恒》;<br>沃克:《该隐号兵变》;<br>卡波特:《草竖琴》;<br>斯泰伦:《躺在黑暗中》;<br>麦卡勒斯:《伤心咖啡馆之歌》;<br>塞林格:《麦田里的守望者》。 | 费林盖蒂开办城市之光出版社;<br>瑞典拉格克维斯特获诺贝尔文学奖。 |
| 1952 | 海明威:《老人与海》;<br>马拉默德:《天生的运动员》;<br>奥康纳:《慧血》;<br>艾里森:《看不见的人》。 | 艾森豪威尔当选美国第34任总统;<br>沃克的《该隐号兵变》获普利策小说奖;<br>法国莫里亚克获诺贝尔文学奖。 |
| 1953 | 贝娄:《奥吉·玛琪历险记》;<br>鲍德温:《向苍天呼吁》;<br>巴勒斯:《吸毒者》;<br>安德森:《茶点与同情》;<br>密勒:《萨勒姆的女巫》;<br>英奇:《野餐》;<br>奥尔森:《马克西姆斯诗抄》;<br>罗什克:《觉醒》;<br>契弗:《巨大的收音机及其他故事》。 | 罗森堡夫妇因间谍罪被在电椅上处死;<br>贝克特的《等待戈多》在巴黎首演;<br>海明威的《老人与海》获普利策小说奖;<br>英奇的《野餐》获普利策戏剧奖;<br>罗什克的《觉醒》获普利策诗歌奖;<br>英国丘吉尔获诺贝尔文学奖。 |
| 1954 | 福克纳:《寓言》;<br>韦尔蒂:《庞德的心》。 | 参议院通过谴责麦卡锡的决议案;<br>联邦最高法院就布朗对托皮卡教育委员会的诉讼案作出裁决;<br>罗什克的《觉醒》获普利策诗歌奖; |

| 年 代 | 作家与作品 | 历史与文学相关事件 |
| --- | --- | --- |
| | | 英国戈尔丁发表《蝇王》；<br>美国海明威获诺贝尔文学奖。 |
| 1955 | 辛格：《撒旦在戈雷》；<br>奥康纳：《好人难找》、《上升的一切必然汇合》；<br>威廉斯：《热铁皮屋顶上的猫》；<br>密勒：《桥头眺望》；<br>英奇：《公共汽车站》；<br>金斯堡：《嚎叫》；<br>加迪斯：《承认》；<br>纳博科夫：《洛丽塔》；<br>毕晓普：《诗篇：北方和南方》。 | 黑人妇女罗莎·帕克斯因拒绝向白人让座而被捕；<br>爱因斯坦去世；<br>华沙条约组织成立；<br>福克纳的《寓言》获普利策小说奖；<br>威廉斯的《热铁皮屋顶上的猫》获普利策戏剧奖；<br>冰岛拉克斯内斯获诺贝尔文学奖。 |
| 1956 | 贝娄：《抓住这一天》；<br>鲍德温：《乔瓦尼的房间》；<br>奥尼尔的《进入黑夜的漫长旅程》在瑞典皇家剧院上演；<br>巴思：《漂浮的歌剧》；<br>威尔伯：《世间之事》。 | 艾森豪威尔再次当选为美国总统；<br>毕晓普的《诗篇：北方和南方》获普利策诗歌奖；<br>西班牙希门内斯获诺贝尔文学奖。 |
| 1957 | 福克纳：《小镇》；<br>马拉默德：《店员》；<br>辛格：《傻瓜吉姆佩尔》；<br>凯鲁亚克：《在路上》；<br>奥尼尔的《月照不幸人》、《诗人的气质》上演；<br>英奇：《楼梯顶端的黑暗》；<br>沃伦：《承诺：1954—1956诗选》。 | 奥尼尔的《进入黑夜的漫长旅程》获普利策戏剧奖；<br>威尔伯的《世间之事》获普利策诗歌奖；<br>加拿大弗莱发表《批评的解剖》；<br>法国加缪获诺贝尔文学奖。 |
| 1958 | 马拉默德：《魔桶》；<br>凯鲁亚克：《达摩流浪汉》、《地下人》；<br>厄普代克：《贫民院义卖》；<br>巴思：《大路尽头》；<br>阿尔比：《动物园故事》；<br>库涅茨：《诗选》。 | 沃伦的《承诺：1954—1956诗选》获普利策诗歌奖；<br>俄罗斯帕斯捷尔纳克获诺贝尔文学奖。 |
| 1959 | 福克纳：《大宅》；<br>贝娄：《雨王汉德森》；<br>马歇尔：《褐肤色姑娘，褐砂石楼房》；<br>巴勒斯：《裸体午餐》；<br>罗斯：《再见吧，哥伦布》；<br>汉丝贝丽：《日光下的葡萄干》； | 马拉默德的《魔桶》获国家图书奖；<br>库涅茨的《诗选：1928—1958》获普利策诗歌奖；<br>意大利夸西莫多获诺贝尔文学奖。 |

| 年代 | 作家与作品 | 历史与文学相关事件 |
| --- | --- | --- |
| | 洛厄尔:《人生研究》;<br>斯诺德格拉斯:《心针》。 | |
| 1960 | 辛格:《卢布林的魔术师》;<br>厄普代克:《兔子,跑吧》;<br>巴思:《烟草商》;<br>阿尔比:《沙箱》;<br>盖尔伯:《毒品贩子》;<br>科皮特:《啊,爸爸》;<br>理查森:《浪子》;<br>邓肯:《田野的开掘》。 | 肯尼迪当选美国第35任总统;<br>格林尼治村"三号镜头"咖啡馆上演《尤布王》,美国外外百老汇戏剧运动开始;<br>斯诺德格拉斯的《心针》获普利策诗歌奖;<br>罗斯的《再见吧,哥伦布》获全国图书奖;<br>法国圣琼·佩斯获诺贝尔文学奖。 |
| 1961 | 马拉默德:《新生活》;<br>辛格:《市场街的斯宾诺莎》;<br>塞林格:《弗兰妮与卓埃》;<br>海勒:《第二十二条军规》;<br>威廉斯:《鬣蜥之夜》;<br>阿尔比:《美国梦》;<br>布思:《小说修辞学》。 | 海明威自杀身亡;<br>南斯拉夫安德利奇获诺贝尔文学奖。 |
| 1962 | 福克纳:《强盗们》;<br>纳博科夫:《微暗的火》;<br>布莱:《雪夜里的寂静》;<br>斯塔福德:《穿越黑暗》。 | 福克纳去世;<br>英国莱辛发表《金色笔记本》;<br>美国斯坦贝克获诺贝尔文学奖。 |
| 1963 | 马拉默德:《白痴优先》;<br>鲍德温:《下一次是烈火》;<br>塞林格:《木匠们,把屋梁升高;西摩:一段介绍》;<br>凯西:《飞越疯人院》;<br>品钦:《V》;<br>麦卡锡:《这一批人》;<br>阿尔比:《谁害怕弗吉尼亚·沃尔夫?》;<br>辛普森:《大路尽头》。 | 普拉斯自杀身亡;<br>8月28日马丁·路德·金发表演说《我有一个梦想》;<br>古巴导弹危机发生;<br>11月22日肯尼迪总统遇刺身亡,约翰逊成为第36任总统;<br>开放剧院成立;<br>福克纳的《强盗们》获普利策小说奖;<br>希腊塞菲里斯获诺贝尔文学奖。 |
| 1964 | 贝娄:《赫索格》;<br>凯鲁亚克:《荒凉山天使》;<br>密勒:《堕落之后》、《维希事件》;<br>贝里曼:《77首梦歌》。 | 《民权法》在国会通过并经总统签署生效;<br>约翰逊当选美国总统;<br>辛普森的《大路尽头》获普利策诗歌奖;<br>法国萨特获诺贝尔文学奖。 |

| 年代 | 作家与作品 | 历史与文学相关事件 |
| --- | --- | --- |
| 1965 | 西蒙:《一对怪人》;<br>谢泼德:《伊卡洛斯的母亲》;<br>普拉斯:《爱丽尔》;<br>迪基:《踢踏舞者的选择》;<br>埃伯哈特:《诗选》。 | 马尔科姆·爱克斯遇害身亡;<br>贝里曼的《77 首梦歌》获普利策诗歌奖;<br>俄罗斯肖洛霍夫获诺贝尔文学奖。 |
| 1966 | 马拉默德:《基辅怨》;<br>卡波特:《残杀》;<br>艾里森:《影子与行为》;<br>巴思:《羊孩贾尔斯》;<br>加斯:《奥门塞特的运气》;<br>品钦:《第 49 批拍卖品的叫卖》;<br>阿尔比:《微妙的平衡》;<br>塞克斯顿:《活还是死》。 | 德里达在美国约翰·霍普金斯大学宣读论文《结构、符号与人文科学话语中的游戏》;<br>埃伯哈特的《诗选》获普利策诗歌奖;<br>以色列阿格农获诺贝尔文学奖。 |
| 1967 | 辛格:《庄园》;<br>斯泰伦:《奈特·特纳的自白》;<br>巴思:《枯竭的文学》;<br>巴塞尔姆:《白雪公主》;<br>布莱:《身体周围的光》。 | 马拉默德的《基辅怨》获普利策小说奖;<br>阿尔比的《微妙的平衡》获普利策戏剧奖;<br>塞克斯顿的《活还是死》获普利策奖;<br>哥伦比亚加西亚·马尔克斯发表《百年孤独》;<br>危地马拉阿斯图里亚斯获诺贝尔文学奖。 |
| 1968 | 梅勒:《夜幕下的大军》;<br>巴思:《迷失在开心馆》;<br>加斯:《在中部地区的深处》;<br>布劳蒂根:《西瓜糖中》;<br>科皮特:《印第安人》;<br>邓肯:《弯弓》;<br>贝里曼:《梦歌》。 | 4 月23 日马丁·路德·金遇刺身亡;<br>尼克松当选美国第 37 任总统;<br>斯泰伦的《奈特·特纳的自白》获普利策小说奖;<br>日本川端康成获诺贝尔文学奖。 |
| 1969 | 冯尼格特:《第五号屠宰场》;<br>纳博科夫:《爱达》;<br>罗斯:《波特诺的诉怨》;<br>欧茨:《他们》;<br>莫马迪:《晨曦之屋》;<br>霍华德:《无标题论题》。 | 7 月20 日阿姆斯特朗和奥尔德林乘坐"阿波罗 11 号"成功登上月球;<br>莫马迪的《晨曦之屋》获普利策小说奖;<br>英国福尔斯发表《法国中尉的女人》;<br>爱尔兰贝克特获诺贝尔文学奖。 |
| 1970 | 贝娄:《塞勒姆先生的行星》;<br>沃克:《格兰奇·科普兰的第三次生命》; | 约翰·多斯·帕索斯去世;<br>欧茨的《他们》获全国图书奖;<br>霍华德的《无标题论题》获普利策诗 |

| 年代 | 作家与作品 | 历史与文学相关事件 |
|---|---|---|
| | 莫里森:《最蓝的眼睛》;<br>默温:《扛梯子的人》。 | 歌奖;<br>俄罗斯索尔仁尼琴获诺贝尔文学奖。 |
| 1971 | 沃克:《战争风云》;<br>马拉默德:《房客》;<br>普拉斯:《渡水》;<br>厄普代克:《兔子回家》;<br>欧茨:《奇境》;<br>盖恩斯:《简·皮特曼小姐的自传》;<br>奥哈拉:《弗兰克·奥哈拉诗合集》;<br>詹姆斯·赖特:《诗合集》。 | 《机会平等法案》反歧视法开始实施;<br>默温的《扛梯子的人》获普利策诗歌奖;<br>智利聂鲁达获诺贝尔文学奖。 |
| 1972 | 韦尔蒂:《乐观者的女儿》;<br>罗斯:《乳房》;<br>里德:《芒博—琼博》;<br>谢泼德:《罪恶的牙齿》;<br>普拉斯:《冬树》;<br>奥尔:《收集尸骨》;<br>阿蒙斯:《诗合集》。 | 2月21日尼克松访华,28日发表《上海公报》;<br>尼克松再次当选美国总统;<br>詹姆斯·赖特的《诗合集》获普利策诗歌奖;<br>德国伯尔获诺贝尔文学奖。 |
| 1973 | 马拉默德:《伦勃朗的帽子》;<br>品钦:《万有引力之虹》;<br>莫里森:《秀拉》;<br>威尔逊:《巴尔的摩旅馆》;<br>布莱:《手拉手的入睡者》;<br>洛厄尔:《海豚》;<br>里奇:《潜入残骸:1971—1972年诗抄》;<br>布鲁姆:《影响的焦虑》。 | 1月27日《关于在越南结束战争、恢复和平的协定》在巴黎签订;<br>韦尔蒂的《乐观者的女儿》获普利策小说奖;<br>阿蒙斯的《诗合集》获全国图书奖;<br>澳大利亚怀特获诺贝尔文学奖。 |
| 1974 | 斯通:《亡命之徒》;<br>达文波特:《塔特林!》;<br>奥哈拉:《弗兰克·奥哈拉诗选》;<br>斯奈德:《龟岛》;<br>斯科尔斯:《文学中的结构主义》。 | 8月8日尼克松因水门事件辞职,福特成为美国第38任总统;<br>洛厄尔的《海豚》获普利策诗歌奖;<br>里奇的《潜入残骸:1971—1972年诗抄》获全国图书奖;<br>瑞典雍松、马丁逊获诺贝尔文学奖。 |
| 1975 | 贝娄:《洪堡的礼物》;<br>巴塞尔姆:《死父亲》;<br>加迪斯:《JR》;<br>多克特罗:《拉格泰姆时代》;<br>阿尔比:《海景》;<br>马梅特:《美国野牛》; | 斯通的《亡命之徒》获全国图书奖;<br>阿尔比的《海景》获普利策戏剧奖;<br>斯奈德的《龟岛》获普利策诗歌奖;<br>意大利蒙塔莱获诺贝尔文学奖。 |

| 年 代 | 作家与作品 | 历史与文学相关事件 |
|---|---|---|
| | 阿什伯里：《凸镜下的自画像》；<br>卡勒：《结构主义诗学》。 | |
| 1976 | 埃尔金：《特许经营者》；<br>哈利：《根》；<br>汤亭亭：《女勇士》；<br>谢泼德：《饥饿阶级的诅咒》；<br>马梅特：《团圆》；<br>梅里尔：《神圣的喜剧》；<br>齐默：《和旺达在一起》。 | 卡特当选美国第39任总统；<br>多克特罗的《拉格泰姆时代》获全国图书奖；<br>贝娄的《洪堡的礼物》获普利策小说奖；<br>阿什伯里的《凸镜下的自画像》获普利策诗歌奖；<br>美国贝娄获诺贝尔文学奖。 |
| 1977 | 契弗：《法康纳监狱》；<br>库弗：《公众的怒火》；<br>西尔科：《仪式》；<br>莫里森：《所罗门之歌》；<br>马梅特：《舞台生涯》；<br>内莫洛夫：《诗合集》；<br>赖特：《中国踪迹》。 | 《语言》杂志问世；<br>梅里尔的《神圣的喜剧》获普利策诗歌奖；<br>西班牙阿莱克桑德雷获诺贝尔文学奖。 |
| 1978 | 厄普代克：《政变》；<br>加德纳：《论道德小说》；<br>威尔逊：《七月五日》；<br>谢泼德：《被埋葬的孩子》；<br>亨利：《心之罪》。 | 内莫洛夫的《诗合集》获普利策诗歌奖；<br>美国辛格获诺贝尔文学奖。 |
| 1979 | 马拉默德：《杜宾的生活》；<br>斯泰伦：《苏菲的选择》；<br>冯尼格特：《囚鸟》；<br>梅勒：《刽子手之歌》；<br>罗思：《鬼作家》；<br>毕晓普：《诗歌全集：1927—1979》；<br>吉尔伯特、古芭：《阁楼上的疯女人》。 | 美国与中国正式建立外交关系；<br>契弗的《约翰·契弗短篇小说集》获普利策小说奖；<br>谢泼德的《饥饿阶级的诅咒》获普利策戏剧奖；<br>沃伦的《此时彼时》获普利策诗歌奖；<br>希腊埃利蒂斯获诺贝尔文学奖。 |
| 1980 | 阿比希：《多么德国化》；<br>贝蒂：《各得其所》；<br>汤亭亭：《中国佬》；<br>威尔逊：《塔利家的蠢事》；<br>谢泼德：《真正的西部》；<br>斯凯勒：《诗的早晨》；<br>齐默：《齐默篇》；<br>奥尔：《红屋》；<br>格林布拉特：《文艺复兴时期的自我塑造》。 | 里根当选美国第40任总统；<br>梅勒的《刽子手之歌》获普利策小说奖；<br>威尔逊的《塔利家的蠢事》获普利策戏剧奖；<br>英国拉什迪发表《子夜诞生的孩子》；<br>波兰米沃什获诺贝尔文学奖。 |

| 年　代 | 作家与作品 | 历史与文学相关事件 |
|---|---|---|
| 1981 | 厄普代克:《兔子富了》;<br>罗斯:《解放了的朱克曼》;<br>奥齐克:《披巾》;<br>福勒:《士兵之戏》;<br>莫里森:《柏油娃》。 | 亨利的《心之罪》获普利策戏剧奖;<br>斯凯勒的《诗的早晨》获普利策诗歌奖;<br>英国卡内蒂获诺贝尔文学奖。 |
| 1982 | 贝娄:《院长的十二月》;<br>马拉默德:《上帝的福佑》;<br>斯通:《日出的旗子》;<br>沃克:《紫颜色》;<br>金内尔:《诗选》;<br>赖特:《乡村音乐:早期诗选》。 | 厄普代克的《兔子富了》获普利策小说奖;<br>福勒的《士兵之戏》获普利策戏剧奖;<br>普拉斯的《诗合集》获普利策诗歌奖;<br>哥伦比亚加西亚·马尔克斯获诺贝尔文学奖。 |
| 1983 | 马歇尔:《寡妇赞歌》;<br>罗斯:《解剖课》;<br>奥齐克:《食人者星系》;<br>卢里:《异国恋情》;<br>威尔逊:《莱妮大妈的黑臀舞》;<br>玛莎·诺曼:《晚安,母亲》。 | 沃克的《紫颜色》获普利策小说奖;<br>玛莎·诺曼的《晚安,母亲》获普利策戏剧奖;<br>金内尔的《诗选》获普利策诗歌奖;<br>英国戈尔丁获诺贝尔文学奖。 |
| 1984 | 狄第恩:《民主》;<br>厄德里奇:《爱之药》;<br>马梅特:《格伦加里幽谷海岬园》。 | 里根再次当选美国总统;<br>厄德里奇的《爱之药》获全国图书奖;<br>马梅特的《格伦加里幽谷海岬园》获普利策戏剧奖;<br>捷克塞弗尔特获诺贝尔文学奖。 |
| 1985 | 加迪斯:《木匠的哥特式房子》;<br>多克特罗:《世界博览会》;<br>德里罗:《白色噪音》;<br>梅森:《在乡下》;<br>威尔逊:《栅栏》。 | 卢里的《异国恋情》获普利策小说奖;<br>法国西蒙获诺贝尔文学奖。 |
| 1986 | 厄普代克:《罗杰的说法》;<br>巴塞尔姆:《天堂》;<br>斯通:《光明的孩子》;<br>达夫:《托马斯与比拉》。 | 多克特罗的《世界博览会》和德里罗的《白色噪音》获全国图书奖;<br>沃伦被授予"桂冠诗人"称号;<br>尼日利亚索因卡获诺贝尔文学奖。 |
| 1987 | 贝娄:《更多的人死于心碎》;<br>埃尔金:《拉德的拉比》;<br>奥斯特:《末事之国家》;<br>奥齐克:《斯德哥尔摩的弥赛亚》;<br>莫里森:《爱娃》;<br>威尔逊:《钢琴课》。 | 威尔逊的《栅栏》获普利策戏剧奖;<br>达夫的《托马斯与比拉》获普利策诗歌奖;<br>威尔伯被授予"桂冠诗人"称号;<br>美国布罗茨基获诺贝尔文学奖。 |

| 年 代 | 作家与作品 | 历史与文学相关事件 |
| --- | --- | --- |
| 1988 | 德里罗：《天秤星座》；<br>黄哲伦：《蝴蝶君》；<br>威尔伯：《新诗合集》。 | 布什当选美国第41任总统；<br>莫里森的《爱娃》获普利策小说奖；<br>内莫洛夫被授予“桂冠诗人”称号；<br>埃及马哈福兹获诺贝尔文学奖。 |
| 1989 | 多克特罗：《比利·巴思盖特》；<br>贝蒂：《描绘威尔》；<br>汤亭亭：《孙行者》；<br>沃瑟斯坦：《海蒂记事》；<br>谭恩美：《喜福会》；<br>西密克：《世界并不结束：散文诗》。 | 沃瑟斯坦的《海蒂记事》获普利策戏剧奖；<br>威尔伯的《新诗合集》获普利策诗歌奖；<br>西班牙塞拉获诺贝尔文学奖。 |
| 1990 | 厄普代克：《兔子休息了》；<br>品钦：《葡萄园》；<br>巴塞尔姆：《国王》；<br>威尔逊：《栅栏》；<br>奥斯特：《机缘的音乐》。 | 8月2日伊拉克入侵科威特；<br>10月3日德国实现统一；<br>多克特罗的《比利·巴思盖特》获全国图书奖；<br>威尔逊的《栅栏》获普利策戏剧奖；<br>斯特兰德被授予“桂冠诗人”称号；<br>墨西哥帕斯获诺贝尔文学奖。 |
| 1991 | 马歇尔：《女儿》；<br>冯尼格特：《花招》；<br>赵健秀：《唐老亚》；<br>谭恩美：《灶神娘娘》；<br>任碧莲：《典型的美国佬》；<br>西蒙：《失守扬克斯》；<br>阿尔比：《三位高个子女人》；<br>莱文：《工作是什么》。 | 1月17日以美国为首的多国部队开始“沙漠风暴”军事行动，海湾战争爆发；<br>苏联解体；<br>厄普代克的《兔子休息了》获普利策小说奖；<br>西蒙的《失守扬克斯》获普利策戏剧奖；<br>西密克的《世界并不结束：散文诗》获普利策诗歌奖；<br>莱文的《工作是什么》获全国图书奖；<br>布罗茨基被授予“桂冠诗人”称号；<br>南非戈迪默获诺贝尔文学奖。 |
| 1992 | 厄普代克：《福特执政时期记事》；<br>斯通：《外桥地带》；<br>沃克：《拥有欢乐的秘密》；<br>莫里森：《爵士乐》；<br>格吕克：《野蝴蝶花》。 | 克林顿当选美国第42任总统；<br>斯通的《外桥地带》获全国图书奖；<br>莫娜·凡·杜因被授予“桂冠诗人”称号；<br>圣卢西亚沃尔科特获诺贝尔文学奖。 |
| 1993 | 梅森：《羽毛王冠》；<br>欧茨：《狐火：一个少女帮的自白》。 | 达夫被授予“桂冠诗人”称号；<br>美国莫里森获诺贝尔文学奖。 |

| 年 代 | 作 家 与 作 品 | 历史与文学相关事件 |
|---|---|---|
| 1994 | 海勒:《终了时光》;<br>奥斯特:《韦尔迪戈先生》;<br>欧茨:《我生活的目的》;<br>巴思:《曾经沧海》;<br>赵健秀:《甘加丁之路》;<br>莱文:《简单的真理》。 | 阿尔比的《三位高个子女人》获普利策戏剧奖;<br>格吕克的《野蝴蝶花》获普利策诗歌奖;<br>日本大江健三郎获诺贝尔文学奖。 |
| 1995 | 艾里森:《到准州去》;<br>欧茨:《僵尸》;<br>加斯:《隧道》。<br>罗斯:《萨巴思的戏院》 | 莱文的《简单的真理》获普利策诗歌奖;<br>哈斯被授予"桂冠诗人"称号;<br>爱尔兰希尼获诺贝尔文学奖。 |
| 1996 | 厄普代克:《圣洁百合》;<br>欧茨:《我们是马尔瓦尼家的人》。 | 克林顿再次当选美国总统;<br>波兰希姆博尔斯卡获诺贝尔文学奖。 |
| 1997 | 贝娄:《真情》;<br>品钦:《梅森和狄克逊》;<br>德里罗:《地下世界》;<br>欧茨:《人疯了》;<br>罗斯:《美国牧歌》;<br>冯尼格特:《时震》;<br>赖特:《黑色黄道带》。 | 平斯基被授予"桂冠诗人"称号;<br>意大利达里奥·福获诺贝尔文学奖。 |
| 1998 | 莫里森:《乐园》;<br>库弗:《幽灵镇》;<br>欧茨:《袒露我的心扉》;<br>斯特兰德:《一场大风雪》。 | 罗斯的《美国牧歌》获普利策小说奖;<br>赖特的《黑色黄道带》获普利策诗歌奖;<br>葡萄牙若泽·萨拉马戈获诺贝尔文学奖。 |
| 1999 | 奥斯特:《廷巴克图》;<br>卢里:《最后一招》;<br>欧茨:《伤心布鲁斯》。 | 斯特兰德的《一场大风雪》获普利策诗歌奖;<br>德国格拉斯获诺贝尔文学奖。 |
| 2000 | 厄普代克:《格特鲁德与克劳迪斯》;<br>多克德罗:《上帝之城》;<br>欧茨:《浮生如梦》;<br>罗斯:《人性污点》<br>克利夫顿:《福佑船只:1988—2000年新诗选》。 | 小布什当选美国第43任总统;<br>克利夫顿的《福佑船只:1988—2000年新诗选》获全国图书奖;<br>库涅茨被授予"桂冠诗人"称号;<br>法国高行健获诺贝尔文学奖。 |

# 二、主要参考书目

Amirthanayagam, Guy, ed. *Asian and Western Writers in Dialogue: New Cultural Identities*. Hong Kong: The MacMillan Press Ltd. , 1982.

Baechler, Lea, and A. Walton Litz. *African American Writers*. New York: Charles Scribner's Sons, 1991.

Barth, John. *The Friday Book: Essays and Other Nonfiction*. Baltimore: The Johns Hopkins University Press, 1984.

Berney, K. A. ed. *Contemporary American Dramatists*. London: St. James Press, 1994.

Bigsby, C. W. E. *A Critical Introduction to Twentieth-Century American Drama: 3 Beyond Broadway*. Cambridge, Cambridge University Press, 1990.

Birch, Eva Lennox. *Black American Women's Writing: A Quilt of Many Colours*. London: Harvester Wheatsheaf, 1994.

Bloom, Harold, ed. *The Best of the Best American Poetry*: 1988—1997. New York: Scribner Poetry, 1998.

—. *The Anxiety of Influence: A Theory of Poetry*. Oxford: Oxford University Press, 1973.

Bock, Hedwig, and Albert Weitheim, eds. *Essays on Contemporary American Drama*. Munchen: Max Hueber Verlag, 1981.

Bradbury, Malcolm, ed. *The Novel Today: Contemporary Writers on Modern Fiction*. Manchester: Manchester University Press, 1977.

—. *The Modern American Novel*. Oxford: Oxford University Press, 1992.

Breslin, James E. B. *From Modern to Contemporary American Poetry*, 1945—1965. Chicago and London: The University of Chicago Press, 1984.

Brooks, Cleanth. *The Well Wrought Urn*. New York: Reynal & Hitchcock, 1947.

Byerman, Keith E. *Fingering the Jagged Grain: Tradition and Form in Recent Black Fiction*. Philadelphia: University of Georgia Press, 1985.

Campbell, Joseph. *The Hero with a Thousand Faces*. Princeton: Princeton University Press, 1949.

Chevalier, Tracy, ed. *Contemporary Poets*. Chicago: St. James Press, 1991.

Chin, Frank, et al. eds. *Aiiieeeee!: An Anthology of Asian American Writers*. New York: Mentor, 1991.

Cohn, Ruby. *New American Dramatists: 1960—1980*. London: The Macmillan Ltd., 1982.

—. *New American Dramatists, 1960—1990*. London: the MacMillan Press Ltd., 1991.

Culler, Jonathan. *Structuralist Poetics: Structuralism, Linguistics and the Study of Literature*. London: Routledge & Kegan Paul, 1975.

de Man, Paul. *Blindness and Insight: Essays in the Rhetoric of Contemporary Criticism*. Minneapolis: University of Minnesota Press, 1983.

—. *Allegories of Reading: Figural Language in Rousseau, Nietzsche, Rilke, and Proust*. New Haven: Yale University Press, 1979.

Eagleton, Terry. *Literary Theory: An Introduction*. Minneapolis: University of Minnesota Press, 1983.

Elliott, Emory. *Columbia Literary History of the United States*. New York: Columbia University Press, 1988.

—. *The Columbia History of the American Novel*. New York: Columbia University Press, 1991.

Ellison, Ralph. *Shadow and Act*. New York: Random House, 1964.

Fiedler, Leslie A. *No! In Thunder: Essays on Myth and Literature*. New York: Stein and Day Publishers, 1972.

Ford, Boris, ed. *The New Pelican Guide to English Literature: 9. American Literature*. London: Penguin Books, 1991.

Gardner, John. *On Moral Fiction*. New York: Basic Books, Inc., 1978.

Gates, Henry Louis. *The Signifying Monkey: A Theory of African-American Literary Criticism*. Oxford: Oxford University Press, 1989.

Ghymn, Esther Mikyung. *The Shapes and Styles of Asian American Prose Fiction*. New York: Peter Lang Publishing, Inc., 1992.

Gilbert, Sandra M., and Susan Gubar. *The Madwoman in the Attic: The Woman Writer and the Nineteenth-Century Literary Imagination*. New Haven: Yale University Press, 1979.

Greenblatt, Stephen Jay. *Renaissance Self-Fashioning: From Moore to Shakespeare*. Chicago: University of Chicago Press, 1980.

Hall, Donald, ed. *Claims for Poetry*. The University of Michigan Press, 1982.

Hartman, Geoffrey H. *Criticism in the Wilderness: The Study of Literature Today*. New Haven: Yale University Press, 1980.

Hassan, Ihab. *Contemporary American Literature: 1945—1972*. New York: Frederick Ungar Publishing Co., 1976.

Holden, Jonathan. *The Rhetoric of the Contemporary Lyric*. Bloomington: Indiana University Press, 1980.

Hsu, Kai-yu, and Helen Palubinskas, eds. *Asian-American Authors*. Boston: Houghton Mifflin Company, 1972.

Hughes, Catharine. *American Playwrights: 1945—1975*. London: Pitman Publishing, 1976.

Jameson, Fredric. *The Prison-House of Language: A Critical Account of Structuralism and Russian Formalism*. Princeton: Princeton University Press, 1972.

—. *The Political Unconscious: Narrative as a Socially Symbolic Act*. Ithaca: Cornell University Press, 1981.

Kernan, Alvin B. *The Modern American Theater*. Prentice-Hall Inc., 1974.

Kiernan, Robert F. *American Writing Since 1945: A Critical Survey*. New York: Frederick Ungar Publishing Co., 1983.

Leitch, Vincent B. *Deconstructive Criticism: An Advanced Introduction*. New York: Columbia University Press, 1983.

—. *American Literary Criticism from the Thirties to the Eighties*. New York: Columbia University Press, 1988.

Little, Stuart. *Off-Broadway: The Prophetic Theatre*. New York.

Lodge, David, ed. *20th Century Literary Criticism*. Longman, 1972.

McHale, Brian. *Postmodernist Fiction*. London: Routledge, 1999.

McMichael, George, ed. *Anthology of American Literature*. New York: Macmillan Publishing Company, 1985.

Martin, Robert A., and Steven R. Centola, eds. *The Theater Essays of Arthur Miller*. New York: Da Capo Press, 1996.

Moers, Ellen. *Literary Women*. Garden City, New York: Doubleday, 1976.

Mordden, Ethan. *The American Theater*. New York: Oxford University Press, 1981.

Perkins, David. *A History of Modern Poetry: Modernism and After*. Cambridge & London: The Belknap Press, 1987.

Perkins, George, and Barbara Perkins, eds. *Contemporary American Literature*. New York: Random House, 1988.

Perkins, George, Barbara Perkins, and Philip Leininger. *Reader's Encyclopedia of American Literature*. New York: HarperCollins Publishers, 1991.

Poulin, A. Jr., ed. *Contemporary American Poetry*. Boston: Houghton Mifflin Company, 1985.

Pratt, Alan R. *Black Humor: Critical Essays*. New York: Garland Publishing, Inc., 1992.

Ray, Lester del. *The World of Science Fiction 1926—1976: The History of a Subculture*. New York: Ballatine, 1979.

Rosenthal, M. L. *The New Poets: American and British Poetry Since World War II*. New York: Oxford University Press, 1967.

Ruoff, A. LaVonne Brown. *American Indian Literature: An Introduction, Bibliographic Review, and Selected Bibliography*. New York: MLA, 1993.

Said, Edward W. *Orientalism*. New York: Vintage, 1979.

—, *Culture and Imperialism*. New York: Vintage Books, 1993.

Salzman, Jack, ed. *The Cambridge Handbook of American Literature*. Cambridge: Cambridge University Press, 1986.

Scholes, Robert. *The Fabulators*. New York: Oxford University Press, 1967.

—. *Structuralism in Literature: An Introduction*. New Haven and London: Yale University Press, 1974.

Serafin, Steven R, ed. *Encyclopedia of American Literature*. New York: The Continuum Publishing Company, 1999.

Shank, Theodore. *American Alternative Theatre*. London: The Macmillan Ltd., 1982.

Showalter, Elaine. *A Literature of Their Own: British Women Novelists from Bronte to Lessing*. Princeton: Princeton University Press, 1977.

—, ed. *The New Feminist Criticism: Essays on Women, Literature, and Theory*. New York: Pantheon Books, 1985.

Tate, Claudia. *Black Women Writers at Work*. New York: Continuum, 1983.

Tompkins, Jane P., ed. *Reader-Response Criticism: From Formalism to Post-Structuralism*. Baltimore and London: The Johns Hopkins University Press, 1980.

Trilling, Lionel. *Beyond Culture: Essays on Literature and Learning*. New York: Viking, 1968.

Veeser, H. Adam, ed. *The New Historicism*. London: Routledge, 1989.

— *The New Historicism Reader*. London: Routledge, 1994.

Versluys, Kristiaan, ed. *Neo-Realism in Contemporary American Fiction*. Amsterdam: Rodopi, 1992.

Vinson, James, ed. *Novelists and Prose Writers*. London: The Macmillan Press Ltd., 1979.

—, ed. *Contemporary Novelists*. New York: St. Martin's Press, 1982.

Wakeman, John, ed. *World Authors: 1950—1970*. New York: The H. W. Wilson Company, 1975.

Walsh, Jeffrey. *American War Literature: 1914 to Vietnam*. London: Macmillan, 1982.

Wellek, Renée, and Austin Warren. *Theory of Literature*. Penguin Books, 1986.

Wheelwright, Philip. *The Burning Fountain: A Study in the Language of Symbolism*. Bloomington: Indiana University Press, 1968.

White, Hayden. *Metahistory: The Historical Imagination in Nineteenth-Century Europe*. Baltimore: Johns Hopkins University Press, 1973.

Williams, Patrick, and Laura Chrisman, eds. *Colonial Discourse and Post-Colonial Theory: A Reader*. New York: Harvester/Wheatsheaf, 1994.

Zia, Hellen, and Susan B. Gall, eds. *Notable Asian Americans*. New York: Gale Research Inc., 1995.

伯恩斯坦、雷泽尔、谢里：《美国语言派诗选》，张子清、黄运特译，成都：四川文艺出版社，1993年。

马库斯·坎利夫：《美国的文学》（下卷），方杰译，美国大使馆文化处，1983年。

黄铁池：《当代美国小说研究》，上海：学林出版社，2000年。

丹尼尔·霍夫曼编：《美国当代文学》（上、下），北京：中国文艺联合出版公司，1984年。

金重远主编：《战后世界史》，上海：复旦大学出版社，1995年。

盛 宁：《二十世纪美国文论》，北京：北京大学出版社，1994年。

史 亮编：《新批评》，成都：四川文艺出版社，1989年，第321页。

汪义群：《当代美国戏剧》，上海：上海外语教育出版社，1992年。

张子清：《二十世纪美国诗歌史》，长春：吉林教育出版社，1995年。

赵毅衡译：《美国现代诗选》，北京：外国文学出版社，1985年。

周维培：《当代美国戏剧史：1950—1995》，南京：南京大学出版社，1999年。

朱立元主编：《当代西方文艺理论》，上海：华东师范大学出版社，1997年。

庄锡昌：《二十世纪的美国文化》，杭州：浙江人民出版社，1996年。

# 三、中文索引

## C



## D

## G

## H

## J

## K

## L

## N



## O

## R



## S

## T

## W

# 四、英文索引

## A

## D

G

**H**

## U



## V



## W

## X



## Y



## Z

# 后　记

《新编美国文学史》作为国家社科“九五”规划重大项目，于 1996 年 5 月 17 日正式批准立项。经过长达六年时间的紧张工作，终于得以脱稿。当我在计算机上敲完最后一个字时，有一种如释重负的感觉。

写文学史涉及对文学史实进行系统化、结构化，是一个概括、抽象、提炼的过程。对史料的掌握，构成编写文学史的基础。由于国内条件的限制，接触第一手资料有一定的困难，使得过去出版的一些外国文学史出现不少与事实不符的硬伤，影响了外国文学史的学术声誉。我作为《新编美国文学史》主编之一，一直与我的同事探讨如何尽量避免出现类似问题。2001 年 3 月，我有机会去香港大学访学，使我不仅暂时摆脱繁杂行政工作的干扰，可以集中精力写作，更为重要的是能够利用香港大学图书馆丰富的图书资料，保证本项目的质量。在香港的五个月，我采用细读与浏览相结合的方法，大量阅读，平均每天要看一本书。为了撰写战后小说，屈指算来，我读了不下几百部小说。读过作品后，再进行归纳总结，心里感到比较踏实。同时，我体会到写文学史也是一个学习过程。开展本项目研究的一个收获是充实了我对美国文学的知识。

《新编美国文学史》共四卷，除了全书的策划和组织工作外，我还具体负责撰写第四卷。如果说前面三卷的侧重点落在对二战前美国文学的新阐释、新认识、新发现上面，第四卷的特点则是力求收集新材料。鉴于国内对战后美国文学，特别是对近二三十年里当代美国文学的发展缺乏了解，我注重较为详尽地介绍当代作家作品。相比之下，描述多于史论。我的指导思想是在书中提供尽可能多的信息，勾勒一幅当代美国文学较为全面的图景。读者以此为指引，可以去作进一步研究。

编写文学史是一个浩大的工程，需要集体的智慧和力量。个人的时间、精力、学识毕竟有限，难以对整个国家的小说、诗歌、戏剧发展演变进行全方位的历史描述和深入研究。因此，我们邀请了国内高校从事美国文学研究的部分老师参加《新编美国文学史》的撰写工作。第四卷的部分章节由下列人员撰写，我对稿子作了必要的修改补充及文字润饰：

汪义群：第一章第二节、第二章第二节、第六章第一、二、三节

王卫东：第一章第三节、第二章第三节

张　冲：第三章第四节、第七章第四节
赵文书：第五章第一、二节
蒋道超：第五章第三、四、五节
黄禄善：第八章
胡宝平：第九章
第七章第一、二、三节由张子清和我合写。各位老师在百忙之中拨冗赐稿，我谨借此机会向他们表示衷心的感谢。

在开展本项目的研究过程中，我得到了方方面面的帮助和支持。香港大学美国研究中心 Dr. Priscilla Roberts 安排我去香港大学访学，没有她的帮助，我是不能如期完成任务的。香港大学英文系童庆生博士为我提供了不少书籍资料，南京大学何宁也为我搜集有关材料。南京大学外国语学院和英语系的领导尽可能创造条件，确保本项目顺利进行。在此一并致谢。

《新编美国文学史》编委会成员之间经常讨论切磋，使我获益匪浅。大家通力合作，相互鼓励，关系融洽。我为南京大学英语系拥有这样一支富有团队精神的队伍感到骄傲。

本书因受时间和资料的限制，难免有疏漏和舛误之处。欢迎读者提出批评意见，以便再版时修订补充。我的愿望是《新编美国文学史》的出版能对我们国家的美国文学研究做一点贡献。

王守仁

2002 年 7 月于南京大学

# 重版后记

《新编美国文学史》第四卷是在2002年完稿的，时光荏苒，白驹过隙，如果从1996年项目正式启动开始算起，至今已有20年了。美国文学进入新世纪后，无论是小说、诗歌，还是戏剧、文论，都取得了令人瞩目的成就。出版社领导十分希望我能够修订本卷，及时反映美国文学的最新发展。凡是写过文学史的专家学者都有深切体会，撰写文学史是一件耗时耗力的工作，没有足够的时间精力投入，是难以写出高质量文学史的。目前我手头事务繁杂，暂时抽不出大段时间来做大幅度的修订工作。为此，出版社拟定了勘误修订重排再版的方案，即基本内容不变，但利用这次重版的机会，改正书中出现的错误。本卷涵盖的历史发展阶段依然是1945年至20世纪末的美国文学，封面时间是"1945—2000"。尽管如此，我在勘误修订过程中还是更新了不少内容。鉴于本卷写的是当代美国文学，我核实了几乎每一位作家的生卒年份，对于健在作家近期的代表作，也适当给予篇幅进行介绍。本卷书稿的主体是在10多年前撰写的，由于掌握资料不足，对一些问题的认识也有时代的局限性。这次勘误修订不仅仅是纠正舛误、补充信息，同时对一些问题的表述也做了必要的修正。因此，本卷的内容实际上是超越了2000年，带有2018年重版的特征。

在勘误修订过程中，我邀请了当时参加本卷撰写工作的赵文书、胡宝平审读相关书稿，同时还请朱雪峰、邹惠玲分别审读戏剧和本土文学，她们以极其认真负责的态度投入工作，并基于自己的学术研究，改写了不少内容。各位老师在寒假中放弃休息拨冗看稿，我谨借此机会向他们表示衷心的感谢。

重新审读1945年以来的美国文学史，温故而知新，我深切体会到自己学到了很多东西，同时也觉得确实有必要对新世纪美国文学的发展进行比较全面系统的梳理和总结。本书还存在这样那样的缺点，最大的不足可能是21世纪美国文学部分过于简略。我期待在不久的将来能看到2000年以来的美国文学史著作，这个"梦"需要中国的美国文学研究者共同努力来实现。

王守仁

2018年4月于南京大学